EYAL KLESS

DAS SCHWARZE MAL

Eyal Kless

Das schwarze Mal

Roman

Deutsch von Maike Hallmann

penhaligon

Die Originalausgabe erschien 2019 unter dem Titel
»The Lost Puzzler« bei Harper Voyager, New York.

MIX
Papier aus verantwortungsvollen Quellen
FSC® C014496
FSC www.fsc.org

Verlagsgruppe Random House FSC® N001967

1. Auflage

Neumarkter Str. 28, 81673 München
Redaktion: Catherine Beck
Umschlaggestaltung und -illustration: Max Meinzold
Karte: Eric Gunther/Springer Cartographic LLC
BL · Herstellung: sam
Satz: Buch-Werkstatt GmbH, Bad Aibling
Druck und Bindung: GGP Media GmbH, Pößneck
Printed in Germany
ISBN 978-3-7645-3208-6

www.penhaligon.de

Für meine liebevollen Eltern, Anat und Yair

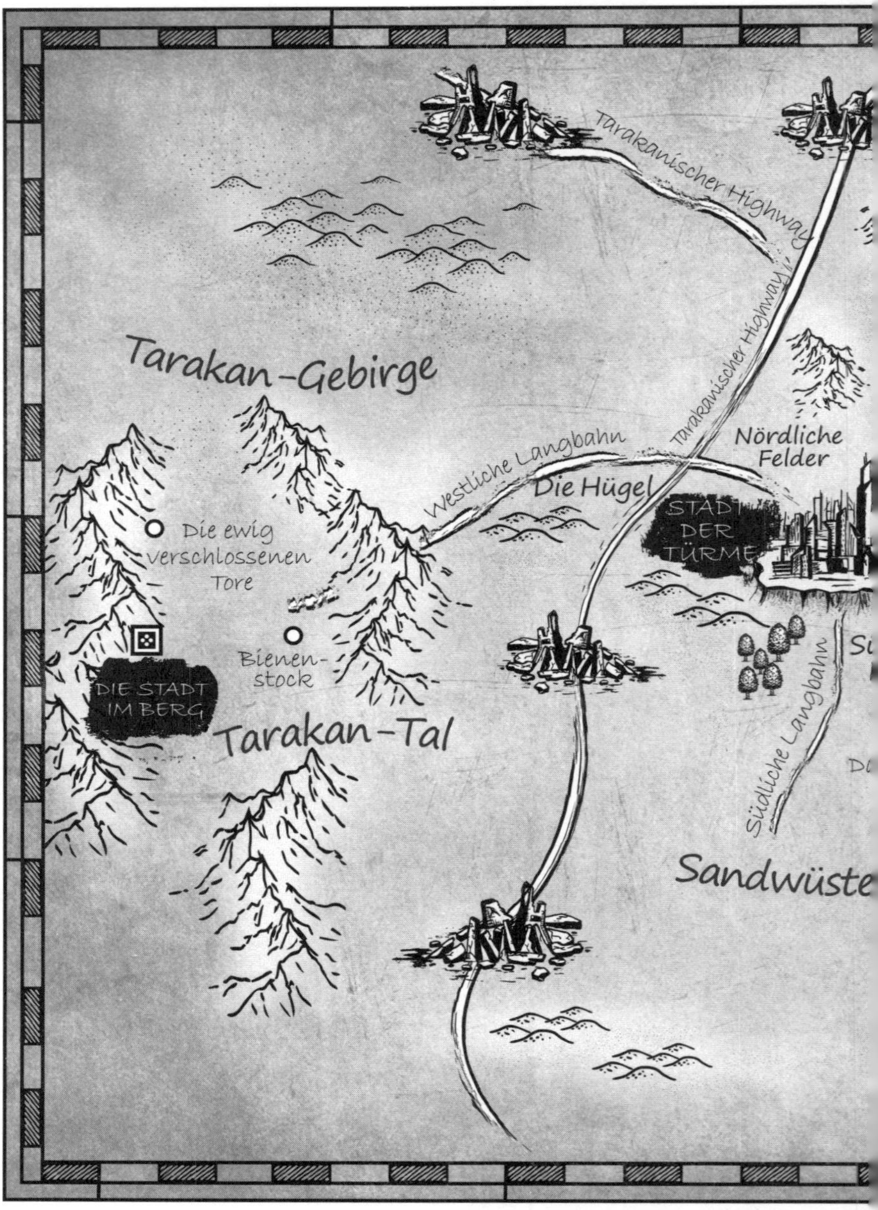

Tarakanischer Highway
Tarakanischer Highway
Tarakan-Gebirge
Westliche Langbahn
Nördliche Felder
Die Hügel
STADT DER TÜRME
Die ewig verschlossenen Tore
Bienenstock
DIE STADT IM BERG
Tarakan-Tal
Südliche Langbahn
Sandwüste

Tarakanischer Highway
Regeneration
Die Steinstraße
Jeremiahs Route
(Drei Tage mit einem langsamen Truck)
NEUDENVER
(Viele hundert Kilometer Richtung Norden)
Tarakanischer Highway
Der steile Pass
Die Glatte Straße
Die Glatte Straße
NEUHAFEN
(Zehntägige Reise vom Dorf bis Neuhafen)
Nördliche Wälder
Das Hügelland
Simons Dorf
Felder
Rafiks Dorf
Dorf
Felder
Südliche Wälder
Das Tiefland

Kapitel 1

Offiziell galt die Stadt der Türme nicht als gespalten. Modernität und Fortschritt, Gesetz und Ordnung waren oberstes Gebot … jedenfalls, wenn man dem Manifest des Rats Glauben schenkte. Mein Kutscher allerdings schien von der offiziellen Darstellung nicht viel zu halten und zügelte seine Pferde vor dem Tor. Dahinter ging es zur unteren Turmebene hinunter, die die meisten Stadtbewohner *das Loch* nannten.

»Weiter fahr ich nicht«, brummte er.

»Aber wir sind noch nicht …«, setzte ich zum Protest an.

»Weiter fahr ich nicht«, wiederholte er, als bräuchte es keine weitere Erklärung, und wandte sich ab. Er machte sich nicht einmal die Mühe, vom Kutschbock zu springen und mir den Wagenschlag aufzuhalten. So viel zu den Taxifahrern dieser Stadt …

Ich hätte nicht so leicht nachgeben sollen – immerhin hatte ich ihn im Voraus gut bezahlt, und zwar für den *ganzen* Weg –, aber ich beschloss, es gut sein zu lassen. Redete mir ein, ich wäre einfach nur zu müde, um Zeit und Energie wegen ein paar lumpiger Münzen zu vergeuden. Aber im tiefsten Innern wusste ich genau: Nach meinen monatelangen Reisen kam es mir wie ein Wunder vor, dass mich überhaupt jemand mitnahm, und sei es für eine noch so kurze Strecke. Nur wenige Tagesreisen von der Stadt entfernt warfen die Kutscher kaum einen flüchtigen Blick auf mein Gesicht, ehe sie ihre Pferde antrieben und das Weite suchten. Manche spuckten im Vorbeifahren auf den Boden, andere hingegen – ich hatte es aufgegeben, sie zu zählen – zielten dabei direkt auf mich.

Mit einer Hand raffte ich den Saum meines schwarzen Mantels und kletterte aus dem schmuddeligen Gefährt. Wortlos fuhr der Kutscher davon, in der durchaus richtigen Annahme, dass er von mir kein Trinkgeld zu erwarten hatte.

Sorgsam rückte ich meine Kapuze zurecht und ließ den Blick über das gewaltige Rechteck des Plateauzentrums schweifen, froh, wieder frische Luft zu atmen. Fast überall sonst auf der Welt kam mit Anbruch der Nacht sämtliches Leben draußen zum Erliegen. Auf dem Land verbarrikadierten sich die Leute in den eigenen vier Wänden, vergewisserten sich, dass ihre Waffen in Reichweite lagen, und beteten zu ihren jeweiligen Göttern darum, den Anbruch des nächsten Tages zu erleben. Ganz anders jedoch in der Stadt der Türme. Selbst zu dieser späten Stunde summte sie vor Betriebsamkeit, und die Rufe der Marktschreier und das jämmerliche Blöken des stinkenden Nutzviehs waren weithin zu hören.

Rings um den Platz ragten gigantische Tarakanische Laternen in die Höhe und überschwemmten das Plateau mit Licht, es war fast taghell. Wie alle Artefakte der Stadt wurden auch die Tarakanischen Laternen von den stets argwöhnischen Schildgardisten bewacht. Die Gesichter waren hinter schwarzen Helmen verborgen, doch an ihren Kopfbewegungen erkannte man, dass sie die Menschenmenge sorgsam im Auge behielten. Einer von ihnen wurde auf mich aufmerksam, ich spürte seinen Blick fast so deutlich wie eine Berührung.

Es war viel zu hell, nirgends dunkle Winkel, in denen ich

hätte verschwinden können, also lief ich aufs Geratewohl los und mischte mich unters Volk. Als ich einen Blick über die Schulter riskierte, hatte der Gardist bereits das Interesse an mir verloren. Ich wurde wieder langsamer.

Die Kapuze verbarg meine Tätowierungen, aber ganz konnte sie mein Gesicht nicht verhüllen. Irgendwann würde mir jemand in die Augen sehen, und dann würde er sich an mich erinnern. Das Risiko konnte ich nicht eingehen. Nicht heute Nacht.

Ich überdachte meine Möglichkeiten. Ursprünglich hatte ich vorgehabt, mit dem Wagen bis ganz nach unten ins Loch zu fahren, aber zu Fuß war der Weg, so reizvoll die Strecke auch sein mochte, zu lang. Ich hatte es eilig.

Die naheliegendste zweite Möglichkeit war, eine der Scheiben zu nehmen: die Tarakanischen Aufzüge in der Mitte des Zentralplateaus. Niemand wusste genau, wie sie eigentlich funktionierten – und gelegentlich gab es auch den einen oder anderen ebenso unerklärlichen wie tödlichen Unfall –, aber trotzdem waren sie eine beliebte Verbindung zwischen dem Plateau und dem Rest der Stadt. Der Mensch hat einen ungesunden Hang zur Gefahr, zum Unbekannten, zu Technologie und Tod. Vermutlich übten die Aufzüge deshalb eine solche Anziehungskraft aus. Aus derlei unlogischem Verhalten habe ich schon vor langer Zeit den Schluss gezogen, dass wir im Grunde eine dumme Spezies sind. Vielleicht hatte die Große Katastrophe eigentlich zum Ziel gehabt, reinen Tisch zu machen und der Menschheit einen Neuanfang zu ermöglichen, aber wir hatten es geschafft, sogar unsere eigene Vernichtung zu verbocken.

Eins stand fest: Ich hatte mehr als genug Münzen für den Aufzug. Mein Lehrmeister war ungewohnt großzügig gewesen, als er mich auf diese abenteuerliche Reise geschickt hatte – so ungemein großzügig, dass ich mich fragte, ob die Historikergilde in nächster Zeit überhaupt noch weitere Expeditionen finanzieren konnte. Aber wenn ich nicht gesehen werden wollte, war es besser, die Tarakanischen Aufzüge zu meiden. Mein Instinkt sagte mir, dass ich seit meiner Rückkehr in die Stadt schon zu vielen Leuten aufgefallen war – dabei hatte ich gute Gründe dafür, jedes Aufsehen zu vermeiden. Die Frau, nach der ich suchte, hatte sich eine Menge mächtiger Leute zu Feinden gemacht, aber ihr waren auch ein paar Freunde geblieben, die sie womöglich warnen würden. Meine Spur war zu vielversprechend, um die Sache mit meiner eigenen Stümperei zu versauen.

Sieh es doch mal positiv, sagte ich mir. *Nach fast zwei Jahren, in denen du immerzu unterwegs warst, nach Hinweisen gesucht und Schatten gejagt hast, bist du jetzt wieder zu Hause in der Stadt der Türme gelandet. Genau dort, wo alles angefangen hat.*

Seufzend drehte ich mich um und bahnte mir meinen Weg zurück durch die schwitzenden Menschenmassen, fort vom Zentralplateau und hinein ins Straßengewirr der mittleren Ebene. Bald darauf umfing mich nächtliche Dunkelheit, und auch wenn es irrational war: Zumindest für den Augenblick fühlte ich mich ein bisschen sicherer.

Kapitel 2

Ich erinnere mich noch an die Zeit, als sämtliche Straßen des Zentralplateaus von Tarakanischen Lampen erhellt wurden. Jetzt hingegen war es bereits wenige Häuserblocks vom hell erleuchteten Zentrum entfernt stockdunkel, und das Klientel, das in den Nebenstraßen unterwegs war, wirkte deutlich bedrohlicher. Mehrmals kam ich an kleinen Grüppchen vorbei, die sich an den Straßenecken um Heizsteine und Lagerfeuer drängten. Sie wirkten, als würden sie einfach nur gemeinsam herumstehen, trinken und sich unterhalten, aber ich wusste, dass sie wie Raubtiere darauf lauerten, dass die nächste willkommene Mahlzeit des Wegs kam – also jemand wie ich.

Schon zu Beginn meiner Mission war mir klar geworden, dass Waffen nichts für mich waren. Normalerweise verdankte ich es nur meinem schnellen Denkvermögen und meiner flinken Zunge, wenn ich Auseinandersetzungen für mich entscheiden oder dem Tod knapp von der Schippe springen konnte. Aber allem Selbstvertrauen zum Trotz wurde mir jetzt unangenehm bewusst, dass ich mich in einem der gefährlicheren Viertel der Stadt befand, und zwar mit einer gut gefüllten Geldbörse am Gürtel, die bei jedem Schritt klimperte. Köpfe wandten sich nach mir um, berechnende Blicke streiften mich. Einige der unternehmungslustigeren jungen Männer folgten mir sogar, stießen sich gegenseitig aus dem Weg, um sich die beste Position zu sichern, und warteten auf eine Gelegenheit, um zuzuschlagen.

Nur selten sind meine glühend roten Augen ein Segen, aber dies war einer jener Momente. Ich drehte mich um, richtete aus dem Schatten der Kapuze heraus brennend rote Augen auf meine Verfolger. Mit einer Sense in der Hand hätte ich einen noch besseren Effekt erzielt, aber auch so reichte es aus, um mein zwielichtiges Gefolge rasch zu zerstreuen.

Ich wurde nach den Schrecken der Großen Säuberung geboren. Damals machte man Jagd auf Menschen mit Tätowierungen, wie auch ich sie auf der Haut trage, und brachte sie zur Strecke. Die Zeichen erschienen kurz nach meinem dreizehnten Geburtstag in meinem Gesicht. Und so verzweifelt ich darüber auch war, ich hatte viel weniger Leid zu ertragen als die meisten anderen meiner Art. Meine Eltern liebten mich, waren freundliche Menschen und außerdem – noch wichtiger – wohlhabend. Mein Vater hatte einen Bekannten, der heute mein Lehrmeister ist. Meister Harim sah mein Potenzial, nahm mich als Lehrling an und strich einen satten Obolus von meinem Vater ein. Trotz der schwarzen Male, die ich an jenem Morgen auf meinen Augenlidern entdeckte, hatte ich also ein ziemlich behütetes Leben geführt, jedenfalls, bis ich auf meine augenblickliche Mission geschickt worden war. Und ehrlich gesagt, war ich mit meinem Posten als kleiner Schreiber in der Historikergilde eigentlich recht zufrieden gewesen und hatte mich sogar darauf gefreut, mein ganzes Leben mit dem Kopieren von Daten und dem Entschlüsseln alter Bücher und Tarakanischer Unterlagen zuzubringen.

Doch eines Tages hatte mich mein Meister auf diesen kleinen Botengang geschickt. Ich dachte an den Augenblick zurück, als ich aus dem Turm in die echte Welt hinaustrat; damals, als ich noch an die Menschheit geglaubt hatte.

Tja, diesen Glauben bin ich jedenfalls gründlich losgeworden.

»Sich in Dokumente zu vertiefen kann ja durchaus befriedigend sein«, hatte mein Lehrmeister oft zu mir gesagt, »aber es gibt kein größeres Abenteuer, als selbst dort hinauszugehen und mit eigenen Händen nach Wissen zu graben.«

»Klingt bedenklich nach der Rede eines Salutisten, Meister«, bemerkte ich nur halb im Scherz.

Obwohl die Ära der Salutisten nach der Katastrophe gewesen und somit eher jüngeren historischen Datums war, versäumte mein Lehrmeister kaum eine Gelegenheit, darüber zu reden. Seinen nächsten Satz hätte ich ihm fast vorsagen können, noch ehe er ihn aussprach.

»Ich muss zugeben, ihre Ausdrucksweise ist schon meist sehr plastisch«, sagte er und kicherte in sich hinein. »Ist schon eine Weile her, dass ich persönlich mit einem Salutisten-Trupp zu tun hatte, aber ich gehe davon aus, dass sie immer noch so farbenfrohe Reden schwingen. Und zumindest darin lagen sie vollkommen richtig: Ich sage dir, es gibt nichts Faszinierenderes auf der Welt, als sich selbst durch die Ruinen dort draußen zu wühlen, Technologie zu bergen und Informationen auszubuddeln.«

»Oder sie einem Toten aus der Hand zu reißen«, ergänzte ich gedankenlos.

Stirnrunzelnd nahm Meister Harim die Pfeife aus dem Mundwinkel und zeigte damit auf mich. »Du, mein lieber Junge, hast viel zu viele Salu-Romane gelesen. Versuch gar nicht erst, es abzustreiten. Ich weiß, wo du sie hortest.«

Ich lief rot an. »Nur zu Forschungszwecken«, murmelte ich. »Um etwas über sozialen Zusammenhalt in schwierigen Zeiten herauszufinden.«

Der alte Mann murmelte fast unhörbar etwas in sich hinein. Ich verstand kaum ein Wort, trotzdem klang es für mich nach einer weiteren Bemerkung nach Salutisten-Art. Und dann eröffnete er mir: »Tja, mein Sohn, du kannst deine Abenteuerromane beiseitelegen. Ich schicke dich auf Forschungsmission. Gut möglich, dass gerade etwas ausnehmend Bedeutsames geschehen ist. Ich will, dass du die Angelegenheit untersuchst. Und zwar gründlich. Da gibt es diese Frau, eine Ex-Salutistin. Ihr Name ist Vincha.«

Mein Herzschlag beschleunigte sich spürbar.

»Du musst diese Vincha ausfindig machen und herausfinden, was sie weiß. Sie ist wie ein flüchtiger Schatten, sehr schwer zu finden, aber ich habe ein paar Hinweise darauf, wo sie sich möglicherweise gerade aufhält.« Meister Harim beugte sich vor und reichte mir eine versiegelte Schriftrolle. Eindringlich musterte er mich. »Die Kosten spielen keine Rolle. Noch nie wurde uns eine so wichtige Aufgabe zuteil wie die, herauszufinden, was sie weiß.«

Seine eigenartige Ausdrucksweise hätte mich aufmerken lassen müssen, aber ich war zu verblüfft darüber, dass er ausgerechnet mich auf Mission schicken wollte, um über seine sorgsam gewählten Worte nachzugrübeln. Stattdessen versuchte ich, ihn davon zu überzeugen, dass er sich für diesen Auftrag den Falschen ausgesucht hatte.

»Ich bin doch nur ein Schreiber, Lehrmeister, ich kopiere Bücher – ich wüsste nicht mal, wo ich anfangen sollte, nach dieser Vincha Ausschau zu halten. Und selbst wenn ich sie finden … ich habe keine Ahnung, wie ich eine ehemalige Salutistin davon überzeugen soll, mit mir zu reden.«

»Unfug.« Er schob mir zwei prall gefüllte Geldbeutel

über den Tisch. »Du bist genau der Richtige für diesen Auftrag, da bin ich ganz sicher.«

Das Erste, was ich tat, sobald ich die Türme verlassen hatte: Ich mietete mir ein Zimmer im *Green Meadow*, einer noblen Taverne auf dem Zentralplateau. Als Zweites investierte ich meine Münzen in zwei rothaarige Prostituierte. Die eine vögelte mich, bis mir fast die Sinne schwanden, und die andere stahl mir all mein Geld, erstach ihre Kollegin und machte sich aus dem Staub. Es kostete mich zwei Wochen, sie aufzuspüren, und weitere drei Tage, um die Münzen wiederzubeschaffen, oder zumindest einen Großteil davon. Aber wenigstens in einem Punkt hatte mein Lehrmeister nicht geirrt: Nie wieder rührte ich einen meiner Salutisten-Romane an.

Während meiner langen Suche nach Vincha fragte ich mich oft, weshalb Meister Harim ausgerechnet mich für diesen Auftrag auserkoren hatte. Es wäre naheliegender gewesen, einen Militärexperten zu schicken, vielleicht einen Salutisten-Veteranen oder zumindest irgendwen, der anderweitig Kampferfahrung hatte. Jemanden, der – anders als ich – nicht instinktiv vor Gewalt zurückschreckte. Hatte er sich aus schierer Verzweiflung für mich entschieden? Hatte es keinen geeigneteren Kandidaten gegeben? War es eine Strafe dafür, dass ich meine Tage gern vertrödelte? Oder hatte er schon damals etwas in mir gesehen, von dem ich zu diesem Zeitpunkt selbst nichts ahnte – Abenteuergeist und ein angeborenes Geschick für schnelles, kreatives Denken im Angesicht der Gefahr? Anfangs hatte ich keine Antwort darauf gehabt, aber im Laufe meiner zweijährigen Odyssee lernte ich eine ganze Menge dazu. Auf das meiste davon hätte ich gern verzichtet; so gern, dass ich eine hübsche Summe gezahlt hätte, um es wieder zu vergessen.

Plötzlich wurde mir bewusst, dass ich verdächtig still dastand, mitten in einer dunklen Gasse in einer ziemlich verrufenen Ecke der Stadt. Leise seufzend, schob ich meine Erinnerungen beiseite und konzentrierte mich auf mein gegenwärtiges Hauptproblem: Ich musste einen Weg hinunter ins Loch finden.

Und dort – jedenfalls, wenn ich so lange überlebte – Vincha finden.

Kapitel 3

Obwohl meine Augen mehr sehen als die anderer Leute, hätte ich mich im Straßenlabyrinth der Mittelebene leicht verlaufen können. Ich blieb in Bewegung, entschied mich auf gut Glück für eine Richtung und sah mich die ganze Zeit sorgfältig um – von einer Informantin, die sich in ihrem Rausch kaum auf den Beinen hatte halten können, wusste ich, wonach ich Ausschau halten musste. Gerade als ich es schon aufgeben wollte, entdeckte ich das erste der Gang-Graffiti, nach denen ich suchte. Ich folgte einer ganzen Reihe solcher Graffiti durch immer enger werdende Gassen. Müll türmte sich am Straßenrand auf, der Stadtrat ließ ihn hier unten mittlerweile nicht mehr abholen. Schließlich passierte ich zwei Torbögen, einer davon so niedrig, dass ich hindurchkriechen musste, und kurz hinter dem zweiten Bogen fand ich mich in einem geschlossenen Innenhof wieder. Eine Sackgasse.

Fünf Männer standen um ein knisterndes Feuer, das neben einem behelfsmäßig zusammengezimmerten Holzschuppen brannte. Hinter ihnen erhob sich eine Wand, die verhindern sollte, dass jemand in die tiefer liegenden Stadtteile hinunterstürzte. In dieser Wand befand sich ein Loch, etwa von der Größe eines Menschen. Dies waren die Schmuggler, nach denen ich suchte. Jetzt musste ich nur noch herausfinden, in welchem Tempo sie mich nach unten befördern würden.

Vier der Männer waren auffallend groß; bei zweien sah ich Tarakanische Modifikationen an Armen, Oberkörper und Schultern. Man nannte solche Leute Trolle. Ein Troll, dem ein geschickter Technikus die richtigen Tarakanischen Apparate eingebaut hatte, war eine beeindruckende Erscheinung, ein tödlicher Krieger mit übermenschlichen Fähigkeiten. Aber diese Typen hier sahen eigenartig deformiert aus – vermutlich hatten sie sich von irgendeinem Pfuscher billigen Schrott einbauen lassen und nahmen es auch mit der Wartung nicht allzu genau.

Die fünf Männer drehten sich um und sahen mir lässig entgegen – immerhin waren sie mir eins zu fünf überlegen. Trotzdem lag eine gewisse Wachsamkeit in ihren Gesichtern, was angesichts meiner flammend roten Augen verständlich war. Ich schob die Kapuze zurück.

»Ich suche einen Weg nach unten«, sagte ich.

»Kein Problem.« Der kleinste von ihnen deutete mit dem Daumen auf das Loch in seinem Rücken. »Und da du vermutlich Flügel hast, passend zu den Augen, kostet es dich nur einen Fünfer.«

Seine Gefährten glucksten.

»Mal angenommen, ich hätte heute keine Lust, meine Flügel zu spreizen«, sagte ich. »Wie viel?«

Er musterte mich, ließ sich Zeit. Vielleicht wollte er sehen, wie ich darauf reagierte. »Irgendwas dabei?«

»Nur mich selbst«, antwortete ich und öffnete den Mantel, um zu zeigen, dass ich unbewaffnet war – was natürlich ein Fehler war. Der Mann, anscheinend der Anführer des Trupps, grinste in sich hinein.

»Achtzig. Münzen oder Ware«, sagte er.

Das war der reinste Wucher. »Dreißig«, erwiderte ich, ohne nachzudenken, was mein zweiter und fast auch mein letzter Fehler war. Ich hatte zu niedrig gegriffen. Ich benahm mich wie ein blutiger Anfänger. Einer der anderen ging ganz beiläufig ein paar Schritte zur Seite und brachte sich in Position, um mich zu flankieren. »Ich frag mich, ob du vielleicht wirklich fliegen kannst«, sagte der Anführer und unterstrich seine Worte, indem er mit den Armen wedelte. »Vielleicht materialisieren sich die Flügel ja erst, wenn du in der Luft bist? Vielleicht sollten wir diese Theorie mal testen, was meinst du?«

Ich passte meine Augen an. Die Haut der Männer wurde durchsichtig; darunter sah ich Knochen und Muskeln und, wichtiger noch, Messer, Schlagringe, Energiedolche und Betäubungsgranaten.

Sie umzingelten mich bereits, wollten gerade zuschlagen, da öffnete ich meine Faust und zeigte dem, der am nächsten herangekommen war, die als Eigentum der Schildgarde markierte Energiezelle in meiner Hand. Er zuckte zurück, und ehe einer von ihnen reagieren konnte, fischte ich die zweite Zelle aus der Tasche und hielt sie zwischen Daumen und Zeigefinger hoch, sodass alle sie sehen konnten. Es handelte sich eindeutig um echte Tarakanische Energiezellen, zwei vollkommen runde Kugeln, deren blauer Schimmer anzeigte, dass sie voll aufgeladen waren. Mit solchen Zellen und längeren Röhren wurden viele der Tarakanischen Artefakte betrieben, nicht nur in der Stadt, sondern auch draußen, bis hin zu den Supertrucks auf den Tarakanischen Highways. Inzwischen fand man sie nur noch in den geheimnisumwitterten Knotenpunkten tief unter der Stadt der Türme. Vor langer Zeit, als noch Salutisten-Trupps das Tarakan-Tal durchstreiften, hatte es derartige Energiezellen gegeben wie Sand am Meer, aber heute sah das ganz anders aus.

Die Kampfeslust schwand aus der Miene des Anführers, und in seinem Blick lag eine Mischung aus Berechnung und Unbehagen.

»Ich will einfach nur schnell und ohne Aufsehen ins Loch runter«, sagte ich und warf ihm die Zellen zu. Er fing sie auf und verzog das Gesicht. So wertvoll sie auch waren – der bloße Besitz war heutzutage ein Kapitalverbrechen.

Mit deutlich mehr Respekt als zuvor sah er mich an, dann nickte er und steckte die Zellen in die Tasche. Sie bedeuteten, dass ich entweder ein gefährlicher und einflussreicher Mann war oder der Lakai eines solchen – auf jeden Fall ein lohnender Kunde.

Der Mann, der dem Schuppen am nächsten war, öffnete die Tür, huschte hinein und schleppte einen großen, besorgniserregend rostigen Metallkäfig heraus, eine mannsgroße Ausgabe eines Vogelkäfigs, den ich mal auf einem Dorfmarkt gesehen hatte. Er hielt ihn mit beiden Händen, das Gesicht krebsrot vor Anstrengung, und übergab ihn an einen der Möchtegerntrolle, der ihn mit einer Hand hochhob. Als sein Schultergelenk protestierend quietschte, neigte der Troll den Käfig zur Seite und grinste selbstgefällig, offensichtlich zufrieden mit der Demonstration seiner Körperkraft. Sein nicht minder riesiger Kollege hakte auf der Oberseite des Käfigs einen rostigen Haken ein, an dem ein sehr langes, viel zu dünnes Metallseil befestigt war. Dann knallten sie mir den Käfig vor die Füße. Es schepperte laut, und dichte Staubwolken wirbelten auf.

»Haste so was schon mal gemacht?«, fragte der Anführer und kicherte bösartig, als ich den Kopf schüttelte. »Kriech einfach rein – die Luke ist zwar klein, aber ohne deine Flügel wirst du schon passen. Und gut festhalten.« Er zeigte auf die hölzernen Haltegriffe im Käfiginnern. »Die Fahrt dauert nicht lange, aber es ruckelt ordentlich.«

»Wer erwartet mich unten?«, fragte ich beim Hineinklettern.

»Höchstens so drei bis sechs Leute.« Nach kurzem Zögern rang er sich dazu durch, mir einen Ratschlag mitzugeben: »Ich würde mich an den Bärtigen halten. Ein alter Hase, redet nicht viel, aber hat immer noch was drauf.«

Ich nickte und hielt mich an den Griffen fest. Sie fühlten sich unangenehm schmierig an, aber ich ließ trotzdem nicht los, denn im nächsten Augenblick hoben sie den Käfig hoch und schoben mich ohne weitere Umstände durch das Loch in der Wand, Füße voran.

»War mir eine Freude, Geschäfte mit dir zu machen«, hörte ich den Anführer noch rufen, dann stürzte ich in die Dunkelheit.

Kapitel 4

Kurz ging es im freien Fall abwärts, ein scheußliches Gefühl, dann kam der Käfig mit einem Ruck zum Halten. Vermutlich fanden sie das lustig, aber mir kam dank ihres kleinen Scherzes der Mageninhalt hoch. Wenigstens schrie ich nicht laut auf, als mir der plötzliche Ruck messerscharf in die Schultern fuhr – dafür war ich zu sehr mit Kotzen beschäftigt. Nach einer vermutlich nur kurzen Pause – hoch über dem Boden in einem Käfig hin und her zu schwingen beeinträchtigt ein klein wenig das Zeitgefühl – ging es weiter abwärts, sehr schnell, aber es war gerade noch auszuhalten. Ich klammerte mich immer noch an den Griffen fest, als könnte mich das irgendwie retten, falls ich plötzlich doch in den Tod stürzte. Beschloss dann, mich lieber umzusehen, als weiter in die Tiefe zu starren. Weit entfernt zu meiner Linken machte ich zwei der Tarakanischen Aufzüge aus, auf den Plattformen standen Dutzende Fahrgäste. Von gleißendem Kunstlicht angestrahlt und von der geheimnisvollen Tarakanischen Technologie angetrieben, schwebten die Scheiben majestätisch nach unten. Ich hingegen pendelte im Innern eines rostigen Käfigs durch die Dunkelheit, und mein Leben lag buchstäblich in den Händen eines gewaltig großen und vermutlich auch gewaltig zugedröhnten Trolls.

Ein weiterer bedeutender Unterschied: Die Menschen dort auf den Scheiben waren von einem unsichtbaren

Kraftfeld umgeben, das sie vor dem aufsteigenden heißen Dampf und der Hitze schützte, während ich mir aus dem Leib hustete, was von meinen Eingeweiden übrig war. Mir war zumute, als würde man mich langsam in einem Ofen versenken. Ich wandte den Blick von den Rauchschwaden ab, die mir entgegenwallten, und sah nach oben. Von hier aus wirkten die Turmspitzen hoch über mir so unerreichbar wie die Sterne.

Ein tiefes Rumpeln, der ewige Hintergrund-Sound des Lochs, signalisierte mir das nahende Ende meines Abstiegs.

Mit einem knochenzerschmetternden Ruck knallte der Käfig auf den Boden. Schmerz schoss mir durch den Leib, aber nichtsdestotrotz klammerte ich mich noch immer an die Griffe. Zum Glück kippte der Käfig wenigstens nicht um. Aus lauter Angst, dass sie ihn wieder hochzogen, ehe ich aussteigen konnte, vergaß ich jede Würde und schob mich Hintern voran ins Freie.

Ich spürte deutlich, wie mich die Leute in meinem Rücken mit professionellem Interesse musterten. Aus dem Augenwinkel sah ich eine schlanke Gestalt, wahrscheinlich eine Frau; sie trat an das große Feuer, das hier unten die einzige Lichtquelle war. Sobald ich aus dem Käfig gekrabbelt war, zog sie ein brennendes Holzscheit aus den Flammen und schwenkte es ein paar Mal hin und her. Der Käfig setzte sich wieder in Bewegung und verschwand in der Dunkelheit über unseren Köpfen.

Ich stolperte einen Schritt vorwärts und wäre fast lang hingeschlagen. Es lag nicht nur daran, dass die holprige Fahrt meinen Gleichgewichtssinn durcheinandergebracht hatte – der Boden unter mir war in ständiger Bewegung. Eine weitere absonderliche Eigenheit des Lochs. Den unsicheren Gang, den dieses Schaukeln bei vielen Besuchern auslöste, nannte man den Anfängerwalzer – zwar waren die

Bodenschwingungen nur ganz schwach, aber es reichte aus, damit viele Besucher Mühe beim Laufen hatten oder sogar seekrank wurden, sodass man ihnen gleich ansah, dass sie leichte Beute waren. Einer der zahlreichen Gründe, weshalb sich das Geleitschutz-Gewerbe im Loch zu einem so erfolgreichen Geschäftszweig entwickelt hatte. Wer ohne Geleitschutz aufbrach, wusste entweder sehr genau, was er tat, oder er war ein Vollidiot, und die Leute hier unten wussten beides sehr genau zu unterscheiden.

Das Loch war schon immer ein heißes Pflaster gewesen. Früher hatte die Schildgarde die Sache noch halbwegs im Griff gehabt, aber das war schon Jahre her. Heutzutage musste man in diesem Teil der Stadt selbst auf sich aufpassen oder jemanden dafür bezahlen. Ganz gleich, ob man mit einer Kutsche oder einer der Scheiben herunterkam: das Anheuern des Geleitschutzes war eine verblüffend wohlorganisierte Angelegenheit. Die Besucher wurden von lauter Grüppchen aus Männern und Frauen erwartet, es wirkte fast wie ein Empfangskomitee. Offiziell bezeichneten sie sich als Fremdenführer, aber alle nannten sie nur die Schutztrupps. Sie waren natürlich bis an die Zähne bewaffnet und rekrutierten sich überwiegend aus Ex-Salutisten – arbeitslos gewordenen Trollen, die irgendwie die Kohle für ihr Skint zusammenkratzen mussten, eine Droge, die in der Stadt allmählich bedrohlich zur Neige ging. Die Schutztrupps hatten Namen wie *Stahlfäuste* oder *Die Blutigen Klingen*, und ihre Mitglieder trugen farblich aufeinander abgestimmte Uniformen. Neben ihnen standen Schilder, auf denen man ihren Preis ablesen konnte, die geforderte Entlohnung war meist recht ähnlich. Natürlich konnte man auch einfach an ihnen vorbeimarschieren, ohne jemanden anzuheuern, aber das tat eigentlich niemand, der an seinem Zeug oder seinem Leben hing.

Ich allerdings stieg weder aus einer Kutsche noch von einer Scheibe, sondern kam Arsch voran aus einem rostigen Metallkäfig geklettert. Schon die Standard-Schutztrupps bestanden meist aus üblen Schlägertypen, die einen, würde man sie nicht bezahlen, ohne zu zögern ausrauben würden … aber diese Leute hier waren jene Typen, die den normalen Schutztrupps zu unzuverlässig waren. Hier bemühte man sich nicht mal um den Anschein guter Umgangsformen. Als ich also schwere Schritte hinter mir hörte, vom unverwechselbaren metallischen Kreischen lange nicht geölter Gelenke begleitet, war mir schon klar, was mich erwartete. Trotzdem japste ich auf, als ich mich umdrehte und mich einem wahren Berg aus Fleisch und Schrott gegenübersah.

Als die ersten Tarakanischen Artefakte gefunden wurden, waren eine Menge Männer und nicht wenige Frauen der Verlockung übermenschlicher Stärke, Ausdauer und Geschwindigkeit erlegen, und das war die Geburtsstunde der Trolle gewesen. Es entsprach der Natur des Menschen, dass der eine oder andere es mit seiner Begeisterung für körperliche Überlegenheit übertrieb und ohne Sinn und Verstand sämtliche Apparate sammelte und einbauen ließ, derer er nur habhaft werden konnte, ohne Rücksicht darauf, was es mit seinem Erscheinungsbild oder seiner geistigen Gesundheit anrichtete.

Der Troll, vor dem ich stand, hatte nur noch ein intaktes Auge. Da, wo das andere gewesen war, prangte ein Flickwerk aus Narben, vermutlich die Spuren eines verpfuschten Versuchs, eine automatische Zielvorrichtung einzubauen. Der rechte Arm samt Schulter bestand aus blankem Metall, ebenso wie beide Beine ab den Knien aufwärts. Seinen rechten Arm hatte er durch eine riesige Energiekanone ersetzt, die zur Stabilisierung mit Stangen an seinem Brustkorb verankert war. Schlampig verlegte Kabel führten von der Kanone zu seiner rechten Schläfe und verschwanden in seinem Kopf. Und ich beschreibe hier nur seine Schokoladenseite, die restliche Erscheinung sah ich mir lieber nicht genauer an.

Auch ohne meine verbesserte Sicht war die verräterische Grünfärbung rings um seine Nase deutlich zu erkennen – das Monster nahm regelmäßig Skint, und zwar eine Menge. Skint betäubte die Schmerzen, die entstanden, wenn der Körper die Modifikationen abstoßen wollte, aber ein Troll, der zu viel davon einwarf, wurde noch instabiler und neigte zu gewalttätigen Ausbrüchen.

Der Troll – ich wusste nicht recht, ob ich »er« oder »es« zu diesem Geschöpf sagen sollte – stieß mich mit der freien Hand an. »Du brauchst wen, der dich beschützt.« Es war mitnichten eine Frage. Er hatte eine unnatürlich hohe Piepsstimme, und das wäre bestimmt urkomisch gewesen, wenn ich gerade in einem der oberen Stadtviertel in einer Taverne gesessen, gewürzten Wein geschlürft und meinen betrunkenen Freunden von dieser Begegnung erzählt hätte. Aber in meiner augenblicklichen Lage kam es mir eigenartig bedrohlich vor.

Ich schielte nervös an ihm vorbei. Die schlanke Gestalt, die das Holzscheit geschwenkt hatte, blieb auf Distanz.

»He, guck da nicht rüber«, bellte der Schrottberg. Erneut stieß er mich an. »Ich bin genau der richtige Troll für dich. Guck dir nur mal diese Kanone hier an, wa?« Er wedelte mit dem Riesenteil vor meiner Nase herum, als wäre es ein Spielzeug und keine riesige Waffe, für die es normalerweise drei ausgewachsene Männer gebraucht hätte, nur um sie hochzuheben. »Dieses Schätzchen hier bläst problemlos ein Loch in jede dicke Mauer, wa? Zwei Schüsse, und 'ne ganze Straße ist leergefegt. Junge, ich weiß ganz sicher«, er deutete mit der Kanone auf sich selbst, »dass du genau von mir beschützt werden willst.« Jetzt zielte er auf mein Gesicht. Darin lag eine kaum verhohlene Drohung, aber dank seiner hohen Stimme klang sie irritierend wenig überzeugend.

Ich schielte links an ihm vorbei und entdeckte einen Mann, der uns beobachtete. In seinem Blick lag stille Verachtung. Der Schnitt seines kurz gestutzten weißen Barts war schon lange aus der Mode. Wahrscheinlich war dies der Typ, den mir der Anführer der Gang dort oben so hilfsbereit empfohlen hatte, ehe sie mich in den Abgrund geworfen hatten. Ich suchte seinen Blick. Er nickte knapp und setzte sich langsam in Bewegung. Der große Troll stieß mich noch einmal an, diesmal so fest, dass ich einen Schritt zurücktaumelte.

»He, guck da nicht rüber. Ich bin dein Geleitschutz, Mann, kostet dich nur zwanzig, Münzen oder Ware. Abgemacht?«

Auch der Bärtige war ein Troll, aber einer von der altmodischen Sorte, kein übergroßer durchgeknallter Schrottplatz auf Beinen. Er sah aus wie einer der Salutisten-Trolle aus jener Zeit, als ihre Mission noch nicht das reinste Himmelfahrtskommando gewesen war. Erheblich weniger sichtbares Metall als bei seinem größeren Kollegen, und in seinem Gesicht entdeckte ich keine Skint-Spuren. Seine Hände steckten bis zu den Ellbogen in Panzerhandschuhen, an den Handrücken befanden sich je drei Abschussvorrichtungen für kleine Pfeile. Wie bei einem klassischen Salutisten-Leutnant ragten kurze Buchsen seitlich aus seinem Hals, aber es waren keine Kabel angeschlossen. Sein Körper steckte in einer abgetragenen dunkelgrauen Flexrüstung, die früher vermutlich mal schwarz gewesen war. Aus seinem Gang schloss ich, dass sich darunter eine Torsoverstärkung und Rückgratschützer verbargen.

»He, guck mich an, Weichhäuter. Zwanzig, ja?«, bedrängte mich der Riese, aber jetzt war der Bärtige nah genug heran, um sich einzumischen. Nur einen Wimpernschlag lang musterte er mich und meine Tätowierungen, dann nickte er mir zu.

»Ich denke, ich habe ein besseres Angebot als dieser … Mann.« Seine Stimme klang vordergründig freundlich, aber die Art, wie er *Mann* betonte, ließ eine Beleidigung erahnen. Das Metallmonster jedenfalls schien es als solche aufzunehmen.

»Zieh ab, Wichser«, warnte er, aber der Bärtige sah mich an, als wäre der andere gar nicht da.

»Wohin willst du denn?«, erkundigte er sich ruhig.

»In den Atrass-Distrikt, aber wahrscheinlich auch noch woandershin«, antwortete ich und bemühte mich, so zu tun, als würde ich die bedrohlich über mir pendelnde Kanone gar nicht sehen.

»Ich hab gesagt, du sollst dich packen, Galinak«, quäkte der Riesentroll.

»Fünfundzwanzig. Münzen, keine Ware«, sagte der andere Mann, ohne den Blick von mir abzuwenden.

Der größere Troll grinste triumphierend. »Hör nicht auf den Alten, dem hat der Rost das Hirn zerfressen. Ich sag dir mal was.« Er beugte sich so dicht zu mir herunter, dass mir der Gestank seiner metallüberkronten Zähne ins Gesicht schlug. »Ich mach dir ein Sonderangebot. Fünfzehn, Münzen oder Ware. Extra für dich. Abgemacht?«

Ich sah Galinak an, der mit den Schultern zuckte. »Dreißig. Und zwar in Münzen.«

Das ergab keinen Sinn. Er sollte mit dem Preis runtergehen, nicht rauf. Selbst der riesige Troll hatte die ökonomischen Grundregeln halbwegs drauf und lachte laut auf.

»Siehste? Die Weichbirne ist völlig hinüber. Was brauchst

du? Nutten? Stoff? Ich kenne hier jeden. Ich führ dich rum, kein Ding, ich sorg dafür, dass du 'ne richtig geile Zeit hast. Fünfzehn, na komm schon.« Den letzten Satz stieß er mit fast verzweifeltem Nachdruck hervor.

Galinak hob eine Braue. »Ich bin kurz davor, auf fünfunddreißig zu erhöhen.«

»Dreißig«, sagte ich hastig, obwohl ich wusste, dass das die Preisliga der Standard-Schutztrupps war … für einen alten, ausgebrannten Salutisten, der über keinerlei sichtbare Bewaffnung verfügte. Und dass ich mit meiner Entscheidung einen beängstigend labilen Riesentroll wütend machte, der einen »GY-Blaster 2015-d special edition« in den Pranken hielt – ich hatte die Aufschrift auf dem Lauf gelesen, als er mit seiner Kanone vor meinem Gesicht herumfuchtelte.

»Einverstanden«, sagte Galinak, und wir besiegelten die Sache mit Handschlag.

Der Riese brauchte einen Moment, um zu kapieren, was gerade passiert war, und als er endlich geschaltet hatte, dachte ich, gleich würde er uns alle beide erschießen. Er deckte uns mit einer Flut echt beeindruckender Beschimpfungen ein, aber es stellte sich heraus, dass er nur mit Worten um sich ballerte und nicht mit dem Blaster. Galinak bedachte ihn zum Abschied mit einem drohenden Blick, und wir kamen ohne weitere Vorfälle davon.

Ein paar Straßen weiter berührte Galinak mich an der Schulter, und ich blieb stehen. »Wo genau in Atrass willst du hin?«

»*Margats Nest*«, sagte ich.

Er zog eine Grimasse. »Hör mal, wenn du Nutten willst, dann kenne ich da ein paar wirklich nette, saubere Mädels mit interessanten Modifikationen, die dich berühren können, wie du noch nie …«

»Ich suche keine Nutten«, sagte ich hastig. Aus irgendeinem Grund wollte ich keinesfalls, dass der alte Troll mich für irgendeinen schmierigen Typen hielt, der es nur auf einen billigen Fick abgesehen hatte.

Er nickte und versuchte es mit einer anderen Strategie.

»Wenn du etwas Bestimmtes suchst oder was zu verkaufen hast, dann kenn ich da jemanden, der dich nicht übern Tisch zieht. Er macht dir einen fairen Preis. Und ja, ehe du fragst, ich bekomme Provision.«

Ich schüttelte den Kopf. »Ich muss jemanden treffen.«

»Bei *Margat*?«

»Ist das ein Problem? Ich zahle dir nämlich den Schutztrupp-Tarif.«

»Nee, nicht für *Margats Nest*«, antwortete er trocken. »Da geht es bei fünfzig und mindestens zwei Begleitern überhaupt erst los, eher mehr, und noch ein bisschen was drauf, wenn es aufregend werden sollte. Und es wird immer aufregend.«

Ich schluckte. »Du bist also raus?«, erkundigte ich mich. »Hätte ich doch lieber den Riesenkerl mit der Riesenwumme anheuern sollen?«

»Nein, ich bin an Bord«, sagte er ein bisschen zu schnell. Ganz offensichtlich brauchte er die Kohle. »Aber nur unter zwei Bedingungen.« Er wartete, bis er sich meiner Aufmerksamkeit ganz sicher war, ehe er fortfuhr: »Du zahlst mir die volle Summe im Voraus, und zwar zwei Häuserblocks vor dem *Nest* …« Als er mein Gesicht sah, hob er eine metallumhüllte klauenförmige Hand, um jeden Protest im Keim zu ersticken. »Das ist nicht verhandelbar. Das *Nest* ist ein gefährliches Pflaster, und ich betrete es nur mit harten Münzen in der Tasche.«

Ich hatte keine Wahl.

»Na schön«, kapitulierte ich. »Und die zweite Bedingung?«

»Du bezahlst mich, damit ich für deine Sicherheit sorge. Ich halte dir den Rücken frei und kümmere mich um etwaigen Ärger, aber wenn du Streit anfängst, ist das dein Problem, dann bin ich raus.« Sein Tonfall ließ erahnen, dass er aus Erfahrung sprach. »Wenn du einer dieser durchgeknallten Turmfurzer bist, die sich im *Nest* einen Satz blutige Knöchel holen wollen, um vor ihren Kumpels rumzuprotzen, dann solltest du besser ganz schnell lernen, deine Kämpfe selbst auszutragen.«

»Ich hab ganz sicher nicht vor, einen Streit anzufangen«, versprach ich ihm. »Bring mich einfach nur so schnell wie möglich dorthin.«

Er sah nicht besonders überzeugt aus, aber er nickte, und wir setzten uns wieder in Bewegung. Ich ging voran, er blieb einen Schritt zurück, schirmte mich von hinten ab und sagte mir, wann ich links oder rechts abbiegen sollte. Ehe ich mich versah, hatte ich keinen Schimmer mehr, wo ich war. Irgendwo in der Nähe hörte ich den allgegenwärtigen Lärm der belebten Hauptstraße, aber Galinak dirigierte mich durch eine enge, halb verlassene Straße nach der nächsten. Nirgendwo Läden oder Tavernen, nur ein Bretterverschlag neben dem anderen – hier wohnten die Ärmsten der Armen. Der einzige schwache Lichtschimmer stammte von den Laternen oben am Zentralplateau, deren Schein sich hin und wieder in den Tarakanischen Aufzügen spiegelte, die über uns hinwegschwebten; ein Verwirrspiel aus Licht und Dunkelheit. Der Gestank war fast unerträglich. Langsam beschlich mich der Verdacht, dass Galinak mich in irgendeine dunkle Ecke lotsen und ausrauben wollte, aber gerade als ich ernsthaft nervös wurde, traten wir aus den kleinen Gassen heraus mitten auf die Tiefengasse, die verrufenste Straße hier unten im Loch.

Hunderte, wenn nicht Tausende Leute drängten sich in

der schmalen Straße, schoben sich an Straßenverkäufern und Imbissständen vorbei, an spärlich bekleideten Prostituierten, Bars und Spielhallen. »Ganz normal weiterlaufen, Blickkontakt vermeiden«, hörte ich Galinak hinter mir sagen, »vor allem bei den Frauen.«

Ich nickte und spürte, wie sich Galinak anspannte und dichter zu mir aufrückte. Bei jedem Schritt passierten ringsum tausend Dinge auf einmal. Ich warf meine übliche Vorsicht über Bord und schaltete auf meine verbesserte Sicht um, und mit einem Mal sah ich jedes noch so kleine Detail gestochen und fast schmerzhaft scharf. Eine splitternackte Nutte verhandelte mit zwei Freiern über den Preis. Ein junger Bursche stopfte für drei wuchtige Trolle ein süßlich riechendes Pfeifchen, weil ihre mit Waffen gespickten Hände dafür zu grobschlächtig waren. Ein Wahrsager in langer Robe stritt sich mit einer Mentalhexe um den Platz. Ein fast nackter fetter Mann winkte Vorübergehende lächelnd in seine Spielhalle. Ein Jongleur warf Äpfel in die Luft, schnitt sie im Flug mit der Machete durch und fing sie auf, ehe sie zu Boden fielen. Am liebsten wäre ich stehen geblieben, um mir alles genauer anzusehen. Bei Bukras Eiern, wie lange war es her, dass ich eine Frau angefasst hatte? Ich war gerade erst angekommen, es war mein allererster Besuch hier … was war falsch daran, es ein bisschen langsamer angehen zu lassen und mir erst mal eine kleine Kostprobe der berühmten Tiefenstadt-Freuden zu genehmigen?

Vielleicht spürte Galinak mein Zögern, vielleicht wollte er aber auch nur so zügig wie möglich seinen Job erledigen, jedenfalls scheuchte er mich erbarmungslos voran, und bald tauchten wir wieder ins Dunkel einer Seitenstraße ein. Ich nutzte meine besonderen Sehfähigkeiten ohne Angst vor bösen Folgen. In der Tiefengasse galt man eher dann als Freak, wenn man *keine* Tätowierungen oder Modifikationen hatte. Ob Galinak irgendwelche Mods zuschaltete, vermochte ich nicht zu sagen, aber jedenfalls hielt er in der Finsternis mit mir Schritt.

»Darf ich dir eine Frage stellen?«, fragte ich, von plötzlicher Neugier gepackt … und um mich von den rothaarigen Nutten abzulenken, an denen wir gerade vorbeiliefen.

»Mach ruhig. Kann aber sein, dass ich sie nicht beantworte.«

»Wie alt bist du?« Sobald ich es ausgesprochen hatte, kam ich mir reichlich dämlich vor.

»Alt.« Er kicherte in sich hinein.

»Also warst du …« Ich zögerte, aber dann entschied ich mich dafür weiterzusprechen. »… ein Salutist?«

»Du bist doch aber keiner von diesen religiösen Schwachköpfen, oder?« Vor Ärger wurde seine Stimme lauter. »Willst du mir jetzt Vorträge darüber halten, dass die ganze Scheiße meine Schuld ist, ja?«

»Nein, auf keinen Fall, ich bin nur neugierig.« Ich drehte mich nach ihm um, sah aber nur seine Schulter.

»Tja, du bezahlst mich nicht dafür, deine Neugier zu befriedigen, also geh weiter.«

»Es kommt mir nur einfach so vor, als wärst du ein bisschen …« Wieder zögerte ich, aus Angst, zu weit zu gehen, aber zu meiner Überraschung lachte er wieder leise in sich hinein.

»Zu alt für diesen Schrott?«

»Ich wollte eigentlich sagen, ›zu professionell für diesen Geleitschutz-Kram‹, aber ›alt‹ geht auch klar.«

Er war immer noch hinter mir, aber ich spürte, wie er mit den Schultern zuckte.

»Ich bin alt«, gab er zu. »Zu alt. Aber trotz all meiner Jahre und großen Weisheit habe ich nie gelernt, meine

Karten richtig auszuspielen und zu erkennen, wann Schluss ist. Also habe ich Schulden abzuzahlen.«

»Aber du warst Salutist«, sagte ich. »Das müssen doch glorreiche Zeiten gewesen …«

»Pffft«, schnitt er mir verächtlich das Wort ab, und ich verstummte. »Wenn irgendein Salutist behauptet, dass die alten Zeiten ein einziges großes, herrliches Abenteuer waren, dann weißt du, dass er entweder gerade auf einem Skint-Trip ist oder dir lupenreinen Schrott erzählt.«

Ich drehte mich zu ihm um. »Aber die ganzen Geschichten? In den Büchern …«

»Von der Gilde diktierter Scheißdreck. Ihnen gingen irgendwann die Fußsoldaten aus, also haben sie jeden Tag neue Rekruten rangekarrt, immer fünf bis acht Leute pro Trupp, in manchen Wochen waren es bis zu dreißig Trupps. Wir haben sie ›Ersatzteile‹ genannt, wenn du verstehst, was ich meine.«

Seine Augen waren direkt auf mein Gesicht gerichtet, aber sein Blick ging in weite Ferne. »Manche von ihnen haben die ersten fünf, sechs Begegnungen überlebt, dann wurden sie übermütig. ›Nix dabei‹, haben sie einander in der Bar erklärt, ›wir knallen einfach nur ein paar Eidechsen ab, nehmen ihre Köpfe mit und streichen die Belohnung ein‹. Mit dem Metall, die sie für die Eidechsenhatz bekamen, haben sie ihre Waffen aufgerüstet und Tarakanische Apparate eingebaut, oder sie haben die Kohle für reineres Skint oder andere Drogen auf den Kopf gehauen, wodurch sie nur noch überheblicher wurden. Und dann haben sie die nächste Eidechse den falschen Schacht hinuntergejagt oder sich zu dicht an die Stadt im Berg herangewagt, und plötzlich waren sie von hundert oder mehr dieser verfluchten Scheißbiester umzingelt. Ein vernünftiger Trupp kann es schaffen, aus so einer Lage wieder rauszukommen und nur zwei oder drei Leute dabei zu verlieren. Aber solche Frischlinge, die einander kaum kennen, mit lauter Waffen und Mods, mit denen sie kaum Erfahrung haben? Da versucht immer einer abzuhauen, der ist dann verloren; ein oder zwei andere versuchen ihn zu retten, die sind dann auch weg vom Fenster. Und der Rest wird überrannt und ist so schnell erledigt, dass man nicht mal Zeit hat, ihre Schreie zu orten, dann ist es auch schon gelaufen.«

Unwillkürlich überlief mich ein Schaudern, als der Salutisten-Veteran hinzufügte: »Und wir reden hier nur von der Eidechsenhatz, also den ganz einfachen Missionen, wo man nur ein bisschen aufräumt, um den erfahreneren Trupps den Weg freizumachen. Wer sich aber in die Stadt im Berg vorwagt, der kann auf unzählige Arten umkommen. Die Fallen dort unten reaktivieren sich selbst oder tauchen irgendwo auf, wo vorher definitiv noch nichts gewesen ist, und wenn man über ein Nest stolpert … tja, selbst wenn man eine solche Begegnung überlebt, danach will man nie wieder dorthin zurück. Oh, und ich bitte um Verzeihung.« Ich vernahm ein Sirren, als würde irgendeine Elektronik hochfahren.

»Für w…«, setzte ich an, da stieß er mir mit den flachen Händen hart vor die Brust. Mir war, als hätte er mit einem Energiehammer zugeschlagen. Ich flog rücklings durch die Luft, geblendet von gleißenden Energiestößen, die dort entlangzuckten, wo ich eben noch gestanden hatte. Dann eine ohrenbetäubende Explosion. In blanker Panik versuchte ich, mich in der leeren Luft festzukrallen. Galinak hatte es irgendwie geschafft, mich aus der Schusslinie zu stoßen und zugleich zurückzuspringen. Mit der erhobenen rechten Hand zielte er in die dunkle Gasse, aus der der Angriff gekommen war. Etwas Dünnes, Silbriges schoss aus seinem Panzerhandschuh.

Ich knallte auf den Boden, und Steintrümmer, brennendes Holz und heiße, verbogene Metallsplitter regneten auf mich herab. Ich hatte Glück im Unglück: Im Loch bestand der Boden größtenteils aus weichem Dreck, und der Aufprall raubte mir immerhin nicht das Bewusstsein. Kurz war ich zu nichts weiter imstande als dazu, schützend die Arme vor den Kopf zu heben, mich panisch hin und her zu wälzen und zu beten, dass keine größere Steinplatte herunterkrachte und mich erschlug. Ich hatte mich gerade wieder auf die Knie hochgerappelt, da packte mich eine starke Hand am Arm und stellte mich auf die Füße. Als ich mich umsah, entdeckte ich ein klaffendes Loch zu meiner Rechten, wo eben noch eine behelfsmäßig zusammengezimmerte Hütte gestanden hatte. Die Ränder des Lochs qualmten, und im Innern sah ich ein kleines Feuer züngeln. Von irgendwoher drangen Schreie an mein Ohr, aber ich hätte nicht zu sagen vermocht, aus welcher Richtung sie kamen.

Galinak musterte mich und stellte lapidar fest: »Du bist unverletzt.«

Ich betastete meinen Kopf und betrachtete meine Hände. Kein Blut. Benommen nickte ich.

»Kann ich dich loslassen?«, fragte er.

Ich nickte noch einmal, aber ich hatte es nur meinem Stolz und schierer Willenskraft zu verdanken, dass ich ohne seine stützende Hand nicht einfach zusammenklappte.

»Mir geht's gut.« Ich klopfte mir den Staub von Schulter und Rücken. Gut, dass ich ganz in Schwarz gekleidet war. »Aber was bei Bukras Eiern war das?«

Galinak trottete zu der Seitenstraße zu unserer Linken. Ich folgte ihm und erblickte den gewaltigen, zuckenden Leib des Trolls, der mich so nachdrücklich dazu aufgefordert hatte, ihn anzuheuern.

»Ich hab schon vor einer ganzen Weile bemerkt, dass er uns folgt«, sagte Galinak und kniete sich hin, um die Reaktion der Pupillen zu überprüfen. »Bei dem Krach, den er veranstaltet hat, wundert es mich, dass du ihn nicht gehört hast.«

»Ist er tot?«

»Nein. Ich hab einen Schockpfeil benutzt, und zwar einen ziemlich teuren.« Er pflückte besagten Pfeil aus der Schulter des Trolls und sah mich an, als wäre das alles ganz allein meine Schuld.

»Und nun? Bringst du ihn jetzt um?«

Tadelnd schüttelte Galinak den Kopf. »Du bist ja ganz schön blutrünstig, sogar für einen Frischling.«

»Na ja … er hat versucht, uns zu töten.«

»Nein. Er hat versucht, *mich* zu töten. Dich wollte er nur ausrauben und vielleicht zum Spaß ein bisschen herumschubsen. Aber sein Hirn ist so randvoll mit rostigem Schrott, dass er seine Kanone benutzt hat, und wenn er getroffen hätte, wäre von uns nichts mehr übrig geblieben, das er hätte gebrauchen können. Es sei denn, er hatte vor, ein sehr eigenartiges Grillfest zu veranstalten.«

»Und du wusstest, dass er hinter uns her ist?« Ich hoffte, dass Galinak nicht bemerkte, wie ich erschauerte, aber vermutlich entging es ihm nicht.

»Natürlich wusste ich das«, erwiderte er gelassen.

»Und du hast gewartet, bis er auf uns schießt?« Plötzlich wurde ich stinksauer. »Hältst du das alles etwa für ein Spiel, oder was?«

»Nein«, antwortete er geduldig. »Ich wusste nur einfach ganz genau, wann der richtige Zeitpunkt ist. Sobald er die Kanone aktiviert, gibt es einen kurzen Moment, in dem die Waffe einrastet und nicht mehr bewegt werden kann. Wenn man weiß, was man tut, muss man einfach nur aus der Schusslinie raus, sobald man hört, wie er die Kanone aktiviert. Das Geräusch ist unverkennbar.«

Er deutete auf die Waffe. »Ich weiß noch, wie wir mal eine ganze Kiste voll mit den kleinen Schätzchen gefunden haben. War bei unserer vierten Tiefenexpedition in die Stadt im Berg. Wir hatten echt Schwein, dass wir überhaupt zurückgekommen sind. Ursprünglich hat man diese Kanonen wohl in den Minen eingesetzt, wahrscheinlich als automatische Geschütze, sodass man weder einen Gnom noch einen billigen Schrott-Junkie wie diesen Burschen hier für den Betrieb braucht.« Er zeigte auf die Halterungen, die den *GY Blaster 2015-d special edition* an Ort und Stelle hielten. »Aber einige Trolle haben sich Hals über Kopf in die Vorstellung verknallt, eins dieser Babys als Waffe mitzuschleppen, und wen, frag ich dich, würde das nicht reizen? Die gingen weg wie warme Semmeln, wir haben ein Vermögen damit gemacht und danach ordentlich gefeiert.« Er schüttelte den Kopf. »Wenn es jemals den richtigen Zeitpunkt gab, um dem ganzen Scheiß den Rücken zu kehren und ein ruhiges Leben anzufangen, war es dieser. Ich hätte genug Kohle gehabt, aber es war eine tolle Zeit damals. Wir hatten einen ausgezeichneten Trupp, gute Leute, wir haben sogar gedacht, dass wir gemeinsam genug zusammenbekommen, um uns einen eigenen Puzzler zu besorgen, du weißt schon, uns selbstständig machen …« Mitten im Satz verstummte er und schüttelte langsam den Kopf, als könne er nur mit Mühe die Erinnerungen verscheuchen. »Wir sollten hier weg«, sagte er, und da bemerkte auch ich die sich nähernden Gestalten.

»Was ist mit ihm?« Ich zeigte nach unten.

»Der kommt bald wieder zu sich. Falls irgendwer versuchen sollte, seine Mods abzuschrauben, wird der schon merken, dass die Betäubung nicht lange anhält. Also los jetzt.«

Er setzte sich in Bewegung, und ich lief hinter ihm her. Ich zitterte immer noch. »Verfolgt er uns nicht, wenn er wieder zu sich kommt?«

»Ich bezweifle, dass er sich noch an irgendwas erinnert. Und war ja nicht das erste Mal, dass er versucht, mich umzubringen.«

»Echt jetzt? Wie oft hat er es denn versucht?«

Galinak dachte nach. »Ich würde sagen, sechsmal. Sieben, wenn man mitzählt, dass er einmal im Skint-Rausch auf mich losgegangen ist, aber das war nichts Persönliches.«

»Und du nimmst ihm das nicht übel?«

Er zuckte mit den Schultern und zupfte an seinem kurzen weißen Bart. »Nö, nicht wirklich. Irgendein Hobby hat doch jeder.«

Kapitel 5

Lange Zeit hatte man in *Margats Nest* nur die ganz hartgesottenen Typen getroffen, solche, die sich nach einem langen Tag voller Schufterei einfach nur in aller Ruhe einen ungepanschten Drink hinter die Binde kippen wollten. Eines dieser Etablissements, wo man höflich zueinander war und jeden Blickkontakt vermied. Man trank drinnen und prügelte sich draußen, ganz zivilisiert.

Vor zehn Jahren jedoch war alles anders geworden, nachdem irgendein Turmfurzer wegen einer Mutprobe hineinmarschiert war und einen Streit vom Zaun gebrochen hatte. Wie durch ein Wunder hatte der Bengel überlebt, mit ein paar gebrochenen Knochen und um ein paar Zähne ärmer, und allen möglichen Leuten davon erzählt. Diese kleine Begebenheit hatte andere übermütige Bengel aus den oberen Ebenen inspiriert, und bald darauf war es eine Art Initiationsritus unter privilegierten Draufgängern, dem *Nest* einen Besuch abzustatten. In Scharen kamen sie heruntergeströmt und stürzten sich in den Kampf. Der Besitzer des Nests begriff rasch, welcher Gewinn sich daraus schlagen ließ, denn die Turmfurzer brachten eine Menge harter Münzen mit und warfen damit nur so um sich, um Eindruck zu schinden. Mittlerweile war das *Nest* das größte, profitabelste *legale* Etablissement im Loch. Es gab Zweikämpfe und Wettkämpfe und natürlich die klassischen alten Kneipenschlägereien, mal geplant, manchmal auch ganz spontan und authentisch. *Margats Nest* war nichts mehr für Leute, die einfach nur in Ruhe einen Drink kippen wollten, obwohl man – wenn man niemanden schief ansah und brauchbare Leute dabeihatte – auch heute noch ohne größere Zusammenstöße hinein- und auch wieder hinausgelangen konnte. Aber im Großen und Ganzen musste man einfach auf sein Glück hoffen, und genau das tat ich.

Zahlreiche Feuer erhellten den Platz vor *Margats Nest*, überall lagerten Leute, die meisten versorgten gerade irgendwelche Wunden. Ein paar Gestalten lagen reglos ausgestreckt auf dem Boden, vermutlich bewusstlos – hoffte ich jedenfalls. Was sie Wertvolles am Leib trugen, hatte ihnen längst irgendwer abgenommen – entweder der Sieger der letzten Auseinandersetzung oder einer der zahlreichen Opportunisten, die hier überall herumschlichen.

Am Haupteingang standen vier Wachen, bis an die Zähne bewaffnet mit allem, was sich ein Troll nur wünschen konnte. Sie wirkten wachsam und kampfbereit. Möglichst unauffällig sah ich mich um und entdeckte ein paar weitere Wachen, die sich im Hintergrund hielten.

Angesichts des Rufs, den der Schuppen hatte, war es hier draußen erstaunlich ruhig – der Eigentümer bevorzugte es, wenn die Kämpfe drinnen stattfanden. Trotzdem schien eine unsichtbare Faust meinen Magen zu umklammern.

Gerade wurde ein junger Mann durchsucht, der nicht älter sein konnte als sechzehn, sein Geleitschutz stand daneben und wartete. Zwei Kämpfer waren es, ein massiger Troll und eine Straßenratte – ein klares Zeichen dafür, dass Ärger suchen mit wenig Geleitschutz immer noch angesagt war. Der Bengel selbst trug eine Art Ganzkörperpanzerung, die mit Salutisten-Symbolen verziert war. Wo auch immer er diese Montur aufgetrieben hatte – allein auf seinem Rücken entdeckte ich die Zeichen vierer rivalisierender Trupps. Mit dem geschlossenem Visier kam er mir vor wie ein farbenfroh bemalter Ritter direkt aus dem Mittelalter. Während wir warteten, wurden drei seiner Waffen konfisziert. Blaster und überhaupt sämtliche Schusswaffen waren verboten, ebenso wie Tarakanische Waffen. Offizieller Geleitschutz war von dieser Regel ausgenommen, wurde aber dennoch davor gewarnt, die mitgeführten Waffen zu benutzen, und zwar unter Androhung von … na ja, unter Androhung wirklich übler Konsequenzen.

Als ich dran war und vortrat, starrte der Türsteher-Troll mit seinen modifizierten Glotzaugen meine Tätowierungen an, dann nickte er kameradschaftlich. Trotzdem ließ er sich Zeit und überprüfte mich mithilfe seiner verbesserten Sicht gründlich. Ich verspürte einen Anflug von Neid. Zwar waren diese Glotzaugen echt hässlich, und wer immer sie eingebaut hatte, war ganz bestimmt kein Künstler gewesen, aber sie verstärkten die Gabe, die wir beide gemeinsam hatten, sicher um das Zehnfache. Ich konnte im Dunkeln sehen, und mit bewusster Anstrengung oder in Panik drang mein Blick auch durch dünne Materialschichten wie Haut oder Kleidung; aber er war imstande, über drei Straßenzüge hinweg zu erkennen, was ich zu Mittag gegessen hatte.

Während ich durchsucht wurde, fragte mich ein zweiter Türsteher, ob ich die Hausregeln kannte und wusste, welche Strafe darauf stand, wenn man im *Nest* jemanden auf die falsche Weise umbrachte. Die Glotzaugenwache fand bei mir keine Waffen, was offenbar so ungewöhnlich war, dass die Atmosphäre plötzlich ein bisschen angespannt wurde, aber nach ein paar weiteren Fragen ließen sie mich durch. Doch bei Galinaks Durchsuchung tauchte ein Problem auf, mit dem ich nicht gerechnet hatte.

Der Troll warf nur einen kurzen, glotzäugigen Blick auf meinen Geleitschutz, nickte knapp und hielt ihm eine geöffnete Tasche vor die Nase. »Blaster und Wurfmesser«, wies er ihn trocken an, »und den Akku für die Handschuhe bräuchte ich auch.«

Galinak rührte sich keinen Millimeter. »Ich bin als Geleitschutz hier«, sagte er und zeigte auf mich.

»Nicht offiziell, nein«, antwortete der Troll. »Zum Syndikat gehörst du jedenfalls nicht mehr, und ich weiß genau, dass auch kein anderes Unternehmen mit dir zusammenarbeitet. Nicht nach dem, was letztes Mal passiert ist.« Der Troll zeigte auf Galinaks Waffen und dann auf die Tasche in seiner Hand. »Du bist hier ein ganz normaler Gast. Besucherregeln, Besucherpreise.« Er klang, als hätte er gerade einen Mordsspaß. »Das macht zehn Münzen für den Eintritt, und an der Bar gelten die normalen Preise.«

Eine Weile stand Galinak reglos da. Blinzelte einmal, dann noch einmal, und dann hob er die rechte Hand an den linken Panzerhandschuh, was ringsum eine Welle hektischer Bewegungen auslöste: Leute warfen sich in Deckung, Wachen legten auf ihn an. Das hastige Scharren und Rascheln, mit dem Waffen gezogen wurden, und das Klicken und Winseln hochfahrender Systeme erzeugten eine eigenartige Kakophonie.

Galinak drehte am Panzerhandschuh, und eine schimmernde Energiezelle glitt aus einer verborgenen Buchse in seine Hand. Dasselbe tat er mit dem zweiten Handschuh, und dann gab er ganz in Ruhe seine anderen Waffen ab, die im direkten Vergleich mit dem hier üblichen Stil geradezu bescheiden wirkten. Der zweite Troll, der ziemlich unprofessionell beiseitegesprungen war, als Galinak die Hand gehoben hatte, sah mit triumphierendem Grinsen zu, wie ich Eintritt für mich und meinen Geleitschutz zahlte.

»Passt ihr mal besser gut auf mein Zeug auf«, sagte Galinak und setzte sich in Bewegung.

»Einen schönen Aufenthalt im *Nest,* mein Alterchen«, rief der Troll uns abfällig hinterher, während wir durch die Doppeltür mitten ins Chaos traten.

»Verdammter Schrott«, fluchte ich leise, als sich die Türen hinter uns wieder schlossen. Selbst wenn sich Vincha wirklich hier im *Nest* aufhielt, würde sie höchstwahrscheinlich nicht besonders kooperativ sein. Und zu meinem Schutz hatte ich nichts weiter dabei als einen ausgedienten Salutisten, der keine Waffen hatte, dafür aber anscheinend jede Menge Feinde. Das hier versprach eine interessante Nacht zu werden, und zwar auf denkbar unschöne Weise.

Kapitel 6

Ich war noch nie zuvor im *Nest* gewesen, aber ich hatte sorgfältig alle Informationen darüber zusammengetragen, die ich nur finden konnte. Ich wusste, was mich erwartete, hatte mir den Grundriss gründlich eingeprägt. Sogar über die Farben der Wandteppiche wusste ich Bescheid, aber trotzdem haute es mich fast aus den Latschen, als wir durch die zweite stählerne Doppeltür traten und uns in waberndem grünen Nebel wiederfanden. Als mir die Mischung aus Körpergerüchen, Skint-Rauch und Frittiertem in die Nase stieg, hätte ich fast gewürgt. Selbst mit meiner verbesserten Sicht konnte ich die gegenüberliegende Wand nicht erkennen, die, wie ich wusste, präzise siebenundfünfzig Meter zwanzig von mir entfernt war. Mein Mentor hatte recht gehabt: Ganz gleich, wie viele Schriftrollen ich über *Margats Nest* gelesen und wie viele Geschichten ich darüber gehört hatte, es war etwas vollkommen anderes, wirklich hier zu sein und mit eigenen Augen die von der Decke hängenden Tarakanischen Artefakte zu sehen, von denen manche noch mit einem längst skelettierten Arm, Bein oder Torso verbunden waren.

Irgendwo schlug jemand auf großen Fässern einen raschen, herzschlagartigen Rhythmus. Es war so laut hier drinnen, dass man sich nur schreiend miteinander verständigen konnte. Das *Nest* bot mehreren hundert Gästen Platz und war zum Bersten voll. Galinak ging voraus, und während wir uns vorsichtig einen Weg durch die Menge bahnten, maßen uns mehrere Besucher ganz offen mit herausfordernden Blicken. Hier und da nickte ein bewaffneter Leibwächter Galinak kurz zu, ehe er seine Aufmerksamkeit wieder ganz seinem Auftrag widmete. Als ich den Blick hob, bemerkte ich mehrere grob zusammengezimmerte Türme, auf denen ebenfalls Wachen standen. Ihre Scharfschützen-Blaster waren unschwer an den langen Läufen zu erkennen. Sachkundig behielten sie die Menge im Auge, und nach allem, was ich gehört hatte, brauchte es nicht viel, damit sie eingriffen.

Gerade als mir Galinak etwas ins Ohr rief, ertönte ein großer Gong und kündigte einen Arenakampf an.

»Was?«, schrie ich zurück. Die Menge schwappte nach rechts, um sich die Action nicht entgehen zu lassen, und riss uns mit.

»Weißt du, wo du hinwillst?«, brüllte er noch mal.

Ich nickte, deutete nach links und formte mit den Lippen das Wort *Spielernest*. Offenbar erleichtert, nickte er und schubste mich Richtung Treppen.

Wir hielten uns von der großen Bar in der Mitte fern, so gut es ging – dort traten gerade drei Männer einen Unglückswurm zusammen, dessen Leibwächter vergeblich versuchte, ihn aus dem Gewühl zu fischen. Mehrere Kellnerinnen kamen an uns vorbei, Tabletts mit Drinks in den Händen. Ihre stählerne Panzerung war mit Stacheln und Klingen gespickt. Wer sie angrabschte, riskierte tiefe Schnitte und Schlimmeres. An Oberkörper und Hintern der Kellnerin, die am dichtesten an mir vorüberkam, entdeckte ich zwei aufgespießte, blutige Finger. Ich wich ihr so weiträumig aus, wie es nur ging.

Auf unserem Weg kamen wir an den Treppen vorbei, die

ins *Liebesnest* hinunterführten. Am Eingang standen ein paar spärlich bekleidete Männer und Frauen. Die Frauen berührten mich mit ihren modifizierten Händen, als wir vorbeigingen. Wellen schierer Lust fluteten durch meinen Körper, und kurz vergaß ich, weshalb ich eigentlich hier war. Galinak zog mich weiter. Einen Leibwächter rührten die Prostituierten mit ihren vibrierenden Händen nicht an.

Danke, formte ich mit den Lippen.

Er zuckte mit den Schultern, und dann erstarrte er, sah über meine Schulter hinweg und verzog das Gesicht. Ich drehte mich um und folgte seinem Blick. Ein hochgewachsener Troll kam auf uns zu, vier oder fünf Mann im Gefolge.

»Rost«, fluchte Galinak und schob mich beiseite. »Das kann ich gerade echt nicht gebrauchen.« Diesmal war ich ganz und gar seiner Meinung.

Der Troll baute sich so demonstrativ vor uns auf, dass allen ringsum sofort klar war, dass er Streit suchte. Im nächsten Augenblick hatte sich auch schon ein interessiertes Publikum versammelt. Der Typ war ein Schläger, einer dieser wuchtigen Kerle, die für Prügeleien geboren zu sein scheinen, und er sah sehr viel jünger aus als Galinak. Mehrere stumpfe Schlagwerkzeuge baumelten im Gürtel seiner makellosen Energierüstung aus dunkelgrauem Stahl. Ein herrliches und eindeutig kostspieliges Stück Handwerkskunst, diese Panzerung, selbst die Kabel wurden von dünnen Gummischläuchen geschützt und waren so befestigt, dass sie bei einem Kampf nicht im Weg waren. Die Stacheln an seinen Armschienen wirkten rasiermesserscharf, und es hätte mich nicht gewundert, wenn er mit seinen Panzerhandschuhen problemlos Wände pulverisieren konnte.

»Galinak, alter Blecheimer«, sagte er und ballte die stahlummantelten Hände zu stahlummantelten Fäusten. »Heute ist wohl mein Glückstag.«

»Hallo Blitzbirne«, antwortete Galinak gelassen. »Ist dir mal wieder dein Schützling abhandengekommen? Oder hat etwa dein Auftraggeber endlich begriffen, dass du deinen eigenen Schwanz in der nächsten Nutte verlieren würdest, wenn er nicht festgewachsen wär, du inkompetenter Schrotthaufen?«

Ringsum erklang Gelächter. Sogar die Leute des Trolls kicherten.

»Ich hab heute meinen freien Tag, du Turmfurzer«, raunzte der Troll und lief knallrot an, »also hab ich Zeit, dich auseinanderzunehmen. Ich werde deinen armseligen Blechschrott übers ganze *Nest* verteilen.«

Ich versuchte, mich unauffällig zu verdrücken, aber die Leute drängten sich so dicht um uns, dass ich nicht wegkam.

»Wie geht's eigentlich deinem Bruder?«, erkundigte sich Galinak. Ich sah, wie seine Hand zuckte, als sehnte sie sich schmerzlich nach den fehlenden Waffen. »Habt ihr euch in letzter Zeit mal *gesehen*?«

Irgendwo in der Menge brüllte jemand vor Lachen, aber den Grund für diese Heiterkeit verstand ich erst, als ich die Antwort des wütenden Trolls hörte.

»Du hast ihm das Auge genommen, du verrottender Weichhäuter«, grollte der Troll, und sein Blick zuckte kurz über Galinaks Schulter hinweg; ein sicheres Zeichen dafür, dass wir umzingelt waren.

»Er hat mir in die Karten geguckt«, erklärte Galinak geduldig.

Eine Kellnerin trat in den Kreis, der sich gebildet hatte. Vielleicht war sie neu hier oder zu sehr darauf konzentriert, Besoffenen und anderen Idioten auszuweichen, um den drohenden Kampf zu bemerken. Galinak schnappte sich einen Krug von ihrem Tablett und nahm einen großen

Schluck. Die Kellnerin öffnete den Mund, um etwas zu sagen, aber dann übernahm ihr Überlebensinstinkt das Ruder, und sie hastete davon, ohne ein Wort zu sagen.

»Genieß deinen letzten Drink, Galinak«, sagte der Troll.

Galinak zuckte mit den Schultern und nahm noch einen Schluck.

Der Troll rollte mit den Schultern. »Wo hättest du es denn gern? Arena? Draußen?«

Galinak schüttelte den Kopf. »Ich bin als Geleitschutz hier. Wenn ich den Job erledigt habe, können wir gern ein kleines Tänzchen wagen, aber dann höre ich nur auf, wenn du mich ganz lieb darum bittest.«

Der Troll schüttelte den mit Metallplatten geschützten Kopf und schlug die Panzerhandschuhe zusammen, um sie zu aktivieren. Funken sprühten. »Du bist kein Geleitschutz, du bist nur ein Besucher. Die haben dir an der Tür ja sogar deine erbärmlichen Pfeile weggenommen.« Kichernd schwang er die Fäuste. »Wir können in die Arena gehen, oder ich nehme dich einfach hier auseinander. Oder …« Er wandte den Kopf in meine Richtung, offenbar war ihm gerade eine noch bessere Idee gekommen. »Ich kann auch mit diesem Weichhäuter hier anfangen, dann musst du dir um deinen kostbaren *Schützling* keine Sorgen mehr machen.«

Mein Mund wurde schlagartig trocken. Den Schützling zu verlieren war schlecht für die Reputation, und der Troll hatte offenbar gerade beschlossen, dass Galinak genau diese Demütigung recht geschah. Ich spürte, wie die Stimmung umschlug. Die Leute rangelten um die besten Plätze. Das hier war kein Arenakampf und auch keine für die Turmfurzer inszenierte Schlägerei. Das hier war echt, und überall ringsum schlossen die Leute Wetten ab. Den Wachen auf den Türmen war das Geschehen keinesfalls entgangen, aber sie mischten sich nicht ein. Vermutlich gingen sie davon aus, dass sich die Sache ohnehin schnell von selbst erledigen würde. Mir war klar, dass mir diesmal meine Schlagfertigkeit nicht weiterhelfen würde. Galinak, alt und unbewaffnet, würde gleich gegen einen voll bewaffneten, stinkwütenden Schlägertroll und seine Kumpels kämpfen. Und danach war ich dran.

»Sag mal, ist das eine echte Energierüstung?«, erkundigte sich Galinak beiläufig und nippte an seinem Drink.

Die Frage verblüffte alle Umstehenden, einschließlich des Trolls.

»Nicht dass es dich was anginge, Weichhäuter«, knurrte er, »aber ja, das ist eine Energierüstung mit Dreifachantrieb und Flankenschutz. Glaub aber nicht, dass ich vorhab, sie deinetwegen extra zu aktivieren.«

»Sieht mir nach schönem Pfusch aus. Da hat dir wohl jemand ein paar Bleirohre und gehärteten Lehm verkauft.«

Empört richtete sich der Troll zu voller Größe auf. »Das ist ein echtes Tarakanisches Artefakt, du Rostbirne, ich hab's im Auktionshaus gekauft. Hab sogar ein Zertifikat von der Technikus-Gilde. Daran haust du dir die alten Hände zu Klump. Also wenn du überhaupt 'nen Treffer landest, was nicht passieren wird.«

Galinak wirkte nicht besonders beeindruckt. Er nahm noch einen Schluck und legte den Kopf schief, als würde er die Rüstung noch mal genauer ansehen.

»Ich glaube«, sagte er und zeigte mit dem Krug auf den Troll, »dass du dir da einen Haufen notdürftig zusammengeschraubten alten Schrott hast andrehen lassen. Und so lustig es sein wird, dich umzuhauen – noch mehr freu ich mich auf deine dämliche Fresse, wenn ich dir diesen wertlosen Schrott in den Arsch schiebe.«

»Das werden wir ja sehen«, brüllte der Troll und schlug auf einen Knopf an seinem Gürtel. Genau im gleichen Augenblick schüttete Galinak ihm den Inhalt seines Krugs ins ungeschützte Gesicht. Der Troll, kurz geblendet, taumelte leicht, seine Panzerung aktivierte sich bereits, aber da war noch einen Herzschlag lang Zeit. Galinak nutzte diesen winzigen Augenblick, um ihm einen prächtigen doppelten Kinnhaken zu verpassen. Mit verdrehten Augen stolperte der Troll rückwärts, aus dem gebrochenen Kiefer flog in hohem Bogen ein Zahn heraus, begleitet von einem Schwall Speichel und Blut, dann krachte der Schläger zu Boden. Galinak schoss vorwärts, wechselte unvermittelt die Richtung und rammte dem hammerschwingenden Troll mit Augenklappe, der hinter uns aus der Menge sprang, den Ellbogen in den Magen. Der Troll taumelte, hielt sich aber auf den Beinen, seine Panzerung fing den Großteil des Schlags ab. Erneut schwang er den Hammer und streckte beim Ausholen einen arglosen Gast hinter sich nieder, aber Galinak war zu dicht dran, als dass sein Gegner richtig hätte zuschlagen können. Der Hammer glitt an seiner Schulter ab, und Galinak verpasste seinem Gegner eins aufs gesunde Auge. Aufbrüllend ging der Troll zu Boden und kassierte einen Stiefeltritt gegen den Kopf.

Eigentlich hätte es damit vorbei sein sollen. Aber es ging jetzt erst richtig los. Galinak pflückte den Hammer vom Boden und fuhr rasch herum. Die Begleiter des Trolls drängten sich zu uns durch, entweder von Pflichtgefühl oder von Zorn beflügelt.

Galinak schob sich zwischen die anrückenden Gegner und mich. »Du gehst jetzt besser«, sagte er. »Du hast damit nichts zu tun. Und ich kann gerade nicht auf dich aufpassen.«

»Du hättest mir sagen sollen, dass es hier Leute gibt, die dich nicht leiden können.« Ich sah mich nach einem guten Versteck um, aber da war nichts außer einer Wand aus Fleisch und Metall.

»Die Leute können mich nirgendwo leiden«, brummte er, eher an sich selbst gerichtet als an mich. »Hau schon ab, ich komme nach.«

Die Männer, die auf uns zukamen, waren zu dritt. »Und was, wenn nicht?«

Grob stieß mich Galinak zwischen die Umstehenden. »Dann kriegste Rabatt«, sagte er, drehte sich um und ging mit einem Brüllen, bei dem einem das Blut in den Adern erstarrte, auf die drei anderen Trolle los.

Kapitel 7

Auf Händen und Knien erreichte ich die Treppe, verdreckt, aber mehr oder weniger heil. Irgendwer trat mir in die Rippen, jemand anders trampelte auf mein Bein, aber beides geschah unabsichtlich und hinterließ keine bleibenden Schäden.

Der Kampf in meinem Rücken entwickelte sich zu einer wilden Jeder-gegen-jeden-Kneipenschlägerei. Zwei begeisterte Turmfurzer stürzten sich, beeindruckt von Galinaks Nahkampffertigkeiten, mit ins Getümmel, um die Chancen auszugleichen, und wie es in solchen Fällen üblich ist, brandete die Gewalt rasch in alle Richtungen. Bald schwang jeder um mich herum Fäuste, Waffen oder auch Möbel gegen die anderen.

Auf der Wendeltreppe sah ich braune Flecken und hoffte, es war nur getrocknetes Blut und nichts Schlimmeres. Ich rappelte mich auf und klopfte mir so gut wie möglich den Dreck ab, während Leute an mir vorbeieilten, um sich mit in den Kampf zu stürzen. Es war Zeit, nach unten zu gehen.

Eine ganze Weile noch hörte ich den Kampflärm, aber die Wände waren dick, und das *Nest* reichte tief. Früher waren hier vermutlich mal Grabkammern gewesen, heute war es die berüchtigtste Spielhölle des gesamten Lochs. Der unterirdische Raum war verblüffend groß und wurde von Stützbalken und halbhohen Wänden in mehrere Sektionen unterteilt. In den meisten dieser offenen Räume befanden sich Tische, an denen man Karten spielte oder würfelte. Die Außenwände waren mit wunderschönen szenischen Wandteppichen bedeckt, und die Feuer in zahlreichen Kaminen, großen Öllampen und Urnen verbreiteten Behaglichkeit. Die Luft war feucht, aber dank des noch intakten Tarakanischen Lüftungssystems konnte man einigermaßen atmen. Die Trolle, die hier unten Wache standen, waren vielleicht nicht ganz so riesig wie ihre Kollegen oben, aber zweifellos nicht weniger tödlich. Mit Sicherheit hatten sie mitbekommen, dass über ihren Köpfen ein Kampf losgebrochen war, aber sie rührten sich nicht von ihren Plätzen, sondern beobachteten mich nur mit professionellem Argwohn.

Ich kaufte bei einer vorbeikommenden Kellnerin einen Drink, nippte daran und tat, als würde ich auf einen freien Platz warten. Stellte meine Augen darauf ein, das schummrige Licht zu verstärken, betrachtete das Gedränge an den Spieltischen und versuchte verzweifelt, mich zu beruhigen.

Ich war durchgeschwitzt, schmutzig, hatte vermutlich eine angeknackste Rippe und sehr viel weniger Münzen dabei, als gut gewesen wäre. Das konnte sich zu einem Problem auswachsen, denn bis ich sie entdeckte, musste ich zur Tarnung spielen. Nach meiner monatelangen Suche hatte ich ein ziemlich gutes Bild von der Frau, hinter der ich her war, aber als ich dort stand, den Rücken an die Wand gelehnt, beschlichen mich Zweifel. Während mein Blick durch den unterirdischen Raum schweifte, wanderten meine Gedanken zurück zu den unzähligen Informanten und sonstigen Kriminellen, die zu befragen ich das zweifelhafte Vergnügen gehabt hatte. Manche hatte ich bestochen, anderen hatte ich drohen müssen, und ganz selten mal hatte ich mich gezwungen gesehen, dem einen oder anderen mithilfe angeheuerter Muskeln wehzutun. Mehr als die Hälfte von ihnen hatte gelogen, manche so überzeugend, dass ich Schatten hinterhergejagt war. Aber jetzt war sie hier, da war ich ganz sicher.

Zum dritten Mal suchte ich mir einen neuen Platz, aber trotzdem waren inzwischen einige Wachen auf mich aufmerksam geworden. Hier unten konnte man Zuschauer nicht leiden. Schon bald würde ich mir einen Tisch suchen und ein bisschen Geld verzocken müssen. Ich sah zwei Männer von einem Tisch aufstehen, einer der beiden fluchte lauthals. Gerade ging ich auf die frei gewordenen Stühle zu, da entdeckte ich sie zwischen den Tischen. Es war so offensichtlich sie, dass ich fast laut aufgelacht hätte.

Nach meiner aktuellsten Beschreibung hatte sie langes Haar, aber jetzt trug sie es kurz, im Troll-Stil, und hatte es schwarz gefärbt, was die Tätowierungen an ihrem Schädel verbarg, es sei denn, man hatte so scharfe Augen wie ich. Alle anderen Frauen an den Spieltischen waren freizügig gekleidet, um die männlichen Mitspieler von Karten oder Würfeln abzulenken. Sie jedoch trug einen langärmligen grauen Einteiler, der ihren Körper vom Hals bis zu den Zehen verbarg und unter dem sich ganz sicher zahlreiche Narben von Tarakanischen Mods und Schlachtwunden verbargen. Die Spuren, die das Kom-Gerät an ihrem Ohr hinterlassen haben musste, hatte sie mit zahlreichen Ohrringen kaschiert. Sie war Kommunikationsspezialistin gewesen, aber ihre Körperhaltung war die einer Kriegerin. Kurz fragte ich mich, was sie bewogen haben mochte, ihre Artefakte aufzugeben. Aber ich wusste, dass sie Schulden hatte, vermutlich lag es daran.

So unauffällig wie möglich steuerte ich auf sie zu und hoffte, dass sie mich nicht bemerkte, ehe ich in Hörweite war. Aber ihr Kämpferinstinkt warnte sie, und sie spannte die Muskeln und wandte sich in meine Richtung, lange bevor ich auch nur in ihrer Nähe war. Ich sah ihr ins Gesicht und ging weiter, und sie rührte sich nicht.

Längst hatte ich mir zurechtgelegt, was ich sagen wollte, ich hatte dieses Gespräch in Gedanken schon tausendmal geführt. Trotzdem war meine Kehle plötzlich wie ausgetrocknet. Heiser stieß ich hervor: »Ich will spielen.« Aus ihrem Blick schloss ich, dass mein vorgetäuschter Hochebenen-Akzent sie nicht überzeugte.

»Die Spieltische sind dort drüben, Milord.« Sie wies mir mit dem Kopf die Richtung. »Ich bin sicher, dort findet Ihr ein Spiel ganz nach Eurem Geschmack.«

Ich schüttelte den Kopf. »Ich will gegen das Haus spielen.«

Wieder musterte sie mich und schätzte ganz offensichtlich ab, ob da ein Trottel vor ihr stand oder ein Gauner. Ich gab mein Bestes, um auszusehen wie einer, der Ersteres war, sich aber für Letzteres hielt.

»Ich habe Euch hier noch nie gesehen«, bemerkte sie, ehe ihr die Gepflogenheiten des Hauses wieder einfielen und sie hinzufügte: »Milord.« Allerdings klang es spöttisch.

»Nicht mein übliches Etablissement«, erwiderte ich so hochmütig wie möglich. »Normalerweise spiele ich in den höheren Ebenen. Habe auch schon ein paar Turniere mitgemacht. Ich habe gehört, hier unten lässt sich gut spielen.« Demonstrativ herablassend sah ich mich um. »Aber bisher finde ich es eher enttäuschend.«

Anscheinend war ich nicht überzeugend genug, oder vielleicht spürte sie auch, dass hier etwas nicht stimmte. Sie neigte leicht den Kopf. »Ich würde vorschlagen, dass Ihr dort drüben am Tisch anfangt, Milord, und Euch von dort aus hocharbeitet. Damit spart Ihr vermutlich ein Vermögen.« Sie wandte sich zum Gehen.

Sie war älter, als sie aussah, das wusste ich, aber ich entschied mich dagegen, sie am Arm zu packen. Sie wirkte nicht, als würde sie auf unerwünschte Berührungen besonders freundlich reagieren, und ich wollte nicht am eigenen Leib herausfinden, wie gut ihre Reflexe noch funktionierten. Stattdessen lief ich ihr hinterher und ließ kurz meine prall gefüllten Geldbeutel aufblitzen, in der Hoffnung, dass dieses Argument sie doch noch überzeugte. Ich wusste, dass sie einen kleinen Teil des Gewinns als Bonus einstreichen würde.

»Ich will gegen das Haus spielen«, beharrte ich. »One-on-one. Seid Ihr dabei, oder muss ich mir jemand anders suchen?«

Sie zögerte. Spürte wohl, dass es eine Falle war. Aber gerade, als ich dachte, sie würde mir endgültig den Rücken kehren, beugte sie sich vor, schnappte sich einen der Beutel und wog ihn in der Hand. Die Münzen klimperten hörbar. Sie richtete sich wieder auf. »Kommt mit«, sagte sie, drehte sich um und ging voran, ohne sich zu vergewissern, dass ich ihr gehorchte.

Ich folgte ihr zum entgegengesetzten Ende der Halle, wo ein uralter Wandteppich hing, der eine Kampfszene aus der Zeit vor der Katastrophe zeigte. Daneben stand ein Wachtroll. Als wir näher kamen, nickte er ihr zu, griff nach dem Wandteppich und zog ihn für uns beiseite. Dahinter tauchte ein kurzer Gang auf. An seinem Ende führten Stufen noch tiefer unter die Erde.

Unten erwartete uns eine Holztür, die sie mit einem Schlüssel öffnete, den sie um den Hals trug. Hinter der Tür lag ein prunkvoll eingerichteter Raum: Möbel aus echtem Eichenholz, an den Wänden Ölgemälde. Dies war das private Spielzimmer, in dem alles darauf ausgerichtet war, der gesellschaftlichen Crème de la Crème zu schmeicheln, damit sie sich wohlfühlte, wenn sie hier ein Vermögen verlor. Ich hingegen wurde bei dem Anblick noch nervöser. Das hier war nicht meine Liga. Gegen das Haus zu spielen bedeutete, die Statistik gegen sich zu haben. Ich hatte noch nie begriffen, weshalb manche Leute das wollten, aber andererseits hatte ich heute eine ganze Menge reicher junger Leute gesehen, die aus der Sicherheit der oberen Turmebenen ins Loch hinabgestiegen waren, um den vergnüglichen Nervenkitzel zu suchen, sich zusammenschlagen und ausrauben zu lassen.

»Einen Drink?«, erkundigte sie sich beiläufig und zeigte auf eine üppig gefüllte Vitrine. »Wir haben Moonshine aus der Zeit vor der Katastrophe.«

Immerhin das war eine einfache Entscheidung: Auf gar keinen Fall würde ich unter diesen Umständen irgendetwas zu trinken annehmen. Offenbar versuchte sie immer noch abzuschätzen, ob ich so dämlich war, wie ich wirkte, oder ein Profi, der sich überzeugend als Trottel gab.

Ich schüttelte den Kopf und setzte mich an den Tisch. Sie ging ans andere Ende und förderte ein Kartendeck zutage, das sie auf dem Tisch ausbreitete, damit ich sah, dass es vollständig war. Es waren besondere Karten, sehr groß und auffallend schön illustriert, außerdem aus echtem Kartonpapier, nicht die üblichen groben Karten aus Holz. Vermutlich kostete allein dieses Deck mehr, als ich an diesem Tisch verspielen würde.

»Was möchtet Ihr spielen, Milord?«, erkundigte sie sich, diesmal ganz professionell und mit höflichem Interesse.

»Troll«, antwortete ich.

Verblüfft sah sie auf. »Was möchtet Ihr spielen, der Herr?«, hakte sie nach.

»Troll möchte ich spielen, wie ich bereits sag…«

»Nein«, unterbrach sie mich. »Was wollt Ihr *wirklich* spielen? Niemand hier unten spielt Troll.« Sie spuckte den Namen des Spiels förmlich aus.

Was sollte ich sagen? Dass dies das einzige Spiel war, das ich beherrschte? Dass es das einzige Spiel war, für das ich ein paar Strategien auf Lager hatte?

»Ich will es aber spielen.« Ich versuchte zu klingen, als sei es ein Versäumnis des Inhabers, dass hier im *Nest* niemand ein Kinderspiel zockte.

Sie zuckte mit den Schultern und schüttelte ratlos den Kopf. »Acht zu sechs.«

Das war nicht besonders gut, hätte aber auch schlimmer sein können. Ich warf ihr einen meiner Geldbeutel zu. Sie schüttete den Inhalt auf den Tisch und zählte die Münzen rasch durch. Dann mischte sie die Karten und teilte aus – sechs für mich, acht für sie.

Ihre Bewegungen waren nicht von der flüssigen Beiläufigkeit, die ich von einer Kartengeberin im *Nest* erwartet hätte, aber sehr präzise. Sämtliche Karten flogen in knappem Bogen durch die Luft und landeten exakt nebeneinander, die Rückseite nach oben. Wahrscheinlich würde sie nicht versuchen, mich zu bescheißen – bei acht zu sechs hatte sie das nicht nötig.

»Eine gut gemeinte Warnung, Milord, ganz unter uns Tätowierten«, sagte sie und sah mir geradewegs in die Augen. »Wenn ich auch nur das leiseste Anzeichen dafür entdecken sollte, dass Ihr diese interessanten Tätowierungen um Eure Augen einsetzt, um Euch die Karten näher anzusehen oder mir durch die Kleidung zu glotzen, sind wir hier fertig. Und auf dem Weg nach draußen nehmen Euch die anderen Wachen üblicherweise sämtliche Münzen ab und brechen Euch nebenbei noch ein paar Knochen, damit Ihr Eure Lektion auch wirklich gründlich lernt, also … Ihr wisst Bescheid.«

Ich nickte, schluckte trocken und gab mir alle Mühe, nicht schuldbewusst zu erröten. Wir fingen an zu spielen.

Die erste Runde war kurz und schmerzhaft und kostete mich ein Viertel des Beutelinhalts. Die zweite Runde dauerte länger, aber auch diesmal verlor ich und musste danach einen neuen Beutel zu ihr rüberwerfen.

Die dritte, vierte und fünfte Runde gewann niemand, die sechste endete unentschieden, was hieß, dass es in der siebten um einen größeren Einsatz ging als in den Runden zuvor. Ich spürte, wie sie sich allmählich ein bisschen entspannte. Für sie war ich nur ein weiterer Idiot, dem sie seine Münzen abknöpfte. Es wurde Zeit, den Einsatz zu erhöhen.

»Arbeitet Ihr schon lange hier?«, fragte ich beiläufig, den Blick in meine Karten gerichtet.

Sie nickte. »Lange genug.« Es klang fast, als sagte sie es vor allem zu sich selbst.

»Aber vorher habt Ihr etwas anderes gemacht«, sagte ich und schob zwei Karten von mir weg.

Sie erwiderte meinen Blick nicht, stattdessen tauschte sie drei ihrer Karten um und erhöhte.

»Mein älterer Bruder hat mir dieses Spiel beigebracht«, fuhr ich im Plauderton fort. »Er war Salutist.« Ich sah, wie sie unwillkürlich die Hand zu ihrem Ohrläppchen hob, als würde sie nach dem Tarakanischen Kom-Gerät suchen, das dort einmal gesessen hatte, über Drähte mit ihrem Gehirn verbunden.

Sie riss sich zusammen, zog eine Grimasse und warf mir zwei Karten zu, die millimetergenau neben den anderen landeten. Ich warf einen raschen Blick darauf: ein Troll und ein Schädel. Mir dämmerte, dass ich diese Runde womöglich gewinnen konnte, aber allmählich lief mir die Zeit davon. Ich musste bald hier verschwinden, und vorher musste ich mir ganz sicher sein.

Ich bat um eine weitere Karte, und sie warf sie mir zu. »Danke, Vincha«, sagte ich und beobachtete ihre Reaktion. Es gab keine. Sie blinzelte nicht, sah nicht mal auf. Erhöhte nur den Einsatz um zwei weitere Münzstapel und warf mir eine letzte Karte zu. Diesmal zielte sie jedoch schlecht; die Karte flog zuerst geradewegs auf mich zu, aber dann geriet sie mitten im Flug ins Trudeln, drehte sich und glitt an mir vorbei. Ich sah ihr hinterher, wie sie außerhalb meiner Reichweite über den Tisch segelte und auf dem dicken Teppich landete, die Vorderseite nach oben. Noch ein grinsender Totenschädel. Mit diesem Blatt hätte ich gewonnen.

Als ich den Kopf wieder zurückdrehte, war es schon zu spät. Sie schlitterte über den Tisch auf mich zu, ihre Knie knallten mir gegen die Brust. Ich flog rücklings davon und stieß mir zum zweiten Mal an diesem Abend den Kopf an, diesmal auf dem teppichbedeckten Boden. Kurz sah ich nichts als wirbelnde Farben. Sie kniete sich auf meine Brust, und gleich darauf spürte ich eine Klinge am Hals. Sie drückte zu, der kalte Stahl biss mir in die Haut.

»Wer hat dich geschickt?«, zischte sie.

Ich versuchte hektisch, die Tränen wegzublinzeln. »Niemand«, krächzte ich und rang nach Atem. Mein Hinterkopf schmerzte, und ihr Gewicht drohte mir den Brustkorb zu sprengen. Vincha war nicht gerade ein zierliches Persönchen, und ihr Messer war verdammt scharf. Ich spürte, wie mir Blut über den Hals rann, und kämpfte gegen den Impuls an, sie wegzustoßen oder es zumindest zu versuchen. Es wäre sicher das Letzte gewesen, was ich je getan hätte.

»Lass dich doch verschrotten«, fluchte sie. Presste eine Hand auf meine Stirn, sodass ich kaum noch blinzeln konnte. Das Messer verschwand von meiner Kehle, aber die Erleichterung währte nur kurz und wurde von blankem

Entsetzen abgelöst, denn im nächsten Augenblick spürte ich den kalten Stahl direkt unter meinem Auge.

»Ich kann dir die Kehle aufschlitzen«, sagte sie drohend, »oder ich stech dir ein Auge aus. Tu dir selbst einen Gefallen und sag mir, wer dich geschickt hat. Ist es Fuazz?«

Ich versuchte, mich zu beruhigen. Einen meiner Arme hatte sie mit dem ausgestreckten Bein sehr professionell am Boden fixiert, ich spürte ihn kaum mehr. Mein Versuch, den anderen Arm zu bewegen, erwies sich als Fehler. Sie drehte das Messer ein Stück, Blut quoll aus meiner Haut. Ich japste auf.

»Fang an zu reden, oder ich fange mit etwas an, das ganz schön lange dauern wird«, sagte sie. Ihre eisige Stimme wirkte ebenso ernüchternd auf mich wie das Blut, das mir heiß über die Wange rann.

»Bitte nicht«, keuchte ich. »Ich will dir nichts Böses.«

»Ach wirklich.« Sie lachte leise und bitter in sich hinein. »Also, wer schickt dich? War es dieser verdammte Blecheimer Fuazz?«

»Nein.« Allerdings hatte Fuazz mir einen entscheidenden Tipp gegeben, wo ich sie finden konnte.

»Die Greifer?«

»Nein. Bitte …«

»Die Ehemaligengilde?«

»Nein, es ist wirklich nicht so, wie du …«

»Die Gesellschaft des Omens.«

Das verblüffte mich selbst angesichts meiner Lage derart, dass ich verstummte. »Du hast es doch wohl nicht geschafft, dir sogar *die* zum Feind zu machen?« Zu meiner Überraschung brachte das sie zum Lachen, was allerdings nicht bedeutete, dass der Druck unter meinem Auge nachließ.

»Hör mal«, wagte ich einen neuen Vorstoß und versuchte,

so ruhig und vernünftig zu klingen, wie ich nur konnte. »Es war mein Ernst, ich will dir wirklich nichts Böses. Ich habe keinerlei Waffen dabei.«

Dass jemand völlig unbewaffnet ins *Nest* hineinlatschte und lange genug am Leben blieb, um damit anzugeben, kam Vincha offenbar so unglaubwürdig vor, dass sie es überprüfte. Sie durchsuchte mich gründlich, wobei sie mehrmals fachmännisch ihre Position änderte und dabei auch die Hand am Messer wechselte, ohne dass sich die Klinge auch nur das kleinste bisschen bewegte. Die ganze Zeit lag ich hilflos unter ihr und hatte keine Chance zur Gegenwehr. Unter anderen Umständen hätte ich es fast genießen können.

Irgendwann sagte sie: »Deine Augen.«

»Was ist damit?«, fragte ich so ruhig wie möglich. »Ich kann im Dunkeln sehen, beim Kartenspiel schummeln, manchmal durch Leute oder sogar dünne Wände hindurchsehen – aber was soll ich damit schon anrichten? Dich zu Tode starren?«

Sie nickte, eher nachdenklich als zustimmend, und der Druck der Klinge ließ ein wenig nach. »Rede«, forderte sie mich auf.

»Ich arbeite für eine kleine Gemeinschaft aus Männern und Frauen«, stieß ich rasch hervor. »Wir nennen uns die Historikergilde. Wir erforschen unsere Vergangenheit, um die Gegenwart zu verstehen und uns auf die Zukunft vorzubereiten.« Es klang genau wie das plumpe Mantra, das es war. Der Historikergilde lag das rentable Verscherbeln von Artefakten mindestens ebenso sehr am Herzen wie das Wohl der Menschheit oder das hehre Ziel, etwas über die Katastrophe herauszufinden, aber es war mir egal – wenigstens ließ Vincha mich jetzt reden und hörte mir zu, und zumindest für den Augenblick wurde keiner meiner Körperteile zerquetscht oder aufgeschlitzt. »Ich möchte mich mit dir unterhalten. Darüber, was passiert ist, als du unten in den Ruinen warst, mit dem Jungen …«

Ungläubig starrte sie mich an. »Und *dafür* verfolgst du mich bis ins *Nest*?«

»Ja.«

»Verroste doch in irgendeiner dunklen Ecke.«

»Es ist sehr wichtig für uns. Wir müssen wissen, was damals passiert ist.«

»Ich erinnere mich nicht mehr.« Sie kauerte immer noch über mir. »Es ist schon lange her.«

»Wir kennen Mittel und Wege, um deinen Erinnerungen auf die Sprünge zu helfen«, sagte ich, und als ihre Miene gefror, fügte ich hastig hinzu: »Nur Gedankentechniken, nichts Schlimmes.«

Sie schüttelte den Kopf. »Was vorbei ist, ist vorbei.« Sie stand auf, behielt das Messer aber in der Hand. »Keine plötzlichen Bewegungen«, warnte sie mich. »Jetzt erklär mir, woher du meinen Namen kennst und wie du mich gefunden hast.«

»Ich suche dich seit fast zwei Jahren.« Ich rieb meinen tauben Arm, um den Blutfluss wieder anzuregen.

»Es überrascht mich, dass du mich gefunden hast.«

»Manches liegt mir mehr als das Kartenspiel«, sagte ich leichthin, setzte mich hin und stöhnte unwillkürlich auf. »Du bleibst nie länger als einen Monat am selben Fleck. Du arbeitest nie zweimal an demselben Arbeitsplatz, wenn du in eine Stadt zurückkehrst. Beim Reisen achtest du auf immer neue Routen, du steuerst nie mehr als drei aufeinander folgende Anlaufpunkte einer früheren Route an. Und meist wohnst und arbeitest du in älteren Etablissements, am liebsten in ehemaligen Salutisten-Geschäften. Du bist gut, aber du folgst gewissen Mustern. Sobald ich die entdeckt hatte, war es nur noch eine Frage der Zeit, bis ich dich finde.«

»Und der ganze Schrott für nichts weiter als eine blödsinnige Unterhaltung?« Mit wachsamem Blick setzte sie sich auf die Kante des Spieltisches, zwar außerhalb meiner direkten Reichweite, aber nah genug, um mich rasch mit einem Tritt oder dem Messer anzugreifen.

»Ja. Wir wollen einfach sehr gern deine Version der Geschichte hören.«

»Tja, Pech gehabt, du kleines Funkelauge. Ich rede nicht mit dir oder deiner Schrottgilde.«

Ich stand auf, ganz langsam und vorsichtig, stellte den umgekippten Stuhl wieder hin und setzte mich. »Wir zahlen dafür«, sagte ich, und als ich ihre Miene sah, fügte ich hinzu: »Und wir zahlen gut.«

»Ich verdiene genug, vielen Dank. Jetzt hau ab.«

Jetzt kam es darauf an. Eine zweite Chance würde ich nicht bekommen. Sie würde noch heute Nacht wieder untertauchen, denn wenn ich sie hier finden konnte, dann konnten andere das auch, und es war ein ganzer Haufen unerfreulicher Gestalten hinter ihr her. Ich musste sie zum Reden bringen, ich hatte gar keine andere Wahl. Also sagte ich etwas, von dem ich genau wusste, dass es womöglich meine letzten Worte sein würden. »Ich weiß, weshalb du diesen Mustern folgst.«

Sie erstarrte.

»Ich weiß, weshalb du auf diese Weise reist. Ich weiß, weshalb du immer noch Schulden hast und wohin alles geht, was du verdienst. Ich weiß über deine Tochter Bescheid.«

Ihre Miene verlor jeden Ausdruck, was bedeutete, dass sie mich umbringen würde.

»Das ist keine Drohung oder so«, sagte ich rasch und hob

die Hände. »Es geht mich nichts an, was du tust, aber ich würde gern helfen, dein Leben und das deiner Familie ein wenig leichter zu machen. Ich würde sehr gut für deine Geschichte zahlen.«

Sie starrte mich an, in ihrer Hand tanzte das Messer. Ich wagte kaum zu atmen, obwohl ich vielleicht nicht mehr lange die Wahl hatte, ob ich Luft holen wollte oder nicht. Das tanzende Messer zog meinen Blick magisch an, ich konnte nicht wegsehen.

»Wie viel?«, fragte sie.

»Genug, um deine Schulden zu begleichen und deine Familie besser zu verstecken.«

»Ich habe meine Schulden bereits beglichen«, sagte sie. »Es hat lange gedauert, aber ich habe sie beglichen.«

Das überraschte mich und war vermutlich auch nicht die Wahrheit. »Da habe ich was anderes gehört«, sagte ich so neutral wie möglich, unsicher, ob das hier der Wendepunkt unserer Unterhaltung werden könnte.

»Ich habe meine Schulden beglichen, Münze für Münze«, beharrte sie, als ob sie glaubte, dass das für mich eine Rolle spielte, »aber diese Blutsauger mit ihren verdammten Krediten lassen einen nicht vom Haken, und sie wollten immer mehr und mehr, kamen immer wieder deswegen an, und da habe ich dann irgendwann aufgehört zu zahlen.«

Ich nickte. »Trotzdem, Metall ist Metall. Ich biete dir harte Währung, ganz ohne Risiko und ohne Sex. Was du damit anstellst, ist deine Sache.«

»Wie viel?«, fragte sie.

Ich dachte mir eine Summe, teilte sie in Gedanken durch zwei, halbierte das Ergebnis noch einmal und nannte sie ihr.

»Das soll wohl ein Witz sein. Dafür würde ich dir nicht mal ein Muttermal zeigen.«

Ich lächelte. Jetzt waren wir bei den Verhandlungen angelangt, also auf meinem Territorium. Ich öffnete gerade den Mund, um zu antworten, da gab es plötzlich Aufruhr hinter der geschlossenen Holztür. Ehe ich wusste, wie mir geschah, hatte Vincha mich auf die Füße gerissen und hielt mich fest, das Gesicht zur Tür, das Messer an meiner Kehle.

Es krachte laut, und die Tür flog auf. Der Wachmann, der uns den Gobelin aufgehalten hatte, kam hereingeflogen und landete mit von sich gestreckten Gliedmaßen auf dem Teppich. Er stand nicht wieder auf. Galinak, blutbespritzt und schweißgebadet, schlenderte gemächlich zur Tür herein. Auf seinem Gesicht lag ein friedliches Lächeln, als wäre er gerade auf einem gemütlichen Spaziergang.

Bei meinem Anblick blieb er stehen. »Na«, sagte er, »was haben wir denn da?«

»Galinak, du rostzerfressenes Elend«, sagte Vincha ruhig, das Gesicht dicht an meinem Hals. »Ich dachte, du hättest Hausverbot.«

»Freut mich ebenfalls, dich zu sehen, Vincha.« Galinak legte den Kopf schief. »Mit Verlaub, du klingst viel besser als damals, als du noch auf Skint warst. Aber was zum Geier ist mit deinen Implantaten passiert?«

»Bin schon seit Jahren sauber und clean«, sagte Vincha, »aber meine Reflexe sind immer noch gut, besser jedenfalls als dieses Katzengedärm, mit dem du verkabelt bist.«

»Du lässt jetzt mal besser den Jungen da los«, riet ihr Galinak in aller Gemütsruhe, »es sei denn, du willst diese Reflexe mal testen. Und eine Warnung vorweg – ich bin nicht mehr der sanftmütige Kerl, der ich mal war.«

»Wie wäre es, wenn wir verhandeln? Ansonsten könnte ich ihn dir Stück für Stück zurückgeben.« Vincha drückte mir das Messer fester an den Hals, um ihre Worte zu unterstreichen. Irgendwie lief das Ganze gewaltig schief.

»Na so was«, mischte ich mich ein und versuchte, ganz

sorglos zu klingen. »Ihr kennt euch also! Was für ein Zufall, und was für eine nette Überraschung, dann kann ich mir die Vorstellungsrunde ja sparen. Also, wo waren wir? Ach richtig, bei den Preisverhandlungen.«

Vincha zögerte, und dann nannte sie einen Preis, der genau das Achtfache von dem betrug, was ich ihr angeboten hatte.

»Bei Bukras Eiern! Was willst du ihr abkaufen, ihre Seele?«, fragte Galinak. Der Wachmann am Boden stöhnte und regte sich, und Galinak trat ihn ein paar Mal, bis er damit aufhörte.

»Das ist ein ganzer Haufen Metall«, sagte ich. Wir hörten, wie der Aufruhr draußen näher rückte. »Es würde ein ziemlich schlechtes Urteilsvermögen beweisen, wenn ich mich darauf einließe.«

»Du hast bereits ziemlich schlechtes Urteilsvermögen bewiesen, indem du einen alten, ausgebrannten Troll wie Galinak angeheuert hast.« Ich sah Vinchas Gesicht nicht, aber ich spürte, dass sie lächelte. »Das ist mein Angebot. Schlag ein oder verroste meinetwegen im Tarakan-Tal.«

»Ich mache, was auch immer sie tun soll, für die Hälfte«, bot Galinak an, »und ich setze jetzt mal voraus, dass es nicht um Sex geht, es sei denn, du hast einen wirklich eigenartigen …«

»Vincha«, unterbrach ich ihn, »es geht mir zwar gegen den Strich, so viel für *irgendwas* zu zahlen, selbst für deine Geschichte, aber ich akzeptiere dein Angebot. Jetzt steck das verdammte Messer weg und lass uns hier verschwinden.«

Sie nahm das Messer von meinem Hals, behielt es aber in der Hand. Die beiden Krieger maßen einander mit Blicken, aber im nächsten Moment lächelte Galinak und breitete die Arme aus.

»Was denn? Keine Umarmung?«

Vincha schnaubte belustigt, steckte das Messer weg und sammelte die Münzen ein, die ich verloren hatte.

»Du beklaust gerade das *Nest*«, merkte Galinak so behutsam an, als spräche er mit jemandem in ernster Suizidgefahr.

»Ich komm eh nicht wieder hierher zurück«, erwiderte sie knapp und stopfte mein verlorenes Vermögen in die Taschen.

»Wie sieht es da oben aus?«, fragte ich Galinak.

»Hmmm, mal überlegen.« Mit einer blutigen Hand kratzte sich Galinak am Kopf. »Irgendwer hat eine reingeschmuggelte Blendgranate geworfen, und als sie dann die Bar aufmischen wollten, haben die Wachen oben auf ihren Türmen das Feuer eröffnet, und lass dir gesagt sein, diese Typen haben noch nie was davon gehört, dass man die Waffen auch auf Betäubung umschalten kann, also … ja, ist echt übel, aber ich hab schon Schlimmeres gesehen.«

Es war keine besonders verlockende Vorstellung, durch eine Bar zu laufen, in der sich mehrere hundert Leute gegenseitig verdroschen. »Gibt es irgendeinen anderen Weg hier raus?«, fragte ich Vincha.

»Na klar. Es gibt eine Geheimtür, die direkt zu einem gut gesicherten Unterschlupf nebenan führt. Wir können das ganze Chaos da oben komplett umgehen«, sagte sie trocken und steckte die letzten Münzen ein.

Ein paar Herzschläge lang starrten wir einander schweigend an. »Echt jetzt?«, fragte ich schließlich zögernd.

»Natürlich nicht.« Sie schüttelte den Kopf über meine Leichtgläubigkeit. »Ein Weg rein, ein Weg raus. Wir müssen uns den Weg nach draußen freikämpfen.«

Galinak stieß einen demonstrativen Seufzer der Erleichterung aus. »Kurz dachte ich schon, du meinst das mit der

Geheimtür ernst«, gestand er, und dann machten wir uns auf den Weg.

An den Spieltischen oben saß inzwischen niemand mehr, aber auf halbem Wege trafen wir ein paar Männer, die gerade den letzten noch aufrecht stehenden Wachmann niedermachten. Als sie uns kommen sahen, leuchteten Gier und die offensichtliche Vorfreude auf noch mehr Gewalt in ihren Augen. Wortlos begab sich Galinak an meine linke Seite, Vincha auf die rechte, und im nächsten Augenblick ging es auch schon los. Ich achtete sorgsam darauf, zwischen ihnen zu bleiben, unberührt wie mitten im Auge des Sturms, nur hin und wieder duckte ich mich oder wich aus, wenn zappelnde, schreiende Leute dicht an mir vorbeiflogen. Mir fiel auf, wie unterschiedlich die beiden Veteranen kämpften. Vincha wirkte sehr geschäftsmäßig; ihre Bewegungen waren sparsam und knapp, sie hielt die Arme dicht am Körper und zielte auf besonders verletzliche Stellen, um mit wenig Aufwand so viel Schaden anzurichten wie möglich. Sie ging durch ihre Gegner, wie ein heißes Messer durch Butter schneidet, brach ohne jedes Zögern Knochen, verdrehte Gliedmaßen, trat zu und warf Leute durch die Gegend. Galinak hingegen kämpfte, als würde er eine Kunstform ausüben. Es war wie ein wilder Tanz, und er gab seinen Gegnern mit weit ausholenden Bewegungen den Rest, wobei er häufig die restlichen noch intakten Möbelstücke oder architektonische Gegebenheiten als Requisiten einsetzte. Schon bald stand keiner mehr bis auf uns drei. Fast hätte ich applaudiert, als sich die beiden den Staub abklopften und das Blut ihrer Gegner abwischten, ich konnte mich gerade noch bezähmen. Galinak grinste schon wieder übers ganze Gesicht.

Wir stiegen die Treppen hinauf und traten in den Hauptraum, der inzwischen völlig demoliert war und deutlich leerer als vorhin. An mindestens drei Stellen, einschließlich der Bar in der Mitte und des Holzkäfigs in der Arena, sah ich Flammen züngeln. Vermutlich hatten Fehlschüsse die Einrichtung entzündet. Eine Handvoll eifriger Gäste hatte die Türme erklommen und rangelte dort oben mit den Scharfschützen herum. Unten schufteten die Wachen ebenfalls schwer für ihren Lohn und machten Meter für Meter wieder Boden gut, indem sie einfach jeden, den sie erwischten, bewusstlos prügelten. Wir achteten darauf, ihnen weiträumig auszuweichen, schlichen durch dunkle Winkel an ihnen vorbei und schafften es zu meiner großen Erleichterung ohne Zusammenstöße bis zur Tür.

Draußen vor dem *Nest* sah es nicht besser aus als drinnen. Überall Verletzte und Tote, darunter auch etliche Wachen.

Nur der Glotzaugen-Troll stand noch aufrecht und sah sich nervös um. Trotz seiner modifizierten Augen bemerkte er Galinak erst, als der ihm von hinten auf die Schulter tippte. Erschrocken wirbelte er herum, den Blaster in den Händen.

»Ich hätte dann jetzt gern meine Waffen zurück«, sagte Galinak überraschend ruhig und höflich.

»Geht nicht«, stammelte der Troll. »Ausnahmezustand, solange drinnen noch gekämpft wird. Du kriegst sie zurück, wenn's vorbei ist.«

»Ich brauche sie jetzt«, erwiderte Galinak.

Höhnisch grinsend, musterte ihn der Troll, hob den Blaster und richtete ihn auf Galinaks Brust. »Nee, mein rostiges Alterchen, du kleiner Blechfurzer, ist nicht. Mach dir einen Knoten in die Kabelage und warte gefälligst.«

Das war wohl das Falscheste, was er hätte sagen können.

Kapitel 8

Nur selten drang ein Strahl Sonnenlicht ins Loch vor, und inzwischen hatte ich jedes Zeitgefühl verloren. Es kam mir vor, als würde der Weg zu Vinchas Unterkunft ewig dauern. Mehrmals mussten wir Leitern hinauf- oder hinunterklettern und einmal eine Seilbrücke überqueren, bis wir endlich den kleinen Bretterverschlag erreichten. Er unterschied sich durch nichts von den Hunderten anderer Verschläge ringsum, ein ganzes Viertel aus zusammengezimmerten Brettern am Fuße der Tarakanischen Türme. Die Hütten waren in mehreren Stockwerken übereinandergebaut und reichten bis zum Tiefmarkt auf halber Höhe des Zentralplateaus. Passenderweise hieß das Ganze Shackville – das Hüttenviertel. Wobei *Hütte* eigentlich noch geschmeichelt war. Es war wirklich nichts weiter als ein kleiner Verschlag aus verrottendem Holz. Durch die Ritzen zwischen den krummen Bodendielen blickte man direkt in den Abgrund hinunter. Obwohl die Stadt der Türme immerhin Schutz vor den Elementen bot, krachte hin und wieder eine der Hütten zusammen, und dann sprangen alle Nachbarn eilig herbei, um den Verletzten zu helfen – und sie zugleich von der Last ihrer Besitztümer zu befreien und danach die Trümmer der zerstörten Hütte zusammenzuraffen, um neue Verschläge daraus zu zimmern.

Schwer ließ ich mich auf einen der zwei Stühle plumpsen und massierte mir die Schläfen. Es war heiß, und im Hintergrund lag ein unablässiges Summen in der Luft. Galinak verschwendete keine Zeit mit Höflichkeiten, setzte sich auf den Boden und versorgte eine Blaster-Verbrennung mit einer Salbe, die er unterwegs auf dem Markt bei einem Flickschuster gekauft hatte, und Vincha kramte eine Flasche unter dem provisorischen Bett hervor und schenkte uns Drinks ein. Um genau zu sein, schenkte sie zwei Drinks ein, einen für sich selbst und einen für Galinak. Mir bot sie keinen an, was mich zu meiner Überraschung irgendwie kränkte. Sie kippte das Zeug runter und machte sich dann daran, den Aal auszunehmen, den wir ebenfalls auf dem Rückweg gekauft hatten. Falls sich die Fischhändlerin über derart blutige, zerschundene Kunden gewundert hatte, war sie klug genug gewesen, sich nichts anmerken zu lassen.

Es gab nicht viel zu sehen, also blieb mein Blick schließlich an Vinchas Reisetasche hängen, während ich unsere augenblickliche Lage überdachte. Vincha bevorzugte leichtes Gepäck, dafür war die Tasche ein deutlicher Beweis. Ich vermutete, dass sie zügig die Stadt verlassen würde, aber zuerst wollte sie noch etwas essen, sich ein bisschen ausruhen und mir möglichst noch ein paar zusätzliche Münzen abknöpfen.

Das Kochfeld wurde über ein Kabel betrieben, mit dem sie – ganz sicher unerlaubt – einen hiesigen Stromgenerator angezapft hatte. Trotzdem war es ein gewisser Luxus – viele Einwohner Shackvilles hatten keine andere Wahl, als über dem offenen Feuer zu kochen. Vincha stellte zwei angeschlagene Porzellanteller auf den kleinen Tisch. Es gab weder Gabeln noch irgendein anderes Besteck, nur Vinchas Messer, das beunruhigend mühelos durch den gekochten Aal glitt. Sie tat sich eine ordentliche Portion auf, dann setzte sie sich mir gegenüber an den Tisch und verschränkte die Arme vor der Brust.

»Keine Apparate oder Instrumente«, sagte sie.

Ich nickte zustimmend.

»Kein Rumgestocher, ganz gleich, welcher Art. Und wenn ich sehe, dass deine Augen anfangen zu glühen oder sonst wie komisch aussehen, dann schneide ich sie dir raus.« Demonstrativ sah sie auf ihr Messer hinunter und schnitt sich ein mundgerechtes Stück Aal ab.

»Abgemacht.« Ich versuchte, die durchs dampfende Fleisch gleitende Klinge nicht anzusehen und nicht daran zu denken, wie sie sich drüben im *Nest* an meinem Hals angefühlt hatte.

»Wo ist meine Bezahlung?« Vincha schob sich das Stück Aal in den Mund.

»Als Erstes will ich wissen, dass du wirklich im Tal warst, als das alles passiert ist.«

Sie schnaubte und schluckte den Bissen hinunter. »Rost, ja, ich war da. Sind nicht viele von uns lebendig dort rausgekommen damals, aber ich hab's geschafft.«

»Und du erinnerst dich daran, was passiert ist?«

»Ich erinnere mich.« Ihre Stimme war mit einem Mal ungewohnt leise. »Ist seitdem allerdings kein Tag vergangen, an dem ich nicht versucht habe, es zu vergessen.«

»Du hast ihm nahegestanden.« Das war keine Frage. Ich hatte mich inzwischen mit Dutzenden ehemaligen Salutisten über diese Zeit unterhalten. Beziehungsweise hatte ich gedrängt, gebohrt, gebettelt, gelockt, bestochen, gedroht und manchmal auch zugeschlagen, um ihre Berichte aus ihnen herauszubekommen. Irgendwann hatten sie alle geredet. Jeder hatte eine ganz persönliche Version ein und derselben Geschichte, in der er selbst im Zentrum der Geschehnisse stand, aber alle Geschichten hatten ein gemeinsames Element: Vincha und ihre enge Beziehung zu dem Jungen.

»Ja, wir standen uns nah«, gab sie zu. »Er war nur ein Kind, klein und dünn und verängstigt, mitten zwischen den übelsten Salutisten-Scheißkerlen. Eine gebrochene Seele, so wie wir anderen auch. Irgendwie gab es da eine Verbindung zwischen uns. Ich weiß nicht, weshalb. Es war einfach so.«

Galinak lachte leise und sagte: »Weibliche Intuit …« – dann duckte er sich flink unter dem Messer hinweg, das knapp an meinem Gesicht vorbeiflog und sich in die verrottete Holzwand hinter ihm bohrte.

»Geh verrosten, du billiger Schrotthaufen«, spie sie ihm entgegen, aber es klang nicht besonders nachdrücklich. Selbst der Messerwurf war mir nur halbherzig vorgekommen – ganz sicher war ich mir allerdings nicht.

Eine Weile warfen sich Galinak und Vincha gegenseitig ausdrucksvolle Beleidigungen an den Kopf, aber ich schenkte der poetischen Darbietung kaum Beachtung. Ich war zu aufgeregt. Meine lange Suche war endlich vorüber, der Schlüssel zu des Rätsels Lösung saß direkt vor mir. Diese Frau wusste, was geschehen war, sie *wusste* es, und ich spürte: Hinter der rauen Fassade und der Gier verbarg sich genau wie bei den anderen das Bedürfnis, mir ihre Version der Geschichte zu erzählen; ich musste nichts weiter tun, als die richtigen Fragen zu stellen.

Ich wusste schon, was ich als Erstes fragen würde, aber ich musste erst warten, bis Galinak kurz mal die Klappe hielt.

»Wie hieß er?«, fragte ich.

Vincha lächelte schwach. »Das wüsstest du wohl gern.«

Ich wusste es längst, aber darum ging es nicht. »Ich habe viele Namen gehört.«

»Ja. Sie riefen ihn den Jungen oder den Schlüssel, meist aber einfach den Puzzler. Keiner hat ihn je bei seinem

Namen genannt. Vielleicht, weil es sie daran erinnert hätte, dass er ein menschliches Wesen ist. Aber ich kannte seinen Namen, er hat ihn mir gesagt …«

»Wie lautete er?«

Sie *wusste* es …

»Wo sind meine Münzen?«

Ich zog zwei Diamanten aus der Tasche und legte sie auf den Tisch.

Sie sah die Steine an, dann mich. »Was soll das sein?«

»Die kannst du locker für ein Viertel unserer vereinbarten Summe verkaufen.«

Wieder betrachtete sie die Diamanten, in ihrem Gesicht stand Argwohn. »Wo?«

»Auf der oberen Ebene bekommst du dafür einen fairen Preis, oder auch von den Händlern an der Ostküste, wenn du die Reise auf dich nehmen willst. Die meisten Kunsthandwerker würden sie dir ebenfalls abkaufen, die zahlen allerdings weniger dafür.« Ehe sie protestieren konnte, fügte ich hinzu: »Niemand kann so viele Münzen mit sich herumschleppen, wie ich dir zahle. Die Diamanten sind ein verlässliches Zahlungsmittel, und sie sind ein Viertel unseres vereinbarten Preises wert.«

Mit einer flüssigen Bewegung schnappte sie sich die Diamanten und inspizierte sie genauer, dann sagte sie: »Dann erzähle ich dir ein Viertel der Geschichte.«

»Das ist immerhin ein Anfang«, erwiderte ich mit klopfendem Herzen.

»Sein Name war Rafik, aber seine Freunde nannten ihn Raff. Er stammte aus einem der Hinterwald-Dörfer, du weißt schon, wo die Leute wohnen, die diesem komischen Propheten anhängen, der jede Technologie ablehnt. Er hätte überall geboren werden können, aber das Schicksal hat ihm ausgerechnet den beschissensten Geburtsort von allen zugedacht.«

Kapitel 9

Rafik lag auf dem Boden. Versuchte, vollkommen still zu halten und so leise wie möglich zu atmen. Wenn seine Verfolger ihn hörten, war es vorbei. Er hörte Rufe, dann stampfte nur wenige Meter entfernt jemand an ihm vorbei, und er musste gegen den Drang ankämpfen, aufzuspringen und davonzurennen. Sie waren zu zweit. Ein dritter Verfolger suchte in einiger Entfernung ebenfalls nach ihm, aber Rafik vermutete, er war in Rufweite.

»Hast du ihn gesehen? Bist du ganz sicher?« Einer der Ungläubigen.

»Ja, ich bin sicher«, antwortete jemand so nah, dass Rafiks Herz sich vor Angst zusammenzog. »Er ist der Letzte, dann haben wir sie alle erwischt.«

Rafik schloss die Augen und bohrte das Kinn in den Dreck, versuchte, zu Gras zu werden, und betete zum Wiedergeborenen Propheten, er möge ihm helfen. Verdammte sich selbst für sämtliche blasphemischen Gedanken oder Taten, denn ganz sicher hatten ihn nur seine Sünden überhaupt in diese Lage gebracht. Wenn der Ungläubige die Wahrheit sagte, dann waren all seine Freunde entweder gefangen genommen oder erledigt. Er vermochte nicht zu sagen, was schlimmer war; Gefangene der Ungläubigen erwartete ein fürchterliches Schicksal, das wusste er. Der arme Eithan – Rafik hatte versucht, seinen Freund zu retten, aber in den Wäldern waren sie getrennt worden, und Eithan war als einer der Ersten gefallen.

Einer der Ungläubigen kam einen Schritt auf den flachen Graben zu, in dem Rafik lag. Als der Junge das Gras unter den Füßen des anderen rascheln hörte, erschauerte er unwillkürlich.

Sie standen auf dem Hügel direkt über ihm. Das reinste Wunder, dass keiner der beiden hinuntersah und ihn entdeckte, wie er da praktisch zu ihren Füßen lag.

Nach einer Ewigkeit hörte er einen von ihnen sagen: »Lass uns gehen. Vielleicht ist er in östliche Richtung gerannt. Wir finden ihn schon noch – weit kann er nicht gekommen sein.«

Der andere Ungläubige murmelte eine Antwort, und sie setzten sich in Bewegung. Er dankte Gott und dem Wiedergeborenen Propheten – er war gerettet. Rafik, der schon viel zu lange die Luft angehalten hatte, stieß sie unwillkürlich aus. Ebenso unwillkürlich atmete er danach tief ein, dabei drang Staub in seine Nase. Ehe Rafik etwas dagegen tun konnte, nieste er laut.

Das, was danach geschah, war wie ein einziges Rauschen. Er hörte Rufe, und jemand rannte auf ihn zu. Rafiks Fäuste krallten sich in Dreck und totes Laub, er stieß ein letztes Gebet an den Wiedergeborenen Propheten hervor. Als sie ihn erreichten, sprang er auf und warf dem vorderen der beiden Ungläubigen – der, Dank sei dem Wiedergeborenen Propheten, gerade den Mund zu einem Triumphschrei geöffnet hatte – eine Handvoll Dreck ins Gesicht. Das Ergebnis war umwerfend, aber Rafik hatte keine Zeit, es zu bewundern. Schon rannte er wieder los, schnell wie noch nie. Dicht hinter sich hörte er seine Verfolger und raste hakenschlagend durchs Unterholz, um sie abzuhängen. Sich umzudrehen und zu kämpfen wäre vollkommen sinnlos; sie würden ihn mühelos überwältigen. Es gab jetzt nur noch eins: seine Mission erfüllen oder bei dem Versuch sterben.

Mitten im Lauf änderte Rafik erneut die Richtung und brach aus dem Unterholz ins Freie. Durch Zufall raste er direkt zwischen zwei überraschten Wachposten hindurch, und ehe sie reagieren konnten, war er auch schon wieder im Gestrüpp verschwunden. Jetzt waren vier Verfolger hinter ihm her. *Vier, zwei, das ist völlig egal,* sagte eine ermutigende Stimme in seinem Kopf, *solange sie mich nur nicht kriegen.*

Offenbar begriffen die Ungläubigen, was er vorhatte; hinter ihm ertönten laute Rufe, und dann kamen sie aus allen Richtungen. Aus dem Augenwinkel sah Rafik dunkle Schatten, die fast auf gleicher Höhe neben ihm herliefen. Jede Sekunde würden sie sich auf ihn stürzen. Seinem Instinkt gehorchend, schlug er erneut einen Haken was ihn zwar wieder weiter von seinem Ziel forttrug, aber seine Verfolger mit etwas Glück noch ein wenig länger in die Irre führte – jedenfalls hoffte er das.

Plötzlich trat ihm ein Ungläubiger in den Weg, der sich hinter einem Baum versteckt hatte, und versuchte ihn zu packen. Aber er unterschätzte die Wucht, die das irrwitzige Tempo Rafik verlieh. Sie stießen zusammen, und der Ungläubige stürzte rücklings zu Boden und schrie vor Schmerz und Verblüffung laut auf. Der Zusammenstoß verlangsamte Rafik kaum, mochte aber trotzdem über Sieg oder Niederlage entscheiden. Sie hatten ihn fast, und bald würde er zu erschöpft sein, um dieses Tempo weiter zu halten. Es hieß also: jetzt oder nie.

Rafik berechnete grob seine Position und wechselte zum letzten Mal die Richtung, tauchte unter einem zupackenden Arm hinweg und rannte weiter, seine bloßen Füße schienen kaum den Boden zu berühren. Jetzt sah er seine Markierung, er kam rasend schnell näher, aber aus allen Richtungen rannten Ungläubige auf ihn zu. Im Vorbeirasen sah er die reglosen Körper seiner Freunde, die man fein säuberlich nebeneinander auf den Boden gelegt hatte; irgendwo hier musste auch Eithan sein. Es war vorbei, das wusste er. Einer der Ungläubigen kam seitlich auf ihn zugeschossen, er würde ihn erwischen, bevor Rafik sein Ziel erreichte. Die anderen waren kaum eine Armlänge hinter ihm; er hörte ihre Schritte über die Erde donnern und glaubte fast, ihren Atem im Nacken zu spüren.

Er hatte keine Kraft mehr; seine Lunge brannte, seine Füße bluteten, und alles tat ihm weh. In wenigen Augenblicken, das wusste Rafik, wäre es vorbei. Die Ungläubigen würden gewinnen, auch wenn er sich damit noch immer nicht abfinden wollte. Gott war auf der Seite derer, die glaubten, und die Ungläubigen verloren am Ende immer. *Immer*. Das wusste Rafik, seit Worte mehr für ihn waren als bloße Geräusche. Und dann, gerade als er spürte, wie er aufgab, als sein Körper die Niederlage bereits akzeptiert hatte, auch wenn sein Herz noch dagegen ankämpfte, da stolperte der Ungläubige, der bereits die Hände nach ihm ausstreckte, über eine unsichtbare Wurzel am Boden. Ein Zufall? Ganz sicher nicht! Es war ein Wunder.

Von frischem Mut erfüllt, setzte Rafik über den Gestürzten hinweg, rannte die letzten paar Meter zu dem Baum, der sein Ziel war, umschlang den Stamm und brüllte: »Bämm!« Immer und immer wieder brüllte er es, voll glühender Begeisterung. Er streckte die Arme empor und beanspruchte den Sieg für sich, und er hörte die Ungläubigen fluchen, während seine Teamkameraden, die Heiligen Krieger, in Jubelgeschrei ausbrachen.

Rafik drehte sich um. Seine Teamkameraden machten Luftsprünge und schrien vor Freude. Eithan rannte auf ihn zu und schlang die Arme um seinen Freund, hob ihn hoch und wirbelte ihn herum. Das Team der Ungläubigen blickte enttäuscht drein, aber viele sahen zugleich auch erleichtert aus – sie teilten Rafiks Sichtweise, was Gottes Vorliebe für die Anhänger des Propheten betraf.

Die Jungs gaben ihrem Spiel häufig einen neuen Namen, manchmal hieß es »Die Reinblütigen und die Tätowierten« oder »Wächter und Banditen«. Die Regeln blieben mehr oder weniger gleich, aber wenn sie das Spiel »Die Heiligen Krieger und die Ungläubigen« nannten, dann war es immer besonders aufregend, weil es dann irgendwie um mehr ging als nur um ein bisschen Ehre. Ganz egal, wie ihre Chancen standen, die Heiligen Krieger waren die gesegneten Söhne des Wiedergeborenen Propheten, und die Ungläubigen mussten verlieren, es *durfte* nicht anders sein. Und so war es auch heute, obwohl es wirklich entsetzlich knapp gewesen war.

Rafik wand sich in Eithans Griff und trat leicht nach ihm. Eithan ließ ihn los, aber er war noch immer so wild vor Begeisterung, dass er Rafik weiterhin umarmte und ihm mit den flachen Händen auf die Brust trommelte, selbst als sich die anderen Jungs allmählich wieder beruhigten. Das war typisch für Eithan, er steigerte sich immer sehr in alles hinein, und seine Aufregung hielt so lange an, bis es unangenehm wurde. Das ärgerte Rafik, dem Eithans Verhalten manchmal ein bisschen peinlich war, vor allem in Gegenwart von Mädchen. Aber wenn man seit dem dritten Lebensjahr einen besten Freund hat und mit sieben einen gemeinsamen Blutschwur abgelegt hat, dann lässt man diesen Freund nicht im Stich, nur weil die hübsche Elriya ihn immer auslacht, wenn er sich wie ein Idiot benimmt. Und man kündigt ihm auch nicht die Freundschaft, nur weil der geschworene Bruder leider beim Sport oder sonstigen körperlichen Tätigkeiten ganz grauenhaft schlecht ist und man seine Kameraden jedes Mal mit Drohungen und Versprechungen davon überzeugen muss, Eithan ins Team zu wählen.

Sachte stieß Rafik seinen Freund beiseite, ehe die anderen damit anfingen, sie zu hänseln. Vor lauter Konzentration auf Eithan hatte Rafik die beiden Jungs, die gerade aus dem Gestrüpp kamen, nicht bemerkt. Einer von ihnen war Cnaan, der die von Rafik geschleuderte Erde gefressen hatte. Streng genommen, war Rafiks Wurfattacke vollkommen rechtmäßig – die einzige Regel im Kampf war, dass ein Gegner aus dem Spiel war, sobald sein Rücken den Boden berührte. Aber Cnaan hatte auch nicht vor, den Sieg infrage zu stellen oder über die Regeln zu streiten; er hatte es auf Genugtuung abgesehen. In einer Faust hielt er einen dicken, fest zusammengepressten Ballen aus Erde und totem Laub, und er näherte sich Rafik mit der Entschlossenheit von jemandem, der sich tief in seinem Stolz verletzt fühlt und außerdem genau weiß, dass er gut sechs Kilo mehr wiegt als sein schmächtigerer Gegner.

Eithan rief eine Warnung, aber Rafik schaffte es nur noch, sich umzudrehen, da wurde er zum zweiten Mal an diesem Tag in die Höhe gerissen. Schon im nächsten Augenblick hatte der Boden ihn wieder; der Aufprall trieb ihm die Luft aus der Lunge, eine Staubwolke stieg auf. Mit der rechten fing er den Sturz ein bisschen ab und spürte, wie ihm der Kies die Haut aufriss.

Benommen brachte Rafik einen Arm vor sein Gesicht, um sich vor den wütenden Faustschlägen zu schützen, die auf ihn niederhagelten. Er wand sich unter seinem Gegner und schaffte es, sich halb umzudrehen, aber Cnaan packte ihn, drehte ihn grob wieder auf den Rücken und nagelte ihn auf dem Boden fest, indem er sich auf seine Brust setzte.

Rafiks Sicht klärte sich, aber er sah fast nichts außer Cnaans massiger Gestalt. Eine fleischige Hand packte seinen Unterkiefer, die andere hielt sich hocherhoben bereit, Rafik eine Handvoll Rache in den Mund zu zwingen.

Im einen Moment lastete Cnaans gewaltiges Gewicht noch auf seinem Brustkorb, im nächsten war es fort. Rafik rollte sich zur Seite und stand schwankend auf, wischte sich mit dem blutigen Arm den Dreck vom Gesicht. Cnaan und Eithan rollten ineinander verkrallt über den Boden, traten und schlugen und, zumindest was Eithan betraf, bissen um sich. Ein weiterer Vorzug des kleinen Kerls – er war vollkommen furchtlos und seinem Blutsbruder blind ergeben. An *dieser* Seite von Eithans Persönlichkeit störte sich Rafik kein bisschen. Das Problem war nur, dass auch Cnaan Freunde hatte. Na schön, vielleicht waren es eher Gefolgsleute als Freunde, aber jedenfalls gab es mehrere Jungs, die bereit waren, sich für ihn in den Kampf zu stürzen – vor allem dann, wenn es so aussah, als würde Cnaan gewinnen. Sie schnappten sich Eithan, und jetzt war es an Rafik, seinem Freund zu Hilfe zu eilen. Auch Rafik hatte Freunde, und sie alle litten hin und wieder unter Cnaans kleinen Aufmerksamkeiten und sannen stets auf Rache. Jetzt war ihre Gelegenheit gekommen, und binnen weniger Augenblicke entbrannte eine waschechte Massenprügelei.

Rafik war, als würde sich die Zeit verlangsamen, und die Außenwelt hörte auf zu existieren. Er trat und schlug auf jeden ein, den er nicht als Freund erkannte. Wie in jeder großen Schlacht bildeten sich Allianzen und zerbrachen gleich darauf wieder, als einer Seite der Kampfesmut ausging: Ein paar von Cnaans Leuten räumten blutend und heulend das Feld und suchten ihr Heil in der Flucht. Als Rafik einen Hauch von Angst in Cnaans Augen aufschimmern sah, wusste er, dass er auch seinen zweiten Kampf heute gewinnen würde. Aber dann wurde sein Sieg auf grausame Weise zunichtegemacht – große Hände packten ihn am Kragen und zerrten ihn auf die Füße. Drei Erwachsene redeten wütend auf ihn ein. Jemand schlug ihm gegen die Stirn, es war nur ein Klaps, aber trotzdem tat er schlimmer weh und war viel demütigender als alles, was er während des Kampfes hatte einstecken müssen. Weitere wütende Erwachsene knöpften sich die anderen Jungs vor.

Rafik hielt die Luft an und gab sein Bestes, um nicht loszuheulen. Aus dem Augenwinkel fing er einen angsterfüllten Blick von Cnaan auf, den ebenfalls starke Arme gepackt hielten. Mit diesem kurzen Blick entstand eine stumme, flüchtige Allianz zwischen ihnen, denn jetzt hatten sie einen neuen gemeinsamen Feind: die Erwachsenen.

»Warum prügelt ihr euch? Wer hat damit angefangen?«

Weder Rafik noch Cnaan noch Eithan antwortete.

»Wir dachten, wir werden von Banditen angegriffen, das ganze Dorf ist in Aufruhr«, hörte Rafik eine andere wütende Stimme zu seiner Linken. »Wir haben Alarm gegeben. Die Männer kommen von den Feldern heim, Frauen und Kinder verstecken sich. Was habt ihr euch nur dabei gedacht? Ich sag's deinem Vater, Rafik, und ich hoffe sehr, du bekommst seinen Gürtel zu spüren.«

Noch viel mehr Erwachsene trafen ein, alle waren bewaffnet. Rafik rutschte das Herz in die Hose. Jetzt, da das laute Rauschen in seinem Kopf verstummt war, hörte er klar und deutlich die Alarmsirene. Sie steckten in Schwierigkeiten. Schlimmer noch: *Er* steckte in Schwierigkeiten.

»Sag mir, wer damit angefangen hat, sonst …« Rafik duckte sich vor der erhobenen Hand. Er wusste, dieser Schlag würde wirklich wehtun. Diesmal würde er die Tränen nicht zurückhalten können.

»Es reicht, Rachmann.«

Beim Klang der befehlsgewohnten Stimme von Fahid, Rafiks großem Bruder, erstarrte die schon zum Schlag erhobene Hand mitten in der Bewegung. Auf einmal war Rafik frei.

Rachmann drehte sich zu Rafiks Bruder um. »Dieser Bengel hat mit seinem Unfug das ganze Dorf in Angst und Schrecken versetzt.« Anklagend zeigte er auf Rafik. »In eurem Hause gilt Disziplin wohl nichts mehr?«

»Ich sehe Rafik hier nicht allein stehen, du etwa?«, bekam er gelassen zur Antwort. »Er hat sich auch nicht mit sich selbst geprügelt. Und trotzdem erhebst du die Hand nur gegen einen der Jungen.«

»Tja, wir wissen ja nun mal alle, dass er ein Unheilstifter ist«, grunzte Rachmann, der viel älter war als Fahid und es gar nicht leiden konnte, sich von einem anderen etwas sagen zu lassen. Schon gar nicht von einem, der gerade erst erwachsen geworden war.

»Selbst wenn deine Behauptung stimmt, ist es nicht deine Aufgabe, meinen Bruder in die Schranken zu weisen. Dieses Recht hat einzig und allein unser Vater. Ich kann dir versichern, dass er Rafik für seine Verfehlungen bestrafen wird.«

Rachmann beruhigte sich. Vielleicht lag es an Fahids ruhig vorgebrachtem Versprechen, vielleicht aber auch an dem Gewehr, das locker über seiner Schulter lag – genau jenes Gewehr, mit dem Fahid vor zwei Monaten ganz allein einen Banditenangriff zurückgeschlagen und dem Hause Banishra große Ehre gemacht hatte. Leise brummte Rachmann irgendeine halbherzige Beleidigung in sich hinein und räumte das Feld.

Sein Bruder winkte ihm zu, und Rafik lief aus dem Kreis der anderen zu ihm, aber vorher warf er Eithan und Cnaan noch einen raschen Blick zu. Falls er ähnlich aussah wie sie, dann bot er einen denkwürdigen Anblick. Kitzelnd rann ihm Blut aus den Schürfwunden über die Finger, und sein linker Wangenknochen war schon jetzt spürbar geschwollen und schmerzte.

Schweigend entfernten sich die Brüder von den anderen, bis sie hinter den Bäumen nicht mehr zu sehen waren. Dann blieb Fahid stehen und legte Rafik eine Hand auf die Schulter. »Dann lass dich mal ansehen, kleiner Bruder.«

Er drehte Rafik zu sich und nahm ihn näher in Augenschein. »Himmel«, stieß er hervor, »dein Hemd ist völlig zerrissen, und ein schönes blaues Auge hast du dir auch eingefangen. Und sieh dir nur mal an, wie deine Hand blutet. Mutter bringt uns beide um.«

Er klang ernstlich besorgt. Rafik erschauerte. Ihr Vater war ein ruhiger, resoluter Mann, der selten die Stimme erhob und seine Kinder niemals schlug. Ihre Mutter allerdings war in Sachen Temperament genau das Gegenteil, und sie besaß viel Kraft und eine große, schwere Schöpfkelle, mit der sie gern ihre ganz eigene schmerzhafte Version der Heiligen Schriften verkündete.

Sie gingen weiter, und Fahid lächelte. »Na, wer hat zuerst zugeschlagen?«

Wenn er groß war, wollte Rafik ganz genau so sein wie sein Bruder: stark und mutig und loyal. Für viele im Dorf galt er als ein Vorbild an ruhiger Stärke und Kühnheit, obwohl er dieses Jahr erst seinen sechzehnten Frühling erlebte. Aber Fahid war jetzt erwachsen, und man verpetzte die Altersgenossen nicht an Erwachsene. Also zuckte Rafik nur stumm mit den Schultern, denn er wollte weder seinen Bruder belügen noch seine Freunde verraten.

Obwohl Fahid bald schon heiraten würde, hatte er den Code aus eigenen Kindheitstagen nicht vergessen. Lachend strubbelte er seinem Bruder über das kurz geschorene Haar.

»Sag mir wenigstens, dass du ebenso viel ausgeteilt hast, wie du einstecken musstest.«

Rafik versuchte zu lächeln, aber er hatte einen schmerzhaften Riss in der Unterlippe und hörte rasch wieder damit auf. »Eithan und ich waren gerade dabei zu gewinnen.«

Fahid lachte leise in sich hinein. »Ihr seid zwei tapfere Kerle, ihr beiden, dass ihr euch mit diesen viel größeren Gegnern anlegt.«

Und das war das schönste Kompliment, das Rafik je bekommen hatte.

Der Schmerz war augenblicklich vergessen. Wie auf Wolken lief er an der Seite seines Bruders nach Hause, wo ihre wütende Mutter auf sie wartete.

Kapitel 10

»Rafik, würdest du bitte wiederholen, was ich gerade gesagt habe?«

Rafik blinzelte, und sein Geist kehrte in das vertraute Klassenzimmer zurück. Überall hatten sich Köpfe in seine Richtung gedreht, und auf ein paar Gesichtern lag ein gehässiges Grinsen.

»Was …?«, brachte er heraus, und mehrere Jungs kicherten. Von seiner Sitzmatte aus sah er die Füße des Lehrers, die in Stoffsandalen steckten. Langsam schüttelte Rafik den Kopf, der so schwer war, dass er ihn kaum heben konnte.

»Rafik Banishra«, sagte Meister Issak und betonte jede Silbe. »Sohn von Sadre, würdest du bitte wiederholen, was der Wiedergeborene Prophet über die Ungläubigen sagt?«

Rafik strahlte vor Erleichterung. Das war leicht.

»Sie werden in der Hölle brennen, Meister Issak«, antwortete er selbstsicher.

Gelächter brandete auf, und der Lehrer musste die Stimme erheben, um sich Gehör zu verschaffen.

»Die genauen Worte des Wiedergeborenen Propheten, Rafik, und zwar über die Erscheinungsformen der Kreaturen Satans, wenn es dir nichts ausmacht?«

An jedem anderen Tag hätte sich Rafik an die Worte aus dem Neuen Heiligen Buch erinnert. Der Wiedergeborene Prophet hatte es nach der Katastrophe von Gott erhalten, und darin standen all die Prophezeiungen über den Untergang der Tarakanischen Ungläubigen. Viele Stellen kannte Rafik auswendig – am allerliebsten mochte er die Verse über die unermessliche und entsetzliche Gerechtigkeit, die ihnen widerfahren würde –, aber heute ließ ihn sein Gedächtnis im Stich. Sein Kopf war so schwer wie ein großer Stein, und seine Gedanken verloren sich in dichtem Nebel.

»Äh …« Er versuchte, Zeit zu schinden. »Jener … der … der … Versuchung … erliegt … kommt … in die Hölle?«

Wieder schüttelte sich die Klasse vor Lachen, und die allgemeine Heiterkeit ließ Meister Issaks Empörung hell auflodern.

»Rafik Banishra, steh sofort auf und komm her!«, brüllte er.

Schwankend erhob sich Rafik, und die anderen rutschten beiseite, um ihn durchzulassen. Bei der Bestrafung eines anderen Jungen zuzusehen war viel interessanter, als immer nur einen Heiligen Vers nach dem anderen zu wiederholen.

Meister Issak war in sein weißes Gewand der Reinheit gekleidet, aber seine Augen blickten so finster drein wie die Nacht. Selbst im Sitzen war er größer als Rafik und dazu dreimal so breit. Der Lehrer sah Rafik kopfschüttelnd entgegen. Als der Junge zwei Schritte vor ihm stehen blieb, schwang der Lehrer einen kurzen, biegsamen Stock durch die Luft und beobachtete mit Genugtuung, wie Rafik erschauerte.

»Gib mir deine Hand«, befahl er.

Kurz stand Rafik reglos da, dann hob er langsam seine Rechte und streckte sie dem Lehrer entgegen.

Angewidert begutachtete Meister Issak die Hand; sie war voller Schorf, roter Striemen und dunkler Blutergüsse.

»Was ist damit passiert?«

»Ich bin gestürzt, Meister Issak«, sagte Rafik, der nicht

vorhatte, zu petzen und dem Lehrer etwas über den Streit bei ihrem Krieger-und-Ungläubige-Spiel zu verraten, der sich rasch zu einer Rauferei ausgewachsen hatte. Dass er errötete, machte seine Lüge nicht gerade glaubwürdiger, und der Lehrer lachte humorlos auf und musterte ihn dann mit gerunzelter Stirn.

Eigentlich war Meister Issak ziemlich vernarrt in Rafik, der ein ausgezeichnetes Gedächtnis hatte und die Heiligen Schriften mit großer Hingabe studierte. Unter anderen Umständen hätte er den Jungen vermutlich mit einer strengen Verwarnung davonkommen lassen, wie schon oft, wenn sich Rafik mit seinen Streichen in Schwierigkeiten gebracht hatten. Aber diese Hoffnung zerschlug sich rasch – Meister Issak holte tief und zornig Luft, packte die verletzte Hand des Jungen und hob den Stock. Dann fing er an, die Verse zu deklamieren, und schlug dabei immer wieder mit dem Stock zu. Rafik heulte bei jedem derartig unterstrichenen Wort vor Schmerz laut auf.

»Höret, o ihr frommen Söhne und Töchter Abrahams. Der Wiedergeborene Prophet, der aus der Zeit des Feuers auferstand, *sagte*: Wenn ihr der Versuchung nachgebt, dann *scheitert* ihr vor Gott. Wenn ihr *Eitelkeit* duldet und Gier unter den Menschen, dann *stürzt* ihr den langen, langen Weg hinab direkt in die *Hölle*, wo die Unreinen brennen werden für ihren *Versuch*, so mächtig zu sein wie der eine und einzige *Gott. Du … sollst … nicht … verschmelzen.*«

Meister Issak ließ Rafiks blutende Hand los und sah zu, wie der Junge zu seiner Matte zurückwankte, wo er zusammenbrach. Eithan wartete bereits auf ihn, und die beiden Jungen drängten sich eng aneinander.

Nach Rafiks Bestrafung war es schon fast Zeit fürs Mittagsgebet im Tempel, der im Zentrum des Dorfs stand. Meister Issak bezog an der Tür des Klassenzimmers Position und ließ die Jungs einzeln hinaus. Sie alle küssten das Buch des Wiedergeborenen Propheten und beugten ihre Köpfe, damit er sie nach Zeichen des Fluchs absuchen konnte. Eithan starrte Meister Issak trotzig an, ehe er sich vorbeugte. Meister Issak inspizierte ihn und versetzte ihm als Dreingabe noch einen Klaps gegen den Hinterkopf. Eithan gab keinen Laut von sich und wartete an der Tür auf Rafik, der langsam heranschlurfte und seine verletzte Hand an die Brust drückte.

Meister Issak klopfte Rafik leicht auf den Kopf. »Lass dir das eine Lehre sein, Junge. Du bist ein guter Schüler, aber wer die heiligen Worte des Gesegneten Wiedergeborenen vergisst, muss nun mal bestraft werden.«

Rafik nickte und schürzte die Lippen. Meister Issak fiel auf, dass seine Hand noch immer blutete. Es tropfte auf den Boden. Ein besorgter Ausdruck trat in seine Augen.

»Heute bist du für das Gebet entschuldigt, Rafik«, sagte er. »Geh jetzt nach Hause. Eithan begleitet dich.« Er wandte sich an Eithan. »Schwöre beim Propheten, dass du ihn auf direktem Wege nach Hause bringst und dann sofort in den Tempel zurückkehrst, um zu beten. Verstanden?«

Eithan nickte. »Ja, Meister Issak. Ich schwöre es beim Wiedergeborenen Propheten.«

Damit zufrieden, wandte sich Meister Issak ab und ging den anderen hinterher, ohne sich noch einmal umzusehen.

Sobald er außer Hörweite war, sagte Eithan: »Meister Issak ist ein Arschloch, dass er dich so geschlagen hat.«

Rafik lehnte sich schwer gegen die Wand der Hütte, in der das Schulzimmer untergebracht war. Er zitterte und war sehr müde. »Die Erwachsenen sind immer noch wütend auf uns, weil wir den Alarm ausgelöst haben.«

»Ja, und wie. Ich hab gehört, dass Cnaan eine ordentliche Tracht Prügel von seinem Vater bezogen hat. Er behauptet, das stimmt nicht, aber hast du gesehen, wie er heute dagesess…« Eithan brach mitten im Satz ab und fing den taumelnden Rafik auf.

»Beim Propheten. Du siehst wirklich schlimm aus, Blutsbruder.« Eithan legte sich Rafiks Arm um die Schultern und schlang ihm einen Arm um die Hüfte. »Na komm, wir gehen zu deiner Ma.«

Kapitel 11

An die nächsten vier Tage seines Lebens fehlte Rafik jede Erinnerung. Er hatte Fieber, und einen Großteil der Zeit verschlief er. Man brachte ihn in die Scheune, damit er nicht die ganze Familie ansteckte. Er erinnerte sich daran, dass seine Mutter und seine ältere Schwester Nisha versuchten, ihm heiße Lammsuppe einzuflößen, ihn mit Kernseife wuschen und die ganze Zeit leise um seine Genesung beteten.

Ein reisender Heiler kam und ging, er sah aus wie ein Geist mit seiner weißen Maske und den Handschuhen, mit denen er den halluzinierenden Jungen stieß und knuffte. Während Rafik immer wieder in die Bewusstlosigkeit glitt, redete der Heiler mit den besorgten Eltern. Mehrmals fiel das Wort *Infektion*. Die verletzte Hand wurde mit einer übel riechenden Salbe beschmiert, die stach und brannte, dann in einen Verband eingewickelt. Das Einzige, woran sich Rafik klar erinnerte, waren die Worte seiner Mutter: »Nein, du kannst jetzt nicht zu ihm, Eithan, noch nicht. Aber es geht ihm schon ein bisschen besser, und bald könnt ihr wieder miteinander spielen.«

Am fünften Tag wachte er auf und fühlte sich tatsächlich besser. Genau genommen, sprang er förmlich aus dem Bett, und seine hocherfreute Mutter staunte über seine Kraft und seinen Schwung. Er aß alles auf, was sie ihm hinstellte – sogar den gekochten Kohl, den er normalerweise verabscheute. Bald erklärte man ihn für genesen, und sie ließen ihn aus der Scheune hinaus und schickten ihn in eine kleine Hütte, wo er in einem Holzfass badete, sich mit dem heißen Wasser die Ausdünstungen der Krankheit von der Haut schrubbte und dabei sorgsam darauf achtete, dass seine noch immer verbundene Hand trocken blieb.

Eithan wartete draußen bereits auf ihn, und im Handumdrehen war Rafik über den Klatsch und Tratsch der letzten vier Tage im Bilde. Vor zwei Tagen waren drei reisende Händler eingetroffen. Eithan hatte eine riesige Kröte von der Größe einer Männerfaust gefangen und gekocht. Cnaan war wieder dabei gesehen worden, wie er sich mit Elriya unterhielt, und ihre Eltern hatten sich bei seinen Eltern über ihn beschwert. Die Wachmänner des Dorfs hatten entdeckt, dass am Ende eines der Felder Rauch aufstieg, und als sie nachgesehen hatten, stießen sie auf zwei erschrockene Vagabunden, die um ihr Leben bettelten und nach einer Warnung laufen gelassen wurden. Eithan war ein begabter Erzähler, aus seinem Mund klang selbst die alltäglichste Geschichte wie ein aufregendes Märchen.

Irgendwann zeigte Eithan auf den Verband an Rafiks Hand. »Wann nimmst du den ab?«

Rafik zuckte mit den Schultern. »Ich muss noch warten, bis der Heiler wiederkommt. Aber es fühlt sich wieder ganz normal an. Jedenfalls tut es nicht mehr weh.«

»Raff komm schon, lass mal sehen. Als du bewusstlos geworden bist, hat es wirklich heftig geblutet. Ich hab dich den ganzen Weg nach Hause getragen.« Eithan warf sich stolz in die Brust.

»Das waren doch nur vier Straßen.« Rafik versuchte, sich seine Verlegenheit nicht anmerken zu lassen, vor allem, weil er darauf bestanden hatte, allein zu gehen, nur um dann kurz hinter der Dorfmitte umzufallen.

»Ach ja? Du hast mir das ganze Hemd vollgeblutet. Ich glaube, du bist daraufgefallen, als du ohnmäch…« Als er Rafiks Miene sah, korrigierte Eithan sich hastig: »… als du gestürzt bist. Na komm schon, lass mich mal sehen.«

»Nachher vielleicht.«

»Hast du Schiss, dass du wieder umkippst, wenn du deine Hand siehst?«

»Nein. Ich bin nicht umgekippt, weil ich Angst hatte. Es war eine Infektion.«

»Vielleicht hat die Infektion deine Hand verkrüppelt, und jetzt sieht sie wie eine Klaue aus.«

»Nein, bestimmt nicht. Sie fühlt sich normal an.«

»Na dann … lass mich sehen.«

»Ich soll den Verband noch nicht abmachen. Der Heiler hat gesagt …«

»Was ist denn los? Hast du *Angst*? Wie ein *Mädchen*?«

»Na gut. Aber falls es wieder blutet, wisch ich meine Hand an *deinem* Hemd ab.«

Rafik stand auf und wickelte rasch den Verband ab. Darunter waren fleckige Stoffstreifen, und als sie zu Boden fielen, sah er seinen Handrücken. Die Haut war deutlich heller als der Rest seines Körpers, aber wie viel heller sie war, ging ihm erst richtig auf, als er die Hand ganz ausgewickelt hatte.

»Das ist ja komisch«, sagte Eithan und rückte näher.

»Vielleicht liegt es an der Salbe. Als er sie draufgeschmiert hat, hat es nach Kuhscheiße gestunken.« Rafik schnupperte. Er roch nichts weiter als Seife.

»Tja, sie scheint aber wirklich gut geholfen zu haben«, befand Eithan.

Rafik schloss die Hand zur Faust und öffnete sie wieder.

»Stimmt. Es ist nicht mal mehr ein Kratzer zu sehen.«

Seine Haut war makellos. Zumindest sein Handrücken. Die Spitzen der drei mittleren Finger waren noch immer verschorft.

»Urgs«, machte Eithan, der über seine Schulter spähte. »Der Schorf ist aber echt schwarz.«

»Das liegt an der Salbe«, sagte Rafik schnell. »Ich wette, der geht bald ab.« Mit dem Daumen rieb er über seine Fingerspitzen, aber die Haut war glatt und weich, und er fand keine Kante, an der er hätte ansetzen können, um das Zeug abzuziehen. Gereizt hob er die verletzte Hand zum Gesicht und kratzte an den Stellen. Und da entdeckte er, dass der Schorf klar umrissene Formen bildete. An seinem Zeigefinger war es ein Dreieck. Am Mittelfinger zwei Halbmonde. Und am Ringfinger sah er drei kleine Kugeln, die durch eine Linie miteinander verbunden waren. Ihm wich das Blut aus dem Gesicht.

»Was ist das?«, fragte Eithan.

»Nichts.« Rafik ballte die Hand so fest zu einer Faust, dass sich die Nägel in seine Haut bohrten.

»Doch, ich hab da was gesehen.« Eithan rückte noch näher. »Zeig noch mal.«

»Nein!«, schrie Rafik. »Nein, hau ab. Es liegt an der Medizin. Ich hätte den Verband noch nicht abnehmen dürfen.«

»Aber der Schorf sieht fast aus wie …« Plötzlich stockte auch Eithan der Atem, aber Rafik wartete nicht ab, wie sein Freund auf die Erkenntnis reagierte; er rannte los, so schnell ihn seine Beine trugen. Sauste in die Hütte, in der er gebadet hatte, und tauchte seine Hand in das noch immer lauwarme Wasser. Dann zog er sie wieder heraus und sah sie an. Die seltsamen Stellen waren noch immer da. Tränenüberströmt und mit aller Kraft rieb Rafik an seinen Fingerspitzen herum – aber der Schorf wollte und wollte nicht verschwinden. Vor Furcht wimmernd, durchsuchte er die Hütte, bis er einen Schleifstein fand, mit dem er seine Fingerspitzen bearbeitete, bis sie wieder bluteten.

Fahid war es, der ihn fand, weinend und zitternd, die blutende Hand zu einer Faust zusammengekrampft.

Kapitel 12

Sadre Banishra betrat die Scheune. In seinem Blick lag tiefe Besorgnis, die er kaum zu bezähmen vermochte. Als er die Mienen seiner Frau und seines ältesten Sohns sah, wurde sein Gesicht aschgrau.

Rafik stand mitten in der Scheune. »Papa!«, rief er und rannte auf ihn zu.

Sadre legte seinem Sohn eine schwere Hand auf den kleinen Kopf. Unsicher blickte er seine Frau und seinen Ältesten an. Fahid biss sich auf die Unterlippe und senkte den Kopf. Rafiks Mutter zog langsam die Schultern hoch und ließ sie wieder sinken, wich aber seinem Blick nicht aus. Tränen liefen ihr über die Wangen.

»Fahid, geh nach Hause und sorg dafür, dass die anderen Kinder *mit niemandem reden.*«

»Aber Vater, er sagt, Eithan hat es geseh…«

»Tu es einfach«, blaffte Sadre ihn an.

»Vater!« Rafik weinte. »Ich war das nicht. Ich habe nichts falsch gemacht. Es liegt an der Medizin, oder? Die Stellen sind auch nur ganz klein, sieh mal.« Er hielt seinem Vater die Hand vors Gesicht.

Keuchend wich Sadre zurück. »Beim gnädigen Propheten«, murmelte er.

»Papa, ich … ich hab nicht … sieh doch … es ist so klein … vielleicht, wenn ich den Verband wieder dranmache …«

Ohne auf seine Worte zu achten, packte Rafiks Vater seinen Sohn am Arm und begutachtete ihn, dann schob er ihn weg und nahm sich den anderen Arm vor. Danach hielt er mit beiden Händen Rafiks Kopf fest und untersuchte Gesicht, Hals und den rasierten Schädel, sogar hinter den Ohren sah er nach, um sich zu überzeugen, dass sich dort keine weiteren Male verbargen.

»Zieh dich aus«, befahl er. Als Rafik zögerte, packte er ihn sich und riss ihm grob die Kleidung vom Leib.

»Sadre …« Rafiks Mutter kam einen Schritt auf ihn zu, wollte ihn beruhigen.

Aber Rafiks Vater warf den Kopf herum und zischte sie an: »Alles ist verloren, *alles*, wenn wir jetzt nicht schnell *handeln*.«

Rafik zitterte vor Angst und fröstelte in der plötzlichen Kälte, während sein Vater seinen Rücken untersuchte, die Achselhöhlen, Hintern, Genitalien und Füße – sogar zwischen den Zehen sah er nach. Aber bis auf die drei Male an Rafiks Fingerspitzen fand er nichts.

Sadre warf einen Blick in die Ecke, in der die Werkzeuge lagen, dann sah er seine Frau an, die sofort begriff, was ihr Mann vorhatte.

»Nein«, sagte sie erschüttert. »Er ist dein *Sohn*.«

»Er ist *unser* Sohn«, erwiderte Sadre scharf. Er stand auf und packte Rafik am Handgelenk. »Und wir haben keine andere Wahl. Wir tun es um seinetwillen und für *unsere* Familie.«

»Was hast du vor, Papa?«, fragte Rafik verängstigt.

Sadre hielt seinen splitternackten Sohn eisern fest. »Du musst jetzt tapfer sein, mein Junge. Du musst verstehen, und du musst zu Gott und dem Wiedergeborenen Propheten beten, und vergib …« Ihm brach die Stimme, und er drehte sich um und zog Rafik mit sich in Richtung des Hackklotzes.

Rafik sah zu, wie seine Mutter dem Vater die schwere Axt reichte und dabei sagte: »Es ist zu deinem eigenen Besten.«

»Nein, nein, bitte nicht, Mama, bitte nicht!«, schrie Rafik auf und versuchte, mit aller Kraft zurückzuweichen. Aber trotz seiner Gegenwehr ließ sein Vater ihn nicht los, nicht einmal, als er sich zu Boden fallen ließ.

Seine Mutter riss bereits den Saum ihres langen Kleids in Streifen, für den Verband, derweil sein Vater die Klappe des kleinen Ofens öffnete und die Axtklinge in die Flammen schob. Nur Rafiks leises Wimmern durchbrach das Schweigen.

Sadre hielt Rafik noch immer fest. Irgendwann nickte er seiner Frau zu, und sie beugte sich vor und zog die glühend heiße Axt wieder aus dem Ofen. Der Anblick versetzte Rafik erneut in helle Panik, und obwohl sein Vater ihm das Handgelenk fest auf den Hackklotz drückte, schaffte er es, die Finger zu einer Faust zu krümmen.

Für einen sehr langen Augenblick betrachtete Sadre die Axt in seiner Hand und atmete so ruhig wie möglich, dann wandte er die Aufmerksamkeit wieder seinem Sohn zu. »Rafik«, sagte er leise, »ich muss deine Fingerspitzen abschlagen. Bitte, mein Sohn, du musst jetzt ganz tapfer sein.«

»Nein, Papa, bitte nicht! Ich bin ganz brav, ich verspreche es dir!«

Sadre packte seinen Sohn am Kinn und zwang ihm, ihm in die Augen zu sehen. »Du bist verflucht. *Gezeichnet.*« Nichts Weiches lag mehr in seiner Stimme, er spie Rafik die Worte förmlich ins Gesicht. »Das ist ein Affront gegen Gott, verstehst du das? Wenn sie es herausfinden, sind wir alle erledigt. Die Hochzeit deines Bruders wird abgesagt, deine Schwestern werden niemals heiraten, wir müssen das Dorf verlassen, und dich werden sie töten. Sie werden dich hängen und am Strick verrotten lassen. Jetzt hör auf zu weinen und bereue, für was auch immer Gott und der Wiedergeborene Prophet dich bestraft haben, und wenn du nicht mithilfst und stillhältst, dann, das schwöre ich beim Wiedergeborenen Propheten, hacke ich dir die ganze Hand ab.«

Es war die letzte der drei Drohungen, die durch Rafiks Hysterie drang und ihn erreichte. Drei Fingerspitzen zu verlieren war weniger schlimm, als die ganze Hand zu verlieren. Langsam streckte er die Finger und wandte das Gesicht ab. Unvermittelt beugte sich sein Vater vor und küsste ihn auf den Scheitel.

»Tapfer bist du, mein Rafik«, flüsterte er, »und denk daran, das hier war ein *Unfall*.«

Rafik spürte die Arme seiner Mutter um sich, voller Wärme und Liebe, obwohl sie ihn nach unten drückte und festhielt. Er wollte es nicht mit ansehen, aber nach einer gefühlten Ewigkeit blickte er seinen Vater an. Es war genau der Augenblick, in dem Sadre all seinen Mut zusammengesammelt hatte und die Axt auf die ausgestreckten Finger seines Sohns niedersausen ließ. Der Schmerz war so gleißend hell, dass er Rafik für einen Augenblick vollständig blendete; er hörte das Zischen von gebratenem Fleisch, und ein entsetzlicher Gestank breitete sich aus. Rafik kreischte auf, und als seine Mutter ihn losließ, um hastig seine rauchende Hand mit Baumwollstreifen zu verbinden, brach er zusammen. Das Letzte, was er sah, war sein Vater, der die drei Fingerspitzen ins Feuer warf, auf die Knie sackte und sich übergab.

Kapitel 13

Rafik erwachte von Stimmen, die an sein Ohr drangen.

»Wie geht es ihm?«, fragte ein Mann.

»Heute schon besser, gedankt sei dem Wiedergeborenen Propheten«, antwortete die vertraute Stimme seines Vaters. »Das Fieber ist gesunken. Heute Morgen hat er einen Schluck Wasser getrunken und ist wieder eingeschlafen.«

»Gedankt sei dem einen und einzigen Gott und dem Gesegneten Wiedergeborenen. Was für ein furchtbarer Unfall, und ausgerechnet jetzt, nachdem er gerade erst wieder genesen war. Gott möge uns schützen und seine Hand über uns halten.«

Rafik kämpfte sich schwankend auf die Füße. Seine Knie zitterten und drohten nachzugeben, sein Mund war ganz ausgetrocknet.

»Sagen das die Leute?«, fragte Rafiks Vater mit gesenkter Stimme. »Dass es ein Unfall gewesen ist?«

»Was sollen sie denn sonst sagen? Das war es, was du mir in deiner Nachricht schriebst. Und ich bin gekommen, so wie du mich gebeten hast, aber ich bin kein Heiler und weiß nicht, wie ich helfen könnte. Gleich bei meiner Ankunft erzählte man mir, dass du den Heiler nicht zu deinem Sohn lässt und nicht einmal dieser aufgeblasene Narr Issak an seinem Bett sitzen und für ihn beten darf. Die Leute sind beunruhigt. Sie munkeln, Rafik hätte irgendeine seltsame Krankheit. Was ist los?«

»Es war kein Unfall.«

»Was ist passiert?«

»Ich habe seine Finger abgehackt, Simon. Ich habe meinem eigenen Sohn mit einer Axt die Finger abgehackt, und mein geliebtes Weib hat ihn dabei festgehalten.«

Simon war Rafiks Onkel. Er lebte in einem anderen Dorf und kam nur selten zu Besuch.

»Hast du den Verstand verloren? Sag mir, dass das ein Witz ist.«

»Ich mache keine Witze. Ich werde mein ganzes Leben lang nie wieder lachen.«

»Aber warum?«

»Er war *gezeichnet*, Simon. Er hatte den Fluch an seinen Fingern.«

»Nein!«, keuchte Simon.

»Die Zeichen sind auf seinen Fingerspitzen erschienen, nachdem er gestürzt ist und sich die Hand verletzt hat. Nach seiner Krankheit waren sie auf einmal da.«

»Gott steh uns bei.«

»Ich habe ihn genau untersucht, und ich habe nirgendwo an seinem Körper weitere Zeichen gefunden, also … also musste ich … du hättest ihn hören müssen, Simon, meinen tapferen Jungen, er hat sogar die Finger ausgestreckt, damit ich es tun kann … mein kleiner Junge, warum straft Gott mich so?«

»Jetzt beruhige dich. Wie geht es Fahtna?«

»Schlecht. Sie ist tapfer, um der Kinder willen, aber sie weint jede Nacht und macht sich bittere Vorwürfe.«

Rafik lehnte sich gegen den Türrahmen, aber sein Vater und sein Onkel, die am Küchentisch saßen, bemerkten ihn nicht.

»Und Fahid?«, fragte Simon ganz leise.

»Er hat sich freiwillig für zusätzlichen Wachdienst gemeldet. Ich glaube, er will nicht hier sein, nicht hier bei ihm.«

»Er macht sich zu Recht Sorgen.«

»Ich weiß. Wenn es bekannt wird ... die Hochzeit ... alles, für das ich mein ganzes Leben lang gearbeitet habe ... meine Mädchen. Weshalb passiert mir das? Ich bin ein anständiger Mann. Ich bete jeden Tag, sogar bei der Arbeit draußen auf dem Feld. Ich bete zum Wiedergeborenen Propheten um unser aller Sicherheit.«

»Ich weiß nicht recht, was ich sagen soll, Bruder. Weiß sonst noch jemand Bescheid?«

»Ich glaube nicht. Aber im Traum hat er ein paar Mal nach seinem Freund geschrien. Eithan. Die beiden sind unzertrennlich, und Eithan hat Rafik nach Hause gebracht, als er zum ersten Mal krank wurde, und hat vier Tage lang auf der Türschwelle gesessen. Ich musste ihn davonjagen. Diesmal hat Eithan kein einziges Mal versucht, ihn zu besuchen.«

»Du glaubst, dieser Eithan weiß es?«

»Vielleicht, aber falls er die Zeichen gesehen hat, dann hat er bisher mit niemandem darüber geredet. Sonst stünden sie längst vor meiner Tür.«

Simon, Rafiks Onkel, kratzte sich den geschorenen Schädel. »Ich traue mich kaum zu fragen, aber ... tritt der Fluch hier im Dorf häufig in Erscheinung?«

»Nein. Das letzte Mal ist lange her. Ich bin erst zwei Monate später hierhergezogen und habe Fahtna geheiratet. Sie sagte mir, dass sie den Jungen gehängt und ihn drei Tage lang dort draußen haben verrotten lassen, und dann haben sie das Haus seiner Familie angezündet und alle Tiere geschlachtet. Das ist der einzige Vorfall, von dem ich weiß, und das ist mehr als fünfzehn Jahre her. Aber jetzt, wo ich darüber nachdenke … da waren zwei Mädchen, die in die Felder hinausgegangen und nie wiederaufgetaucht sind. Wir haben sie wochenlang gesucht, aber nichts gefunden, nicht die kleinste Spur. Ich glaube, sie sind fortgelaufen. Vielleicht waren sie ebenfalls gezeichnet …«

Nach einer langen Pause sagte Simon zögerlich: »Das ist eine schreckliche Situation, möge der Wiedergeborene Prophet uns schützen. Ich weiß nicht, wie ich dir helfen soll.«

»Ich will, dass du Rafik hier fortbringst.«

»Was? Bittest du mich etwa darum, ihn bei mir zu Hause aufzunehmen?«

»Nein, natürlich nicht. Ich bitte dich darum, mir zu helfen, ihn so weit wie möglich von hier wegzubringen.«

»Aber wozu? Du sagtest, du hast seine Finger abgeschlagen. Alle werden glauben, dass es ein Unfall war. Wenn du ihn jetzt fortschickst, schöpfen sie doch sicher Verdacht.«

»Ich habe keine andere Wahl, Simon. Ich muss ihn fortschicken, sobald er sich wieder auf den Beinen halten kann.«

»Verschweigst du mir etwas?«

In diesem Augenblick bemerkte Sadre Rafik, der immer noch in der Tür lehnte.

»Papa …«

Simon sprang so hastig auf, dass der Stuhl umstürzte und klappernd zu Boden fiel.

»Du bist wach! Sag deinem Onkel Simon Hallo. Zuletzt habe ihr euch vor zwei Jahren beim Frühlingsfest gesehen.«

Rafik nickte langsam. »Hallo Onkel.«

»Möge der Prophet dich segnen, Rafik«, antwortete Simon angespannt.

»Zeig Onkel Simon deine Hände«, sagte Sadre. »Na komm schon, hab keine Angst.«

Rafik streckte seine rechte Hand aus, und Simon keuchte

auf, fluchte und stammelte dann hastig ein Gebet, um den Wiedergeborenen Propheten um Verzeihung zu bitten.

Rafiks Hand war wieder ganz. Fünf Finger, allesamt hellrosa und makellos, ohne die kleinste Narbe oder Auffälligkeit … abgesehen von den schwarzen Tätowierungen, die sich jetzt über die halbe Länge seiner drei mittleren Finger erstreckten.

Kapitel 14

Ein Pfiff und der Knall einer Lederpeitsche, damit begann ihre Reise. Ihr Wagen schaukelte auf der schlammigen Straße aus dem Dorf hinaus; Rafik saß eingequetscht zwischen seinem Onkel Simon und seinem Bruder Fahid. Seine Hand war wieder dick verbunden und steckte unter dem weiten Hemd. Die Leute starrten ihnen hinterher und winkten, während der kleine Wagen schneller wurde und durchs Haupttor rumpelte. Zwei Wachen machten Fahid Zeichen, aber er wies Simon an, nicht anzuhalten. Einer der Wachmänner sprang erst im letzten Augenblick fluchend beiseite. Fahid wandte sich um und rief eine halbherzige Entschuldigung, während ihr Pony in einen leichten Trab fiel.

Keine Tagesreise entfernt in diese Richtung lag Simons Dorf, aber das war nur eine List. Schon bald würden sie auf eine enge Straße abbiegen, die zwischen den Feldern entlangführte. Rafik kannte sich hier gut aus; auf genau diesen Hügeln hatte er in vielen glorreichen Schlachten zwischen Kriegern und Ungläubigen gekämpft, an Eithans Seite. In Zukunft, dachte er stumm, würde er wohl für die Ungläubigen streiten müssen – nicht, dass überhaupt noch jemand mit ihm spielen würde.

Rafik blinzelte seine Tränen fort. Sein Onkel hatte gesagt, sie würden einen Mann aufsuchen, der wusste, wie man ihn heilen konnte. An diese Hoffnung klammerte er sich mit aller Kraft. Es würde einfach nur ein großes Abenteuer werden, und bald würde er geheilt wieder nach Hause zurückkehren. Und außerdem *fühlte* er sich nicht wie ein Ungläubiger; er glaubte noch immer an Gott und den Wiedergeborenen Propheten. Betete hingebungsvoll jeden Morgen. Er verspürte nicht den Drang, Metall an seinen Körper zu bauen und damit zu verschmelzen, so wie es die Ungläubigen taten, und auch danach, Unschuldige abzuschlachten, stand ihm nicht der Sinn. Daraus schloss er, dass alles irgendein seltsames Missverständnis sein musste. Sicherlich stellte ihn der Wiedergeborene Prophet auf die Probe, so wie auch der Prophet selbst auf die Probe gestellt worden war. Rafik schwor sich, dass er diesen Test bestehen und seine Frömmigkeit und seinen Glauben bewahren würde, komme, was wolle.

»Wann halten wir an und beten?«, fragte er, erhielt aber keine Antwort.

Als Rafik noch einmal fragte, murmelte Fahid irgendetwas Unbestimmtes, und genau in diesem Augenblick ging ein Steinhagel auf ihren Wagen nieder. Die meisten Steine verfehlten ihr Ziel, doch einer traf Rafik am Rücken. Das Pony ging vor Schreck fast durch, und Onkel Simon fluchte lauthals. Fahid sprang auf, und mit einem Mal hatte Rafik genug Platz, um sich umzudrehen und seine Angreifer anzusehen. Oben auf dem Hügel standen neun Jungs, und Rafik kannte sie alle. Die Hälfte von ihnen rannte bei Fahids Anblick weg, aber ein paar blieben stehen und bückten sich erneut nach Steinen.

Normalerweise machte sich Fahid nichts aus solchen Streichen, aber heute war kein normaler Tag. Er griff nach seiner Pistole und feuerte einen Schuss über die Köpfe der Jungs hinweg ab, die sofort die Steine fallen ließen und panisch davonjagten. Wieder versuchte das Pony durchzugehen, und der Wagen ruckte heftig.

»Warum im Namen des Wiedergeborenen hast du das getan?«, blaffte Simon ihn an. »Den Schuss hat man bestimmt bis ins Dorf gehört. Jetzt müssen wir uns beeilen. Im Ernst – gute Munition zu verschwenden, wegen so einem Unsinn …«

Wieder fand sich Rafik zwischen den beiden angespannten Männern eingeklemmt. Der Straße vor ihnen schenkte er keine Beachtung, ebenso wenig seinem Bruder, dessen Gesicht vor Wut rot angelaufen war. Rafik blickte noch immer nach hinten und sah Eithan an, der als Einziger nicht davongelaufen war, als der Schuss krachte. Sie waren einander nah genug, um das Gesicht des anderen zu erkennen, aber zu weit weg, um einander in die Augen zu sehen.

Plötzlich stieß Eithan einen Wutschrei aus und schleuderte den Stein nach ihnen, den er immer noch in der Hand hielt. Der Wurf war viel zu kurz, und der Stein rollte harmlos ein Stück über die Straße, ehe er liegen blieb. Dann drehte sich Eithan herum und rannte über die Hügel davon.

Kapitel 15

Ungläubig schüttelte ich den Kopf, obwohl ich wusste, dass Vincha die Wahrheit sagte. Nachdem ich all den Lügnern gelauscht hatte, denen ich auf meiner Reise begegnet war, kannte ich den Unterschied. »Ich staune darüber, dass sie ihn nicht gleich umgebracht haben«, sagte ich.

»Tja, haben sie nicht«, erwiderte Vincha mit giftiger Stimme, »sie haben ihm nur die Finger abgehackt.«

»Vaterliebe schlägt einfach alles«, hörte ich Galinak hinter mir sagen. Als ich ihm einen Blick zuwarf, schüttelte er den Kopf. »Rostfotzen.«

Vincha zuckte mit den Schultern. »Manche Leute drehen völlig durch und stellen allen möglichen Mist an, wenn bei ihnen die ersten Zeichen auftauchen. Am schlimmsten ist, was sie sich selbst antun. Ich kannte mal ein Mädchen, das sich die eigenen Augen rausgerissen hat.« Bedeutungsvoll sah sie mich an.

»Ja, das stimmt, so etwas passiert, vor allem in ländlichem Umfeld«, sagte ich, »nur wachsen die abgetrennten oder verstümmelten Körperteile normalerweise nicht nach, auch wenn ich hin und wieder schon von solchen Geschichten gehört habe.«

Ich spürte ihre plötzliche Aufmerksamkeit fast körperlich und fügte hinzu: »Aber ich habe noch nie davon gehört, dass es bei einem Erwachsenen passiert wäre. Vermutlich kann sich der Körper nur manchmal bei Heranwachsenden derart regenerieren.«

Vincha nickte und strich sich übers kurze Haar. Kurz herrschte unangenehme Stille, dann ergriff Galinak das Wort.

»Esst ihr das noch auf?« Er zeigte auf unsere Teller. »Diese Aale werden giftig, wenn man sie kalt werden lässt, und es wäre doch eine Schande, gutes Essen wegzuwerfen.«

Wortlos reichten wir ihm unsere Teller.

»Ich nehme an, wir haben alle Ähnliches hinter uns, wir Tätowierten«, sagte Vincha leise.

Ich drehte mich wieder zu ihr und nickte ihr zu. »Für mich lief es nicht ganz so schlimm.« Ich spürte, dass es wichtig war, die noch sehr zarte Verbindung zwischen Vincha und mir zu stärken, damit sie weitererzählte. »Ich war … ich stamme aus einer wohlhabenden Familie, und außer bei den Hinterwäldlern waren die Säuberungen schon fast vorbei, als die Zeichen auf meiner Haut erschienen. Meine Familie hat mich beschützt.« Ich sah Vincha geradewegs an und dachte: *So, wie du die deinen beschützt.* Aber sie sah nicht auf.

»Meine Mutter hat gleich nach meiner Geburt versucht, mich umzubringen«, sagte Galinak plötzlich, »aber ich glaub, da war sie einfach nur auf einem üblen Skint-Trip oder so. Meine Eltern waren beide gezeichnet, also hatten sie eher Angst, dass ich als, ihr wisst schon, Naturalist geboren werde.«

Ich war nicht ganz sicher, ob er schwindelte oder nicht, also zuckte ich nur mit den Schultern und konzentrierte mich wieder auf Vincha. »Der Junge kam also am Ende hierher, und dann …?«

»Mach mal langsam, Soldat.« Sie schmunzelte. »Du hast für diese Geschichte bezahlt, und zwar gut, also werde ich sie dir erzählen, so wie sie mir erzählt wurde. Wenn du erst mal so alt bist wie ich, wirst du es zu schätzen wissen, wenn man die Dinge ganz in Ruhe angeht. So wie Galinak dort drüben.«

Galinak grunzte etwas Unflätiges und pulte sich ein Stück Aalhaut aus den Zähnen.

»Als ich aus dem Tal zurückkam, habe ich kalten Entzug gemacht«, fuhr Vincha fort, »hab dem Schrott abgeschworen, bin vegan geworden, nenn es, wie immer du willst. Sobald ich mit dem Entzug durch war, bin ich zum Dorf des Jungen gereist, um rauszufinden, was aus seiner Familie geworden ist. Obwohl ich keinerlei Mods mehr am Leib hatte, haben sie sofort das Feuer auf mich eröffnet. In der Hinsicht sind die Dörfer dort draußen alle gleich: Manche dieser Ortschaften sind einfach gefährlich, ganz egal, welcher Religion sie dort folgen. Ich frage mich, wie viele von uns sie wohl abgeschlachtet haben, einfach nur deshalb, weil wir Symbole auf der Haut tragen.«

»Und wie viele nur wegen eines kleinen Hautausschlags gestorben sein mögen.« Ich nickte ihr zu und hoffte, sie würde einfach weitererzählen.

»Für einen solchen Fanatikerhaufen, der den *Wiedergeborenen Propheten* anbetet und versucht, die Zeit zurückzudrehen und ein gutes, reines Leben zu führen, ganz wie früher, hatten diese Typen ein ganz schönes Arsenal moderner Waffen zusammengerafft, wenn du weißt, was ich meine. *Daran* haben sie sich offenbar nie gestört. Wie auch immer, ich habe mich nicht abschrecken lassen, und schließlich habe ich mir diesen Eithan gegriffen. Anfangs war er nicht besonders kooperativ. Um ehrlich zu sein, er war sogar richtig feindselig, aber …« Ihre Augen funkelten bösartig. »Sagen wir es so, ich kenne Mittel und Wege, mich bei jungen Männern beliebt zu machen, ob nun mit oder ohne Mods.«

»Hast ihm ein paar Rippen gebrochen, was?«, fragte Galinak und schlug sich vielsagend mit der Faust gegen die Handfläche.

Vincha zuckte mit den Schultern, aber ihr Grinsen wurde noch ein Stück breiter. »Nun, ich habe ihn jedenfalls zum Reden gebracht, in einer ganzen Reihe unterschiedlicher Stimmlagen, und am Ende hat er mir erzählt, was ich wissen wollte. Der Junge war zwar fort, aber sie zerrissen sich noch immer die Mäuler, und ein halbes Jahr nach Rafiks Verschwinden wurde Fahids Hochzeit abgeblasen, und das Dorf hat die Banishras ausgekotzt.« Sie spuckte auf den Flur, um ihre Worte zu unterstreichen. »Verdammte hinterwäldlerische Rostärsche.«

»Hat Eithan sich nach dem Schicksal seines Freundes erkundigt?«, fragte ich.

»Anfangs nicht, nein, aber ehe ich gegangen bin, fragte er dann doch, ob ich weiß, wie es Rafik ergangen ist. Ich habe ihm die Wahrheit gesagt. Eithan schüttelte nur den Kopf und sagte: ›Nein, er ist noch am Leben, ich wüsste es, wenn er tot wäre.‹ Eine seltsame Bemerkung, aber ich hatte keine Zeit, mich noch länger mit ihm zu unterhalten, sie waren schon hinter mir her. Wenn ich länger geblieben wäre, hätte ich bestimmt ihre Gastfreundschaft überstrapaziert.«

»Ich wäre noch geblieben.« Galinaks Lächeln war boshaft und kein bisschen freundlich.

»Und genau deshalb hat dein Schädel auch so viele Risse. Immer wenn du dich mal aus Versehen unter die Dusche verirrst, mein Herz, spült es dir das halbe Hirn weg.«

Wieder flogen Beleidigungen hin und her, als wären sie zwei gelangweilte Kinder auf dem Rücksitz einer Kutsche.

»Vincha! Die Geschichte!«, rief ich streng dazwischen. »Erzähl sie meinetwegen auf deine Weise, aber erzähl sie, dreimal verfluchter Schrott noch mal.«

Zu meiner Verblüffung hörten sie daraufhin sofort mit dem Gezanke auf. Kurz starrten sie mich an, dann brachen sie in lautes Gelächter aus.

»Weißt du, Funkelauge, du bist echt süß, wenn du sauer wirst.« Vincha streckte die Hand aus und strich mir sanft über die Wange. »Keine Sorge, kleiner Welpe«, schnurrte sie, als ich errötete. »Um ehrlich zu sein, glaub ich nicht, dass du stark oder ausdauernd genug für mich wärst.« Galinak schnaubte belustigt.

Und wieder fingen die beiden tödlichen Kampfmaschinen an, sich wie kleine Kinder gegenseitig zu hänseln, und ich sah zu, bis ich es nicht mehr aushielt. Mit der flachen Hand schlug ich auf den Tisch, und sie blickten auf. Ich fühlte mich wie ein schimpfender Erwachsener, als ich sie barsch anfuhr: »Kannst du mir *bitte* jetzt erzählen, was mit Rafik passiert ist?«

Offenbar hatte ich das Zauberwort gesagt, denn endlich redete sie weiter.

Kapitel 16

Sie brauchten zehn Tage bis nach Neuhafen, eine Stadt, die man auch das Trucker-Paradies nannte. Rafik hatte davon gehört, hätte sich aber nie träumen lassen, die Stadt einmal mit eigenen Augen zu sehen. Unter anderen Umständen wäre er bei der Aussicht auf so eine lange Reise außer sich gewesen vor Aufregung, aber jetzt beschlich ihn beim ersten Blick auf Neuhafen nichts als Angst. Sie waren müde und verdreckt, und von der Reise taten ihnen alle Knochen weh, außerdem hatten sie ihren Proviant rationiert, sodass Rafik ständig hungrig oder durstig war oder beides auf einmal. Mit jedem zurückgelegten Kilometer erschien ihm die Hoffnung, je wieder nach Hause zurückzukehren, mehr und mehr wie reines Wunschdenken.

In der zweiten und dritten Nacht ihrer Reise hatten sie in kleinen Weilern Halt gemacht und um Vorräte gefeilscht. Rafik war in eine Scheune gescheucht worden, mit der strengen Auflage, sie nicht zu verlassen und mit niemandem ein Wort zu wechseln. Die restlichen Nächte verbrachten sie unter freiem Himmel und schlugen am Straßenrand ein improvisiertes Zelt auf. Um Zeit zu sparen, verzichteten sie darauf, auf die Jagd zu gehen, und aus Angst vor Banditen entzündeten sie auch kein Feuer. Aus naheliegenden Gründen hatten sie nicht viel aus dem Dorf mitgenommen, sondern nur das, was sie in der Hütte von

Rafiks Eltern eilig hatten zusammenraffen können. Und deshalb bestand ihre Nahrung tagelang aus altbackenem Brot, Räucherwurst und Hartkäse, der so schrecklich stank, dass Rafik bei jedem Bissen würgte.

Er hatte Hunderte juckende Ameisenbisse am ganzen Leib, und einen Großteil der Reise verbrachte er damit, von einem ausgiebigen heißen Bad zu fantasieren und einem weichen Kissen für seine schmerzende Kehrseite. Die schlimmste Plage war das Jucken unter dem Verband, aber sein Bruder verbot ihm strikt, ihn abzuwickeln, und als er Rafik dabei erwischte, wie er es trotzdem versuchte, verpasste er ihm einen Klaps gegen den Hinterkopf.

Als sie noch kleiner gewesen waren, hatten sich die beiden Brüder auf gemeinsamen Reisen gern Geschichten ausgedacht, hatten Feinde in die Flucht geschlagen und fremde Länder entdeckt. Aber es war mehr als offensichtlich, dass Fahid an diesem Abenteuer keine Freude hatte. Ständig hantierte er mit seiner Pistole herum, reinigte sie mit übertriebener Gründlichkeit oder zählte die Munition durch, und wenn er damit fertig war, zählte er sie noch mal. Noch schlimmer – er schloss sich Simon und Rafik nicht an, wenn sie beteten, sondern entschuldigte sich und tat so, als müsse er sich um das Pony kümmern, das er ebenso gut einfach an einen Baum hätte binden können, um sich zu ihnen zu gesellen.

Nachts wechselten sich Simon und Fahid damit ab, in ihrem kleinen Lager Wache zu halten. Durch den Schlafmangel waren sie tagsüber müde und reizbar, aber sie weigerten sich, ihre Last mit Rafik zu teilen. Wann immer Rafik ein paar Worte mit seinem Bruder wechselte oder sie einander ansahen, spürte er Fahids Widerwillen. Es war nicht gerade die Reise, die sich Rafik früher vorgestellt hatte, wenn er davon träumte, die Welt jenseits der Felder zu erkunden.

Am siebten Tag trafen sie zwei Holzfäller, die ihnen für einen Lederbeutel und ein Stoffhemd eine grobe, aber scharfe Axt gaben, und sie einigten sich darauf, ein kleines Lagerfeuer zu entzünden und gemeinsam zu essen. Die beiden waren Vater und Sohn, ungeheuer stark und ungeheuer betrunken, aber freundlich, und sie kannten sich in der Gegend gut aus. Der Sohn hatte eine Holzflöte dabei und spielte ihnen ein paar Melodien vor, die meisten hatte Rafik noch nie zuvor gehört. Vor allem jedoch erzählten sie Geschichten von Scharmützeln und Zusammenstößen mit einer üblen Bande, die hier in der Gegend ihr Unwesen trieb und ihre Opfer ausraubte und ermordete, um anschließend Kleidung aus ihren abgezogenen Häuten und Becher aus ihren ausgehöhlten Schädeln zu machen. In dieser Nacht konnte Rafik lange nicht einschlafen.

Am achten Tag erreichten sie das, was die Holzfäller die Glatte Straße genannt hatten. Früher einmal hatte sie Neuhafen mit einer anderen Stadt verbunden, die längst aufgegeben und vergessen worden war. Die Glatte Straße war breiter als jede andere Straße, die Rafik bisher gesehen hatte, aber ihrem Namen wurde sie nicht gerecht – im harten Belag waren so tiefe Schlaglöcher, dass sich Rafik fragte, weshalb man sie so nennen mochte.

Je weiter sie kamen, desto mehr war auf der Straße los, obwohl sie von der Waldseite her auf Neuhafen zuhielten, was angeblich nur wenige Reisende taten. Gelegentlich dröhnten vier- und sechsrädrige Lastwagen an ihnen vorbei, wirbelten Staub auf, schleuderten Dreck durch die Luft und erschreckten ihr müdes altes Pony. Einige Trucker hupten oder winkten ihnen von hoch oben zu, aber die meisten schenkten ihnen keinerlei Beachtung und fuhren ohne einen Blick an ihnen vorbei, während sie in den dichten Wolken aus Staub und schwarzen Abgasen nach Atem rangen. Keiner der Trucker hielt an, um mit ihnen zu handeln, vermutlich in der berechtigten Annahme, dass sie so kurz vor Neuhafen nichts mehr hatten, womit sie hätten handeln können.

Die verpestete Luft war so trüb vor lauter Staub, dass Rafik die Stadt, die sich unter ihnen durchs Tal erstreckte, erst spät bemerkte. Es war das allergrößte *Irgendwas*, das er je gesehen hatte. Als wären Tausende Gebäude zu einem gewaltigen mythischen Geschöpf verschmolzen, hundertmal größer als das Dorf, aus dem er stammte.

Rings um Neuhafen gab es keine Mauern. Im Gegenteil, es führten zahlreiche Straßen direkt ins Stadtzentrum wie die Tentakel eines Riesenungeheuers. Simon erklärte ihnen mahnend, dass in Neuhafen jeder willkommen war – solange er genug Metall in den Taschen hatte und Waffen bei sich trug, um seinen Besitz zu verteidigen. Neuhafen war eine Brutstätte der Kriminalität, aber ohne die Vorräte und Waren, die hier verkauft wurden, hätten Rafiks Dorf und andere Gemeinschaften im Westen nicht überleben können.

Auf dem Weg in die Stadt erhaschten sie einen Blick auf den schimmernden Tarakanischen Highway. Simon erzählte, dass diese Straße ursprünglich zu dem Streckennetz gehört hatte, das die schändlichen Städte der Tarakanischen Ungläubigen miteinander verband. Nur wenige dieser Straßen hatten die Katastrophe überstanden. Rafik erinnerte sich, dass sein Vater einmal gesagt hatte, die Städte der Tarakanischen Ungläubigen wären so groß, dass sie den gesamten Horizont einnahmen und bis zu den Sternen hinaufreichten, und sie würden nur so summen vor lauter grauenhaften, unvorstellbaren Sünden. Er hatte sich niemals vorstellen können, dass so etwas wirklich existierte, bis er Neuhafen mit eigenen Augen sah.

Etwa einmal im Monat kamen Händler mit Lastwagen in ihr Dorf – während der Erntezeit und wenn größere Feste anlagen auch öfter –, aber nur eine Handvoll Dorfbewohner waren je nach Neuhafen gereist, keiner von ihnen mehr als einmal in seinem Leben. *Wenn ich nach Hause komme,* dachte Rafik, *wird Eithan vor Neid platzen.* Er würde Rafik anbetteln, ihm sein Abenteuer haarklein zu erzählen, und das große Finale wäre die Schilderung, wie der Fluch endlich besiegt wurde. Eithan würde sich dafür entschuldigen, dass er Steine nach ihm geworfen hatte, und Rafik würde seinen Freund ein bisschen schmoren und betteln lassen, aber am Ende würden sie wieder Blutsbrüder sein. Rafik spürte, wie ihm Tränen in die Augen stiegen. Er blinzelte und wischte sie hastig mit der bandagierten Hand fort.

Vor zwei Nächten, als Fahid gerade nicht hinsah, hatte Rafik behutsam die schmutzigen Stoffstreifen gelockert, um darunterzuschielen. Wenn sich überhaupt etwas geändert hatte, dann waren die Verfärbungen höchstens größer geworden. Seine Hand war noch immer heller als die Haut am restlichen Körper, und sie kitzelte und juckte. Als sie auf Neuhafen zufuhren, fing Rafik an, nervös am Stoff herumzuzupfen, bis Fahid es bemerkte und ihm einen Klaps gegen den Hinterkopf verpasste.

Danach dauerte es eine Weile, bis sich Rafik traute, seinen Bruder wieder anzusehen. Fahid saß hoch aufgerichtet da und starrte mit aufgerissenen Augen ihrem Ziel entgegen. Für ihn war es ebenfalls der erste Besuch in Neuhafen, und wahrscheinlich auch der letzte. Rafik ballte die verbundene Hand zur Faust. *Es gibt eine Heilung – es muss einfach eine geben.*

Die Händler in den Lastwagen verdienten sich ihren Lebensunterhalt damit, von Dorf zu Dorf zu fahren und mit sämtlichen Waren zu handeln, die sie aufkaufen oder loswerden konnten. Wann immer sich ein Truck Rafiks Dorf näherte, blieb er ein paar hundert Meter vor dem Tor stehen und hupte. Dann kamen die Wachen, und wenn alles sauber aussah, dann geleiteten sie den Händler ins Dorf. Die Frauen versteckten sich in ihren Häusern, die Männer kamen in der Dorfmitte zusammen und sahen so bedrohlich drein wie nur möglich. Es war wichtig, Stärke zu zeigen, nicht nur wegen der Preise, sondern auch wegen der Banditen, mit denen viele Händler kooperierten, um sich eine sichere Fahrt zu erkaufen. Häufig verkauften sie den Plündererbanden wertvolle Informationen über die Verteidigungsbereitschaft der umliegenden Dörfer. Sobald die Geschäfte besiegelt waren, schleppten Männer und sogar Jungs in Rafiks Alter Waren aus dem Dorf zum Truck und dafür andere Waren vom Truck ins Dorf.

Früher hatte sich Rafik sehr für die schiere Größe der wuchtigen Trucks begeistert. Sie waren riesig und furchteinflößend. Cnaan sagte, dass man mit allen Pferden des Dorfs keinen vollbeladenen Truck von der Stelle bewegen könnte, aber der Händler stieg einfach ein, und der Truck fuhr ohne Zugtier von allein los. Eithan hatte manchmal versucht, ihm die dunkle Magie zu erklären, die dahintersteckte, das Herz des Trucks, das man *Motor* nannte, aber Rafik war ziemlich sicher, dass sich sein Blutsbruder das nur ausgedacht hatte.

Kurz vor Neuhafen wurde die Straße sogar noch breiter, und er begriff, dass die Trucks vor dem Dorf klein waren im Vergleich zu denen, die er auf dieser Straße erblickte. Auf den letzten Kilometern vor der Stadt sah er zum ersten Mal einen Supertruck, einen wahren Stahlkoloss, der mit unvorstellbarer Geschwindigkeit über die Tarakanischen Highways zischte. Neben dem dreißigrädrigen Gefährt wirkten alle anderen Fahrzeuge winzig klein. Selbst ein einziges seiner Räder war größer als ihr gesamter Wagen einschließlich Pony.

Sie mussten die Straße räumen, um ihn durchzulassen. Die Supertrucks ähnelten einander zwar vage in Form und Größe, aber in nahezu allem anderen gab es deutliche Unterschiede, bis hin zur Farbe und der Anzahl nackter Frauen, mit denen sie bemalt waren. Noch nie zuvor hatte Rafik die Abbildung einer nackten Frau gesehen, allerdings hatte er einmal zu seiner badenden Schwester hineingespäht. Vielleicht war er ja deshalb verflucht worden. Er versuchte wegzusehen, wenn die Trucks vorbeirumpelten, aber sein Blick schien die fast unheimliche Gabe zu haben, sich doch immer wieder dorthin zu verirren, wo er nichts zu suchen hatte.

Langsam wurde es ringsum immer städtischer. Am Ende der langen Straße war eine Straßensperre aufgebaut, bewacht von einem guten Dutzend bis an die Zähne bewaffneter Männer. Fahid ergriff mit beiden Händen seine Pistole, aber Simon sagte, dass diese Männer zur Trucker-Gilde gehörten. Sie inspizierten die Trucks und erhoben Einfuhrzölle, ehe sie den Fahrzeugen Parkplätze zuwiesen. Wie sich herausstellte, hatten sie Glück – der Anführer der Männer stammte aus der Gegend südwestlich von Simons Heimatdorf, und er hatte eine Schwäche für Hinterwäldler, wie er sie nannte. Für eine Handvoll Metall ließ er sie durch und erklärte ihnen den Weg zu einer Taverne namens *Zum Runden Rad,* wo sie, wie er sagte, einen anständigen Stall und läusefreie Betten finden würden.

Die Taverne erwies sich als imposantes dreistöckiges Haus, aber der Stall sah aus und roch, als hätte ihn seit drei Wochen niemand mehr ausgemistet. Simon ging ins Haus und feilschte lange mit dem Wirt, und als er wieder herauskam, hatte er schlechte Laune und brummte, dass eine einzige Übernachtung hier so viel kostete, dass er seine Familie davon einen halben Monat lang hätte ernähren können. Das kam Rafik eigenartig vor; er hatte damit gerechnet, dass es länger dauern würde, den Fluch von ihm zu nehmen. Vielleicht würde er eine Salbe mitbekommen, die er auf seine Finger streichen konnte, und sie würden morgen schon wieder nach Hause fahren.

Simon musste lange auf Fahid einreden und ihm schließlich sogar drohen, damit er seine Waffe wegsteckte, ehe sie auf die Straße hinaustraten. »Du bringst uns noch alle um, Junge. Im Namen des Wiedergeborenen Propheten, jetzt beruhig dich doch mal.«

»Diese Ungläubigen kennen keine Ehre. Wir müssen kampfbereit sein«, widersprach Rafiks Bruder, aber am Ende gab er nach und verbarg die Pistole unter seinem Gewand.

Es war Mittag, und Rafik wollte noch beten, ehe sie aufbrachen, aber Simon sagte, dafür sei keine Zeit, sie müssten vor Anbruch der Nacht wieder im *Runden Rad* sein.

»Hier ist es nicht wie zu Hause in unseren Dörfern, Rafik«, sagte er. »Die Gilde erhebt zwar Steuern, aber um den Frieden in der Stadt schert sie sich nicht, solange sie keinen Nutzen davon hat. Nach Einbruch der Dunkelheit dürfen wir uns draußen nicht mehr sehen lassen, sonst könnten wir uns eine Menge Ärger einhandeln.«

Es klang vernünftig, aber sie hatten schon so viele Gebete versäumt, und in Rafik wuchs allmählich der Verdacht, dass sein Onkel dem Wiedergeborenen Propheten vielleicht nicht ganz so treu ergeben war, wie es sich gehörte. Es war schrecklich unfair, denn für Rafik, auf dem ein Fluch lag, waren die Gebete jetzt schließlich wichtiger als je zuvor.

Als sie das Pony geputzt und gefüttert hatten, fing Rafik

wieder an, vom Gebet zu reden, aber Fahid raunzte ihn an, er solle den Mund halten.

Wieder nahmen die beiden Erwachsenen Rafik in ihre Mitte, und sie wiesen ihn an, still zu sein, die verbundene Hand in die Tasche zu stecken und dort zu lassen.

Die Gebete hatte er bald vergessen. Sie schoben sich durch das dichteste Gewimmel, das Rafik je gesehen hatte. Alle trugen Waffen, sogar die Frauen. Das Zweite, was ihm an den Einwohnern Neuhafens auffiel, war ihr Haar. Manche Männer trugen es so lang wie eine Frau, und viele der Frauen hatten so kurzes Haar wie Männer. Allein das war für ihn schon ein überaus erstaunlicher Anblick, und er ertappte seinen Bruder dabei, wie er sich ebenso staunend umsah wie Rafik selbst.

Die Straßen waren breit, aber voller Schlaglöcher, in denen sich dunkles, faulig riechendes Wasser sammelte. Die meisten Menschen waren zu Fuß unterwegs, aber gelegentlich fuhr auch ein Truck durch die Menge, und dann wichen alle routiniert aus, um nicht über den Haufen gefahren oder mit Schlamm bespritzt zu werden.

»Bleibt einfach ganz entspannt«, sagte Simon leise. »Wenn ich mich nicht irre, ist es nicht weit.«

Der Wiedergeborene Prophet schien seinem Onkel zu zürnen, denn sie mussten mehrmals nach dem Weg fragen und ein paar Mal auch ein Stück wieder zurückgehen, ehe sie endlich vor einer Tür standen, über der ein Schild mit der Aufschrift *Dominiques Bar* hing. Der Name Dominique flackerte ständig rot auf, aber ihr Nachname blieb die ganze Zeit dunkel.

»Folgt mir. Und … nun ja … bleibt einfach dicht bei mir«, kommandierte Simon und stieß die Tür auf. Dahinter lag eine Art Laden. Als sie hereinkamen, brachen gerade ein paar Männer in lautes Gelächter aus, und einer von ihnen stand auf und fiel ohne ersichtlichen Grund gleich wieder hin, woraufhin alle nur noch lauter lachten. Mehrere Männer wandten sich zu ihnen um und starrten sie drohend an.

»Bleibt bei mir und rührt nichts zu trinken an«, warnte sie Simon. »Und im Namen Gottes und des Wiedergeborenen Propheten, steck die Waffe weg, Fahid. Du machst die Leute nervös.«

Langsam führte Simon sie durch den Raum. Überall saßen oder standen Leute herum, und sie alle tranken aus irgendeinem Glas oder Becher, was Rafik ziemlich eigenartig vorkam. Und da war eine seltsame rhythmische Musik, die zugleich von nirgendwo und überallher zu kommen schien, aber nirgends entdeckte Rafik Musikanten oder Instrumente, also nahm er an, dass die Musiker ein Stockwerk höher sein mussten oder vielleicht im Keller, was ganz schön komisch war. In Rafiks Dorf duldete man reisende Barden, sie durften vor den Männern des Dorfs aufspielen und singen und sie mit Neuigkeiten und Geschichten aus der Welt unterhalten. Rafik und Eithan waren von diesen Barden fasziniert und schafften es immer, sich nahe genug heranzuschleichen, um ihnen zuzusehen. Die größte Gruppe, die Rafik bisher gesehen hatte, bestand aus vier Musikern, aber die Männer waren nur ein einziges Mal ins Dorf gekommen und hatten es sehr überstürzt wieder verlassen, weil man sie dabei erwischte, wie sie mit einer der Frauen sprachen. Der Musik nach zu urteilen spielten hier mindestens sechs oder sieben Musikanten zugleich, aber weder sein Bruder noch sein Onkel schienen sich dafür zu interessieren.

Sie drangen immer tiefer ins Gebäude vor. Rafik fragte sich, ob dies einer jener Orte war, an denen sich Tarakanische Sünder aufhielten, Orte, wie sie in den Heiligen Schriften sechzehnmal erwähnt wurden. Dort wurde vergiftetes Wasser ausgeschenkt, und wer davon trank, brannte dereinst bis in alle Ewigkeit in der Hölle.

»Ich suche Khan Carr«, sagte Simon zu einem beleibten Mann. Der Angesprochene zeigte träge auf einen Tisch ganz hinten. Dort saß eine große Gruppe Männer in einer dichten Rauchwolke inmitten zahlreicher umgekippter Krüge. Als die Neuankömmlinge sich näherten, standen zwei der Männer auf und kamen auf sie zu. Sie wechselten ein paar Worte, dann wurden die drei abgeklopft, und man legte ihre Waffen beiseite. Aus Sicherheitsgründen. Aber es herrschte eine entspannte Stimmung, denn ein ziemlich struppig aussehender Mann am Tisch hatte Simon erkannt.

»Banishla«, grölte er und kam auf sie zu, um Rafiks Onkel in die Arme zu schließen. Der Mann war dünn, fast mager, sein graues Haar war sehr kurz, und den dunklen Augen schien nichts zu entgehen. Er trug ein schwarzes ölverschmiertes Obergewand und dazu eine Hose aus blauem grobem Stoff, so wie die meisten Trucker. So glänzende Stiefel wie seine hatte Rafik noch nie gesehen.

»Banish*ra*«, hörte er Simon unterdrückt murmeln.

Der Mann winkte ab. »Wie geht's dir, alter Fuchs? Wie geht es deinem lieben Bruder, hm? Wir müssen auf sein Leben und seine Gesundheit trinken.«

»Dies hier sind meine Neffen, Fahid und Rafik, die Söhne von Sadre Banishra. Jungs, das ist Khan Carr, ein *guter* Freund eures Vaters.«

Khan Carr schüttelte Fahid die Hand und bedachte Rafik mit einem Klaps auf den Kopf. Er stank nach Rauch und anderen weniger eindeutigen, aber ebenso abstoßenden Ausdünstungen. »Ein guter Mann und ebenso gute Jungs«, verkündete er, was in Rafiks Ohren nicht ganz aufrichtig klang, aber Fahid richtete sich mit stolzgeschwellter Brust ein wenig höher auf.

»Meister Carr«, fing Simon an und warf den Wachen einen nervösen Blick zu.

»Nenn mich einfach Khan, mein Freund.« Khan klopfte ihm auf die Schulter.

»Wie du möchtest.« Simons Unbehagen war mit Händen zu greifen.

»Setzt euch doch, lass uns beide gemeinsam einen heben. Und für die Jungs vielleicht was zu essen? Sie sehen hungrig aus.«

»Khan, ich muss mit dir reden. Unter vier Augen«, sagte Simon entschlossen.

Für einen Moment antwortete der kleinere Mann nicht, dann änderte sich mit einem Mal sein ganzes Gebaren. Leise sagte er: »Ich verstehe. Du bist also nicht hier, um von meinem ausgezeichneten Bier zu kosten und gemeinsam in Erinnerungen zu schwelgen. Es geht ums Geschäft, ja?« Sein Blick streifte die beiden Brüder. »Oder um etwas ganz anderes? Na schön, dann kommt mal mit.«

Er ging voraus in einen kleinen Raum, in dem es weniger laut und nicht ganz so verraucht war. Nur einer der anderen Männer begleitete sie. Er war hochgewachsen und schlank, der kurze ergrauende Bart konnte die hässliche Narbe auf seiner linken Wange nicht verbergen, und an seinem Gürtel baumelte eine große Pistole. Er nahm neben der Tür Aufstellung und richtete den Blick geradewegs auf die gegenüberliegende Wand.

Khan zog eine schwarze Pfeife aus der Tasche, steckte sie mithilfe eines silbernen Feuerzeugs an und blies kurz darauf stinkenden Rauch aus Mund und Nase. Der Raum stand voller Tische und Stühle in unterschiedlichen Größen, die nach einem nicht erkennbaren System im Raum verteilt worden waren, und auf Khans Aufforderung setzten alle sich hin. Rafik entschied sich für einen der kleineren Stühle.

»Ich brauche deine Hilfe, Khan«, sagte Simon, sobald die Tür geschlossen war. »Sadre braucht deine Hilfe.«

Khan stieß eine Rauchwolke aus. »Worum geht es?« Es klang nüchtern und geschäftsmäßig.

Simon wandte sich an Rafik. »Zeig ihm deine Hand.«

Zögernd wickelte Rafik den Verband ab.

Wieder atmete Khan Rauch aus, diesmal drehte er den Kopf dankenswerterweise zur Seite. Dann legte er die immer noch brennende Pfeife auf einen Beistelltisch. »Komm mal näher ran, mein Sohn«, befahl er, es klang nicht unfreundlich. »Hab keine Angst. Ich schulde deinem Vater und deinem Onkel viel und werde dir nichts tun.«

Zögernd erhob sich Rafik, ging zu ihm, ohne den Blick vom Boden zu lösen, und streckte ihm die Hand entgegen. Erst als er vor ihm stand, wagte er es, dem Mann ins Gesicht zu sehen.

Khan hatte die Augen weit aufgerissen. Mit einem unterdrückten Fluch packte er Rafiks Hand, spreizte dessen Finger und starrte die Zeichen lange stumm an. Atmete ein und aus und murmelte so leise vor sich hin, dass selbst Rafik nicht verstand, was er sagte.

Endlich ließ Khan die Hand los, und Rafik zog sie rasch zurück und verbarg sie wieder in seiner Tasche.

»Jetzt verstehst du unser Problem, richtig?«, erkundigte sich Simon mit sanfter Stimme.

»Vielleicht«, antwortete Khan langsam, »solltest du es mir erklären, damit es … keinerlei Missverständnisse gibt.«

Rafik fand seine Stimme wieder. »Mein Vater hat gesagt, dass Ihr mir helfen könnt. Dass Ihr mich heilen könnt.« Er zog die Hand wieder aus der Tasche und wedelte damit durch die Luft.

»Das haben sie dir gesagt?«, fragte Khan und sah zu Simon und Fahid hinüber. »Dass ich dich heilen könnte?«

»Ja, schon. Könnt Ihr es oder nicht?«, fragte Rafik schroff, fügte dann aber leiser hinzu: »Ich möchte einfach nur zurück nach Hause. Bitte …«

Khan schüttelte den Kopf, seine Mundwinkel verzogen sich zu einem schwachen, traurigen Lächeln. Umständlich stopfte er die Pfeife neu, zündete sie an und schob sie wieder in den Mund. Niemand sagte ein Wort. Nachdem er mehrmals an seiner Pfeife gezogen hatte, sagte er: »Ich kann dir helfen, Rafik, Sohn von Sadre, und ich kenne ein paar Leute, die dir sogar noch besser helfen könnten als ich. Aber ich kann dich von dieser … Sache nicht *heilen*. Das kann niemand.«

»Wir wollen nur, dass er in Sicherheit ist«, sagte Fahid. »Dass er …« Er zögerte und warf seinem Bruder einen raschen Blick zu. »… unter seinesgleichen sein kann.«

»Das wollt ihr also, ja?« Khan erhob sich und lief langsam auf und ab.

Der Mann neben der Tür behielt ihn unverwandt im Blick, als wartete er auf irgendein Zeichen.

»Wie viel?«, fragte Khan.

»Wie viel was?«, fragte Simon.

Fahid sprang auf. »Mein Vater hat mir erzählt, was er für Euch getan hat«, rief er wütend, »und Ihr habt selbst zugegeben, dass Ihr meiner Familie viel schuldig seid. Und doch wollt Ihr dafür bezahlt werden, das Richtige zu tun. Ihr seid kein Freund!«

»Fahid«, mahnte Simon. Der Mann an der Tür hatte sich bereits in Bewegung gesetzt; eine kleine Geste Khans hielt ihn auf.

Khan wandte Fahid den Rücken zu und ging zu einer Vitrine hinüber. Er öffnete die Glastüren und kam zum Tisch zurück, in einer Hand eine Flasche, in der anderen drei wunderschöne kleine Glasbecher. Sorgsam schenkte er eine dunkle Flüssigkeit ein und hielt Simon und Fahid je einen Becher hin.

Fahid schüttelte den Kopf. Ihr Onkel nahm das Glas entgegen und hielt es unschlüssig in der Hand. Khan beugte sich vor und griff nach seinem eigenen Drink.

»Du hast mich missverstanden, Fahid«, sagte Khan. »Als ich fragte, wie viel, meinte ich damit: Wie viel wollt ihr für den Jungen?«

Erschüttertes Schweigen.

Schließlich brachte Simon fast unhörbar hervor: »Was meinst du damit?«

»Ich bin kein Fachmann, aber die Zeichen an der Hand dieses Jungen deuten darauf hin, dass er ein …« Er unterbrach sich, dann zuckte er mit den Schultern und fuhr fort: »… dass er einer sehr seltenen Sorte angehört – und zwar einer *sehr* gefragten. Alle Tätowierten haben bestimmte Kräfte. Manche sind stärker als andere, manche schneller, aber wenn ich mich nicht irre, können sie alle nicht, wozu dieser Junge hier imstande ist.« Er wandte sich an Rafik. »Hast du noch irgendwelche anderen Tätowierungen?«

Rafik schüttelte den Kopf.

»Ganz sicher? Weißt du … ich werde das später ohnehin noch überprüfen.«

»Nein, es ist nur an meinen Fingern. Mein Vater hat sie mit einer Axt abgeschlagen, aber sie sind wieder nachgewachsen, und …«

»Halt den Mund, Rafik«, fuhr Fahid ihn an.

Khan kratzte sich am Kinn. »Interessant.« Er sah wieder Fahid an und schien jedes Wort sorgfältig zu überdenken. »Wenn dein Bruder die Wahrheit sagt, dann ist er ein Vermögen wert. Wenn ich nicht bei deiner Familie in der Schuld stünde, hätte ich euch mit leeren Händen gehen lassen und ein paar Stunden lang auf eure Dummheit getrunken.«

»Wir wollen nur, dass er in Sicherheit ist«, wiederholte Fahid unruhig.

»Oh, er ist in Sicherheit, dein kleiner Bruder, das kann ich dir garantieren, man wird sich gut um ihn kümmern, und er bekommt eine ausgezeichnete Ausbildung, auf allen nur denkbaren Gebieten. Zurück zum Preis …«

»Wir wollen dein Metall nicht, nur dein Wort«, zischte Fahid, ehe Simon etwas sagen konnte.

»Ich sag dir mal was.« Khan griff nach dem dritten Glas und hielt es Fahid hin. »Ich schwöre dir meinen heiligsten Eid, dass ich mich gut um deinen Bruder kümmere, wenn du einen mit mir trinkst.«

Eine gefühlte Ewigkeit lang starrte Fahid das kleine Glas an. Rafik war sicher, dass sein frommer Bruder das sündige Angebot ablehnen würde, aber irgendwann streckte Fahid die Hand aus und nahm das Glas entgegen.

»Auf ex«, sagte Khan lächelnd.

»Mögen Gott und der Wiedergeborene Prophet mir verzeihen«, murmelte Fahid, und alle drei schütteten ihre Drinks hinunter.

Anscheinend hatte sich Rafiks Bruder vor lauter Nervosität an seinem Wasser verschluckt, denn er lief knallrot an, japste und keuchte. Simon allerdings schien es gut zu gehen. Khan und der Mann an der Tür brachen in ein hässliches Gelächter aus, und plötzlich hielt Khan eine Pistole in der Hand. Rafik sah, wie sein Onkel erbleichte. Fahid versuchte sich zu wehren, aber er bekam noch immer keine Luft. Rafik wollte etwas tun, wollte schreien, Khan ablenken, ihm die Beine unter dem Leib wegtreten oder um Gnade flehen, aber er war wie versteinert. Er konnte nur voller Entsetzen zusehen, wie Khan seinen Bruder mit einer Hand packte und ihm mit der anderen grob die Pistole auf die Stirn setzte.

»Normalerweise muss ich mir solche Schwächen wie Redlichkeit nicht vorwerfen lassen«, sagte er ruhig. »Mit so einer Reputation hält man sich nämlich nicht lange in diesem Geschäft. Du bist ein Schwachkopf. Ein tapferer Schwachkopf vielleicht, aber doch ein Schwachkopf, und in dieser Stadt wärst du normalerweise ein toter Schwachkopf, noch ehe die Nacht vorüber ist. Ich sollte dich eigentlich hier und jetzt erschießen und dir die Mühen des Erwachsenwerdens ersparen, wo dich doch sowieso irgendwann sowieso jemand umlegen wird, der mehr Hirn im Schädel hat als du.« Khan wedelte mit der Pistole vor Fahids weit aufgerissenen Augen herum. »Aber … ich verdanke deinem Vater mein Leben, also gebe ich dir stattdessen das hier.« Er senkte die Waffe, drehte sie elegant um und drückte sie Fahid in die zitternden Hände.

»Standardmunition, sieben Kugeln pro Magazin«, sagte er, ließ den jungen Mann los und klopfte ihm väterlich auf die Schulter. »Bevor ihr geht, bekommst du noch ein bisschen Extramunition von mir, sagen wir, hundert Patronen? Abgemacht?«

Fahid schluckte, und Khan klatschte in die Hände. »Was soll ich denn nur mit dir machen, Junge? Na gut, wenn du so hart verhandelst … ich sag dir was, ich lege noch eine Tasche aus schwarzem Leinen obendrauf und ein Fass von meinem besten Met! Ja, ich weiß, du darfst ihn nicht trinken, aber du kannst ihn bei jemandem eintauschen, der es darf. Wer meinen Met gekostet hat, will nichts anderes mehr trinken, also vergiss mir ja nicht, allen zu sagen, wo du ihn herhast. Na, was sagst du? Sind wir im Geschäft?«

Fahid, noch immer knallrot, sah auf die Waffe in seiner Hand hinunter, dann nickte er stumm.

»Gut.« Khan klopfte ihm kräftig auf die Schulter und wandte sich an Simon. »Dann wäre das ja erledigt. Richte deinem Bruder aus, dass ich meine Schuld stets begleiche, aber erzähl es nicht rum. Wenn die Leute Wind davon bekommen, was für einen guten Preis ich euch gemacht habe, ist meine Reputation in dieser Stadt hinüber.« Er lachte und wartete nicht auf Simons Antwort, ehe er fragte: »Hast du Dominique schon kennengelernt? Sie wird sich um euch kümmern. Geht nach unten und esst eine Kleinigkeit, die Küche ist noch geöffnet.« Wieder klatschte er in die Hände und murmelte lächelnd: »Sie ist immer offen.«

Sie wankten hinaus und gingen nach unten, wo sie die fettigste Mahlzeit vorgesetzt bekamen, die Rafik sich nur vorstellen konnte. Es war zugleich herrlich und widerlich, aber viel bekam er nicht hinunter, weil ständig Panik in ihm aufwallte. Wieder und wieder hörte er Khans Worte: »Ich kann dich nicht *heilen*. Das kann niemand.«

Er würde nicht wieder nach Hause zurückkehren.

Kapitel 17

Rafik beobachtete, wie sich die Symbole auf seinen Fingern streckten, wie sie wuchsen, bis er hineinfiel und Dunkelheit ihn umgab. Eine Weile spürte er nichts um sich als Leere und Wärme, aber schon bald hörte er in der Ferne flüsternde Stimmen. Er verstand die Worte nicht, aber das machte ihm nichts aus. Er hatte es bequem, war warm und sicher. Dann tauchten Lichtpünktchen vor ihm auf und zogen seine Aufmerksamkeit auf sich.

Die Lichtfunken wuchsen und wurden zu Symbolen, irgendwann waren sie groß genug, um ihre Umrisse klar zu erkennen. Viele der Zeichen erinnerten Rafi an seine Tätowierungen, Mondsicheln und Kreise, andere hingegen waren vollkommen anders. Auf einigen der Symbole erkannte er Zahlen, andere hatten nichts Vertrautes an sich. Als sich die Wand aus Symbolen bis zum Horizont ausgedehnt hatte, fiel er nicht mehr, sondern schwebte im Nichts, betrachtete wie gebannt das Schauspiel. Der Anblick erinnerte ihn an ein Ameisenvolk, das Eithan und er zu Hause beim Gartenumgraben gefunden hatten – die Symbole bewegten sich aufeinander zu, glitten übereinander hinweg, tauschten ihre Positionen, stiegen auf oder sanken hinab, verschwanden, während andere Symbole ihren Platz einnahmen, und tauchten woanders wieder auf.

Rafik konnte den Blick nicht abwenden. Er verspürte den

starken Drang, sie zu berühren, und das wachsende, immer drängendere Bedürfnis, sie zu ordnen. Irgendwoher wusste er, dass *dieses* Symbol neben *jenem* dort sein sollte, und das *nächste* gehörte *dort* hin.

Wieder erklangen Stimmen, irgendwo über ihm, aber in weiter Ferne.

»Weck ihn nicht auf.«

»Wir können ihn doch nicht einfach hier liegen lassen.«

»Hilft ja nichts. Sieh doch nur, er wirkt ganz friedlich.«

Eine tiefe Stimme mischte sich ein: »Ihr hättet ihm diese angereicherte Ziegenmilch nicht geben dürfen. Wir hatten nicht mal Gelegenheit, uns zu verabschieden.«

»So ist es am besten …«

Eine vertrautere Stimme fiel wütend ein: »Wenn Ihr ihm irgendwas angetan habt, dann betet, dass ich es niemals herausfinde, denn dann bringe ich Euch um.«

»Es gibt nicht viele Leute, die mir gedroht haben und trotzdem noch am Leben sind, aber ich versichere dir, dass ich nicht vorhabe, ihm zu …«

Rafik achtete nicht weiter auf die Stimmen; sie drangen aus so weiter Ferne zu ihm, als stammten sie aus einer anderen Welt. Vielleicht waren sie nichts weiter als ein Traum, und nur die Symbole vor ihm waren wahr. Außerdem hatte er gerade etwas sehr Aufregendes bemerkt: Es gab *tatsächlich* ein Muster. Er musste nur *dieses* Symbol dort anhalten und *jenes* dort bewegen und *diese Reihe hier* unterbrechen … Rafik sah zu, wie sich seine ausgestreckte Hand zu ungeheuerlicher Länge ausdehnte, bis sie weit hinüberreichte bis zu der Wand aus Symbolen. Er sah seine Finger nicht mehr, aber er hatte keine Angst.

Genau so soll es sein, genau so muss es sich anfühlen.

Seine Hand tauchte in die Symbole, und Rafik stellte fest, dass er einige von ihnen anhalten konnte. Er deckte

Teile des Musters auf, indem er bestimmte Symbole mit den Fingern nach unten drückte, aber wann immer er sich eins vornahm, fingen die anderen wieder an, sich zu bewegen, und weil sie alle unterschiedlichen Pfaden folgten, verlor er rasch wieder den Überblick. Es dauerte eine Ewigkeit, bis er herausfand, dass die Zeichen an ihrem Platz blieben, wenn er sich darauf *konzentrierte*. Noch länger dauerte es, bis er lernte, wie er mehrere Symbole gleichzeitig an Ort und Stelle halten konnte. Je mehr er sich konzentrierte, desto besser funktionierte es, und nach und nach konnte er immer mehr Symbole auf einmal beeinflussen. Zwei auf einmal gelang ihm recht schnell, dann drei, dann fünf, aber irgendwann wurde ihm klar, wie fruchtlos seine Mühen waren. Es gab Tausende Symbole, die alle durcheinanderwirbelten, und er konnte nur eine Handvoll davon dazu bringen, sich seinem Willen zu fügen. Entmutigt zog Rafik die Hand zurück. Er spürte das Muster, aber er bekam nicht ausreichend Symbole zugleich in den Griff, um es freizulegen. Plötzlich war er sehr müde und schwebte ganz langsam aufwärts, fort von der Wand aus Symbolen und nach oben auf die Helligkeit zu.

Lautes Motorendröhnen und das ohrenbetäubende Signalhorn eines vorüberdonnernden Trucks ließen Rafik aus seinem tiefen Schlaf schrecken. Er lag auf einer Matte in einem kleinen Zimmer, mit einem Leinentuch zugedeckt, darunter war er nackt. Seine Kleidung lag säuberlich gefaltet auf einem Schaffellkissen wie dem, auf dem auch sein Kopf ruhte. Als er sich umsah, erblickte er mehrere weitere Matratzen, die in gleichmäßigen Abständen zueinander auf dem Boden verteilt lagen, aber sie alle waren leer. Rafiks Herz krampfte sich zusammen, als ihm klar wurde, dass sein Bruder und sein Onkel nicht hier waren. Der einzige andere Mensch im Raum war Khans furchteinflößender Leibwächter; er saß auf einem Hocker, den Rücken gegen die Wand gelehnt, und reinigte seine Pistole. Als der Mann sah, dass Rafik sich hinsetzte, stand er rasch auf und steckte die Waffe wieder in den Gürtel. »Endlich«, sagte er. »Ich hab ein paar Mal versucht, dich zu wecken, aber du warst so gründlich weggetreten wie eine durchgebrannte Sicherung.«

»Wo sind mein Bruder und mein Onkel?«, fragte Rafik, von Grauen erfüllt.

»Sie wollten nur kurz ein paar Sachen besorgen, sie sind bald zurück«, antwortete der Mann, aber irgendetwas in seinem Blick verriet Rafik, dass er log.

»Ich will zu ihnen.« Rafik sprang auf und zog sich an. Es kostete ihn große Anstrengung, nicht in Tränen auszubrechen. Er erinnerte sich daran, wie er seinen Bruder angefleht hatte, ihn mit nach Hause zu nehmen. Fahid hatte ihm nur immer wieder versprochen, dass sie ihn holen kommen würden, wenn er geheilt war. Aber es gab keine Heilung. Das hatte Khan ihnen gesagt. Rafik wusste nicht, wer ihm den Becher mit süßer Ziegenmilch hingestellt hatte, aber seine letzte bewusste Erinnerung war, wie er damit seinen Durst gestillt hatte. Und jetzt waren sein Onkel und sein Bruder fort.

Er musste hinterher; sie mussten ihn wieder mit nach Hause nehmen. Es gab keine Heilung, also gab es auch keinen Grund für ihn hierzubleiben, bei diesem Mann, der Rauchwolken ausstieß und verfluchtes Wasser trank und Rafiks Bruder mit einer Pistole bedrohte. Er würde einfach die Hand immer in der Tasche lassen und sie niemals herausziehen, das würde er ihnen versprechen. Sein Vater könnte ihm doch die Finger noch mal abschlagen, vielleicht wuchsen sie diesmal nicht wieder nach.

»Du sollst hier warten«, sagte der Wachmann. »Khan kommt bald.«

Rafik schoss auf die Tür zu.

»Hey, hey, hey!« Mit der Geschmeidigkeit einer Katze schnitt ihm der Wachmann den Weg ab und erwischte ihn am Arm. Aber er hatte unterschätzt, welche Kraft das schiere Entsetzen vor dem Verlassenwerden Rafik verlieh. Der Junge hieb ihm mit erstaunlicher Wucht in die Leistengegend. Erstickt fluchend, klappte der Mann zusammen und ließ Rafik los, taumelte zurück und stolperte über seinen Hocker.

Rafik entwischte durch die Tür und einen kurzen Gang entlang, da tauchte plötzlich Khan vor ihm auf, packte ihn mit beiden Händen am Kragen und schleifte ihn trotz seiner wütenden Gegenwehr zurück. Der Wachmann war noch immer dort und sah nicht gerade glücklich aus, aber Khan schenkte ihm keine Beachtung. Er drückte Rafik mit Nachdruck auf einen Hocker, zog sich mit dem Fuß einen zweiten heran und setzte sich. Dann seufzte er schwer.

»Sieh mich an, Junge«, forderte er ihn auf.

»Ich will zu meinem Bruder und meinem Onkel«, heulte Rafik auf.

Grob packte Khan ihn am Kinn. »Ich habe gesagt, *sieh mich an*. So. Und jetzt sag mir mal, wie alt bist du eigentlich?« Khans Augen waren beinahe schwarz, und sein Atem stank.

»Ich bin zwölf.« Rafiks Stimme zitterte. »Wo sind …«

Khan beugte sich vor und grub Rafik seine knochigen Finger in die Wangen. »Halt den Mund und hör zu«, sagte er. »Als ich so alt war wie du, habe ich meinen Vater getötet. Glaubst du mir? Ja, tust du, das sehe ich an deinem Blick. Gut, dann hör mir genau zu: Ich bin ein Schurke. Ich bin *der* Schurke, kapierst du? Ich bin die Sorte Mensch, vor der deine Mami dich gewarnt hat, aber du hast Glück: Ich bin nämlich auf *deiner* Seite. Ich beschütze dich, weil ich deinem Vater einen Gefallen schulde und deinem idiotischen Bruder versprochen habe, mich um dich zu kümmern.« Khan ließ sein Kinn los und richtete sich auf, sah ihn jedoch weiter eindringlich an. »So. Wie bereits gesagt, ich bin ein wirklich übler Mensch, und es macht mir nichts aus, mein Wort zu brechen, also tust du besser nichts, das mich dazu bewegt, nicht mehr auf deiner Seite zu sein. Zum Beispiel davonlaufen. Hast du verstanden? Und hör auf zu heulen. Mit Tränen kann ich nichts anfangen.«

»Aber wo sind mein …«

»Sie sind *weg*. Sie haben dich hier bei mir gelassen und sind zurückgegangen ins Hinterland, wo du Unglückswurm zu deinem großen Pech geboren wurdest. Sie sind fortgegangen, weil – und hör mir gut zu und hör auf zu heulen, das ist jetzt nämlich wirklich wichtig –, sie sind fortgegangen, weil sie dich *nicht mehr haben wollen*. Denn wenn sie dich wieder mit nach Hause genommen hätten, dann hätten die Leute aus eurem Dorf dich aufgeknüpft und gevierteilt und verbrannt, und mit deiner Familie hätten sie genau das Gleiche getan. Sie haben dich hier *zurückgelassen*, und jetzt bin ich für dich verantwortlich. Von heute an bin ich dein Vater und deine Mutter und dein Onkel und Bruder und was auch immer für Familienmitglieder du in deiner Blödheit sonst noch so vermisst, Rafik. Diese Schwachköpfe sind solche Hinterwäldler, dass sie nicht mal merken, was für ein Segen du bist. Jetzt kannst du dir das wohl noch nicht vorstellen, aber irgendwann wirst du wissen, dass dies dein Glückstag war. Du kannst niemals in dein Dorf zurückkehren. Ich sehe dir an, dass du mir nicht glauben willst, und vielleicht stellst du dir gerade in diesem Augenblick vor, wie du zu euren dreckigen Lehmhütten und den bärtigen Fanatikern, die darin hausen, zurückrennst. Aber ich rate dir, tu das besser nicht, und zwar nicht nur deshalb, weil du sowieso keine drei Meter weit kommen würdest, ehe dich ein dicker, fetter Trucker schnappt und zu seinem kleinen Liebessklaven macht. Denn wenn ich dich erwische – und glaub mir, ich *würde* dich erwischen –, dann wirst du darum betteln, dass ich dich wieder dem Trucker überlasse. Kapiert?«

Rafik wusste nicht, was ein Liebessklave war oder was ein fetter Trucker ihm antun würde, aber dass es eine schlimme Drohung war, hörte er an Khans Stimme. Stumm nickte er, zu verängstigt, um zu sprechen, und Khan nickte zufrieden.

»Das Gute an der Sache ist: Wenn wir es richtig anstellen, dann werden wir beide reich, du und ich, und können uns ein richtig schönes, angenehmes Leben machen. Tu, was ich dir sage, und ich pass auf dich auf, klar? Nick einfach, wenn du nicht sprechen kannst. Gut. So. Hast du Hunger? Du musst was in den Bauch bekommen. Martinn hier bringt dir was zu essen, und du isst es auf und verlässt dieses Zimmer nicht, ehe ich es dir erlaube. Haben wir uns verstanden?«

»Ich muss mal, und ich möchte mich waschen«, sagte Rafik, dem plötzlich aufging, wie lange seine Haut nicht mehr mit Wasser in Berührung gekommen war.

»Das Scheißhaus ist draußen. Martinn bringt dich hin. Pass auf, dass du nicht reinfällst. Ich bring dir eine Schüssel und Seife. Wenn du brav bist, nehme ich dich in ein paar Tagen mal mit ins Badehaus.«

Rafik wurde nach draußen begleitet. Das Scheißhaus erwies sich als einfaches Loch im Boden, um das ein kleines Häuschen aus Holzbrettern errichtet worden war. Und dort drinnen entdeckte er, dass jemand ihm etwas in die Tasche gesteckt hatte. Es war das Messer, das sein Bruder einem der getöteten Banditen weggenommen und als Trophäe behalten hatte. Die scharfe Klinge sprang auf Knopfdruck heraus oder klappte sich wieder ein. Rafik hatte Fahid immer um dieses Messer beneidet. Einmal hatte er es sogar gestohlen und einen ganzen Nachmittag lang damit gespielt – es hatte eine Tracht Prügel gesetzt, als Fahid ihn erwischte. Nun hielt er die Waffe in der Hand und wusste, dass er Fahid nie wiedersehen würde.

Aber mit dieser Erkenntnis überkam ihn auch eine eigenartige Ruhe. Dies war der Wille des Wiedergeborenen Propheten. Er steckte mitten in einem Abenteuer, und in der Hand hielt er ein Messer. Ehe er die Hütte verließ, verbarg er es sorgfältig wieder in seinem Gewand.

Martinn erlaubte, dass Rafik den Waschraum aufsuchte und sich Hände und Gesicht wusch. Rafik öffnete eine der Türen. Dahinter drückte der riesigste Mann, den er je gesehen hatte, eine nur halb so große Frau gegen die Wand, ihre Beine waren um seine fleischige Mitte geschlungen. Sie taten etwas, von dem Rafik bisher nur hinter vorgehaltener Hand hatte flüstern hören. Viel bekam er jedoch nicht zu sehen, denn die Frau, beeindruckend gelenkig, beugte sich vor, murmelte: »Na, gefällt's dir, Kleiner?«, und knallte ihm die Tür vor der Nase zu.

Rafik vergaß völlig, dass er sich eigentlich hatte waschen wollen. Hals über Kopf rannte er hinaus und zurück in sein Zimmer. Dort kniete er sich auf den klebrigen Boden, faltete die Hände, schloss die Augen und betete voller Inbrunst zum Wiedergeborenen Propheten.

Kapitel 18

Rafik war einen geregelten Tagesablauf durchaus gewohnt. Im Dorf hatte er nach einem strengen Zeitplan gelebt – Gebete, Schule, häusliche Pflichten und festgelegte Zeiten zum Spielen. Sein neues Leben brachte jedoch neue Routinen mit sich und hielt ihn mit zahlreichen Pflichten und Erledigungen auf Trab, von Sonnenaufgang bis lange nach Sonnenuntergang. Spielzeit gab es nicht und auch niemanden, mit dem er hätte spielen können. Aus seinem alten Leben waren ihm nur die Gebetszeiten geblieben, und er achtete sorgfältig darauf, sie einzuhalten.

Nach einer Weile wusste er nicht mehr, wie lange er schon hier war. Khan kam und ging, manchmal stundenweise, manchmal tagelang, und erklärte Rafik, dass er nach »einem guten Kontaktmann« Ausschau hielt. Sein Versprechen, Rafik mit ins Badehaus zu nehmen, hielt er nicht ein, aber Rafik arrangierte sich mit dem, was ihm zur Verfügung stand: ein Eimer und lauwarmes Wasser.

Martinn wurde es irgendwann langweilig, ihn ständig zu beaufsichtigen, und der Junge konnte sich zunehmend frei bewegen. Es dauerte nicht lange, da servierte er den Gästen verfluchtes Wasser, wischte die Tische ab und kassierte sogar für Dominique ab. Die Frau hielt die raubeinigen Trucker mit ihrer spitzen Zunge in Schach, hin und wieder unterstrichen von einer kräftigen Ohrfeige. Sie war die dickste Dame, die er je gesehen hatte, aber sie stellte die rosa Fleischmassen ihrer Taille ohne jede Scham zur Schau. Sie mochte Rafik sofort und nahm ihn unter ihre Fittiche. Achtete darauf, dass er vor lauter Arbeit das Essen nicht vergaß, schickte ihn früh zu Bett, wusch und trocknete sogar seine Kleidung und hatte ein Auge darauf, dass er den Verband an seiner Hand täglich wechselte. Nachdem sich Rafik einmal über den Verband bei ihr beklagte, strickte sie ihm einen bunten Handschuh, mit dem er die Tätowierungen verbergen konnte, und sorgte dafür, dass er ihn stets trug. Rafik nahm an, dass sie und Khan verheiratet waren, denn sie teilten das Bett miteinander und zankten ständig.

Trucker waren ein raubeiniger Haufen, aber meist behandelten sie Rafik freundlich, nannten ihn »Streuner« und »Welpe«, und manchmal gaben sie ihm auch, was Dominique ein »lausiges Trinkgeld« nannte, um ihre Frauen zu beeindrucken. Schon nach kurzer Zeit entdeckte er den Keller, in dem sich zahllose Fässer aneinanderreihten.

»Da unten stellen wir das Gesöff her, das wir oben verkaufen«, erklärte Dominique, als er sie fragte, welchen Zweck diese Fässer erfüllten. »Es ist ein Kunsthandwerk, Kleiner, und ich bin die Künstlerin. Macht man etwas falsch, dann werden die Leute davon blind oder sterben. Macht man alles richtig, dann investieren sie reichlich Münzen in meine Ware, und ich rede nicht über *diese* Ware hier.« Sie hob mit beiden Händen ihre gewaltigen Brüste an und lachte, als Rafik dunkelrot anlief.

Er war klug genug, nicht darauf hinzuweisen, dass sie selbst mindestens ebenso viel von dem Gesöff trank wie ihre Gäste. Sie war freundlich zu ihm, meistens jedenfalls, wenn sie ihn nicht gerade anschrie oder über ihn fluchte oder ihm mit der flachen Hand eins überzog. In seinem neuen Leben war sie das, was einer Mutter am nächsten kam, also hielt er den Mund und versuchte, sich so nützlich zu machen, wie er konnte.

Am Morgen war es immer am schlimmsten. Er hatte entsetzliches Heimweh und dachte oft ans Weglaufen, aber dann fielen ihm Khans Worte wieder ein, und er wagte es nicht. In der Stadt würde er allein nicht lange überleben, und selbst wenn er es irgendwie zurück nach Hause schaffen sollte, wusste er insgeheim, was das bedeuten würde: sein Vater, die Axt, die Steine. Er war verflucht, von seiner eigenen Familie fortgeschickt, von seinen Freunden verstoßen. Sie wollten ihn nicht mehr haben. Sobald er daran dachte, stiegen ihm Tränen in die Augen, und oft suchte er sich einen dunklen Winkel und weinte erstickt in seine fleckigen Ärmel.

Allerdings waren da noch die Träume. Sie bildeten einen scharfen Kontrast zu der brutalen Wirklichkeit und waren voller funkelnder, sich unablässig bewegender Symbole. Inzwischen konnte er ein Dutzend auf einmal festhalten, auch wenn das nur ein Bruchteil dessen war, was er schaffen musste, um das Muster zu sehen. Selbst wenn er wach war, erblickte Rafik überall Muster, wo er auch hinsah; da waren die Kreise der Räder, wenn draußen vor dem Fenster ein Truck vorbeifuhr, Kreise unterschiedlicher Größe in den Trinkgefäßen unten in der sogenannten Bar und sogar in den Knöpfen an der Kleidung der Trucker. Mit seinem neuen Blick entdeckte er ständig Formen, ordnete sie Kategorien zu, reihte sie im Geiste aneinander, fügte sie zusammen, spielte damit herum und erkundete ihre Möglichkeiten. Er hätte nicht zu sagen vermocht, weshalb, aber es beruhigte ihn und half ihm dabei, seine Traurigkeit in den Griff zu bekommen. Meistens jedenfalls.

Nach einer endlos langen Zeit, wie ihm schien, auch wenn vielleicht in Wirklichkeit nur ein Monat verstrichen war, musste er sich frische Kleidung anziehen, und Khan und Martinn nahmen ihn mit in die Stadt. Beim zweiten Mal übte der Anblick eine noch größere Faszination auf Rafik aus, denn jetzt erblickte er überall Formen und Muster. Große Teile der Stadt lagen in Trümmern, aber manche Gebäude waren noch immer so hoch, dass Rafik ihre Stockwerke nicht zählen konnte. Als sie irgendwann einen großen Hügel aus geborstenen Steinen erklimmen mussten, nahm Martinn Rafik auf die Schultern, so wie sein Vater es getan hatte. Es machte Rafik froh und traurig zugleich, und er war erleichtert, als sie oben auf dem Hügel ankamen und Martinn ihn hinunterließ. Bald darauf kamen sie an einem großen Metallturm vorbei, gut zehnmal höher als der Wachturm in seinem Dorf. Auf allen Seiten dieses Turms prangte ein Symbol, das genau so aussah wie eines, das Rafik in seinen Träumen gesehen hatte: fünf miteinander verschlungene Kreise und drei Punkte in ihrer Mitte. Es war das erste Mal, dass er ein derartiges Symbol erblickte, während er wach war, und er wurde sehr aufgeregt.

»Was ist das?«, fragte er und zeigte darauf. »Das Symbol dort?«

»Das da?« Khan kniff die Augen zusammen. »Ich habe keine Ahnung, was es bedeutet, das ist ein Symbol aus der Tarakanischen Sprache.«

»Tarakanisch? Was heißt das?«, fragte Rafik. Das Wort hörte er immerzu. Selbst die Musik in der Bar stammte aus einem kleinen, wenn auch verblüffend lauten Tarakanischen Apparat.

»Willst du etwa sagen, du weißt nichts über die Tarkanier?« Khan wirkte aufrichtig verblüfft.

»Verdammte Rostärsche waren das«, brummte Martinn, aber Khan achtete nicht auf ihn. »Eine bösartige Bagage, früher haben sie hier gelebt, aber jetzt sind sie weg.«

»Was ist mit ihnen geschehen?«

»Tot sind sie«, sagte Martinn, »und das ist auch gut so.« Er drehte den Kopf Richtung Turm und spuckte auf den Boden.

»Wir haben einen Krieg gegen sie geführt«, sagte Khan, »und als klar wurde, dass sie verlieren, haben sie die Katastrophe ausgelöst.«

»Warum haben wir gegen sie gekämpft?«

»Weil die Tarkanier die Menschen versklavt haben. Wir mussten sämtliche Arbeiten für sie erledigen.«

»So wie ich alles für Dominique erledigen muss?«, fragte Rafik, der spürte, dass sie das witzig finden würden. Und tatsächlich – die Männer lachten, und Khan strubbelte Rafik durch das wachsende Haar. »Die Frau bittet dich freundlich drum, mein Junge. Und du bist so schlau, all ihren Bitten nachzukommen. Von dir kann ich noch was lernen. Aber nein, das mit den Tarkaniern war anders. Man munkelt, dass sie die Leichen ihrer menschlichen Sklaven für irgendwelche seltsamen Experimente benutzt haben. Und sogar als Nahrung.«

Rafik erschauerte.

Martinn, der immer noch kicherte, warf ein: »Tja, aber die Tarkanier sind jetzt Geschichte, und wir sind frei.«

»Aber sie haben uns ein Vermächtnis hinterlassen«, sinnierte Khan, und sie machten sich daran, einen weiteren Schutthügel zu erklimmen. Er deutete auf die Ruinen ringsum. »Ihre Architektur, ihre Städte, ihre Bauwerke und Straßen. Und am allerwichtigsten: die Überreste ihrer Technologie. Tarakanische Apparate funktionieren immer noch, auch wenn wir keine Ahnung haben, wie. Und natürlich«, er klopfte Rafik leicht auf die Schulter, »haben sie uns Leute wie dich hinterlassen.«

»Wie mich? Was meinst du damit? Ich bin kein Tarkanier.«

»Wir werden schon sehr bald herausfinden, was du bist«, antwortete Khan, und im selben Moment verkündete Martinn: »Wir sind da.«

Sie standen ganz oben auf einem gewaltigen Schuttberg, vielleicht einem eingestürzten Turm, Rafik vermochte es nicht zu sagen. Sie blickten auf ein Gebäude aus roten Ziegeln hinunter. Auch wenn es nach Neuhafener Maßstäben nicht besonders groß war, so war es doch größer und höher als sämtliche Häuser in Rafiks Dorf zusammen. Von ihrem Aussichtspunkt blickten sie direkt ins oberste Stockwerk. Es war atemberaubend hoch.

Selbst aus dieser Entfernung drang der gewaltige Lärm aus dem Gebäudeinnern an ihre Ohren. Harte, schnelle Trommelschläge in einem schlichten, unaufhörlichen Rhythmus, und außerdem der unverkennbare Lärm einer wilden Schlägerei. Rafik fiel auf, dass zahlreiche Risse die Mauern durchzogen, und in den Fenstern fehlten sämtliche Scheiben.

Die beiden Männer überprüften ihre Pistolen und wechselten einen Blick.

Khan sah Rafik eindringlich an. »Dieser Typ, mit dem wir uns hier treffen, Jakov, er … hatte einen Unfall.« Er stockte, als suchte er nach Worten, dann sagte er schließlich schulterzuckend: »Ein paar Körperteile mussten durch Metall ersetzt werden, ja? Hab keine Angst, ich will nur, dass er sich dich mal ansieht.«

Rafik nickte. Nachdem man ihm gerade gesagt hatte, dass er vielleicht zu einer bösartigen Spezies gehörte, die die Welt zerstört hatte, erschien ihm eine Begegnung mit einem Mann aus Metall als willkommene Ablenkung.

»Da drinnen nennst du mich Onkel, okay? Hast du verstanden? Tu genau das, was ich dir sage, und nichts anderes. Wenn ich dir sage, du sollst weglaufen, dann läufst du weg, und wenn ich dir sage, du sollst dich zu Boden werfen, dann machst du das, ja?«

Rafik nickte noch einmal.

»Gut. Dann mal los.«

Schweigend gingen sie den Schutthügel hinunter auf das Gebäude zu.

Im Schatten lungerten gut ein Dutzend Männer und Frauen herum. Mit ihren Waffen und dem wilden, ungepflegten Äußeren erinnerten sie Rafik an die Banditen, die letzten Frühling das Dorf überfallen hatten, allerdings waren sie ein wenig besser gekleidet, überwiegend in Leder oder Schaffelle, und statt rostiger Schwerter und Holzprügel trugen sie Pistolen. Sie alle rauchten oder tranken, aber als Khan, Rafik und Martinn näher kamen, wandten sich alle Köpfe in ihre Richtung.

Rafiks Aufmerksamkeit wurde wie magisch von den eigenartigen Zweirädern angezogen. In seinem Dorf gab es nur zwei davon, eins für die Älteren und eins für den Boten; beide waren viel, viel kleiner als diese hier. Mindestens zehn riesige Zweiräder standen dort, säuberlich nebeneinander aufgestellt. Manche gaben ein eigenartiges Brummen von sich. Nur zögernd löste sich Rafik von dem Anblick und folgte Khan und Martinn, die weiter aufs Gebäude zusteuerten, aber als sie um die nächste Ecke bogen, war er froh, dass er mitgekommen war.

Auf einem großen freien Platz erblickte er zwei Männer auf großen Rädern, die sich irgendwie von allein bewegten. Beide Männer hielten sehr lange Stangen in einer Hand, mit der anderen steuerten sie das Rad. Der Platz wurde von gestapelten Reifen begrenzt, hinter denen sich johlende Zuschauer drängten. Die Männer auf den Rädern drehten ein paar Runden, dann beschleunigten sie plötzlich, senkten die Stangen und rasten mit wahnwitziger Geschwindigkeit aufeinander zu. Mit gewaltigem Getöse krachten die Stangen gegeneinander, aber die beiden Männer kamen unverletzt aneinander vorbei.

Die Menge jubelte, und sogar Khan grinste. »Fünf auf den Burschen mit dem roten Bart.«

Martinn neigte nachdenklich den Kopf, dann nickte er. »Abgemacht.«

Die Männer rasten noch zweimal aufeinander zu und ließen die Stangen aufeinanderkrachen, aber sie erwischten ihren Gegner nicht. Der Stab des Rotbärtigen zerbrach und wurde zügig durch einen neuen ersetzt, mit dem er zum finalen Stoß ansetzte – sein Gegner ging in einer Staubwolke zu Boden und krümmte sich vor Schmerz, während sein Gefährt über den Boden schlitterte und in einen Reifenstapel krachte. Das Publikum jubelte dem Rotbärtigen zu, und er reckte triumphierend den Stab hoch in die Luft. Martinn fluchte in sich hinein, Khan lachte.

Sie gingen auf den Eingang des Gebäudes zu, aber sie waren noch nicht weit gekommen, da versperrten ihnen vier Männer und eine Frau den Weg, allesamt mit gezogenen Waffen. Der Lärm ringsum war ohrenbetäubend, und Rafik presste die Hände auf die Ohren, statt zuzuhören, was gesagt wurde. Gleich darauf ließ man sie hinein.

Das Erdgeschoss war voller Leute, die den unterschiedlichsten Beschäftigungen nachgingen. Vier Männer lieferten sich einen heftigen Kampf, aber niemand ging dazwischen. Rafik starrte das Muster an, das er auf ihren Stiefeln entdeckte. Martinn legte ihm schützend eine Hand auf die Schulter und zog ihn dichter an sich heran. Gleich darauf stiegen sie eine Treppe hinauf, in der viele Stufen weggebrochen und durch wenig vertrauenerweckende Holzplanken ersetzt worden waren. Rafik zählte die intakten Stufen zwischen den Löchern und versuchte, darin ein Muster zu finden; ein nettes kleines Spiel, mit dem er sich den ganzen Weg lang beschäftigte, bis sie im obersten Stockwerk ankamen. Die Musik war immer noch unangenehm laut, wenn auch leiser als unten.

Noch ein großer, offener Raum voller Leute. Und alle möglichen Waffen, mit denen die Besitzer herumhantierten, sie überprüften, säuberten oder miteinander verglichen. Khan, Martinn und Rafik liefen an ihnen vorbei und steuerten auf eine Tür am anderen Ende zu, diesmal nicht nur ein Durchgang, sondern eine richtige Tür. Davor standen zwei Wachen mit noch größeren Waffen und noch mehr Metall am Leib. Ihre Mäntel waren tiefschwarz. Einer der beiden trat ihnen einen Schritt entgegen.

»Sag Jakov, dass Khan Carr ihn sprechen will, mit dem Jungen.«

Der Wachmann nickte wortlos und behielt sie im Auge, der andere öffnete die Tür und steckte den Kopf hindurch. Nach einem kurzen, eigenartigen Augenblick sagte eine der Wachen: »Du und der Junge, ihr könnt rein. Lass deine Waffen hier draußen bei deinem Freund.«

Kommentarlos überreichte Khan Martinn seine Pistole, aber der Wachmann bestand darauf, ihn zu durchsuchen, und förderte eine zweite Pistole aus einem von Khans Stiefeln zutage. Im anderen fand er ein Messer. Khan entschuldigte sich überschwänglich und behauptete, »*diese* kleinen Spielzeuge« hätte er völlig vergessen. Der Wachmann wirkte nicht sonderlich überzeugt, ließ sie aber passieren. Rafik durchsuchte er nicht, was ein Glück war, denn Rafik wollte nicht, dass irgendwer von dem Messer seines Bruders erfuhr. Er schob die Hand in die Tasche und umklammerte den Griff. Das tat er immer, wenn er sich fürchtete, und das war oft der Fall.

Im nächsten Raum standen vier identisch gekleidete Wachen. An dem großen Tisch zwischen ihnen saß der Mann namens Jakov. Bei seinem Anblick umklammerte Rafik Fahids Messer noch fester. Er glaubte Meister Issaks Stimme zu hören, im Chor mit den Stimmen seines Vaters, seines Bruders, Eithans und schließlich seines gesamten Dorfs, ein Echo all der Predigten, Lektionen und Gebete, und sie warnten Rafik vor der größten aller Sünden: *Du sollst nicht verschmelzen*.

Hätte nicht Khan ihn im Nacken gepackt, wäre Rafik bestimmt davongelaufen. Die gesamte linke Seite von Jakovs Gesicht bestand aus einer finster dreinblickenden Maske aus Metall, und dort, wo sein Auge hätte sein müssen, ragte eine Art Okular hervor. Eine Kapuze verbarg seinen Schädel, und er trug eine Rüstung mit einer Metallplatte vor der Brust. Der linke Arm bestand ebenfalls aus Metall und endete in sieben Fingern und zwei Daumen. Die Hand hantierte mit einem Haufen Waffen und anderen Gegenständen herum, die vor ihm auf dem Tisch ausgebreitet lagen, und sie machte damit weiter, selbst als Jakov den Blick zu Khan und Rafik hob.

Es war ein großer Raum, aber er war derart mit Kisten, Fässern und Waffen vollgestopft, dass man sich kaum darin bewegen konnte. Aus irgendeinem Grund war die von unten heraufdringende Musik hier wieder lauter, und unter Rafiks weichen Sandalen vibrierte und zitterte der Boden im Takt.

»Ah, Khan«, sagte Jakov mit heiserer, metallisch klingender Stimme. Nur der fleischige Teil seiner Lippen bewegte sich beim Sprechen. »Du hast den Jungen mitgebracht.« Er bat sie nicht, Platz zu nehmen, und seine Hand beschäftigte sich mit einer Pistole, als wären sie gar nicht da.

»Hallo mal wieder.« Khans dünnes Lächeln erlosch sofort wieder. »Schön zu sehen, dass die Geschäfte offenbar laufen wie geschmiert.« Als Jakov nicht antwortete, wandte sich Khan Rafik zu. »Zeig ihm deine Hand, *Neffe*.«

Rafik ließ das Messer in seiner Tasche los, und Khan schob ihn vorwärts, bis er so dicht vor dem Mann namens Jakov stand, dass er das leise metallische Sirren aus dessen Arm vernahm. Zögerlich nahm Rafik die Hand aus der Tasche und zog Dominiques Handschuh aus. Jakov beugte sich vor und betrachtete Rafiks Hand eingehend, vor allem die Finger. Nach einer Weile hörte seine Metallhand auf, sich zu bewegen.

»Radja«, sagte er leise, ohne Rafiks Hand aus den Augen zu lassen, »ich kann meine eigenen Gedanken nicht hören. Bitte doch unsere Gäste *noch einmal*, mit diesem verdammten Krach aufzuhören, und achte darauf, dass du es *höflich* tust.«

Rafik hörte schwere Schritte hinter sich, dann wurde die Tür geöffnet und fiel wieder zu. Jakov ließ Rafiks Hand los und tätschelte ihm den Kopf; es wirkte nicht, als hätte er Übung in solchen freundlichen Gesten. Dann lehnte er sich wieder zurück und nickte Khan zu.

Kurz verschwand der Metallarm unter dem Tisch und förderte eine Flasche zutage und gleich darauf zwei Gläser. »Seltener Jahrgang«, sagte Jakov. »Stammt aus der Zeit vor der Katastrophe. Du kannst dir nicht vorstellen, wie viel Metall ich für nur zwei Kisten davon hingelegt habe, aber es war jedes Gramm wert.« Die Flüssigkeit ergoss sich in die kleinen Gefäße, und Khan nahm seines entgegen. Die Hälfte von Jakovs Gesicht, die noch aus Fleisch und Blut bestand, verzog sich zu einem Lächeln. Er hob sein Glas. »Freiheit und Metall«, verkündete er, und dann erklang irgendwo unter ihnen ein Schuss, gefolgt vom Aufschrei einer Frau. Vor Schreck verschüttete Khan die Hälfte seines Drinks und fluchte. Eine Reihe weiterer Schüsse, dann verstummte urplötzlich die Musik.

»Viel besser«, befand Jakov und kippte sich mit einer raschen Handbewegung den Inhalt seines Glases in einen Mundwinkel. Hastig tat Khan es ihm mit dem verbliebenen Rest seines Drinks gleich. Jakov schenkte ihnen beiden nach.

Als auch diese Drinks geleert waren und sie ihre Gläser kräftig auf den Tisch geknallt hatten, erkundigte sich Khan: »Also ist mein Neffe derjenige welche?«

»Werden wir gleich sehen«, sagte Jakov. Wieder verschwand seine Metallhand unter dem Tisch und kehrte diesmal mit einer etwa handgroßen Metallkiste zurück. In der Seite befanden sich drei Löcher ungefähr vom gleichen Durchmesser wie ein Finger. Rafik wurde angewiesen, sich dichter neben Jakov zu stellen, der sich mitsamt seinem Stuhl zu ihm umdrehte, dem Jungen die Metallhand auf die Schulter legte und noch ein wenig näher heranrückte. »So, junger Mann, du steckst jetzt deine Finger *hier, hier* und *hier* hinein.«

Bei jedem *hier* zeigte er auf ein anderes Loch, und die Metallhand auf Rafiks Schulter drückte zu, gerade kräftig genug, um unangenehm zu sein. Das stumme Versprechen von entsetzlichen Schmerzen, falls der Junge nicht gehorchte.

Mit panisch rasendem Herzen tat Rafik, wie ihm geheißen. Die Metallhand löste sich von seiner Schulter. »Gut. Jetzt setz dich und entspann dich ein bisschen«, sagte Jakov. Eine Wache schob Rafik einen bequem aussehenden Stuhl hin und drückte ihn mit einem sachten Schubser darauf nieder. Rafik versuchte, die Finger aus der Kiste herauszuziehen, aber es war unmöglich. Plötzlich lag die Metallhand wieder auf seiner Schulter. Jakov war unangenehm nah.

»Ich sagte, entspann dich.« Jakov drückte ein paar Knöpfe auf dem Kastendeckel. »Es tut nicht weh. Nicht sehr.«

Als er den letzten Knopf drückte, fing die Kiste an zu summen, und heftiger Schmerz zuckte durch Rafiks Finger und seinen Arm hinauf. Er musste wohl geschrien haben – jedenfalls hörte er etwas, das eindeutig nach seiner Stimme klang –, aber es drang wie aus weiter Ferne an seine Ohren. Er war irgendwo anders, in Sicherheit. Dunkelheit umfing ihn, und er starrte ins Nichts, froh, all den Leuten und dem Lärm entkommen zu sein. Es waren üble Menschen, das wusste er, auch Khan und sogar Dominique – sie gehörten zu den Ungläubigen, vor denen man ihn gewarnt hatte, und Jakov war der Allerschlimmste. Er war ein Metallmann. *Wer zulässt, dass sein Leib mit Metall verschmilzt, der ist bis in alle Ewigkeit verflucht. Er und die seinen werden dereinst im Heiligen Feuer brennen.*

In der Dunkelheit bildeten sich Formen und Symbole. Sie waren näher als in seinen Träumen, nicht ansatzweise so zahlreich und von einem verwaschenen Grau. Ihre trägen Bewegungen folgten gut erkennbaren Mustern. Eines wollte in die falsche Richtung davondriften, und Rafik hielt es an. Erst danach begriff er, was er gerade getan hatte. Er wiederholte es bei einem anderen Symbol und bei noch einem. Das Muster war so offensichtlich, dass er fast aufgelacht hätte. Im nächsten Augenblick hielt er die Hälfte der Symbole zugleich an, und dann, erfüllt von unerklärlichem Stolz, *alle* Symbole, jedes war an seinem Platz, und das Muster lag klar und deutlich vor ihm. Ein leises Summen, ein greller Lichtblitz … plötzlich war er zurück in dem großen, vollgestellten Raum, und seine Finger steckten nicht mehr in dem Metallkasten.

»Ich hab's geschafft!«, rief er begeistert. »Ich habe das Puzzle geknackt!«

»Ja, das hast du.« Jakovs halbes Grinsen war ebenso breit wie unangenehm.

»Bist du sicher?«, fragte Khan. »Das hat ja nur wenige Sekunden gedauert. Und Junge, was meinst du mit ›Puzzle‹? Was hast du da drin gesehen?«

Rafik war zu durcheinander, um ihm zu antworten, aber er hörte, wie Jakov sagte: »Ja, ich bin sicher. Das kann nur jemand von seiner Art tun, jeder andere bekommt einen gewaltigen elektrischen Schlag, glaub mir. Was du mir da gebracht hast, *mein Freund,* ist ein echter Puzzler.«

Khan jubelte und klatschte sogar in die Hände, unfähig, seine Freude zu bezähmen. Jakov hingegen blieb ganz ruhig und wandte sich wieder dem Jungen zu. »Sag mir, Rafik, in welchem Verhältnis stehst du zu Khan?«

Rafik sah Khan an. »Er ist mein Onkel.«

»Wirklich? Dein Onkel?« Demonstrativ blickte Jakov zwischen dem Jungen und dem Mann hin und her. »Seltsam. Ihr seht euch überhaupt kein bisschen ähnlich. Ihr habt sogar eine unterschiedliche Hautfarbe.«

»Onkel zweiten Grades«, sagte Khan rasch. »Oder sogar dritten. Ich weiß es nicht genau, meine Familienverhältnisse sind etwas, äh, unübersichtlich.«

»Interessant. Nun, mein Freund, ich würde dir einen fairen Preis für ihn zahlen.«

Khan schüttelte heftig den Kopf. »Nein, nein, nein, tut mir leid, aber das kann ich nicht machen. Ich habe seiner Mutter versprochen, dass ich auf ihn aufpasse, du weißt doch, wie das ist …«

Jakov lehnte sich zurück. »Natürlich, klar. *Versprochen,* sagst du. Sehr wichtig, dass ein Mann zu seinem Wort steht, in der Tat. Dann könnte ich einen Kontakt für dich herstellen, wie wäre es damit? Fünfundzwanzig Prozent des vereinbarten Honorars?«

Khan breitete die Hände aus, die Finger gespreizt. »Tut mir leid, Jakov, aber die Familie ist stark verschuldet und braucht das Metall wirklich dringend. Fünfzehn könnte ich dir anbieten.«

Die menschliche Hälfte von Jakovs Gesicht wurde so starr wie die aus Metall. Langsam beugte er sich vor und wischte Rafik sachte ein bisschen Schmutz von der Schulter. Der Junge war zu verängstigt, um zurückzuweichen.

»Zweiundzwanzig, und das lässt mich vor meinen eigenen Leuten schon wirklich blöd dastehen.«

»Acht … neunzehn, mehr kann ich nicht machen«, sagte Khan rasch.

»Treffen wir uns bei runden zwanzig, was meinst du?«

Khan spuckte sich in die Hand und streckte sie ihm entgegen, ehe ihm klar wurde, dass er gerade Jakovs Metallhand schütteln wollte. Langsam ließ er die Hand wieder sinken und stammelte: »Abgemacht, Jakov, danke.«

»Guter Mann.« In Jakovs Lächeln lag kein Funke Humor. »Wozu denn ein Handschlag, wenn wir stattdessen auch auf unseren Erfolg trinken können, mein Freund? Und du solltest mal den Käse hier probieren. Es gibt da diesen Hof, bei dem ich immer vorbeifahre, wenn ich hier bin. Dort sind alle Leute Cousins und Cousinen oder sonst was, manche von denen können kaum sprechen, aber sie machen den besten Käse, den ich je gegessen habe. Das ist schon fast Kunst.«

Khan wandte den Kopf. »Hast du gehört, Rafik? Was bist du doch für ein Glückspilz. Es gibt da ein paar Leute, die dich kennenlernen wollen, und zwar weit, weit fort von diesem rostigen Schrottloch hier.«

Rafik begriff nicht recht, was geschah. Er war noch immer wie betäubt von dem, was er eben erlebt hatte. Alles kam ihm weit entfernt vor und zugleich gestochen scharf. Der Wachmann an der Tür trug eine Energierüstung, in deren Gürtel ein interessantes Muster eingraviert war; im Raum standen sieben Stühle, aber nur drei davon waren grau. Jakovs Metallhand hatte sieben lange Finger mit jeweils vier Gelenken, dazu zwei daumenähnliche Finger mit je zwei Gelenken, was insgesamt zweiunddreißig Gelenke machte …

Sein vordringlichster Gedanke allerdings galt der Antwort auf eine Frage, die ihn verfolgte, seit er zum ersten Mal seine veränderte Hand erblickt hatte. Diese Männer hatten gesagt, was mit ihm nicht stimmte; sie hatten seiner Krankheit einen Namen gegeben: Er war ein Puzzler. Nun musste er nur noch herausfinden, was das bedeutete.

Kapitel 19

An den Weg zurück zur Bar erinnerte sich Rafik nur verschwommen, aber er wusste noch, dass Khan ihn umarmt und ihm in die Wangen gekniffen hatte. Für den Rückweg mietete Khan eine der kleinen Metallkutschen, die ohne Pony fuhren, und zahlte dem Fahrer ein bisschen was extra, damit er sie so rasch wie möglich zur Bar brachte. Rafik hatte noch nie in einem so schnellen Gefährt gesessen. Durch die offenen Fenster blies kalter Wind, und die untergehende Sonne wärmte ihm das Gesicht. Sein Sitz war warm und gemütlich, und plötzlich wurde er nach diesem aufregenden Tag sehr müde. Vor seinen Augen tanzten Symbole. Sie verschmolzen zu dem Tarakanischen Symbol, das er unterwegs auf dem Turm gesehen hatte. Als Martinn ihn schüttelte, schrak er hoch.

»Wir sind da. Du kannst auf deiner Matte weiterschlafen.«

Sobald sie die Bar betraten, schoss Dominique auf sie zu und bombardierte Khan mit Fragen. Jedes Mal, wenn Khan abzuwiegeln versuchte, wurde sie sauer, und wenn er ehrlich antwortete, ging sie fast an die Decke. Es war wirklich merkwürdig.

»Zu *diesem* Blechkopf bist du gegangen? Hast du den Verstand verloren, Khan? Dieser Metallschädel ist bösartiger als ein tollwütiger Hund, dem jemand Peperoni in den Arsch geschoben hat.«

»Ich habe alles im Griff«, sagte Khan. »Uns ist da wirklich eine Menge Blech in den Schoß gefallen.«

Dominique schob ihn beiseite und zeigte auf Rafik. »Was genau hast du denn jetzt mit dem kleinen Streuner vor?«

»Ich mache eine Fahrgelegenheit für uns klar – für dich, mich, Martinn und den Jungen. Wir reisen nach Regeneration, vielleicht besuchen wir sogar meinen Bruder Gandir, und dann nehmen wir die Langbahn zur Stadt der Türme. Da kenne ich jemanden, einen Kontaktmann. Er kann sich um die Sache kümmern, er kennt ein paar einflussreiche Leute. Wenn wir das Interesse der Gilden wecken, können wir vielleicht sogar eine Auktion veranstalten.«

Dominique wirkte nicht sonderlich beeindruckt. »Ein Plan, bei dem dein bescheuerter Bruder eine Rolle spielt, ist genauso idiotisch wie du.«

Khan breitete die Hände aus. »Wer hat denn was davon gesagt, dass ich diesen alten Fettsack mit ins Boot holen will? Ich will nur sein Gesicht sehen, wenn wir vor seinen Augen bis zur Brust in Blech waten. Ich werde dieses blöde Haus aufkaufen, das er mir gestohlen hat, und ihn rauswerfen, jawohl, das werde ich machen.«

»Und wer kümmert sich so lange um die Bar?« Dominique schüttelte den Kopf. »Oder hast du etwa deine Schulden vergessen? Oder ist dir entfallen, bei *was für Leuten* du Schulden hast?«

»Dominique, du Fluch meines Lebens, du Stachel in meinem Fleisch, du unerreichbare Verlockung …« Khan senkte die Stimme, bis er kaum noch zu hören war. »Wenn dieser Deal so läuft, wie ich es annehme, dann setzen wir nie wieder einen Fuß in diese lausige Bar. Woanders lebt es sich viel besser als in Neuhafen. Ich habe gehört, dass sie an der Küste ein paar wunderschöne Ruinenstädte wieder bewohnbar machen. Dort könnten wir uns ein Haus bauen, vielleicht sogar direkt am Meer. Davon hast du doch immer geträumt …«

Dominique starrte ihn an und brummte etwas darüber, dass er doch ein viel zu großer Geizhals wäre, um die Reise für vier Leute zu bezahlen. »Du hast Glück, wenn er dich mitnimmt«, sagte sie zu Martinn, sobald Khan gegangen war. »Und das tut er auch nur, weil er jemanden braucht, der ihm den Rücken freihält.«

Martinn zuckte mit den Schultern und brachte Rafik nach oben in sein Zimmer, wo er ihn allein ließ, damit er sich waschen und beten konnte. Stumm bat Rafik den Wiedergeborenen Propheten um Vergebung, weil er das Mittagsgebet versäumt hatte. In letzter Zeit betete Rafik nicht mehr ganz so regelmäßig. Er hatte ein schlechtes Gewissen deshalb, aber um ehrlich zu sein, war er auch wütend auf den Neugeborenen Propheten, weil der diesen Fluch über ihn gebracht hatte. Die neuen Symbole und Muster faszinierten ihn, und Dominique war nett, wenn auch manchmal etwas grob, aber er vermisste sein Zuhause und wollte seine Familie zurückhaben. Er war von Ungläubigen umgeben, von Raufbolden und Frauen, die ihre Dinger präsentierten und Männer küssten, mit denen sie nicht verheiratet waren. Die Bar war voller Trinker und Sünder, aber irgendwie – und das irritierte Rafik maßlos – waren sie alle *freundlicher* zu ihm als die meisten Menschen in seinem Dorf, und ganz sicher waren sie fröhlicher. Wie konnte das sein? War es möglich, dass sich Meister Issak irrte, was die Schriften betraf?

Rafik versuchte, diese blasphemischen Gedanken abzuschütteln, und vollendete pflichtbewusst sein Nachtgebet. Er entkleidete sich, wusch sich den Oberkörper und versuchte zu schlafen. Aber an die Stelle der Müdigkeit, die ihn den ganzen Rückweg über fest im Griff gehabt hatte, war Rastlosigkeit getreten.

Nachdem er sich eine Weile schlaflos herumgewälzt hatte, stand Rafik wieder auf und lief ein wenig herum, suchte Fußboden und Wände nach Mustern ab. Irgendwann wurde es ihm zu langweilig, und er öffnete die Tür und fragte Martinn, ob er nach unten dürfe. Martinn willigte ein, und sie gingen zusammen die Treppen hinunter.

In der Bar waren einige Stammgäste und eine Handvoll Laufkundschaft. Es dauerte nicht lange, bis sich Martinn angeregt mit einer jungen Frau unterhielt, die er offenbar kannte und sehr gern noch näher kennenlernen wollte. Rafik verdiente sich ein paar Münzen, indem er Säufern Gesöff brachte.

Er war so daran gewöhnt, dass Trucks an der Bar vorüberfuhren, dass er den Motorenlärm draußen gar nicht recht wahrnahm, und den anderen schien es ähnlich zu gehen. Jedenfalls bemerkte niemand Jakov und die Fahrer der riesigen Zweiräder, ehe sie auf einmal mitten in der Bar standen. Sie waren ganz in Schwarz gekleidet und hatten riesige Waffen dabei, bis auf Jakov, der in seiner menschlichen Hand eine Energiepistole hielt.

Wertvolle Sekunden verstrichen, bevor die Leute in der Bar merkten, dass diese Bewaffneten nicht auf einen Drink hereingekommen waren. Jakov entdeckte Rafik, der gerade zwei bis an den Rand gefüllte Krüge vor zwei fetten Truckern absetzte, und zeigte mit einem Metallfinger auf ihn.

»Schnappt ihn euch.«

Seine Männer reagierten sofort.

Einer von ihnen packte Rafik am Kragen und zerrte ihn Richtung Ausgang. Bei Rafiks gellendem Schrei schraken sogar die beiden sehr betrunkenen Trucker hoch.

»Hey, Mann, was machste denn da mit dem Jung'? Ich hab ihm noch gar kein Trinkgeld gegeb'n«, sagte einer von ihnen und erhob sich träge. Der Mann, der Rafik gepackt hatte, hielt an und drehte sich um, und mit einer fast beiläufigen Bewegung schoss er beiden Truckern in die Brust. Vom Lärm der Schüsse vollkommen taub, hörte Rafik das Klirren der Flasche nicht, die im nächsten Moment dem Schützen ins Gesicht flog. Instinktiv duckte er sich, als Scherben, Blut und Bier auf ihn herabregneten. Der Mann ließ den Jungen los, und Rafik wirbelte herum und sah, wie Jakov und ein anderer Mann das Feuer auf Dominique eröffneten. Überall Bewegungen, gleißendes Licht, fliegende Glasscherben; in diesem tödlichen Durcheinander gab es kein Muster.

Rafik rannte los, ohne sich noch mal umzusehen. Hetzte die Treppen hinauf und stand dann auf einmal in dem Raum, in dem sein Onkel und sein Bruder mit Khan verhandelt hatten, ohne dass er sich erinnerte, wie er hierhergekommen war. Nicht gut, wurde ihm klar, denn hier gab es weder Fenster noch ein Versteck. Zitternd lehnte sich Rafik gegen die Tür und rang nach Luft. Tränen strömten ihm über die Wangen, und vor seinem geistigen Auge spulte sich das Blutvergießen ab, das er unten in der Bar mit angesehen hatte, immer und immer wieder. Er biss sich in die Faust, um sein Wimmern zu ersticken.

Versteck dich.

Rafik lief ein paar Schritte durchs Zimmer, doch er kam nicht weit, da flog die Tür auf, und Radja stand hinter ihm, Jakovs Leibwächter. Er füllte den Türrahmen fast vollständig aus, und in der Hand hielt er eine riesige Schusswaffe. Rafik erstarrte. Er konnte sich nicht rühren, stand nur da und starrte die Blutflecken auf Radjas Lederpanzerung an.

Als sich Radja mit einem raschen Blick vergewissert hatte, dass niemand hier war bis auf den Jungen, ließ er die Waffe sinken, streckte einen Arm aus und sagte etwas. Zumindest öffnete und schloss sich sein Mund mehrmals, aber aus irgendeinem Grund kam kein Laut heraus. Rafik erwachte erst aus seiner Betäubung, als Radja mit ein paar Schritten heran war und ihn packte, aber da war es schon zu spät. Radja schlang ihm einen Arm um den Hals und nahm ihn in einen Würgegriff, dann zerrte er ihn mit sich.

Rafik rang nach Luft, aber der Arm des Mannes war wie aus Stahl. Später erinnerte er sich nicht mehr, wie Fahids Messer in seine Hand gelangt war. Er drückte auf den kleinen Knopf und spürte, wie der Griff erzitterte, als die Klinge heraussprang, und dann rammte er das Messer mit aller Kraft in den Arm, der ihn umklammert hielt. Radja brüllte vor Schmerz auf, sein Griff lockerte sich. Rafik tauchte unter dem Arm des Mannes hinweg und war frei.

Er raste los, und genau in diesem Augenblick kam Martinn durch die Tür, in jeder Hand eine Pistole, und feuerte mit beiden zugleich über Rafiks Kopf hinweg. Als er an Martinn vorbeirannte, sah Rafik einen gleißenden Lichtblitz, der die Wand neben der Tür versengte. Mit einem Mal funktionierten seine Ohren wieder, und er hörte Martinn vor Schmerz aufheulen. Aber er blickte nicht zurück. Er rannte weiter und hatte fast die Treppen erreicht, da packte ihn jemand von hinten und zog ihn mit sich in eins der Zimmer. »Keinen Laut«, hörte er Khan flüstern. »Wo ist Martinn?«

Rafik zeigte auf die zertrümmerte Tür.

»Rühr dich nicht von der Stelle, Kleiner«, raunte Khan. Die Pistole in beiden Händen, spähte er um die Ecke, dann bedeutete er Rafik, ihm zu folgen. An der kaputten Tür blieben sie stehen, und Khan beugte sich vor und warf einen Blick hinein. Rasch zuckte er wieder zurück und presste sich würgend eine Hand auf den Mund.

Khan fluchte eine Weile in sich hinein, dann drehte er sich um und schob Rafik in das Zimmer, in dem er geschlafen hatte. Sie liefen zum Fenster, aber als Khan hinaussah, entdeckte er, dass dort draußen bereits jemand zu ihnen emporkletterte. Er beugte sich hinaus und feuerte zwei Schüsse ab, die beide ihr Ziel verfehlten, und ging hastig in Deckung, als ein Kugelhagel die dünnen Wände und die Decke durchsiebte.

»Dann eben auf die harte Tour«, sagte er, mehr zu sich selbst als zu Rafik. Sie zogen sich in den Flur zurück und liefen wieder hinunter. Auf halbem Weg ins Erdgeschoss tauchte am Fuß der Treppe der Mann auf, der Rafik als Erster gepackt hatte, und richtete sein Sturmgewehr auf Khan. Eine Hälfte seines Gesichts war das reinste Schlachtfeld, aber trotzdem brachte er es irgendwie fertig zu sagen: »Lass das Kind los, Rostfresse.«

Ehe sie reagieren konnten, ging ein plötzlicher Ruck durch den Mann, er flog seitlich durch die Schwingtür in die Küche und hinterließ lauter Blut- und Gewebespritzer an den Wänden. Von der anderen Seite schob sich eine Shotgun in Rafiks Sichtfeld, gefolgt von Dominiques wuchtiger Gestalt. »Niemand außer mir richtet eine Waffe auf meinen Mann«, sagte sie und feuerte einen weiteren Schuss ab, dann sah sie zu Khan und Rafik hoch. »Ich brauche Urlaub«, sagte sie und lehnte sich schwer atmend neben der noch immer hin und her schwingenden Küchentür an die Wand.

Erst als sie neben ihr standen, wurde Rafik und Khan klar, wie schlimm es sie erwischt hatte. Ihr Oberteil war zerfetzt und blutdurchtränkt, eine Schulter ausgerenkt. Ihr Gesicht war mit Schnitten und Verbrennungen übersät, und ein Stück von ihrem rechten Ohr fehlte.

»Rost«, fluchte Khan leise, »wir müssen dich zu einem Flickschneider schaffen.«

Sie setzten sich in Bewegung, und Rafik erhaschte einen Blick auf das Massaker. Es war ein entsetzlicher Anblick.

»Verdammt, Weib«, flüsterte Khan gepresst, »ich hab dir doch gesagt, du sollst hier mal aufräumen.«

Falls Dominique ihn hörte, hatte sie keine Zeit mehr, darauf zu antworten, denn durch die offene Eingangstür kamen drei weitere Männer herein, gefolgt von Jakov. Khan raste in die Küche und kehrte mit einem Gewehr zurück, und Dominique und Rafik gingen hinter dem Treppenaufgang in Deckung. Nach nur vier Schüssen hatte Khans Gewehr eine Ladehemmung. »Erschießt bloß nicht das Kind!«, brüllte Jakov, während ihnen Teile der Wand um die Ohren flogen, aber über dem Lärm war er kaum zu verstehen.

»In den Keller«, befahl Dominique. Sie wichen in die Küche zurück, und Dominique feuerte ihre Shotgun noch einmal ab und traf einen der Männer ins Bein. Rafik gab sich alle Mühe, den Blick auf das blutige Durcheinander auf dem Boden zu vermeiden. Dominique warf die leere Shotgun weg und zog eine Pistole aus dem Gürtel des Mannes, dem sie in den Kopf geschossen hatte.

So schnell sie nur konnten, liefen sie zwischen den Fässern hindurch zur Stahltür am anderen Ende des Kellers. Dominique zog einen Schlüssel aus der Tasche. Sie war in Blut und Schweiß gebadet, viel zu viel Blut und Schweiß, als dass sie noch lange durchhalten konnte. Schwer sackte sie gegen die Wand und drängte die beiden anderen, sie sollten durch die Tür gehen. Ihre Verfolger kamen die Treppe hinunter. Dominique stieß sich von der Wand ab, hinterließ einen besorgniserregend großen Blutfleck darauf und feuerte ein paar Schüsse Richtung Treppe ab, um die Verfolger auf Abstand zu halten.

»Der Sprengstoff, den wir gebunkert haben, weißt du noch?«, fragte sie und schoss noch einmal auf die jetzt leere Treppe. »Damit könnten wir diese Scheißkerle endgültig abhängen.«

»Nicht genug Zeit«, antwortete Khan, schoss einmal Richtung Treppe und zog dann Rafik mit sich durch die offene Tür. »Bloß weg hier, du musst zu einem Flickschneider.«

Rafik drehte sich um und nahm die neue Umgebung in Augenschein, und so hörte er nur Dominiques Stimme und sah nicht ihr Gesicht, als sie sagte: »Du warst immer ein lausiger Liebhaber, Khan.« Sie knallte die Tür zu, sperrte sich selbst im Keller ein.

Khan zuckte zusammen und griff nach der Klinke, aber der Sicherheitsbolzen war bereits eingerastet. Brüllend hieb er die Faust gegen die Tür. »Dominique, mach die verdammte Tür auf! Mach die verschissene Tür auf, du fette, wahnsinnige Schlampe, tu das nicht!«

Über den Lärm hinweg hörten sie ganz schwach, wie sich wieder jemand näherte, und Dominique schrie: »Na kommt schon, Jungs, ich hab hier ein ganz neues Gebräu, nur für euch!« Wieder fielen Schüsse. Khan packte Rafiks Hand, und sie rannten. Sie kamen nur eine Straße weiter, da krachte eine ganze Serie dicht aufeinander folgender Explosionen, und die gesamte Bar wurde von einem riesigen Feuerpilz verschlungen. Rasch fingen auch benachbarte Gebäude Feuer.

Obwohl sie besser weitergerannt wären, blieben sie stehen und drehten sich um. Eine gefühlte Ewigkeit lang sahen sie zu, wie die Flammen fraßen, was vom Gebäude noch übrig war. Rafik konnte sich nicht rühren und beobachtete stumm, wie die Bar in Flammen aufging. Khan hingegen schrie und tobte, aber nach einer Weile kam er wieder zu Verstand. Wischte sich das Gesicht ab, schüttelte den Kopf. Dann schob er die Pistole in seinen Gürtel, griff nach Rafik Hand und zog ihn mit sich, fort von den brennenden Gebäuden und in die Dunkelheit.

Kapitel 20

Das *Brandsatz* war weder so wild noch so berühmt wie *Margats Nest*, trotzdem kannte es jeder. Das Etablissement behauptete voller Stolz, das schärfste Essen der bekannten Welt anzubieten, passend zum Namen, und veranstaltete jährliche Fresswettbewerbe, die angeblich schon mehrere Teilnehmer das Leben gekostet hatten. Es lag direkt vor Neuhafen am Supertruck-Depot, wo die Supertrucks parkten, die zu groß waren, um in die Stadt zu fahren, und versorgte die Trucker mit magenversengendem Essen, unverwässerten Drinks, Spieltischen und Prostituierten.

In der Theorie konnte man als Besitzer eines Supertrucks recht schnell sehr reich werden. Ein Jahrzehnt Knochenarbeit und eine Prise Glück, und ein Trucker hatte genug Metall zusammen, um den Rest seines Lebens in bescheidenem Wohlstand zu verbringen. Das Problem war, dass Trucker gern mindestens ebenso viel ausgaben, wie sie verdienten, und oft noch viel mehr. Und wenn sie es dann irgendwann schafften, ihre Schulden abzubezahlen, hatten sie sich längst zu sehr an dieses gefährliche und zugleich sorglose Leben auf den Tarakanischen Highways gewöhnt, um es wieder aufzugeben.

Das *Brandsatz* galt nicht als besonders raues Pflaster, war aber trotzdem eigentlich nicht der richtige Ort, um ein Kind mitzunehmen. Viele Köpfe wandten sich nach ihnen um, aber ob es nun an irgendeinem Trucker-Code der Marke »Kümmer dich um deinen eigenen Scheiß« lag oder an dem Anblick ihrer blutbespritzten Klamotten … niemand behelligte sie.

Der Mann, nach dem Khan Ausschau hielt, saß am größten Kartenspieltisch in einem riesigen Polstersessel, seine Leibesfülle quoll an allen Seiten über. Auf dem Kopf trug er eine zu schmutzigem Beige verblichene Mütze, deren Schirm einen Großteil seines Gesichts verbarg. Seine Kartenhand war unter einem mit Essen verschmierten Bart verborgen, der ihm bis zum Bauch reichte.

Man rannte nicht jeden Tag um sein Leben, verfolgt von einer üblen Gang und ihrem Anführer, einem Mörder halb aus Fleisch und Blut, halb aus Metall. Aber auch unter solchen besonderen Umständen stört man einen Trucker nicht beim Kartenspiel, jedenfalls nicht, wenn man sich nicht *noch* tiefer in die Scheiße reiten will. Khan und Rafik warteten in respektvollem Abstand, bis die Karten ausgespielt und die Münzen eingesammelt waren, ehe sie sich zaghaft vorwagten.

»Captain.«

Der Trucker lehnte sich im Sessel zurück. »Khan Carr, du alter Hurensoh…« Bei Rafiks Anblick unterbrach er sich und nickte. »Teufel auch, kann dir ja egal sein, wie ich deine Mutter nenne, du hast die Frau nie kennengelernt.«

»Ich muss dich dringend sprechen, Sam«, sagte Khan.

»Mit dem Captain willst du sprechen?« Der Mann drehte sich schwerfällig zu ihnen um und schob die Mütze hoch. »Tja, Khan, so wie du aussiehst, hoffe ich mal, du bist nicht hier, um mir einen Antrag zu machen.«

Die Leute ringsum lachten und klopften auf den Tisch.

»Ich muss dich sprechen, *Captain*, und zwar unter vier Augen«, flehte Khan.

Der Trucker schien zu befinden, dass Khan genug gelitten hatte, denn er erhob sich und zeigte auf eine Nische am anderen Ende des Raums. Captain Sam war kein großer Mann, aber dafür umso breiter. Seine Hose hatte er mit vier dicken Stricken festgezurrt, die um Schultern und Hüften geschlungen waren. Langsam, aber selbstbewusst ging er zu der Sitznische, wo sie alle drei auf dreckigen Holzbänken Platz nahmen. Captain Sam bestellte einen großen Krug Met und nach einem kurzen Blick auf Rafik noch ein Steak für den Jungen dazu. Dann stopfte er sich schwarze Blätter in den Mund, kaute bedächtig darauf herum und spülte sie mit Met runter. Khan, der darauf wartete, sprechen zu dürfen, zappelte unruhig herum.

Endlich beugte sich der Trucker vor. »Welcher Rost nagt denn nun an dir?«

Über den Austausch von Höflichkeiten war Khan hinaus. »Du musst mich … uns … hier wegbringen. Heute Nacht noch. Wir müssen so schnell wie möglich nach Regeneration.«

»Geht nicht, Amigo«, erwiderte Captain Sam, ohne mit dem Kauen aufzuhören. »Bin erst halb voll.«

»Sam … *Captain*, wir beide müssen hier wirklich so schnell wie möglich weg.«

Der Mann drehte den Kopf zur Seite und spuckte in hohem Bogen schwarzen Glibber in einen Eimer. »Was ist denn bei dir kaputt? Hast du mir nicht zugehört? *Ich bin nur halb voll*. Das heißt, ich bin halb *leer*, und mit einer halben Ladung kann ich gerade mal die Energieröhren für mein Schätzchen bezahlen. Die Versorgung über die Straße allein reicht ihr nicht, dann wird sie langsam und zickig.«

»Ich bezahle dich«, sagte Khan rasch, schluckte und fügte hinzu: »Sobald ich in Regeneration an Metall oder irgendwas anderes von Wert komme.«

Das Essen wurde gebracht, und kurz war Rafik taub für Erwachsenengespräche. Er hatte heute noch nichts gegessen und war so ausgehungert, dass er nicht einmal einen kurzen Segnungsspruch für die Nahrung stammelte, wofür er sich später schalt.

Halb fertig mit seinem Steak, sah Rafik, wie Captain Sam von der Bank rutschte. »Hat mich gefreut, dich kennenzulernen, Kleiner«, sagte er zu Rafik und zwinkerte ihm zu. »Tut mir leid, dass ich nur eine kleine Portion für dich bestellt habe. Du scheinst ganz schön hungrig zu sein.«

Khan beugte sich vor und griff nach dem Arm des Truckers. »Ich flehe dich an, setz dich wieder hin und hör mir zu. Bitte.«

Captain Sam warf einen kurzen Blick auf seinen Arm, und Khan ließ ihn los. Der Trucker überlegte. Schließlich zuckte er mit den Schultern und setzte sich wieder. »Ein falsches Wort, du Schlaumeier«, warnte er Khan, »und ich mach Nachtisch aus dir und servier dich dem Jungen. Sieh ihn dir doch mal an – gibst du ihm etwa nichts zu essen?«

»Um den Jungen geht es ja gerade. Hör zu, er ist … etwas Besonderes. Und er würde mir … uns … scheißviel Metall einbringen … ich meine, tonnenweise …«

»Stopp. Und noch mal zurück. Sitzt du gerade ernsthaft vor mir und erklärst mir, dass du reich werden willst, indem du diesen Jungen wie eine Fuhre Holz verschacherst? Bist du jetzt unter die verdammten Sklavenhändler gegangen, Khan?« Seine Stimme klang noch immer ruhig, aber sie hatte einen schneidenden Unterton, und mehrere Leute an der Bar wandten die Köpfe in ihre Richtung.

»Ich? Nein, nein, nein, ich verkaufe den Jungen nicht. Ich bin nur der Mittelsmann für seine Familie, sobald ich meinen Anteil …«

Captain Sam schlug auf den Tisch und wuchtete sich wieder auf die Füße.

Ringsum räumten mehrere Trucker hastig ihre Tische.

»Khan«, sagte Captain Sam ruhig und vollführte mit seiner schwieligen Hand einen großen Bogen, der die ganze Bar umfasste. »Ich bin hier wirklich gern. Hier behandelt man mich mit Respekt und serviert mir gutes Essen und ungepanschte Drinks. Ich möchte diesen prachtvollen Laden wirklich ungern beschädigen, und deshalb gehen wir beide jetzt vor die Tür, du und ich, und dann breche ich dir ein paar Knochen, du rückgratloser kleiner Wicht, damit du dir deinen eigenen Hohlkopf in den Arsch schieben kannst.«

»Oh, im Namen …« Khan wandte sich an Rafik. »Zeig ihm einfach deine Hand.«

Erst jetzt wurde Rafik bewusst, dass er immer noch Dominiques Handschuh trug. Zögernd, aber ohne mit dem Kauen innezuhalten, zog er ihn aus, hob den rechten Arm und spreizte die Finger.

Lange starrte der Trucker Rafiks Hand an. Dann stieß er einen tiefen Seufzer aus, setzte sich wieder und schaufelte sich eine neue Ladung Blätter in den Mund.

Die Stimmung ringsum entspannte sich.

»Dann erzähl mal«, sagte der Captain.

»Ist eine tragische Geschichte«, sagte Khan erleichtert. »Der Junge wurde in einem dieser Dörfer im Hinterland geboren, du weißt schon, wo sie einen umbringen, wenn sie auch nur den leisesten Verdacht haben, du hättest irgendwelche Tätowierungen. Ich verdanke dem Vater dieses Jungen mein Leben, also hat seine Familie ihn nach Neuhafen geschmuggelt, und ich habe ihnen versprochen, dass ich helfe, ihn in Sicherheit zu bringen. Nur hat der Waffenhändler Jakov, dieses rostige Stück Schrott, von dem Jungen

Wind bekommen und versucht, ihn zu entführen; er hat meine Bar abgefackelt, meine Freundin umgebracht, und wir sind nur mit knapper Not lebendig davongekommen. Ich bin sicher, dass er immer noch hinter mir her ist, und es gibt nur eine Handvoll Verstecke in dieser Stadt, wo ich unterkriechen könnte. Für mich selbst kann ich schon sorgen, aber ich muss mich um den Jungen kümmern. Ehrensache.«

»Khan, du wüsstest nicht mal, was Ehre ist, wenn sie dir ins Gesicht spuckt.« Der Trucker musterte Rafik. »Sag mir die Wahrheit – behandelt dieser Mann dich gut?«

Rafik sah zu Khan auf, und kurz spürte er, wie es war, die Macht über ein Leben in Händen zu halten. Er zog den Moment so sehr in die Länge wie möglich, dann nickte er nachdrücklich und hörte, wie Khan vor Erleichterung aufseufzte.

»Na schön«, sagte der Captain. »Ich mach's. Ich bringe euch nach Regeneration, und dann zahlst du mir, was auch immer ich verlange.«

»Oh, gut.« Es war, als wiche sämtliche Luft auf einmal aus Khan, und er sackte in sich zusammen. Stumm schob ihm Rafik seinen Teller mit dem Rest des Steaks über den Tisch. Khan sah auf den Teller hinunter, nahm langsam mit zwei Fingern ein Stück Fleisch und steckte es in den Mund. Captain Sam beobachtete sie aufmerksam, und deshalb vermutete Rafik, dass er für das, was er als Nächstes sagte, genau den richtigen Zeitpunkt abpasste.

»Da wäre noch etwas.«

Khan hatte gerade den Mund für den nächsten Bissen geöffnet. »Und was?« Er ließ das Fleisch wieder sinken.

»Ich brauche einen Vorschuss.«

Khan legte das Stück Fleisch zurück auf den Teller. »Einen Vorschuss?«

»Japp. Ich habe vor langer Zeit geschworen, dass ich niemanden gratis mitnehme. Ich brauche einen Vorschuss, irgendwas von Wert.«

»*Captain*, meine Bar ist gerade niedergebrannt. Alles, was ich besitze, ist in Flammen aufgegangen, und ich habe nichts von Wert dabei bis auf meine Waffe.«

»Waffen brauch ich nicht. Halte ich nix von«, erwiderte der Trucker.

»Das ist gut, denn ich habe nicht vor, mich davon zu trennen. Diese Waffe hat einen Erinnerungswert für mich.«

»Tja, Khan, du treibst wohl besser noch irgendwas von Wert auf, das du mir geben kannst, sonst hast du ganz umsonst gebettelt und geschleimt.«

»Captain, bitte …«

»Tut mir leid, Khan. Ich weiß, wir kennen uns schon 'ne ganze Weile, aber ich hab's versprochen.«

»Und wem?«

»Ich habe meinem Schätzchen einen Eid geschworen.«

»Du hast deinem Truck einen Eid geschworen?«

»Ich an deiner Stelle würde mir meine nächsten Worte gut überlegen.«

Khan biss sich auf die Lippen und fing an, seine Taschen abzuklopfen, dann leerte er sie aus. Ein Haufen Krimskrams landete auf dem Tisch und ein paar kleine Münzen, sonst nichts. Aber dann leuchteten Khans Augen auf, und er zog einen kleinen Metallreifen aus der Tasche. Schlicht und mit einer flachen Scheibe in der Mitte. Sah nach nichts Besonderem aus.

»Was ist das?«

»Sieh her.« Khan drehte die Scheibe. Und auf einmal erschien darauf eine winzige Frau, spärlich bekleidet und mit sämtlichen sehr wohlproportionierten anatomischen Details. Sie tanzte im Kreis über die Scheibe, streckte die

Arme über den Kopf und ließ sie dann sinken, um mit den Händen ihren eigenen Körper zu liebkosen. Es war das Schönste, was Rafik je gesehen hatte.

»Und pass auf«, sagte Khan und drehte noch einmal an der Scheibe. Eine andere Frau erschien anstelle der ersten. Sie tanzte ganz anders, aber ebenso hypnotisch.

»Nicht hinsehen, Kleiner.« Captain Sam lachte kurz auf, und Rafik gehorchte, obwohl er nicht wollte.

»Fünfzehn verschiedene Ladys«, sagte Khan mit belegter Stimme, »die alle auf diesem Reif tanzen.«

»Wo hast du das her?«

»Meine … meine Mutter … hat es mir gegeben. Ist … schon seit Generationen … in Familienbesitz.«

»Solcher Schmuddelkram interessiert mich nicht.«

»Aber warum denn nicht?«, fragte Khan verzweifelt.

»Mein Herz gehört nur einer, und ihr allein.«

»Du willst doch aber nicht sagen … das ist ein verfluchter *Truck*.«

»Pass auf, was du sagst, Khan. Das ist meine letzte Warnung.«

Die beiden Männer starrten einander an, und es dauerte eine ganze Weile, bis sie bemerkten, dass Rafiks Hand auf dem Tisch lag und dem Trucker einen anderen Gegenstand darbot.

»Was ist das, Junge?« Der Trucker sah ihn finster an.

»Ein Messer.« Rafik drückte zweimal auf den kleinen Knopf, und die Klinge sprang heraus. Sie hatte noch immer Blutflecken.

»Tut mir leid«, sagte der Trucker. »Kann ich nicht annehmen. Ich halte nix von Waffen.«

»Oh«, murrte Khan, »im Namen …«

»Das ist keine Waffe«, sagte Rafik leise. »Das ist das Einzige, was mir mein Bruder dagelassen hat, bevor er fortgegangen ist. Das Einzige, was ich noch von meiner Familie habe. Es ist mir wichtig, aber ich gebe es Euch, wenn Ihr uns von hier wegbringt.«

Für einen Moment sagte Captain Sam kein Wort. Dann streckte er die Hand aus, und Rafik legte das Messer in seine schwielige Handfläche. Er drückte ein paar Mal auf den kleinen Knopf und sah zu, wie die Klinge hervorsprang und wieder zurückschnappte.

»Na schön, so etwas sieht man nicht oft«, befand er und prüfte die Klinge mit dem Daumen. Dann spuckte er darauf, rieb sie mit dem Hemdsaum sauber und steckte das Messer ein. »Wenn du mir Scherereien machst, Khan, dann schneide ich dir mit diesem Messer die Eier ab.«

Khan nickte.

»Und ich sorg dafür, dass du bis zum Schluss am Leben bist und alles mitkriegst.«

»Ich hab's schon verstanden, Captain«, blaffte Khan. »Du kriegst einen mehr als anständigen Anteil. Abgemacht?«

»Japp, abgemacht«, sagte der Captain. »Dann mal los.«

Sie standen auf, und Captain Sam räusperte sich, ehe er brüllte: »Meine werten Herren, wenn ich mal kurz um Ihre Aufmerksamkeit bitten dürfte.«

Fast augenblicklich war es totenstill.

»Ich breche jetzt auf Richtung Südosten, und zwar mit einem nur halb beladenen Truck«, sagte er und ließ den Blick über die Bar wandern. »Also gibt es für euch mehr Aufträge zu holen, und nein, ihr müsst mir nicht dafür danken, es sei denn, ihr wollt mir einen ausgeben.«

Einige Trucker lachten.

»Die Sache ist die: Es kann sein, dass hier später noch ein paar Typen auftauchen und nach Leuten suchen, die meinen beiden Begleitern hier ähnlich sehen. Ich würde es als persönlichen Gefallen betrachten, wenn ihr mit diesen

Leuten nicht kooperiert, selbst wenn sie mit Münzen winken oder mit irgendwas anderem. Macht euch noch einen netten Abend.«

Ohne die Reaktionen abzuwarten, setzte sich der Trucker in Bewegung und steuerte auf den Ausgang zu. Draußen fragte ihn Khan: »Vertraust du ihnen?«

Der Captain zuckte mit den Schultern. »Truckerehre.« Er schaufelte sich noch eine Handvoll Blätter in den Mund, und sein Grinsen war ebenso schwarz wie durchtrieben. »Und außerdem fahren wir Richtung Nordost.«

Kapitel 21

Es war unmöglich, einen Supertruck zu stehlen. Trotzdem wurde der Parkplatz schwer bewacht, von Mitgliedern der Gilde, die im Notfall auch mal einsprangen, falls Prügeleien im *Brandsatz* mal ein bisschen ausuferten. Jeder geparkte Truck wurde von mindestens vier Leuten bewacht.

Die schiere Größe der Supertrucks überwältigte Rafik. Außerdem waren sie ebenso unterschiedlich, wie sie groß waren. Jedes der dreißigrädrigen Fahrzeuge hatte ein ganz eigenes Muster. Das sagte er auch zu Captain Sam, während sie auf Schätzchen zuliefen.

»Stimmt, sie sehen alle unterschiedlich aus, Junge, und zwar deshalb, weil jeder Trucker seinem Truck seinen eigenen Stempel aufdrückt. Warte mal ab, bis du Schätzchen siehst, Kleiner, sie ist eine Pracht.« Er klopfte dem Jungen auf die Schulter und trieb ihn sachte zur Eile an.

»Ist dein Truck am größten?«

Der Captain schüttelte den Kopf. »Drei Dinge auf der Welt kannst du nicht wirklich besitzen, Junge: Frauen, Alkohol und Supertrucks. Du bekommst sie immer nur für eine begrenzte Zeit. Und man fängt auch nicht damit an, einen Supertruck zu fahren. Man muss sich hocharbeiten, den Slang lernen, sich seine Räder verdienen. Und wenn man wirklich Glück hat, dann hat man irgendwann die dreißig Räder eines echten Supertrucks unterm Hintern.«

Rafik dachte darüber nach, während sie zwischen Männern und Maschinen entlangliefen, dann fragte er: »Wieso nennt man dich Captain?«

»Nun ja, Junge … weißt du irgendwas über Schiffe?«

»Nein.«

»Sie waren wie Trucks, aber sie schwammen auf dem Wasser, und vor langer Zeit waren sie auf allen Meeren unterwegs. An den Küsten schippern noch ein paar übrig gebliebene Boote herum, aber richtige Schiffe gibt es nicht mehr. Wie auch immer, jedenfalls waren diese Schiffe bemannt, und zwar mit Leuten, die man Matrosen nannte, und dann gab es da noch einen, der sie befehligt hat. Und diesen einen nannte man den Kapitän oder auch Captain. Jedes Schiff hatte seinen eigenen Namen, und die Matrosen und ihr Captain lebten an Bord und sind auch an Bord gestorben, und sie sorgten voller Stolz dafür, dass ihr Schiff immer in allerbestem Zustand war. Schätzchen hat mir erzählt, dass ein Schiff von seiner Mannschaft oft wie eine Lady behandelt wurde. Die Matrosen haben mit ihr geredet und für sie gesungen, und für den Captain war sie wie seine Frau. Und wenn es so war, so erzählt man sich, dann schlug das Schiff niemals leck oder sank oder verlor eine Schlacht. Man nennt mich Captain, weil ich …«

Plötzlich blieb er wie angewurzelt stehen. »Wasser im Öltank und platte Reifen«, brummte er in sich hinein, und dann marschierte er schnurstracks auf einen riesigen silbrigen Truck zu, der von sechs Mann bewacht wurde. Sie sahen ihm entgegen, und er sagte: »Guten Abend, die Herren. Alles gut, ich wollte nur mal nach ihr sehen. Wie ich sehe, ist alles in Ordnung.« An fünf der Männer ging er vorbei, und dann kam er zum sechsten, der an einem der riesigen Räder lehnte. Aus der Bewegung heraus holte er aus und ließ die Faust gegen den Kiefer des Mannes krachen. Mit einem verblüfft klingenden Grunzen ging der Wachmann zu Boden, und der Captain bearbeitete ihn mit den Füßen weiter und sagte, wobei er jedes Wort mit einem Tritt unterstrich: »Wie … oft … muss … ich … noch … sagen … nicht … anfassen!«

An jedem anderen Tag hätte sich der Anblick solcher Gewalttätigkeiten tief in Rafiks Seele gebrannt, aber heute hatte er ein derartiges Blutbad mit angesehen, dass das bisschen obendrauf auch nichts mehr machte – und außerdem waren da die interessanten Muster des Supertrucks.

Irgendwann ließ Captain Sam von dem Wachmann ab und wandte sich an die anderen, die stumm zugesehen hatten. Einem von ihnen warf er einen kleinen Beutel mit Münzen zu. »Kümmert euch um ihn. Und sagt ihm, wenn ich zurückkomme und ihn noch mal in der Nähe *irgend*eines Supertrucks erwische, dann hat er besser ein Paar Ersatzbeine dabei.«

Die Männer halfen ihrem Freund auf und verschwanden wortlos. Als sie ein ganzes Stück weg waren, zog Captain Sam ein kleines eckiges Irgendwas aus der Tasche und drückte einmal darauf. Hoch über ihnen ertönte ein Zischen. Die Tür des Trucks öffnete sich, und eine Leiter schob sich zu ihnen herunter.

»Das ist mein Mädchen«, verkündete er stolz und spuckte die zerkauten Blätter aus, ehe er seine Gäste aufforderte, »an Bord« zu klettern.

Oben erwartete sie eine erstaunlich geräumige Kabine mit zwei leicht versetzten Ebenen – auf der höher gelegenen befanden sich zwei Sitze für Fahrer und Beifahrer, auf der tiefer gelegenen drei einladend aussehende Passagiersitze. An der Kabinenrückwand hingen Räucherwürste und mehrere kleine Fässer. Bei dem Anblick fühlte sich Rafik an den Keller in Dominiques Bar erinnert. Genau derselbe Gedanke musste wohl auch Khan gekommen sein, denn er fluchte unterdrückt, ehe er sich im Sessel zurücklehnte und die Augen schloss. Noch ehe sich Rafik richtig umsehen konnte, erfüllte eine wohlklingende Frauenstimme die Kabine, und Khan und der Junge schraken auf.

»Guten Abend, mein Hübscher«, sagte die Stimme.

»Hallo Schätzchen«, antwortete der Captain und schwang sich unerwartet gelenkig auf den Fahrersitz. Er drehte sich zu Khan um. »Sie würde keinen Meter weit fahren, ohne sich vorher zu vergewissern, dass ich es bin.«

»Wie ich sehe, hast du heute Gäste mitgebracht.«

»Oh, das sind Khan und sein kleiner Bengel Rafik. Sie kommen mit uns.« Er beugte sich vor, sein Gesicht strahlte vor Stolz. »Sie entdeckt jede noch so kleine Fliege auf der Außenhülle.«

»Hat dir dein Steak geschmeckt?«

Captain Sams Gesicht wurde ernst, ebenso wie seine Stimme. »Es war sehr zart, mein Liebes, wenn auch ein bisschen zu stark gewürzt für meinen Magen.« Er zwinkerte Rafik zu.

Eine eigenartige Platte mit leuchtenden Ziffern glitt aus der Vorderwand auf Captain Sam zu. »Bitte gib den Code ein, Captain.«

Captain Sam verdeckte die Platte mit einer Hand und berührte mit der anderen nacheinander mehrere Zahlen. Die Platte glitt wieder zurück, und der Boden fing an, sachte zu vibrieren. Er drehte sich wieder zu Khan um. »Wenn man den falschen Code eingibt, weiß Schätzchen, dass sie es mit einer Entführung zu tun hat, und dann leitet sie entsprechende Maßnahmen ein. Glaub mir, du willst sie auf keinen Fall jemals wütend erleben.«

»Ich wärme dir deinen Sitz auf, so wie du es am liebsten hast.« Der Supertruck hatte eine ruhige, wohlklingende Stimme.

»Danke, Schätzchen. Nimm bitte Kurs auf Regeneration.«

»Darf ich daran erinnern, Captain, dass ich nur halb beladen bin? Und unser Zeitplan besagt, dass wir Regeneration erst in einem Monat und drei Tagen ansteuern.«

»Ich weiß, Liebes.« Captain Sam drückte einige Knöpfe. »Aber wir müssen vom ursprünglichen Zeitplan abweichen und früher aufbrechen. Und nun sieh doch nur, was ich hier für dich habe.« Er zog eine leuchtende Energieröhre aus der Tasche und schob sie behutsam in eine Vertiefung im gewaltigen Lenkrad der Maschine. »Ich wollte sie für einen besonderen Zeitpunkt aufsparen, aber dann dachte ich mir, eigentlich passt es jetzt doch ganz gut.«

»Wie aufmerksam, *Captain*.« Das Summen des Trucks stieg fast unmerklich an. »Ich nehme an, dass du manuell steuern willst, bis wir den Tarakanischen Highway erreichen?«

»Nein, heute nicht. Lass das Signalhorn hören, Liebes, und leg los.« Der Captain lehnte sich zurück und verschränkte die Hände im Nacken. Überall in der Kabine glommen bunte Lichter auf. Dröhnend erwachte die Maschine zum Leben, und mit einem ohrenbetäubenden Hornstoß setzte sich der Supertruck in Bewegung. Draußen war es vermutlich noch lauter, aber auch hier drinnen zuckten Rafik und Khan zusammen. Der Captain lachte vergnügt auf. »Die müssen ja wissen, dass wir losfahren.« Er schwang mit seinem Sessel zu Rafik um. »Du warst also noch nie mit einem Supertruck unterwegs?«

Rafik, dem es die Sprache verschlagen hatte, schüttelte nur stumm den Kopf.

»Na, dann halt dich mal gut fest, Junge.« Captain Sam grinste und wackelte mit seinen buschigen Augenbrauen. »Das wird der Ritt deines Lebens.«

Kapitel 22

Der Supertruck namens Schätzchen bewegte seine ungeheuerliche Masse langsam, leicht und sehr präzise. Auf einem halben Dutzend seltsamer Platten – Captain Sam nannte sie *Bildschirme* – konnten sie sehen, was draußen geschah. Die Bilder wechselten ständig, von der Rückseite des Gefährts zu den Flanken oder der Unterseite, sogar aufs Dach. Fasziniert beobachtete Rafik die fremdartigen Symbole am oberen Rand der Bildschirme. Captain Sam erklärte ihm, dass es sich um Messwerte und Entfernungen handelte. »Und anderes Zeug, das dich nicht zu kümmern braucht. Sie bringt uns bequem und sicher zum Highway, was, Liebes?« Zärtlich stupste er das riesige Lenkrad an.

»Natürlich, Sam.« Die beruhigende Frauenstimme schien aus allen Richtungen zugleich zu kommen. »Und ich schlage vor, dass du dich einfach entspannst und ausruhst und mir die Navigation überlässt. Ich habe deine Atemluft analysiert. Du hast zu viel getrunken, um zu fahren.«

»Ach was, Süße, ich bin so nüchtern wie ein … ein …« Captain Sam fiel offenbar nichts Passendes ein. Er überspielte seine Verlegenheit mit einem gewaltigen Rülpser.

»Genau«, sagte Schätzchen gelassen und nur ein ganz klein wenig selbstzufrieden.

Trotz des entsetzlichen Tages, der hinter ihm lag, wurde

Rafik immer aufgeregter. Heute Morgen beim Aufwachen hatte er geglaubt, es läge ein ganz gewöhnlicher Tag vor ihm, an dem sich eine anstrengende Pflicht an die andere reihte. Und jetzt war er hier. In einem Supertruck. Es war höchst befriedigend, sich auszumalen, was Eithan *dazu* wohl sagen würde. Er hatte ja schon die ganz normalen sechsrädrigen Händlertrucks immer mit weit aufgerissenen Augen angestaunt.

Rafik wollte gern aus einem der hohen Fenster schauen und versuchte, aus seinem Sessel zu klettern. Doch da musste er feststellen, dass ihn zwei Gurte an den Sitz fesselten, einer über seinem Bauch, der andere über seiner Brust.

»Ganz ruhig, Junge«, sagte der Captain, der sein Unbehagen spürte. »Ist zu deiner eigenen Sicherheit. Wenn wir plötzlich bremsen müssen, bist du entweder angeschnallt, oder wir müssen dich danach von der Windschutzscheibe kratzen. Aber guck mal da drüben – siehst du die Knöpfe? Damit kannst du deinen Sitz bewegen. Nach oben, nach unten und auch zur Seite.«

Der Captain hatte recht. Rafik experimentierte ein bisschen herum, und schließlich fand er heraus, wie sich sein Sitz so einstellen ließ, dass er nach draußen blicken konnte. Sie waren mindestens so hoch oben wie im zweiten Stock, eher noch höher, und schon jetzt unfassbar schnell.

Nachdem sie Neuhafen hinter sich gelassen hatten, steuerte der Supertruck eigenständig auf eine breite Straße zu. Sie wurde von riesigen Tarakanischen Lampen auf absurd hohen Metallstangen erleuchtet, auf einmal war es taghell.

»Die funktionieren immer noch«, sagte Captain Sam und zeigte auf die leuchtenden Metalltürme. »Die gibt es fast nirgendwo sonst. Früher waren sie mal überall, aber heutzutage ist diese Straße mit ihrer Beleuchtung ein regelrechtes Wunder.«

»Warum sind sie denn so selten geworden?«, fragte Rafik und drehte sich vom Fenster weg.

Es war Khan, der ihm antwortete – er hatte so lange nichts gesagt, dass Rafik angenommen hatte, er wäre eingeschlafen. »In vielen Städten haben Plünderer sie auseinandergenommen, um an das Metall ranzukommen, aber in Neuhafen gab es schon immer viele Trucker, die auch nachts unterwegs sind und gern sicher von einer Stadt in die nächste reisen wollen. Da hat die Gilde Wachen angeheuert, die dafür sorgen, dass niemand die Metallpfähle stiehlt.«

»Yeah«, grunzte der Captain. Er zeigte auf einen der hohen Pfähle, an denen sie gerade vorbeifuhren. Rafik sah, dass mehrere Skelette daran baumelten.

»Hin und wieder versuchen doch mal ein paar übermütige Banditen, eine Laterne zu stehlen. Wir schnappen sie uns, schneiden ihnen die Eier ab, hängen die Mistkerle an ihren Gürteln an den Pfählen auf und lassen sie dort oben verrotten, bis nichts mehr von ihnen übrig ist. Als Botschaft an die anderen, wenn du verstehst, was ich meine.«

Daraufhin herrschte für eine Weile Stille, bis sie einen Straßenabschnitt erreichten, in dem tiefe Dunkelheit herrschte. »Schätzchen«, sagte der Captain fröhlich, »es ist an der Zeit, die Finsternis zu erleuchten.«

»Aye aye, Captain«, antwortete der Supertruck, und urplötzlich war alles ringsum in gleißendes Licht getaucht.

»Haben wir Gesellschaft?«, fragte der Captain.

»Einen Klasse drei, elf Kilometer vor uns und mit knapp hundertsechzig Stundenkilometern nach Norden unterwegs. Wir werden nicht aufeinandertreffen, ehe einer von uns abbiegt.«

»Kannst du ihn scannen?«

Eine kurze Pause, dann: »Ich habe die Firewall des Fahrzeugs umgangen. Ein mit unechtem Platinum beschichteter Vierzehnräder, mit Holz beladen. Drei Waffensysteme, eine Wärmesuchrakete, ein männlicher Fahrer, eine weibliche Beifahrerin und ein Hund, dessen Rasse ich nicht genau bestimmen kann. Größe und Gewicht des Fahrzeugs betragen …«

»Das reicht schon, Schätzchen, das reicht«, sagte der Captain. Seine Hände ruhten auf dem Lenkrad, aber sie steuerten nicht, sondern gingen nur mit den Bewegungen mit. »Dieser dämliche Rostarsch von einem Trucker«, sagte er zu Khan. »Hat sein halbes Leben lang gespart, nur um sich von einem Technikus Tarakanische Waffen einbauen zu lassen, mit denen er glatt in den Krieg ziehen könnte, wofür er übrigens die Hälfte seines Laderaums verschwendet hat, ist aber zu blöde, sein Anti-Scan-System einzuschalten. Ich weiß, wann er sich kratzt und wo.«

»Was spielt das für eine Rolle?« Khans Stimme klang seltsam flach, als wäre er in Wirklichkeit mit den Gedanken ganz woanders.

»Tja, erst einmal sollte man dafür sorgen, dass die bösen Jungs niemals erfahren, was man so alles geladen hat, und zweitens kann einem kein Waffensystem der Welt mehr helfen, wenn jemand es hackt und ausschaltet.« Er stopfte sich noch ein paar Blätter in den Mund. »Jedenfalls hat Schätzchen es mir so erklärt. Wir sind schon seit Jahren zusammen unterwegs, aber ich kenne noch immer nicht alle technischen Fachbegriffe, die sie verwendet.«

»Wer sind die bösen Jungs? Fahren sie große Zweiräder?« Auf einmal war Rafik wieder nervös. Bis eben hatte er es fast geschafft, sich davon zu überzeugen, dass die bösen Jungs in Neuhafen zurückgeblieben waren.

»Große was?« Captain Sam kicherte. »Nein, nein, Kleiner. Deine Zweiräder können einem Supertruck nichts anhaben. Ich rede von Piraten, wie wir sie nennen, nach den Typen, die einst auf dem Meer die Schiffe überfallen haben, aber unsere heutigen Piraten sind einfach nur Banditen auf Rädern. Manche sind ehemalige Trucker, die glauben, so könnten sie leicht an Geld kommen – das sind die Fahrer –, die anderen sind einfach nur Strauchdiebe, die fürs Töten und Plündern zuständig sind. Aber keine Sorge, Junge, wir wissen schon, wie wir mit diesem Ungeziefer fertigwerden, wenn sie uns in die Quere kommen, was, Schätzchen?«

»Das wissen wir, mein Captain«, antwortete der Supertruck, und als der Captain lachte, sah man seine schwarz verfärbten Zähne. Im Lauf der Fahrt fand Sam immer mehr Gefallen daran, Rafik in weitere Geheimnisse seines Schätzchens einzuweihen, zeigte auf Bildschirme und nannte Zahlen und Messwerte, die dem Jungen allesamt nichts sagten, ihn aber trotzdem sehr beindruckten.

»Habt Ihr den Truck … Schätzchen, meine ich … selbst gebaut?«

Lachend schüttelte der Captain den Kopf. »Ich? Nein, Junge, ganz sicher nicht«, sagte er bedauernd. Dann senkte er die Stimme und fügte leise hinzu: »Sie hört das nicht gern, aber sie ist älter als du und ich zusammen, und sie ist nicht ganz unkompliziert. Himmel, ich habe sämtliche ihrer Bestandteile berührt und weiß trotzdem noch immer nicht, wie sie eigentlich funktioniert.«

»Ist sie wirklich … lebendig?« Rafik war zutiefst fasziniert. Auch in seinem Dorf benutzte man Waffen und ein paar einfache Maschinen, so wie den Generator, mit dem sie eine Kühlkammer betrieben, oder den gefährlichen Mähdrescher, der im Frühling über die Felder fuhr. Aber diese Maschinen fielen häufiger mal aus und mussten ständig gewartet werden, und keine war auch nur ansatzweise so hochentwickelt wie ein Supertruck. Rafik war sein Leben lang vor den Gefahren der *Verschmelzung* gewarnt worden, der Verbindung von Mensch und Maschine, aber jetzt saß er in einer Maschine, die zum Teil menschlich zu sein schien, auf der Flucht vor einem Mann, der zum Teil eine Maschine war.

Dem Captain schien die Frage nichts auszumachen, oder er war Rafik gegenüber besonders nachsichtig.

»Für mich ist sie lebendig«, sagte er sehr ernst, »und ich sage ihr nie, was sie zu mir sagen soll oder wann, so wie einige der Jungs es mit ihren Trucks durchaus tun. Sie spricht mit mir, wenn sie es will, und sie sagt, was sie will, und glaub mir, Junge, sie hat ein großes, wie sagt man noch, Vokabular. Sie kann jedenfalls besser reden als ich, so viel steht fest. Also ja, ich glaube, sie ist lebendig, so lebendig, wie sie nur sein kann.«

Kurz schwiegen sie, ehe der Captain erneut das Wort ergriff.

»Ich habe Schätzchen niemals wirklich *gekauft*«, sagte er nachdenklich. »Klar, irgendwo da draußen gibt es jetzt einen alten Trucker, der sich niemals wieder Sorgen darum machen muss, wie er sein Metall verdient, aber um das Geld ging es ihm gar nicht. Er heißt Brinks, und wir haben ihn Brinks Betonkopf genannt, weil er ungefähr so nachgiebig wie Beton war und man sich an ihm so prächtig den Schädel einrennen konnte wie an einer Mauer.« Sam schnaubte vor Lachen. »Er hat Schätzchen ›kleine Tochter‹ genannt, und du kannst mir glauben, Junge, ich musste mich bei ihm erst mal ganz schön lieb Kind machen, ehe ich sie auch nur anfassen durfte. Vor Schätzchen bin ich zwanzig große Touren mit einem Vierzehnräder gefahren und dachte, ich wüsste echt Bescheid. Dann habe ich Brinks getroffen. Er hat gerade einen zweiten Mann gebraucht, und ich habe die Gelegenheit am Schopf gepackt. Eine Fahrt mit Brinks Betonkopf, und mir wurde klar, dass ich einfach nur aus lauter Glück so lange hier draußen überlebt habe. Er hat mir beigebracht, wie ich sie fahre und wie ich mich richtig um sie kümmere. Wir waren vierzig Touren lang gemeinsam unterwegs, Brinks, Schätzchen und ich.«

»Und du hast keine Frau und keine Kinder?«

»Tja, also …«, murmelte Captain Sam in seinen Bart, »als Trucker kann man kaum vermeiden, hier und da auf seiner Route ein bisschen Nachwuchs zu streuen, wenn du verstehst, was ich meine.« Über die Schulter warf er Rafik einen Blick zu. »Nein, vermutlich weißt du das nicht. Was ich sagen will: Brinks und Schätzchen, das war meine richtige Familie, und als Brinks' Augen am Ende so schlecht wurden, dass er die Straße nicht mehr erkennen konnte, haben wir einen Deal gemacht, aber mehr so einen Deal wie zwischen Vater und Sohn. Er hat sich zur Ruhe gesetzt, ich fahre Schätzchen und schicke ihm ein Drittel von dem, was ich verdiene. Und lass dir gesagt sein, Brinks kannte sein Fahrzeug ganz genau, bis zur allerletzten Schraube, und er kannte die Straßen, und ganz sicher wusste er, was zu tun ist, wenn man mit dem Rücken zur Wand steht. Aber auch Brinks hat Schätzchen nicht gebaut.«

Der Captain trommelte mit den Fingern einen langsamen Rhythmus auf dem Lenkrad. »Mein Schätzchen erzählt nicht gerade viel über ihre Vergangenheit, aber ich würde sagen, dass sich in ihr Tarakanisches und menschliches Wissen vereinen. Keine Ahnung, wie die Supertrucks die Katastrophe überstanden haben, aber sie sind dafür gebaut, unverwüstlich zu sein, ganz besonders Schätzchens Sorte, die Supertruck-Klasse Z.« Liebevoll tanzten seine Finger über das Steuer. »Sind nicht mehr viele davon übrig.

Gibt ein paar gute Trucker und Mechaniker da draußen, die einen gewöhnlichen Vierzehnräder wieder zusammenflicken können, aber von Supertrucks verstehen die meisten von ihnen nicht allzu viel.«

Er sah Rafik an. »Ich weiß, dass manche Leute nicht viel für die Tätowierten übrighaben, aber von den Selbstreparatursystemen der Supertrucks mal abgesehen, ist ein guter Technikus wohl der Einzige, der einen Supertruck wirklich anständig warten kann, und der eine oder andere ist sogar imstande, ein Waffensystem einzubauen. In meinen Augen spricht das sehr für die Tätowierten. Aber einen Supertruck *bauen* … das kann niemand mehr. *Dieses* Wissen ist verloren und tot, und lass dir von niemandem einen Haufen Schrott aufladen, der dir erzählen will, dass irgendein mysteriöser Mechaniker wiederauferstehen wird oder sonst so einen religiösen Scheiß.« Captain Sam richtete einen kurzen, dicken Zeigefinger auf Rafik. »Ganz egal, was alle über die Tarkanier sagen und darüber, wie bösartig die angeblich waren und das alles – vergiss nie, dass sie es waren, die die Supertrucks und diese Straßen erbaut haben, Junge. Sie waren uns also ziemlich ähnlich. Und wie schlimm können sie schon gewesen sein, wenn sie Schätzchen gebaut haben, was?«

Liebevoll strich er über das Lenkrad. »Ich habe sie nach den Tarkaniern gefragt, aber sie möchte nicht über sie reden.« Er lächelte. »Merk dir das für die Zukunft, Junge: Jede Frau muss ein paar Geheimnisse vor ihrem Mann haben, aber anders herum gilt das nicht.« Rafik sah ihn ausdruckslos an, und Captain Sam zuckte mit den Schultern und lachte leise in sich hinein. »Tja. Die Straße, über die man fährt, liegt schon hinter einem, wie wir Trucker zu sagen pflegen. Jeder Supertruck ist einzigartig, und jedes Jahr verlieren wir ein oder zwei.« Er schüttelte den Kopf. »Weshalb sich jemand mit einem Supertruck anlegt, kapier ich nicht. Manche Leute sind einfach saublöd oder völlig verrückt. Oder beides auf einmal.«

Sie versanken wieder in Schweigen. Captain Sam bat Schätzchen darum, ihm das Steuer zu überlassen, und fuhr eine Weile selbst. Rafik hatte den Eindruck, dass seine eigene Rede Captain Sam traurig gemacht hatte, und er kämpfte den Drang nieder, ihm weitere Fragen zu stellen.

Bis auf Bäume und Landschaft gab es nicht viel zu sehen, und schon bald fing sein Verstand an, die dramatischen Szenen des Tages wieder abzuspielen.

»Khan? Schläfst du?«, fragte er leise.

Khan, der während der gesamten Unterhaltung nicht einmal die Augen geöffnet hatte, regte sich ein wenig, ehe er widerwillig antwortete: »Was ist denn?«

»Ist Dominique jetzt im Himmel?«

Lange sagte niemand ein Wort. Dann antwortete Khan: »Sie ist im Himmel, Rafik. Ich bin ganz sicher.«

Rafik dachte eine Weile darüber nach. Er wollte Khan nicht beunruhigen, aber er machte sich Sorgen um Dominique. Die Heiligen Schriften ließen keinen Zweifel daran, dass nur tadellos fromme Frauen in den Himmel kamen, und er war ziemlich sicher, dass Dominique keine von ihnen war. Sie trank immerzu verfluchtes Wasser, trug viel zu wenig Kleidung, und auch wenn sie ihrem Mann bis zum wortwörtlichen Ende treu ergeben gewesen war, so hatte sie doch die Angewohnheit gehabt, anzügliche Bemerkungen gegenüber anderen Männern in der Bar zu machen. Manchmal waren dann sogar die raubeinigen Trucker rot angelaufen, und viele ihrer Frauen waren sehr wütend geworden. Rafik glaubte nicht, dass der Himmel Dominique so ohne Weiteres Einlass gewähren würde, aber er wünschte sich aus ganzem Herzen, dass man sie hineinließ. Er hörte, wie der Captain sagte: »Tut mir leid um dein Mädchen«, und Khan antwortete so leise, dass seine Worte nicht zu verstehen waren. Vielleicht stand Dominique genau jetzt vor dem Wiedergeborenen Propheten, und er wog ihr sündiges Leben gegen ihre allerletzte heroische Tat auf. Plötzlich wurde Rafik klar, dass er vielleicht etwas tun konnte, um ihr zu helfen.

»In welcher Richtung liegt Osten?«, fragte er. Auf einem Bildschirm neben seinem Sitz flackerte ein Pfeil auf und wies ihm die richtige Richtung, allerdings warnte ihn Schätzchen, dass sie schon bald die Richtung ändern würden.

Zum ersten Mal seit Beginn ihrer Fahrt beschloss Rafik, direkt mit Schätzchen zu reden. »Bitte lass mich aus meinem Sitz aufstehen.«

»Wozu musst du aufstehen?«, fragte Schätzchen.

Rafik berührte seinen Handschuh. »Ich muss für meine Freundin Dominique beten, damit sie in den Himmel kommt.«

»Ich befürchte, das ist zu gefährlich, Rafik«, antwortete Schätzchen. »Falls wir plötzlich bremsen müssen …«

»Ach, fahr doch langsamer und lass den Jungen beten«, sagte der Captain, ohne den Blick von der Straße abzuwenden.

Ohne Rafiks Zutun lösten sich seine Gurte und gaben ihn frei, und er kniete im Supertruck nieder, hinten bei den Räucherwürsten und Fässern. Natürlich hatte er das Heilige Buch der Neuen Prophezeiung nicht dabei, und selbst wenn er es gehabt hätte, so hätte er es mit seiner gezeichneten Hand nicht berühren dürfen. Also kreuzte er die Arme vor der Brust über dem Herzen und sprach die Worte, an die er sich erinnerte, in der uralten Sprache, die er nie wirklich gemeistert hatte. Nach dem Gebet wechselte er zur weltlichen Sprache und bat leise in seinen eigenen Worten darum, dass der eine und einzige Gott und sein Wiedergeborener Prophet Dominiques Seele in den Himmel aufnahmen, weil sie ein guter Mensch gewesen war und ihr Leben für andere gegeben hatte, was doch sicher eine so große und fromme Tat war, dass es viel mehr zählen musste als all die kleinen Sünden, die sie zuvor begangen hatte.

Während er betete, sagte keiner der beiden Männer auch nur ein Wort.

Plötzlich war er sehr müde. Er kletterte wieder auf seinen Sessel und stellte erstaunt fest, dass er sich in ein sehr gemütliches Bett verwandelt hatte. Aber sobald er die Augen schloss, sah er Jakov in die Bar kommen, und die beiden Trucker brachen mit aufgerissener, blutüberströmter Brust zusammen. Er roch das Blut, hörte die Schüsse und Martinns Schreie und Dominiques gedämpfte Stimme hinter der Stahltür. Verzweifelt versuchte er, an etwas anderes zu denken. Vor seinen geschlossenen Augen erwachte die Wand aus Symbolen zum Leben. Das beruhigte ihn. Wenn er sich auf die Wand konzentrierte und mit den Symbolen herumspielte, konnte er die anderen Erinnerungen weit von sich schieben.

Das Nächste, an das er sich erinnerte, war Captain Sam, der ihn aufweckte und vergnügt verkündete, dass sie auf dem Tarakanischen Highway angekommen waren. Der Supertruck neigte sich stark, während er auf den neuen Untergrund hinaufkletterte. Rafik wusste fast nichts über die Highways, nur, dass sie von den Tarakanischen Ungläubigen erbaut worden waren, um die Menschen zu besiegen und zu versklaven. Aber als er die leuchtend gelbe Straße vor sich sah, die zehnmal so breit war wie Schätzchen und sich in die Ferne erstreckte, so weit das Auge reichte, empfand er dennoch Ehrfurcht und Staunen.

»Ein Tarakanisches Meisterwerk, diese Straße«, sagte der Captain, als hätte er seine Gedanken gelesen. »Immer noch so glatt wie ein Babypo und einzig und allein zu dem Zweck erbaut, die Supertrucks so schnell wie möglich ans Ziel zu bringen. Ohne diese Straßen wäre Neuhafen nur ein abgelegenes Dorf, für das sich niemand interessiert, und die Leute könnten kaum über das nächste Dorf hinaus miteinander Handel treiben. Im Norden gibt es Stahl und die Ölraffinerien – so haben die Menschen früher ihre Trucks betrieben. Was Benzin ist, weißt du doch, oder?«

Er sah auf Rafik hinunter, der nickte. Man kann nicht in einer Bar voller Trucker Drinks servieren, ohne nebenbei den einen oder anderen Begriff aufzuschnappen. Captain Sam nickte zufrieden. »Tja, das Problem ist: Im Norden gibt es Öl, aber dort ist es so kalt, dass man schwerlich ausreichend Nahrung anbauen kann. Der Süden hingegen hat eine Menge Ackerland, aber kein Öl für die Maschinen. Im Westen gibt es Holz und Kohle, der Osten hat Schwefel, Zinn und Silber.« Captain Sam klopfte mit seiner fleischigen Hand auf das Lenkrad. »Alle wollen dies loswerden und jenes kaufen, und an der Stelle komme ich ins Spiel. Leider wurden einige Abschnitte des Tarakanischen Highways zerstört, und wir müssen teilweise auf menschengemachten Straßen fahren. Ohne den Highway wären wir auf Strecken, für die wir jetzt nur wenige Stunden brauchen, tagelang unterwegs, und von einer Stadt zur anderen würden wir Wochen brauchen statt Tage. Dann müsste jeder für sich selbst sorgen.«

Rafik sah wieder hinaus. Außer an der Stelle, wo die Straße dazustieß, war der Highway an beiden Seiten nach oben gewölbt, und in der Mitte teilte eine Wand, halb so hoch wie Schätzchen, sie in zwei Spuren. Schätzchens Fenster, erklärte ihm der Captain, filterten einen großen

Teil des Lichts. Trotzdem leuchtete der Tarakanische Highway gleißend hell.

»Nachts braucht man einen speziellen Schutz für die Augen, wenn man sich zu nah an den Highway heranwagt«, erklärte der Captain. »Tagsüber speichert er das Sonnenlicht und wandelt es irgendwie in Energie um, mit der die Supertrucks angetrieben werden, sobald sie darauf fahren. Wenn man seinen Truck kennt und ihn zu handhaben weiß, geht einem auf dem Tarakanischen Highway niemals die Energie aus. Ich sag dir, Junge, diese Tarkanier wussten, was sie tun. Sieh mal her.« Er drückte ein paar Knöpfe. »Auf, auf, Schätzchen, der Highway ruft.«

»Vorbereitungen eingeleitet, Captain.« Das Hintergrundsummen wurde zu einem lauten Dröhnen.

Über die Bildschirme beobachtete Rafik, wie sich aus Schätzchens Unterseite acht große Platten bis auf die Straße absenkten und den gesamten Supertruck in die Höhe drückten. Die riesigen Räder wurden eingezogen, und aus ihrer Mitte schoben sich lange Metallröhren.

Der Supertruck erbebte und schaukelte, und Rafik klammerte sich an seinem Sitz fest. Aber dann sagte Schätzchen etwas über interne Stabilisatoren, und gleich darauf wurde die Fahrt ruhiger. Jetzt glitten sie auf nichts als Luft dahin.

»Frag mich bloß nicht, wie das funktioniert«, sagte der Captain mit unverhohlenem Stolz, während sich die Platten wieder zurück in den Supertruck schoben. »Schätzchen hat mir erklärt, es hätte etwas mit einem sogenannten Magnetfeld zu tun, aber meinetwegen könnte es auch irgendein Tarakanisches Voodoo sein, mir völlig egal. Von Schätzchen selbst abgesehen, ist es jedenfalls das Erstaunlichste, was ich je gesehen habe. Und jetzt kommt der wirklich spaßige Teil.«

Rafik sah auf den Bildschirmen, wie sich überall aus dem

Supertruck weitere Metallröhren schoben. Ein paar Herzschläge lang schien die Zeit stillzustehen, und das Summen wurde wieder ohrenbetäubend laut. Dann eine Explosion, blaue Flammen zuckten aus den Röhren, und Schätzchens gewaltige Masse beschleunigte so heftig, dass es Rafik tief in den Sitz drückte.

»Bombastisch, was?«, brüllte der Captain über den Lärm hinweg. »Diesen Moment liebe ich!«

»Wie … wie schnell sind wir?«, fragte Khan, die Hände in den Sitz gekrampft. Es war das erste Mal seit ziemlich langer Zeit, dass er etwas sagte.

»Jetzt gerade hundertdreißig, aber wir werden ja gerade erst warm«, antwortete der Captain vergnügt. »Keine Sorge, in ein paar Minuten hört der Krach auf, wenn wir schneller sind. Viel, viel schneller.«

Rafik versuchte sich vorzustellen, welche Distanz sie zurücklegten, und ihm blieb der Mund offen stehen. Vor ihrem Aufbruch nach Neuhafen war er nie über die südlichen Felder des Dorfs hinausgekommen, das war etwa eine Stunde Fußmarsch. Er überlegte, wie lange er wohl jetzt brauchen würde, um in sein Dorf zurückzukehren, und ihm wurde klar: Wenn Captain Sam und sein Schätzchen ihn nicht wieder mit zurücknahmen, dann wäre er wohl ein Jahr oder vielleicht ein ganzes Leben lang unterwegs. Würde er sein Zuhause je wiedersehen? Vor seinem geistigen Auge zuckten Bilder seiner Familie und Freunde auf. Ihm wurde die Kehle eng, und er kämpfte um seine Selbstbeherrschung, hörte Fahid sagen: *Heul nicht rum wie ein kleines Mädchen, Rafik, wie willst du denn so jemals gegen Banditen kämpfen? Echte Männer weinen nicht.* Rasch wischte er sich die wenigen Tränen fort, die sich trotzdem aus seinen Augen stahlen, und biss sich fest auf die Unterlippe.

Captain Sam drückte auf ein paar Knöpfe und schwang sich aus dem Fahrersitz, die Steuerung überließ er Schätzchen. »Alles in Ordnung, Junge?«, fragte er. Als Rafik nickte, sagte er fröhlich: »Ich weiß *genau*, was du jetzt brauchst.« Er stieg zu ihnen auf die untere Hauptebene hinunter, pflückte hinter Rafiks Sitz eine große Räucherwurst von der Wand und warf sie ihm in den Schoß, dann nahm er sich selbst auch eine. Biss ein riesiges Stück davon ab, ehe er einen Metallbecher mit verfluchtem Wasser aus einem der Fässer füllte und es so rasch hinunterkippte, dass sein langer Bart nass wurde. Fleisch in der einen Hand, den Becher in der anderen, drehte er sich wieder zu Rafik und Khan um.

»Nun denn, Jungs«, sagte er und grinste mit vollem Mund. »Lust auf ein bisschen Unterhaltung?«

Kapitel 23

Rafik war so absorbiert von dem, was Captain Sam Schätzchens Integriertes Unterhaltungssystem nannte, dass er gar nicht merkte, dass fünf volle Tage verstrichen. Zuerst war da der Bildschirm, der Geschichten erzählte, mit echten Menschen, die ausgesprochen spannende Dinge taten und sich manchmal sogar küssten. Die Geschichten stammten aus einer längst vergangenen Zeit, lange bevor Gottes Macht die Tarakanischen Ungläubigen vertrieben hatte und der Prophet wiedergeboren worden war. Die Bildschirmgeschichten waren alle unterschiedlich, aber in manchen kamen dieselben Leute vor. Rafik begriff nicht alles, was er sah, aber er lernte, dass die Menschen früher in großen Städten gelebt hatten, wo sie einander gern in kleinen pferdelosen Fahrzeugen namens Autos gegenseitig jagten, ständig aufeinander schossen und sich andauernd in der Öffentlichkeit küssten. In Rafiks Dorf war so etwas verboten, sogar zwischen Verheirateten, aber in den Geschichten schien niemand daran Anstoß zu nehmen.

Schätzchens Gedächtnis bot 3.073 solcher Bildschirmgeschichten. Captain Sam wusste nicht, wie sie in Schätzchens Erinnerung gelangt waren, aber er kannte sie alle auswendig, und manchmal bewegten sich seine Lippen stumm mit, wenn die Bildschirmmenschen sprachen. Er sagte Rafik, er könne sich aus der langen Liste jeden Film aussuchen, auf den er Lust habe, mit ein paar Ausnahmen, weil die nur für Erwachsene seien. Die Filme waren sehr aufregend, und auch wenn manche Szenen Rafik an seine letzte Nacht in Neuhafen erinnerte, kamen die Leute, die er mochte, am Ende fast immer heil davon. Da dachte er wieder an Dominique und wurde traurig.

Trotzdem fand Rafik, dass Bildschirmgeschichten so ziemlich das Beste waren, was man sich nur vorstellen konnte … bis er entdeckte, dass es in Schätzchens Unterhaltungssystem siebentausend Spiele gab …

Spiele waren wie Bildschirmgeschichten, aber man war selbst der Held und tat Dinge, indem man den Bildschirm berührte, mit den Händen herumfuchtelte oder sich in seinem Sessel bewegte, und *das*, fand Rafik für eine Weile, war wirklich das Allergroßartigste, was er je gesehen hatte. Noch viel besser als Krieger und Ungläubige zu spielen.

Und dann entdeckte er die Puzzlespiele. Sie waren anders als die Symbolwand in seinen Träumen, aber manche funktionierten ganz ähnlich. In einem der Spiele konnte man herunterfallende Objekte drehen und verschieben, und wenn sie eine vollständige Reihe bildeten, verschwanden sie mit einem sehr befriedigenden Ploppen. Später fand er ein anderes Spiel, bei dem man lange Reihen von Farben und Symbolen richtig drücken musste, und ein anderes, in dem man unterschiedliche sinnvolle Sequenzen inmitten immer schneller vorbeirasender Symbole finden musste. Darin verlor sich Rafik so tief, dass er die Bildschirmgeschichten und die anderen Spiele ganz vergaß und sogar aufhörte, an Dominique und Martinn zu denken.

Anfangs spielte Rafik diese Spiele immer nacheinander, bis ihm Schätzchen irgendwann zu seinem Entzücken vorschlug, den Bildschirm in mehrere kleinere Sektionen aufzuteilen, sodass er alle gleichzeitig spielen konnte. Captain

Sam verfolgte das Ganze mit aufrichtigem Staunen, aber Rafik selbst fand seine Fähigkeiten nicht weiter bemerkenswert. Er spielte, bis ihm die Augen wehtaten. Dann ging er ins Bett und spielte in seinen Träumen weiter mit der Symbolwand. Einmal schaffte er es, zwanzig Symbole gleichzeitig festzuhalten. Das erfüllte ihn mit großer Genugtuung und tiefem Frieden. Er wurde besser. Das Leben wurde besser. Am dritten Tag ihrer Reise betete er kein einziges Mal, weil er es ganz vergaß.

Inzwischen hatten sie eine so hohe Geschwindigkeit erreicht, dass sie pro Tag eine Distanz zurücklegten, für die sie mit der Ponykutsche Monate und zu Fuß sogar Jahre gebraucht hätten. Das Land ringsum bestand größtenteils aus Wildnis, nur hin und wieder kamen sie an einer verlassenen Stadt vorbei. Die meisten waren so gründlich zerstört, dass sich nur die verzweifeltesten Plünderer und gierigsten Salutisten dort hineinwagten. Diese Ruinenstädte waren zu weit entfernt, um Details zu sehen, aber der bloße Anblick bereitete Rafik ein solches Unbehagen, dass er rasch wieder zu seinen Puzzlespielen zurückkehrte. Hin und wieder versuchte der Captain, seine Aufmerksamkeit zu wecken, indem er auf irgendwelche interessanten landschaftlichen Gegebenheiten zeigte, eine Gebirgskette oder einen Fluss, aber Rafik war von seinen Spielen so sehr in Anspruch genommen, dass es ihm ziemlich egal war, wo sie sich gerade befanden. Er lehnte sogar höflich ab, als der Captain ihn fragte, ob er ihm das Kartenspiel beibringen sollte, aber der Trucker schien ihm das nicht krummzunehmen und sagte: »Na schön, ist eigentlich auch besser, wenn du mit so etwas gar nicht erst anfängst. Machen einem nur Kummer, diese Karten, wenn man nicht sehr genau weiß, was man tut.«

Sie fuhren nicht die ganze Strecke auf dem Tarakanischen Highway, weil viele Abschnitte zerstört worden waren. Die meisten Schäden waren bei der Katastrophe entstanden, und im Lauf der Jahre hatten Flut, Stürme und Erdbeben ihr Übriges getan. Und Captain Sam erzählte ihnen von einer Bande, die er »einen Haufen durchgedrehter Plattreifen« nannte, die aus unbekannten Gründen einen ganzen Abschnitt der Südstraße mit uraltem Sprengstoff hochgejagt hatten, ehe die Trucker sie in Stücke gerissen hatten. Abseits des Tarakanischen Highways fühlte es sich an, als wären sie mit der Geschwindigkeit einer Ponykutsche unterwegs, aber Captain Sam versicherte Rafik, dass sie noch immer schneller waren, als eine Kutsche je sein könnte.

Alle paar Stunden bestand der Captain auf einer »Pause«, obwohl Rafik ihn unterwegs nie etwas tun sah, das auch nur entfernt an Arbeit erinnerte. Khan versuchte, ihm die vielen Stopps auszureden, aber der Trucker sagte, es wäre gut für Schätzchen, hin und wieder auszuruhen. »Und wenn es um sie geht, denke ich immer langfristig.«

Das regelmäßige Anhalten ging Rafik auf die Nerven, weil er dann auch immer mit dem Spielen aufhören musste. Also drängte er gemeinsam mit Khan darauf weiterzufahren, nur damit er schnell zu seinen Puzzlespielen zurückkehren konnte. Aber der Trucker ließ sich nicht erweichen. Selbst wenn sie gerade auf dem Highway waren, wies er Schätzchen an, die nächste Abfahrt auf eine normale Straße zu nehmen, und suchte nach einem ruhigen Plätzchen. Captain Sam sagte Rafik, er solle das Unterhaltungssystem eine Weile in Ruhe lassen und »sich ein bisschen recken und strecken«. Diese Pausen waren mit Abstand die langweiligsten Stunden ihrer Reise, mit Ausnahme jener Pause am Waldrand, bei der Schätzchen ihnen das Aussteigen verbot, weil draußen ein paar Wildschweine herumstreunten. Rafik blieb sehr gern drinnen, zumal Schätzchen sogar über ein eigenes Scheißhaus verfügte. Es war winzig, aber sehr sauber, und es roch sogar gut dort drinnen.

Zwei- bis dreimal pro Tag verkündete ihnen Schätzchen, dass sie ein Signal von einem anderen Supertruck reinbekommen hatte; darauf folgten immer mehrere Scans, bevor sich der Captain mit dem anderen Trucker unterhielt. Sie konnten einander über die Bildschirme sogar sehen, und obwohl sich Schätzchen jedes Mal darüber beschwerte, weil es nicht stimmte, sagte der Captain den anderen Fahrern stets, dass die Innenkameras defekt seien, und ließ niemanden das Innere seines Supertrucks sehen. Die anderen Trucker schienen ihm zu glauben, jedenfalls sagten sie nichts weiter dazu. Sie trugen seltsame und fantasievolle Namen wie Ölratte Larry, Paul der Po und Sonnige Suzette. Letztere war Captain Sams Lieblingstruckerin.

Auch die anderen Trucks hatten Namen. Der erste hieß Flitzer, der zweite Alphawolf, und die Sonnige Suzette nannte ihren Truck Hoffnung, weil sie, wie sie sagte, das »Licht des Glaubens« im Herzen trug.

Die Trucker tauschten sich über den neuesten Klatsch und Tratsch aus, berichteten einander Neuigkeiten von der Straße und übers Wetter und warnten sich gegenseitig vor Piraten. Ihre Unterhaltungen strotzten nur so vor rauen Witzen, nicht ganz ernst gemeinten Beleidigungen und einer Menge unflätiger Ausdrücke, vor allem Paul der Po ließ sich nicht lumpen.

Captain Sam versuchte, die Obszönitäten auf ein Minimum zu begrenzen, schielte immer wieder besorgt zu Rafik hinüber und lächelte Khan entschuldigend zu, obwohl der die meiste Zeit geistesabwesend ins Nichts starrte oder so tat, als würde er schlafen. Der Junge schenkte den Unterhaltungen nicht die geringste Beachtung – er konzentrierte sich mit Haut und Haar auf die kompliziertesten Puzzles, die Schätzchen zu bieten hatte.

Wenn die Supertrucks schließlich in Sichtweite des anderen kamen, drosselten sie die Geschwindigkeit, ließen das Signalhorn ertönen und sämtliche Lichter aufblitzen, aber selbst mit dieser verringerten Geschwindigkeit rauschten sie so schnell aneinander vorbei, dass kaum Zeit für ein Blinzeln blieb.

Es war also kein Wunder, dass Rafik zunächst nicht einmal kurz aufsah, als Schätzchen verkündete, dass sie gerade gescannt wurden.

»Pah … nicht gerade höflich«, brummte der Captain. »Scann sie ebenfalls und frag, wer sie sind.«

»Sie sind außerhalb unserer Scanreichweite«, stellte Schätzchen sachlich fest.

»Rost«, sagte der Captain. »Ich hätte dich upgraden sollen, Liebes.«

Für einen eigenartigen Moment herrschte angespannte Stille in der Kabine, bis Schätzchen schließlich sagte: »Der Scan ist vorbei.«

Der Captain warf einen Blick auf die Bildschirme. »Nichts auf dem Radar?«

»Nichts, Captain. Der Scan kam aus einer Entfernung von mehr als fünfzehn Kilometern.«

»Gibt es Probleme?« Khan richtete sich in seinem Sitz auf. Zum ersten Mal seit Tagen wirkte er beunruhigt.

»Nein, wahrscheinlich ist es nur irgendein unhöflicher Trucker, der meine Ladung checken will, um zu sehen, ob er meine Preise unterbieten kann«, erklärte der Captain. Aber er sah nicht glücklich aus und erhöhte ihre Geschwindigkeit auf 390.

Gerade als Khan wieder in seiner üblichen Teilnahmslosigkeit versank, meldete sich Schätzchen erneut zu Wort.

»Wir werden wieder gescannt. Sie sind drei Kilometer hinter uns. Fünf Wagen – Shark-Klasse, genauer Fahrzeugtyp unbekannt. Sie holen auf.« Ihre Stimme war ruhig und angenehm, aber die Wirkung auf die beiden Männer war dramatisch.

»Heckschild hochfahren und Störsender einschalten«, brüllte der Captain und brach an seinen Bildschirmen in hektische Aktivität aus.

Diesmal stellte Khan keine Fragen, sondern drehte sich zu Rafik um und sagte: »Anschnallen.« Gurte schlangen sich um Khan und Rafik. Der Junge, der durch die plötzliche Geschwindigkeit ohnehin tief in seinen Sessel gedrückt wurde, blickte sich verwirrt um.

»Was ist los? Wer ist hinter uns her?«

»Vermutlich Highway-Piraten«, antwortete Khan knapp und wandte sich an den Captain. »Wie kann es sein, dass du sie erst jetzt bemerkst?«

»Sie waren schlau«, brummte der Captain. »Manche Fahrzeuge der Shark-Klasse verfügen über ein System, das man ›Stealth-Modus‹ nennt. Frisst allerdings eine Menge Energie. Also haben sie uns entdeckt, uns von außerhalb unserer eigenen Reichweite gescannt, und dann haben sie ihre Störsender und den Stealth-Modus aktiviert.« Er richtete den Blick auf den Bildschirm. Am unteren Rand waren fünf Punkte aufgetaucht und arbeiteten sich rasch weiter hoch.

»Schätzchen, Geschwindigkeit erhöhen auf vier siebzig. Scannen sie wieder?«

»Sie versuchen es«, antwortete Schätzchen über den ansteigenden Lärm hinweg. »Ich blocke sie, aber das kostet uns siebzehn Prozent zusätzliche Energie, und …«

»Lass sie durch, aber nur kurz. Lass es aussehen, als hätten sie eine Lücke in unserer Verteidigung gefunden – aber sobald sie den Laderaum gescannt haben, wirfst du sie wieder raus.«

»Warum machst du das?«, brüllte Khan. Es war viel zu laut, um sich in normaler Lautstärke zu unterhalten.

»Die investieren eine Menge Energie, und ich fahre nur mit halber Ladung. Wenn sie das wissen, geben sie vielleicht auf, statt ihre Energieröhren für meine jämmerliche Ladung zu verschwenden.«

»Sie scannen«, teilte ihnen Schätzchen mit. »Einmal … zweimal … sie haben Zugriff … schließe die Lücke … sie sind draußen.«

Die beiden Erwachsenen starrten wie gebannt auf den Bildschirm. »Na kommt schon, ihr Kakerlaken«, flüsterte der Captain. »Ich bin das doch gar nicht wert, nun haut schon ab.«

»Sie behalten ihren Kurs bei und beschleunigen, Entfernung beträgt noch anderthalb Kilometer«, informierte sie Schätzchen. »Ihr könnt sie jetzt auf dem linken Bildschirm sehen.«

Alle drei wandten die Köpfe und beobachteten die fünf windschnittigen Fahrzeuge, die in Pfeilformation über den Highway rasten. Sonnenlicht blitzte auf Metall. Sie schlossen rasch auf.

»Das ist doch Unsinn«, sagte der Captain und kratzte sich verstört den Bart. »Die müssen doch kapieren, dass diese Geschwindigkeit sie mehr kostet, als meine Ladung wert ist.«

»Captain, sie haben überhaupt nicht versucht, den Laderaum zu scannen«, sagte Schätzchen. »Sie haben nur die Fahrerkabine gescannt und ein paar der Systeme.«

Die beiden Männer sahen einander an und fluchten gleichzeitig.

»Jakov also.« Khan war blass geworden. »Wie hat er uns gefunden?«

»So schwer war das nicht, wenn man mal drüber nachdenkt.« Während er sprach, drückte der Captain auf unzählige blinkende Knöpfe. »Nach allem, was du mir erzählt hast, dürfte dieser Jakov eine recht genaue Vorstellung gehabt haben, wo du hinwillst, und natürlich musste er auch irgendwann auf die Wachen stoßen, die gesehen haben, wie wir Neuhafen verlassen. Ich hätte diesen Plattreifen nicht zusammenschlagen sollen«, fügte er voller Reue hinzu, »aber er hat sie angefasst.«

»Die Sharks sind jetzt achthundert Meter hinter uns und kommen näher«, sagte Schätzchen. »Gleich in Raketenreichweite.«

Inzwischen sah Rafik die fünf Fahrzeuge deutlich auf dem Bildschirm. Sie waren klein, jedenfalls verglichen mit dem Supertruck, die Fenster waren schwarz getönt und die Heckantriebe riesig. Auf den Dächern waren Waffen montiert, ebenso auf den kurzen Metallflügeln an den Flanken.

Khan wandte sich an Captain Sam. »Dass du angeblich keine Waffen installiert hast – bitte sag mir, dass das ein Witz war.«

»Das war kein Witz. Ich halte nichts von Waffen.« Der Captain sah Khan nicht an. »Schätzchen, haben wir andere Trucks auf dem Radar? Überhaupt irgendwen? Schick Nachrichten raus, Liebes, finde jemanden für mich. Irgendjemanden.«

»Nein, Captain.« Schätzchen hatte ihre Lautstärke erhöht, damit sie sie über das Dröhnen des Motors hinweg hören konnten, aber sie klang noch immer ganz ruhig.

»Sende einen Notruf. Sag, dass uns Piraten am Arsch kleben und wir Hilfe brauchen.«

»Ich fasse es nicht, dass du auf diesem ganzen riesigen rostigen Metallhaufen keine einzige Waffe montiert hast«, brüllte Khan.

Diesmal drehte sich Captain Sam zu ihm um und öffnete den Mund, aber ehe er ein Wort herausbrachte, kündigte Schätzchen eine eingehende Nachricht an.

»Nur Audio, wir verschwenden keine Energie«, befahl der Captain.

»Hallo Khan«, drang Jakovs Stimme an ihre Ohren, und Rafik fing an zu zittern. »Tut mir leid wegen deiner Bar und deinem Mädchen, aber du warst wirklich *sehr* unvernünftig. Ich hoffe, du bist inzwischen zu Verstand gekommen.«

»Du Wichser«, schrie Khan. »Ich pisse auf deine verdammte rostige Leiche, Jakov.«

»Spar dir den Atem dafür auf, um um dein Leben zu winseln«, erwiderte Jakov unbeeindruckt. »Ich will nur den Jungen, also h…« Captain Sam legte einen Schalter um, und die Stimme verstummte.

»Ich verschwende doch keine Energie darauf, mit dieser rostigen Brechstange zu reden«, knurrte er.

»Dreihundert Meter, schließen immer noch auf«, verkündete Schätzchen und korrigierte: »Zweihundert Meter. Schussreichweite erreicht. Sie eröffnen das Feuer.«

Ein gleißender Lichtblitz zu ihrer Rechten.

»Warnschuss«, kommentierte der Captain. »Gut so, Jungs, haut nur ruhig eure ganze Energie raus.«

»Was machen wir denn jetzt?«, brüllte Khan. »Dieser … *Truck* kann fünf Sharks doch niemals entkommen!«

»Ach ja?« Unter dem dichten Bart des Captains blitzte ein kurzes Lächeln auf. »Ich hätte unseren halben Laderaum mit Waffen vollknallen können, um bei jeder Begegnung mit Piraten draufloszuballern, was das Zeug hält. Aber weißt du was? Statt Schätzchen in einen langsamen, zur Hälfte mit Waffen vollgestopften Koloss zu verwandeln, habe ich in zwei zusätzliche Antriebe investiert. Also,

Jungs, haltet euch mal besser gut fest.« Er tippte auf seinen Knöpfen herum. Es klickte und surrte ein paar Mal vernehmlich, und zwei weitere große Metallröhren schoben sich aus den Flanken des Supertrucks. Plötzlich beschleunigten sie mit unglaublicher Wucht.

»Geschwindigkeit fünfhundertzwanzig … fünfhundertsechzig«, teilte ihnen Schätzchen mit. Dann: »Sharks beschleunigen ebenfalls. Richten Raketen aus. Drei abgefeuert.«

»Ablenksysteme«, brüllte der Captain, aber da ging schon ein gewaltiger Schlag durch den Truck, und sie ruckten erst nach vorn, dann zur Seite.

»Außenhülle beschädigt«, sagte Schätzchen ruhig. »Keine Energie für die Reparatur verfügbar. Dritte Rakete wird abgefeuert.«

Wieder erbebte der Truck. »Unteres rechtes Antigravitationsfeld ausgefallen, das linke ist auf achtzig Prozent.« Der Truck schlingerte, und Rafiks Kopf ruckte nach vorn, dann stabilisierte sich das Fahrzeug selbstständig.

»Verliere Energie. Fünfhundertfünfzig Stundenkilometer, Geschwindigkeit sinkt weiter, Sharks auf hundertvierzig Meter heran, hundertdr…«

Wieder ertönte Jakovs Stimme. »Netter Versuch, Captain, aber ihr könnt mich nicht abhängen. Wenn es sein muss, nehme ich deinen Truck Stück für Stück auseinander.« Im Hintergrund ertönten Schüsse, und Rafik spürte leichte Erschütterungen durch den Truck gehen, als die Kugeln einschlugen.

»Rumpfstabilität bei siebzig Prozent«, teilte Schätzchen ihnen mit, und sie verloren noch mehr Geschwindigkeit.

»Ich bringe ihn um.« Die Stimme des Captains vibrierte vor eiskalter Wut. »Alle nicht benötigten Systeme abschalten.«

Der sachte Luftzug in der Kabine erstarb, und plötzlich drang helles Tageslicht durch die Fenster.

»Geschwindigkeitsgewinn von sechs P…«

»Einschließlich deiner Sprachmeldungen. Schick mir die Meldungen auf den Schirm«, blaffte der Captain.

Schätzchens Stimme verstummte, und auf dem Bildschirm erschien eine Nummer: sieben.

»Stoßdämpfung ausschalten.«

Das erhöhte die Zahl auf elf Prozent, aber der Supertruck fing heftig an zu ruckeln.

»Und schalte auf manuelle Steuerung«, übertönte der Captain laut brüllend den Lärm und packte mit seinen schwieligen Händen das Lenkrad.

Sie schossen wieder vorwärts; jetzt kletterten die blinkenden roten Zahlen auf dem Schirm auf dreihundertfünfzig. Der Supertruck bebte so heftig, dass Rafik es nur mit Mühe schaffte, seinen Mageninhalt bei sich zu behalten. Khan allerdings erbrach geräuschvoll seine letzte Mahlzeit neben den Sitz.

»So, jetzt müssen sie auch auf manuelle Steuerung umschalten, wenn sie mithalten wollen«, verkündete Captain. »Wollen wir doch mal sehen, wer … Khan, du Rosteimer, jetzt geh mir nicht gleich drauf, und diese Schweinerei wischst du nachher schön selbst …« Der Rest des Satzes ging unter, als der Captain wütend das Lenkrad herumriss und versuchte, die Sharks zu plätten, die gerade überholen wollten, um ihn einzukesseln. Aber sie waren zu wendig, er erwischte sie nicht.

»Khan, ich brauch dich hier vorne.«

Khan antwortete nicht. Er war bewusstlos in seinem Sessel zusammengesackt.

»Verdammter Temposchock«, fluchte der Captain.

Weitere Explosionen erschütterten den Truck, und sie

schlingerten an den Rand der Fahrbahn. Rafik sah das kurze Aufgleißen eines Feuerballs auf einem Bildschirm. Im nächsten Moment fiel der Bildschirm aus und wurde schwarz.

Der Captain korrigierte ihren Kurs und wandte den Kopf zu Rafik. Kurz trafen sich ihre Blicke. Eine Hand am Lenkrad, drückte der Captain zwei Knöpfe. Khans und Rafiks Sitze setzten sich in Bewegung, und gleich darauf fand sich der Junge neben dem Captain wieder, vor sich mehrere leuchtende Bildschirme und Tafeln mit blinkenden Knöpfen. Khans Sitz befand sich hinter ihm.

»Jetzt zeigen wir diesen Burschen mal, wie man fährt, Junge«, dröhnte der Captain. »Drück mal den gelben Knopf ganz links in der zweiten Reihe. Ja, genau den.«

Rafik beugte sich vor und tat es.

»Gut festhalten. Ich nenne das den *Wurm*.«

Der Bildschirm, der den hinteren Teil des Supertrucks zeigte, füllte sich mit einer dichten Rauchwolke. Aber gleich darauf schossen die fünf Sharks aus dem Rauch heraus. Mündungsfeuer blitzte.

»Noch mal«, grollte Captain Sam.

Rafik gehorchte und spürte, wie der Supertruck leicht an Geschwindigkeit verlor.

Die dichte Rauchwolke hielt ihre Verfolger nicht auf. Im Gegenteil, inzwischen waren sie näher als zuvor.

Jakovs Stimme drang durch die Lautsprecher. »Wenn das alles ist, was du zu bieten hast, Captain, dann halten wir dich genauso problemlos auf, wie wir dein Kom hacken. Hättest du mal bloß in ein anständiges Waffensystem investiert. Vielleicht kommen wir ja ins Geschäft, wenn du mir den Jungen überlässt. Ich mach dir einen guten Preis für das, was von deiner Fracht übrig ist.«

Fluchend hieb Captain Sam auf einen Knopf, und Jakovs

Stimme verstummte. »Rafik, bitte drück den Knopf noch ein letztes Mal, aber direkt danach drückst du den roten in der Reihe darunter, den dritten von rechts. Ja, genau den.«

Wieder wallte Rauch aus dem Heck, und als Rafik auf den roten Knopf drückte, zog der Captain zeitgleich an einem Hebel. Abrupt wurde der Supertruck langsamer, und dann erhob er sich so plötzlich mehrere Meter in die Höhe, dass Rafik nach vorn in seine Gurte geworfen wurde. Der erste Shark kam exakt in dem Moment aus der Rauchwolke, als der Supertruck wieder nach unten krachte. Metall kreischte, ein wahres Funkenmeer sprühte, und eine Explosion schleuderte sie wieder ein kleines Stück in die Luft.

»Was für ein perfekter Wurm, Junge«, johlte der Captain und schlug triumphierend aufs Lenkrad. »Wenn Brinks Betonkopf das gesehen hätte, würde er vor lauter Stolz glatt ein paar Tropfen Öl verlieren.« Er legte ein paar Schalter um. »Du bist wieder dran, Schätzchen, und fahr auch die Bildschirme wieder hoch. Wir sind nicht mehr auf der Flucht.«

Aber Captain Sam hatte sich zu früh gefreut. Das Manöver hatte Schätzchen ordentlich Tempo gekostet – die Zahlen auf dem Bildschirm zeigten nur noch knapp über dreihundert Stundenkilometer an. Captain Sam trat auf ein großes Pedal unter dem Lenkrad, und sie beschleunigten wieder. Aber einer der Sharks hatte es geschafft, sich an ihnen vorbeizuquetschen, und jetzt fuhr er vor ihnen, die große, auf dem Dach montierte Kanone war auf die Fahrerkabine gerichtet. Zwei weitere Sharks fuhren links und rechts neben ihnen, der verbliebene vierte hinter ihnen. Sie waren umzingelt.

»Rumpfstabilität bei siebenundfünfzig Prozent«, sagte Schätzchen. »Dreihundertsiebzig Stundenkilometer.«

»Das hier ist kein Rennen mehr, Liebes. Wir sind im

Krieg. Jetzt ist es an der Zeit, ein bisschen mit den Magneten rumzuspielen, Schätzchen.«

»Das könnte die Energie-Relais beschäd…«

»Auf mein Zeichen!«, brüllte der Captain. »Nach rechts. *Jetzt.*«

Der Supertruck machte einen Satz nach oben und neigte sich scharf nach rechts. Rafik wurde seitlich in seine Gurte geworfen, schrie vor Schreck und Angst auf und krallte sich mit beiden Händen an seinem Sitz fest.

Einen Herzschlag lang zeigte die gesamte Unterseite des Supertrucks auf den Shark, sie segelten durch die Luft, nur von ihrem eigenen Schwung getragen. Rafik glaubte zu hören, wie Schätzchen etwas über »Umpolung« sagte, aber sicher war er nicht.

Was er aber ganz sicher wusste: In dem Augenblick, als Schätzchen schon fast den Highway berührte und eigentlich hätte umkippen müssen, neigte sich der Supertruck zurück, und der Shark zu ihrer Linken löste sich in sprühende Funken und Flammen auf.

»Ich nenne das ›runterbeugen und verschlucken‹«, jubelte der Captain, aber ihre Freude währte nur kurz – Schätzchen verkündete ihnen, dass vier der Antigravitationsplatten beschädigt waren.

Eine weitere Explosion hinter ihnen, und der Supertruck neigte sich bedenklich, diesmal nach vorn, und eine der Antigravitationsplatten am Heck fiel aus. Gleich darauf sprühten Funken – das Heck schleifte über die Straße.

Captain Sams Jubel wurde zu einer Schimpfkanonade, und er schrie, Schätzchen solle »die Ladung abwerfen«. Die Hecktüren des Metallkolosses öffneten sich, und mehrere große Container schlitterten hinaus auf die Straße. Einer traf den Shark, der ihnen an den Fersen hing, und riss ihn entzwei.

Von dem Gewicht befreit, hob sich das Heck des Supertrucks wieder, aber da tauchte neben ihnen auf Captain Sams Seite ein weiterer Shark auf. Eins der schwarzen Fenster flog auf, und die Mündung einer verdammt riesigen Waffe richtete sich auf ihn.

»Runter!«, schrie der Captain.

Gerade noch rechtzeitig zog Rafik den Kopf ein. Das Fenster explodierte, und Kugeln flogen ihnen um die Ohren und durchlöcherten Seitenwände und Dach.

Der Captain versuchte, den Shark zu erwischen, aber das kleine Fahrzeug beschleunigte rasch. Dann ließ er sich wieder zurückfallen und eröffnete erneut das Feuer. Rafik rollte sich so klein wie möglich zusammen und legte schützend die Arme über den Kopf. Zerfetzte Räucherwürste flogen umher, verfluchtes Wasser benetzte seine Haut. Er konnte an nichts anderes mehr denken als an das Massaker in der Bar. Am liebsten wäre er in einen dunklen, sicheren Winkel gekrochen und hätte ihn nie wieder verlassen.

Als er endlich genug Mut fasste, um den Kopf wieder zu heben, kam der Shark gerade für einen dritten Angriff zurück, diesmal von der anderen Seite. Rafik hörte Captain Sam brüllen, er solle sich ducken, aber er konnte sich nicht rühren und sah reglos zu, wie der maskierte Fahrer seine Waffe direkt auf ihn richtete. Eine Hand schob sich an ihm vorbei durchs offene Fenster, sie hielt eine Pistole, und mehrere ohrenbetäubend laute Schüsse krachten. Einer der Schüsse musste sein Ziel getroffen haben, denn der Shark schlingerte, dann knallte er mit voller Geschwindigkeit gegen den Wall am Highwayrand und wirbelte durch die Luft, ehe er hinter ihnen aufschlug. Jetzt war nur noch der Shark vor ihnen übrig.

Khan ließ sich in seinen Sitz zurückfallen. Er war immer

noch bleich, aber in seinem Gesicht stand grimmige Befriedigung.

Jakovs wütende Stimme drang an ihre Ohren: »Ich mach euch kalt, dich und deinen Truck.«

Die auf dem Shark montierte Kanone schwang herum und spie Feuer. Alle gingen in Deckung, aber diesmal galt der Kugelhagel nicht der Fahrerkabine, sondern zielte tiefer. Auf den Motor des Supertrucks.

»Registriere Beschädigungen«, verkündete Schätzchen.

»Kannst du ihn plattmachen?«, brüllte Khan hinter Rafik.

»Er ist zu schnell«, antwortete der Captain. Sein Gesicht war schweißüberströmt.

»Ausfahrt fünf Kilometer voraus, schwere Beschädigungen. Frontmotor droht auszufallen.« Die Stimme des Supertrucks klang verzerrt.

»Halte aus, Schätzchen«, rief der Captain verzweifelt. Mit aller Kraft stieg er auf die Bremse. Mit einem entsetzlichen schrillen Jaulen kam der Supertruck so plötzlich zum Stehen, dass Khan mit der Schulter von hinten in Rafiks Sitz krachte und ächzend zu Boden fiel.

Nach einer Schrecksekunde bremste auch der Shark ab. Sie sahen, wie das kleinere Fahrzeug wendete und zurückkam.

»Deine Pistole?«, fragte der Captain.

»Leergeschossen.« Mit schmerzverzerrtem Gesicht rappelte Khan sich auf.

»Vielleicht sollte ich über das mit den Waffen noch mal nachdenken«, brummte der Captain in seinen Bart.

»Ach was.« Khan massierte sich die verletzte Schulter. Er hatte Nasenbluten.

In einiger Entfernung blieb der Shark stehen – nah genug, um zu schießen, aber zu weit weg, als dass der Supertruck plötzlich Gas geben und ihn hätte erwischen können.

»Lass den Jungen aussteigen und schick ihn her, dann lass ich euch am Leben«, drang Jakovs Stimme durch die Lautsprecher. »Noch mal bitte ich nicht darum.«

Die beiden Männer sahen einander an.

Der Shark setzte sich wieder in Bewegung und rollte langsam auf sie zu.

»Irgendwo da hinten ist ein Brecheisen«, sagte Captain Sam. »Sieh hinter den Fässern nach.« Khan wühlte im Chaos herum, und der Captain drückte auf einen Knopf, woraufhin sich die Gurte wieder festzogen. »Ist noch nicht vorbei, Junge«, sagte er mit angespanntem Lächeln.

Rafik holte tief Luft. »Captain, lasst mich raus. Bitte.«

»Auf gar keinen Fall, Junge, dieser Trucker hier ist noch nicht erledigt.« Captain Sam ballte seine mächtige Hand zur Faust, aber auf seiner Stirn standen Sorgenfalten.

Khan kam mit leeren Händen zurück. »Was jetzt?«, fragte er.

Captain Sam starrte dem Shark entgegen. »Wir machen diese Rostfresse fertig.«

Rafik schüttelte den Kopf. »Jakov hat Waffen, Captain. Er hat Dominique und Martinn getötet. Lasst mich raus. Vielleicht kann ich ihn überreden …«

Diesmal antwortete nur Khan. »Nein. Es muss noch eine andere Lösung geben.«

Aber der Trucker schien mit einem Mal jeden Kampfesmut verloren zu haben.

»Captain, er wird Schätzchen töten«, drängte Rafik, während der Shark näher rollte.

»Verdammter Rost«, fluchte Captain Sam und drückte auf einen Knopf. Mit einem lauten hydraulischen Zischen öffnete sich die Tür auf der Beifahrerseite.

»Nein, Captain.« Khan sprang auf Rafik zu und wollte ihn festhalten, aber Captain Sam schlug ihm die flache Hand vor die Brust und hielt ihn zurück.

In Khans Augen wetteiferte Zorn mit Resignation. »Rafik …«, flehte er, aber der Junge glitt wortlos nach draußen und kletterte die Leiter hinunter. Unten angekommen, entfernte er sich von Schätzchen und winkte mit beiden Händen, um Jakovs Aufmerksamkeit auf sich zu ziehen. Der Shark änderte den Kurs und hielt auf den Jungen zu.

Und dann ruckte er auf einmal heftig, und in seiner Flanke explodierte ein gewaltiger Feuerball. Er beschleunigte, und die Seitentür glitt nach oben auf. Jakovs Metallarm griff nach Rafik, aber der Junge warf sich außer Reichweite, rollte über den Rücken ab und erhaschte noch einen Blick auf Jakovs wütendes Gesicht, dann war der Shark an ihm vorbei. Kurz befürchtete er, Jakov würde wenden, aber stattdessen beschleunigte er und raste davon.

Die Straße unter Rafiks Händen war überraschend kühl. Hastig rappelte er sich auf und rannte zu Schätzchen zurück. In der Ferne kam ein zweiter großer Supertruck in Sicht. Als Rafik wieder in die Kabine hinaufkletterte, hörte er jemanden sagen: »Hast du nicht behauptet, du hättest Scherereien mit *Piraten,* Sam? Ich sehe hier nämlich gar keine.«

»Sprengkopf-Steve!«, rief der Captain und trommelte vor Freude auf dem Lenkrad herum. »Der falsche Mann genau zur richtigen Zeit!«

»Wenn ich mich recht erinnere, warst du es, der mich einen Idioten genannt hat, weil ich Waffen in meinen Truck hab einbauen lassen, Captain«, sagte der andere Trucker.

»Ich schulde dir wohl eine Entschuldigung und einen ganzen Frachtraum voller Drinks«, antwortete Sam. »Ich bin dir was schuldig, Trucker, aber so richtig.« Er drehte sich zu Khan um, der bleich und schweißüberströmt in seinem Sessel zusammengesackt war und den Kopf mit beiden Händen stützte. »Und von dir ist auch noch eine Entschuldigung fällig.«

»Von mir?« Khan sah auf. »Ich kenn den Typen doch nicht mal.«

»Doch nicht Sprengkopf-Steve. Du hast Schätzchen einen ›rostigen Metallhaufen‹ genannt«, erwiderte der Captain vorwurfsvoll.

Khan holte ein paar Mal tief Luft, ehe er schließlich sagte: »Ich war nicht ganz bei mir, Captain. Ich bitte aufrichtig um Verzeihung.«

»Entschuldige dich nicht bei mir, entschuldige dich bei *ihr.*«

Und das, Ehrensache, tat Khan tatsächlich.

Kapitel 24

Drei Tage später erreichten sie Neudenver, eine der größeren Städte, die den Tarakanischen Highway säumten. Laut Captain Sam gab es dort fähige Mechaniker.

Sprengkopf-Steve und sein Beifahrer Krunk hatten dem Captain bei den dringlichsten Behelfsreparaturen geholfen, dann tauchten zwei weitere Trucker auf und geleiteten das ramponierte Schätzchen vom Highway hinunter. Es wirkte wie ein Trauerzug. Schätzchen war in einem jämmerlichen Zustand, kaum in der Lage zu kommunizieren, und wenn sie es doch tat, klang ihre Stimme verzerrt und gebrochen. Sie hatte fast keine Reserveenergie mehr, einer ihrer Antriebe war komplett ausgefallen. An mehreren Stellen hatten Blaster ihr den Rumpf aufgerissen und versengt, und sie war mit Einschusslöchern regelrecht übersät. Erstaunlicherweise war Captain Sam auf ihrer Fahrt trotzdem bester Laune. Zu Rafik sagte er, ihm sei zumute, als hätte ein Familienmitglied einen schweren Unfall überlebt, also dachte er an nichts anderes als an die notwendigen Maßnahmen zu ihrer Heilung.

»Zum Teil kann sie sich selbst heilen«, sagte er, während Schätzchen in eine große Garage geschleppt wurde, wo lauter Mechaniker herumwuselten und seltsame Kästen, die sich von allein bewegten und *Bots* genannt wurden.

»Alle Supertrucks haben integrierte Reparatursysteme.

Mit ausreichend Energieröhren könnte sie ihren Rumpf selbst reparieren. Wir Trucker halten zusammen. Die Energieröhren habe ich bald.«

Sie sahen zu, wie Mechaniker und Bots Schätzchen umschwärmten wie Fliegen eine Leiche. Captain Sam seufzte, dann zuckte er unbestimmt die Schultern. »Für die restlichen Reparaturen brauche ich Hilfe. Wird mich ein Vermögen kosten, aber oben an der Ostküste gibt es ein Mädel, das ist das reinste Genie, wenn es um die innere Mechanik von Supertrucks geht. Sobald Schätzchen wieder einigermaßen auf dem Damm ist, fahre ich zu ihr. Wird ein paar Wochen dauern, aber wenn ich ein bisschen Glück mit der Fracht habe, könnte es sein, dass ich für die Tour immerhin nicht draufzahle. Und wenn das alles geschafft ist und sie wieder einsatzbereit ist, dann nehmen ich und ein paar von den Jungs uns diesen Jakov vor …« Er führte den Satz nicht zu Ende, aber Rafik war trotzdem klar, dass er auf keinen Fall in den Schuhen des Waffenhändlers stecken wollte, wenn Captain Sam ihn erwischte.

Khan trat zu ihnen. »Captain, ich meine das ganz wortwörtlich: Das kann ich niemals wiedergutmachen.«

Captain Sam stieß ein Geräusch aus, halb Lachen und halb Schnauben, dann spuckte er aus und zwirbelte sich den langen Bart. »Ach was, Khan, ich hab den Job ja angenommen. Ich will einfach nur die vereinbarte Bezahlung haben, sobald du an ein paar Münzen kommst.«

»Ich werde dir zahlen, was ich dir schuldig bin«, versicherte ihm Khan und streckte die Hand aus.

Captain Sam sah nicht besonders überzeugt aus, aber trotzdem schüttelte er Khan die Hand. »Ich hab mit einem Bekannten gesprochen, Jeremiah heißt er. Ein Jungspund mit einem Zehnräder. Er bricht morgen auf und hätte nichts gegen ein bisschen Gesellschaft. Es würde natürlich länger dauern als ursprünglich geplant, er kann ja nicht den Highway nehmen, und es wird sicher eine ganz schön rucklige Fahrt, aber irgendwann kommt ihr schon in Regeneration an. Und wenn ihr mich fragt, ist es sowieso besser, sich nicht auf dem Highway blicken zu lassen, solange dieser Jakov hinter euch her ist.«

Khan nickte, und der Captain fuhr fort: »Dieser Jeremiah ist ein schräger Vogel, aber wie wir Trucker sagen: Sein Öl ist sauber. Und er hat sogar Waffen an Bord, also wärt ihr bei ihm sicher.«

»Sie kommen nicht mit?«, fragte Rafik.

Captain Sam erwiderte seinen Blick. »Nein«, sagte er nicht unfreundlich. »Ich muss bei Schätzchen bleiben und aufpassen, dass sie wieder ganz die Alte wird. Aber ich hoffe, dass wir uns eines Tages wiedersehen.«

Rafik nickte und sagte, was sein Vater immer gesagt hatte, wenn er etwas aufrichtig hoffte: »Ich bete zum Wiedergeborenen Propheten darum.«

Der Captain lachte leise. »Tu das, Rafik, bete für uns alle, und eines Tages sehen wir uns wieder, und dann kannst du sämtliche Puzzles lösen, die Schätzchen zu bieten hat.« Er zog Fahids Messer aus der Tasche und reichte es dem Jungen. »Ich habe euch nicht nach Regeneration gebracht, also gebe ich dir dein Messer zurück. Ich habe es sogar für dich saubergemacht. Und geschliffen.«

Khan und Captain Sam unterhielten sich noch eine Weile. Rafik, der das Messer seines Bruders fest umklammerte, fühlte sich schuldig, und zugleich war ihm eigenartig froh zumute. Er entschuldigte sich und ließ die beiden Männer allein.

Als Khan den Jungen später suchte, fand er ihn auf einem Stein, wo er stumm dasaß und in die Ferne starrte.

»Na komm, Rafik«, sagte Khan leise. »Lass uns mal sehen, wo wir heute Nacht unterkommen.«

Rafik blinzelte, als wäre er gerade aus einem Traum erwacht. Dann hob er die Hand und spreizte die Finger. »Bringst du mich deshalb fort?«, fragte er. »Ist Jakov deshalb hinter mir her?«

»Versteck sie wieder«, zischte Khan.

Rafik schüttelte den Kopf und wedelte abwehrend mit der Hand. »Warum? Warum musste ich mein Dorf verlassen? Wieso streitest du dich mit Jakov um mich? Warum mussten Dominique und Martinn sterben? Warum hat Jakov auf Schätzchen und Captain Sam geschossen? Warum ist das mit meiner Hand so wichtig? Sag es mir, Khan.«

»Sprich leiser, schrottverdammt noch mal.« Nervös sah Khan sich um.

»Nein. Ich will es wissen.« Rafik sprang auf und starrte Khan wütend ins Gesicht. »Sag mir, warum meine Familie mich aus dem Dorf weggebracht hat. Warum hat Eithan, mein Blutsbruder, mit Steinen nach mir geworfen? Warum schießen Leute meinetwegen aufeinander? Warum? Ich kann nichts Besonderes – warum bin ich so wichtig?«

Jetzt weinte er. Kleine Fäuste trommelten zornig gegen Khans Brust, bis es dem zu viel wurde und er Rafiks Hände festhielt.

»Rafik, hör mir mal zu«, brachte er zwischen zusammengebissenen Zähnen heraus. »Rost, jetzt hör endlich auf, dich so aufzuführen, sonst setzt es was. Hier glauben alle, du wärst mein Neffe, also könnte ich dir sämtliche Knochen im Leib brechen, und keiner würde sich drum scheren. Sieh mich an.«

Rafik, der von den furchtbaren Erlebnissen auf dem Highway ohnehin ganz erschöpft war, gab auf. Er hockte sich auf den Stein, ließ die Schultern hängen und sah zu Boden.

Khan sah sich sorgfältig um. Als er sich überzeugt hatte, dass während ihrer kleinen Auseinandersetzung niemand neugierig näher gekommen war, sagte er gedämpft: »Du bist ein ganz besonderes Kind, Rafik. Du kannst etwas, wozu nur sehr wenige Menschen imstande sind. Du kannst Puzzles entschlüsseln. Das macht dich zu etwas Besonderem. Im Truck hast du Puzzles mit dem allerhöchsten Schwierigkeitsgrad ganz nebenbei gelöst. Captain Sam hat es mir erzählt.«

»Ich fand die Puzzles nicht schwierig«, murmelte Rafik.

»Eben. Und genau deshalb sind alle so wild auf Menschen mit deiner Gabe. Diese Typen suchen so händeringend nach jemandem wie dir, dass sogar Leute wie ich davon Wind bekommen. Sie werden sich gut um dich kümmern und dir wundervolle Dinge beibringen, von denen ich nicht das Geringste verstehe. Und dann wird alles Sinn ergeben. Ich verspreche es dir, Kleiner, irgendwann ergibt das alles einen Sinn.«

Behutsam befreite Khan Dominiques Handschuh aus Rafiks Umklammerung und zog ihn dem Jungen wieder über die Hand. »Wir müssen los«, sagte er, und Rafik stand langsam auf.

Es dauerte nicht lange, da hatte Khan eine Frau aufgetan, die ihnen gegen ein kleines Entgelt und Khans Angebot, für sie Holz zu hacken, Obdach und eine Mahlzeit bot. Sie aßen gemeinsam von einem Teller und schaufelten das fettige Essen mit den Händen in den Mund, aber das machte Rafik nichts aus. Danach zogen sie sich in ihr Zimmer zurück, in dem zwei ungemütliche Betten mit kratzigen Matratzen standen. Rafik flüsterte seine Gebete und wusch sich mit Wasser aus einer kleinen Schüssel, während Khan ihre verbliebenen Münzen zählte, einmal und dann noch mal. Als Rafik fertig war, sagte Khan, er wolle noch mal los, ein paar Sachen besorgen. Er schloss von außen ab, und Rafik lag auf seiner Matratze und versuchte, nicht über die letzten Tage nachzudenken. Er spielte mit dem Messer seines Bruders herum, und obwohl er selbst fand, dass er es nicht tun sollte, ritzte er seinen Namen in die Holzwand neben dem Bett und daneben, in der Heiligen Sprache, den Namen des Wiedergeborenen Propheten.

Immer wieder drängte die Erinnerung an die Gräuel, die er in Dominiques Bar und auf dem Tarakanischen Highway erlebt hatte, in seinen Verstand, und mit diesen Erinnerungen kam auch die Angst. Um sich abzulenken, sah er sich im Zimmer nach Mustern um. Er zählte die Flecken an den Wänden, die Holzdielen, aus denen der Boden bestand, und sogar die Kreise, die die Fliegen vor den geschlossenen Fensterläden zogen. Von unten drangen Schritte und Gelächter an sein Ohr. Irgendwann verschmolzen alle Muster miteinander, und die vertraute Leere umgab ihn.

Er spielte mit der Wand aus Symbolen und achtete nicht auf die Stimmen, die hin und wieder den Frieden der Blase störten, in der er schwebte.

»… hast mir gar nicht gesagt, dass du einen Sohn hast.«

»Er ist nicht mein Sohn. Ich begleite ihn nur, um jemandem einen Gefallen zu tun.«

»Er ist süß.«

»Du bist süß.«

»Was, wenn er aufwacht?«

»Er wacht nie auf, schläft wie ein Stein, der kleine Kerl, glaub mir. Komm her.«

Mehr Gelächter und Murmeln und andere Geräusche, die Rafik zu überhören vorzog. Er schwebte vor der Symbolwand, spielte mit seinem Puzzle, und alles ergab Sinn.

Kapitel 25

Jeremiahs Zehnräder befand sich in einem erbärmlichen Zustand; der Truck war so oft geflickt worden, dass man unmöglich sagen konnte, wo das ursprüngliche Fahrzeug aufhörte und das Flickwerk begann. Die Fahrerkabine war winzig im Vergleich zu der von Schätzchen: eine einzige Reihe aus weichen, verschlissenen Sitzen, der Fahrer saß in der Mitte. Einen Luftzug gab es nur, wenn man ein Fenster öffnete, und wann immer sie anhielten oder auch nur langsamer fuhren, wurde es im Truck unerträglich heiß. Es gab keine leuchtenden Bildschirme, keine Geschichten, die man ansehen, keine Puzzles, die man lösen konnte. Angesichts seines Zustands wunderte es nicht, dass das Fahrzeug nicht sprach, und falls es einen Namen hatte, so erwähnte Jeremiah ihn nicht.

Noch vor zwei oder drei Monaten hätte die Geschwindigkeit, mit der sie unterwegs waren, Rafik sehr beeindruckt, aber jetzt kam es ihm vor, als schlichen sie nur so dahin. Bergauf wurde der Truck derart langsam, dass man zu Fuß nebenherlaufen konnte, und hustete keuchend dicken schwarzen Qualm aus, der wie eine Fahne hinter ihnen herwehte. Rafik wollte sich nicht ausmalen, wie es für die Leute sein mochte, an denen sie vorbeifuhren; die Bauern jedenfalls drückten sich schützend die Ärmel vors Gesicht und wedelten mit den Händen in der Luft herum, um den Qualm zu vertreiben. Anscheinend hatte der Truck einen Spezialmotor, der in Jeremiahs Augen für das geringe Tempo und die Rauchwolken entschädigte. Man konnte ihn mit fast allem füttern, was man in die Hände bekam: Öl, Holz, Getreide, sogar mit bestimmten Sorten zerstoßener Steine. Jeremiah behauptete, er wolle nie im Leben mit einem der Supertruck-Fahrer tauschen, und auch nicht mit den Besitzern der Vierzehnräder, die sich, wie er es ausdrückte, »entscheiden müssen, ob sie Sklaven der Ölbarone im Norden sein wollen oder lieber vor der Stadt der Türme im Staub kriechen.«

Obwohl ihm seine treu ergebene Frau vier Söhne und drei Töchter geschenkt hatte, schien Jeremiah es als seine persönliche Mission zu betrachten, überall entlang seiner Routen weitere Nachkommen zu zeugen. Während ihrer Reise erzählte er ihnen eine Eroberungsgeschichte nach der anderen. Bei jedem noch so kleinen Dorf, an dem sie vorüberkamen, sprudelten neue Anekdoten aus ihm heraus, die Rafik, wie er zugeben musste, sehr lehrreich fand. Allerdings fragte er sich, wie Jeremiah überhaupt noch die Zeit fand, nebenher Truck zu fahren.

Wenn Jeremiah nicht erzählte, dann sang er aus vollem Hals, begleitete sich dabei selbst auf einer kleinen Gitarre mit vier Saiten und steuerte mit dem linken Bein. Die Lieder hatten wenig mit der Poesie der Heiligen Schriften gemein und erinnerten eher an Dominiques Schimpftiraden. Rafiks Vokabular würde sich bis zum Ende ihrer Reise voraussichtlich drastisch erweitern.

Die Dörfer, die sie unterwegs sahen, waren allesamt gut bewacht und von hohen Holzzäunen und Wachtürmen umgeben, aber sobald man Jeremiah erkannte, ließ man sie herein, und sie verbrachten die Nacht innerhalb der schützenden Umzäunung.

»Das ist meine Route«, erklärte Jeremiah, während er in einer Spiegelscherbe sein Erscheinungsbild überprüfte, sich mit den Fingern durchs fettige, lichter werdende Haar fuhr und sich mit einer Flüssigkeit einsprühte, die er Liebeswasser nannte. »Sie haben schon meinen Vater gekannt, und jetzt kennen sie mich, deshalb bekomme ich Sonderpreise.« Er zwinkerte ihnen zu und rutschte grinsend von seinem Sitz. »Und eine Sonderbehandlung auch ...«

Am fünften Tag ihrer Reise kamen sie in eine kleine Stadt namens Neujerusalem. Der Name begeisterte Rafik sehr, denn er klang ganz ähnlich wie der einer Stadt, die häufig in den Heiligen Schriften erwähnt wurde. Die Wachen schienen Jeremiah gut zu kennen und winkten sie freundlich durch. Sobald sie durchs Tor gefahren waren, vergewisserte sich Khan, dass der Junge Dominiques Handschuh trug.

Interessiert beobachtete Rafik, wie die Leute dem Truck Platz machten oder stehen blieben, um zuzusehen, wie er sich durch die engen Straßen manövrierte. Manche winkten, und Rafik winkte zurück, wobei er darauf achtete, nicht die Hand im Handschuh dafür zu nehmen. Nur zur Sicherheit.

Das Dorf erinnerte ihn sehr an sein eigenes, aber es gab auch einige deutliche Unterschiede: Die Frauen trugen kurze Ärmel und verzichteten darauf, ihre Köpfe zu bedecken, die Männer hatten kurz gestutzte Bärte und langes Haar, und die wenigen Jungs und Mädchen, die er zu Gesicht bekam, gingen einander nicht aus dem Weg. Trotzdem erinnerte ihn alles schmerzlich an die zurückgelassene Familie und seine Freunde. Jeremiah parkte fachmännisch, und er und Khan stiegen aus. Draußen warteten die Leute schon, die Verhandlungen dauerten lange, und im Truck wurde es unangenehm heiß. Aber Khan vergewisserte sich immer wieder, dass Rafik noch im Wagen saß. Auszusteigen erlaubte er ihm nicht.

Obwohl sie bereits kurz vor Mittag fertig waren, erklärte ihnen Jeremiah, dass sie über Nacht bleiben würden. Sein Blick wanderte zu einer Frau hinüber, die neben einer der kleinen Hütten stand, ein großes Baby mit gelblichem Haar im Arm. Khan plädierte für eine baldige Weiterfahrt, aber Jeremiah erinnerte ihn streng daran, wer hier das Sagen hatte. Schließlich habe er Khan und Rafik nur mitgenommen, um Captain Sam einen Gefallen zu tun, also sollten sie um des Rostes willen einfach den Mund halten. Und dann forderte er Khan auf, ihm beim Abladen mehrerer Gegenstände zu helfen, darunter ein riesiges stinkendes Käserad und eine geräucherte Lammkeule. Anschließend marschierte er auf die Frau zu, ohne die beiden noch eines Blickes zu würdigen. Gleich darauf schloss sich die Tür hinter Jeremiah und der Frau.

Khan trat vor Ärger gegen einen Erdhügel und spuckte auf den Boden. Nachdem er überprüft hatte, ob Rafik immer noch Dominiques Handschuh trug, befahl er ihm, im Truck zu warten, während er eine Bleibe für die Nacht suchte.

Schon bald wurde es unerträglich heiß in der Fahrerkabine. Rafik ließ das Fenster ein Stück herunter, lehnte sich hinaus und beschäftigte sich damit, Muster zu suchen. Er war so darauf konzentriert, dass er die Jungs und Mädchen erst bemerkte, als sie am Truck vorbei zu einem kleinen eingezäunten Feld liefen. Sie unterhielten sich lautstark miteinander, und genau wie bei Rafik im Dorf foppten sich die Jungs ununterbrochen, schubsten einander spielerisch, verspotteten sich gegenseitig oder forderten sich auf andere Weise heraus. Der einzige Unterschied war, dass sich hier auch mehrere Mädchen in der Gruppe befanden, und Rafik beobachtete sie wie gebannt.

Einer der Jungs, offensichtlich der Wortführer, hielt einen Ball aus zusammengenähten Lederflicken in den Händen. Rasch bildeten die Kinder zwei Teams, und das Spiel ging los. Sie traten den Ball auf dem Feld umher, und jede Mannschaft versuchte, ihn in einen markierten Bereich auf der Gegnerseite zu bekommen. Schon bald hatte der faszinierte Rafik die Regeln begriffen. Der beste Spieler war ein stämmiger Junge, der immer wieder die gegnerische Abwehr durchbrach und einen Punkt nach dem anderen für seine Mannschaft holte, aber eins der Mädchen, das schneller und wendiger war als sämtliche Jungs, spielte fast ebenso gut.

Nach einer Weile näherte sich eine Frau und kommandierte einen der Jungs ab, er musste mit ihr kommen. Ohne ihn war seine Mannschaft hoffnungslos unterlegen. Als ihnen klar wurde, dass sie so nicht weiterspielen konnten, versuchten die Kinder, neue Mannschaften zusammenzustellen, aber das mündete in wilden Streitereien und Geschrei und drohte zu einer ausgewachsenen Prügelei zu eskalieren.

Da zeigte eins der Kinder auf den Truck und sagte etwas. Alle wandten sich um und sahen Rafik an, der hastig den Kopf aus dem offenen Fenster zurückzog. Das wendige Mädchen löste sich aus der Gruppe und kam entschlossen zum Truck herübermarschiert. Anders als die Mädchen in seinem Dorf wandte sie nicht schüchtern den Blick ab, sondern sah ihm herausfordernd geradewegs ins Gesicht.

»Kannst du spielen?« Sie hatte einen eigenartigen Akzent, aber Rafik verstand sie.

Er traute sich nicht, etwas zu sagen, und zuckte nur mit den Schultern.

»Was nun? Kannst du's, oder kannst du's nicht?« Ungeduldig klopfte sie mit dem Fuß auf den Boden, aber er bekam kein Wort heraus. »Ach, vergiss es.« Sie wandte sich zum Gehen.

»Warte!«, hörte er sich selbst sagen und stieß sich vom Sitz ab. »Ich habe das noch nie gespielt, aber ich glaub, ich weiß, wie es geht.«

Sie drehte sich zu ihm um. »Ach ja? Hältst du das etwa für leicht?«

Er dachte kurz darüber nach, dann akzeptierte er die unausgesprochene Herausforderung mit einem Nicken.

»Dann bist du in meiner Mannschaft«, sagte sie.

Rafik stieß die Tür auf und sprang hinunter. Sie war fast einen Kopf größer als er und hatte kurzes schwarzes Haar und hellgrüne Augen in einem schmalen Gesicht. Sie streckte ihm die Hand entgegen. »Ich bin Rijana.«

Er zögerte, weil er instinktiv wusste, was er jetzt eigentlich hätte tun sollen. Aber sein Körper schien einen eigenen Willen zu haben, denn im nächsten Augenblick schüttelte er ihr die Hand. »Rafik«, sagte er schwach. Zu spät wurde ihm bewusst, dass er an der anderen Hand Dominiques leuchtend bunten Handschuh trug.

Neugierig senkte sie den Blick und betrachtete den Handschuh, aber die ungeduldigen Rufe der anderen Kinder erstickten jede Frage im Keim. Wortlos folgte er ihr, die Hand schob er so tief wie möglich in die Tasche.

Zum Glück wollte keiner der anderen ihm die Hand schütteln oder ihn anderweitig begrüßen. Viele der Jungs starrten ihn finster an, und Rafik wusste, weshalb: Er war ein Fremder, und man tolerierte seine Anwesenheit nur um des Spiels willen.

Sie fingen an zu spielen, und Rafik stellte sehr bald fest, dass es schwieriger war, als es aussah. Das Spiel war körperlich ebenso fordernd wie Krieger und Ungläubige, zudem musste er ständig den Reflex niederringen, den Ball in die Hand zu nehmen. Nach kurzer Zeit lag sein Team fünf Punkte zurück, was sie vor allem seinen Fehlern verdankten. Seine Mannschaft machte keinen Hehl aus ihrer Unzufriedenheit. Rijana versicherte ihm, es sei schon in Ordnung und dass eben jedem mal ein Fehler passierte, aber das machte es nur noch schlimmer. Schließlich schickte sie ihn ans andere Ende des Spielfelds, und da landete der Ball auch schon direkt vor seinen Füßen. Ein Junge aus der anderen Mannschaft raste auf ihn zu. Mit wachsender Panik überlegte Rafik, wem er den Ball zuspielen sollte. Die Mitglieder seines eigenen Teams rannten hierhin und dorthin, versuchten Gegner abzublocken oder sich Platz zu verschaffen, aber niemand stand frei. Doch dann, binnen eines Lidschlags, sah Rafik das Muster. Noch immer waren es Jungs und Mädchen, die übers Feld rannten, aber für Rafik verwandelten sie sich in die Symbole aus seinen Träumen.

Da. Ich kann es sehen.

Der Junge hatte Rafik fast erreicht. Rafik sah genau, wie sich seine Beine bewegten, wie die Füße einer nach dem anderen auf den Boden trafen, jeder Schritt wirbelte Staub auf. Er wartete, bis der rechte Fuß des Jungen aufsetzte, wirbelte nach links und an ihm vorbei zum Mittelfeld. Er sah alles ganz genau, als würden sich die anderen langsamer bewegen als er selbst. Die anderen Spieler waren Symbole, die sich auf ihrer eigenen Bahn bewegten, und Rijana rannte auf ihn zu.

Genau in dem Moment, als ein anderer Spieler ihn von der Seite rammte, trat Rafik kräftig gegen den Ball. Beide Jungen gingen zu Boden. Rafik rollte mehrmals um die eigene Achse und kam blitzschnell wieder auf die Beine. Sah, wie Rijana mit dem Ball genau so verfuhr wie in seiner Vorstellung: Sie drehte sich um, trat zu und holte mit Leichtigkeit einen Punkt.

Das war der Moment, in dem sich das Spiel zu ihren Gunsten wendete. Rafik erkannte, dass jeder Spieler seinem eigenen Muster folgte, und gehorchte einfach seinem Instinkt; er machte die Schwachpunkte dieser Muster aus, nahm den anderen ohne Schwierigkeiten den Ball ab und spielte ihn in einem sauberen Pass an Rijana ab. Im gegnerischen Team machte sich Unmut breit, und das Spiel wurde rauer, aber Rafik machte das nichts aus. Er war wieder ein Kind und spielte mit anderen Kindern, die nichts von seinem Fluch wussten. Es war lange her, dass er so schnell gerannt war, wie er konnte, und er dachte an nichts anderes mehr als ans Ausweichen, Laufen und Zutreten, wenn er den Ball erbeutet hatte. Einmal holte er sogar selbst einen Punkt.

Irgendwann wurde ihm Dominiques Handschuh zu warm. Ohne nachzudenken, streifte Rafik ihn ab und steckte ihn in die Tasche. Es war ihm vollkommen gleichgültig – er spielte, rannte, schwitzte, lachte, und für eine kurze Weile war alles genau so, wie es sein sollte. Vielleicht würde Khan sich ja darauf einlassen, eine Weile hierzubleiben. Dann könnte er dieses Spiel spielen und sich vielleicht mit Rijana unterhalten, die ihn jedes Mal anstrahlte, wenn er ihr den Ball zuspielte.

Aber gerade als Rafiks Team einen weiteren Punkt gemacht hatte, kam Khan quer übers Feld geschossen. Wortlos packte er Rafik am Kragen und schleifte ihn in den Truck zurück. Er knallte die Tür hinter ihnen zu. »Was glaubst du eigentlich, was du da tust?«, brüllte er ihn mit zornrotem Gesicht an.

»Du hast mir überhaupt nichts zu sagen«, hörte Rafik sich selbst zurückbrüllen. »Du bist nicht mein Vater! Wir haben nur gespielt.«

Khan holte drei Äpfel aus der Tasche und warf ihm

einen davon zu. »Ich habe gerade den ganzen Nachmittag damit verbracht, dir etwas Essbares zu besorgen, und dann komme ich zurück und sehe, wie du hier ohne deinen Handschuh herumrennst. Hast du eine Ahnung, was passiert, wenn jemand deine Male sieht? Die Leute hier sind keinen Deut besser als die Rostschädel in deinem Dorf. Zieh deinen Handschuh an. Ich kann einfach nicht fassen, dass du so unverantw…«

Rafik hörte ihm nicht mehr zu. Stattdessen lehnte er sich zurück und starrte aus dem Fenster. Der Verlust eines weiteren Spielers schien das Ende des Spiels eingeläutet zu haben. Die Kinder zerstreuten sich bereits, alle bis auf Rijana, die zum Truck herübersah und womöglich nah genug war, um die beiden Silhouetten hinter der schmutzigen Windschutzscheibe zu erkennen.

Khan schimpfte weiter auf ihn ein, und Rafik hob die Hand vor sein Gesicht und spreizte die Finger. Sie hatten so lange in Dominiques Handschuh gesteckt, dass er erst jetzt entdeckte, dass sich die Verfärbungen noch weiter ausgebreitet hatten. Das Dreieck, die zwei Halbmonde und die drei Bälle waren noch da, aber sie waren größer als zuvor und deutlicher erkennbar, reichten von seinen Fingerspitzen bis in die Handfläche. Wer nur einen flüchtigen Blick darauf warf, konnte die Verfärbungen wohl leicht für Tintenflecke halten, aber wenn man etwas genauer hinsah, wurde einem sofort klar, dass es mehr war als das. Nur der Intensität des Spiels und vielleicht auch schierem Glück hatte er es zu verdanken, dass die anderen Kinder die Male nicht entdeckt hatten. Was hätten sie dann getan? Auf einmal sah er Eithan vor sich, seinen besten Freund, der einen Stein nach der Ponykutsche warf, in der er saß. Angewidert schüttelte er die Erinnerung ab. Als Rafik durchs Fenster nach draußen sah, kam Rijana ein Stück näher. Sie sah unsicher aus, als wartete sie darauf, dass etwas geschah. Er wollte mit ihr sprechen, ihr alles erklären … oder auch einfach nur mit ihr reden. Aber er durfte nicht. Jetzt nicht und auch später nicht. Niemals.

Wut flammte in Rafik auf. Plötzlich beugte er sich vor und presste die Hand an die fleckige Fensterscheibe. »Warum muss ich es geheim halten?«, schrie er auf. »Ich habe nichts getan, und du willst mich doch nur an irgendwen verkaufen.«

Kurz war Khan starr vor Schreck, dann packte er Rafiks Hand und zerrte sie vom Fenster weg. »Rost, Junge, hat irgendwer was gesehen?«

Rijana hatte auf dem Absatz kehrtgemacht und rannte fort. Es war unmöglich zu sagen, ob sie die Male bemerkt hatte. »Lass mich los, lass mich los!«, schrie Rafik und wehrte sich.

Khan ließ seine Hände los und schlug ihm fest ins Gesicht. »Du Bastard! Du Freak! Deinetwegen habe ich nichts mehr. Nichts, hörst du? Meine Bar, mein Haus, meine Dominique, Martinn, deinetwegen habe ich alles verloren, und jetzt versuchst du auch noch, mich umzubringen.« Rafik duckte sich. Khan schlug noch einmal zu. »Ich habe jedes Recht dazu, hörst du? Ich habe jedes Recht dieser verdammten schrottreifen Welt dazu. Deine Familie hat dich rausgeworfen, weil sie nicht genug Rückgrat hatte, dich selbst zu töten. Ich habe mich um dich gekümmert, ich habe dir Essen gegeben, ich habe dir einen Platz zum Schlafen gegeben, und du hast mich alles gekostet, was ich hatte.«

Khan öffnete die Tür und kletterte aus dem Truck, wobei er Rafik so grob mit sich riss, dass der Junge stürzte und sich die Knie aufschlug. Khan zog ihn hinter sich her, mitten zwischen den Dorfbewohnern hindurch, die sie anstarrten.

Er stampfte auf die Hütte zu, in der Jeremiah verschwunden war, und trat so lange gegen die Tür, bis der Trucker herauskam. Er sah aus, als hätte er sich in aller Eile angezogen.

»Was willst du?«, blaffte er Khan an.

»Wir brechen auf. Jetzt.« Khan rang vor Wut nach Luft.

»Verroste doch. Du hast mir nicht zu befehlen, was ich zu tun oder zu lassen habe.«

»Der Junge. Jemand …« Khan zögerte nur kurz. »Die werden uns jeden Moment lynchen.«

Seine Miene schien den Trucker hinreichend zu überzeugen. Fluchend verschwand er wieder in der Hütte und kehrte gleich darauf wieder zurück, seine Stiefel in der Hand. Er knallte die Tür hinter sich zu, drinnen fing ein Baby an zu weinen, und eine Frauenstimme verfluchte ihn lautstark. Sie rannten zum Truck zurück und kletterten hinein. Während Jeremiah den Motor startete, überschüttete er Khan und Rafik mit Verwünschungen. Sie waren bereits auf der Hauptstraße, die mitten durchs Dorf führte, als mehrere Männer auf sie zustürmten, angeführt von Rijana.

Jeremiah gab Gas, und der Truck schoss voran und hustete schwarzen Rauch. Mit Wutgebrüll rannte der Mob ihnen hinterher. »Zeig ihn uns!«, hörte Rafik, »Du hast uns einen Teufel ins Dorf geschleppt!« und einmal sogar »Hängt sie auf!«, doch dann spie der Truck eine weitere schwarze Rauchwolke, und das Gebrüll des Mobs verwandelte sich in einen kollektiven Hustenanfall. Zum Glück hatten die Wachen noch nichts mitbekommen und öffneten das Tor, sobald sie den Truck kommen sahen.

Ein paar Kilometer weiter hielt Jeremiah an, und er und Khan brüllten wütend aufeinander ein. Jeremiah warf Khan vor, er sei ganz allein schuld an ihrer Lage, Khan hingegen schrie zurück, er könne schließlich nicht an zwei Orten gleichzeitig sein, und wenn der Trucker einfach noch einen

Augenblick länger seinen »verdammten Knüppel« in der Hose gelassen hätte, wäre das alles nicht passiert. Beide waren schweißnass. Schließlich drohte der Trucker, er würde sie einfach zurücklassen, worauf Khan konterte, er würde sich zu Jeremiahs Dorf durchschlagen und mal ein ernstes Wörtchen mit Jeremiahs Ehefrau wechseln. Kurz darauf ging den beiden Männern die Puste aus, und sie verstummten. Einige Minuten verstrichen, dann verfluchte Jeremiah die Welt im Großen und Ganzen und Allgemeinen und überhaupt, allem voran sein verdammtes Pech, und fuhr wieder los.

Der Rest ihrer Reise verlief erheblich ruhiger.

Kapitel 26

Khan drückte leicht Rafiks Schulter, um ihn zu wecken. »Siehst du das?« Er zeigte auf die Gebäude, die sich hügelan gegen den Himmel abhoben. »Das ist Regeneration.« Zum ersten Mal seit dem Kampf in Dominiques Bar lächelte er. »Dort lebt mein Bruder, dieses kleine fette Schwein. Wir haben uns nie gut verstanden, aber wir statten ihm trotzdem einen Besuch ab.« Er tätschelte Rafik den Kopf. »Du kennst doch sicher das alte Sprichwort ›Blut ist dicker als Schweineschmalz‹, was?« Er kicherte über seinen eigenen Witz. »Von jetzt an wird die Reise ganz entspannt.«

Jeremiah schnaubte, sagte aber nichts und konzentrierte sich darauf, den Truck die schmale Straße hinaufzumanövrieren, an Trucks, Kutschen und Fußgängern vorbei. Khan jedoch war ungewohnt gesprächig, und so erfuhr Rafik, dass Regeneration nicht nur die größte Stadt war, die nach der Katastrophe von Menschenhand erbaut worden war, sondern auch die nächstgelegene größere Ansiedlung im Umfeld der Stadt der Türme. An klaren Tagen sah man von hier aus sogar die Umrisse der himmelhohen Südtürme. Für die verzweifelten ersten Siedler musste es ein bedrohlicher Anblick gewesen sein, denn es war allgemein bekannt, dass in der Nähe der Tarakanischen Stadt viele Babys schrecklich verkrüppelt oder gar mit dem Zeichen auf der Haut geboren wurden. Und wirklich geschah das so häufig, dass man Regeneration auch »die Freak-Stadt« nannte.

Früher einmal hatte eine unsichtbare Barriere die Stadt der Türme umgeben und Menschen daran gehindert, sie zu betreten. Damals waren die Leute krank geworden und gestorben, wenn sie auf der Suche nach Nahrung zu nah an die Stadt herankamen. Aber die Gründer von Regeneration waren ebenso unverwüstlich wie verzweifelt, denn die meisten konnten schlicht nirgendwo anders hin. Das ständige Leben am Abgrund führte dazu, dass sie zusammenhalten mussten und jeden aufnahmen, der bereit war zu helfen. Eine Zeitlang, wie Khan mehrfach erwähnte, war die Stadt der einzige Ort gewesen, wo sich Menschen, die das Zeichen trugen, frei bewegen konnten.

»Du meinst, dort könnte ich ohne Dominiques Handschuh herumlaufen?«, fragte Rafik, der sich das gar nicht mehr richtig vorstellen konnte.

»O nein«, erwiderte Khan rasch und klopfte ihm die behandschuhte Hand. »Behalte ihn an, Kleiner. Selbst in dieser Stadt kann man nie wissen, ob … man kann es einfach nie wissen …«

Rings um Regeneration gab es keinerlei Schutzwälle, nur den natürlichen Schutz, den die Anhöhe bot. Alle anderen Siedlungen waren so weit entfernt und die gefährlichen Ausdünstungen der Stadt der Türme in Luft und Boden so nah, dass allein die Lage Plünderer schon abschreckte. Aber trotzdem waren die Wachen von Regeneration bis an die Zähne bewaffnet, und es gab eine Straßensperre und ein Tor, an dem Jeremiah einen sogenannten Tribut zahlen musste. Das alles dauerte seine Zeit, und so war es schon Mittag, als sie endlich durch die engen Gassen von Regeneration rollten.

»Sieh mal, dort oben.« Khan zeigte aus dem Fenster.

Rafik musste sich aus dem Fenster lehnen, um einen Blick auf das Wahrzeichen der Stadt zu werfen. In den letzten Wochen hatte er einen Mann gesehen, dessen Gesicht zur Hälfte aus Metall bestand, und war in einem Supertruck über den Tarakanischen Highway gebraust. Er war sicher gewesen, dass ihn nichts mehr überraschen konnte, aber der Anblick, der sich ihm jetzt bot, machte Rafik sprachlos.

Zwei lange Reihen aus lauter Metallstangen, jede etwa so lang und zweimal so breit wie ein Mensch, schwebten über der Stadt, mitten in der Luft, ohne erkennbare Befestigung. Sie waren paarweise angeordnet und bildeten zwei parallele Bögen, die in großer Höhe über einer Metallplattform begannen und irgendwo in der Ferne verschwanden.

»Verblüffend, was?«, fragte Khan. »Das Ding reicht bis ganz rüber zur Stadt der Türme. Das wussten die ersten Siedler natürlich noch nicht, als sie die Plattform entdeckt haben, die wollten nur das Metall.« Er kicherte. »Haben sehr bald rausgefunden, dass man mit Tarakanischen Apparaten besser nicht rumspielt. Die Plattform war mit irgendeiner Energie aufgeladen, die jeden, der sie berührt, im Handumdrehen gegrillt hat, und die Stangen sind viel zu hoch, um dranzukommen, also haben die Leute von Regeneration bald aufgegeben und das Zeug lieber in Ruhe gelassen.

Und dann tauchte eines Tages diese eigenartige Bahn neben der Plattform auf und öffnete ihre Türen. Ein halbes Dutzend Vollidioten stieg tatsächlich ein, und plötzlich schlossen sich die Türen wieder, und sie stellten fest, dass sie in die Stadt der Türme rübergeflogen wurden, den ganzen weiten Weg.

Und seit diesem Tag verbindet die Langbahn Regeneration und die Stadt der Türme miteinander, fliegt ständig zwischen den beiden Städten hin und her. Das hat hier wirklich alles komplett auf den Kopf gestellt. Früher hat sich kein Mensch für die Stadt interessiert, aber auf einmal war Regeneration das Tor zur Stadt der Türme. Ich meine, an klaren Tagen kannst du die Stadt ja von hier aus sogar mit bloßem Auge sehen. Du kannst dir nicht vorstellen, wie viel hier inzwischen ein Haus kostet …«

Leider zogen dichte Wolken über den Himmel, als sie das Stadtzentrum erreichten, und Rafik bekam die Stadt der Türme nicht zu sehen. Jeremiah verabschiedete sich nicht von ihnen. Sobald sie aus dem Truck gestiegen waren, gab er Gas, und sie stolperten eilig durch den tiefen Schlamm, um der dicken Rauchwolke zu entrinnen, die er hinterlassen hatte.

Regeneration kam Rafik vor wie ein noch größeres und dreckigeres Neuhafen. Sie liefen eine gefühlte Ewigkeit lang durch den Regen, bis sie endlich vor einem kleinen Holzhaus standen, durchweicht bis auf die Knochen und vor Kälte zitternd. Der weitläufige Hof war mit allem erdenklichen Schrott vollgestellt. Ein bedrohlich aussehender Hund verbellte sie, bis sein Besitzer herauskam, um nachzusehen, wer da in seinem Hof herumlungerte.

Gandir erwies sich als fettere, kahlere und gemeinere Ausgabe Khans, und falls zwischen den beiden noch irgendeine brüderliche Liebe übrig geblieben war, dann war sie zu subtil, als dass Rafik sie bemerkt hätte. Nur zögernd lud Gandir sie in sein halb verfallenes Haus ein, und als Khan ihn bat, ihm eine größere Geldsumme zu leihen, reagierte er nicht gerade erfreut. Tatsächlich wurde er so wütend, dass Rafik Angst bekam, er würde seinen Hund auf sie hetzen – der passend *Schnapp* hieß. Der klatschnasse Rafik wurde in ein anderes Zimmer geschickt, damit sich die Brüder in Ruhe gegenseitig anbrüllen konnten.

Das andere Zimmer war klein und diente zugleich als

Schlafzimmer und Bad – im Boden klaffte ein Loch, das für seine Bestimmung offensichtlich zu klein war. Es stank so übel, dass Rafik würgen musste. Zum Glück hatte er nichts im Magen, sonst hätte er sich sicher übergeben. Er zog sich zur Tür zurück, so weit entfernt von dem stinkenden Loch wie irgend möglich. Er hätte gern gebetet, aber er ekelte sich zu sehr davor, den Boden zu berühren. Also lehnte er sich mit dem Rücken an die Tür und lenkte sich von Kälte und Hunger ab, indem er den beiden Brüdern lauschte, die sich inzwischen brüllend Beleidigungen an den Kopf warfen.

»Du kannst hier nicht nach all den Jahren einfach mit diesem Jungen hereinmarschiert kommen und Geld von mir verlangen!«

»Ich verlange es nicht, Bruder, ich bitte dich darum. Blut ist dicker als Sch… als Wasser.«

»Ach, *jetzt* kommst du mir also mit Blut, ja? Ich piss auf dein Blut. Du bist einfach mit dieser fetten Schlampe abgehauen und hast mich mit Ma allein gelassen, und ich habe nie auch nur die kleinste Münze von dir gesehen.«

»Noch ein Wort über Dominique, und ich schlag dir die paar kümmerlichen Zahnstummel, die dir geblieben sind, auch noch aus. Und heul nicht rum wegen Ma. Ich weiß genau, dass sie sehr bald gestorben ist, nachdem ich weg war, an einer *Erkältung*, wie du behauptet hast, und jetzt lebst du in *unserem* Haus. Hab ich je eine rostige Münze von dir gesehen, hm? Nein. Aber jetzt brauche ich meinen Anteil.«

Lautstark scharrte etwas über den Boden, ein Stuhl fiel um. Anscheinend waren die beiden Brüder aufgesprungen. »Du verfluchter Rostschädel, denkst du wirklich, du hättest mir noch irgendwas zu sagen? Ich reiß dich in Stücke und werfe deine Einzelteile meinem Hund zum Fraß vor. Und deinen hässlichen Jungen gleich hinterher.«

Khan rang offenbar um seine Selbstbeherrschung. »Oh, setz dich verdammt noch mal wieder hin, Gandir, sonst tust du dir nur weh. Sieh dich doch nur an, du schwitzt ja jetzt schon wie ein Schwein. Lass uns was essen. Na schön, wenn du mir nicht aus reiner Bruderliebe helfen willst, dann mach ich dir ein Geschäftsangebot.«

Es dauerte eine Weile, aber schließlich lenkte Gandir ein und erklärte sich doch bereit, Khan die Münzen zu geben, allerdings nur, wenn er dafür später das Doppelte zurückbekam. Er machte sogar den sehr vernünftigen Vorschlag, dass er ihnen zwei Reisefahrscheine zur Stadt der Türme kaufen würde, damit sich Khan und Rafik nicht länger draußen sehen lassen mussten als nötig, aber als Khan ihn um eine Handvoll Extramünzen bat, lehnte er rundheraus ab.

»Ich brauche was zu essen und eine Unterkunft für den Jungen«, protestierte Khan, »und außerdem Pistolenmunition. Ich habe kaum noch Kugeln übrig.«

Gandir schnaubte abfällig. »Du hattest schon immer einen viel zu übereifrigen Abzugsfinger.« Die Bemerkung führte wieder zu lautstarkem Gebrüll, aber am Ende lenkte Gandir ein, gab Khan zwanzig Stahlmünzen und versprach, nebst den Fahrkarten auch Pistolenmunition zu besorgen, wenn er schon mal unterwegs war.

Danach beruhigten sie sich ein bisschen, und es dauerte nicht lange, da waren beide Brüder ordentlich betrunken. Khan gab seine eigene Version der Geschehnisse zum Besten, die ihn bemerkenswert rechtschaffen und tapfer dastehen ließ. Auch seine Darstellung der Highway-Verfolgungsjagd deckte sich nicht ganz mit Rafiks Erinnerungen, aber der Junge hörte längst nicht mehr richtig zu. Stattdessen suchte er sich irgendein halbwegs sauberes Kleidungsstück, breitete es in der Ecke aus, die am weitesten von dem Loch im Boden entfernt war, und legte sich hin. Es dauerte nicht lange, bis der Schlaf über den Hunger siegte.

Am Morgen lagen die beiden Brüder lang ausgestreckt auf dem Boden und schliefen ihren Rausch aus. Rafik schlich auf Zehenspitzen zwischen herumrollenden Krügen und anderen leeren Gefäßen herum und fand schließlich ein paar Streifen Räucherfleisch. Sie schmeckten, als wären sie eigentlich für den Hund gedacht, aber er war zu hungrig, um pingelig zu sein. Erst gegen Mittag erwachten die Brüder, und Khan machte sich auf den Weg, um »Geschäftliches« zu erledigen. Bald darauf brach auch Gandir auf – er schloss Rafik in der Hütte ein und verabschiedete sich mit der Warnung, dass Schnapp ihn in Stücke reißen würde, wenn er abzuhauen versuchte.

Die Zeit verstrich nur zäh, und irgendwann fing Rafik aus reiner Langeweile an, das Haus zu putzen. Erst tief in der Nacht kehrten die Brüder zurück. Beide waren schwer betrunken und konnten sich kaum auf den Beinen halten. Sofort fingen sie wieder an zu streiten, ohne auf Rafik zu achten, der sich in einer Ecke zusammengerollt hatte und versuchte zu schlafen. Es war ein ganz schön langweiliger Tag gewesen, aber kurz vor dem Einschlafen befand Rafik, dass es trotzdem ein guter Tag gewesen war, denn es war nichts Schlimmes geschehen.

In dieser Hinsicht sollte der nächste Tag ganz anders werden.

Kapitel 27

Punkt zwölf Uhr mittags am nächsten Tag standen Khan und Rafik keine zweihundert Meter von der Plattform entfernt und sahen zu, wie die Langbahn eintraf. Auch nachdem er die Wunder des Supertrucks gesehen hatte, stand Rafik bei dem Anblick vor Ehrfurcht der Mund offen. Blaue und rote Blitze zuckten zwischen den schwebenden Metallstangen und der silbrig schimmernden Bahn, die sich lautlos zur Plattform hinabsenkte.

»Wo steckt er denn? Rost«, fluchte Khan und ließ den Blick ungeduldig über die Menge schweifen.

Die Langbahn fuhr zuverlässig jeden Tag, aber trotzdem schien sie noch immer die gesamte Bevölkerung von Regeneration anzuziehen. Von seinem Beobachtungsposten auf dem Boden sah Rafik nur eine Wand aus lauter Beinen, mit Waren beladene Wagen und jede Menge Waffen. Dann öffneten sich die Türen. Uniformierte Krieger stiegen aus. Rafik starrte sie wie gebannt an.

Mit vor Angst rasendem Herzen sah er zu, wie sie von der Plattform herunterkamen. Die Leute machten den bedrohlichen Erscheinungen eilig Platz. Er musste sich nicht fragen, wer oder was sie waren, die Panzerung und das Metall, das an verschiedenen Stellen mit ihren Körpern verschmolzen war, sprach eine mehr als deutliche Sprache: Diese schwerbewaffneten Männer gehörten zu jenen Entartungen, die so häufig in den Heiligen Schriften beschrieben wurden. Rafik stand vollkommen erstarrt da, und sogar Khan merkte, dass etwas nicht stimmte. Als ihm klar wurde, was Rafik so entgeistert anstarrte, winkte er ab. »Ach, kümmer dich nicht um die, das sind bloß Trolle. Von der Sorte wirst du in der Stadt der Türme noch viel mehr sehen.«

Rafik ließ sich das gründlich durch den Kopf gehen. Seine ganze Kindheit hindurch hatte er in der Gewissheit verbracht, dass diese … Trolle nichts als Furcht und Abscheu verdienten. Aber dasselbe galt auch für die Tätowierten. Jene also, die gezeichnet waren und an den betroffenen Körperstellen Metall anbrachten und damit verschmolzen. Bis zu diesem Augenblick hatte er nicht darüber nachgedacht, dass er, Rafik, womöglich einer von ihnen war. Ein Schauder lief ihm über den Rücken, und er schob den Gedanken rasch beiseite, nicht imstande, ihn zu Ende zu denken. Stattdessen fragte er schnell: »Reisen wir mit der Langbahn weiter?«

Khan war so damit beschäftigt, Ausschau nach Gandir zu halten, dass Rafik dreimal fragen musste, ehe er zu ihm durchdrang.

»Was? Oh, ja, jedenfalls sobald mein fetter, fauler Bruder uns die Fahrkarten bringt.« Khan ließ den Blick über die Menge schweifen. »Die Langbahn fährt ganz von allein, und man sollte meinen, jeder dürfte sie kostenlos benutzen, aber selbst die ältesten Einwohner von Regeneration erinnern sich nicht daran, dass es jemals umsonst gewesen wäre. Nein, es gibt immer irgendwen, der dafür eine Bezahlung verlangt. Ich habe keine Ahnung, wie viele blutige Auseinandersetzungen es inzwischen um diese Plattform gab. Im Moment beansprucht der Rat der Stadt der Türme das Recht für sich, Gebühren zu erheben, also wird das mit den Fahrkarten und Steuern momentan wenigstens anständig organisiert. Ah … da ist ja mein lausiger Versager von einem Bruder.«

Gandir drängte sich zu ihnen durch. Er japste und keuchte, auf seiner Stirn standen Schweißperlen.

»Wo hast du denn nur gesteckt, du fettes Schwein?«, spie Khan ihm entgegen, sobald er in Hörweite war.

»Es hat ewig gedauert, die hier zu besorgen«, knurrte Gandir und schwenkte die Karten. »Und du dürrer Maul-eselficker schuldest mir noch mal dreißig extra.«

Khan schürzte die Lippen. »Und wo ist die Munition, die du mir besorgen solltest?«

Gandir zuckte mit den Schultern. »Dafür hatte ich keine Zeit, und die Karten haben schon genug gekostet, also beschäftige deinen Abzugsfinger halt wenigstens einmal in deinem Leben irgendwie anders.«

»Du lügst doch wie gedruckt, du armseliger Haufen Schweineschmalz.« Khan ballte die Fäuste. »Du hast das Metall doch bestimmt für einen dieser widerlichen Kuchen auf den Kopf gehauen, die du dir ständig in die Fresse schiebst. Versuch gar nicht erst, es zu leugnen, ich riech es an deinem stinkenden Atem.«

Falls Gandir überhaupt etwas antwortete, dann ging es in dem ohrenbetäubenden Lärm eines Signalhorns unter. Die wartende Menge setzte sich mit einem Ruck in Bewegung.

Ohne sich zu verabschieden, packte Khan Rafik am Arm und zog ihn mit sich, bahnte ihnen grob einen Weg zur Plattform. Immer wieder stieß Rafik gegen Oberkörper und Ellbogen, aber er ertrug es schweigend. Der Menschenstrom schien sie jedoch in die falsche Richtung abgetrieben zu haben, denn mit einem Mal lag der Einstiegsbereich hinter ihnen. Fluchend wechselte Khan die Richtung. Rafik wollte sich gerade umdrehen und ihm folgen, da teilte sich die Menge in Khans Rücken kurz, und mitten zwischen den

Menschen sah er eine Metallhand aufblitzen, die er nicht zum ersten Mal erblickte.

Panik wogte in ihm auf. Auf einmal stand ihm glasklar das Bild der von Kugeln getroffenen Dominique vor Augen. Er fing heftig an zu zittern und riss an Khans Hand, wollte eine Warnung rufen, aber es war, als hätte sich mit eisernem Griff eine Hand um seine Kehle geschlossen, und er bekam keinen Laut heraus. Der Ruck hatte jedoch gereicht, und Khan drehte sich zu ihm um. Leute strömten an ihnen vorüber, es war ein heilloses Durcheinander. Rafik fand seine Stimme wieder, aber ein weiterer Signalton verschluckte seine Worte. Mit einem gereizten Schulterzucken drehte sich Khan wieder um und zerrte Rafik hinter sich her, und der Junge hatte seiner Kraft nichts entgegenzusetzen.

Sie waren nur noch wenige Schritte vom Einstiegsbereich entfernt, als Khan plötzlich ebenfalls begriff, dass sie in eine Falle gelaufen waren. Mit weit aufgerissenen Augen erstarrte er, dann fuhr er herum und stieß und drängte sich, Rafik im Schlepptau, zwischen den Leuten hindurch, weg von der Plattform. Aber da hatten Jakov und seine Leute sie schon fast erreicht. Ein Mann packte Rafik an der Schulter. Rafik schrie eine Warnung, und Khan wirbelte herum, pflanzte dem Mann die Faust ins Gesicht und trat einem zweiten in die Rippen.

Sie rannten um ihr Leben. Mehrmals spürte Rafik eine zupackende Hand an Schulter oder Arm, konnte sich aber jedes Mal gerade noch rechtzeitig aus dem Griff winden. Khan schlug einen Haken nach dem anderen. Sie stürmten quer durch eine Taverne und durch den dazugehörigen Hinterhof mit den Abtritten, wo sie auf dem schlammigen Boden beinahe ausrutschten. Schlitterten um eine Ecke und stießen mit einem Unglücklichen zusammen, der durch den Aufprall geradewegs ins Scheißhaus zurücktaumelte. Türen flogen auf, überall gellten überraschte und erschrockene Schreie, und einmal musste Rafik über einen Mann hinwegspringen, den Khans Faust zu Boden gestreckt hatte. Durch enge Gassen rannten sie und durch Hinterhöfe, setzten über einen Holzzaun hinweg. Es war, als würden sie Krieger und Ungläubige spielen, nur viel beängstigender.

Doch irgendwann verkalkulierte sich der erschöpfte Khan, der längst die Orientierung verloren hatte, und sie landeten in einer Sackgasse. Sie versuchten noch, das Haus hochzuklettern, aber dann ertönten Schüsse, und zwei Kugeln bohrten sich neben ihnen in die Steinmauer und zwangen sie, hastig in den Hinterhof zurückzuspringen. Ein Kugelhagel ließ Steinsplitter und Staub auf ihre Köpfe hinabregnen. Khan erwiderte das Feuer, schob Rafik in eine Aussparung in der Wand und quetschte sich ebenfalls hinein. Rafik sah, wie er mit wutverzerrtem Gesicht die verbliebene Munition in der Pistole zählte und panisch überlegte, wie sie aus dieser vertrackten Situation entkommen sollten. Leider sah es nicht gut aus für sie.

Eine weitere Salve, dann hörten sie Jakovs Stimme.

»Du hast mich eine Menge Zeit und Metall gekostet, außerdem meinen besten Leibwächter Radja und ein paar andere gute Männer, die ich leider im Voraus bezahlt hatte. Nimm es mir nicht übel, aber so langsam reißt mir der Geduldsfaden.«

Khan sah sich mit weit aufgerissenen Augen um, aber sie saßen in der Falle.

»Muss ich jetzt ernsthaft bis drei zählen oder solchen Blödsinn?«, spottete Jakov. »Oder können wir diese langweiligen Spielchen bleiben lassen und diese Farce endlich beenden?«

»Jakov, du verräterischer rostiger Hund«, brüllte Khan zurück, »du hast mir alles genommen.«

»Ich habe dir ein faires Angebot gemacht, und du hast dich entschieden, es abzulehnen. Du hättest wissen müssen, welche Konsequenzen das hat«, erwiderte Jakov unbeeindruckt. »Jetzt benimm dich wie ein Geschäftsmann und streich die Niederlage ein. Oder stirb bei dem Versuch, etwas zu behalten, das eine Nummer zu groß für dich ist.«

»Na schön«, rief Khan, schlug den Kopf leicht gegen die Mauer in seinem Rücken und schloss die Augen. »Wie wäre es mit einem Deal? Du bekommst vierzig Prozent.«

»Keine Deals mehr, Khan. Entweder überlässt du mir jetzt den Jungen, oder du krepierst hier in der Gosse.« Jakov ging hörbar die Geduld aus.

Langsam wandte Khan das Gesicht zu Rafik. »Tut mir leid«, sagte er. Packte den Jungen, hielt ihn vor sich und drückte ihm die Mündung seiner Pistole an den Hinterkopf. Dann stieß er ihn aus dem Mauerspalt ins Freie.

»Lass uns in Ruhe, oder ich erschieße den Jungen.«

Rafik sah Jakov und fünf weitere Männer; sie richteten ein ganzes Arsenal unterschiedlicher Waffen auf Khan, der sich hinter ihn zu ducken versuchte.

»Das war schon immer das Problem mit dir, Khan.« Jakov sah Rafik unverwandt in die Augen. »Dein Ehrgeiz war schon immer größer als deine Fähigkeiten. Du wusstest noch nie, wann du besser Schadensbegrenzung betreibst und es einfach mal gut sein lässt.«

Danach standen sie alle schweigend da und überlegten, was sie jetzt tun sollten. Rafik hörte Khans Atem hinter sich. Er spürte, wie die an seinen Schädel gedrückte Mündung zitterte.

»Und woher weiß ich, dass du mich nicht erschießt, sobald du den Jungen hast?«, fragte Khan schließlich geschlagen.

»Ich gebe dir mein Wort«, sagte Jakov. Aber sogar Rafik wusste, dass er log.

»Du hast mich schon einmal beschissen, und jetzt auf einmal soll ich auf dein Wort vertrauen?«

»Mehr kriegst du nicht von mir. Das ist deine einzige Chance.«

»Da spiel ich nicht mit.«

»Dann stirbst du.«

»Ich erschieße den Jungen.«

»Dann streiche ich meine Verluste ein und suche mir das nächste Geschäft. So wie du es immer noch tun könntest.«

»Du kapierst es nicht.« Khans Stimme schnappte fast über. »Ich habe nichts mehr – keine Münzen, keine Bar, keine Frau, kein Haus. Ich habe nichts mehr zu verlieren, Jakov, gar nichts mehr.«

»Hör auf zu flennen, Khan. Geh einfach deiner Wege.«

»Ich erschieße den Jungen.«

»Dann stirbst du.«

Rafik spürte, wie sich der Druck der Mündung an seinem Kopf verstärkte.

»Warte«, hörte er sich selbst rufen. »Ich biete euch beiden einen Deal an.« Er machte eine kurze Pause, aber als niemand etwas sagte, fuhr er fort: »Ich komme mit dir, Jakov, und du lässt Khan gehen.« Er holte tief Luft, ehe er hinzufügte: »Und dafür tu ich, was du von mir verlangst. Ich versuche nicht wegzulaufen. Ich gehorche dir und löse alle Puzzles, die du mir gibst. Das ist es doch, was du willst, oder?«

Diesmal währte das Schweigen länger. Die leise Belustigung in Jakovs Gesicht wich einem grüblerischen Ausdruck. Anscheinend hatte er bis zu diesem Moment nicht darüber nachgedacht, dass ein wütender und unkooperativer Junge seinen Gewinn verringern könnte. Nach einer Weile sagte er: »Na gut. Ich nehme dein Angebot an. Komm mit mir, und Khan wird kein Haar gekrümmt.«

»Nein.« Khan schüttelte den Kopf. »Ich bin hier derjenige mit der Waffe, und ich sage, es gibt keinen Deal.«

»Ich drehe mich jetzt um, Khan«, sagte Rafik leise und tat es. Nun zielte die Mündung auf seine Stirn.

Khans Gesicht war klatschnass von Schweiß und Tränen. Aus geröteten Augen blinzelte er Rafik an. »Du gehst nirgendwohin«, beharrte er.

»Als wir mit Schätzchen unterwegs waren, hat mir Captain Sam ein bisschen was über die Spiele erzählt, die er gern spielt«, sagte Rafik. »Das mit den Königen und Königinnen, die auf Karten gemalt sind?«

Langsam und offensichtlich verwirrt nickte Khan.

»Captain Sam hat erklärt, dass man manchmal bluffen kann, obwohl man nicht die richtigen Karten in der Hand hält. Manchmal klappt sogar ein doppelter Bluff, aber dafür braucht man viel Glück. Das hier ist wie das Kartenspiel, aber hier wird ein doppelter Bluff nicht funktionieren.«

Rafik sah das Begreifen in Khans Augen.

»Ich gehe jetzt, Khan«, sagte Rafik leise. Er tat einen Schritt zurück. Die Pistole zielte immer noch in sein Gesicht. »Ich werde für dich beten.« Er entfernte sich einen weiteren Schritt von Khan, der immer noch mit zitternder Hand die Pistole auf ihn gerichtet hielt.

Rafik drehte sich um und ging langsam auf Jakov und seine Leute zu. Sämtliche Augen waren auf den Jungen gerichtet. Als er Jakov erreichte, klopfte ihm der Waffenhändler mit seiner menschlichen Hand auf die Schulter, in seinen Augen stand Achtung, die zuvor nicht da gewesen war. Die anderen Männer bildeten einen schützenden Wall zwischen ihnen und Khan, der immer noch dastand, die Pistole in beiden Händen. Jakov griff mit seiner menschlichen Hand nach Rafik, und mit den metallenen Fingern der anderen zog er ihm Dominiques Handschuh aus. Lange betrachtete der Händler die gezeichneten Finger, dann verzog sich die menschliche Hälfte seines Gesichts zu einem freudlosen Lächeln.

»Gut«, sagte er. Mit einer raschen Bewegung zerschnitten seine Metallfinger den Handschuh in lauter kleine Teile, die sachte auf dem schlammigen Boden landeten. »Dort, wo wir hingehen, brauchst du das nicht mehr.«

Rafik sah zu, wie der Händler die Fetzen von Dominiques Handschuh mit seinem schweren Lederstiefel in den Dreck trat, bis sie nicht mehr zu sehen waren. Er spürte, wie die rasiermesserscharfen Finger seine Schulter drückten, und dann beugte sich der Händler vor und flüsterte ihm mit seiner heiseren Stimme direkt ins Ohr: »Du wirst dein Versprechen doch halten, oder?«

Rafik, der immer noch zu Boden starrte, nickte stumm.

»Gut«, sagte Jakov noch einmal, richtete sich wieder auf und sah Khan an.

»Nur aus dem einzigen Grund, dass dieser Junge mich wirklich beeindruckt, gebe ich dir etwas, wofür du leben kannst, Khan. Es nennt sich *Rache.*« Hinter seiner metallenen Maske leuchtete ein triumphierendes Grinsen. »Du musst nämlich wissen: Es war dein eigener Bruder, der dich verraten hat. Er hat dich verkauft.«

»Du lügst.« Khan lief dunkelrot an. »Du lügst!« Beim Sprechen sprühte ihm Speichel aus dem Mund.

»Er hat dich für hundert Münzen und drei Zwiebelkuchen verkauft«, sagte der Händler gelassen. »Wenn er die Münzen nicht schon für irgendwelche Huren verjubelt hat, dann sind sie vielleicht noch da.«

In Khans Gesicht dämmerte die Erkenntnis. Er senkte die Waffe, und in seine Augen trat ein eigenartiger, furchterregender Ausdruck.

»Jetzt hau ab und kümmere dich um deine Rache«, sagte Jakov, »und dann fang ein neues Leben an, irgendwo weit weg von hier. Und wenn du weißt, was gut für dich ist, sorg dafür, dass wir beide uns nie wieder über den Weg laufen.« Er wandte sich ab, setzte sich in Bewegung und bedeutete Rafik, ihm zu folgen. Der Junge warf dem Mann, der im Augenblick für ihn das war, was einer Familie am nächsten kam, zum Abschied einen Blick zu. Dann drehte er sich um und folgte Jakov.

Kapitel 28

Die Langbahn befand sich noch immer auf der Plattform. Bei dem Anblick dachte Rafik unwillkürlich darüber nach, wie schnell sich für ihn alles ändern konnte. Er wurde von einem zum anderen weitergereicht wie eine Ware, ganz gleich, was er selbst sich wünschte oder was er dabei empfand. Er hatte noch immer keine Ahnung, weshalb seine Begabung für das Lösen von Puzzles ihn für andere so wertvoll machte.

Als sie die Plattform erreichten, war er tief in seinen finsteren Gedanken versunken. Aus der Nähe wirkten die Trollwachen sogar noch imposanter; durch ihre Waffen und Tarakanischen Modifikationen unterschieden sie sich deutlich von gewöhnlichen Menschen. Rafik starrte sie ganz offen an, während Jakov für ihre Fahrt bezahlte und sogar Reiseproviant kaufte – runde kleine Brote und steinharten Käse, aber auch geröstete Salz-Eidechsen am Spieß, die überraschend köstlich schmeckten.

Sie wurden gründlich durchsucht, ehe sie die Langbahn betreten durften, und man knöpfte Jakov und seinen Leuten sämtliche Waffen ab und nahm sie in Verwahrung. Eine uniformierte Trollwache überprüfte ihre Fahrscheine, wies ihnen schroff ihre Plätze zu und bedachte sie mit der Warnung, dass es mit dem Tod bestraft wurde, hier einen Streit anzufangen. Jedes Abteil bot etwa hundert Leuten Platz, und es gab fast keine freien Sitze mehr.

Hier drinnen roch es wie im Scheißhaus, und auf dem Boden und einigen der Sitze lag Müll. Zwei von Jakovs Wachen wischten den Müll von ihren Plätzen und schoben ihn mit den Füßen fort, in Richtung anderer Passagiere, die aussahen, als würden sie es nicht wagen, dagegen zu protestieren. Instinktiv schob Rafik die Hand tief in seine Tasche, aber niemand schenkte ihm auch nur die geringste Beachtung. Vereinzelte Blicke streiften Jakov, aber die Leute sahen rasch wieder weg.

Kaum saßen sie, da schlossen sich unter dem Jubel vieler Fahrgäste auch schon die Türen, und die Bahn stieg in die Höhe und glitt, von Rafiks Platz aus gesehen, rückwärts. Sie beschleunigten, und Rafik betrachtete die Zwillings-Metallstangen, die alle paar Herzschläge an ihm vorbeizischten, bis er dank der Geschwindigkeit nur noch verschwommene Streifen sah. Erst jetzt fiel ihm auf, dass die Öffnungen in den Wänden aus irgendeinem Grund den Fahrtwind nicht durchließen. Er hob die Hand und spürte eine unsichtbare Oberfläche, die sich kühl anfühlte und ein leichtes Kribbeln durch seine Finger sandte.

Jakov bemerkte sein Staunen, beugte sich vor und klopfte mit einem Metallfinger gegen die durchsichtige Wand. »Fantastisch, was? Dagegen kommt einem gewöhnliches Glas wie eine Ziegelwand vor.«

Er befahl einem seiner Männer, mit Rafik den Platz zu tauschen, damit der Junge eine bessere Aussicht hatte. Die restliche Fahrt über saß Rafik stumm da, blickte wie gebannt aus dem Fenster und kaute auf Trockenfrüchten herum.

Die Langbahn raste mit ungeheurer Geschwindigkeit und in großer Höhe durch die Luft, aber drinnen kam es einem fast vor, als rührte man sich nicht vom Fleck. Eine Zeitlang verlief der Tarakanische Highway parallel unter ihnen. Manchmal überholten sie Trucks, und daran, wie sie im nächsten Augenblick schon wieder verschwunden waren, erkannte Rafik, wie schnell sie unterwegs waren. Er hoffte, dass es Captain Sam inzwischen gelungen war, Schätzchen zu reparieren. Und dann ging ihm auf, dass der Mann, der sie über den Highway gejagt hatte, neben ihm saß, und mit einem Mal war ihm sehr trostlos zumute.

Langsam wichen die Straßen Höfen mit Mais- und Getreidefeldern; hier und da erblickte Rafik sogar Menschen, die auf den Äckern arbeiteten. Höfe und Wiesen formten ein Muster, und während sie vorbeirasten, beschäftigte er sich mit einem kleinen Spiel, bei dem er die Flächen anders anordnete, um die Straßen besser zu nutzen. Jakov erzählte ihm, dass die Menschen vor der Katastrophe in Metallvögeln durch den Himmel gereist waren. Noch vor Kurzem hätte Rafik ihm kein Wort geglaubt, jetzt aber schien ihm alles möglich zu sein. Er fragte, weshalb jemand Felder bestellte, die so weit weg von seinem Zuhause waren.

Zuerst lachte Jakov nur und nannte ihn einen kleinen Idioten. Als er jedoch das Gesicht des Jungen sah – oder vielleicht auch nur, um sich die Zeit zu vertreiben –, rückte er doch noch so eine Art Erklärung raus. »Nachdem die Stadt der Türme die Barrieren gesenkt hatte und Menschen hineinkonnten, stellte sich heraus, dass eins der größten Probleme die Nahrungsbeschaffung war. Über die Langbahnen konnte man zwar einige Höfe und Dörfer erreichen, aber was herangeschafft wurde, reichte nicht aus, um die Menschen zu versorgen, die immer zahlreicher in die Stadt strömten.« Jakov gestikulierte mit seiner Metallhand. »Also war sich jeder Troll selbst der Nächste. Dank dieser Stimmung und der ständigen Konkurrenz zwischen unterschiedlichen Fraktionen, die man Gilden nennt, wurden die Plattformen zu so einer Art Dauerkriegszone. Es gab deshalb zweimal eine Hungersnot, was die Stadt um ein Haar zugrunde gerichtet hätte. Da trat Mauricious Altenna auf den Plan, ein visionäres Gildenoberhaupt, und überzeugte seine Konkurrenten davon, dass alle von Zusammenarbeit und Stabilität mehr profitieren würden als von dem derzeitigen Chaos. Aus diesem Zusammenschluss bildete sich der Rat, angeführt von einem gemeinschaftlich gewählten Marionettenherrscher namens Sirbin Sammuel.«

Jakov lächelte. »Wer nicht beitrat, starb. Die Schildgarde wurde gegründet, und bald darauf übernahm der Rat sämtliche Plattformen, dann die Stadt und schließlich auch das Umland, bis hin zu Regeneration und darüber hinaus. Durch erfolgreiche Raubzüge machte die Stadt eine Menge Gefangene, und die hat man dann mit den verhafteten Widerständlern ausgesandt, um die Wildnis rings um die Stadt urbar zu machen. Hin und wieder zetteln sie eine Revolte an, aber gegen den Rat haben sie nicht den Hauch einer Chance.«

Jakov schob sich ein Stück harten Käse seitlich in den Mund und kaute langsam, ehe er fortfuhr. »Jetzt ist alles so, wie es sein sollte. Der Rat ist inzwischen so mächtig geworden, dass er in den umliegenden Dörfern die Waren mit markierten Scheinen der Händlergilde bezahlt statt mit echten Münzen. Die Gilden bergen so viel Tarakanische Technologie wie möglich, um sich auf einen neuen Krieg vorzubereiten. Und, das ist das Beste von allem, tief in den Bergen des Tarakan-Tals wurde eine neue Tarakanische Stadt entdeckt. Man sagt, sie sei zehnmal so groß wie die Stadt der Türme, und dort findet man die mächtigsten Artefakte und Waffen, die man sich nur vorstellen kann. Jetzt schicken alle eifrig Salutisten-Trupps hinunter und verkaufen ihre Beute, statt sich untereinander zu bekriegen.«

Jakov beugte sich vor. Rafik wich zurück und stieß mit dem Rücken gegen seine Lehne, aber der Händler hielt dem Jungen nur einen Metallfinger vor die Nase. »Aber es gibt da etwas, das sie alle brauchen, das sie alle wollen. Ohne dieses Etwas bleiben die Wunder des Tarakan-Tals für sie unerreichbar. Und weißt du, was das ist?«

Fasziniert schüttelte Rafik den Kopf.

Jakov setzte gerade an, es ihm zu sagen, da ertönte ein Klingeln, und die Langbahn begann abwärtszufahren. »Ah, gut, wir sind gleich da. Sieh lieber aus dem Fenster – es ist ein umwerfender Anblick. Hier, nimm meinen Platz.«

Als sie in die Stadt der Türme einfuhren, war Rafik zumute, als hätte er gerade den Mittelpunkt des Universums entdeckt. All seine Fragen zu Jakovs Geschichte waren vergessen. Er presste das Gesicht gegen die kühle, unsichtbare Oberfläche und versuchte, alles auf einmal in sich aufzunehmen. Die Türme ragten bis in die Wolken empor, ihre Silhouetten waren von blinkenden Lichtern gesäumt, die aussahen wie Sterne in einer klaren Nacht. Jakov deutete auf das Östliche Plateau und das Gildenplateau, die draußen vorüberzogen, und Rafik sah prächtige Gebäude, gepflasterte Straßen und hier und da sogar Ansammlungen von Bäumen und Wiesen, die Jakov Parks nannte. Und das alles befand sich auf schwebenden Plateaus hoch über der Erde. Bald darauf fuhren sie tiefer nach unten, und der fantastische Ausblick wich den Türmen der Mittelebene und des Zentralplateaus. Langsam glitt die Langbahn über den tiefer liegenden Ebenen der Stadt entlang, die Jakov *das Loch* nannte. Dort unten wimmelte es vor Menschen, Maschinen und Nutzvieh. Sie umrundeten zwei weitere Türme, deren jeweilige Basis einen größeren Umfang hatte als Rafiks gesamtes Dorf, dann ging es wieder ein Stück hinauf zur Mittelebene, wo die Langbahn anhielt.

Die Plattform barst fast vor Betriebsamkeit, überall eilten Menschen aneinander vorbei. Wo Rafik auch hinsah, erblickte er bedrohlich aussehende Schildgardisten und Trolle, die ohne die geringste Furcht oder Scham ihre metallischen Apparate, Waffen und Modifikationen zur Schau stellten. Menschen wie Jakovs Leute, ohne Tätowierungen und ohne Tarakanische Modifikationen, waren in der Unterzahl. Aber Jakov wirkte ganz entspannt. So als würde er gerade in einen sicheren Hafen einfahren und nicht in eine Stadt, in der binnen zwei Wochen mehr Menschen umgebracht als in einem ganzen Jahr geboren wurden – jedenfalls erzählte er das Rafik ganz nebenbei, während sie auf eine Reihe wartender Kutschen zuliefen.

Der Rat hatte die Plattformen angeblich fest im Griff, dennoch herrschte das reinste Chaos. Tausende Leute drängten gleichzeitig in alle erdenklichen Richtungen. Alles war so riesengroß, dass Rafik die Orientierung verlor. Jakovs Metallhand korrigierte seine Richtung.

»Pass gut auf«, warnte er ihn beim dritten Mal. »Du verirrst dich noch, und das hier ist keine barmherzige Stadt.«

Sobald sie von der Plattform runter waren, winkte Jakov einen der zahlreichen Fahrer heran. Er kutschierte sie zu den Toren der oberen Turmebenen, wo sie auf einen Tarakanischen Aufzug umstiegen. Und dort, auf dieser Metallscheibe, die sich in derart schwindelnde Höhen schraubte, dass die Menschen unter ihnen wie Ameisen wirkten, verspürte Rafik plötzlich eine eigenartige Mischung aus Ehrfurcht und Vertrautheit. Als wäre er dort angekommen, wo er hingehörte. Er ließ den Blick schweifen und entdeckte überall Symbole und Zeichen in den Wänden oder auf Waffen und Artefakten. Was das zu bedeuten hatte, wusste er nicht, aber er wollte es unbedingt herausfinden.

Sie mieteten sich in einem Gasthaus in einem der höchsten Türme des Mittelplateaus ein. Von hier aus hatte man Ausblick auf den schönsten Garten, den Rafik je gesehen hatte. Die Zimmer waren groß und mit seltsamen, aber hochwertigen Möbeln eingerichtet, die Betten sauber und weich. Die Speisen, die man ihnen servierte, waren für Rafik eine ganz neue Erfahrung. Der Tisch brach fast zusammen unter den dampfenden süßen Brötchen, fremdartigen saftigen Früchten, die mit unterschiedlichen Fleischsorten gefüllt waren, und sechs unterschiedlichen Käsesorten. Jakov trank Wein, aber Rafik konnte sich nichts Wohlschmeckenderes vorstellen als das klare frische Wasser, das man ihnen an den Tisch brachte. Als er sich später waschen ging, stellte er fest, dass dieses Wasser nicht aus einem Brunnen stammte, sondern wie durch Zauberei aus Rohren heraussprudelte; heiß aus dem einen, kalt aus dem anderen. Jakov bezahlte einen Mann dafür, Rafik beim Waschen zu helfen und ihm das struppige Haar zu schneiden. Er bekam sogar neue Kleidung in hellen Grün- und Rottönen, dazu weiche Lederstiefel. Das alles musste Jakov – der nebenbei erwähnte, dass er sich vor allem wegen der einzigartigen Sicherheit und der zuverlässigen Boten hier eingemietet hatte – ein Vermögen kosten.

Die angemieteten Räumlichkeiten nahmen das gesamte Stockwerk ein. Jakov stellte einen seiner eigenen Leute beim Treppenhaus als Wache auf, und Rafik durfte sich innerhalb der Etage frei bewegen. Nachdem er alles ausreichend erkundet hatte, zog er sich auf sein Zimmer zurück, wo er den Großteil der Zeit damit zubrachte, von der Symbolwand zu träumen.

Am nächsten Tag war der Großteil von Jakovs Leuten damit beschäftigt, eine lange Auftragsliste abzuarbeiten. Rafik musste in Jakovs Zimmer bleiben. Fasziniert sah er zu, wie der Händler seinen Metallarm abnahm; er reinigte ihn mit einem sauberen Lappen aus weichem Leder und ölte die mechanischen Gelenke. Als Jakov die Neugier des Jungen bemerkte, erzählte er ihm, wie er damals bei einem Waffendeal verwundet und zurückgelassen worden war, weil man ihn für tot hielt.

»Ich bin nicht wie du.« Mit einem Nicken deutete er auf Rafiks Hand, während er mit langsamen, kreisenden Bewegungen über Metallgelenke rieb. »Ich trage keine Zeichen auf der Haut. Aber ich wurde zu einem Flickschneider gebracht, der gerade erst damit angefangen hatte, mit Tarakanischen Modifikationen herumzuexperimentieren, und dieser Scheißkerl war ein Genie. Ein echter Künstler.« Er neigte den Kopf zu der Seite, auf der er aus Metall bestand. »Zu schade, dass er nicht mehr lebt. Er hat mir das Leben gerettet, mein Gesicht rekonstruiert und mir diesen Arm gebaut.«

»Ich dachte, dass nur Gezeichnete mit Metall verschmelzen können«, sagte Rafik. Das zumindest hatte ihm Khan vor einigen Tagen erzählt.

»Nein.« Jakov befestigte den Arm wieder, indem er ihn kräftig in das leere Schultergelenk drückte, dann ballte er die Metallhand mehrmals prüfend zur Faust. »Im Prinzip kann sich jeder irgendwelche Tarakanischen Modifikationen einbauen lassen, aber die Tätowierten können sie besser nutzen. Keine Ahnung, wieso, aber es ist bei ihnen leichter, sie einzubauen, und sie sind meist stärker oder schneller als Nichttätowierte mit denselben Mods. Und es tut erheblich weniger weh, jedenfalls habe ich das gehört.« Er lächelte zynisch.

»Es tut weh?«

»Lass dir von niemandem was anderes erzählen. Ja, es tut weh. Sehr sogar.«

»Und warum machst du es dann trotzdem?«

Jakov musterte Rafik eindringlich. Dann nahm er mit seiner Metallhand eine Frucht vom Tisch und hielt sie dem Jungen vors Gesicht. Mit der anderen Hand griff er nach einer Glasschüssel. Ein kurzes Schnappen seiner Metallfinger, und die Frucht zerfiel in lauter saubere kleine Schnitze, die in der Schüssel landeten.

»Du hast zwei Möglichkeiten.« Er stellte die Schüssel ab und nahm sich einen der Schnitze. »Du kannst entweder Skint nehmen, um den Schmerz zu betäuben, bis dir eines Tages das Hirn zu den Ohren raustropft. Oder …« Er steckte sich den Schnitz in den Mund, kaute langsam und schluckte. Wischte sich mit der gesunden Hand das Kinn ab. »Oder du stellst dich dem Schmerz, mein junger Freund. Stell dich ihm mit all deiner Willenskraft, und du wirst ihn besiegen.«

Rafik dachte eine Weile darüber nach. Dann, mit einem guten Gefühl für den richtigen Augenblick, fragte er: »Warum bin ich so wichtig? Was ist ein Puzzler?«

Jakov wollte schon den Kopf schütteln, hielt aber inne. Er war ungewöhnlich guter Laune, nachdem er heute auf ganzer Linie gesiegt hatte. »Ich kann dir nicht sagen, was ich selbst nicht weiß, Junge. Was ich allerdings mit Sicherheit weiß: Du bist ein kleines Vermögen wert. Es hat irgendwas mit Codes und Puzzles zu tun und mit den Tarakanischen Städten, auch mit der Stadt der Türme, und ihren Geheimnissen. Ich schätze mal, du findest es schon bald genauer raus.«

Rafik wollte noch weiterbohren, aber da kehrte einer von Jakovs Leibwächtern zurück und brachte ihm eine schwarze Kiste. Sie ähnelte der, mit der Jakov ihn in Neuhafen auf die Probe gestellt hatte, allerdings war sie etwas größer und hatte noch mehr Knöpfe. »Er hat sich nicht gern davon getrennt«, sagte der Mann. »Ich musste sehr … diplomatisch werden.«

Jakov lachte leise. »Tja, mein Freund, du bist eben zum Botschafter geboren.« Dann rief er Rafik heran und forderte ihn auf, wie bei der anderen Kiste die Finger in die dafür vorgesehenen Löcher zu stecken.

Die ersten Puzzles waren allzu leicht – sie bestanden aus nur wenigen Symbolreihen, und die Muster waren lächerlich offensichtlich. Für Rafik, der inzwischen in seinen Träumen bis zu fünfzig Symbole auf einmal mit seinem Willen lenkte, war es das reinste Kinderspiel. Aber es gab noch weitere, deutlich schwierigere Puzzles, und die Kiste stoppte jedes Mal seine Zeiten. Als Rafik mit dem letzten Puzzle fertig war, lief ihm der Schweiß übers Gesicht, er hatte Kopfschmerzen und war hundemüde.

Jakov las seine Zeiten ab und sagte: »Zu langsam. Du musst schneller werden. Deine Zeit muss sich um mindestens ein Drittel verbessern.«

»Aber ich habe die Puzzles alle geschafft«, protestierte Rafik gekränkt.

Der Händler schüttelte den Kopf. »Im Auktionshaus werden sie dich testen, und je schneller du bist, desto mehr bist du wert.«

Eben noch hatten sie sich nett miteinander unterhalten, und jetzt behandelte Jakov ihn wie einen Gegenstand. Wut flammte in Rafik auf, und er zog seine Hand zurück. »Darum machst du das hier also? Um einen besseren Preis für mich rauszuschlagen?«

»Denk dran, was du mir versprochen hast, Rafik.« In Jakovs Stimme lag kein Funke Wärme mehr, und obwohl er sich immer noch in seinem Sessel zurücklehnte, wirkte er mit einem Mal angespannt.

Rafik stand auf, schnappte sich die Kiste und wollte sie gerade an die Wand werfen, da packte eine starke Hand seinen Arm und hielt ihn fest. Jakovs Metallfinger schlossen sich um seine Kehle, drückten zu und hoben ihn hoch, bis er nur noch auf seinen Zehenspitzen balancierte. Plötzlich stand ihm das Bild der zerschnittenen Frucht vor Augen. Es verschwamm in einem Nebel aus Schmerz.

»Denk an dein Versprechen, Rafik«, zischte Jakov. Die metallische Hälfte seines Gesichts war so nah an Rafiks Wange, dass der Junge das gesunde Auge des Händlers nicht sehen konnte. »Denk dran: Je mehr du wert bist, desto besser wirst du von dem behandelt, der dich kauft.«

Er ließ Rafik los. Der Junge plumpste zu Boden, blieb sitzen und rang keuchend nach Luft.

»Los, aufstehen. Versuch es noch ein paar Mal.« Jakov ging zurück zum Tisch und griff nach einer weiteren Frucht. Rafik erhob sich langsam.

»Die Maschine hat zwanzig Level.« Der Händler ließ sich wieder auf seinem gemütlichen Lehnsessel nieder. »Ich will, dass du sie bis zur Auktion alle draufhast. Du hast fünf Tage Zeit. Mach dich an die Arbeit.«

Kapitel 29

Das Auktionshaus war das drittgrößte Gebäude der Stadt. Zahlreiche Hinweise stützten die Behauptung der Historiker, dass sich hier vor der Katastrophe der Dreh- und Angelpunkt aller möglichen Geldgeschäfte befunden hatte – unter anderem die vielen mit Goldbarren gefüllten Stahltresore. Anscheinend war dieses nutzlose Metall früher sehr wertvoll gewesen. Heute diente das große Gebäude nicht nur als Auktionshaus, sondern auch als Hauptstandort der Händlergilde. Jeden Samstag um Punkt zwölf Uhr mittags begannen die Auktionen, aber schon ab Sonnenaufgang herrschte hier lärmende Betriebsamkeit. Vor dem Auktionshaus waren Marktstände errichtet worden, die Rafik an die Markttage zu Hause erinnerten und in denen man den potenziellen Käufern die Auktionsware schon vorab präsentierte. Trolle und andere hoffnungsvolle Söldner standen in eigens zugewiesenen Bereichen und hofften auf Verträge mit einer der Gilden. Unablässig präsentierten sie ihre Tarakanischen Mods, Waffen und Trophäen und demonstrierten ihre Fähigkeiten mit kleinen Vorführungen, etwa indem sie mit ihren künstlichen Händen schwere Steine anhoben oder zerschmetterten. Auch Mechaniker standen zum Anheuern bereit, außerdem ein Technikus, der von sich behauptete, es gäbe kein Tarakanisches Irgendwas, das er nicht anbauen, reparieren oder noch verbessern könnte.

Rafik saß auf einem Hocker in ihrem aufwändig gearbeiteten Zelt und spähte immer wieder neugierig hinaus. Er sah, wie Jakov dem Besitzer des Zelts eine ordentliche Summe zahlte. Als hätte der Händler seine Gedanken gelesen, sagte er zu Rafik: »Glaubst du etwa, ich präsentiere dich dort draußen wie so ein dahergelaufener Straßenhändler? Nein, solche Geschäfte wickelt man vertraulich ab, das geht die Gaffer und das ganze andere Lumpengesindel nichts an.«

Den ganzen Morgen lang kamen Interessierte zu ihrem Zelt. Aber nur diejenigen Händler und Gildenmitglieder, die Jakovs schriftliche Einladung vorweisen konnten, durften hereinkommen. Neugierige Gaffer mussten ebenso draußen bleiben wie die Handvoll Leute, die gedacht hatten, ihre Reputation mache sie über derlei Formalitäten erhaben. Ihre wüsten Schimpftiraden hätten Dominique sicher gefallen. Eine Delegation nach der anderen kam herein, und alle brachten sie ihre eigenen Kästen mit. Unter den aufmerksamen Blicken fremder Männer und Frauen löste Rafik ein Puzzle nach dem anderen.

Jakov behauptete, Rafiks Vormund zu sein, und keiner schien das in Zweifel zu ziehen. Tatsächlich stellte niemand Rafik irgendeine persönliche Frage oder versuchte herauszufinden, ob sich der Junge wirklich rechtmäßig in Jakovs Obhut befand. Mit einer Ausnahme interessierten sich die Händler und Gildenvertreter ausschließlich für seine Fähigkeiten als Puzzler. Immer wieder untersuchten sie seine Hand und stellten ihm zunehmend schwierigere Aufgaben.

Eine Frau allerdings, Meisterin Furukawa von der Keenan-Gilde, ging anders vor. Aus irgendeinem Grund erinnerte sie Rafik ein wenig an seine Mutter, obwohl sie ihr mit ihrem strengen Gesicht und dem kurz geschnittenen schwarzen Haar eigentlich gar nicht ähnelte. Zwei Mitglieder ihrer Delegation untersuchten auf ihr Geheiß hin Rafiks Hand, und dann sah sie aus nächster Nähe zu, wie er ein Puzzle löste. Sie sagte, er sei zu jung und zu unerfahren, und ließ sich von Jakov nicht einwickeln; auch seine ungeschickten Schmeicheleien ließen sie kalt. Nachdem ihre Leute mit den Untersuchungen fertig waren, stellte sie Jakov Fragen zu Rafiks Gesundheitszustand, und danach wandte sie sich zum Ärger des Händlers direkt an den Jungen. Fragte, wo er herkäme, wie alt er sei und ob es ihm gut ginge. Die letzte Frage verwirrte Rafik, und er beantwortete sie nur mit einem Schulterzucken. Am Ende hörte sich die Frau unbeeindruckt Jakovs abschließende Anpreisungen an. Als er fertig war, drehte sie sich wortlos um und verließ das Zelt. Im Weggehen nickte sie den wartenden Mitgliedern anderer Gilden höflich zu. Als sie fort war, fluchte Jakov leise vor sich hin und ließ ein paar giftige Bemerkungen über ihre mangelnde Weiblichkeit vom Stapel. Seine Wachen kicherten pflichtschuldigst.

Als endlich eine Klingel ertönte und den Auktionsbeginn verkündete, war Rafik vollkommen erschöpft. Jakov hingegen grinste so breit, wie es ihm mit der Maske nur möglich war.

»Dass du zu jung wärst, hat diese Furukawa-Hexe nur gesagt, um die Konkurrenz abzuschrecken und den Preis zu drücken«, sagte er zu Rafik und klopfte ihm väterlich auf die Schulter. »Tja, das hat wohl nicht so funktioniert, wie sie sich das vorgestellt hat. Sie interessieren sich alle für dich, wirklich alle, das habe ich an ihren Blicken gesehen.«

Rafik legte sich auf ein Bärenfell, einen feuchten Lappen auf der Stirn, um seine Kopfschmerzen zu lindern. Aber es dauerte nicht lange, da kam schon ein schwarz und blutrot uniformierter Bote des Auktionshauses herein und verkündete, Rafik sei an der Reihe. Jakov und der Junge folgten ihm, liefen an anderen Zelten vorbei und durch eine riesige Eichenholztür, die wie von Geisterhand vor ihnen aufschwang. Dahinter lag ein Irrgarten aus dunklen Gängen, nur spärlich von kleinen Öllampen erhellt. Sie eilten an steinernen Köpfen und zahllosen gerahmten Bildern vorbei, zu schnell, als dass Rafik sehen konnte, was auf den Gemälden dargestellt wurde. Schließlich erreichten sie den Hauptsaal. Rings um ein Podium drängten sich mehr als hundert Leute. Der Auktionator, ein großer, hagerer Mann, präsentierte gerade einen Troll, der seine gewaltigen Schultern dehnte und mit einem riesigen Blastergewehr posierte.

»Jetzt kommen wir zu einem Vertragsgeschäft, und zwar für Barim Karssel aus der unteren Turmebene. Der angebotene Vertrag gilt für ein Jahr, beginnend mit dem heutigen Tag, und kann auf beiderseitigen Wunsch selbstverständlich verlängert werden.« Der Auktionator, ganz in Silber gekleidet und mit einer schweren metallenen Amtskette um den Hals, drehte sich um und zeigte auf den Troll, hielt dabei aber weiterhin Blickkontakt mit dem Publikum.

»Seht Euch diese perfekte Verschmelzung von Mensch und Maschine genau an. Drei Tarakanische Implantate und sieben weitere kampferprobte Modifikationen. Dieser erfahrene Krieger garantiert Euch ausgezeichnete Beute. Er ist ein Veteran, hat bereits an acht Salutisten-Expeditionen an den Rand der Stadt im Berg teilgenommen, zweimal ist er bis tief in die Stadt vorgedrungen. Allein im letzten Jahr konnte Meister Karssel Beute im Wert von mehr als vierzigtausend Münzen heimbringen.«

Jakov schnaubte skeptisch und schüttelte leicht den Kopf. »Na klar«, flüsterte er, an niemanden im Speziellen gerichtet. »Auf jeden Fall hat er eine gut modifizierte Vorstellungskraft, das steht mal fest.«

»Meister Barim Karssels Startgebot liegt bei dreihundert, als Vorschuss in harter Währung zu zahlen, dazu kommen fünf Prozent Beteiligung. Höre ich dreihundert und fünf Prozent? Hier haben wir einhundert und fünf, vielen Dank. Höre ich dreihundert plus sechs Prozent? Sehr schön, Madame, eine gute Wahl. Sehen Sie sich diese Körperpanzerung an, meine Damen und Herren. Alles echte Tarakanische Artefakte. Höre ich dreihundertfünfzig plus sieben Prozent?«

Die Auktion ging noch eine Weile und landete schließlich bei einem Anteil von zehn Prozent und sechshundertfünfzig Münzen. Jakov murmelte in sich hinein, dass der Preis für diesen Vertrag geradezu lächerlich hoch sei. Inzwischen war der Händler entsetzlich nervös, und als sein Name aufgerufen wurde, stieß er Rafik so grob voran, dass der Junge fast strauchelte.

Der Auktionator wartete, bis Rafik die Stufen erklommen und sich in die Mitte des Podiums gestellt hatte. Durch das Publikum lief ein Raunen. Wie in jedem Auktionshaus waren hier Profis und Gelegenheitskäufer zusammengekommen; Letztere wollten sich vor allem ein wenig unterhalten lassen und vielleicht das eine oder andere Schnäppchen mitnehmen. Ein Junge ohne sichtbare Modifikationen bedeutete, dass hier etwas Aufregendes stattfand, und schon den ganzen Tag machten unterschiedlichste Gerüchte die Runde.

»Lords und Ladys, werte Gäste«, verkündete der Auktionator langsam und bedeutungsvoll, »heute haben wir ein ganz besonderes Angebot für Sie.«

Plötzlich gab es einen kleinen Aufruhr am Haupteingang, und der Auktionator verstummte. Mehrere bewaffnete Trolle kamen hereinmarschiert, und hinter ihnen betrat ein Mann den Saal, bei dessen Anblick die ganze

Versammlung aufkeuchte. Viele neigten sogar ehrerbietig die Köpfe, und etliche Händler wichen zurück, sodass der Weg zum Podium frei war. Von seinem Aussichtspunkt hoch oben auf der Plattform sah Rafik den Mann ganz deutlich, und er war wirklich eine imposante Erscheinung: Er war so groß wie der größte Troll, den Rafik je gesehen hatte, und fast ebenso breit gebaut. Gekleidet war er in eine schwarze Ganzkörper-Kampfpanzerung, von seinen Schultern wallte ein schwerer Fellumhang herab. Das Gesicht war lang und schmal, die schwarzen Augen lagen tief in ihren Höhlen. Kurz ließ er den Blick über die versammelte Menge schweifen, richtete aber gleich darauf den Blick geradewegs auf Rafik. Dem Jungen rann ein Schauder über den Rücken.

Der Auktionator gewann als Erster seine Fassung zurück. »Lords und Ladys, das Auktionshaus und die Händlergilde begrüßen den Ehrenwerten Sprecher des Rats, den Vorsitzenden der Sabarra-Gilde für Handel und Bergungsunternehmen, Mauricious Altenna.« Alle ringsum neigten die Köpfe. Sogar Applaus klang auf, erstarb aber sogleich wieder, als der Mann die rechte Hand hob.

Mauricious Altenna nickte einem kahlen Mann zu seiner Rechten zu, dann zog er sich mit seinem Gefolge in eine Ecke des Saals zurück. Der kahle Mann blieb in der Nähe des Podiums stehen.

Der Auktionator fuhr fort: »Lords und Ladys, ehrenwerter Ratsherr. Dieser junge Mann hier, Rafik, wurde von der Händlergilde und einer Reihe hoch geachteter Vertreter anderer Gilden getestet, und seine Begabung hat sich als echt herausgestellt. Sie sehen hier, Lords und Ladys, einen echten Puzzler vor sich, dessen Talent und Fähigkeiten höchsten Ansprüchen genügen.« Wie von Jakov angewiesen, hob Rafik mit weit gespreizten Fingern die rechte Hand, die

Innenfläche zum Publikum, und schwenkte sie langsam herum, damit alle einen Blick darauf werfen konnten.

In der Menge breitete sich ein aufgeregtes Raunen aus. Der Auktionator übertönte es: »Angeboten wird ein privater Vierjahresvertrag mit dem Vormund des Jungen, unter der Option, ihn auf unbegrenzte Zeit zu verlängern. Keine Prozente. Die Unterkunft muss gestellt werden, die Kosten für die weitere Ausbildung und andere Auslagen sind vom Käufer zu tragen. Wir beginnen bei zwölfhundert in Münzen, Waren oder Dienstleistungen werden nicht in Zahlung genommen.«

Erst jetzt wurde Rafik so richtig bewusst, was hier gerade geschah. Er wandte den Kopf und sah Jakov an, der nur wenige Schritte entfernt stand und mit leuchtenden Augen die Menschenmenge beobachtete. Als Rafik den Blick abwandte, lag das Gebot bereits bei siebzehnhundert. Wenige Augenblicke später überstieg es auch schon die Zweitausendermarke, und die Auktion war noch in vollem Gange. Rafik bemerkte, dass er noch immer die Hand erhoben hatte, als wäre sie in der Luft erstarrt. Langsam ließ er sie sinken und sah sich nach einem Fluchtweg um, aber ihm war natürlich klar, dass er es niemals bis zur Tür schaffen würde. Wo er auch hinsah, überall standen Schildgardisten und Trolle. Und selbst wenn er es irgendwie schaffte, aus dem Gebäude hinauszukommen – wie weit würde ein Junge, der dreitausend Münzen wert war, schon kommen, ehe ihn erneut jemand schnappte?

Die Schnäppchenjäger und Privatleute waren schon bald aus dem Rennen, ebenso wie zwei kleinere Handelsunternehmen, die offenbar gehofft hatten, ihn gemeinsam ersteigern zu können. Jetzt war es ein Wettstreit zwischen den mächtigeren Gilden. Wer aufgab, wich zurück und machte Platz, und als Rafiks Preis die Fünftausendermarke knackte, standen nur noch zwei Bieter direkt vor dem Podium: der Kahlköpfige aus der Sabarra-Gilde und die Vertreterin der Keenan-Gilde, die streng dreinblickende Frau, die Rafik draußen im Zelt persönliche Fragen gestellt hatte.

Die Gebote kamen in rascher Folge, bis der Preis die Siebentausend knackte. Inzwischen herrschte im Publikum atemlose Stille. Der Mann, der Sabarra repräsentierte, wartete jedes Mal Mauricious Altennas kaum merkliches Nicken ab, ehe er mitging. Dass der Auktionator Sabarra Zeit ließ und nicht auf ein höheres Gebot drängte, während diese stummen Absprachen stattfanden, bezeugte eindrucksvoll, wie einflussreich dieser Mann sein musste. Der Frau von der Keenan-Gilde wurde diese Aufmerksamkeit jedenfalls nicht zuteil.

Während sich die anderen Bieter nach und nach zurückzogen, wandte sie kein einziges Mal den Blick von Rafik ab. Immer und immer wieder hob sie, ohne zu zögern, die Hand und ging bei jedem Gebot mit. Doch als der Preis schließlich bei über achttausend lag, geriet allmählich selbst ihre Entschlossenheit ins Wanken, und mehrmals wartete sie bis zum letzten Aufruf, ehe sie abermals ihr Gebot erhöhte. Rafik, der Auktionator und das gesamte Publikum wandten synchron die Köpfe zum jeweiligen Bieter, sahen von der Frau zu dem kahlköpfigen Mann und Mauricious Altenna, je nachdem, wer gerade mit dem Bieten dran war. Je höher der Preis stieg, desto aufgeregter wurden die Zuschauer. Flüsternd steckten sie die Köpfe zusammen, suchten sich Plätze, von denen aus sie das Geschehen besser im Auge behalten konnten, und manche fingen sogar an, bei jedem erhöhten und akzeptierten Gebot laut zu jubeln oder zu klatschen.

»Neuntausend Münzen bietet der ehrenwerte Repräsentant der Sabarra-Gilde«, hörte Rafik die Stimme des Auktionators in seinem Rücken. »Höre ich neuntausendzweihundertfünfzig von der Keenan-Gilde?«

Aufgeregtes Tuscheln erhob sich im Saal. Die Frau stand reglos und hoch aufgerichtet da, und diesmal ließ sich der Auktionator ein wenig mehr Zeit, ehe er zu zählen begann. Sie wartete bis zum allerletzten Augenblick. Der Auktionator holte bereits Luft, um den Zuschlag für die Sabarra-Gilde zu verkünden, da hob sie doch noch einmal die Hand. Dem Publikum entrang sich ein kollektives Seufzen, und alle Blicke richteten sich auf den Vorsitzenden der Sabarra-Gilde. Aber im gleichen Augenblick, als ihr Gebot akzeptiert wurde, drehte sich Mauricious Altenna um und rauschte hinaus, gefolgt von seinen Leuten. Der kahlköpfige Sabarra-Repräsentant verbeugte sich rasch erst vor dem Podium, dann vor der Frau neben ihm, ehe er wortlos ebenfalls den Saal verließ.

»Den Zuschlag erhält Meisterin Furukawa von der Keenan-Gilde, für …«

Das Publikum brach in lauten Jubel aus, als der Hammer fiel, und die Summe ging im Lärm unter. Zahlreiche Menschen strömten nach vorn, um die Frau zu beglückwünschen. Sie beachtete die Gratulanten nicht, sondern ging zu Jakov hinüber, dem man trotz seiner Maske deutlich ansah, wie überwältigt er war.

Rafik sah sich plötzlich von bewaffneten Trollen umringt und wurde vom Podium geleitet. Ein junger Mann und eine Frau, beide in die purpurfarbenen Umhänge der Händlergilde gekleidet, führten sie durch eine ganze Reihe langer Korridore und über ein paar Treppenstufen in einen riesigen und reich ausgestatteten Saal, in dem sogar ein Kaminfeuer brannte. Die bewaffneten Trolle blieben am Eingang zurück, und Rafik folgte dem Mann und der Frau zu einigen Tischen, zwischen denen ein gutes Dutzend weiß und purpurfarben gekleideter Männer und Frauen geschäftig hin und her eilte. Vor einem der Tische blieben Rafik und seine beiden Begleiter stehen. Er war überladen mit gebundenen Büchern, Schriftrollen und Behältnissen für deren Aufbewahrung, mit Pergamenten, mehreren Tintenfässern und drei riesigen Wachssiegeln. Am Tisch saß eine ältere Frau, deren purpurfarbene Kleidung mit silbernen Ornamenten verziert war. Sobald sie vor ihr stehen blieben, feuerte sie Fragen zu Rafiks Auktion auf sie ab und notierte die Antworten fein säuberlich auf einer Schriftrolle und in zwei Büchern. Als die Summe des siegreichen Gebots genannt wurde, erhob sich im Saal ein Raunen, und sogar die Schriftgelehrte hob den Kopf, um sich zu vergewissern, dass sie richtig gehört hatte.

Die Summe wurde bestätigt, und sie sah Rafik an. »Meine Glückwünsche, Junge«, sagte sie und nickte ihm respektvoll zu. »Damit hast du den Jahresrekord für das Höchstgebot unter den Einzelauktionen gebrochen. Dein Name wird in goldenen Buchstaben in unseren Büchern vermerkt.«

Rafik wusste nicht, wie er darauf reagieren sollte, und er begriff auch nicht recht, was sie damit sagen wollte, also erwiderte er einfach nur ehrerbietig ihr Nicken.

Der junge Mann, der Rafik vom Podium hierherbegleitet hatte, konnte seine Aufregung kaum bezähmen. »Bei dem Preis sollte der Händler mit dem Metallarm zur Sicherheit noch ein paar zusätzliche Leute anheuern«, merkte er an. »Sämtliche Diebesbanden der Stadt werden hinter ihm her sein. Aber wenn du mich fragst, dann ist das eigentliche Großereignis des Tages, wie die Sabarra-Gilde die Keenans dazu gebracht hat, sich in den finanziellen Ruin zu stürzen.«

»Ich habe nicht gehört, dass irgendwer dich gefragt hätte, Fendar«, erwiderte die ältere Frau trocken und trug mit kratzender Feder weitere Buchstaben und Zahlen auf ihrer Schriftrolle ein.

Aber ihr subtiler Hinweis war an den jungen Mann verschwendet. Er wandte sich an die Frau, die auf Rafiks anderer Seite stand, und warf sich ordentlich in die Brust.

»Es heißt, die Sabarras hätten längst ausreichend Puzzler für ihre Salutisten-Trupps«, erklärte er ihr, und sein belehrender Tonfall erinnerte Rafik an Meister Issak. »Aber es ist jetzt schon die dritte Saison, in der die Keenans die zweitgrößte Beutemenge nach Hause bringen, fast so viel wie die Sabarras. Kein Wunder, dass Mauricious Altenna nach einem Weg sucht, die Konkurrenz zu schwächen, ohne dass es zu einer offenen Auseinandersetzung kommt.«

»Es reicht jetzt, Fendar, und außerdem heißt es für dich *Ratsherr* Altenna, junger Mann. Er hat überall Augen und Ohren«, die Schriftgelehrte sah sich demonstrativ um, »und er legt *außerordentlichen* Wert auf eine korrekte Ansprache. Auch hinter seinem Rücken.«

Fendar erbleichte und presste die Lippen zusammen.

»Gut.« Die Schreiberin wandte sich an Rafik, und ihre Stimme wurde sanfter. »Das Ganze muss für dich eine große Strapaze gewesen sein, junger Herr, und das Aufsetzen der nötigen Dokumente dauert eine Weile. Weshalb setzt du dich nicht, bis wir alle zur Vertragsunterzeichnung nach oben gehen?« Sie zeigte auf einen bequem aussehenden Sessel. »Und wie wäre es mit ein paar kleinen Erfrischungen? Ich bin sicher, dass sich Fendar gern um dich kümmert.«

Sie behielt recht, das Prozedere zog sich sehr in die Länge. Rafik aß ein paar Früchte, trank frisches Wasser und beschäftigte sich damit, auf den Rücken der langen Reihen gebundener Bücher nach Mustern zu suchen. Schon bald verwandelten sich die Buchrücken und nahmen andere Formen an, er sah die Symbolwand vor sich, und Frieden überkam ihn.

Erst spät am Abend fiel ihm ein, dass heute sein Geburtstag war. Er war jetzt dreizehn Jahre alt.

Kapitel 30

»Neuntausend?« Ungläubig schüttelte Galinak den Kopf. »Ich weiß, ich weiß, das waren verrückte Zeiten, aber … die haben doch nicht ernsthaft *neuntausend Münzen* für den kleinen Scheißer bezahlt?«

»Neuntausendzweihundertfünfzig Münzen«, sagte Vincha.

»Bei Bukras Eiern …«

»Tja.« Ich wedelte mit der Hand. »Ihr dürft nicht vergessen, dass zu dieser Zeit der Tarakanische Rausch, wie mein Lehrmeister es nennt, gerade auf seinem Höhepunkt angelangt war. Der neue Außenposten im Tarakan-Tal quoll über vor Salutisten-Trupps wie dem deinen, Galinak, und mit der Nordbahn hat man wortwörtlich *tonnenweise* Artefakte in die Stadt der Türme verfrachtet. Jeder wollte ein Stück vom Kuchen abhaben. Überall schossen private Söldnertruppen wie Pilze aus dem Boden, und die Gilden haben Unmengen Metall gescheffelt. Mit jeder Saison haben sich die Preise fürs Anheuern eines erfahrenen Trolls verdoppelt. Bei einem Mechaniker, Technikus oder Flickschneider hat sich der Preis sogar eher verdreifacht. Und ein Puzzler …«

»Japp, sie waren selten, stimmt schon«, gab Galinak zu, »und die meisten waren außerdem völlig irre.« Er dachte kurz nach. »Dieser Bengel aus dem Auktionshaus hatte recht. Ich hätte nicht in der Haut von diesem Jakov stecken wollen – der hätte sich ebenso gut ein großes Zielkreuz auf den Rücken tätowieren lassen können.«

»Tja.« Vincha fing an, ihre wenigen Habseligkeiten zusammenzupacken, und zog das Jagdmesser aus der Wand. »Ich jedenfalls habe tatsächlich nach ihm gesucht, als ich zum ersten Mal in die Stadt kam …« Sie machte eine Pause. »Ich wollte mich gern mal ein bisschen mit ihm unterhalten. Darüber, wie er mit dem Jungen umgesprungen ist.« Galinak kicherte leise vor sich hin, vermutlich stellte er sich gerade vor, wie diese Unterhaltung wohl ausgesehen hätte. »Aber ich hab den Rostpisser nicht gefunden, obwohl ich jeden Stein umgedreht habe. Dieser Halbmann ist spurlos verschwunden. Schätze, er hat sich an die Ostküste abgesetzt.«

Weil ich wusste, dass meine Miene mich verraten würde, täuschte ich einen Hustenanfall vor und hielt mir eine Hand vors Gesicht. Schon die ganze Zeit überlegte ich fieberhaft, wie ich Vincha dazu bewegen sollte, in der Stadt zu bleiben. Mein Geldbeutel war so gut wie leer, und mir war klar, dass sie keine Versprechen in Zahlung nehmen würde. Und auf einmal, gerade als ich die Hoffnung schon fast aufgegeben hatte, lieferte mir der Zufall, was ich brauchte. Was Vincha über Jakov erzählte, bewies mir, dass sie die Wahrheit sagte; lauter kleine Informationsschnipsel, im Lauf der letzten zwei Jahre gesammelt, fügten sich zu einem Bild zusammen. Aber das Wichtigste war: Aus ihrem Bericht war deutlich herauszuhören, wie viel ihr der Junge bedeutete. Genug nämlich, dass sie nach ihrer Rückkehr aus dem Tarakan-Tal ihr Leben riskierte, um nach seiner Familie zu suchen und sich sogar an die Fersen eines so gefährlichen Mannes wie Jakov hängte, um Rache zu üben. Da konnte ich ansetzen, um sie – mit der einen oder anderen kleinen

Manipulation – zum Weitererzählen zu bewegen. Das war mir sehr viel lieber, als wenn ich auf die anderen Werkzeuge zurückgreifen musste, die mir noch zur Verfügung standen.

Als ich meine Selbstbeherrschung zurückgewonnen hatte, stand ich auf und streckte mich. Trotz der geschlossenen Fensterläden spürte ich, dass bereits der Vormittag angebrochen war. Daraus, dass Vincha ihre Siebensachen packte, schloss ich, dass sie der Meinung war, ihren Teil der Abmachung erfüllt zu haben. Sie bereitete sich auf den Aufbruch vor. Jetzt musste ich sehr schnell denken. Wie brachte ich sie dazu weiterzureden? Mit dem, was ich ihr bereits gezahlt hatte, und dem, was sie im *Nest* hatte mitgehen lassen, würde sie eine ganze Weile gut auskommen.

Doch ehe mir etwas einfiel, mischte sich jemand anders ein und hielt sie auf. Unglücklicherweise nicht ganz in meinem Sinne.

Vincha trug seit Jahren kein Metall mehr im Körper, aber manche Instinkte verlassen einen nicht, selbst wenn einem keine Kabel mehr aus dem Schädel ragen. Plötzlich ruckte ihr Kopf hoch, und sie flüsterte: »Irgendwas stimmt nicht.« Ehe ich reagieren konnte, fügte sie hinzu: »Rost. Jemand scannt uns.«

Wir drehten uns zu der einzigen Wand um, hinter der einer der Laufstege lag. Ich konzentrierte mich, und ein Teil der Wand wurde durchsichtig für meine Augen.

»Fünf Männer«, sagte ich. Meine Stimme zitterte nur ganz leicht. »Zwei sind schon an der Tür, drei kommen gerade über die Seilbrücke.« Alle fünf hatten ihre Waffen gezogen, und es wirkte eindeutig nicht, als wollten sie nur mal auf ein Schwätzchen vorbeikommen.

Vincha stieß mit dem Fuß ihr Bettzeug beiseite und hob zwei lose Holzbretter aus dem Boden. Das Loch war gerade groß genug, um sich hindurchzuquetschen. In meinen

Augen sah es nach einem ganz schön tiefen Sturz aus, aber Vincha hatte vorausgedacht: unter dem Bettzeug war auch ein langes Seil versteckt.

Galinak aktivierte seine Panzerhandschuhe und marschierte geradewegs auf die Tür zu – dass die anderen in der Überzahl waren, schien ihn nicht weiter zu bekümmern. Allmählich lernte ich den alternden Troll wirklich zu schätzen. Aber in diesem Augenblick war ich voll und ganz auf meine verzweifelten Überlegungen konzentriert, was ich sagen oder tun sollte, damit Vincha nicht durch das Loch verschwand. Ich hatte nicht den leisesten Hauch einer Idee, wie ich das anstellen sollte, aber ich würde nicht zulassen, dass sie sich absetzte, ohne mich mitzunehmen. Also warf ich mich nicht in Deckung, sondern hechtete stattdessen in ihre Richtung. Was sich im Rückblick betrachtet als weiterer Punkt auf der langen Liste meiner heute begangenen Fehler erwies.

Die Tür flog auf, und ein riesiger Troll stand vor uns, eine Schusswaffe in der Hand. Seine Schultern drohten beinahe den Türrahmen zu sprengen. Rasch ließ sich Galinak fallen und rollte ab, um nicht getroffen zu werden, aber der Troll an der Tür hatte ein anderes Ziel. Im nächsten Augenblick richtete er die Waffe auf mich und drückte ohne das geringste Zögern ab.

Wäre ich auch nur ansatzweise kampferfahren gewesen, hätte ich vielleicht noch in Deckung hechten oder als Erster schießen können. Aber ich bin kein großer Kämpfer. Im Gegenteil. Ich erstarrte vor Schreck zur Salzsäule, und dann flammte heißer Schmerz in meinem Oberkörper auf. Die Welt schien sich zu überschlagen, und ich brach auf dem Holzfußboden zusammen.

Kapitel 31

Hätte der Troll mit scharfer Munition geschossen, dann wäre ein Loch vom Durchmesser einer Galinak-Faust in meinem Oberkörper gewesen. Hätte er mit einem Blaster auf mich gefeuert, hätte ich mich schreiend auf dem Boden herumgewälzt und wäre unter Todesqualen krepiert, während meine Organe zischend verschmorten. Aber es war eine Schockwaffe. Mein Körper wurde von einem gewaltigen Krampf erfasst, und weil ich gerade auf Vincha zugehechtet war, trug mich meine eigene Bewegungsenergie weiter, und ich krachte Kopf voran auf den Holzfußboden. Wenigstens tat der Aufprall nicht weh – statt eines weiteren schmerzhaften Schlags gegen meinen Schädel spürte ich nur ein dumpfes Dröhnen. Ich sah, wie Vincha durch das Loch verschwand, und hinter mir erklang der Lärm einer aufkeimenden Prügelei. Während ich hilflos dort auf dem Boden lag, rasten mir die unterschiedlichsten Gefühle durch den Verstand, eine eigenartige Mischung aus Euphorie und Panik. Die nackte Freude darüber, noch am Leben zu sein, durchsetzt mit rasch wachsendem Entsetzen, als mir auffiel, dass ich keine Luft bekam.

Mir hatte mal ein Technikus erklärt, dass Treffer aus einer Schockwaffe die gesamte Skelettmuskulatur lähmen. Nur ganz kurz, aber doch lange genug für eine kleine Nahtoderfahrung. Dann setzen die Überlebensreflexe ein und überwinden das, was der Schock mit dem Körper angestellt hat. Es war ausgesprochen unangenehm, aber normalerweise passierte dem Getroffenen nichts weiter, von der kurzfristigen Lähmung mal abgesehen. Es war mit Abstand die humanste Tarakanische Waffe von allen, auch wenn mir das im Augenblick kein rechter Trost war. Mein Sichtfeld verschwamm, und es wurde immer dunkler um mich, während ich vergeblich darauf wartete, dass Luft in meine Lunge strömte. Das laute Pochen meines immer langsamer schlagenden Herzens übertönte den Kampflärm.

Ich weiß nicht genau, wie es geschah oder wie lange es dauerte, aber plötzlich erzitterte und bebte mein Körper, und ich fing wieder an zu atmen. Bewegen konnte ich mich immer noch nicht, aber es ist kaum zu glauben, was für eine Freude es sein kann, einfach nur zu schlucken und zu blinzeln.

Aus den Geräuschen schloss ich, dass der Kampf sich inzwischen vor die Hütte verlagert hatte, aber ich war nicht in der Lage, einzugreifen oder zu fliehen. Ich konnte nichts weiter tun als denken. Wer auch immer diese Typen geschickt hatte, wollte mich lebend, was gut war, aber ich ging davon aus, dass nicht gerade eine zivilisierte Unterhaltung auf mich wartete. Galinak war ein beeindruckender Kämpfer, aber er hatte es ganz allein mit fünf anderen kampferfahrenen Männern zu tun, darunter mindestens ein Troll. Es war ein Wunder, dass der Kampf nicht schon längst vorbei war. Sehr bald würden sie hereinkommen, verletzt und stinksauer, aber trotzdem siegreich. Sie würden mich fesseln oder mich einfach festhalten, und dann würden sie mir Fragen stellen. Was auch immer ich ihnen antwortete – mir war klar, dass es ausgesprochen schmerzhaft für mich werden würde.

Ich musste hier weg. Aber es gab nur einen Weg hinaus:

nach unten. Durch das Loch, durch das Vincha verschwunden war. Langsam kehrte ein klein wenig Gefühl in meinen Körper zurück, und ich stellte fest, dass ich zumindest kriechen konnte. Jämmerlich langsam zwar, aber Zentimeter um Zentimeter kam ich dem Loch näher, ohne auch nur die leiseste Vorstellung, was ich dann als Nächstes tun sollte.

Als ich mein Ziel endlich erreichte, hatte sich auch meine Sicht wieder geklärt, und ich sah das Seil. Es war an einem Stützbalken knapp unterhalb des Lochs festgeknotet und endete in bedenklicher Höhe über einer anderen Hütte. Selbst wenn ich es schaffte, mich durch das Loch zu zwängen und auf dem Stützbalken mein Gleichgewicht zu halten, das Seil zu packen bekam und hinunterkletterte, musste ich am Ende das Seil los- und mich fallen lassen, in der vagen Hoffnung, dass das schäbige Dach der anderen Hütte meinen Aufprall verkraftete – wenn ich es nicht sowieso verfehlte und in den Tod stürzte. Mit etwas Glück würde ich die Sache vielleicht mit einem gebrochenen Bein oder ein paar gebrochenen Rippen überleben. Wenn ich allerdings kein Glück hatte …

Ich beschloss, es trotzdem zu versuchen, und angelte nach dem hin und her schwingenden Seil. Es war schwieriger als erwartet. Immer weiter schob ich mich über den Rand des klaffenden Lochs hinaus, und mir war schmerzlich bewusst, dass der Kampfeslärm in meinem Rücken mittlerweile verstummt war. Als ich schwere Schritte hinter mir hörte, blieb mir keine Zeit mehr für einen eleganten Abgang. Ich gab den Versuch, das Seil zu erwischen, auf, beugte mich vor und spürte, wie ich ins Rutschen geriet. Höchstwahrscheinlich wäre der Sturz in die Tiefe mein Tod gewesen, aber da packte mich jemand an den Beinen, zog mich zurück in die Hütte und drehte mich grob um.

»Alles gut bei dir, Junge?« Galinak hatte einen langen roten Schnitt auf der Stirn, aber es schien ihm nichts auszumachen, dass ihm das Blut nur so übers Gesicht strömte.

»Kannst wohl immer noch nicht sprechen, was?«, fragte Vincha. »So gefällst du mir eigentlich ganz gut.« Sie hatte eine Prellung an der rechten Wange, schien ansonsten aber unversehrt zu sein. »Gar nicht so übel übrigens«, sagte sie nonchalant zu Galinak. »Diesen seitlichen Hüftwurf hab ich schon seit Ewigkeiten nicht mehr gesehen.«

»Ohne dich hätte ich es aber nicht geschafft«, erwiderte er höflich, aber unverkennbar selbstgefällig. »Wie du mit diesem Seil herumgeschwungen und auf die beiden draufgesprungen bist, bei Bukras Eiern, das sah aus, als wäre es aus der Show von diesem berühmten Wanderzirkus. Und versteh das jetzt nicht falsch, aber ich hoffe doch sehr, dass du niemals die Beine so um mich schlingst wie bei diesem Typen.«

»Inspirierend, was?« Vincha sah auf mich herunter, und ihr Lächeln sah fast lieb aus. »Oh, er bewegt sich. Kannst du wieder reden, Funkelauge?«

Ich brachte ein Stöhnen heraus.

»So ist's gut, Kleiner, du hast eins genau in …«

»Gg … gee …« Ich japste.

»Ganz ruhig, Kleiner, wir haben es ja nicht eilig. Diese üblen Typen sind alle weg vom Fenster.«

»Ggg … geh weg, Galinak«, bekam ich endlich heraus. »Du blutest mich ganz voll.«

»Oh. Tut mir leid.« Er verschwand aus meinem Sichtfeld.

Vincha half mir auf die Beine. Als ich endlich meinen Körper wieder richtig im Griff hatte, brachte Galinak gerade einen unserer Angreifer herein und warf ihn kurzerhand zu den anderen auf den Boden.

»Das ist der letzte.« Er pflückte seine Pfeile aus ihrem Fleisch und durchwühlte ihre Taschen.

»Das sind nur vier. Ich hatte fünf gesehen.« Ich rieb mir mit beiden Händen den pochenden Schädel.

»Stimmt«, sagte Vincha. »Aber wenn der letzte nicht gerade einen Antigrav-Anzug anhatte, dann liegt er jetzt ganz unten. Ein Hoch auf Galinaks bemerkenswerten Hüftwurf.«

Galinak verneigte sich und tippte sich an einen imaginären Hut.

Fluchend versuchte ich, die mögliche Flugbahn nach einem solchen Wurf zu berechnen. Gut möglich, dass der Bursche unten auf einem Marktstand oder gar einem nichtsahnenden Passanten gelandet war. Und in diesem Fall konnte es durchaus sein, dass die Leute dort unten einzuschätzen versuchten, wo er herkam, was hieß, dass wir uns hier besser rasch verzogen. Aber zuerst mussten wir herausfinden, wer diese Männer eigentlich waren und, noch wichtiger, wer sie geschickt hatte.

Die vier erwiesen sich als wahre Schatztruhen auf Beinen, vollgepackt mit Waffen, Scan-Equipment, voll aufgeladenen Energieröhren und prall gefüllten Geldbeuteln. Einer von ihnen war eindeutig tot. Die anderen drei schienen noch zu leben, sahen allerdings auch nicht viel besser aus als der Tote. Obwohl es zwei gegen fünf gestanden hatte und Galinak und Vincha erst wenige Sekunden vor dem Angriff gewusst hatten, dass jemand kam, hatten sie den Kampf für sich entschieden. Es war seltsam, aber ich war richtig stolz auf sie. Diese beiden Krieger waren echte Salutisten der alten Schule. Ich notierte mir im Geiste, sie mir niemals zu Feinden zu machen.

»Die scheinen zusammenzugehören«, sagte Galinak. »Rostdämliche Amateure. Wenn der Troll zuerst auf mich geschossen hätte, hätten sie uns ganz einfach auseinandernehmen können.« Er drehte sich zu Vincha um, eine Hand immer noch in der Tasche eines Bewusstlosen. »Du hast da irgendwem ganz ernstlich ans Bein gepisst, Vincha. Irgendwem mit 'ner Menge Metall in der Hinterhand.«

»Könnte fast jeder sein.« Vincha zuckte mit den Schultern. »Ich hab einem Haufen Leuten ans Bein gepisst, und wenn dieser Weichhäuter hier – nix gegen dich, Funkelauge – mich finden konnte, dann kommen sicher noch andere.«

»Vielleicht sind das nur irgendwelche Halunken, denen irgendwer einen Tipp gegeben hat?«

»Das sind nicht irgendwelche Halunken. Die hat entweder eine Gilde geschickt oder der Rat«, sagte ich mit solcher Überzeugung, dass beide mich ansahen.

»Rost, bist du sicher? Woher willst du das wissen?«

»Eine Gabe. Ich vergesse niemals ein Gesicht, und den hier habe ich schon mal gesehen.« Ich zeigte auf den Toten. »Er gehört zu Sabarra, darauf wette ich jede Summe.«

Galinak pfiff anerkennend und wandte sich an Vincha. »Bei Bukras Eiern, wie hast du es angestellt, der mächtigsten Gilde der ganzen Stadt aufs Kabel zu latschen? Denen gehört hier praktisch der Laden.«

Vincha bemühte sich vergeblich um eine gelassene Miene. »Soweit ich weiß, hab ich gar nichts angestellt«, sagte sie. »Ich dachte, sie wären deinetwegen hier, Galinak. Wie tief stehst du bei denen in der Kreide?«

Galinak schnaubte und spuckte auf eine der bewusstlosen Gestalten. »Tja, also dann … Wecken wir doch einen von ihnen auf und fragen ihn, hinter wem sie her waren, hm? Ich hab da diesen neuen Daumenhebel, den ich sowieso unbedingt mal ausprobieren wollte …«

»Sie sind meinetwegen hier«, unterbrach ich ihn, ehe sie

anfangen konnten zu streiten. Sie sahen mir an der Nasenspitze an, dass es kein Bluff war.

»Soso.« Vincha musterte mich, als sähe sie mich zum ersten Mal. »Aber du bist doch nur ein harmloser kleiner Historiker, oder, Funkelauge? Wie gerät denn einer wie du mit Sabarra aneinander? Hast du etwa deine Bibliotheksgebühren nicht bezahlt?«

Ich schüttelte den Kopf. Bei dem Gedanken, dass ich aufgeflogen war, verschlug es mir ausnahmsweise mal die Sprache.

»Weißt du, weshalb diese Typen hinter dir her sind?«, fragte Galinak.

»Sollen wir es für dich rausfinden?«, fügte Vincha hinzu. Beim Gedanken an ihre Verhörtechnik, die ich im *Nest* am eigenen Leib kennengelernt hatte, zuckte ich unwillkürlich zusammen und schüttelte den Kopf. Ich war ziemlich sicher, dass ich wusste, was diese Männer von mir wollten, und ich war nicht scharf darauf, dass sie es mir in Vinchas Gegenwart erklärten.

»Ganz, wie du willst.« Schulterzuckend zog sie ihr Jagdmesser und beugte sich vor.

»Was machst du denn da?«, schrie ich auf.

»Ach, ich dachte mir, ich verpasse denen mal eine frische Rasur.« Sie packte einen der Männer am Schopf und setzte das Messer an seiner Kehle an. »Du willst doch nicht, dass die dir noch mal Ärger machen?«

»Nein. Aufhören«, befahl ich und war überrascht, als sie tatsächlich auf mich hörte. »Die wollten mich nicht umbringen, nur mit mir reden.«

»Kann schon sein, aber ich garantiere dir: Wenn die aufwachen, dann versuchen die uns umzubringen«, sagte Galinak. »Kann ja sein, dass sie bei dir eine Schockwaffe benutzt haben, Kumpel, aber auf uns haben sie scharf geschossen.

Ich würde auch sagen: Sie haben's nicht anders verdient. Bringen wir es hinter uns.«

»Nein«, sagte ich wieder, diesmal nachdrücklicher. Bisher ging es Sabarra nur ums Geschäftliche. Ich wollte ihnen nicht Rache als zusätzliches Motiv liefern, mich zu jagen.

»Die sind hinter *uns allen* her, sobald die aufwachen«, sagte Vincha hitzig. »So sind solche Typen.«

»Alternativ könnte ich dafür sorgen, dass sie nur noch kriechen können«, schlug Galinak vor. Er packte einen der Bewusstlosen am Bein. »Wenn man das Knie im richtigen Winkel …«

Ich schüttelte den Kopf, bis sie nachgaben. Vincha schulterte ihre Tasche und marschierte geradewegs aus der Hütte. Ich lief ihr nach und holte sie mitten auf der Seilbrücke ein. »Wo willst du hin?«

»Ganz weit weg von dir«, erwiderte sie. »Du machst nichts als Scherereien, Funkelauge, und davon hab ich selbst schon genug am Hals.«

»Warte.« Ich hielt sie an der Schulter fest und befürchtete, sie würde mich dafür von der Brücke werfen, aber sie drehte sich nur zu mir um und musterte mich stumm. »Ich bezahle dich gut, wenn du mir deine Geschichte weitererzählst«, bedrängte ich sie. »Ich muss erfahren, was du weißt.«

»Musst du das?«, fragte sie angewidert. »Und warum? Und komm mir nicht mit diesem Historikerscheiß. Wegen Historikerscheiß klopft nämlich bestimmt kein von Sabarra angeheuertes Verhörteam an meine Tür.«

»Ich verspreche dir, dass ich es dir erkläre«, sagte ich. Früher oder später würde ich nicht mehr drum herumkommen. Ich spürte Galinak in meinem Rücken und sagte, ohne mich umzudrehen: »Galinak, du bist offiziell zu meinem … zu unserem Schutz angeheuert …«

»Diesen alten Trottel kannst du vielleicht mit deinem Geschwätz einlullen und ihn dazu überreden, dich zu begleiten, Funkelauge«, sagte Vincha. »Aber ich will erst mal ein paar Münzen sehen. Und zwar nicht zu wenig.«

Ich holte tief Luft. »Solche Summen schleppe ich nicht mit mir herum.« Ehe Vincha reagieren konnte, setzte ich hastig hinzu: »Würdest du das etwa tun? Aber wir können gemeinsam an einen Ort gehen, wo ich …«

Vincha sah aus, als wollte sie etwas einwenden, aber plötzlich raunzte Galinak dazwischen: »Diese Seilbrücke wird unser Gewicht nicht ewig tragen – wie wär's, wenn der Boss jetzt erst mal das Metall ranschafft, und dann sehen wir weiter. Hm?«

»Na gut, meinetwegen«, lenkte Vincha ein. »Aber versuch mich besser nicht zu bescheißen, Funkelauge.«

Ich antwortete nicht auf ihre Warnung. Wir überquerten die Brücke und sahen zu, dass wir hier wegkamen. Diesmal ging ich voran. Und um ehrlich zu sein, gefiel es mir, wenn Galinak mich »Boss« nannte.

Kapitel 32

In der Rückschau war es vielleicht ein bisschen blöd von mir, dass ich bei der Planung ausgerechnet diese Taverne zu unserem Notfalltreffpunkt bestimmt hatte. Mir war noch immer ein bisschen übel von dem Aal, den ich gegessen hatte, und *Zur Klinge*, wie die Taverne hieß, lag etwa anderthalb Kilometer westlich vom Zentralplateau innerhalb der kleinsten Turmgruppe der ganzen Stadt. Wir mussten irgendwie aus dem Loch wieder rauskommen, ohne gesehen zu werden. Immerhin wusste ich jetzt mit Sicherheit, dass wirklich jemand hinter mir her war. Und zwar nicht irgendwer. Die Sabarra-Gilde war dafür bekannt, Ernst zu machen. Wenn sie mir einen Trupp auf den Hals schickte, dann bedeutete das: Der Gildenvorstand, jener Mann, der im blutigsten aller Gildenkriege den Sieg davongetragen hatte und zu allem Überfluss auch dem Rat vorstand, interessierte sich für mich.

Ich beschloss, dass wir zu Fuß durchs Loch laufen und am Tor einen Wagen mieten würden, der uns hinaufbrachte. Meine Idee, Galinak vorauszuschicken, erwies sich allerdings als nicht besonders brillant. Zweimal wäre er fast in einen Kampf hineingeraten, und dann versagte er auf ganzer Linie bei dem Versuch, meinen einfachen Auftrag auszuführen: uns ganz unauffällig einen Eselkarren zu organisieren. Als Vincha und ich dazustießen, verhandelte er gerade lautstark über den Preis. Der übel gelaunte Kutscher wäre wohl schon längst einfach weggefahren, hätte Galinak nicht seinen Esel am Zügel festgehalten. Wenigstens regnete es mittlerweile, und so hatte ich einen Vorwand dafür, mir die Kapuze tief ins Gesicht zu ziehen.

Ob der Fahrer schließlich nachgab, weil er die Nase voll hatte, oder ob er es mit der Angst zu tun bekam, weiß ich nicht, jedenfalls war es Galinak gelungen, einen halbwegs vertretbaren Preis auszuhandeln. Aber sobald der Kutscher uns sah, behauptete er, dass es sich bei der vereinbarten Summe um den Preis pro Fahrgast handelte, verlangte also das Dreifache. Ich war nicht in der richtigen Stimmung, um mit ihm zu feilschen, und erklärte mich mit dem absurd hohen Preis einverstanden. Den armen Esel, der uns im Regen den ganzen Weg zur Mittelebene hinaufziehen musste, beneidete ich nicht.

Wir kamen bei der *Klinge* an, und ich schickte einen Waisenjungen, der dort herumlungerte und auf Arbeit wartete, mit einer Botschaft an meine Kontaktperson River. Dann hatten wir eine ganze Weile nichts zu tun, außer zu warten und an Vinchas Mitleid zu appellieren, damit sie uns einen Drink ausgab – ich war inzwischen komplett pleite. Irgendwann gab sie nach und bestellte sogar noch etwas zu essen dazu, und wir verzogen uns in einen kleinen Nebenraum, schlürften unsere Drinks und lauschten den alten Stücken, die ein paar Barden im Hauptraum spielten. Irgendwann fragte Galinak Vincha, ob sie tanzen wollte. Sie würdigte ihn nicht einmal einer Antwort. Ich lehnte mich zurück und versuchte, mich ein bisschen zu entspannen, und da beschloss mein Körper, mich daran zu erinnern, dass ich letzte Nacht nicht geschlafen und mehrere gewalttätige und emotional sehr belastende Begegnungen erlitten hatte. Kurz gesagt, ich döste ein und bekam nichts davon mit, als

Vincha erneut spürte, dass uns jemand scannte. Die Tür wurde geöffnet, und ehe ich wusste, wie mir geschah, waren die beiden anderen schon aufgesprungen und rangelten mit jemandem herum – mit River nämlich, meinem Kontaktmann. Er war kein Troll, nicht mal ein Kämpfer, aber ein Schwächling ganz sicher auch nicht.

Es gelang mir, die anderen zu beruhigen, und ich stellte sie einander vor. Niemand entschuldigte sich bei irgendwem – abgesehen von mir, der ich mehrfach alle um Verzeihung bat –, aber wenigstens spürte ich, dass die beiden Krieger meinem Kontaktmann widerwillig Respekt zollten. Immerhin hatte es einen Augenblick gedauert, bis ich die Lage in den Griff bekommen hatte, und er war trotzdem noch am Leben und sogar bei Bewusstsein.

River war in seinen mittleren Jahren. In seiner Jugend und mit der richtigen Ausrüstung hätte er auch ein Troll werden, vielleicht sogar wie Galinak einen Trupp anführen können. Aber er empfand tiefe Liebe zu den Tarkanischen Artefakten und war auch mit entsprechendem Talent gesegnet, und so war er stattdessen ein Tüftler geworden, ein Erfinder, und außerdem eifriger Sammler. Leider hatte niemals eine der Gilden ihn für Expeditionen angeheuert, denn auf seiner Haut zeigte sich ironischerweise kein einziges schwarzes oder rotes Mal. Ich wusste, dass er schwer mit seinem Schicksal haderte und alles dafür gegeben hätte, das Tarakan-Tal und die Stadt im Berg zu erkunden.

Was sein Pech war, war unser Glück, denn eines Tages hatte mein Lehrmeister ihn entdeckt, und River hatte sich als vertrauenswürdig und tüchtig erwiesen. Bisher hatte er mich noch nie im Stich gelassen. Anders gesagt: River war einer von den Guten. Als er mich also beiseitenahm und mir nur ein Fünftel der Summe zusteckte, um die ich gebeten hatte, kam mir gar nicht erst der Verdacht, er könne mich bestohlen haben.

Er schüttelte den Kopf. »Tut mir leid, die Kassen sind leer. Ihr habt mit Münzen um euch geworfen, als stünde die zweite Katastrophe vor der Tür.«

Ich bat ihn zu warten und ging in den Nebenraum zurück. Auf dem Weg dachte ich nach.

Ein Viertel der Summe steckte ich in meine Tasche, die restlichen Münzen warf ich Galinak zu, der den Beutel sachkundig in der Hand wog und lächelte.

»Zwei Wochen«, sagte ich zu ihm. »Du begleitest mich überallhin und sorgst dafür, dass mir nichts passiert.«

Galinak tat, als müsste er gründlich darüber nachdenken, dann zuckte er mit den Schultern und lächelte zustimmend.

Ich setzte mich und sah Vincha an, die meinen Blick erwiderte. Sie würde enttäuscht sein, und was ich gleich tun würde, war alles andere als ritterlich. Aber ich würde sie nicht einfach gehen lassen. Nicht nach allem, was ich durchgemacht hatte.

»Du wirst mir die restliche Geschichte erzählen«, sagte ich zu ihr. »Das waren meine letzten Münzen, und ich habe dir schon genug gezahlt.«

Als ihr klar wurde, dass ich das ernst meinte, stand sie auf und schnappte sich ihre Sachen. »Du hast meine Zeit verschwendet, Funkelauge. Leb wohl.«

Auf das, was ich als Nächstes tat, bin ich nicht stolz.

»Nicht so schnell.« Meine Stimme klang so eindringlich, dass sie, schon an der Tür, den Kopf wandte. »Ich weiß nicht, was du Fuazz getan hast«, sagte ich langsam und bedächtig, »aber er ist wirklich *stink*sauer. Ich weiß das, weil er mir persönlich gesagt hat, was er mit dir macht, wenn er dich jemals in die Finger kriegt.«

Sie erstarrte, die Hand schon auf der Türklinke.

Ich hörte Galinak leise fluchen.

»Und die Greifer sind für ihr gutes Gedächtnis bekannt«, fuhr ich fort und schätzte sorgfältig die Entfernung zwischen uns ab. »Soweit ich das überblicke, sind die ebenfalls hinter dir her. Wenn du hier rausmarschierst, sage ich ihnen, wo sie deine *Tochter* finden können.«

Hoch gepokert. Ich wusste nicht, wie Galinak auf meine Drohung reagieren würde, auch wenn ich ihn gerade als Leibwächter angeheuert hatte. Man hätte blind sein müssen, um nicht zu sehen, dass er Vincha gut leiden konnte, und mit diesen Worten setzte ich mein Leben auf die bloße Vermutung, dass Galinaks verdrehte Auffassung von Berufsethos stärker sein würde als die persönlichen Gefühle für diese Frau.

Vincha war schon an der Tür gewesen. Trotzdem schaffte sie es bis zu mir und schlug zweimal zu, ehe River und Galinak sie von mir wegzogen. Sie kämpfte wie eine verwundete Löwin, aber zum Glück hatte sich Galinak zu meinen Gunsten entschieden. Allerdings kostete es ihn einige Mühe, ihr die Arme auf den Rücken zu drehen. Er zwang sie mit dem Oberkörper auf den Tisch und drückte ihr mit vollem Gewicht das Knie ins Genick. Diese schmerzhafte und demütigende Lage nahm ihr ein bisschen den Schwung, aber sie versuchte noch immer, sich zu befreien und sich auf mich zu stürzen. Schließlich klatschte ihr River etwas Rundes, metallisch Schimmerndes auf den Rücken, und die Beine gaben unter ihr nach. Der finster dreinblickende Galinak nahm sie in einen Würgegriff und wuchtete sie auf einen Stuhl.

»Ich bringe dich um«, brachte sie mühsam heraus, seinen Arm an ihrem Hals. »Ich hab dir nicht die Wahrheit gesagt. Ich habe Jakov gefunden, und ich habe ihn umgebracht.

Ganz langsam. Und wenn du meiner Familie irgendwas antust, dann reiße ich dich in Stücke. Ich finde dich und schneide dir die Augen raus, und dann sind deine Eier dran, und dann …«

Ich wusste nicht, ob sie bezüglich Jakov die Wahrheit sagte. Auf jeden Fall hatte ich keine sicheren Indizien dafür gefunden, dass er noch am Leben war. Aber ob es stimmte oder nicht – sie war so wütend auf mich, dass sie mir einen langsamen, schmerzhaften Tod androhte, obwohl sie gerade meiner Gnade ausgeliefert war. Zu spät begriff ich, dass ich einen Fehler gemacht hatte.

»Es reicht«, sagte ich. »Galinak, lass sie los.« Mir war völlig klar, auf welch dünnem Eis ich wandelte. »River, nimm dein verdammtes Technikus-Teufelszeug aus ihrem System.«

Ich sah ihr ins Gesicht. »Jetzt hör mir mal zu, Vincha. Ich wollte nie, dass es so weit kommt. Ich habe dich für deine Geschichte bezahlt und dir bisher nie gedroht oder so, aber du hast mich völlig ausbluten lassen. Es ist nichts mehr übrig, und ich muss deine Geschichte hören. Die Zeit rennt mir davon. Ich habe keine Zeit mehr für Spielereien.« Ich war wütend, müde und verzweifelt, alles tat mir weh. Schluss mit Mr. Nice Guy – der taugte für nichts weiter als dafür, in Bibliotheken herumzusitzen und Geschichtsbücher und Salutisten-Romane zu lesen. Aber ich brauchte Ergebnisse, und zwar rasch.

Ich ließ ihr keine große Wahl, aber immerhin verdiente sie an der Sache eine ganze Menge, trotz der Umstände.

Sie blieb auf ihrem Stuhl sitzen, aber ich sah ihr deutlich an, wie sie überlegte, während sie ihre Handgelenke rieb und Galinak mit Blicken bedachte, die wenig Hoffnung auf eine baldige Versöhnung machten.

»Also kann ich gehen, sobald ich dir alles erzählt habe?«

Sie sah mir in die Augen und betonte jedes Wort nachdrücklich.

Ich erwiderte ihren Blick. Die Frau stand mit dem Rücken zur Wand. Ich hätte es ihr nicht übel genommen, wenn sie mir bei der ersten sich bietenden Gelegenheit die Kehle durchgeschnitten hätte.

»Ja«, log ich. »Wenn du mir alles erzählt hast, kannst du gehen. Ich habe kein Interesse daran, deiner Familie etwas anzutun.«

»Und dann vergisst du, wo meine Familie ist?«

»Ich verspreche es dir. Wobei ich sicher bin, dass du deine Tochter sowieso woanders hinbringen wirst.« *Und auch dort werde ich sie aufspüren, wenn es sein muss.*

»Du könntest mir in den Rücken fallen, ehe ich dazu komme.«

Ich zuckte mit den Schultern. »Weshalb sollte ich das tun? Wie du weißt, läuft mein Vertrag mit Galinak nur für ein paar Wochen, und dann bin ich pleite. Wenn ich dich verrate, könntest du mich ohne Weiteres aufspüren.«

»Das tu ich vielleicht sowieso«, sagte sie langsam und warf Galinak einen eisigen Blick zu. »Und vielleicht warte ich damit keine paar Wochen.«

Galinak breitete die Arme aus und zwinkerte ihr zu. »Sieht ganz so aus, als bekäme ich doch noch meinen Tanz.«

»Du schmieriger, alter, rostzerfressener Sch…«

»Ruhe jetzt, alle beide«, fuhr ich wütend dazwischen. »Ich würde vorschlagen, ihr seht mal zu, dass ihr möglichst bald diese sexuellen Spannungen irgendwie abreagiert. Aber hier und jetzt will ich wissen, was mit Rafik geschehen ist, nachdem die Keenan-Gilde ihn gekauft hat. Und dann bringt ihr mich dort hin.«

Kapitel 33

»Willkommen in deinem neuen Zuhause, Rafik«, sagte Meisterin Furukawa, während die Wachen die großen Tore hinter ihnen schlossen. Sie standen im ausgedehnten Hof vor dem Eingang des Hauptgebäudes. Es überstieg fast Rafiks Vorstellungsvermögen, dass sie gerade auf einer riesigen schwebenden Scheibe standen, so hoch oben, dass die Menschen am Boden von hier aus wie Ameisen wirkten. Überall standen Bäume, und ein sanfter Windzug strich ihm übers Gesicht. Später erfuhr er, dass in dieser Höhe eigentlich ein scharfer Wind hätte wehen müssen, aber die geheimnisvolle Tarakanische Technologie schirmte sie ab.

»Dieses Anwesen und das Gelände gehören der Keenan-Gilde.« Meisterin Furukawa machte mit einer Hand eine weit ausholende Geste und schob ihn mit der anderen vorwärts.

So wie ich, dachte Rafik nervös. Er hatte noch nicht ganz begriffen, dass Jakov nicht mehr da war. Halb erwartete er, dass der Händler jede Sekunde um die Ecke bog. Bei der Vorstellung erschauerte er und versuchte sich abzulenken, indem er sich umsah.

Es war ein sehr beeindruckender Anblick, das musste er zugeben. Meisterin Furukawa schien sein Staunen zu spüren und lieferte ihm im Gehen einige Informationen. Das gesamte Anwesen war im Stil einer historischen Festung errichtet. Es gab sechs Türme, drei Gebäude – das Haupthaus war vier Stockwerke hoch – und mehrere Innenhöfe, außerdem einen Garten und weitläufige unterirdische Anlagen.

Als er langsamer wurde, um sich genauer umzusehen, stupste Meisterin Furukawa ihn sachte an. »Na komm, es gibt gleich Mittagessen. Es wird Zeit, dass du deine neue Familie kennenlernst.«

Sie liefen mehrere Flure entlang und durchquerten einen großen Innenhof voller menschengroßer Zielattrappen aus Holz und Stroh. Laut Meisterin Furukawa fand hier häufig Kampftraining statt. Durch eine Seitentür gelangten sie in einen wahren Irrgarten aus kurzen Gängen und schlugen den Weg zum großen Speisesaal ein.

Es war das größte, eindrucksvollste Gebäude, das Rafik je betreten hatte. Selbst die Flure waren reich ausgestattet, an den Wänden hingen Wandteppiche mit Szenen aus lang vergangenen Schlachten, und auf ihrem Weg kamen sie an mehreren Statuen schwertschwingender Krieger vorbei. Auf dem blutroten Teppich waren ihre Schritte kaum zu hören. Schon als sie sich dem Speisesaal näherten, hörte Rafik eine dröhnende Stimme, aber die Worte blieben unverständlich, gedämpft durch all die dicken Wandteppiche und Vorhänge ringsum. Erst als sie den Speisesaal mit seiner hohen, von Säulen getragenen Decke betraten, verstand er, was die Stimme sagte.

Ein Mann stand auf einem kleinen Podest und hielt eine Rede vor ein paar Dutzend jungen Leuten, die an drei langen, mit Speisen überladenen Tafeln saßen. Rafik sah den Mann zuerst nur von hinten. Er war in ein graues Gewand gehüllt, seine Stimme war tief und klangvoll. Die jungen Leute schienen von seiner Rede wie gebannt, niemand rührte sich oder flüsterte mit seinen Sitznachbarn. An einem kleinen Tisch in Rafiks Nähe saßen mehrere Männer und Frauen, die ebenfalls aufmerksam lauschten. Die ganze Szene erinnerte Rafik an die Verlesung der Heiligen Schriften zu Hause, auch wenn die Zuhörer nicht auf dem Boden saßen, sondern an Tischen und vor sehr viel erleseneren Speisen. Und dass der Mann nicht aus den Heiligen Schriften las, wurde auch bald deutlich.

»Wir, die Keenan-Gilde, haben euch alle gefunden, manche erst im allerletzten Augenblick. Wir haben euch das Leben gerettet, euch hergebracht, euch Nahrung und Obdach gegeben und euch gelehrt, eure besonderen Gaben richtig einzusetzen. Wo Familie und Freunde euch Angst und Gewalt entgegenbrachten, begegnen wir euch mit Akzeptanz, Verständnis und Achtung. Wir werden euch stets unterstützen. Im Gegensatz zu denen, die ihr einst für eure Familie gehalten habt, lassen wir euch niemals im Stich. Jetzt sind die Keenans eure wahre Familie, und sie stehen euch näher als eure Blutsverwandten, die euch verraten haben. Hinter mir sitzen eure Gildenmütter und -väter; erweist ihnen Respekt, Liebe und Gehorsam, wie sie es verdienen; allen voran unserem Oberhaupt, Meister Keenan persönlich.«

Wie aus einer Kehle riefen alle gleichzeitig: »Respekt!« Das Wort hallte von den Wänden und Säulen wider. Erst als das Echo verstummt war, ergriff der Sprecher wieder das Wort.

»Schon bald werdet ihr der Gilde dienen und eure Schuld zurückzahlen. Denkt stets daran: Ihr seid die neue Menschheit. Ihr seid die Zukunft, ihr steht für die Zivilisation, die wir einst waren und die wir eines Tages wieder sein werden.«

Der Mann hätte noch weitergeredet, aber da entdeckte ein Junge die beiden Gestalten, die im Schatten einer Säule standen. Rasch sprang er auf und rief: »Meisterin Furukawa. Respekt!«

Alle drehten sich zu ihnen um. Meisterin Furukawa forderte Rafik mit einer behutsamen Berührung auf, mit ihr zu kommen, schritt langsam voran und blieb mitten im Raum stehen. Der Sprecher drehte sich ebenfalls um. Seine Augen waren von einem strahlend hellen Grün. Erst sah er die Frau an, dann wanderte sein Blick zu Rafik. Langsam, als wüsste er es eigentlich besser, verneigte er sich vor Meisterin Furukawa, und alle anderen folgten seinem Beispiel.

Vorsichtig stieg der Mann vom Podium herunter. Er hinkte sichtlich, so wie Großväterchen Suhd aus Rafiks Dorf, stützte sich jedoch nicht auf einen Stock. »Willkommen, Meisterin des Hauses Keenan«, verkündete er im Näherkommen laut, aber noch ehe das Echo seiner Worte verklungen war, zischte er ihr zu, mit dem Rücken zu den anderen: »Habt Ihr den *Verstand* verloren? Was habt Ihr Euch bloß dabei gedacht?«

»Ich nehme an, der Bote der Händlergilde ist vor mir eingetroffen, Meister Goran?«, antwortete Meisterin Furukawa mit lauter, klarer Stimme und musterte kurz die »Mütter und Väter«, die aufmerksam zusahen.

Der Mann nickte und flüsterte: »Es sind gleich drei von ihnen gekommen, mit unterschiedlichen Wagen. Ich habe einen Kurier zum Auktionshaus entsandt, um mich zu vergewissern, dass die Summe, die sie verlangt haben, tatsächlich korrekt ist. Was habt Ihr getan? Das war so nicht abgesprochen, und jetzt sind wir beinahe pleite.« Er senkte den Blick auf Rafik. »Und seht ihn Euch doch nur an. Ein Vermögen, das für ein ganzes Leben in Wohlstand reicht, die Einnahmen eines ganzen Jahres – für einen Jungen ohne jede Ausbildung?«

Rafik stand neben Meisterin Furukawa, aber sein Blick

irrte hektisch durch den Speisesaal. Von dem Spiel auf dem Feld in Neujerusalem abgesehen, hatte Rafik keine Kinder seines Alters mehr gesehen, seit er sein Dorf verlassen hatte. Neuhafen war Heimstatt von Truckern und Ganoven, in Regeneration hatte er sich nur ganz kurz aufgehalten, und seit ihrer Ankunft in der Stadt der Türme war er die meiste Zeit in seinem Zimmer eingesperrt gewesen. In den letzten Wochen hatte er Gewalt und Kampf miterlebt und war mehrmals nur knapp dem Tod entronnen. Aber angesichts dieser großen Gruppe aus Jungen und Mädchen, die ihn alle neugierig anstarrten, erfüllte ihn eine Anspannung, wie er sie schon lange nicht mehr empfunden hatte.

Er hörte, wie Meisterin Furukawa gedämpft sagte: »… zum Wohl der Gilde entschieden. Es steht Euch nicht zu, meine Entscheidung infrage zu stellen.«

Sie wandte sich an die anderen. »Heute ist ein guter Tag für die Keenan-Gilde. Bitte heißt unser neuestes Familienmitglied willkommen: Rafik.«

»Rafik, Respekt!«, brüllten sie so laut, dass ihm die Ohren klingelten.

»Bestimmt sind euch schon einige Gerüchte zu Ohren gekommen«, ergriff Meisterin Furukawa das Wort, »also bringe ich an dieser Stelle am besten mal Klarheit in die Sache: Rafik ist ein echter, geprüfter Puzzler.«

Die Leute rutschten vor Aufregung auf ihren Stühlen herum und wechselten bedeutungsvolle Blicke.

Meisterin Furukawa sah Meister Goran an und fuhr fort: »Damit hat die Keenan-Gilde zum ersten Mal seit langer Zeit einen eigenen Puzzler. Das ist ein Zeichen unserer Erneuerung und wachsenden Stärke. Und es bedeutet, dass ihr alle früher oder später eurer Keenan-Familie dienen werdet, indem ihr bei euren Expeditionen bis in die Tiefe vorstoßt.«

Wieder erhob sich aufgeregtes Tuscheln, aber es verstummte rasch, als Meisterin Furukawa weitersprach. »Ich will, dass ihr ab sofort doppelt so hart trainiert. Lernt mehr und strengt euch mehr an als je zuvor, denn Tiefenexpeditionen sind ebenso gefährlich wie lohnend. In ein paar Tagen wird uns Lord Keenan mit seinem Besuch beehren.«

»Keenan, Respekt!«, hallte es durch den Saal.

»Er wird unsere Fortschritte persönlich in Augenschein nehmen.« Sie ließ ihre Worte einen Augenblick wirken, ehe sie hinzufügte: »Und nun lasst uns essen. Dann geht es mit dem Training weiter. Bitte setzt euch alle wieder.«

Kurz entstand Unruhe, als alle zu ihren Plätzen zurückkehrten. Rafik bekam einen Platz am Ende einer Tafel zugewiesen. Er setzte sich, füllte sich etwas zu essen auf und versuchte, niemanden anzusehen, was sich als schwierig erwies, weil alle ihn neugierig anstarrten.

Mit gesenkten Augen sprach er fast unhörbar einen Segen über seine Mahlzeit, da sagte ein Mädchen: »Seht nur, er betet ja noch. Wie süß.« Ein paar Kinder kicherten.

»Hey, Puzzler«, rief jemand.

»Er heißt Rafik.« Wieder die Stimme des Mädchens.

»Jaja, wie auch immer. He, Puzzler, sieh mich an.«

Er sah auf. Der andere Junge saß ein paar Plätze von ihm entfernt; er war groß, absurd muskulös und hatte deutlich erkennbare Tätowierungen auf den Armen, der Brust und dem rasierten Schädel.

»Zeig mal deine Hand«, sagte er kauend.

»Lass ihn in Ruhe, Kurk«, sagte ein Mädchen, das die roten Haare zu einem langen Zopf geflochten hatte. »Siehst du nicht, dass er sich fürchtet?«

Er mochte sich hier in einer vollkommen fremden Stadt befinden, weit fort von seinem Zuhause, aber Rafik begriff instinktiv, dass hier die gleichen Regeln galten wie in seinem Dorf. Er war der Neue, und er musste ihnen beweisen, dass er keine Angst vor ihnen hatte, sonst würden sie ihn herumschubsen, wie es ihnen gerade gefiel. Er hob die Hand und spreizte die Finger.

Kurk betrachtete die Symbole, dann breitete sich ein breites Lächeln auf seinem Gesicht aus. »Yeah!«, sagte er zu einem der anderen Jungs, »jetzt haben wir endlich auch einen. Unser eigener rostiger Puzzler, Keenan sei gelobt! Wir gehen in die Tiefe!« Er wandte sich wieder an Rafik. »Hab keine Angst«, säuselte er, als spräche er mit einem Baby. »Wir tun dir nichts. Du bist unser Schlüssel, wir brauchen dich.«

Rafik begriff nicht, was er damit meinte, aber seine Hand hatte ihren eigenen Willen und drehte sich um. Langsam krümmte er alle Finger bis auf den mittleren. Das hatte er bei einem besoffenen Trucker in Neuhafen gesehen. Er wurde von wahren Lachsalven ringsum belohnt.

Kurks selbstgefälliges Lächeln verwandelte sich in ein boshaftes Grinsen. »Pass bloß auf, Kleiner«, schnaubte er. »Du brauchst nur eine Hand, um uns die Türen aufzumachen.«

Mehrere Kinder kicherten. Rafik wusste noch immer nicht, worüber Kurk da redete, also verzichtete er auf eine Antwort und fing an zu essen. Zum Glück schien Kurk zu befinden, dass seine Ehre damit ausreichend wiederhergestellt war, und es gab keine weiteren Zwischenfälle mehr.

Zum Abschluss des Essens gab es eine weitere Lobrede auf die Keenan-Gilde, und dann wurde Rafik den anderen Gildenobersten vorgestellt. Anscheinend hatte Meisterin Furukawa hier das Sagen, trotz der Auseinandersetzung mit Meister Goran, die auf gewisse Unstimmigkeiten mit der Gildenleitung hindeutete.

Es waren so viele Leute, die ihm vorgestellt wurden, dass

er sich unmöglich alle Namen merken konnte; außerdem war er todmüde nach diesem verrückten Tag. Sie musterten ihn, als wäre er ein wertvoller Zuchtstier, den sie gerade neu erworben hatten. Einer von ihnen sinnierte sogar laut darüber, ob Rafik die Investition wohl wieder hereinbringen würde.

Als er endlich allen vorgestellt worden war, hatten sich die anderen Kinder längst verzogen. Hofmeister Prushnik, ein kahler Mann, dem seine Pfeife äußerst lieb und teuer zu sein schien und der für die Hausverwaltung zuständig war, brachte ihn zu den Schlafräumen. Rafiks Bett stand ganz am Ende einer langen Reihe von zwanzig anderen. Die Schlafpritschen waren von Tarakanischer Bauart – sie schwebten ohne sichtliche Stützen in der Luft und senkten sich, wenn man sich neben sie stellte, von allein etwa auf Kniehöhe herab.

»Nicht schlecht, was?« Hofmeister Prushnik entzündete seine Pfeife und zog energisch daran. »So bequem schläft man im Tarakan-Tal nicht. Hier drüben ist Platz für deine Sachen. Wenn du deine Übungspistole bekommen hast, sorg immer dafür, sie abends in der Waffenkammer einzuschließen. Willst du jetzt die Hausregeln hören?«

Rafik nickte; er nahm nicht an, dass er eine Wahl hatte.

Meister Prushnik nahm die Pfeife aus dem Mund und zeigte mit dem Mundstück auf den Jungen. »Im Grunde ist nur eine Regel wirklich wichtig, die musst du dir merken: Tu, was man dir sagt. Nicht mehr und nicht weniger. Verstoß gegen diese Regel, und du verbringst die Nacht unten im rattenverseuchten Keller. Kann ich nicht empfehlen, frag mal ein paar der anderen Jungs – sie können dir die Narben von den Bissen zeigen.«

Rafik versprach, gehorsam zu sein. Hofmeister Prushnik nickte zufrieden und steckte sich die Pfeife wieder in den

Mund. »Gut. Streck deinen Arm aus. Nicht den mit den Symbolen, den anderen.« Er legte Rafik einen schmalen silbernen Armreif ums Handgelenk. Er war unglaublich leicht und passte sich von allein perfekt an sein Handgelenk an.

»Lass deine Sachen hier, ich bringe dich zum Gemeinschaftsraum. Die anderen Lehrlinge brennen bestimmt darauf, dich näher kennenzulernen.«

Rafik vermochte anhand seines Tonfalls nicht zu sagen, ob das gut oder schlecht war.

Zusammen gingen sie zum Gemeinschaftsraum, der sich als weiterer großer Saal erwies. Bei ihrem Eintreten wandten sich alle zu ihnen um – bis auf Kurk, der damit beschäftigt war, einhändige Liegestütze zu machen. Auf seinem Rücken saß ein anderer Junge und zählte laut mit. Jetzt, da Rafik den silbernen Armreif trug, fiel ihm auf, dass alle anderen ebenfalls einen hatten.

»Da sind wir«, sagte Meister Prushnik und klopfte Rafik auf die Schulter. »Wenn du gerade nicht mit Lernen oder anderen Aufgaben beschäftigt bist, kannst du deine Freizeit hier verbringen. In den nächsten Monaten wirst du diesen Saal also vermutlich eher selten zu Gesicht bekommen. Genieß es, solange du kannst.«

Sobald er gegangen war, umringten die anderen Lehrlinge Rafik, und aus allen Richtungen prasselten Fragen und Bemerkungen auf ihn ein.

»Zeig uns noch mal deine Hand!«

»Kannst du noch irgendwas anderes?«

»Haben sie dir schon gesagt, wie deine Ausbildung aussehen wird?«

»Ich spüre seinen Geist; er ist voller komischer Symbole und Zahlen.«

»Das ist echt gruselig.«

»Müssen wir jetzt machen, was er sagt?«

»Natürlich nicht, du Rosthirn, wir sollen ihn nur beschützen.«

Es war ausgerechnet Kurk, der die anderen beiseitestieß und Rafik rettete.

»Lasst doch mal den Welpen in Ruhe«, blaffte er so laut, dass alle ihn hörten. »Seht ihr nicht, dass er überhaupt nichts weiß?«

Das war eine Provokation, die Rafik ihm nicht einfach durchgehen lassen konnte. »Ich weiß mehr, als du denkst«, erwiderte er schroff, »und sie haben bei der Auktion zehnmal so viel gezahlt wie für jeden von euch.«

Ein kollektives Aufkeuchen ging durch die zusammengedrängten Lehrlinge, und Kurk schlenderte langsam auf Rafik zu und blieb dicht vor ihm stehen. Obwohl Rafik ziemlich sicher war, dass der junge Troll es nicht wagen würde, ihn ernstlich zu verletzen, wirkte es sehr bedrohlich. Rafik musste seinen ganzen Mut zusammennehmen, um nicht zurückzuweichen.

»Du bist vielleicht einen ganzen Haufen Metall wert, kleiner Welpe«, spottete Kurk, »aber trotzdem bist du zu nichts weiter gut als dazu, Türen aufzumachen. Du bist einfach nur ein Schlüssel, sonst gar nichts. Und wir …« Mit einer raumgreifenden Geste deutete er auf die Jungen und Mädchen ringsum, die alle höchstens noch wenige Monate davon entfernt waren, richtige Trolle zu werden, »wir sind diejenigen, die in der Tiefe zwischen dir und den Eidechsen stehen.« Turmhoch über Rafik aufragend, beugte er sich ein Stück vor. »Behandle mich also lieber mit Respekt, sonst lass ich sie ein bisschen an deinem Gesicht rumkauen, einfach nur, damit du deinen Platz kennenlernst.«

Rafik erschauerte. Niemand hatte ihm irgendwas von der Tiefe oder Eidechsen oder angekauten Gesichtern erzählt.

Anscheinend wussten alle genau, was er war und was er tun sollte, nur er selbst hatte keinen blassen Schimmer.

Offenbar standen ihm seine Gefühle deutlich ins Gesicht geschrieben, denn Kurk wandte sich lachend ab. Auch die anderen zerstreuten sich, und mit einem Mal stand Rafik allein da. Es sprach ihn niemand mehr an, aber er spürte ihre Blicke und hörte, wie sie miteinander tuschelten, und bald wurde es so unangenehm, dass er den Saal wieder verließ.

Auf seiner Pritsche erwartete ihn ein ganzer Satz neuer grauer Kleidungsstücke, die alle mit dem Abzeichen der Keenan-Gilde bestickt waren. Der Stoff war rauer als sein altes Gewand, und sie waren ihm eine Nummer zu groß, aber trotzdem zog sich Rafik rasch um. Er verspürte eine seltsame Erleichterung, als würde er mit dem Ablegen seiner alten Kleidung zugleich die erbärmliche Vergangenheit abstreifen und in eine neue, bessere Zukunft schlüpfen.

Er hatte nichts zu tun und hätte auch nicht gewusst, wo er hingehen sollte, also legte er sich auf den einzigen Platz, der ganz ihm gehörte. Zu seiner Überraschung passte sich die Matratze seinem Körper an, und Wärme durchströmte ihn – es war das bequemste Bett, in dem er jemals geschlafen hatte, und seine Laune besserte sich schlagartig. Als er die Augen schloss, standen ihm mit einem Mal seine jüngsten Erlebnisse deutlich vor Augen. Die Untersuchungen in dem prachtvollen Zelt, die Auktion, die Bemerkung der Schriftgelehrten, dass er den Jahresrekord gebrochen habe, die Unterzeichnung des Vertrags zwischen Meisterin Furukawa und Jakov – danach hatte sich der Händler nicht einmal von Rafik verabschiedet, sondern war einfach wortlos gegangen –, die Ankunft im Keenan-Gildenhaus, Meister Gorans geflüsterte Vorwürfe und natürlich die Begegnung mit den anderen Kindern. Rafik versuchte, sich einen Reim auf das alles zu machen. Wie bei der hohen Wand in seinen Träumen spürte er, dass irgendwo dahinter ein Muster steckte, aber es war zu komplex, und er bekam es nicht zu fassen.

Bevor der Schlaf ihn sich holte, tröstete sich Rafik mit dem Gedanken, dass er für die Keenan-Gilde vielleicht nichts weiter war als ein Schlüssel, so wie Kurk gesagt hatte, aber wenigstens war er ein sehr teurer Schlüssel. Die Gilde würde ihre Investition gut schützen, so wie Khan und Jakov es ebenfalls getan hatten. Für den Augenblick war er also in Sicherheit. Das musste erst einmal genügen.

Kapitel 34

»Bist du bereit, junger Puzzler?« Hofmeister Prushnik, die Pfeife zwischen den gelblichen Zähnen, lächelte Rafik zu.

Rafik nickte und vergewisserte sich rasch noch mal, dass mit seinem Aussehen alles in Ordnung war. Mit einer Hand fuhr er sich über den sauber rasierten Schädel.

»Gut, dann würde ich vorschlagen, wir beeilen uns. Meister Goran kann es nicht leiden, wenn man ihn warten lässt. Hier, nimm das auch mit.« Er reichte Rafik einen Mantel. »Da, wo wir hingehen, wirst du ihn brauchen.«

Hofmeister Prushnik ging voran. Hier und da grüßte er jemanden mit einem Nicken oder sagte etwas zu ihm, gelegentlich blieb er auch stehen, um zu überprüfen, ob der andere seine Pflichten auch anständig erledigte.

Sie überquerten den Innenhof, wo die anderen Keenan-Lehrlinge mit ihren morgendlichen Übungen beschäftigt waren. Als sie vorbeigingen, folgten Rafik viele neugierige und neidische Blicke. Schon beim Frühstück war bekannt gegeben worden, dass Rafik heute von allen Übungen und sonstigen Pflichten befreit war. Das stimmte die anderen Lehrlinge nicht gerade freundlicher. Kurk bedachte ihn mit einem giftigen Blick, dem – nachdem er sich vergewissert hatte, dass gerade niemand hinsah – noch eine obszöne Geste folgte.

Sie kamen zu einer Treppe, die zu einer wuchtigen Tür

hinunterführte. »Da wären wir«, sagte Hofmeister Prushnik. »Dann steigen wir mal in Meister Gorans Höhle hinab.« Er lachte leise in sich hinein und wählte einen großen eisernen Schlüssel aus seinem Schlüsselbund aus. »Nur Meister Goran und meine Wenigkeit besitzen einen Schlüssel«, erklärte er stolz und öffnete die schwere Tür. »Meister Goran legt viel Wert auf seine Privatsphäre. Natürlich hat er auch oben im Gildenhaus ein Zimmer, aber dort findet man ihn selten, meist ist er hier unten, zu jeder Tages- und Nachtzeit.«

Sie traten ein, und Meister Prushnik nahm eine Öllampe und zündete sie an, ehe er die Tür hinter ihnen zufallen ließ und wieder abschloss. Er ging voran, stieg die breiten Stufen hinunter und rieb sich die Hände, um sie zu wärmen. »Es gibt hier Tarakanische Lampen, die noch funktionieren, und heizen könnte man auch, aber Meister Goran möchte es so haben. Hält Besucher ab, sagt er.«

So viele Stufen nach unten zu steigen fühlte sich an, als wären sie tief unter der Erde, aber Meister Prushnik erinnerte Rafik daran, dass sie sich noch immer innerhalb des Tarakanischen Plateaus befanden, das hoch oben in der Luft schwebte. Sie durchquerten mehrere Dutzend große Räume, in denen sich alles Mögliche befand, von mit Tüchern abgedeckten Möbeln bis hin zu säuberlich gestapeltem Feuerholz, und dann ging es noch tiefer hinab. Am Ende traten sie durch eine weitere Tür in einen großen Saal, der so hell erleuchtet war, dass Rafik kurz geblendet war.

Meister Prushnik hängte die Öllampe an die Wand und klopfte Rafik aufmunternd auf die Schulter, ehe sie weitergingen.

Es stellte sich heraus, dass sie nicht nur durch diesen einen Saal hindurchmussten, sondern durch insgesamt vier, und alle waren vollgestopft mit Maschinen und Metallteilen, in Regalen und teilweise auch übereinandergestapelt. Rafik schlängelte sich vorsichtig daran vorbei, drum herum und hier und da auch mal drunter durch, bis sie schließlich einen fünften, etwas größeren Saal erreichten. Dort trafen sie auf Meister Goran, der sich über einen Tisch voller Kabel und Metallteile beugte. Sein Arm steckte tief in einer silbrig schimmernden Kugel.

Meister Prushnik nahm die Pfeife aus dem Mund und räusperte sich. »Meister Goran, ich bringe Euch hier den jungen Puzzler.«

»Gut. Danke, Hofmeister.« Meister Goran hob nicht einmal den Kopf. »Das wäre dann alles.«

Obwohl Meister Goran nicht zu ihm herübersah, verneigte sich Hofmeister Prushnik leicht, aber als er sich zum Gehen wandte, richtete Meister Goran doch noch einmal das Wort an ihn.

»Oh, und Hofmeister?«

»Ja?«

»Gebt Euren Schlüssel dem Jungen. Ich bin sicher, er findet den Weg ab heute allein und kann auch selbst dafür sorgen, dass die Öllampe immer voll ist.«

Meister Prushnik stand wie erstarrt. Er öffnete den Mund, schloss ihn dann aber wieder, ohne etwas zu sagen. Endlich griff er nach Rafiks Hand und ließ den Schlüssel hineinklatschen. »Verlier ihn nicht, sonst zieh ich dir das Fell über die Ohren«, knurrte er und stapfte davon. Kurz darauf knallte in der Ferne eine Tür.

Meister Goran richtete sich auf. Er trug einen Gesichtsschutz aus Metall, in dem sich nur ein schmaler Sehschlitz befand; jetzt nahm er ihn ab. »Ach, das neue Talent«, sagte er und legte den Gesichtsschutz behutsam auf den Tisch. »Komm mit.« Er winkte ihm mit einer Hand zu, die in einem halb durchsichtigen weißen Handschuh steckte, und hinkte voran.

Rafik beeilte sich, ihm zu folgen. Sie gingen zu einer Metalltür an einer Schmalseite des Saals.

»Das hier möchte ich dir als Erstes zeigen.« Meister Goran zog den Handschuh aus und legte die Hand auf eine kleine Metallplatte neben der Tür. Die Platte leuchtete blau auf, und die Tür schob sich in die Wand. Dahinter lag ein Schacht, breit genug, um mehrere Leute zugleich zu fassen.

»Das ist ein Aufzug«, sagte Meister Goran und streifte den Handschuh wieder über. »Damit kann man zu einer Reihe wichtiger Orte im Gildenhaus fahren, einschließlich meiner Privaträume ganz oben. Das erleichtert mir das Kommen und Gehen ganz erheblich.« Die Metalltür glitt wieder vor den Schacht, und Meister Goran sah auf Rafik hinunter, blickte ihm eindringlich in die Augen und sagte sehr langsam: »*Du … benutzt … diesen … Aufzug … niemals*.«

»Ich habe verstanden, Meister Goran«, antwortete Rafik mit dünner Stimme.

Offenbar zufriedengestellt, führte Meister Goran Rafik zu einem Tisch in der Nähe und setzte sich, schenkte sich selbst etwas zu trinken ein und schob Rafik einen Becher mit eiskaltem Wasser hin.

»Du bist also *unser* Neuzugang …« Meister Goran sah zu, wie Rafik den Becher leerte. Dann knallte er seinen eigenen Becher auf den Tisch. »Ich halte es für einen schweren Fehler, dass wir all unsere Mittel in dich investiert haben. Einen *schweren* Fehler.«

Rafik wusste nicht, was er darauf antworten sollte, also stand er stumm da, seinen leeren Becher in der Hand.

Meister Goran seufzte und schüttelte den Kopf. »Was geschehen ist, ist geschehen. Zeig mir deine Hand.«

Rafik gehorchte, ohne nachzudenken; in den letzten Wochen hatten sich so viele Leute seine Hand angesehen, dass er nicht mehr den Impuls verspürte, sie zu verstecken. Meister Goran setzte sich zwei mit einem Stück Metall verbundene runde Glasscheiben auf die Nase, durch die man, wie er erklärte, Gegenstände vergrößert sah. Die Berührung seiner weißen Handschuhe fühlte sich ausgesprochen eigenartig an. Ein derartiges Material hatte Rafik noch nie gesehen, aber er bezähmte seine Neugier. Meister Goran untersuchte seine Tätowierungen, vermaß sie ebenso gründlich wie die Finger und die Hand und Rafiks ganzen Arm. Rafik benötigte weder Glasscheiben noch ein Maßband, um zu wissen, dass die Symbole auf seinen Fingern doppelt so groß geworden waren, seit er sein Dorf verlassen hatte. Inzwischen bedeckten sie seine Finger ganz, das mittlere reichte sogar bis in die Handfläche hinein.

Nach jeder Messung drehte sich Meister Goran um und tippte mit den Fingern auf einer dünnen Platte herum, die Rafik an Schätzchens Bildschirme erinnerte. Er stellte Rafik eine Menge Fragen über seine Tätowierungen: Wie groß sie gewesen waren, als er sie zum ersten Mal entdeckt hatte, wann sie angefangen hatten, größer zu werden, ob sie juckten. Er wollte sogar wissen, wie viele Puzzles er schon geknackt hatte. Rafik versuchte, jede Frage schnell und korrekt zu beantworten, denn bei jedem Zögern klopfte Meister Goran ungeduldig mit dem Fuß auf den Boden.

Endlich ließ Meister Goran Rafiks Hand los, stand auf und ging langsam zu einem Regal voller Metallteile hinüber, in dem er eine ganze Weile lautstark herumkramte. Rafik blieb allein am Tisch zurück. Aus irgendeinem Grund wanderten seine Gedanken zu seinem Heimatdorf, seiner Familie und seinem besten Freund. Bald würde das Herbstfest beginnen. Ihm wurde das Herz schwer, und auf einmal hatte er einen bitteren Geschmack im Mund. So tief war er in seinen Gedanken versunken, dass er nicht mitbekam, dass Meister Goran zurückkehrte.

»Heimweh?«

Rafik schrak hoch. Konnte Meister Goran Gedanken lesen?

»Ich habe gerade an die Hochzeit meines Bruders gedacht«, antwortete er. »Inzwischen hat sie bestimmt schon stattgefunden.«

»Sich an der Vergangenheit festzuklammern hat keinen Sinn, Rafik. Du solltest lieber an deine Zukunft denken.« Meister Goran hatte einen rechteckigen Puzzle-Kasten in der Hand – inzwischen erkannte Rafik die Geräte im Schlaf. Wie der Kasten von Jakov hatte auch dieser hier eine Zeitanzeige, aber die zwei Dutzend Kabel, die an der Seite herauskamen, waren neu.

Meister Goran folgte Rafiks Blick. »Bisher weißt du nur, dass du dich sogar von den anderen Tätowierten unterscheidest, Rafik, und du weißt, was das hier ist.« Behutsam stellte Meister Goran den Kasten auf den Tisch. »Du weißt, dass du ein Puzzler bist und dass du Puzzles lösen kannst, und du weißt, dass das für viele Leute sehr wertvoll ist, aber das ist alles, mehr weißt du nicht. Du bist ein ungeschliffenes Talent ohne Ausbildung oder Erfahrung, vollkommen ungeübt und blind für die Feinheiten der Puzzles. Ganz und gar ahnungslos, was dich erwartet. Und das heißt, du wirst selbst bei einer ganz einfachen Expedition keine Stunde lang überleben, ganz zu schweigen von einer Expedition in die Tiefe, also in die Stadt im Berg. Aber genau dorthin wird Lord Keenan dich mit Sicherheit so bald wie möglich schicken wollen. Du bist ein blutiger Neuling. Schlimmer noch: Du weißt so wenig und glaubst, du wüsstest so viel, und der Enthusiasmus der anderen führt dich in die Irre. Du hast keine Ahnung, was dich erwartet. Unglückseligerweise haben wir unser gesamtes Vermögen in dich investiert, und dein Tod wäre das Ende dieser Gilde. Ich muss dich so gut ausbilden, wie ich nur kann, denn unser Schicksal hat sich unentrinnbar mit dem deinen verflochten.«

Rafik war zu verängstigt, um darauf zu antworten, aber anscheinend spiegelte sich sein Protest in seinen Augen.

»Du glaubst, ich lüge.« In Meister Gorans Lächeln lag keine Freundlichkeit. »Du glaubst, ich will dich nur kränken? Hältst mich vielleicht sogar für einen alten Trottel, hm?«

»Nein, ich …«

Die Ohrfeige unterbrach ihn mitten im Satz. Er stürzte auf die Knie, und seine Augen füllten sich mit Tränen. Seine Wange brannte.

Meister Goran ragte hoch über ihm auf. »Steh auf.« Es war ein Befehl, und Rafiks Beine gehorchten wie von allein.

»Gut. Hat die Ohrfeige wehgetan?«

Rafik schüttelte den Kopf. *Aus Stolz?*

Die zweite Ohrfeige traf ihn auf die andere Wange und war deutlich härter. Diesmal fand er sich auf den kalten Boden hingestreckt wieder, schmeckte Blut im Mund und wimmerte leise. In seinen Ohren klingelte es, aber er hörte den Befehl trotzdem: »Steh auf!«

Vor Angst zitternd, kämpfte er sich auf die Beine.

»Hat es wehgetan?«

Er nickte. Sein Gesicht schien in Flammen zu stehen.

»Gut. Mit der ersten Ohrfeige wollte ich dir etwas klarmachen, die zweite war für deine Lüge. Wenn du mich noch mal anlügst, dann wird dir diese Ohrfeige sanft vorkommen, das verspreche ich dir.« Meister Goran drückte

Rafiks Arm auf den Tisch und schloss eine daran festgeschraubte Metallklammer um sein Handgelenk.

»Dieser Schmerz ist nichts weiter als ein leichtes Kitzeln, verglichen mit dem Schmerz, den du empfinden wirst, wenn du in der Tiefe sterben solltest. Vergiss das niemals, Rafik. Lass dich von diesem Gedanken leiten, wenn ich dich unterrichte, und lern, so viel du nur kannst.«

Meister Goran schob den Puzzle-Kasten über Rafiks Finger. Dann befestigte er die Drähte an mehreren Stellen an Rafiks Hand und seinem Arm und redete dabei mit ruhiger Stimme weiter, als hätte er ganz vergessen, dass er den Jungen eben noch zweimal brutal geschlagen hatte.

»Es gibt zu vieles, was ich dir beibringen muss, und wir haben viel zu wenig Zeit, also fange ich ganz hinten an. Die Tarkanier haben überall auf dieser Welt ihre Städte und Außenposten erbaut, aber das, was wir ›die Stadt im Berg‹ nennen, war einst das Zentrum ihrer Macht. Wir wissen nicht, wie viele Tarkanier dort gelebt haben, aber allein im Tal gibt es unzählige Tarakanische Gebäude, von kleinen Häuschen bis hin zu Türmen, so hoch wie die in dieser Stadt. Welche grauenhafte Waffe die Tarkanier auch getötet haben mag, die meisten ihrer Gebäude blieben unversehrt, und in fast allen findet man solche Puzzleboxen. Weshalb? Sag du es mir, denn ich weiß es auch nicht. Vielleicht dienten sie irgendwelchen Unterrichtszwecken, vielleicht hatte es auch etwas mit ihrer Religion zu tun, oder es war eine Art Spiel. Aber eins steht fest, und das ist wichtig: Die Tarkanier müssen gewusst haben, dass die Katastrophe unmittelbar bevorsteht, und sie haben sich darauf vorbereitet.

Überall im Tal stehen unterirdische Bunker – wir nennen sie Knoten –, und sie sind voller Gegenstände, die den Überlebenden eines Kriegs helfen sollten. Von hochentwickelten, tödlichen Waffen bis hin zu Pillen, die genügend Nährstoffe für mehrere Tage liefern, Energiezellen und -röhren, unterschiedlichster Munition, Geräten, mit denen man in der Nacht sehen kann wie am helllichten Tag, Fahrzeugen und jeder Menge Technologie, die wir zwar nutzen, die wir aber nicht selbst nachbauen können, weil wir keine Ahnung haben, wie sie funktioniert. Diese Knoten füllen sich von Zeit zu Zeit selbst wieder auf. Wir wissen nicht, wie das sein kann und wie es funktioniert, aber das ändert nichts daran, dass sie es tun.

Nach allem, was ich weiß, gibt es in der Stadt der Türme sieben solcher Knotenpunkte, und die reichen kaum für die Versorgung von Schildgarde und Oberschicht. Der Rat achtet darauf, dass zu jeder Zeit mindestens zwei Puzzler zur Verfügung stehen, um Nachschub zu garantieren. Im Tarakan-Tal hingegen gibt es Tausende solcher Knoten, in denen man alles findet, was man sich nur wünschen kann. Die eigentlichen Schatztruhen aber findet man tief unten in der Stadt im Berg. Gepanzerte Fahrzeuge, Kommunikationsgerät, mit dem man über Hunderte Kilometer hinweg kommunizieren kann, und jede Menge Artefakte, über deren Verwendungszweck wir uns noch nicht im Klaren sind. Das alles liegt dort unten und wartet auf uns.

Tja. Nur gibt es da ein Problem.« Meister Goran beugte sich vor, und sein Mund war auf einmal unangenehm dicht an Rafiks Ohr. »Jeder Knoten hat eine Tür, und jede dieser Türen hat ein Schloss. Und diese Schlösser kann nur ein Puzzler öffnen.« Er lachte freudlos. »Glaub mir, ich habe nach anderen Wegen gesucht, sie zu überwinden. Es gibt keine. Nur ein Puzzler ist dazu imstande, und das wollen sie von dir: Du sollst ihnen die Türen öffnen, damit sie die Beute einsammeln können.« Er war mit der Befestigung der Drähte offenbar fertig, fügte aber noch hinzu: »Die Puzzle-Schlösser in der Stadt der Türme und auch im Tal können ganz schön schwierig sein, aber in der Stadt im Berg sind sie tödlich.« Er richtete sich auf. »Na, dann lass uns mal sehen, was du kannst.«

Meister Goran drückte auf einen Knopf, Rafik verspürte den üblichen Stich, und dann schwebte er in der vertrauten lichtlosen Leere. Kurz war da nichts außer Dunkelheit, und er versuchte, sich zu beruhigen. Aber da erschien auch schon das Puzzle vor ihm, und Rafik zögerte keine Sekunde. Die ersten Puzzles waren ganz einfach, und seine Angst verwandelte sich in Aufregung, sogar vorsichtige Zuversicht. Er löste alle Puzzles und kehrte zufrieden in die normale Welt zurück, aber Meister Gorans Miene war finster. Kopfschüttelnd streckte er die Hand nach dem Apparat aus. Rafik blieben nur wenige Sekunden, um sich ein bisschen zu erholen.

»Beim nächsten gibt es ein Zeitlimit«, warnte ihn Meister Goran, »arbeite also so schnell, wie du nur kannst.« Er drückte auf einen Knopf, und die Welt war wieder verschwunden.

Es war eine komplexere Version des vorigen Puzzles, nicht so groß wie einige, die Rafik auf der Reise mit Schätzchen gespielt hatte, aber seine Dreidimensionalität verwirrte ihn. Einen Augenblick lang schwebte er ratlos über dem Meer aus Symbolen und versuchte verzweifelt, darin irgendein Muster zu finden. Als er es endlich sah, legte er los, aber er hatte gerade erst die Hälfte des Musters fertig, da schoss ihm sengender Schmerz durch den ganzen Leib. Wie aus weiter Ferne hörte er seine eigenen Schreie. Sie wurden immer lauter, bis sie schließlich ganz nah waren, ihm in den eigenen Ohren schrillten. Der Saal war wieder da, und er lag mit dem Oberkörper auf dem Tisch und keuchte vor Schmerz, versuchte verzweifelt, seine Finger aus dem Kasten herauszuziehen. Aber es war unmöglich, weil sein Arm noch immer am Tisch festgeschnallt war.

Auf einmal füllte Meister Goran sein Sichtfeld aus. »Kennst du den Unterschied zwischen einem Technikus und einem Tüftler?« Meister Goran wartete nicht auf seine Antwort. »Ein Technikus ist gezeichnet, er hat die Gabe, den richtigen Instinkt, das Wissen liegt ihm im Blut. Ein Tüftler hingegen steckt einfach nur seine Nase tief in fremde Technologie. Ich bin ein Tüftler. Du aber bist ein Puzzler, du hast die Gabe.«

Meister Gorans Stimme war ganz ruhig, und seine Augen blickten in weite Ferne, wurden fast ausdruckslos. »Unser letzter Puzzler hatte die Gabe ebenfalls. Er hielt die Kästen für eine Spielerei – eine unterhaltsame, faszinierende Spielerei, aber nicht wirklich wichtig. Er übte lieber mit der Waffe und hat darüber seine eigentliche Ausbildung vernachlässigt. Dann sind wir ins Tal gegangen, und er hat es immer geschafft, weil er wirklich sehr begabt war. Und dann waren wir zum ersten Mal in der Stadt im Berg. Sein erstes Schloss hat er geschafft, und danach noch ein paar weitere, aber dann …« Meister Goran sah Rafik immer noch nicht an. »Die meisten von uns sind dort unten gestorben oder wurden schwer verletzt. Die wenigen Überlebenden unseres Trupps haben den Puzzler zurückgebracht. Er hatte Schaum vor dem Mund. Hat tagelang geschrien und musste zwangsernährt werden. Als er endlich wieder zu sich kam, war er nur noch ein Schatten seiner selbst, und seine natürliche Gabe war fort. Vollkommen ausgebrannt.« Meister Goran sah dem Jungen eindringlich in die Augen. »Fürchtest du dich jetzt?«, fragte er.

Rafik schluckte schwer und nickte.

»Gut. Versuch es noch mal.« Rasch drückte Meister Goran auf einen Knopf, und Rafik befand sich wieder mitten im Puzzle. Diesmal war er vor Angst wie erstarrt. Die Erinnerung an den entsetzlichen Schmerz war ganz frisch. Der zweite Versuch lief noch schlechter als der erste. Er konnte sich nicht richtig konzentrieren, und das Puzzle war noch nicht ansatzweise fertig, da schoss wieder der schreckliche Schmerz durch seinen Körper.

»Noch mal«, befahl Meister Goran.

»Nein, bitte nicht«, flehte Rafik, aber es war zu spät. Er verlor wertvolle Zeit damit, einen Weg hinaus zu suchen, und diesmal tat es so weh, dass selbst das Atmen zur Qual wurde.

Diesmal war er sogar zu schwach, um zu versuchen, seine Hand zurückzuziehen. Er lag nur da, den Kopf auf dem Tisch, und rang nach Luft. Vor Angst und Scham rannen ihm Tränen über die Wangen.

»Noch mal.«

Nach zwei weiteren gescheiterten Versuchen befand Meister Goran, es sei genug, und befreite Rafik aus dem Kasten. Der Junge riss seine Hand heraus, als stünde der Apparat in Flammen, sprang auf, stürzte und kroch hastig vom Tisch weg, bis er mit dem Rücken gegen eine Wand stieß. Hastig untersuchte er seine Hand. Doch er entdeckte weder Blut noch Verbrennungen, wie er erwartet hatte. Sie war unversehrt, und auch an seinem Unterarm war nichts zu sehen.

Meister Goran hinkte auf ihn zu und ragte über ihm auf. »Das war ein Schloss der Stufe fünf. Drei Minuten Zeit«, sagte er. »Auf einem Beutezug ins Tarakan-Tal bekommt man es mit Schlössern bis Stufe acht zu tun, bei etwa demselben Zeitfenster. In der Tiefe geht es bei Stufe vierzehn los, und du hast eine Minute Zeit. Die Tarkanier waren keine Dummköpfe. Je größer die Beute, desto komplizierter das Schloss.«

Rafik, die Hand an die Brust gepresst, sah zu ihm hoch.

»Aber warum tun sie das?«, fragte er. »Warum tun sie einem weh, wenn man es nicht schafft?«

»Die meisten Puzzles lähmen einen nur für etwa zwei Wochen, wenn man versagt«, gab Meister Goran zu, »danach kann man es dann noch mal versuchen. Aber es gibt auch welche, die tödlich sind. Das mit dem Schmerz geht auf meine Kappe. Um dich unter Druck zu setzen. Und es scheint ja zu funktionieren – du bist mit jedem Versuch schlechter geworden.« Meister Goran ging zum Tisch zurück und griff nach dem Kasten. Kurz glaubte Rafik, er müsste es noch mal versuchen, und wenn er nicht solche Angst vor Meister Goran gehabt hätte, wäre er aufgesprungen und hätte sein Heil in der Flucht gesucht. Aber Meister Goran hinkte nur zu den Regalen hinüber und verstaute den Kasten wieder.

»Bei einer Expedition im Tal kann es vorkommen, dass du ein Schloss öffnen musst, während dein Trupp kämpft. Lass dich nicht von der Bezeichnung ›Eidechsen‹ einlullen. Man nennt sie so wegen ihrer grünen Haut und der langen Schnauzen – aber es sind tödliche Biester. Fast so groß wie ein ausgewachsener Mensch, aber sehr viel kräftiger und ausgesprochen hinterhältig. Sie können dich mit Zähnen und Klauen mühelos in Stücke reißen; einen Unbewaffneten töten sie im Handumdrehen. Viele der Knoten liegen in echsenverseuchten Gegenden, und trotz der Säuberungstrupps vermehren sie sich so schnell, dass sie einfach nicht auszurotten sind.

Und sie sind ja nicht die einzige Gefahr dort draußen. Es gibt tödliche Fallen und wilde Tiere, und manchmal überfallen sich die Trupps sogar gegenseitig. Es kann passieren, dass du ein Puzzle lösen musst, während dich Feinde umzingeln, auf dich geschossen wird, vielleicht bist du auch verwundet. Dass dein Leben und das deines Trupps in deinen Händen liegt, darf niemals dazu führen, dass du Fehler machst.« Meister Goran kam zurück, beugte sich über ihn und packte ihn mit beiden Händen an den Schultern. »Deine Ausbildung wird zwischen Leben und einem qualvollen Tod entscheiden«, knurrte er, »deinem und dem deines Trupps.«

»Ich will das nicht machen.« Rafik hielt nur mit Mühe die Tränen zurück. »Ich wollte das nie. Ich wollte einfach nur zu Hause bleiben, in meinem Dorf.« Er zog die Nase hoch und spürte, wie sein Kinn zitterte, er konnte nichts dagegen tun.

Meister Goran schüttelte den Kopf, die Hände immer noch auf Rafiks Schultern. »Du kannst nicht nach Hause zurück«, sagte er ernst und zeigte auf Rafiks silbernen Armreif. »Dank dieses Armreifs wissen deine Ausbilder jederzeit auf den Meter genau, wo du bist, und wenn du versuchst, das Gelände zu verlassen, kann es dich sogar außer Gefecht setzen. Glaubst du denn, du wärst der erste Rekrut, der abhauen will? Der einzige Unterschied ist, dass dir die Gilde den Armreif nicht nach ein, zwei Monaten in einer feierlichen Zeremonie abnehmen wird. Du bist zu wertvoll. Unser Krieg mit Sabarra hat uns ein Vermögen gekostet, und was übrig war, hat Meisterin Furukawa für dich ausgegeben.« Er seufzte leise. »Ein kühner Schachzug, das gebe ich zu, aber dadurch steht das Schicksal unserer Gilde jetzt auf Messers Schneide. Wir werden entweder aufsteigen, oder es ist zu Ende – das hängt jetzt ganz von dir ab. Schlimmer noch, wir müssen die Investition in dich so schnell wie möglich wieder reinholen, sonst sind wir sehr bald pleite. Lord Keenan hat das Herz eines großen Kriegers, aber er ist, vermutlich aus genau diesem Grund, auch ein überzeugter Anhänger der Feuertaufe. Du wirst dort rausmüssen, und zwar schon bald, viel zu bald. Ich habe ein paar Monate für dich rausgehandelt, zehn, vielleicht auch zwölf, aber mehr ist nicht drin. Deine einzige Überlebenschance ist es, gemeinsam mit mir so viel zu trainieren wie möglich, bevor sie dich ins Tarakan-Tal schicken.«

Meister Goran sah ihm in die Augen. »Du musst verstehen, dass es hier nicht darum geht, etwas über unsere Vergangenheit herauszufinden oder darüber, wer die Tarkanier waren oder was genau bei der Katastrophe geschehen ist. Es geht nur um Metall und Macht und um die Frage, wer über die Zukunft bestimmt.« Er seufzte. »Denkst du immer noch über Flucht nach?«

Rafik wagte es nicht zu lügen, also nickte er.

»Ich kann es dir nicht verdenken. Aber ich weiß, dass du nicht fliehen wirst, und das liegt nicht nur an deinem Armreif. Vielleicht bist du sogar findig genug, um eine Lösung für dieses Problem zu finden, so wie ich es war.« Diesmal war Meister Gorans Lächeln echt. »Aber selbst wenn du entkommst und einen Weg vom Plateau hinunterfindest, wenn du der Hetzjagd entkommst und die Stadt verlässt – am Ende landest du mit hoher Wahrscheinlichkeit doch im Tarakan-Tal. Und weißt du, weshalb?«

Rafik schüttelte den Kopf. Langsam streifte Meister Goran den Handschuh von seiner Linken und hielt dem Jungen die gespreizten Finger vors Gesicht.

Die Tätowierungen waren so klein, dass sie auf den Fingerspitzen Platz fanden, und so blass, dass man sie für verwaschene Tintenflecken hätte halten können. Aber Rafik erkannte die Umrisse eines Dreiecks und eines Halbmonds.

»Weil du ein Puzzler bist, Rafik. So wie ich einer war, ehe meine Fehler meinen Trupp das Leben gekostet haben und ich zum bloßen Tüftler wurde. An diesem Tag hat es mir die Gabe aus dem Leib gebrannt, aber ich erinnere mich noch gut an den Sirenengesang des Tals. Du kannst nicht weglaufen, weil das Tarakan-Tal nach dir ruft, so wie es auch mich einst gerufen hat und andere von unserer Art. Nur im Tal findest du Frieden, als wärst du endlich da, wo du hingehörst. Selbst wenn es dich am Ende umbringt.«

Kapitel 35

So leise und zugleich so schnell wie möglich huschte Rafik voran. Eine schwierige Aufgabe, denn im Gang war es stockfinster. Draußen tobte noch immer eine Schlacht, und obwohl er bereits tief ins Gebäude vorgedrungen war, drang noch immer der Lärm von Explosionen und Schüssen an seine Ohren, hin und wieder sogar ein Schrei. Kein gutes Zeichen.

Wenigstens hatte der Schnitt aufgehört zu bluten. Vorsichtig betastete er den blutigen Stoffstreifen, der um seinen Arm gewickelt war, dann lief er weiter; mit einer Hand tastete er sich an der Wand entlang, in der anderen hielt er einen Blaster.

Durch den Knopf in seinem Ohr drangen Stimmen, aber sie waren so verzerrt, dass er nichts verstand. Vielleicht blockierten nur die dicken Wände das schwache Signal, aber er befürchtete, dass jemand den Empfang absichtlich störte. Das bedeutete, dass er schnell sein und so rasch wie möglich die Tür finden musste.

Rafik bog in einen anderen Gang ab, der zum Glück nicht ganz so finster war wie der, aus dem er gerade kam. Ein paar Schritte, und er stand vor dem Schloss. Vor Erleichterung lächelnd, sprach er ein rasches Dankesgebet an den Wiedergeborenen Propheten. Aber trotzdem ließ er die gebotene Vorsicht nicht außer Acht und entdeckte die Druckplatte im Boden gerade noch rechtzeitig, statt daraufzutreten. Er hatte keine Zeit zu verlieren und wenig Vertrauen in seine eher bescheidenen Fähigkeiten beim Entschärfen, also markierte er die Falle nur mit einem blutigen Stück Verband und suchte sich einen anderen Weg zur Tür.

Als er endlich vor dem Schloss stand, tippte Rafik zweimal an das Gerät an seinem Handgelenk, womit er seinem Trupp ein Signal sandte und womöglich auch alle anderen in der Nähe über seine Position informierte. Jetzt galt es sein Geschick gegen die Zeit. Er kniete sich hin, zog den gepanzerten Handschuh aus, streckte und dehnte ein paar Mal die Finger und legte sie an die Löcher. Dann holte er tief Luft, schloss die Augen und schob sie hinein. Dieses Vorgehen hatte sich als nützlich erwiesen, um die Orientierungsschwierigkeiten beim Übertritt in das, was Meister Goran »die Puzzle-Dimension« nannte, zu verringern.

Sobald er drin war, stellte Rafik fest: Es war ein schwieriges Schloss. Puzzles dieser Größenordnung und Komplexität hatte er bisher erst zweimal gelöst. Während er arbeitete, Symbole verschob und Muster aufdeckte, war sich Rafik seiner verletzlichen Lage überdeutlich bewusst. Auf den Knien und mit geschlossenen Augen, die Finger tief im Schloss versenkt – wenn der Feind Rafik fand, bevor sein Trupp ihn erreichte, war er erledigt.

Die Symbolwand bewegte sich, wandelte sich, verschwamm vor seinen Augen. Er verlor zwei Stränge und fand das Muster nicht wieder. Panik erfasste ihn, doch da stieg mit einem Mal eine Erinnerung in ihm auf.

»Siehst du dieses Symbol hier?«

»Die dreiköpfige Schlange?«

»Ja, ah, ich verstehe, weshalb du es so nennst. Ja, die Hydra. Hast du sie schon mal gesehen?«

»Ich … ich bin nicht ganz sicher … vielleicht …?«

»Versuch dich zu erinnern. Sieh mal, hier … hier … und hier, das alles gehört zum selben Symbol.«

»Ja, jetzt sehe ich es.«

»Ich habe Tausende Puzzles gesehen, Rafik, und irgendwann habe ich begriffen, dass Muster nicht einfach nur zufällige Anordnungen von Symbolen sind, sondern eher wie eine Sprache. Vielleicht ist das Muster ein Satz, den wir nicht lesen können, oder eine Formel oder vielleicht auch ein Name. Wenn du dieses Symbol hier siehst, dann weißt du, dass es nur sechs mögliche Kombinationen gibt. Eine davon ist das Dreieck mit der Ellipse im Innern, siehst du? Hier drüben …«

»Ja, jetzt sehe ich es.«

»Guter Junge. Der nächste Teil ist leichter, aber am Ende ist das Muster immer in Bewegung, da müssen wir uns auf unseren Instinkt verlassen. Sieh mal dort … und hier …«

Und plötzlich sah Rafik das ganze Muster vor sich. Sein Herz raste vor Entzücken, er fügte alles richtig zusammen und sah zu, wie die vielen Symbole zu einem einzigen verschmolzen.

Als er die Augen öffnete, schwang die Tür langsam auf. Der Gang hinter ihm war noch immer leer. Er musste hineingehen und einfach darauf hoffen, dass sein Trupp als Erstes hier war, nicht ihre Gegner. Also stand er auf, rieb sich die steifen Knie und ging durch die Tür. Da erklang in der Dunkelheit plötzlich ein Wimmern. Zu spät begriff er, was er da hörte. Versuchte noch, sich in Deckung zu werfen, aber da traf ihn die Druckwelle des Blasters auch schon mitten in die Brust. Er wurde davongeschleudert und krachte mit dem Rücken gegen die Tür.

Paralysiert lag Rafik auf dem Rücken. Das Gefühl war ihm in den letzten Monaten sehr vertraut geworden, aber die Vertrautheit machte es kein Stück angenehmer. Er lag da, rang nach Luft, versuchte zu blinzeln und bloß nicht in Panik zu geraten. Schwere Schritte hallten von den Wänden wider, und Kurk trat in sein Blickfeld, ein breites Grinsen auf dem Gesicht.

»Du bist so ein lächerlicher kleiner Ölschmierfleck, Puzzler.« Mit einer sparsamen Daumenbewegung lud er die Schockwaffe wieder auf und richtete sie auf Rafik. »Vielleicht sollte ich noch mal schießen, nur zur Sicherheit.«

Ein zweiter Treffer würde nicht nur höllisch wehtun, sondern auch die Paralyse verlängern. Gut möglich, dass Rafik aus Luftnot sogar das Bewusstsein verlor. Das wusste er aus Erfahrung, es wäre nicht das erste Mal. Kurk war sein persönlicher Fluch, er ließ keine Gelegenheit aus, dem Jüngeren zu zeigen, wer von ihnen stärker war. Es sah ganz danach aus, als wollte er es mal wieder unter Beweis stellen, und Rafik konnte nichts dagegen tun.

Gerade als sich Kurks Finger um den Abzug krümmte, erklang im Eingang die Stimme von Naava, der Anführerin seines Teams: »Was ist hier los?« Eine kurze Pause, dann sagte sie: »Rafik hat's erwischt, es ist vorbei.«

Mit enttäuschtem Blick schulterte Kurk seine Waffe, als Rafiks Trupp hereinkam, gefolgt von zwei Ausbildern. Inzwischen konnte sich Rafik wieder rühren. Langsam stand er auf und stellte sich dem Zorn seines Trupps.

»Was hab ich dir gesagt?« Naava stieß ihm so kräftig den Zeigefinger gegen die Brust, dass er zurücktaumelte. »Wie lautete dein Befehl?«

»Im gesicherten Areal bleiben«, gab Rafik zu. Dann wollte er erklären: »Aber ich musste da weg. Kurks Team war schon zu nah und hatte mindestens zwei Scharfschützen auf mich angesetzt, und niemand konnte Donn finden – er war einfach verschwunden.«

»Na toll. Du wandelnder Kurzschluss hast uns gerade

zwei Wochen Küchendienst beschert«, motzte jemand hinter Naava.

Die Ausbilder fingen an, alle für die Nachbesprechung zusammenzutrommeln, aber Rafik war immer noch wütend. »Das ist einfach unfair«, beschwerte er sich lautstark. »Kurk hat hinter einer verschlossenen Tür gewartet, die mit einem Puzzle-Schloss gesichert war, das ich gelöst habe, und er«, Rafik zeigte auf Kurk, »gehörte überhaupt nicht zum gelben Team, es war einfach nur eine Falle. Ich habe das Puzzle geknackt und den Knoten betreten, also haben wir gewonnen.«

Meisterin Havanna, eine Frau mit feuerrotem Haar und ihre Ausbilderin für Kampftaktik, drehte sich zu ihm um. »Schluss jetzt mit den Ausreden. Du warst heute eine Schande für dein Team.«

Rafik errötete, als sie anfing, seine Schnitzer aufzuzählen: »Erstens: Du hast einen direkten Befehl deines Vorgesetzten missachtet. Zweitens: Du hast dich ohne jeden Schutz aus dem gesicherten Bereich entfernt. Dann hast du versucht, ein Schloss zu öffnen, ohne auf deinen Trupp zu warten. Und am Schluss, und ich habe keine Ahnung, was dich da geritten haben mag, hast du auch noch den Knoten betreten. Was habe ich dir gesagt, immer und immer wieder? Betritt *niemals* einen Knoten. Ein erfolgreich gelöstes Puzzle bedeutet nicht, dass du einfach reinmarschieren kannst, und selbst wenn du den Knoten aus irgendeinem Grund doch betreten musst, dann ganz sicher nicht so.« Meisterin Havanna wandte sich zu Meister Goran um, der inzwischen ebenfalls aufgetaucht war. »Dein Schüler ist ja meinetwegen imstande, seine Puzzles zu knacken, aber er wird schon auf seiner ersten Expedition im Tal draufgehen. Er braucht dringend mehr Kampftraining und Disziplin.«

Meister Goran schüttelte den Kopf. »Tut mir leid. Möglicherweise hast du recht, Rafik fehlt es an Kampftraining und Disziplin, aber wir können es uns nicht leisten, noch mehr Zeit von seiner Ausbildung zum Puzzler abzuzwacken.«

»Tot nützt er uns nichts.«

»Und wenn er die Schlösser nicht knackt, nützt er uns ebenso wenig«, erwiderte Meister Goran ruhig. »Wenn sich Rafik aus der Sicherheitszone entfernt hat, dann deshalb, weil man ihn unbewacht gelassen hat. Der Trupp muss lernen, besser auf seinen Puzzler aufzupassen und ihn zu beschützen. Alles andere ist zweitrangig.«

Meisterin Havanna brummte missbilligend, ließ es aber dabei bewenden. Sie gratulierte Kurk und verkündete den Preis für das Siegerteam: eine Woche gelockerte Ausgangssperre und sogar einen Nachmittagsausflug in die Stadt. Rafiks Team hingegen bekam Küchendienst aufgebrummt und musste, wie es üblich war, den gesamten Trainingsbereich aufräumen und putzen. Es hätte Rafik nichts ausgemacht, die Strafe mit seinem Team zu teilen. Im Grunde wusste er sehr genau, dass Meisterin Havanna recht hatte: Es war seine Schuld, dass sie verloren hatten. Aber Meister Goran mischte sich ein und hob die Bestrafung für ihn auf, um die Zeit lieber in seine Ausbildung zu investieren. So war es immer, und Rafik wusste, dass diese Sonderbehandlung ihn den anderen entfremdete. Inzwischen sahen ihn sogar einige der Lehrer deshalb schief an und fanden, dass er als Puzzler unverdiente Privilegien genoss. Sie alle schienen ständig zu vergessen, dass er im Gegenzug auch nichts von einem Sieg hatte – die übliche Belohnung bestand unter anderem darin, den Grund und Boden der Gilde für einen Ausflug zu verlassen, und das war Rafik unter allen Umständen streng verboten.

Gerade als die Versammlung sich aufzulösen begann, hörten sie Lärm aus Richtung des Haupttors. Kurz standen alle da wie festgefroren, dann sagte Meisterin Havanna, die Hand auf dem Ohr mit dem Kom-Gerät darin: »Zum Haupthof, sofort, los los!« Alle rannten los, mit Ausnahme von Meister Goran, der in aller Seelenruhe hinterherhinkte.

Lord Keenan erwartete sie bereits, umgeben von einem großen Gefolge aus Wachen und Beratern. Rasch stellten sich die Lehrlinge sauber in Formation vor ihm auf. Auf das Signal von Meister Hopp, dem Torwächter, verneigten sie sich, wobei sie dreimal wie mit einer Stimme riefen: »Keenan, Respekt!« Lord Keenan nickte ihnen zu und grüßte sie ebenfalls, dann kam er auf sie zu und nahm sie näher in Augenschein. Es verblüffte Rafik sehr, wie klein und fett er war – nach all den Geschichten über Lord Keenans Wildheit auf dem Schlachtfeld hatte er sich einen wahren Riesen von einem Troll vorgestellt. In Wirklichkeit reichte der Mann Kurk gerade mal bis zur Schulter, aber dennoch strahlte er eine deutlich spürbare Autorität aus, und bei der Begrüßung war Rafik unwillkürlich auf ein Knie gesunken, ehe er sich wieder erhob und gemeinsam mit den anderen so laut »Respekt!« rief, wie er nur konnte. Jetzt stellte er sich mit herausgestreckter Brust der Inspektion.

Lord Keenan nickte Meister Hopp zu und bat um den Tagesbericht. Rafik wurde übel, als er der kurzen Zusammenfassung lauschte, aber Lord Keenan verzog keine Miene. Er ging von einem zum anderen und ließ sich zu jedem Jungen und Mädchen Genaueres zum Verhalten im Training berichten. Hin und wieder nickte der Gildenlord oder sagte ein, zwei Worte zu dem Lehrling, der in Habtachtstellung vor ihm stand. Kurk erfuhr, dass schon bald seine erste Modifikations-Operation anstand, und Bernard sollte sich beim Schießtraining mehr anstrengen. Vor Rafik blieb der Lord länger stehen als vor den anderen und verlangte einen vollständigen Bericht von Meister Goran,

Meisterin Havanna und Meister Fu, ihrem Nahkampf-Ausbilder. Meister Goran lobte Rafiks Fortschritte, gab aber bereitwillig zu, dass der Junge bei einer Expedition im Tal noch Schwierigkeiten haben und einen Ausflug in die Tiefe keinesfalls überleben würde. Die Kampftrainer drückten sich etwas drastischer aus.

»Woran liegt das?«, wollte der Gildenlord wissen.

»Wir trainieren nicht genug mit ihm, Lord Keenan.« Meister Fu sprach leise, aber Rafik hörte ihn trotzdem deutlich. »Er verbringt die ganze Zeit mit seinen Studien bei Meister Goran.«

Meister Goran wartete nicht, bis Lord Keenan das kommentierte, sondern verteidigte sich hitzig: »Der Junge muss sich darauf konzentrieren, die Puzzle-Schlösser zu öffnen. Er ist der Einzige, der dazu imstande ist, und zu diesem Zweck bilde ich ihn aus. Er wird einen Trupp dabeihaben, der ihn beschützt, wie es seine Aufgabe ist.«

»Bisher hat er noch keinen noch so einfachen Trainingsdurchgang überlebt«, wandte der Gildenlord ein.

»Das liegt daran, dass er sich nicht an seine Anweisungen hält«, warf Meisterin Havanna ein.

Der Gildenlord schüttelte den Kopf. »In einer Schlacht geht es chaotisch zu, und dass er Puzzles knacken kann, hilft der Gilde auch nicht weiter, wenn er seine erste Expedition nicht überlebt.«

Meister Goran sah drein, als wollte er widersprechen, aber dann überlegte er es sich noch mal und kniff die Lippen zusammen.

»Der Junge muss lernen, sich zu verteidigen«, fuhr Lord Keenan entschlossen fort. »Ich will, dass er Ausweichtechniken und den Umgang mit leichten Waffen lernt. Außerdem soll er seine Ausdauer trainieren.« Er musterte Rafik. »Er sieht blass aus und schwach. Er braucht mehr körperliches Training, und seine Ernährung soll umgestellt werden, damit er kräftigere Muskeln bekommt. Dafür muss die Zeit da sein. Strengt Euch mehr an. Ich werde mir den Jungen demnächst noch einmal ansehen. Die Keenan-Gilde hat viel in ihn investiert, und ich will Resultate sehen, keine solchen Albernheiten wie heute.«

Bei seinen Worten wurden die drei Ausbilder blass um die Nase, aber der Gildenlord war schon fertig mit seiner Standpauke. Er setzte eine Besprechung mit der gesamten Belegschaft an, nahm am Mittagessen im großen Speisesaal teil und brach bald darauf wieder auf.

Von diesem Tag an änderte sich Rafiks Tagesablauf dramatisch. In der frühen Morgendämmerung stand er auf und begann seinen Tag mit einer persönlichen Lektion bei Meister Fu, und tief in der Nacht brach er irgendwann erschöpft zusammen, meist auf einem improvisierten Lager unten in Meister Gorans Kellergewölben. Die Keenan-Meister nahmen die Worte des Gildenlords sehr ernst und brachten Rafik in jeder Lektion an seine Grenzen und darüber hinaus. Das Training mit leichten Waffen war sehr fordernd, das Nahkampftraining regelrecht brutal. Der unbarmherzige Meister Fu kannte keinerlei Nachsicht, und bald war Rafiks ganzer Leib ein einziges Mosaik aus roten, schwarzen und blauen Prellungen.

»Nicht denken. Bewegen!«, brüllte Meister Fu ihn an, während Schläge und Tritte auf ihn einprasselten. Aber Rafiks natürlicher Instinkt, immer und überall Muster zu suchen, stand ihm sehr im Weg. Es half auch nicht gerade, dass Meister Fu ihm stets deutlich überlegene Gegner zuteilte. Natürlich hatte Kurk große Freude an diesen Trainingseinheiten, und als dieser elende Schläger endlich unters Messer kam und danach als Wache auf die Felder vor der Stadt der Türme entsandt wurde, war Rafik zutiefst erleichtert.

Aber natürlich wurde er bald ersetzt, und es verging kein Tag, an dem Rafik nicht humpelte, wenn er zu Meister Goran hinunterstieg, der ihn ein Puzzle nach dem anderen lösen ließ, eins schwieriger als das andere. Rafik verlor jedes Zeitgefühl und erinnerte sich später nur verschwommen an die Wochen und Monate nach Lord Keenans erstem Besuch. Der Winter kam und ging, er merkte es kaum. Rafik wurde nicht sonderlich stärker, wie er insgeheim gehofft hatte, aber als der Frühling da war, rannte und kletterte er sehr viel schneller als früher, und im Kampf schaffte er es meistens, den Schlägen und Tritten seiner Gegner auszuweichen.

Auch bei den Puzzles verzeichnete er große Fortschritte; selbst Meister Goran musste widerwillig zugeben, dass das körperliche Training Rafiks Konzentrationsfähigkeit guttat. Beim Schießen allerdings war er immer noch erbärmlich. Die Blasterpistole fühlte sich in seinen Händen plump und schwerfällig an, und wenn er zielte, verschwamm ihm die Sicht. Größere Waffen konnte er nicht vernünftig handhaben, sie waren zu schwer. Er tröstete sich damit, dass ihn wenigstens die anderen Lehrlinge inzwischen weitgehend in Ruhe ließen, aber das lag vielleicht daran, dass er kaum ein Wort mit ihnen wechselte; meistens hatte er nicht mal Zeit, gemeinsam mit ihnen zu essen. Lord Keenan kam alle paar Wochen vorbei und erkundigte sich nach Rafiks Fortschritten, und als sich der Frühling dem Ende neigte, beschloss er, Rafik eingehender zu prüfen.

Sie waren gerade beim Training, als ein Krieger hereingeschlendert kam. Er trug eine zerbeulte und abgenutzte Energierüstung und einen Sack mit seinen Siebensachen über der Schulter. Er blieb stehen und ließ den Sack von der Schulter rutschen. Öffnete langsam seinen Helm und nahm ihn ab. Darunter kam ein kahler Schädel zum Vorschein. Auf dem Scheitel war ein Kom-Gerät befestigt, und aus dem Hinterkopf ragten Drähte, wie bei Kriegern üblich. Er hatte einen kurz gestutzten schwarzen Bart. Keinerlei Zierrat oder Abzeichen.

Meister Fu wies die Lehrlinge an, sich in Habtachtstellung rings um die Kampffläche aufzustellen. Der Krieger öffnete seine Energierüstung und entfernte auch Handschuhe, Armschienen und ein an den Unterarm geschnalltes Eingabegerät und ließ alles zu Boden fallen. Dann trat er zu Meister Fu in den Ring. Für einen Troll war er nicht besonders groß, aber trotzdem ein wahrer Muskelberg. Im Gehen ließ er den kurzen, massigen Nacken knacken. Seine Haut hatte die Farbe gebrannter Lehmziegel.

Rafik hielt den Atem an, als die beiden voreinander Aufstellung nahmen und sich lange gegenseitig in die Augen starrten. Dann schlug der Kahlköpfige mit der Faust in seine fleischige Handfläche, und beide verneigten sich langsam und sehr förmlich voreinander, ohne den Blickkontakt zu unterbrechen. Sie richteten sich auf, und der Kahlköpfige hob die Hände, schloss sie zu gewaltigen Fäusten und nahm Kampfhaltung ein. Er war größer als Meister Fu, der ebenfalls die Hände hob, sie aber offen ließ. Mehrere Herzschläge lang standen sie so da, und dann brach der Fremde auf einmal in herzhaftes Lachen aus, verbeugte sich tief vor Meister Fu. Es war das erste Mal, dass Rafik den Kampflehrer grinsen sah. Die beiden Männer umarmten einander.

Meister Fu wandte sich an die verblüfften Lehrlinge. »Ich darf vorstellen: Kommandant Doro. Er leitet den Keenan-Trupp am Außenposten.«

»Keenan, Respekt!« Rafik stimmte begeistert in den kollektiven Ausruf ein.

Nach dieser kurzen Vorstellung bat Kommandant Doro darum, an der Stunde teilnehmen zu dürfen, und führte sämtliche Übungen akribisch genau aus. Meister Fus Aufforderung, sie zu kommentieren oder selbst etwas vorzuführen, kam er nicht nach. Die Nachricht von seiner Ankunft verbreitete sich rasch, und schon bald strömten alle anderen Meister und Meisterinnen auf den sonnenbeschienenen Hof hinaus. Selbst Meister Goran ließ sich irgendwann blicken, hielt sich aber im Hintergrund. Ganz zuletzt gesellte sich Meisterin Furukawa zu ihm und sah bis zum Schluss zu. Man hätte fast meinen können, auf ihrem stets so ernsten Gesicht läge der Hauch eines Lächelns. Nie zuvor hatte sich Rafik beim Training so verausgabt, und es kam ihm vor, als würden auch die anderen Lehrlinge ihr Allerbestes geben.

Nach Trainingsende umarmten sich Kommandant Doro und Meister Fu wieder, jetzt beide in Schweiß gebadet. Anschließend machte der Kommandant die Runde und begrüßte jeden Lehrer herzlich.

»Wir haben Euch frühestens nächste oder übernächste Woche erwartet«, sagte Meisterin Havanna.

»Ihr kennt mich doch.« Kommandant Doro grinste durchtrieben. »Ich mag Überraschungen.« Er drehte sich um und neigte den Kopf vor Meisterin Furukawa.

»Wie schön, Euch zu sehen, Kommandant«, sagte sie.

»Ah, Meisterin Furukawa, Euer Lächeln erhellt mir wie immer den Tag.« Er legte den Kopf schief und winkte jemandem zu. »Und wie ich sehe, spielt Meister Goran noch immer so gern das fünfte Rad am Wagen.«

Rafik erwischte Meisterin Havanna dabei, wie sie sich abwandte, um ihr Lächeln zu verbergen. Meisterin Furukawas Miene hingegen blieb so ungerührt wie immer. »Kommt, Kommandant.« Im Gehen streifte sie Rafik mit einem kurzen Blick. »Wir haben viel zu besprechen.«

Meister Fu schickte zwei Lehrlinge los, um Kommandant

Doros Gepäck in sein Zimmer zu bringen, und die Lehrer folgten Meisterin Furukawa. Sobald die Lehrlinge unter sich waren, brachen begeisterte Gespräche über Kommandant Doro los. Sogar Rafik war diesmal mittendrin.

»Ihr wisst, was das heißt«, sagte Bernard, der nach Kurks Weggang Anführer der Trolle war. »Er ist hier, um uns zu prüfen, und wer sich gut schlägt, geht möglicherweise direkt ins Tal, statt erst mal Wachdienst zu schieben. Und natürlich«, er richtete den Blick auf Rafik, »ist er wegen des Puzzlers hier.«

Auf einmal galt die geballte Aufmerksamkeit der anderen ihm, und wie immer bei solchen Gelegenheiten stockte ihm der Atem.

»Mir macht's nichts aus, wenn er mich gründlich prüft«, murmelte Lisa in sich hinein, ein Trollmädchen mit wildem Lockenkopf. Als ihr bewusst wurde, was sie gerade gesagt hatte, errötete sie heftig. Alle lachten, und im nächsten Moment flogen spöttische Bemerkungen zwischen ihnen hin und her. Selbst Rafik fiel auf, dass die Mädchen einen ganz verträumten Blick bekamen, wenn Kommandant Doros Name fiel.

Niemand achtete mehr auf Rafik, und er zog sich zurück und lief nach unten in Meister Gorans Kellergewölbe.

Meister Goran traf er dort nicht an, aber auf dem Tisch stand ein neues Puzzle für ihn bereit. Den restlichen Nachmittag verbrachte Rafik damit zu üben; die schmerzübertragenden Drähte brachte er allerdings nicht an seinem Arm an.

Als ihm Hofmeister Prushnik nicht wie gewohnt sein Abendessen brachte, beschloss Rafik, hinaufzugehen und gemeinsam mit den anderen im Speisesaal zu essen. Vielleicht traf er dort ja auch Meister Goran.

Zu seiner Überraschung saß Kommandant Doro am

Lehrlingstisch und plauderte angeregt mit den anderen. Überhaupt, am Lehrertisch auf dem Podium saßen nur Meisterin Furukawa und Meister Goran, die anderen hatten sich allesamt mit an den Lehrlingstisch gequetscht. Rafik zögerte kurz, dann drehte er um. Er würde sich einfach was aus der Küche mitnehmen und wieder an die Arbeit gehen. Meister Goran wäre nicht glücklich, wenn er später in den Keller kam und Rafik dort nicht antraf.

»Hey, Rafik«, rief Kommandant Doro.

Prompt drehte sich Rafik um.

Der Kommandant sah ihn an. »Hier ist noch Platz.« Er zeigte neben sich auf die Bank, wo Bernard saß. »Na komm.« Er winkte einladend.

Rafik gehorchte, und die anderen rutschten zusammen, sodass sich Rafik zwischen Kommandant Doro und Bernard zwängen konnte.

Doro drehte sich zu ihm und streckte ihm die Hand entgegen. »Du bist also der Puzzler, über den alle reden. Respekt.«

»Respekt, Kommandant«, antwortete Rafik leise und sah zu, wie seine Hand in Doros riesiger Pranke verschwand. Halb erwartete er, dass Doro seine Finger vor aller Leute Augen näher untersuchen würde, aber er tat nichts dergleichen, sondern ließ Rafiks Hand wieder los und bot ihm ein Stück Brot an.

Obwohl sie direkt nebeneinandersaßen, wechselten sie kein weiteres Wort mehr miteinander, bis der Kommandant irgendwann vom Tisch aufstand und eine gute Nacht in die Runde wünschte.

Spontan sprangen alle Lehrlinge auf.

»Keenan, Respekt!«, hallte es lauthals, während Kommandant Doro den Saal verließ.

Am zweiten Tag nach Doros Ankunft hielten die Lehrer

einige Übungen ab, um Rafiks Fähigkeiten zu demonstrieren. Es wurde nicht direkt geschummelt, aber selbst Rafik war klar, dass er schon deutlich schwierigere Puzzles geknackt hatte, und auch, dass er Naava im Nahkampf niemals hätte schlagen können, wenn sie gedurft hätte, wie sie wollte. Meister Goran sah ebenfalls zu, sagte aber nichts, als sie sich später im Kellergewölbe trafen. Überhaupt redete er mit Rafik nicht mehr als unbedingt nötig. Er wirkte distanziert und geistesabwesend und beendete das Training früher als sonst.

Am dritten Tag wollten Rafik und Meister Goran gerade mit dem Training beginnen, da öffnete sich die Aufzugtür, und Hofmeister Prushnik kam herein.

»Bitte entschuldigt die Störung, Meister Goran«, sagte er kühl, »aber man hat mich gebeten, den jungen Puzzler zu Kommandant Doro zu bringen; er möchte sich mit ihm unterhalten.«

»Das geht gerade nicht«, erwiderte Meister Goran. »Ich brauche den Jungen hier, er muss üben. Sagt dem Kommandanten, er kann sich später mit ihm unterhalten, wenn wir hier fertig sind.«

Hofmeister Prushnik nickte, und möglicherweise huschte ein kaum merklicher Schatten von Genugtuung über seine Züge, als er erwiderte: »Kommandant Doro hat Eure Reaktion vorausgesehen, Meister Goran, und mit Meisterin Furukawas Einverständnis bat er mich, Euch mitzuteilen, dass ich entweder den jungen Puzzler bringe oder er selbst herunterkommen wird, und zwar umgehend.«

Meister Gorans Kiefermuskeln traten hervor. Kurz herrschte Stille, dann blaffte Meister Goran: »Na schön, dann nehmt ihn mit.«

Ein paar kurze, präzise Bewegungen und Rafiks an den Tisch geschnallte Hand war frei. »Du kommst nach eurer

Unterhaltung besser augenblicklich zurück«, rief er dem Jungen hinterher. »Keine Trödelei, verstanden?«

Es war das erste Mal, dass Rafik den Aufzug betrat. Neugierig beobachtete er, wie Hofmeister Prushniks Finger über einem der Knöpfe schwebte, der daraufhin blau aufleuchtete. Die Tür glitt lautlos zu, und Rafik spürte, wie sie sich nach oben bewegten. Gleich darauf stand er, ebenfalls zum ersten Mal, in einem der oberen Stockwerke des Gildenhauses.

Mit wild klopfendem Herzen folgte er Hofmeister Prushnik, der zu einer großen Doppeltür voranging und behutsam anklopfte. Sofort ertönte ein Summen, und die Türen glitten beiseite. Dahinter stand Kommandant Doro vor einem Kamin, er drehte sich zu ihnen um, eine dampfende Tasse in der Hand.

»Ah, vielen Dank, Prushnik. Wie ich sehe, hat meine Drohung den alten Ziegenbock überzeugt.«

Meister Prushnik versuchte, sein Grinsen zu verbergen. »Ja, Kommandant. Ganz wie Ihr es vorausgesehen habt. Ich komme dann später wieder und hole den Jungen ab.« Er ging hinaus.

»Komm her, setzen wir uns.« Doro ging zum Fenster, wo ein kleiner runder Steintisch stand.

Ein so großes Privatzimmer wie das von Kommandant Doro hatte Rafik noch nie zu Gesicht bekommen. Er lief an einem großen Doppelbett vorbei, auf dem ein Sammelsurium unterschiedlicher Waffen lag, alle blitzsauber und frisch geölt, dazu mehrere Energiezellen. Die Decke lag neben dem Bett auf dem Boden.

»Wunder dich nicht.« Der Kommandant lachte über Rafiks Blick. »Wenn du erst mal zwei Monate im Tal verbracht hast, kannst du auf so einem bequemen Lager auch nicht mehr schlafen.« Er streckte ihm die Hand entgegen, und wie beim ersten Mal schüttelten sie sich die Hände wie Gleichgestellte.

»Ich sehe, du trägst immer noch deinen Armreif«, sagte er.

Rafik errötete. Es war so gekommen, wie Meister Goran es vorausgesehen hatte: Allen anderen hatte man den Armreif bei einer feierlichen Zeremonie abgenommen und sie als Mitglieder der Keenan-Gilde vereidigt. Rafik jedoch nicht – er war zu wertvoll, als dass man ihm hätte vertrauen können.

Kommandant Doro klopfte ihm tröstend auf die Schulter. »Mach dir nichts draus. Komm, setz dich, und wir unterhalten uns ein bisschen.«

Als Rafik saß, schenkte Kommandant Doro aus einer Kanne eine dampfende Flüssigkeit in den Becher ein, der vor Rafik stand. »Das nennt sich Tee«, erklärte er. »Unten im Tal kaum zu bekommen, deshalb nehme ich mir immer einen großen Vorrat an getrockneten Blättern mit, wenn ich mal hier bin. Nichts gegen die Nährpillen, aber das hier hält mich warm …«, lächelnd schenkte er sich selbst ein, »… und bei Verstand.«

Rafik spähte in seine Tasse. »Ich weiß, was das ist. In meinem Dorf haben die Ältesten sich auch Kräuter aufgebrüht.« Er probierte einen Schluck, es schmeckte bitter, und anscheinend sah man es ihm an, denn Kommandant Doro lachte.

»Du gewöhnst dich schnell daran. Man sagt, es macht süchtiger als Skint.« Er nahm einen großen Schluck, schloss die Augen und seufzte. »Schon besser. So, Rafik, dann erzähl mir doch mal was über das Dorf, aus dem du stammst.«

Rafik sah ihn überrascht an. »Meister Goran sagt immer, die Vergangenheit zählt nicht, sondern einzig und allein die Zukunft.«

Das Gleiche sagte er über die Gebete zum Wiedergeborenen Propheten. Inzwischen wusste Rafik, dass das Leben außerhalb seines Dorfs ganz anders war, ganz besonders was Tarakanische Ungläubige betraf, solche wie Dominique, Captain Sam und sogar Khan oder Meister Goran. Aber die Gebete waren ihm trotzdem noch immer ein dringliches Anliegen. Es war nicht direkt verboten, trotzdem rümpften die anderen Lehrlinge darüber die Nase. Meister Goran hielt es für reine Zeitverschwendung und hatte es Rafik untersagt – nur vor dem Zubettgehen durfte er beten.

Kommandant Doro schüttelte den Kopf. »In ein paar Punkten mag der alte Ziegenbock ja durchaus recht haben, aber ... alles, was wir tun, all das hier«, er deutete auf das Bett mit den Waffen darauf, »dreht sich darum, etwas über unsere Vergangenheit herauszufinden. Warum also fangen wir nicht damit an, dass du mir etwas über die deine erzählst?«

Am Anfang war Rafik unsicher und sehr wachsam, aber Kommandant Doro stellte ihm geduldig eine Frage nach der anderen. Und kurz darauf erzählte ihm Rafik von Eithan, schilderte ihm ihre albernen Krieger-und-Ungläubige-Spiele und das plötzliche Auftauchen der schwarzen Male. Zu seiner eigenen Überraschung berichtete er sogar davon, was sein Vater in der Scheune getan hatte. Während er von der Reise nach Neuhafen berichtete, ging ihm auf, dass es ihm schwerfiel, sich an das Gesicht seines Bruders zu erinnern. Unwillkürlich schob er die Hand in die Tasche und berührte Fahids Messer.

Dann erzählte er weiter. Manche Einzelheiten berichtete er, andere ließ er aus. Als er schließlich zum Ende kam, war er traurig, aber zugleich seltsam erleichtert.

Eine ganze Weile sagte Kommandant Doro nichts. Schließlich stand er auf, schob seinen Stuhl direkt vor den von Rafik und setzte sich wieder, und Rafik kam es vor, als fülle die riesenhafte Gestalt sein gesamtes Blickfeld aus.

»Ich muss dir nicht sagen, wer du bist oder dass du schon bald hier fortgehen wirst«, sagte er ruhig, seine dunklen Augen suchten Rafiks Blick. »Du hast da ein paar wirklich gute Lehrer. Dennoch könntest du noch drei volle Jahre hierbleiben und weitertrainieren, und trotzdem wäre das Tal immer noch eine echte Herausforderung. Inzwischen weißt du ja bereits, dass die Gilde dich wie irgendeine Handelsware gekauft hat und erwartet, dass die Investition sich rechnet.« Er wartete Rafiks Nicken ab, ehe er fortfuhr: »Ich möchte dir gern sagen, dass das, was ich tue …« Er senkte die Stimme und redete leiser weiter, »das, was *wir* bald tun werden, noch wichtiger ist als das Auffüllen der Gildenkasse. Wenn wir einen Knoten öffnen oder in die Tiefe gehen, dann finden wir Medizin, Technologie, Baupläne, Bücher, in denen sich Wissen verbirgt, das wir derzeit nicht einmal ansatzweise zu begreifen imstande sind. Maschinen, die andere Maschinen reparieren, Waffen, Energieröhren und -zellen. Aber noch wichtiger ist: Wir finden Bruchstücke unserer Geschichte. Mit jedem Gegenstand, den wir bergen, erfahren wir ein wenig mehr darüber, wer wir einst waren.«

Mit vor Begeisterung leuchtenden Augen fuhr der Kommandant fort: »Du hast all die Geschichten über die Zeit vor der Katastrophe gehört, als ganz gewöhnliche Menschen Außergewöhnliches vollbringen konnten. Sie konnten hoch über den Wolken fliegen und mit Fahrzeugen über das Meer fahren. Jeder Mensch konnte mit nahezu jedem anderen Menschen auf der Welt kommunizieren, und es gab keine offenen Fragen mehr. Ein Leben dauerte hundert Jahre lang und länger, und Krankheiten gab es nicht. Ich weiß, das klingt zu gut, um wahr zu sein, aber wenn du erst im Tal bist, wenn du die Gebäude dort siehst – allein ihre bloße Anzahl, die schwindelerregende Höhe von einigen, die unbegreifliche Technologie, die bei ihrer Erbauung zum Einsatz kam –, dann wirst du wissen, dass es wahr ist. Wenn ich in die Stadt zurückkehre, hier ins Gildenhaus«, seine raumgreifende Geste erfasste das ganze Zimmer, »was sehe ich wohl?«

Seine riesige Hand ballte sich zur Faust. »Parasiten. Das ist es, was ich sehe. Diese Stadt funktioniert von ganz allein, und wir leben darauf, nicht darin. Wir klammern uns an ihr fest und saugen so viel davon in uns auf, wie wir nur können, aber wir wären nicht imstande, selbst eine solche Stadt zu errichten. Wir bergen ihre Technologie, lernen sie zu benutzen, aber nur die wenigen Gezeichneten wissen richtig damit umzugehen, und selbst von ihnen kann meines Wissens niemand sie duplizieren. Selbst diese Knoten, die wir plündern – wir haben keine Ahnung, wie sie funktionieren, wie oder auch nur warum sie sich immer wieder auffüllen. Wir wissen überhaupt gar nichts. Wir picken an dem Kadaver einer zerstörten Zivilisation herum und brauchen das, was übrig ist, langsam auf. Wenn die Knoten eines Tages aufhören zu funktionieren, bauen wir unsere Waffen wieder aus Stöcken und Steinen. Aber solange wir das Tal noch haben, besteht Hoffnung. Mit jedem geborgenen Gegenstand, jedem Bauplan und jeder anderen Information verbessern sich unsere Chancen. Vielleicht wird irgendwann irgendwo irgendjemand alles zusammenfügen, und dann könnten wir wieder die werden, die unsere Vorfahren einst waren.«

»Alle sagen mir ständig, dass ich unten im Tal sterben werde«, sagte Rafik verzagt. »Sie sagen, ich wäre noch nicht bereit. Dass ich zu schwach bin.«

Kommandant Doro nickte langsam. »Ich kann dir kein

friedliches Leben versprechen, aber wenn du mir vertraust und tust, was ich dir sage, dann verspreche ich dir ein *lebenswertes* Leben.« Er stand auf, und Rafik sprang so hastig auf die Füße und nahm Haltung an, dass er fast den Tisch umgekippt hätte.

Lächelnd reichte ihm der Kommandant wieder die Hand. Zaghaft ergriff Rafik sie.

»Mach dich wieder an die Arbeit. Ich bin sicher, der alte Ziegenbock wartet schon auf dich und wird dich mit einer Menge Fragen löchern und auch nicht mit Kommentaren sparen. Lern von ihm und den anderen, so viel du nur kannst. Ich fürchte, wir werden uns schon bald wiedersehen.«

Rafik zögerte, dann salutierte er auf Keenan-Weise und verließ das Zimmer. Kehrte auf normalem Wege ins Kellergewölbe zurück, und als er dort ankam, dachte er noch immer über Kommandant Doros Worte nach.

Zu seiner Erleichterung war Meister Goran nicht da. Rafik wühlte sich durch die Kästen, bis er ein Puzzle fand, das eine echte Herausforderung sein würde. Er schloss sich daran an und ließ diesmal auch die Kabel nicht weg, die den Schmerz auslösten, obwohl Meister Goran ihm untersagt hatte, sie anzuschließen, wenn er allein übte.

Nach seinen Übungen war er vollkommen ausgelaugt. Meister Goran war immer noch nicht aufgetaucht – was eigenartig war –, aber Rafik war zu müde, um sich darüber zu wundern. Er legte sich auf sein schmales Bett in einer Zimmerecke, und der Schlaf ließ nicht lange auf sich warten. Halb hatte er erwartet, dass er sich vor der Symbolwand wiederfinden würde oder auch, angesichts seiner Unterhaltung mit Kommandant Doro, unten im Tal.

Stattdessen aber hatte er einen entsetzlichen Albtraum. In dieser Nacht und fortan in jeder Nacht, die folgte.

Kapitel 36

Zu viert blieben wir vor dem Eingang zum Keenan-Gelände stehen. »Worum ging es in diesem Albtraum?«, fragte ich.

»Sag mir, warum wir hier sind, dann beantworte ich dir deine Frage vielleicht.« Misstrauisch sah sich Vincha um.

Ich konnte es ihr nicht verdenken. Das Gildenplateau, auf dem sich einst einmal die Häuser der mächtigsten Gilden befunden hatten, war früher eins der beliebtesten Viertel gewesen, mit einigen der besten Tavernen und dem allerbesten Bordell der ganzen Stadt. Doch diese Zeiten waren vorbei. Der letzte Gildenkrieg und der Riesenhaufen Scheiße, der im Tarakan-Tal hochgegangen war, hatten dem ein Ende gemacht.

Jetzt war das Plateau so gut wie verlassen. Das einstmals berühmte Stahltor der Keenan-Gilde war fort, irgendjemand hatte es vor langer Zeit mitgenommen, des Metalls wegen. Dank meiner besonderen Sehfähigkeiten entdeckte ich die Brandspuren und Einschusslöcher in den Wänden des Gildenhauses. Nach dem Massaker im Tal hatten die Gilden zusehends an Einfluss verloren, und es hatte nicht lange gedauert, da war ihre Schwäche in offene Aggression umgeschlagen. Alle beschuldigten sich gegenseitig, fragile Bündnisse wurden aufgekündigt und noch fragilere Egos gekränkt. Dann folgten die ersten Mordanschläge. Manche waren erfolgreich, andere nicht, und binnen eines Wimpernschlags tobte in der Stadt der Türme der letzte und blutigste aller Gildenkriege. Die Anwohner des Plateaus wurden stark dezimiert, gut die Hälfte der Bevölkerung floh aus der Stadt.

Und da endlich entdeckte Sirbin Sammuel, Ratsvorsitzender zumindest auf dem Papier, sein Rückgrat. Man sagte, er habe sich zunächst Mauricious Altennas entledigt, des früheren Gildenobersten von Sabarra, und dann das Heft ergriffen und mithilfe der Truppen, die ihm von den Gilden zur Verfügung gestellt worden waren, die Ordnung in der Stadt wiederhergestellt. Die meisten Schildgardisten hielten dem Rat die Treue, und als die überlebenden Gilden keine ernstliche Gefahr mehr darstellten, übernahmen sie das Kommando in der Stadt. Die Gildenobersten mussten das Haupt vor dem Rat beugen und erlangten ihre frühere Macht niemals zurück.

Im Gildenkrieg waren sämtliche Wachen von den umliegenden Feldern abberufen worden, und es dauerte kaum eine Woche, bis die Bauern revoltierten. Der geschwächte Rat sah sich gezwungen, eine Vereinbarung zu treffen, die den Bauern Freiheit und eigene Rechte zugestand und es zukünftig unmöglich machte, dass eine Gilde die gesamte Nahrungsversorgung beherrschte. Zu diesem Zeitpunkt hatte sich die Keenan-Gilde bereits zerschlagen. Lord Keenan war tot, von einem vergifteten Pfeil getroffen – Gerüchten zufolge bei einem Gelage mit mehreren Konkubinen.

Auch nachdem die Kämpfe zum Erliegen gekommen waren, machte sich niemand die Mühe, das Gildenplateau wieder aufzubauen. Es befand sich allzu weit oberhalb des Stadtzentrums, und die überlebenden Gilden waren auf Anweisung des Rats in die Obere Turmebene umgezogen, wo ihr Schutz besser gewährleistet werden konnte – oder, anders gesagt: wo man sie besser im Auge behalten konnte.

Es dauerte nicht lange, da hatten selbst die Stadtstreicher die Ruinen verlassen. Es gab hier nichts mehr zu stehlen und auch niemanden, den man hätte überfallen können.

River fummelte mit einem seiner Geräte herum, und schlagartig wurde es gleißend hell. Blinzelnd sah ich weg. River fing an, das vor uns liegende Gelände zu scannen. Ich wandte mich an Vincha. »Warst du schon mal hier?«

Sie zuckte mit den Schultern. »Wozu? Ich war niemals eine Keenan. Dieser ganze rostige Gildenpropagandascheiß hat mir nie gefallen, dieser ganze Lordanbetungsmist und die ständigen politischen Intrigen. Ich habe unabhängig gearbeitet«, sie lächelte in sich hinein, »du weißt schon, habe auf allen Hochzeiten zugleich getanzt.«

»Ich dachte nur, na ja … du hast nach deiner Rückkehr nach Jakov gesucht und bist auch zu seinem Dorf gereist …« Meine Stimme erstarb, lange bevor ich das Ende meines Satzes erreichte.

Bitter lachend, schüttelte sie den Kopf. »Bis ich mit dem Entzug durch war und wirklich clean, da war der Krieg schon vorbei, und die Keenan-Gilde gab es nicht mehr. Außerdem hatte ich mit ihnen nie ein Problem. Sie haben den Jungen rechtmäßig gekauft und ihn behandelt wie einen wertvollen Besitz, haben versucht, ihn auf die Arbeit vorzubereiten, für die er geboren war. Nach allem, was er erzählt hat, wurde er niemals misshandelt. Klar, sie waren streng, und dieser Goran scheint ein echter Rostarsch gewesen zu sein, aber im Tal überlebt man nun mal nicht, wenn man lieb und flauschig ist.«

»Alles sauber«, verkündete River und sah schon etwas entspannter aus. Er verstaute seine Geräte wieder. »Keine Menschenseele da.«

Vincha drehte sich wieder zu mir um. »Du hast uns immer noch nicht gesagt, was wir hier eigentlich tun.«

»Wir sind verabredet«, sagte ich. »Mit jemandem, der das alles besser erklären kann als ich.«

»Na dann.« Vincha verdrehte demonstrativ die Augen. »Wenn du gern geheimnisvoll tun willst, meinetwegen, aber könnte ich wenigstens meine Waffen wiederhaben?«

»Nein«, antworteten wir alle drei wie aus einem Mund, und ich ging als Erster durch den Eingang.

Einzig die Grundstücksgröße ließ die einstige Pracht erahnen. Vom obersten Stockwerk des Hauptgebäudes war praktisch nichts mehr übrig, und von fünf Wachtürmen waren nur noch Trümmer geblieben. Der sechste Turm stand noch, war aber übel beschädigt. Über allem hing die düstere Ahnung von Verfall und Tod und jene seltsame Leere, die den Schauplätzen früherer Schlachten anhaftet. Schweigend stiefelten wir zum Haupthof hinüber, und River stellte einen rechteckigen Heizstein auf den Boden. Das dunkle Metall glomm rot auf und strahlte bald darauf ausreichend Hitze und Licht ab, dass uns ein wenig wohler wurde. Wir setzten uns im Kreis drumherum, mit Ausnahme von River, der erst noch ein paar weitere Spielzeuge auf dem Gelände verteilte. Diesmal das gefährliche Zeug, nur zur Sicherheit. Ich mochte River. Er war einer von der gründlichen Sorte.

Ich wurde schläfrig und hätte an Ort und Stelle wegdämmern können. Die vergangenen zwei Tage und Nächte hatten mich die letzten Kraftreserven gekostet und noch ein bisschen mehr.

Galinak ließ sich einfach rücklings in den Dreck sinken und verschränkte die Hände unter dem Kopf. Schloss die Augen, sein Atem wurde langsam und ruhig. Ich wusste nicht, ob er schlief oder nicht, aber ich vermutete – oder hoffte –, dass er selbst im Schlaf eine gewisse Wachsamkeit aufrechterhielt.

So müde ich auch war, ich konnte mir kein Nickerchen erlauben. Das letzte Mal, als ich eingedöst war, in der *Klinge*, hatte es mich fast Rivers Leben gekostet. Ich fragte Vincha nach Rafiks Albträumen, weil ihre Erzählung mir helfen würde, gegen die Erschöpfung anzukämpfen. Mir war klar, dass sie mich testete. Dass sie mir nur die halbe Wahrheit erzählte, um herauszufinden, wie leicht sie mich manipulieren konnte. Ganz sicher kaufte ich ihr nicht ab, dass sie noch nie hier gewesen war. Etwas an der Art, wie sie das Gelände betreten hatte, verriet eine gewisse Vertrautheit.

Zuerst antwortete sie mir nicht, sondern starrte nur stumm den Heizstein an, die Arme um die angezogenen Knie gelegt, und wiegte sich sachte vor und zurück. Als ich nicht lockerließ, versuchte sie zu verhandeln, wollte erst ihre Waffen wiederhaben, aber sie war ebenso müde wie ich. Über Rafik zu reden und hierherzukommen stimmte sie ungewohnt milde, jedenfalls für ihre Verhältnisse. Darauf hatte ich gehofft. Es war der Hauptgrund dafür, dass ich zu diesen gottverlassenen Ruinen gewollt hatte.

»Zuerst hat er mir nichts über seinen Traum erzählt«, sagte sie sehr unvermittelt. »Es hat eine Weile gedauert, bis er sich geöffnet hat. Mir genug vertraute.« Ein flüchtiges, bitteres Lächeln huschte über ihr Gesicht. »Aber ehrlich gesagt, hat dieser Traum mich nervös gemacht. Er hat erzählt, dass es immer mit einem Mann anfing, der weit entfernt von ihm dasteht, in einer dunklen Robe. Sein Gesicht ist unter der Kapuze nicht zu sehen, aber seine schuppige Hand mit vier krallenbewehrten Fingern lässt erahnen, was sich darunter verbirgt. In dieser menschenähnlichen Klaue hält er einen dicken Stab. Meistens steht er im Herzen eines heftigen Sandsturms, manchmal aber auch in einer dunklen Höhle. Sein Anblick hat Rafik immer entsetzliche Angst gemacht. Er sagte, er hat immer auf dem Absatz kehrtgemacht und versucht wegzulaufen, aber eine unsichtbare Hand packte ihn und zerrte ihn trotz seiner Gegenwehr auf die Gestalt zu, bis er nah genug war, um deren Robe zu berühren. Dann beugte sich der Mann zu ihm herunter, und Rafik sah sein Gesicht.« Vincha schüttelte den Kopf, als wollte sie die Erinnerungen verscheuchen.

»Wer war er?«, fragte ich. »Hat Rafik ihn genauer beschrieben?«

»An dieser Stelle ist er immer schreiend aufgewacht«, antwortete Vincha leise. »Er sagte, das Gesicht des Mannes sei *geschmolzen*.«

»Geschmolzen?« Ich warf einen Blick zu River hinüber, der inzwischen zurückgekehrt war und aufmerksam lauschte, aber er zuckte ratlos mit den Schultern.

Als ich Vincha musterte, war ich mit einem Mal ganz sicher, dass sie mir irgendwas verschwieg, und zwar etwas Wichtiges. Ich wusste auch, dass ich es ihr nicht aus der Nase würde ziehen können, wir waren beide viel zu erschöpft. Was immer sie mir verheimlichte, es ging tief. Trotzdem versuchte ich es.

»Weißt du, ob es diesen Mann wirklich gab?«, fragte ich, doch ehe sie antworten konnte, ertönte ein Piepen.

River erhob sich. »Gesellschaft«, sagte er leise.

Vincha stand ebenfalls auf, und dann duckte sie sich und fluchte, als ihr bewusst wurde, dass sie unbewaffnet war. Galinak rollte, ohne die Augen zu öffnen, aus dem Lichtkreis in die Dunkelheit davon.

»Ganz ruhig«, sagte ich und rappelte mich ebenfalls auf. Ich wollte keinen weiteren unnötigen Kampf wie in der *Klinge*. »Ich erwarte jemanden, macht euch keine Sorgen.«

Dann rief ich laut: »Hierher!« und winkte, und River öffnete den Mund, um etwas zu sagen, aber das war gar nicht mehr nötig, um mir klarzumachen, dass ich mich mal wieder entsetzlich geirrt hatte.

Der Heizstein zerbarst in tausend Splitter, und die Druckwelle schleuderte mich durch die Luft. Irgendwer brüllte: »Gebt auf, ihr seid umzingelt, hier spricht …« Gurgelnd brach die Stimme ab, Galinaks Messer hatte trotz der Dunkelheit sein Ziel gefunden. Als die Angreifer uns erreichten, lag ich noch immer ausgestreckt auf dem Boden. Silhouetten, die sich durch die Finsternis bewegten – vermutlich war ich der Einzige, der sie klar und deutlich sehen konnte.

In den letzten Tagen hatte ich häufig Gewalt mit angesehen oder war selbst angegriffen worden, und trotzdem hatte ich immer einen klaren Kopf behalten. Diesmal aber schnürte mir blanke Panik die Kehle zu. Ich lag hilflos da und rang nach Luft, konnte nicht einmal sprechen, mein Herz raste wie wild. Da kam Galinak herangeschossen und pflückte mich im Laufen vom Boden auf, ohne langsamer zu werden. Wahrscheinlich hätten sie uns inzwischen schon erwischt, wären da nicht Rivers gesegnete Apparate, die taten, wozu sie da waren: die Explosionen und gleißenden Lichtblitze verwirrten die Angreifer und verschafften uns genug Zeit, um uns zum letzten verbliebenen Wachturm zurückzuziehen.

»Gebt mir meine Waffen zurück!«, brüllte Vincha, sobald wir im leeren Turm standen.

Ich fand meine Stimme wieder. »Wie viele?«

»Jetzt nur noch elf statt zwölf«, sagte Galinak und fügte hinzu: »Sag mir, dass sie nicht sind, wonach sie aussehen.«

Ich nickte düster und sah, wie er die Zähne zusammenbiss.

»Das kostet dich was extra«, sagte er. »Du ziehst die Probleme ja förmlich an, Funkelauge.«

»Wer sind die?«, fragte Vincha, ehe sie blaffte: »Und jetzt gebt mir endlich meine rostigen Waffen zurück, aber *sofort*!«

Noch eine Explosion. Diesmal eine gewaltige, sie erhellte den gesamten Vorplatz. River rannte geduckt auf uns zu, verfolgt von Kugeln und tödlichen Strahlen.

Keuchend warf er sich in Deckung und rollte auf dem Boden hin und her, um die Flammen zu löschen, die in seiner Kleidung züngelten. Als ich mich zu den anderen umdrehte, händigte Galinak Vincha gerade ihr komplettes Arsenal wieder aus.

»Ich habe dir nicht erlaubt, ihr die Waffen wiederzugeben«, sagte ich. Mir war zwar klar, wie kleinkariert das angesichts unserer Lage klang, aber ich war verzweifelt und verängstigt und konnte nicht mehr klar denken.

»Tja, hättest du mir bloß mal vorher gesagt, dass sogar die rostige Schildgarde hinter dir her ist«, entgegnete er ungerührt.

Vincha blieb der Mund offen stehen. »Schildgarde?«, wiederholte sie. »Dir kleben die Stoßtruppen *und* die Söldner der Gilden am Arsch? Rost, was hast du *getan*?«

»Ich weiß es nicht«, antwortete ich wahrheitsgemäß, aber anscheinend wirkte ich im Augenblick wenig überzeugend. Plötzlich richtete sie, ebenso wie Galinak, ihre Waffen auf mich.

»Ich schlage vor, wir liefern ihn aus«, sagte sie.

Ich sah Galinak an. Schulterzuckend schüttelte er den Kopf. »Die Schildgarde«, sagte er. »Wer hätte das gedacht?«

River hustete sich noch immer keuchend den Rauch aus der Lunge, aber ich wollte ohnehin nicht, dass er sich unter diesen Umständen genötigt sah, für mich Partei zu ergreifen.

»Sie sind nicht hinter mir her«, sagte ich.

»Ach wirklich?« Vincha packte mich am Kragen. »Dann wollen sie wohl nur ein Picknick machen, was? Tja, warum gehen wir nicht raus und plaudern ein bisschen mit ihnen?«

»Sie sind deinetwegen hier«, sagte ich, gerade als sie mich mit sich zerren wollte.

Sie erstarrte. »Du lügst.«

»Nein. Ich habe euch nur nicht die ganze Wahrheit erzählt.« Eine weitere Explosion donnerte, und wir alle fuhren zusammen, aber Vincha ließ mich nicht los.

»Was glaubst du denn, weshalb ich zwei Jahre lang nach dir gesucht habe?«, sprudelte ich hervor, so schnell ich nur konnte. »Warum ich dir ein Vermögen zahle, damit du mir die Geschichte eines Jungen erzählst, der schon lange tot ist? Warum die Gilden und der Rat hinter uns her sind? Du bist wichtig, Vincha – ja, du bist kein Puzzler, wie Rafik einer war, aber in gewisser Weise bist auch du ein Schlüssel.«

»Wie kann ich ein rostiger Schlüssel sein?« Ihr wütender Aufschrei schien den Schildgardisten zu helfen, unsere Position zu lokalisieren, denn im nächsten Augenblick flogen wir schon wieder durch die Gegend.

Es endete damit, dass wir die maroden Stufen hinaufkrochen, während ringsum alles in rauchende Trümmer zerlegt wurde. Ich tippte darauf, dass die Anweisungen der Schildgardisten die Worte *tot oder lebendig* enthielten und das *lebendig* inzwischen längst nicht mehr zur Diskussion stand. Auf völlig verdrehte Weise war das sogar ein gutes Zeichen. Der Rat spionierte die Gilden aus, die ihrerseits alles und jeden ausspionierten, uns eingeschlossen, aber ihre Informationen waren offensichtlich eher dürftig. Wenn ihnen klar gewesen wäre, wie wichtig Vincha war, hätten sie keine tödlichen Waffen eingesetzt – es sei denn, versteht sich, der

Befehlshaber der Schildgardisten war ein Troll, der nichts lieber tat, als jemanden wegzuballern.

Unsere Lage war alles andere als rosig. Uns blieb nichts anderes übrig, als in die zweite Etage des Turms hochzuklettern, die halb in Trümmern lag und an zwei Seiten offen war. Von hier gab es keinen weiteren Fluchtweg mehr. Drei Schildgardisten näherten sich, zogen sich aber gleich darauf wieder zurück – zwei von ihnen trugen ihren verwundeten Kameraden. Danach hielten sie sich mustergültig ans Protokoll: ausschwärmen, positionieren, auf Verstärkung warten und derweil schon mal den oberen Teil des Turms Stein für Stein zu Klump schießen. Staub und Trümmer regneten auf uns herab, es hörte gar nicht mehr auf.

»Und jetzt?«, fragte Vincha.

»Du könntest deine Geschichte fertigerzählen«, sagte ich, aber nach einem kurzen Blick auf ihr Gesicht fügte ich rasch hinzu: »Nur Spaß.«

River war da pragmatischer. »Ich habe noch eine Blend- und zwei Rauchgranaten.«

»Kommen wir damit irgendwie bis zum Tor?«, fragte ich.

Galinak schüttelte den Kopf. Der Vorhof draußen war die reinste Todeszone, und die Granaten würden uns nicht genug Deckung verschaffen, um den ganzen Weg zu schaffen, ganz abgesehen davon, dass vier Mann den Turmeingang bewachten. Mit meinen gesteigerten Sehfähigkeiten machte ich weitere sechs Gardisten aus, die ganz in der Nähe den Turm umkreisten. Sich davonzuschleichen würde also auch nicht klappen.

Vincha schüttelte sich Staub aus dem Haar. »Haben wir eine andere Wahl?«

Ich schüttelte den Kopf. »Mein Lehrmeister sagte, ich solle keine Kosten scheuen, um dich zu finden und mir von dir Rafiks Geschichte anzuhören. Ich weiß nicht, warum ihr beiden so wahnsinnig wichtig für alle seid, aber wenn die Schildgarde dich gefangen nimmt, dann finden sie früher oder später heraus, was du weißt. Und wenn du das Verhör überhaupt überlebst, töten sie dich danach ganz sicher, um die Spuren zu verwischen. Vincha, so leid es mir tut, aber genau das werden sie tun. Sie können nicht riskieren, dass es im Tal noch schlimmer wird, als es ohnehin schon ist.«

Ich spürte deutlich, dass sie mir vor lauter Zorn am liebsten eins reingehauen hätte. »Was hat meine rostverdammte Geschichte mit der Scheiße zu tun, die im Tal abgeht?«

»Ich weiß es nicht.« Und das war endlich mal die reine Wahrheit.

Es war eindeutig, dass sie nicht begriff, was das bedeutete. Das war gut, denn ich war nicht in der Stimmung, noch mehr Fragen zu beantworten.

Vincha fasste das Offensichtliche zusammen: »Wir haben keine andere Wahl – wir müssen springen.« Sie zeigte auf ein Loch in der Wand und wandte sich an River. »Sobald wir draußen sind, wirfst du deine Granaten nach links. Wir decken rechts alles mit Schüssen ein und rennen direkt zum Tor.«

Ich spähte durch die halb zerstörte Mauer hinaus, um die Fallhöhe zu schätzen. Mitten am Tag und bei ebenem Boden wäre es nicht weiter schwierig gewesen, da hätte man sich wohl höchstens ein paar Schrammen geholt. Aber unter dem Turm lag alles voller Trümmer. Das versprach verrenkte Knöchel und eine Handvoll gebrochener Knochen, und das auch nur, wenn man Glück hatte. Als hätte sie meine Gedanken gelesen, wies Vincha River an, kurz vor unserem Sprung die Blendgranate zu werfen. »Das verschafft uns da unten ein bisschen Platz«, erklärte sie.

»Und macht alle auf unseren kollektiven Selbstmordversuch aufmerksam«, ergänzte Galinak liebenswürdig.

»Auf mein Zeichen«, sagte Vincha, ohne seinen Einwurf zu beachten. »Den Letzten beißen die Hunde. Los!«

Galinak und River sprangen zuerst, begleitet von einem gleißenden Lichtblitz. Vincha packte mich, und wir sprangen geradewegs hinterher. Fast erwartete ich, auf jemandes Rücken zu landen, unverbesserlicher Optimist, der ich war. Stattdessen knallte ich auf harten Boden, rollte ab, schlug mir das Kinn an meinem eigenen Knie an, stieß mit dem Ellbogen schmerzhaft gegen einen Stein und hörte mich vor Schmerz aufgrunzen.

Keine Ahnung, wie ich wieder auf die Füße gekommen bin, aber im nächsten Moment rannte ich schon los. Links war alles voller Rauch. Tödliche Strahlen bohrten sich hindurch und suchten nach Zielen, ein paar Mal zischten sie nur um Haaresbreite an mir vorbei. Vor mir lief Vincha, was hieß, ich war der Letzte, und das wiederum bedeutete, dass ich derjenige war, den es erwischen würde. Ich versuchte, schneller zu laufen, aber offenbar lief ich bereits so schnell, wie ich nur konnte. Dann stolperte ich und hätte mich fast lang hingelegt, beugte mich vor, um mich abzufangen, und genau in diesem Augenblick zischte ein Energiestrahl über mir hinweg, der mich sonst glatt in zwei Teile geschnitten hätte.

Das Entsetzen verlieh meinen Füßen neuen Schwung. Wie ein Läufer bei den Sportwettkämpfen aus der Zeit vor der Katastrophe sprintete ich los und rannte um mein Leben. Ich erkannte schon das vor uns liegende Tor. Und dann sah ich einen Schildgardisten, der wie ein gehörnter Dämon aus dem Rauch kam und in aller Ruhe das Gewehr auf Vinchas Rücken richtete. Sie sah ihn nicht, rannte weiter, ihr Umriss war klar und deutlich zu sehen. Der Gardist hatte keinerlei Schwierigkeiten, ihr mit dem Gewehrlauf zu folgen, den Finger bereits am Abzug, den Helm gegen den Kolben geschmiegt. Von ihr würde nichts übrig bleiben.

Waffe und Arm des Mannes versperrten ihm die Sicht in meine Richtung. Was genau ich mir dabei dachte, als ich beschloss, Suizid zu begehen, weiß ich nicht mehr, ebenso wenig kann ich mir erklären, wie ich meine Beine davon überzeugen konnte, mich geradewegs zum Gardisten zu bringen, aber genau das taten sie. Ich rammte ihn von der Seite, just in dem Augenblick, als er abdrückte. Seine Energierüstung fing einen Großteil der Wucht ab, aber es reichte, damit wir beide zu Boden krachten. Auf ihn einzuschlagen war dank der Panzerung vollkommen sinnlos, sein Kopf wurde von dem Helm gut geschützt, also konnte ich nichts weiter tun, als ihn ein bisschen zu verlangsamen. Und das versuchte ich, so gut ich mit meinen sehr begrenzten Fähigkeiten es eben vermochte.

Lange dauerte unser Handgemenge nicht. Der Mann war nicht durch bloßen Zufall Schildgardist geworden. Kurze Zeit später drückte er mit einer Hand meinen Kopf nach unten und holte mit der anderen aus, um das Ganze zu Ende zu bringen.

Man sagt, vor dem Tod sieht man sein ganzes Leben noch einmal blitzschnell vorbeiziehen. Tja, soweit ich es beurteilen kann, ist das ein Irrtum. Das Einzige, was ich sah, war eine riesige Stahlfaust, die direkt auf mein ungeschütztes Gesicht niederraste. Aber er ließ meinen Kopf zu früh los, und ich warf mich zur Seite. Die Faust donnerte in den Boden statt in mein Gesicht, so nah, dass der Panzerhandschuh mir eine tiefe Furche in die Wange riss. Der Gardist packte erneut mein Gesicht und holte aus. Im nächsten Moment explodierte sein Arm direkt vor meinen Augen,

Blut und Fleisch spritzten mir ins Gesicht, und aus dem Innern des Helms hörte ich gedämpfte Schreie. Der Gardist kippte zur Seite weg und schlug wie wild um sich, halb verrückt vor Schmerz.

Noch ein greller Lichtblitz, der dicht über mich hinwegstrich. Diesmal reagierte ich schnell genug, ließ mich fallen und rollte ab. Danach wurde alles noch ein bisschen verwirrender. Halb blind rang ich nach Luft und versuchte, mir das ganze klebrige Zeug abzuwischen, da kam auf einmal eine Hand aus dem Nichts, packte mich und schleifte mich ein ganzes Stück über den Boden, ehe ich in einen flachen Graben kullerte. Eine vertraute Gestalt stand über mir und feuerte ein Gewehr ab, dann war sie plötzlich verschwunden. Noch mehr Lärm, aber er schien allmählich zu verklingen, als wäre die Schlacht beinahe vorbei.

Ich wandte den Kopf und sah River neben mir. Er lag vollkommen reglos, das Gesicht blutverschmiert. Ich stellte fest, dass sein Herz noch schlug, und dann wurde mir klar: Die Kavallerie war angerückt. Mein nächster Gedanke war: Falls Vincha und Galinak überhaupt noch am Leben waren, dann waren sie womöglich nicht gerade in einer Verfassung, die ihnen ein klares Urteil erlaubte. Ich habe keine Ahnung, wie ich es fertigbrachte, aber ich rappelte mich auf und lief los.

Galinak und Vincha standen Rücken an Rücken, die Waffen im Anschlag. Sie waren von fünf Gestalten umzingelt, vier von ihnen hatten erheblich größere Waffen auf die beiden gerichtet als umgekehrt.

»Halt!«, schrie ich mit allerletzter Kraft. »Sie sind auf unserer Seite!« Und völlig sinnlos fügte ich noch hinzu: »Zur Abwechslung mal.«

Dann verlor ich das Bewusstsein.

Kapitel 37

Sie weckten mich nicht gerade sanft, und das konnte ich ihnen wohl kaum verübeln. Vincha hatte sich anscheinend geweigert, mich wachzuküssen, aber Galinak verabreichte mir freundlicherweise ein paar erfrischende Ohrfeigen, und das Erste, was ich sah, war sein Grinsen.

Ich rollte mich auf die Seite, dann kämpfte ich mich auf die Knie hoch. Und schließlich, so ungefähr beim dritten Versuch, kam ich auf die Füße und sah mich um. Die verbliebenen Schildgardisten hatten sich zurückgezogen, aber sie würden mit Sicherheit Verstärkung bekommen und einen weiteren Vorstoß unternehmen, wahrscheinlich schon bald. Wir mussten vom Keenan-Gelände runter, aber erst mal war es an der Zeit für eine kleine Vorstellungsrunde. River hatte vor mir das Bewusstsein wiedererlangt und die Wogen schon ein wenig geglättet. Zum Glück hatten Vincha und Galinak beschlossen, bei den bewaffneten Fremden zu bleiben, die ihnen im Kampf geholfen hatten, statt zu versuchen, sich an den Schildgardisten vorn am Tor vorbeizuschleichen.

Als ich mich aufrichtete, schoss Schmerz durch meine Rippen. Ich wischte mir Gesicht und Hals mit einem Stofflappen ab, den mir einer unserer Retter reichte. Danach war der Lappen zu blutig, um ihn wieder zurückzugeben, also stopfte ich ihn in die Tasche.

Ich drehte mich zu Vincha um. »Das ist Lehrmeister Harim«, sagte ich und zeigte auf einen älteren Herrn, der in der Nähe stand und geduldig wartete. »Er leitet die Historikergilde. Mein Lehrer und Mentor und außerdem der richtige Mann, um dir deine Fragen zu beantworten.« Ich drehte mich zu meinem Meister um und verneigte mich so tief, wie ich nur konnte, ohne vornüberzufallen. »Danke, dass Ihr gekommen seid, Lehrmeister. Ihr seid keine Sekunde zu spät und habt uns ganz sicher das Leben gerettet.«

Lehrmeister Harim neigte den Kopf, ein trauriges Lächeln auf den Lippen. »Ich fürchte, das genaue Gegenteil ist wahr«, sagte er. »Ich habe dich im Stich gelassen, mein junger Freund. Ich bin deiner Hochachtung nicht würdig.«

Aus dem Augenwinkel sah ich, wie Vincha und Galinak vielsagende Blicke wechselten. Mein Meister seufzte tief und schien in sich zusammenzusinken. »Wir wurden kompromittiert, vielleicht von Anfang an«, sagte er langsam, »und wer auch immer uns ausspioniert hat, jetzt hat er den Rat alarmiert und ihn von unserer Mission in Kenntnis gesetzt. Heute Nacht sind wir überfallen worden.«

Meine Gedanken rasten.

»Sie haben alles mitgenommen. Aufzeichnungen, Briefe, Tarakanische Informationstafeln. Wen sie nicht getötet haben, der wurde verhaftet.« Er deutete auf die Umstehenden. »Wir sind alles, was von der Historikergilde übrig ist.«

»Was ist mit Genix?«, erkundigte ich mich nach dem Schicksal unseres Sprachexperten. »Saviar? Paullina?«

Traurig schüttelte mein Mentor den Kopf. »Gefangen genommen oder tot«, sagte er. »Und so leid es mir tut, aber die Toten sind wohl besser davongekommen.«

Ich sah mir die anderen an. Es waren Wachleute, keine Gelehrten, und ich erkannte nur zwei Gesichter wieder.

In ihren Mienen stand die Erkenntnis, dass sie sich heute Nacht falsch entschieden hatten. Von der Schildgarde verhört zu werden war eine furchtbare Erfahrung, ja, aber wer einen Schildgardisten *tötete*, kam niemals glimpflich davon.

Lehrmeister Harim wandte sich an Vincha und Galinak. »Ich schulde Euch eine Entschuldigung, Vincha. Ich habe meinen Assistenten auf die Suche nach Euch geschickt, weil Ihr eine wichtige Rolle für das Verständnis unserer jüngeren Vergangenheit spielt.« Er legte den Kopf schief, ein vertrauter Anblick – das tat er immer, wenn er seine nächsten Worte mit großem Bedacht wählte. »Und auch für unsere Zukunft. Aber damit haben wir Euch und Eure Familie in große Gefahr gebracht, und ich bitte Euch aufrichtig um Vergebung. Was auch immer das wert sein mag.«

»Nicht viel«, erwiderte sie verächtlich. »Also steckt Euch Eure Entschuldigung dahin, wo die Sonne nicht scheint, und erklärt mir, was hier eigentlich los ist und weshalb die ganze rostige Stadt es auf meinen Kopf abgesehen hat.«

Ich zuckte zusammen, als sie ihn so barsch anfuhr, aber Lehrmeister Harim schien nicht gekränkt zu sein. »Ich verstehe Euren Zorn«, sagte er leise, »und ich kann Euch wohl kaum darum bitten, mir einfach zu vertrauen. Also sage ich Euch, welche Möglichkeiten Euch bleiben. Ihr könnt versuchen, Euch an den Schildgardisten vorbeizuschleichen, oder Ihr versteckt Euch eine Weile hier und hofft, dass man Euch nicht findet, wenn die Verstärkung mit Scannern und allem Drum und Dran anrückt. Wenn Euch die Flucht gelingt, müsst Ihr, um zu Eurer Familie zu gelangen, aus der Stadt entkommen. In sämtlichen Bahnen und auch auf der Lichterbrücke wimmelt es nur so vor Wachen. Ihr müsstet zu Fuß aus dem Loch entkommen, die Mauern überwinden, den Sumpf durchqueren und hoffen, dass Ihr Eure Familie erreicht, ehe die anderen es tun.«

Ich sah, wie Vincha die Augen zusammenkniff.

»Die andere Möglichkeit wäre, mir zu folgen.« Lehrmeister Harims Stimme war ruhig und sachlich. »Ich bringe Euch in Sicherheit, erkläre Euch alles und schicke mit dem nächsten Zug einen Boten los, um die zu warnen, die für Eure Tochter sorgen.«

Vincha atmete zweimal ein und aus, ehe sie sagte: »Ich verspreche nichts, aber … wie kommen wir hier raus?«

»Genau so, wie wir von der Obersten Turmebene heruntergekommen sind«, sagte Meister Harim, und wir alle sahen unwillkürlich zum Hochplateau hinauf. »Wir müssen springen.«

Kapitel 38

Ich hatte keine Ahnung, auf welchem Weg mein Meister an so viele kostbare Tarakanische Antigrav-Anzüge gekommen war. Aber zwischen dem zweiten Angriff der Schildgarde, der Sprengung eines ausreichend großen Lochs in die Mauer rings um das Plateau und dem Sturz ins Loch hinunter fand ich keine Zeit, ihn danach zu fragen.

Rückblickend betrachtet, hätte es mich eigentlich nicht groß überraschen sollen. Schon lange vor meiner Geburt hatte sich Lehrmeister Harim der Erforschung dessen verschrieben, was von unserer einstigen Welt noch übrig war. Er war das, was man früher wohl ein Universalgenie genannt hatte: klug, scharfsinnig und mit großer intuitiver Menschenkenntnis begabt. Er war so weit herumgekommen wie viele Trucker, und einmal hatte er sogar eine Seereise unternommen, wenngleich er immer in Küstennähe geblieben war. Man munkelte hartnäckig, dass die Gilden ihm sogar den Vorsitz über den Rat angeboten hatten, eine Ehre, die er jedoch ablehnte. An der Politik ließ er kein gutes Haar und tat nur das Allernötigste dafür, dass der Rat seine Historikergilde anerkannte. Kurz gesagt: Wenn irgendwer in der Lage war, ein Dutzend Antigrav-Anzüge zu besorgen, dann Lehrmeister Harim.

Ich entsann mich, irgendwann einmal gelesen zu haben, dass diese Anzüge in der Zeit vor der Katastrophe von militärischen Aufklärungs- und Infiltrationseinheiten genutzt worden waren. Lehrmeister Harim spekulierte gelegentlich darüber, dass sie womöglich auch bei irgendeinem absurden Freizeitvergnügen Verwendung gefunden hatten. Ihre Leistung reichte nicht aus, um einen voll ausgerüsteten Krieger in die Höhe zu tragen, ganz zu schweigen von einem Troll. Der Rat hatte nicht viel für die Vorstellung übrig, dass Leute mit hoher Geschwindigkeit mitten durch die komplizierte Architektur der Stadt sausten oder gar darin landeten, aber illegal waren diese Anzüge nicht. Wenn also jemand findig genug war, sich einen solchen Anzug zu besorgen, und sich den ungeheuren Energieverbrauch leisten konnte, dann stand der Unternehmung rein rechtlich nichts im Wege. Dass wir nicht gegen das Gesetz verstießen, war allerdings nur ein kleiner Trost, als wir mit übelkeiterregender Geschwindigkeit geradewegs dem Loch entgegenstürzten. Selbst mit einem Antigrav-Anzug war es das Beste, der Schwerkraft den Großteil der Arbeit zu überlassen und die Energiezellen nur zu benutzen, um zu steuern und – hoffentlich – zu landen.

Die eigenartige Brille, die ich trug, nahm mir die Orientierung, das Mundstück hielt den aufsteigenden Rauch nur zum Teil fern. Im besten Fall würde ich ungefähr einen Herzschlag lang Zeit haben, um die Kollision mit einem dahingleitenden Tarakanischen Aufzug zu vermeiden oder einem Kabel auszuweichen, das mich in der Mitte durchzuschneiden drohte. Ich konzentrierte mich auf Vincha, die sich direkt unter mir befand, und spreizte wie angewiesen alle viere, um mich in der Luft zu stabilisieren. Bei allem gebotenen Respekt, aber ich hegte große Zweifel an der Theorie meines Lehrmeisters, dass Menschen so etwas einmal zum Vergnügen getan hatten. Es war nicht leicht, und es machte auch keinen Spaß. Es war entsetzlich und beängstigend, und es konnte nur allzu leicht etwas schrecklich schiefgehen. Aber diesmal war uns das Glück hold. Ein wenig zu spät drückte ich auf den Knopf in meiner Hand und wäre fast in Vincha hineingerauscht. Sie landete majestätisch neben mir und half mir auf.

»Das war doch mal was.« Zum ersten Mal sah ich ihre Augen vor Vergnügen funkeln.

Normalerweise schenkten die Bewohner im Loch ungewöhnlichen Ereignissen kaum Beachtung, aber selbst hier sorgte die Landung von neun Leuten in Antigrav-Anzügen für einiges Aufsehen, also mussten wir uns beeilen. Schon bald würde die Schildwache anrücken und uns suchen, und ein Kopfgeld wurde sicherlich auch auf uns ausgesetzt.

Lehrmeister Harim ging voran, er schritt zügig aus wie jemand, der mit der Gegend bestens vertraut ist. Noch nie zuvor hatte ich ihn außerhalb der prächtigen Hallen der oberen Turmebene gesehen, aber trotzdem war ich auch diesmal nicht überrascht.

Ich erinnere mich kaum noch daran, wie wir an unser Ziel gelangten, aber am Ende landeten wir in der kleinsten, übelriechendsten Kammer, die ich je gesehen hatte. Es war keine provisorische Hütte wie die, in der ich Vincha erst gestern zu Rafik befragt hatte, sondern irgendein Tarakanisches Bauwerk, dessen Zweck ich nicht recht zuordnen konnte. Ursprünglich musste es wohl an einer Seite offen gewesen sein, nichts weiter als drei Wände und ein Dach, aber irgendwer hatte eine ziemlich solide Holzwand samt Tür eingebaut. Niemand wohnte hier, und ich war ziemlich sicher, dass ich wusste, weshalb: Die Einwohner der oberen Turmebenen wussten die Annehmlichkeiten des Tarakanischen Abwassersystems sehr zu schätzen. Gewisse Hinterlassenschaften flossen von oben einfach irgendwohin ab, und dem Geruch nach zu urteilen kam es so ziemlich genau unter uns wieder zum Vorschein. Zu neunt hatten wir kaum Platz für unsere Füße. Zum Glück wurden gleich darauf zwei Mann als Wachen abgestellt, ein dritter wurde mit kaum mehr als einem knappen Nicken auf irgendeine Mission entsandt. Sie alle wirkten erleichtert, dass sie gehen durften, und nachdem sie fort waren, hatten wir anderen ein wenig mehr Platz.

Lehrmeister Harim entzündete eine Öllampe, und ich versuchte, mir einen Reim auf alles zu machen und zu erraten, was wohl als Nächstes geschehen würde. Doch da ergriff Vincha das Wort. »Euch kenne ich doch«, sagte sie zu meinem Mentor. »Ich habe Euch schon mal gesehen. Im Tal. Vorhin war ich nicht ganz sicher, aber jetzt, wo ich Euch genauer ansehen kann, weiß ich es.«

»Ja, wir sind uns schon einmal begegnet. Vor langer Zeit.« Lehrmeister Harim lächelte und schloss behutsam die Abdeckung der Öllampe. Im schwachen Licht waren die Gesichter der anderen kaum zu erkennen, obwohl nur knapp eine Armlänge entfernt, und ich war viel zu erschöpft, um meine verbesserte Sehfähigkeit zu bemühen, also hockte ich mich im Zwielicht hin und lauschte stumm.

»Ich habe ein Untersuchungsteam geleitet; wir haben Begleitschutz gesucht und einige Gespräche geführt. Unter anderem mit Euch.«

»Ich erinnere mich«, sagte Vincha. »Ihr habt Euch für ein billigeres Angebot entschieden.«

»Meine Erinnerung sagt, dass wir uns für einen Trupp entschieden haben, der nicht bis obenhin mit Skint vollgepumpt war.«

Vincha holte tief Luft, und ich dachte, sie würde etwas Unfreundliches entgegnen, aber ihre Stimme klang ganz ruhig.

»Kann ich Euch nicht verdenken. Hatte einen üblen

Kurzschluss zu der Zeit. Ganz neue Ausrüstung, Kopfimplantate, ständiges Hintergrundrauschen, mir war alles zu viel. Wenn Ihr wirklich einen Trupp gefunden und angeheuert habt, der clean war, herzlichen Glückwunsch. Auf dem Außenposten ritt damals praktisch jeder den grünen Drachen.«

»Ja.« Lehrmeister Harims Silhouette nickte. »Aber es war alles andere als leicht, und am Ende erwies es sich als sehr kostspielige Zeitverschwendung – wir haben nicht gefunden, was wir suchten. Aber ich habe mich an Euch erinnert, und unsere zufällige Begegnung damals ist der Grund dafür, dass wir heute hier sind. Ich bin froh, dass Ihr Euch entschlossen habt, uns zu begleiten, Vincha, aber jetzt habt Ihr eine weitere schwierige Entscheidung zu treffen.«

Wir alle wechselten Blicke, aber niemand sagte etwas, bis Vincha die Stille unterbrach.

»Warum nur habe ich das Gefühl, dass ich nicht wirklich eine Wahl haben werde?«

»Oh, aber das habt ihr. Niemand wird Euch zu irgendetwas zwingen oder Euch drohen.«

Ich blickte zu Boden, spürte aber trotzdem deutlich seinen tadelnden Blick auf mir ruhen.

»Ihr müsst euch ein bisschen klarer ausdrücken, Lehrmeister. Oder wie auch immer Ihr heißen mögt.« Vincha riss so langsam der Geduldsfaden.

»Sehr richtig. Ich versuche es Euch zu erklären. Nicht die ganze Geschichte, aber zumindest umreiße ich es Euch, sodass Ihr versteht, was uns bevorsteht.« Mein Mentor schüttelte den Kopf. »Es ist eine Theorie. Sie ist das Resultat meiner Studien – ich habe zerstörte Archive durchsucht, Bücher und Tarakanische Informationstafeln. Mein ganzes Leben habe ich mit Reisen und Nachforschungen verbracht.«

Galinak streckte sich auf dem Boden aus, gähnte und schloss die Augen.

»Zuerst müssen wir begreifen, wer die Tarkanier überhaupt wirklich waren«, begann Meister Harim. »Verblüffenderweise findet man jedoch sehr viel leichter Bücher und verlässliche Quellen für das, was vor fünfhundert Jahren geschehen ist, als über die Ereignisse, die zur Katastrophe führten. Viele Menschen glauben – gerade jene, die sehr abgeschieden leben –, dass die Tarkanier Wesen aus einer wie auch immer gearteten Hölle waren. Eine von Gott gesandte Strafe für unsere Sünden. Manch einer behauptet, dass sie von den Sternen herabkamen und uns versklavt haben. Einer sehr verbreiteten Ansicht nach ist die Katastrophe das Ergebnis eines kühnen, wenngleich wohl allzu unbesonnenen Aufstands der Menschen. Doch nach eingehenden Nachforschungen halte ich diese Theorie für falsch. Ich glaube, die Tarkanier waren Menschen, aber sie waren so hochentwickelt, selbst im Vergleich zu den anderen Menschen aus der Zeit *vor* der Katastrophe, dass man sie womöglich ohne Weiteres als übermenschlich betrachten könnte.«

Lehrmeister Harim schritt in dem kleinen Raum auf und ab. »Früher lebten Menschen anders, als wir es heute tun, also nicht in Sippen, Dörfern oder auch unabhängigen Städten, sondern sie haben sich in weitaus größerem Maßstab zusammengeschlossen. Diese Zusammenschlüsse nannte man Königreiche. Später entwickelten sich diese Reiche zu Staaten. Die stärksten dieser Staaten, die größten mit der schlagkräftigsten Militärmacht, nannte man Imperien, und normalerweise entstanden sie infolge bedeutender technologischer Durchbrüche – Durchbrüche, die einem der Königreiche einen erheblichen Vorteil verschaffte. Speere mit Stahlspitzen, Streitwagen, Langbögen, ein Wagen, der ohne

Pferde fahren kann, und schon lag einem die Welt zu Füßen. Jedenfalls bis einer anderen Nation eine bessere Erfindung gelungen ist und das eigene Imperium zu Staub zerfiel. Das Ganze wiederholte sich immer wieder, über Tausende von Jahren menschlicher Entwicklung, und genau das ist auch den Tarkaniern zugestoßen. Aber auf ihren Sturz folgte die Große Katastrophe.«

Lehrmeister Harim ließ den Blick durchs Zwielicht schweifen – entweder, um seine Gedanken zu sammeln, oder um sich zu vergewissern, dass niemand eingeschlafen war. »Meinen Forschungen zufolge wurde das Wort ›Tarakan‹ zum ersten Mal etwa zweihundert Jahre vor der Katastrophe erwähnt und bezeichnete damals eine Gilde oder eine Firma. Aber schon wenige Jahrzehnte später bezog es sich auf einen Staat, dann auf einen der stärksten Staaten der Welt, und irgendwann war dieser Staat mächtiger geworden als alle anderen zusammen: ein wahres Imperium.

Was Tarakan von den meisten anderen Imperien der Geschichte unterschied, war die Größe, denn trotz seiner ungeheuerlichen Macht war es vergleichsweise klein. Dennoch war sein Einfluss überall zu spüren. Tarakan versammelte die besten und klügsten Köpfe unter seinen Fittichen. Lockte sie aus den anderen Staaten zu sich, mit Reichtum, besseren Lebensbedingungen und anderen derartigen Versprechungen. Es gab nichts, was sie nicht vollbringen konnten, ob es um die Heilung von Krankheiten ging, das beschleunigte Wachstum von Nutzpflanzen oder auch die Erschaffung von eigenständig denkenden Maschinen.«

Kurz machte mein Meister eine Pause, ehe er fortfuhr: »Ich weiß, das klingt nach einer Legende oder einer Geschichte, die man Kindern erzählt, aber wenn die Stadt der Türme und die Wunder des Tals und der Stadt im Berg euch als Beweis der Tarakanischen Macht nicht reichen, dann empfehle ich euch, die weite Reise in den Süden anzutreten. Es ist ein gefährliches Unterfangen, und man muss gut aufpassen, sich nicht zu nah heranzuwagen, denn die Luft ist noch immer giftig. Aber wer mit eigenen Augen die Tarakanische Sternensäule sieht, die bis in den Himmel hinaufreicht, der weiß: Es gab nichts, was sie nicht hätten vollbringen können.«

Seine Begeisterung bei der Erwähnung der Sternensäule war deutlich zu hören, und ich leistete einen stummen Schwur, dass ich eines Tages dort hinreisen würde. Ein alberner Gedanke angesichts unserer augenblicklichen Situation.

Mein Meister fuhr fort: »Die Entwicklung, die Tarakan auf seinem Weg vom Unternehmen zum Staat durchlaufen hat, ist übrigens eine sehr interessante Geschichte. Sie liefert einige mögliche Hinweise auf den Konflikt, der in der Katastrophe geendet hat. Plötzlich breitete sich an unterschiedlichen Orten der Welt eine tödliche Seuche aus: die Purpurrote Pest. Schon bald fanden Tarakanische Wissenschaftler die Heilung – *zu* bald, sagte manch einer. Aber für die Hilfe verlangte der Oberste Vorsitzende Tarakans, ein Mann namens Falkner oder Folkner, die Unabhängigkeit. Tarakan sollte anderen Staaten keinerlei Rechenschaft mehr schuldig sein. Das Tarakan-Tal, die Stadt im Berg und sogar die recht weit entfernte Stadt der Türme wurden Teil des Staates Tarakan. Mit dieser Entwicklung war nicht jeder ganz glücklich, und ich glaube, dass damals die Saat jener Ereignisse gesät wurde, die am Ende die Welt zerstören sollten.

Auf dem Höhepunkt seiner Macht entwickelte Tarakan eine Testreihe in Form unterschiedlicher Puzzles, mit deren Hilfe sie die begabtesten, klügsten und kreativsten Leute ausfindig machen wollten. Ich glaube, dass Eltern auf der ganzen Welt ihre Kinder von klein auf trainierten, die Tarakanischen Puzzles zu lösen. Diese Puzzle-Kästen waren ein so durchschlagender Erfolg, dass die Tarkanier anfingen, auch ihre erwachsenen Bürger zu testen. Wer in Tarakan vorankommen wollte, musste Puzzles lösen.

Ein Jahrhundert später wurde Tarakan ebenso sehr gefürchtet wie bewundert. Um diese Zeit herum ist in den Aufzeichnungen zum ersten Mal von ›Engeln‹ die Rede. Es waren Menschen oder Maschinen oder auch eine Mischung aus beidem, jedenfalls entstanden sie nicht auf natürlichem Weg. Ich weiß nicht, was ihre Aufgabe war – vielleicht haben sie die Arbeiter ersetzt? *Was* ich jedoch weiß: Die auf den Kampf ausgelegte Version dieser Wesen nannte man die Schutzengel, und sie waren herausragende, den Trollen nicht unähnliche Krieger, denen die Tätowierten nicht mal ansatzweise das Wasser hätten reichen können. Diese Schutzengel wurden mit zahlreichen Modifikationen ausgestattet, und obwohl es nur vergleichsweise wenige von ihnen gab, waren sie eine äußerst schlagkräftige Armee. Es gibt immer wieder Hinweise darauf, dass die Tarkanier außerhalb ihres Hoheitsgebiets Krieg geführt haben und die Schutzengel sehr gefürchtet waren.

Um sich noch besser zu schützen, stellte Tarakan fürchterliche Waffen her, die binnen eines Lidschlags Millionen Menschen zugleich töten konnten. Ich glaube, dass viele der Feinde Tarakans ähnliche Waffen besaßen. Wir alle haben gehört und gelesen, wie während der Katastrophe Feuer und Tod vom Himmel regneten. Wir haben die zerstörten Städte besucht und gelernt, die Landstriche zu meiden, in denen nach all den Jahren Luft und Wasser noch immer giftig sind. Ein Nachhall der Wirkung jener grauenhaften Waffen.

Ich weiß nicht, was genau die Katastrophe ausgelöst hat. Wer als Erster angriff und weshalb. Vielleicht war es eine Falschberechnung, ein schrecklicher Fehler. Oder vielleicht, was mir wahrscheinlicher vorkommt, witterte auch irgendwann eine Seite die Gelegenheit, die anderen vernichtend zu treffen. Wie dem auch sei – wir leben mit den Folgen dieses Kriegs. Unsere Vorfahren, die die Attacke irgendwie überlebt haben, mussten bald feststellen, dass ein Großteil ihrer Technologie zerstört worden war. Überall hörten Maschinen einfach auf zu funktionieren, und das Wissen, wie man sie erbaute, war verloren. Auch in der Stadt der Türme gibt es viele solche Maschinen – intakt, aber tot und nutzlos, wie die unverweslichen Leichen von mitten in der Bewegung erstarrten Menschen.

Meiner Erfahrung nach werden die Zerstörungen immer schlimmer, je weiter man sich von den Tarakanischen Zentren entfernt. Ich habe Gegenden bereist, wo die Menschen in Höhlen und auf den Baumwipfeln leben und darauf angewiesen sind, Stöcke und Steine als Werkzeuge zu benutzen. Die Tarakanischen Städte hingegen sind unversehrt geblieben. Die Tarkanier selbst sind jedoch, soweit wir wissen, bei der Katastrophe vollständig ausgelöscht worden. Allerdings glaube ich, dass sie für einen solchen Fall Pläne geschmiedet hatten.«

»Ich verstehe nicht, was das mit mir zu tun hat«, sagte Vincha. »Ich meine, Euer Vortrag ist ja wirklich hochinteressant, Meister der Lehre, aber …«

Lehrmeister Harim wartete nicht, bis Vincha ausgeredet hatte. »Habt Ihr Euch je gefragt, welchem Zweck die Knoten dienen oder weshalb die Gegenstände, die wir daraus bergen, sich immer wieder reproduzieren? Oder weshalb noch immer Tätowierungen in Erscheinung treten, selbst in den entlegensten Winkeln der Welt? Während meiner gesamten Forschungen bin ich kein einziges Mal auf Hinweise gestoßen, dass so etwas auch schon vor der Katastrophe geschehen wäre.«

Vincha antwortete nicht.

»Irgendetwas verteidigt mit aller Macht das Allerheiligste der Stadt. Irgendjemand bestückt die Knoten immer wieder neu und sorgt dafür, dass nur jene davon profitieren, die die Puzzles knacken können. Ich glaube, dass Tarakan lebt und die Tarkanier zurückkehren werden. Sie werden wieder aufbauen, was wir nicht reparieren können.«

Ich hielt die Luft an. Noch nie zuvor hatte ich mit angehört, wie mein Meister alle Fäden auf diese Weise zusammenführte.

»Wenn es stimmt, was Ihr sagt, müssten sie es längst geschafft haben zurückzukehren«, entgegnete Vincha. »Aber so ist es nicht.«

Im Halbdunkel sah ich meinen Lehrmeister mit den Schultern zucken. »Ich weiß nicht, weshalb sie noch nicht zurück sind. Meine Vermutung ist, dass die Katastrophe sie vernichtender getroffen hat, als sie es vorhergesehen hatten.

Ich habe einmal eine Technikus gefragt, wie sie gelernt habe, die mechanischen Codes der Tarakanischen Apparate zu lesen. Sie sagte, sie könne es selbst nicht erklären, sie *wüsste* ganz einfach, wozu der jeweilige Apparat gedacht sei und wie man ihn bedient. Manchmal würde sie, wenn sie Tarakanische Apparate und Artefakte berührt, ein eigenartiges Kribbeln in ihren Tätowierungen verspüren. Und dann käme stets ein tiefer Frieden über sie. Es ist ganz offensichtlich, dass ein Technikus ebenso wie alle anderen Gezeichneten eng mit den Tarakanischen Artefakten verbunden ist, aber unter den Gezeichneten sind die Puzzler die Einzigen, die mit Puzzle-Schlössern versperrte Knoten öffnen können. Sie müssen also der Schlüssel sein, der erste Schritt im Plan, die Tarkanier zurückzubringen. Nur mithilfe der Puzzler haben wir eine Chance, die Menschheit wieder zu dem zu machen, was sie einst war.«

»Na schön«, unterbrach ihn Vincha wieder. »Sagen wir mal, Euer wildes Märchen und Eure ganzen Annahmen würden stimmen. Ich verstehe immer noch nicht, was das mit mir zu tun haben soll.«

»Die Salutisten-Ära war unsere bisherige Glanzzeit.« In der Stimme des Lehrmeisters lag aufrichtiges Bedauern. »Tausende Artefakte wurden Monat für Monat geborgen und in die Stadt geschafft. Tagtäglich wurden Knoten geöffnet, und wir betrieben Forschung, verschmolzen Tarakanische Artefakte mit unseren Körpern, nutzten die Technologie. Viele missbrauchten ihre neuen Fähigkeiten dazu, Einfluss zu gewinnen und andere zu unterwerfen – das liegt in der menschlichen Natur –, aber andere studierten die Technologie und kamen dabei Schritt für Schritt voran. Dann kam ein junger Puzzler in die Stadt der Türme und wurde zu einem Außenposten im Tarakan-Tal geschickt, und alles wurde anders.«

Erst als Lehrmeister Harim auf Vincha zuging und vor ihr stehen blieb, wurde mir bewusst, dass er der Einzige hier drinnen war, der noch stand.

»Und jetzt muss ich Euch etwas fragen, Vincha. Was ist diesem Puzzler zugestoßen?«

Vincha sah zu meinem Mentor hoch. Ihre Augen sah ich nicht, aber ihre Stimme klang rau, als sie sagte: »Er ist gestorben, zusammen mit meinem Trupp.«

Frustriert schüttelte Lehrmeister Harim den Kopf und schnaufte durch die Nase, was er immer tat, wenn er über ein unlösbares Problem nachdachte.

»Habt Ihr gesehen, wie er starb?«

»Wie ich bereits sagte, ich war dabei.« Aber da war eine winzige Veränderung in ihrer Stimme, nur eine Nuance, und plötzlich wusste ich, dass es nicht die *ganze* Wahrheit war.

Lehrmeister Harim musste es ebenfalls wahrgenommen haben, denn er bat leise: »Bitte, Vincha, es ist wichtig. Wichtiger, als Ihr ahnt.«

»Es ist Jahre her. Der Junge ist tot.«

»Wie ist er gestorben?«, hakte Lehrmeister Harim nach. »Bitte, Vincha, ich muss es wissen.«

Vincha beugte sich vor und barg das Gesicht in den Händen. Lange saß sie so da, dann seufzte sie leise und richtete sich wieder auf. Sah meinen Mentor an und flüsterte: »Ich habe es nicht gesehen. Ich bin um mein Leben gerannt. Aber ich habe ihn ein letztes Mal schreien hören, und ich versichere Euch: Jemand, der so schreit, der kann nicht überleben.«

Kapitel 39

Rafiks Daumen schwebte über dem Knopf am Messer seines Bruders. Gerade wollte er ihn drücken, um noch einmal die scharfe Klinge hervorspringen zu lassen, wie er es sich in den seltenen Momenten des Alleinseins im Keenan-Gildenhaus angewöhnt hatte, da wandte Bayne, der Anführer seines Schutztrupps, den Kopf.

»Hör damit auf, Junge«, blaffte er ihn an. Dann, leiser: »Du spielst mit diesem rostigen Messer rum, seit wir hier sitzen.«

Rafik zuckte mit den Schultern und versuchte, sich seinen Ärger nicht anmerken zu lassen, aber trotzdem sagte er: »Es ist nicht rostig. Ich halte es sauber und scharf.«

Langsam stieß Bayne die Luft aus und gewann seine Gelassenheit zurück. »Das freut mich, Junge, aber du hast jetzt schon viel zu viel Aufmerksamkeit auf dich gezogen.«

Rafik sah sich um und sah, wie mehrere Leute rasch den Blick abwandten. Er steckte das Messer in die Tasche, ließ es aber nicht los; das Gewicht beruhigte ihn. Kurz fragte er sich, wie es seinem Bruder wohl gehen mochte, ob seine Schwestern sich noch immer über alles amüsierten, was sie sahen, und ob sich Eithan schon einen neuen besten Freund gesucht hatte. Aber diese Gedanken wühlten ihn auf, und er schüttelte sie rasch ab.

Bayne, der ihn nicht aus den Augen ließ, seit Meisterin Furukawa ihn in seine Obhut übergeben hatte, sagte: »Keine Angst. Wir fahren sicher bald los.« Und dann, wohl um den Jungen aufzumuntern: »Es wird dir bestimmt gefallen. Das Tarakan-Tal steckt voller Wunder und Abenteuer.«

Rafik antwortete nicht. Niemand wusste, wann die Langbahn Richtung Norden losfahren würde, denn es gab niemanden, der sie steuerte. Sie saßen schon fast den halben Vormittag in dem muffigen Fahrzeug. Normalerweise startete die Bahn mittags, wenn die Sonne am höchsten stand, aber manchmal fuhr sie auch früher los, an anderen Tagen hingegen setzte sie sich erst am nächsten Morgen in Bewegung. Weil niemand es riskieren wollte, seinen Platz zu verlieren, füllte sich die Bahn schon ab Sonnenaufgang zusehends mit wartenden Passagieren.

Gelangweilt ließ Rafik den Blick schweifen. Anscheinend wollte die ganze Welt ins Tarakan-Tal. Schwer modifizierte Trolle, Trupps mit Gildenabzeichen, unabhängige Söldner, Händler, Technikusse und Tüftler, Mechaniker, Flickschneider – die Nordbahn war bis unters Dach mit schwitzenden Menschen vollgestopft. Die wenigen nicht von den Gilden reservierten Sitze waren auf Wochen im Voraus ausgebucht. Auf einem dieser kostbaren Plätze saß Rafik, umgeben von Hunderten Fremden, die ihn alle mehr oder weniger neugierig beäugten. Viele trugen Energierüstungen und Tarakanische Modifikationen. Waffen mussten während der Fahrt in einem gesicherten Frachtraum untergebracht werden, aber trotzdem sahen alle einschüchternd kriegerisch aus. Allerdings war es nicht weiter schwierig, die Veteranen von jenen zu unterscheiden, die wie Rafik zum ersten Mal ins Tal unterwegs waren. Die Neulinge sahen sich nervös um und redeten die ganze Zeit, erzählten einander alle möglichen Geschichten. Ihre mit Wachs polierten Panzerungen glänzten, und sie präsentierten ein aufgesetzt selbstbewusstes Lächeln. Die Ausrüstung der Veteranen hingegen war gut gewartet, hatte aber sichtlich schon etwas mitgemacht, und sie alle dösten oder schliefen.

Erst am Abend vor ihrem Aufbruch hatte man Rafik mitgeteilt, dass er am nächsten Tag ins Tarakan-Tal gehen würde. Meister Goran war darüber nicht glücklich gewesen, aber Meisterin Furukawa berief sich auf eine direkte Anweisung von Lord Keenan persönlich.

»Na schön«, hatte Meister Goran schließlich seufzend gesagt, »aber ich hoffe, dem Trupp ist klar, worauf sie sich da einlassen. Der Junge war zu teuer, um ihn leichtfertig aufs Spiel zu setzen. Sie lassen ihn besser erst einmal auf ein paar Dutzend Beutezügen im Tal üben, statt gleich mit einem Selbstmordkommando loszulegen.«

Das klang nicht gerade ermutigend, aber Rafik machte es nichts aus. Ihm war so oft gesagt worden, dass er im Tal sterben würde, dass es längst jede Dramatik eingebüßt hatte. Meister Fu sagte es ständig, ganz gleich, wie eifrig Rafik im Nahkampf trainierte. Meisterin Havanna sagte es, ungeachtet der Frage, wie sehr er sich beim Schießen verbesserte oder wie vielen Betäubungsstrahlen er auswich. Meister Goran erklärte Rafik, dass er sterben würde, ganz egal, wie viele Puzzles er knackte. Ihm war klar, dass das Tarakan-Tal eine äußerst gefährliche Umgebung war, aber inzwischen kam ihm die Aussicht auf ein gefährliches Abenteuer eher spannend vor als beängstigend. Und außerdem erwartete Kommandant Doro ihn am Außenposten, was das Pendel noch weiter zugunsten der Vorfreude ausschlagen ließ.

Keiner der anderen Lehrlinge oder Lehrer verabschiedete sich von ihm, bis auf Meister Goran, der ihm am Tor steif die Hand schüttelte, und Meisterin Furukawa, die ihn gemeinsam mit mehreren Keenan-Wachen zur Station brachte und an Bayne übergab.

»Mehr seid ihr nicht?« Sie musterte Bayne und seine beiden Gefährten. »Ich bin eigentlich davon ausgegangen, dass der einzige Puzzler unserer Gilde ein etwas imposanteres Aufgebot verdient.«

Bayne verzog angesichts der Beleidigung das Gesicht, zuckte aber nur mit den Schultern. »Kommandant Doro hat uns geschickt. Ich vermute mal, dass Plätze in der Bahn teuer sind und schwer zu ergattern, und außerdem ist es manchmal klüger, kein großes Getue zu veranstalten. Erregt nur unnötig Aufmerksamkeit.«

Meisterin Furukawa sah nicht besonders überzeugt aus. »Trotzdem …«

»Kommandant Doro hat uns geschickt«, unterbrach Bayne sie, »und ich denke, er traut uns zu, den Jungen unversehrt bei ihm abzuliefern. Aber vielleicht sollten wir nicht so lange hier rumstehen und über seine Anweisungen diskutieren?« Demonstrativ sah er sich auf der Stationsplattform um. »Die ganzen Schildgardisten hin oder her – taktisch gesehen, besteht durchaus die Möglichkeit, dass Sabarra einen Scharfschützen schickt.«

Ohne sich mit irgendwelchen Förmlichkeiten aufzuhalten, beugte sich Meisterin Furukawa vor und berührte mit ihrem Siegelring Rafiks Armreif. Er summte leise und vibrierte, und ein eigenartiges Kitzeln lief Rafiks Arm hinauf. Der Armreif öffnete sich, und sie fing ihn auf. Sah Rafik in die Augen und sagte: »Viel Glück uns allen, Rafik.« Dann richtete sie sich auf, drehte sich um und ging ohne ein weiteres Wort davon.

Schwache Vibrationen weckten Rafik aus seinem Dämmerschlaf. Die Sonne stand inzwischen hoch am Himmel, ansonsten schien sich nichts verändert zu haben.

Und da gab es noch etwas, zu dem Rafik sich verpflichtet fühlte.

»Kannst du mir sagen, wo Osten ist?«, fragte er Bayne, der ihn zwar überrascht ansah, ihm aber die richtige Richtung zeigte. Rafik zögerte. Er wusste, dass jetzt die richtige Zeit für ein Gebet war, aber er wollte kein Aufsehen erregen. Ziemlich schnell hatte er gelernt, dass die Ungläubigen meist ebenso wenig zur Toleranz bereit waren wie die Frommen. Im Gildenhaus hatte es ein Mädchen gegeben, das von den anderen aufgezogen wurde, weil es ein religiöses Symbol als Anhänger um den Hals trug. Zu seiner Enttäuschung hatte er bald feststellen müssen, dass sie einen anderen, eindeutig falschen Gott anbetete. Aus lauter Einsamkeit versuchte er trotzdem, sich mit ihr zu unterhalten, stellte aber fest, dass sie ebenso zurückhaltend und auf der Hut war wie er selbst, wenn es um den Glauben ging.

Rafik beschloss, das mit dem Hinknien auszulassen. Er drehte sich nur ein Stück zur Seite und beugte sich vorsichtig vor, bis sein Kopf fast die teilweise durchsichtige Wand berührte. Die nördliche Langbahn ins Tarakan-Tal raste quer durchs Land, in viel größerer Höhe als die anderen sechs Bahnen der Stadt der Türme. Obwohl man ihm gesagt hatte, dass die durchsichtige Wand stabil war, traute Rafik der Angelegenheit noch nicht so ganz, also hielt er sich gut fest, ehe er die Augen schloss.

»Söhne und Töchter Abrahams, es gibt keinen Gott außer dem einen Gott und seinen zwei Propheten: dem Toten und dem Wiedergeborenen«, flüsterte er so leise wie möglich und spürte, wie er sich ein wenig entspannte. Bilder aus dem Dorf huschten vor seinem geistigen Auge vorbei: seine Familie, Eithan, glückliche Erinnerungen an Spiele und Ausflüge voll kindlichem Erkundungsdrang. Wie immer wurde das Glücksgefühl schon bald von Traurigkeit abgelöst, die rasch verblasste und wiederum durch die Symbolwand ersetzt wurde. Seit einigen Monaten sah er die Wand sogar vor sich, wenn er wach war, aber nur in seinen Träumen konnte er die Symbole auch beeinflussen. Ruhig und seltsam losgelöst, beobachtete er ihre Bewegungen. Ganz gleich, wie viel Schmerz ihm Meister Gorans Puzzle-Kästen auch beschert hatten, die Wand war für ihn stets tröstlich und übte einen eigenartigen Sog auf ihn aus, ganz besonders seitdem ihn im Schlaf immer wieder dieser fürchterliche Albtraum heimsuchte.

Der Sitz unter ihm vibrierte stärker. Er öffnete die Augen und setzte sich aufrecht hin. Die Neulinge stießen johlend die Fäuste gegeneinander, während die meisten Veteranen die bevorstehende Abfahrt zum Anlass nahmen, sich eine bequemere Schlafposition zu suchen.

Plötzlich gab es draußen Aufruhr. Rafik wandte den Kopf und sah, wie sich eine Frau mit feuerroten Locken und drei Wachtrolle gegenseitig anschrien. Genau in dem Moment, als sich die Türen zu schließen begannen, schoss sie zwischen ihnen hindurch und sprang in die Bahn. Sie versuchten sie noch zu packen, waren aber zu spät; die Türen verriegelten sich selbstständig, und die drei blieben draußen auf dem Bahnsteig zurück. Lachend bedachte die Frau sie mit einer obszönen Geste, schulterte ihre kleine Reisetasche und sah sich um, während sich die Langbahn in Bewegung setzte. Rafik wandte seine Aufmerksamkeit der durchsichtigen Wand und der dahinter liegenden Stadt zu, der Anblick verschlug ihm beinahe den Atem. »Vincha, hier drüben!«, hörte er Bayne rufen, schenkte ihm aber keine größere Beachtung, sondern klammerte sich fest an den Sitz.

»Puh, ich dachte schon, wegen dieser Rostbirnen verpass ich die Bahn«, sagte sie, ließ ihre Tasche mit einem hörbaren Plumps zu Boden fallen und hockte sich in den

Gang. »Und sieh dir das bloß an, heutzutage will echt *jeder* ins Tal. Mich hat sogar so ein rostiger Zivilist gefragt, ob ich ihn mitnehme. Private Expedition. Den hättest du mal sehen müssen, keine Mods, nix weiter dabei als eine Pfeife und seine Stiefel, und erklärt mir doch glatt, es ginge ihm um das Wohl der Menschheit. Ha!« Sie lachte laut auf. »Hab ihm gesagt, ich arbeite für das Wohl meines Geldbeutels, aber für kein Metall der Welt zieh ich mit einem Haufen Amateure los – nein, ich halte mich an die Profis.«

»Ich wusste gar nicht, dass du gerade in der Stadt bist«, sagte Bayne mit einem Anflug von Enttäuschung in der Stimme.

»Upgrades«, sagte Vincha. »Endlich.«

Rafik wandte den Kopf und sah, wie sie eine Handvoll roter Locken beiseiteschob. Darunter kam ein dickes Kabel zum Vorschein, das hinter ihrem Ohr entlangführte und knapp hinter der Schläfe in ihrem Schädel verschwand. »Eine Pracht, was?« Da waren noch weitere Kabel, sie schlängelten sich kreuz und quer durch die rote Lockenfülle. Dann ließ Vincha ihr Haar los, und die Kabel waren nicht mehr zu sehen. Rafik sah wieder nach draußen und beobachtete, wie der Boden unter ihnen immer weiter in die Tiefe absackte.

Bayne drehte sich zu ihm um. »Halb so wild, Kleiner, das Ding fährt nur immer höher und immer schneller, sonst kann es nichts.«

»Das ist also der Junge, was?« Vincha musterte Rafik neugierig. »Ich hätte nicht gedacht, dass er in dieser Saison schon mitgeht … ich meine, bei dem, was ihr für ihn bezahlt habt? Und in ein paar Wochen fangen schon die Sandstürme an.«

Eine der Wachen sagte: »Woher weißt du von dem J…«,

dann unterbrach er sich selbst, als würde ihm gerade etwas einfallen, und sagte beschämt: »Oh.«

Vincha grinste ihn durchtrieben an, dann wurde sie wieder ernst. »Er sieht zu jung aus für den Job. Wie alt ist er?«

»Ich bin dreizehn«, antwortete Rafik stolz. Im Dorf hätte man ihn in diesem Alter tagsüber bereits dem Wachdienst zugeteilt, und er hätte seine erste richtige Waffe bekommen.

Aber Vincha schüttelte nur wieder den Kopf. »Japp, zu verdammt rostjung, wenn du mich fragst. Was denkt sich Doro bloß dabei? Der Junge sollte mindestens noch eine Saison abwarten, eher zwei.«

»Wieso fragst du Kommandant Doro nicht selbst?«, fragte die andere Wache. »Schließlich bumst du ihn auch.«

Vincha musterte ihn. »Eifersüchtig?«, fragte sie verschmitzt und fuhr sich mit einer Hand durch die roten Locken.

Er lächelte sie an. »Vielleicht.«

»Lust auf ein wenig Action?«

»Auf jeden Fall.« Er setzte sich aufrechter hin. »Du bist eine sehr attraktive F…«

»Tja, ich hoffe, du taugst was bei der Eidechsenhatz«, unterbrach ihn Vincha, »denn glaub mir – bei deinem schmierigen Gelaber wird das die einzige Action sein, die du kriegen wirst.«

Ringsum brach Gelächter aus, und selbst die Keenan-Wache selbst kicherte und hob die Hände, als würde er sich ergeben. Leider hatte der Schlagabtausch einige andere Passagiere auf sie aufmerksam gemacht. Ein junger Troll näherte sich, angefeuert von ein paar Freunden. Er baute sich vor Vincha auf, beide Hände auf seinen Waffengürtel gestützt.

»Vielleicht solltest du uns dort drüben ein bisschen Gesellschaft leisten«, schlug er vor und deutete mit seinem rasierten Schädel in die Richtung. »Wir haben was zu trinken dabei, auf einem Hof gebraut, wenn du verstehst, was ich meine.« Er nahm eine Hand vom Gürtel und tat, als würde er ein Glas zum Mund heben, damit sie auch ganz sicher verstand.

Vincha musterte den jungen Troll so lange, dass seine Freunde anfingen, zu johlen und zu pfeifen. Er streckte die Brust raus. »Na, gefalle ich dir?«

»Nee, nicht wirklich.« Herablassend wandte sich Vincha ab.

Die Pfiffe gingen im Gelächter unter, aber so leicht gab der junge Troll nicht auf. »Zu welcher Gilde gehörst du, Süße?«, fragte er herausfordernd.

Vincha sah ihn wieder an. »Zu keiner«, antwortete sie trocken.

»Und warum schleimst du dich dann bei den Keenans ein, wenn du bei Sabarra richtige Männer haben könntest?« Stolz wies er mit dem Daumen auf sein Abzeichen.

Rafiks drei Begleiter erstarrten. Einer von ihnen murmelte einen Fluch und wollte sich erheben, aber Bayne warf ihm einen Blick zu, und der Mann blieb, wo er war. Plötzlich herrschte eisige Stille.

Vincha blieb ebenfalls sitzen und senkte den Blick. Starrte dem Troll eine ganze Weile auf den Schritt und sagte dann: »Ich sehe hier keinen richtigen Mann.« Ringsum brach schadenfrohes Gelächter aus, und die Spannung löste sich ein wenig.

Der Troll lief rot an und wandte sich zum Gehen. »Wie du meinst«, sagte er, und dann fügte er im Gehen hinzu: »Keenan-Schlampe.«

Vincha sprang auf. »Du. Komm zurück«, rief sie ihm hinterher, aber er ging ungerührt weiter.

»Komm zurück, Farmbengel«, sagte sie. Diesmal blieb der Troll stehen.

Er drehte sich um, die Hände zu Fäusten geballt. Aber Vincha ließ ihm keine Zeit für eine Antwort. »Kann ja sein, dass du denen den ganzen Scheiß abkaufst, mit dem sie euch auf den Farmen die Rohre spülen«, spie sie aus, trat einen Schritt näher und nahm Kampfhaltung an. »Dieser ganze Schrott über uns und sie, darüber, dem Gildenmeister bis in den Tod zu dienen, aber wenn du von Eidechsen umzingelt bist und dir die Kabel vollscheißt, dann ist dir völlig egal, zu wem der Trupp gehört, der dir gerade den armseligen Arsch rettet.«

»Halt mir keine Vorträge, Weib«, sagte der Troll und kam seinerseits näher, »sonst zeig ich dir, was wir auf den Höfen mit Frauen wie dir machen.«

Jetzt sprang auch Bayne auf, ebenso wie die meisten anderen Trolle im Abteil, aber Vincha hob die Hand, um zu signalisieren, dass dies ihr Kampf war.

»Weißt du, was mein Job ist?«, fragte sie den Troll. »Weißt du, worin ich gut bin?«

»Ja.« Der Troll kicherte. »Du bist 'ne Nachrichtendienstbotin.«

»Ich bin Kommunikationsspezialistin, Bengel«, sagte Vincha, »und ich kommunizier dir jetzt eine Lektion in dein winziges Rosthirn.«

Der Troll überbrückte den letzten Schritt zwischen ihnen und holte mit der Faust aus, aber statt zuzuschlagen, riss er mit einem Mal die Hände hoch, presste sie auf die Ohren und brach zusammen.

»Na, was haben wir denn da?« Vincha stemmte die Hände in die Hüften und betrachtete den Troll, der sich zu ihren Füßen krümmte. »Hat da jemand vergessen, seine Kom-Frequenzen zu sichern? Vielleicht hast du ja den Rat der alten Hasen in den Wind geschlagen? Weiß da etwa jemand nicht, dass sich die Eidechsen auf unsere Kanäle einstimmen und so unsere Position finden können, hm?« Vincha beugte sich zu ihm hinunter und brüllte: »Kannst du mich über dem Krach in deinem Kopf überhaupt hören?«

»Bitte mach, dass es aufhört, hör auf!« Der Troll wand sich auf dem Boden, die Hände immer noch auf die Ohren gepresst.

Zwei andere junge Sabarra-Trolle standen auf. Vincha sah ihnen mit schiefgelegtem Kopf entgegen. »Bleibt mal besser sitzen, Jungs«, riet sie ihnen liebenswürdig, »sonst grill ich euch das Hirn, dass es euch zu den Ohren rausdampft. Spürt ihr *das*?« Die beiden stöhnten zugleich auf und setzten sich gehorsam wieder hin, die Hände an den Ohren.

»Vincha.« Vielleicht war es Baynes leise Stimme, die sie besänftigte, vielleicht war sie aber auch der Meinung, dass die jungen Trolle genug gelitten hatten.

»Meinetwegen«, sagte sie.

Wie mit einer Stimme stöhnten die jungen Sabarras erleichtert auf. Der Troll zu Vinchas Füßen hatte sich gerade wieder auf die Füße gekämpft, da streckte ihn ein gewaltiger Kinnhaken wieder zu Boden. Bewusstlos blieb er liegen.

»Und das war dafür, dass du mich eine Schlampe genannt hast.« Vincha musterte seine Kollegen. »Jetzt räumt ihn schon hier weg, Kinder«, sagte sie. »Und wenn er aufwacht, dann sagt ihm: Wenn ich dieses Wort noch einmal aus seinem Mund höre, dann schneide ich höchstpersönlich jedes noch so kleine Kabel durch, das er am Leib hat. Und damit meine ich ausdrücklich auch das zwischen seinen Beinen.«

Die beiden eilten herbei und schleiften ihren Freund rasch in ihre Sitzecke. Vincha drehte sich um und marschierte zurück zu Bayne. Alle entspannten sich wieder.

»Siehste?«, fragte Bayne, als Vincha neben ihm Platz nahm.

»Deshalb brauchen wir den Jungen. Das Tal ist nicht mehr, was es mal war. In der Stadt der Türme schlagen sich die Gilden wegen irgendwelchem ratspolitischem Scheißdreck gegenseitig die Köpfe ein, und die neuen Rekruten gehen lieber aufeinander los statt auf die Eidechsen. Gildenkooperationen sind inzwischen seltener als eine Jungfrau im Puff. Wer Erfolg haben will, braucht einen eigenen Puzzler.«

Vincha lächelte Rafik zu. Sie wirkte so entspannt, dass man sich kaum vorstellen konnte, dass sie sich vor wenigen Augenblicken noch mit ein paar anderen Trollen angelegt hatte. »Wie gut, dass ich mit dem Schrott nix zu tun habe.«

»Irrtum, Vincha«, wandte einer der Wachtrolle ein. »Man munkelt, dass ein paar Gilden den Freien jetzt ein Ultimatum stellen wollen. Die sagen, wer für sie arbeiten will, darf von bestimmten anderen keine Aufträge mehr annehmen. Die Metalljäger haben sich von ihrer verpfuschten Tiefenexpedition noch nicht wieder erholt, und so konnte in dieser Saison Sabarra die meisten Tal-Expeditionen für sich verbuchen. Die machen echt hart Druck. Besonders gegen uns. Es wird nicht mehr lange dauern, dann musst du dich entscheiden und dich bei der einen oder anderen Gilde vertraglich verpflichten. Ich schlage vor, du unterschreibst bei den Keenans.« Er lächelte und ließ mit wissendem Blick die Augenbrauen tanzen. »Hab gehört, mit den Vorteilen bist du eh schon vertraut.«

Vincha schüttelte den Kopf und zog es vor, die Anspielung zu überhören. »Ich suche mir meinen Trupp und meine Aufträge selbst aus. Eher fick ich einen rostigen Stecken, als dass ich zur Gildensklavin werde.« Schulterzuckend lächelte sie den Keenan-Trollen zu. »Nehmt's mir nicht krumm, Jungs.«

Falls Bayne oder seine beiden Gefährten beleidigt waren, ließen sie es sich nicht anmerken.

Sie sah Rafik an. »Ich glaube, wir wurden einander noch gar nicht richtig vorgestellt. Ich bin Vincha, und du?«

Rafik vergewisserte sich mit einem raschen Blick zu Bayne, dass es in Ordnung war, und erntete ein Nicken. »Rafik«, sagte er und ergriff ihre ausgestreckte Hand.

»Mach dir nichts aus diesen Idioten«, sagte sie und deutete mit dem Daumen über die Schulter auf die Sabarra-Trolle, die sich noch von dem Zusammenstoß erholten. »Doro und der Keenan-Trupp taugen was – bis auf Ramm, versteht sich.« Sie zwinkerte Bayne zu, der leise in sich hineinlachte. »Wie geht's der undichten alten Ölkanne überhaupt?«

»So irre wie eh und je.« Bayne verzog das Gesicht. »Versteh mich nicht falsch, er ist ja eine echte Kampfsau, aber ich habe keine Ahnung, wie der Kommandant es schafft, ihn in den Griff zu kriegen. Wenn das meine Aufgabe wäre, würde ich …« Als Vincha plötzlich totenbleich wurde, verstummte er. Sie presste beide Hände an den Kopf, rutschte vom Sitz und krümmte sich.

Hastig kniete sich Bayne neben sie. »Was ist los?«

»Neue Hardware.« Vincha brachte nur ein heiseres Flüstern heraus und krampfte sich vor Schmerz zusammen. »In meiner Tasche. Schnell.« Ihre Augen verdrehten sich, und Bayne warf ihre Tasche einem der beiden anderen zu, der nach kurzem Herumwühlen einen kleinen Lederbeutel zutage förderte. Bayne verfrachtete Vincha auf zwei nebeneinanderliegende Sitze, öffnete den Beutel und steckte einen Finger hinein. Danach schob er, ohne zu zögern, den mit grünem Pulver bestäubten Finger in eins von Vinchas Nasenlöchern und hielt das andere zu. Sie holte tief und schniefend Luft, und er wiederholte das Prozedere mit dem anderen Nasenloch. Anschließend packte er sie unter den Achseln, zog sie hoch und setzte sie in den Sitz gegenüber von Rafik. Sie sahen zu, wie sie langsam wieder zu sich kam. Sobald sie halbwegs wieder bei sich war, riss sie Bayne den Beutel aus der Hand und schniefte eine weitere ordentliche Portion, dann seufzte sie erleichtert auf. »Danke, Jungs«, murmelte sie. »Rost, ich hätte nicht gedacht, dass ich so schnell einen so heftigen Kurzschluss kriege.«

»Das sind die neuen Verdrahtungen.« Bayne stand auf und streckte sich. »Mach dir keinen Kopf, daran gewöhnst du dich schnell.«

»Setz dich wieder hin, ist ja dein Platz.« Vincha machte Anstalten aufzustehen, aber Bayne sagte, sie solle bleiben, wo sie war, und behauptete, er müsse sowieso mal ein bisschen die Beine ausstrecken.

Vincha ließ sich wieder in den Sitz plumpsen, sie sah erleichtert aus. Nach einer Weile richtete sie den Blick auf Rafik. »Du musst keine Angst haben.«

»Ich habe keine Angst«, antwortete er und sah wieder nach draußen. Sie waren mittlerweile so hoch oben, dass es ihm vorkam, als wären sie den Wolken näher als dem Boden. Die parallelen Metallstangen, die mit jedem Herzschlag vorübersausten, waren dicker als zuvor, und zwischen ihnen zuckten ständig blaue Lichtblitze. Schon nach kurzer Zeit wurde Rafik mulmig angesichts der Höhe und der Tatsache, dass nur diese schwebenden Stangen den Zug davon abhielten, in die Tiefe zu stürzen, und er drehte den Kopf wieder zu Vincha. Sie war in ihrem Sitz zusammengesunken, die Augen waren geschlossen.

»Warum tut es weh?«, fragte er.

Vincha öffnete die Augen. »Manchmal will der Körper das Metall abstoßen«, antwortete sie, »und das ist sehr schmerzhaft.«

»Und das grüne Pulver hilft gegen den Schmerz?«

»Es macht ihn erträglicher.«

»Mir hat mal jemand gesagt, dass es nicht gut ist, das Pulver einzuatmen.«

»Und wer hat dir das gesagt?« Vincha hatte sich nicht gerührt, aber ihre Stimme klang mit einem Mal schärfer.

Rafik zuckte mit den Schultern. »Ein Händler, den ich kenne. Er hat gesagt, es ist besser, den Schmerz auszuhalten. Und als ich im Gildenhaus ausgebildet worden bin …«

Vincha lächelte matt. »Ich bin ganz sicher, dass man dir eine ganze Menge gesagt hat, vor allem im Gildenhaus«, sagte sie und richtete sich langsam auf, »aber lass dir von mir gesagt sein, Rafik: Im Leben gibt es nicht nur Schwarz und Weiß.« Nachdenklich fügte sie hinzu: »Allerdings ist es, so wie ich es sehe, schon meistens eher dunkel als hell. Wenn man zu viel von dem Pulver erwischt, kann man einen richtig üblen Trip kriegen. Es kann einen sogar umbringen, das steht fest. Aber bei einem Kurzschluss hilft nichts anderes. Es ist das Einzige, was man dagegen tun kann, und wenn es hilft, dann kann es wohl nicht schaden, es auch zu benutzen, was?«

Anscheinend sah er nicht sonderlich überzeugt aus, denn sie fügte hinzu: »Keine Sorge, Junge. Puzzler brauchen keine Modifikationen, für dich gibt es ein Kom zum Umschnallen. Keine Schmerzen, kein Pulver.«

»Wo kommt denn das Pulver her?«

Vincha zögerte und warf Bayne einen Blick zu. Offensichtlich war er da über ein Thema gestolpert, über das er eigentlich nichts wissen sollte.

Bayne zuckte mit den Schultern und brummte: »Früher oder später erfährt er's eh.«

Die Bahn ging in eine leichte Kurve, und in der Ferne sah Rafik eine gewaltige Gebirgskette aufragen. Es sah so aus, als führen sie genau darauf zu.

»Bist du ganz sicher, Junge, dass du das wissen willst?«

Rafik nickte.

»Das Pulver besteht aus getrocknetem Eidechsenblut und noch ein paar anderen Zutaten«, sagte Vincha. »Manche lecken es auch direkt von der Echsenhaut, aber das funktioniert nur bei welchen, die man frisch erlegt hat – die Biester schwitzen das Zeug aus.«

Rafik riss die Augen weit auf. »Echt jetzt?«

»Japp. Hat vor Jahren mal ein Troll rausgefunden. Wie genau er es rausgefunden hat, will ich aber lieber nicht erzählen.«

»Das ist nur ein Märchen«, sagte Bayne. »Lange bevor es den Bienenstock gab – das ist unser Außenposten –, hat mal ein Flickschneider in einer Bar so einen alten Salutisten prahlen hören, dass er immer Echsenhaut abgeleckt hat, wenn er wegen seiner Verdrahtung Probleme hatte. Also ist dieser Typ ins Tal gereist und hat Eidechsen eingefangen und mit ihnen herumexperimentiert, und das Ergebnis war das Pulver.«

»Und dann ist er spurlos verschwunden.« Das war wieder Vincha. »Wer erzählt hier also Märchen?« Sie wandte sich wieder Rafik zu. »Such dir selbst aus, was du glauben willst – jedenfalls stellen die Flickschneider das Pulver her und ersaufen fast in Münzen. Willst du wissen, wie sie es herstellen?«

Diesmal überlegte Rafik ein bisschen länger. Eine Weile betrachtete er den fernen Gebirgszug, dann nickte er.

Vincha beugte sich vor und raunte ihm zu: »Sie legen Eidechsen um und nehmen die toten Viecher mit, jedenfalls wenn noch etwas davon übrig ist. Dann quetschen sie sie aus bis zum letzten Tropfen, kochen das Blut und fügen noch ein paar Zutaten hinzu. Und dann lassen sie das Zeug trocknen, fertig. Manchmal haben wir Glück und fangen eine Eidechse lebend, dann nehmen wir sie mit, hängen das

Vieh an den Füßen über einen Eimer und stechen ihm ein Loch ins Herz, das sich übrigens ganz zufällig genau an derselben Stelle befindet wie bei uns Men…«

»Schluss jetzt, Vincha«, fuhr Bayne ihr dazwischen. »Du machst dem Jungen Angst.«

Vincha lehnte sich wieder zurück. »Er hat ein Anrecht darauf, Bescheid zu wissen. Rafik, haben sie dir diese Romane über die ersten Expeditionen zu lesen gegeben?«

Er nickte.

»Voller Lügen, von vorn bis hinten«, verkündete Vincha. »Die berühmten Sechs waren beim Aufbruch eine Gruppe aus zwei Dutzend Söldnertrollen. In nicht mal drei Tagen wurden sie abgeschlachtet, einer nach dem anderen, glaub keinem, der dir was anderes erzählt. Die füttern dich nur mit Heldengeschichten, um deine Loyalität zu ihrer blöden Gilde anzuheizen.«

»Vincha, es reicht«, knurrte Bayne.

»Geh verrosten, Bayne. Ich tu dir einen Gefallen. Oder willst du ihm Gutenachtgeschichten erzählen?« Sie beugte sich vor und berührte Rafik am Knie. »Hör Vincha gut zu, Kleiner. Die werden dir erzählen, dass die Eidechsen nichts weiter als hirnlose Tiere sind – leicht zu töten, alles kein Problem –, aber in Wirklichkeit sind das hinterlistige, bösartige Mistfotzen, ebenso gemein wie gefährlich. Die überfallen uns im Schnitt alle paar Wochen mal. Kommen aus unterschiedlichen Richtungen, und manche tragen sogar Waffen, Messer oder Prügel, und ich kenne ein paar Trolle, die Stein und Bein schwören, dass sie Eidechsen mit Schusswaffen gesehen haben. Verstehst du? Und sie können unsere Kommunikation belauschen, wenn ich uns nicht gut genug gegen sie abschirme, und sie stürzen sich am liebsten im Pulk auf irgendeinen armen Idioten und halten ihn fest, und dann …«

»Ich meine es ernst, Vincha, halt endlich mal die Schnauze«, brüllte Bayne.

Diesmal war sie wirklich still. Verschränkte die Arme vor der Brust, sah den stämmigen Bayne an und tat, als würde sie schmollen.

Eine Glocke ertönte dreimal kurz hintereinander, und plötzlich erhellte künstliches Licht den Zug.

»Was ist los?«, fragte Rafik.

»Du musst dir keine Sorgen machen«, sagte Bayne, der Vincha immer noch finster anstarrte. »Siehst du? Jetzt hast du dem Jungen Angst gemacht, er ist ganz nervös.«

»Ich habe keine Angst«, protestierte Rafik. »Ich will nur wissen, was los ist.«

»Die Glocke bedeutet, die Bahn hat ein paar Eidechsen entdeckt, die auf der Lauer liegen und auf uns …«

»Vincha!«

»Ich fopp dich nur ein bisschen, Kleiner.« Sie lachte, beugte sich erneut vor und strubbelte Rafik durch das nicht mehr ganz so kurze Haar. »Vor uns liegt ein Tunnel, der in den Berg hineinführt, das ist alles.«

Nachdenklich fügte sie hinzu: »Weißt du, es ist schon übel da draußen, aber mach dir keine Sorgen. Vincha gibt die Gänsemutter und passt auf dich auf. Wenn dir also irgendeine von diesen Rostbirnen Schwierigkeiten macht, komm einfach zu mir, und ich klär das.« Sie lächelte ihn an und zwinkerte ihm zu. »Was sagst du. Freunde?«

Schüchtern lächelte Rafik zurück und nickte.

Kapitel 40

Als der Zug wieder aus dem Tunnel herauskam, färbten sich die transparenten Wände dunkel, aber das tat der dramatischen Wirkung keinen Abbruch. Das Tarakan-Tal war wie ein Meer aus gelbem Sand und erstreckte sich bis zum Horizont, gesprenkelt mit unzähligen Gebäuden.

Obwohl Rafik nicht gespürt hatte, dass sie abwärtsfuhren, kamen sie deutlich tiefer aus dem Berg heraus, als sie hineingefahren waren. Ein paar Herzschläge lang war es im Innern des Zugs gleißend hell, und Rafik hielt sich blinzelnd die Augen zu. Dann verdunkelten sich die durchsichtigen Wände, und es wurde erträglicher. Noch immer rasten sie mit unglaublicher Geschwindigkeit dahin, trotzdem konnte Rafik die Gebäude und Straßen unter ihnen erkennen und war wie gebannt von dem Muster der Stadt. Die meisten Gebäude waren noch intakt, sogar die ganz hohen, aber es war deutlich zu sehen, wie sehr der Zahn der Zeit und die Elemente ihnen zugesetzt hatten. Auf den Straßen regte sich nichts, und es schien nirgendwo auch nur die kleinste Spur von Vegetation zu geben. Die Stadt lag da wie eine uralte Leiche, die längst bis auf die Knochen ausgetrocknet war.

»Verrückt, was?« Vincha beugte sich dichter zu ihm heran. »Ich habe gehört, es soll mal die schönste Stadt der Welt gewesen sein. Und jetzt ist hier alles tot, nichts rührt sich mehr bis auf uns und diese verrosteten Eidechsen und die Sandstürme, wegen denen wir manchmal wochenlang eingesperrt sind.«

»Wie überleben wir hier denn, wenn es weder Essen gibt noch Wasser?«, fragte Rafik verwundert. Er war kein Experte, aber seiner Meinung nach würden die Vorräte, die vor ihrer Abfahrt eingeladen worden waren, nicht ausreichen, um unter diesen unwirtlichen Bedingungen ein ganzes Camp voller Salutisten zu versorgen.

Vincha kam noch dichter heran, als würde sie ihm ein Geheimnis verraten. »Das Hauptcamp, das wir den Bienenstock nennen, sitzt direkt über einem fetten, echt nützlichen Knoten. Dort gibt es genug Nährpillen, um alle am Leben zu halten, und auch ausreichend Decken und Handtücher, um ein ganzes Bordell damit auszustatten. Und unter der Erde verlaufen voll funktionstüchtige Wasserleitungen. Eine deiner ersten Aufgaben wird es sein, das Puzzle im Keller zu knacken.« Sie klopfte ihm leicht auf die Schulter. »Aber mach dir keinen Kopf. Soweit ich weiß, ist es ganz leicht, und außerdem haben wir immer einen Notfall-Puzzler in petto, nur für alle Fälle.«

Vincha wartete vergeblich auf eine Antwort, denn Rafik war tief in Gedanken versunken.

»Wie geht es dir?«, fragte sie nach einer Weile und stieß den Jungen sachte mit dem Ellbogen an. »Nervös? Erwartungsvoll?«

Diesmal antwortete Rafik. »Von beidem ein bisschen. Vor allem erwartungsvoll, glaube ich … ich weiß gar nicht, wieso. Es fühlt sich an, als wäre ich schon mal hier gewesen, aber das ist seltsam, weil ich ja genau weiß, dass das nicht stimmt.«

Vincha nickte verständnisvoll. »Kenn ich, das Gefühl. Wenn man unten im Tal ist, will man um jeden Preis dort weg, aber sobald man woanders ist, vermisst man diese verdammte Sandkiste so sehr, dass man sich schließlich dabei erwischt, wie man jeden Abend in die nächste Salutisten-Kneipe latscht und sein ganzes Metall versäuft, nur um eine Ausrede zu haben, wieder hierher zurückzukommen. Ich meine, wenn man die ewig verschlossenen Tore sieht – hast du davon schon mal gehört?«

Rafik schüttelte den Kopf.

»Oh, das muss man wirklich gesehen haben. Nicht dass du sie je zu sehen bekommen wirst, denn sie sind ja nicht mit einem Puzzle verschlossen, kannst du dir das vorstellen? Aber ehe man vor diesen Toren steht, hat man das Tarakan-Tal nicht wirklich gesehen.«

»Eidechsen!«, schrie plötzlich einer der jungen Trolle und zeigte nach draußen. Alle sprangen auf, drängten sich vor den durchsichtigen Wänden zusammen und starrten auf die Stadt hinunter.

»Wo hast du denn da Eidechsen gesehen?«, fragte einer der älteren Trolle und spähte hinaus.

»Da sind zwei aus dem großen Gebäude dort drüben rausgekommen.« Der junge Troll zeigte die Richtung.

Rafik und Vincha drückten sich die Nasen an der durchsichtigen Wand platt und suchten die vorbeisausenden Gebäude ab.

»Sicher, dass es Eidechsen waren?« Der Veteran wandte sich ab. »Wir sind hier im Südosten der Stadt, hier gibt es kaum welche.«

»Doch, das waren eindeutig Eidechsen«, beharrte der jüngere Troll. Seine Truppmitglieder johlten durcheinander und boxten sich gegenseitig in die Brust. Der Veteran wirkte nicht sehr überzeugt, aber ehe er etwas erwidern konnte, kam ein Schildgardist ins Abteil.

»Wir sind gleich da. Macht euch bereit«, sagte er. »Wenn wir angehalten haben, klettert ihr an den Seilen runter.«

Alle fingen an, ihre Ausrüstung zusammenzupacken, und holten ihre Waffen wieder ab. Der Troll, mit dem Vincha vorhin aneinandergerasselt war, blickte immer wieder demonstrativ in ihre Richtung, während er seinen Blaster und die schwere Maschinenpistole überprüfte.

»Mach dir keine Sorgen«, murmelte Bayne. »Ich behalte ihn im Auge.«

»Mit einem dummen kleinen Sabarra-Welpen werde ich schon allein fertig«, antwortete Vincha. Lächelnd fügte sie hinzu: »Aber trotzdem danke.«

»Unterschätz ihn nicht, Vincha. Wie gesagt, es ist gerade einiges im Umbruch. Dieser Bengel wird warten, bis du ihm den Rücken zuwendest, und dann …«

Vincha unterbrach ihn mitten im Satz. »Wie gesagt …« Aber da schrillte plötzlich ein Alarm los, und ihre Worte gingen darin unter.

»Festhalten und Waffen sichern, wir halten an!«, brüllte der Schildgardist, band sich ein dickes Seil um die Mitte und hakte es an einer Stange fest. »Vergesst nicht, wir halten nicht in der Stadt. Es bleibt nur wenig Zeit, ehe sich die Türen wieder schließen, also beeilt euch und seht zu, dass ihr rauskommt.«

Bayne wandte sich an Rafik. »Schaffst du es allein, oder brauchst du Hilfe?«

»Bei mir ist alles bestens, ich weiß, was ich zu tun habe.« Rafik versuchte, selbstbewusst zu klingen, aber seine Stimme zitterte. Für diesen Moment hatte er im Gildenhaus trainiert, und obwohl er nicht der beste Kletterer gewesen war, so war er doch auch weit davon entfernt, der schlechteste zu sein. Trotzdem … beim Anblick des Bodens, der tief unter ihnen dahinglitt, wurden ihm die Knie weich.

Wieder schrillte eine ohrenbetäubend laute Sirene, und der Zug kam abrupt zum Stehen. Rafik verlor das Gleichgewicht. Hätte nicht Vincha rasch zugepackt, wäre er lang hingeschlagen.

Sie zwinkerte ihm zu. »Mach langsam, großer Junge.«

Er brachte ein halbherziges Lächeln zustande und richtete sich auf.

Der Schildgardist drehte an einer sternförmigen Scheibe an der Wand, und die Türen glitten lautlos auf. Grelles Licht, Hitze und Staub fluteten herein. Rafik spähte nach unten. Sie hatten über einem freien Platz zwischen mehreren hohen Gebäuden gehalten. Eine Unmenge Fahrzeuge und Leute, die meisten bewaffnete Trolle, erwarteten sie, und sobald die Bahn zum Stehen kam, setzten sie sich in Bewegung wie eine Kolonie emsiger Ameisen.

»Wir haben Glück, dass gerade kein Sandsturm tobt«, bemerkte Bayne und setzte sich eine Schutzbrille auf.

»Gibt es hier oft Sandstürme?« Rafik sah zu, wie die beiden Wachen Strickleitern ausrollten.

»Oft genug.« Bayne bedeckte Nase und Mund mit einer Atemschutzmaske, die seine Stimme dämpfte. »Schon die leichten Stürme sind eine scheußliche Angelegenheit, und in einen *richtigen* Sandsturm willst du auf gar keinen Fall hineingeraten, glaub mir. Kluge Trolle tun da keinen Schritt nach draußen. Wenn man gerade auf einer Tal-Expedition ist, macht man sich besser schnell auf den Rückweg zum Bienenstock oder sucht sich irgendwo einen Unterschlupf. Hier.« Er reichte Rafik ebenfalls eine Schutzbrille. »Hilft gegen die grelle Sonne und den Sand in den Augen.« Er zauberte auch eine zweite Atemmaske hervor. »Und die sorgt dafür, dass du keinen Staub in die Lunge kriegst. Dauert eine Weile, bis du dich daran gewöhnt hast, aber glaub mir – du willst sie tragen.«

»Danke«, sagte Rafik. Eigentlich wollte er noch sagen, dass er wusste, wozu Schutzbrille und Atemmaske gebraucht wurden – mit beidem hatte er im Gildenhaus trainiert –, aber Bayne war schon damit beschäftigt, sich und Rafik mit einer Sicherungsleine zu verbinden. Die ganzen anderen Passagiere trugen ebenfalls Schutzbrillen und Atemmasken oder setzten sie gerade auf.

Die Ersten in der Reihe kletterten paarweise hinaus und über die Leiter nach unten, rasch verschwanden sie außer Sicht. Im Abteil wurde es immer leerer, und schon bald war Rafik selbst an der Reihe. Die Schutzbrille half nur bedingt gegen das gleißende Licht und schränkte sein Sichtfeld ein. Die Luft war sehr heiß, die Maske machte das Atmen mühsam, und Rafik musste gegen den Impuls ankämpfen, sie sich vom Gesicht zu reißen. Von unten wallte ihm Hitze entgegen, und als der Wind an der Strickleiter riss, drehte sich ihm der Magen um. Aber die antrainierten Reflexe saßen, und ehe es ihm recht bewusst wurde, kletterte er auch schon die Strickleiter hinunter, so schnell er es nur wagte. Bayne passte sich seinem Tempo an.

Auf der anderen Seite des Zugs erblickte Rafik Trolle, die hinaufkletterten. Einige brauchten die Leitern gar nicht, sie setzten mithilfe ihrer bemerkenswerten Beinmodifikationen einfach über die Kletterer hinweg. Im hinteren Zugteil wurden an Seilen Frachtkisten hinuntergelassen und unten von schwer modifizierten Trollen in Empfang genommen. Sie luden die Fracht in sechsrädrige Fahrzeuge, von denen Rafik bereits wusste, dass man sie *Sandflitzer* nannte. Alles wirkte völlig chaotisch und ausgesprochen effizient zugleich. Rafik hob den Kopf und begriff, weshalb es hier anders als in der Stadt der Türme oder Regeneration keine Haltestelle gab: Die schwebenden Zwillingsstäbe führten zwar noch weiter, aber sie verliefen nicht mehr parallel zueinander, manche waren gar verbogen oder fehlten ganz. Die nördliche Langbahn hatte nicht an einem Ziel angehalten, sondern mitten auf der Strecke – weil es ab hier nicht mehr weiterging.

Sobald sie den Boden erreichten, schubste Bayne Rafik beiseite, um den beiden Keenan-Wachen, die nach ihnen kamen, Platz zu machen.

Sie folgten Bayne, der auf einen ziemlich großen Keenan-Trupp zustiefelte, der im Schatten eines siebenstöckigen Gebäudes auf sie wartete. Vincha lief direkt hinter ihnen, aber da trat ihr plötzlich eine auffallend große, dunkelhäutige Trollfrau in den Weg und streckte ihr abwehrend eine Hand entgegen. Die andere lag locker, aber sicher nicht zufällig auf einem der zwei Blaster, die in ihrem Gürtel steckten. »Abstand halten«, sagte sie. »Das hier geht nur Keenans etwas an.« Sie trug ihr kohlrabenschwarzes Haar zu lauter kleinen Zöpfen geflochten, im rechten Auge saß ein Tarakanisches Implantat, und auf den Rücken hatte sie ein riesiges Scharfschützengewehr geschnallt.

Vincha, sichtlich überrascht, blieb wie angewurzelt stehen. »Na komm schon, Narona, was für ein Rost ist dir denn ins Hirn gefahren?«, protestierte sie. »Ich hab auf der ganzen Fahrt neben dem Jungen gesessen – was sollte ich ihm denn deiner Meinung nach tun?«

Bayne wirkte ebenfalls verblüfft. »Dafür gibt es wirklich keinen Anlass, Leutnant. Wir alle kennen Vincha schließlich gut genug.«

»Ich habe Anweisung, ausschließlich den Puzzler abzuholen«, blaffte Narona, »und ich habe nicht vor, *ihretwegen* einen direkten Befehl zu missachten.«

»Diese Anweisung hat dir Kommandant Doro nur deshalb erteilt«, sagte Vincha mit lodernden Augen, »weil er nicht wusste, dass ich ebenfalls mit diesem Zug komme. Du musst ja nicht gleich eifersüchtig werden, nur weil er mich vorzieht und an dir und deinem Klapperarsch kein Interesse hat. Im Tarakan-Tal gibt es genug andere Trolle, vor allem für jemanden mit deinen bescheidenen Ansprüchen.«

Narona versteifte sich sichtlich und senkte den Blick zu Rafik, als müsste sie sich selbst an ihre Pflichten erinnern.

Vincha winkte ab. »Na gut, meinetwegen, ich such mir eine andere Mitfahrgelegenheit zum Stock.« Sie wandte sich an Rafik. »Wir sehen uns dann dort. Grüß Kommandant Doro von mir.« Dann ging sie langsam davon und verschwand hinter der nächsten Gebäudeecke. Sobald Narona sicher war, dass sie nicht zurückkommen würde, verschwendete sie keine weitere Sekunde mehr und gab Befehl, sich zum Aufbruch bereit zu machen.

»Wie jetzt, wir gehen zu Fuß?«, sagte Bayne verwundert.

»Die Flitzer sind gerade in der Reparatur.« Narona überprüfte das Zielfernrohr ihres Scharfschützengewehrs und spannte es sachkundig.

»Vielleicht können wir bei einem anderen Trupp mitfahren. Der Junge hat schon ganz schön was hinter sich.«

Sie brachte ihn mit einem Blick zum Schweigen und gab das Kommando zum Aufbruch. Schützend nahmen sie Rafik in die Mitte und aktivierten auf Naronas Anweisung hin Energierüstungen und Waffen. Es waren eine Menge anderer Trupps in dieselbe Richtung unterwegs wie sie, manche zu Fuß, andere in Flitzern, aber Narona achtete darauf, dass sie sich ein gutes Stück von den anderen fernhielten.

Umringt von bewaffneten und kampfbereiten Trollen, gab Rafik sein Bestes, sich trotzdem ein wenig seine Umgebung anzusehen. Schon vom Zug aus hatten die Gebäude hoch ausgesehen, aus der Nähe waren sie schlicht atemberaubend.

»Ein Frischling in der Bahn hat behauptet, er hätte im Südosten der Stadt eine Eidechse gesehen«, berichtete Bayne unterwegs. Sie hielten sich im Schatten der gewaltigen

Bauwerke. »Ich vermute, er wollte nur angeben, aber wir sollten es trotzdem besser Brain sagen. Er kann einen Trupp hinschicken, der sich das mal ansieht.«

Narona nickte, blieb aber stumm, die Mündung ihres erhobenen Gewehrs war in ständiger Bewegung, von links nach rechts und wieder zurück.

»Du hättest Vincha nicht so vor den Kopf stoßen müssen«, versuchte Bayne es noch mal. »Ich weiß ja, das mit Doro ist kompliziert und alles, aber sie ist zuverlässig, und wir haben schon mit ihr zusammengearbeitet. Ich bin sicher, dass der Kommandant nicht meinte …«

»Die Anweisung kommt nicht von Doro.« Jetzt wandte sie den Kopf und sah Bayne an.

Rafik sah, wie Bayne die Schultern anspannte und kurz langsamer wurde, dann schloss er wieder auf. »Was ist mit Kommandant Doro?«

»Tot.«

Rafik war zumute, als hätte sie ihm in den Magen getreten.

Bayne blieb wie angewurzelt stehen, die Augen hinter der Schutzbrille vor Bestürzung weit aufgerissen. »Ist das dein Ernst?«, keuchte er. »Wann um Himmels willen ist das passiert?«

»Vor zwei Tagen«, sagte Narona. »Nicht stehen bleiben, Bayne.«

Er gehorchte und lief weiter, holte den Leutnant wieder ein. »Wie? Was ist passiert? Rost.«

»Er ist nachts ausgerückt.« Naronas Waffe schwenkte unbeirrt weiter hin und her, während sie sprach. »Brain hat einen Notruf von irgendeinem Trupp reinbekommen. Sie sind über ein noch nicht verzeichnetes Eidechsennest gestolpert, die Biester haben sie auseinandergenommen. Doro ist mit Ramm und ein paar Freien raus und hat uns angefunkt, wir sollten ihnen folgen. Es war, wie gesagt, mitten in der Nacht, es tobte ein Sturm, und man konnte die Hand nicht vor Augen zu sehen. Als wir sie schließlich gefunden haben, war schon alles vorbei.«

»Was ist mit dem Trupp, der den Notruf abgesetzt hat? Konnten Doro und Ramm ihn retten? Wer waren diese verfluchten Amateure?« Fassungslos schüttelte Bayne den Kopf.

»Genau das ist das Problem – da war niemand, den sie hätten retten können. Die waren schon weg. Vielleicht konnten sie abhauen und haben vergessen, den Notruf zu widerrufen. Wir haben sämtliche Trupps befragt. Alle leugnen, etwas damit zu tun zu haben.«

»Also Sabarra?«

Narona schüttelte den Kopf. »Die waren gerade erst mit einem großen Trupp aus der Tiefe zurück. Haben sich alle im Bienenstock verkrochen oder Wachdienst geschoben. Das war kein Anschlag, und weißt du, die ganzen politischen Spannungen hin oder her, aber der Bienenstock ist und bleibt eben der Bienenstock …«

Bayne war noch immer sichtlich mitgenommen. »Ich kann es einfach nicht glauben. Wird irgendwer vermisst? Weshalb hat der Trupp nach Hilfe gerufen, wenn sie niemanden verloren hatten?«

»Du weißt doch, wie das ist.« Naronas Stimme war ausdruckslos. »Irgendwelche Frischlinge haben die Eidechsenhatz satt und ziehen los, um das Tal auf eigene Faust zu erkunden. Sie geraten in irgendeinen kleinen Schlamassel, brechen in Panik aus und setzen einen Notruf ab, aber dann schaffen sie es doch noch, dort abzuhauen. Und später finden sie dann heraus, dass ihr Notruf jemanden das Leben gekostet hat. Ich kann's ihnen nicht verdenken, dass sie sich nicht gemeldet und ihren Fehler zugegeben haben.«

Bayne schwieg eine Weile, dann schüttelte er den Kopf. »Wo ist seine Leiche? Ich will ihn sehen.«

Narona zuckte mit den Schultern. »Praktisch pulverisiert, da gibt es nichts mehr zu sehen.«

»Pulverisiert?«, rief Bayne ungläubig. »Was zum Teufel willst du damit sagen, Narona? Eidechsen benutzen keine Strahlenwaffen.«

»Wie es aussieht, tun sie es jetzt doch.«

»Also soll eine verrostete Eidechse den Kommandanten mit einem Blaster pulverisiert haben? Nein, das kauf ich nicht.«

»Glaub mir, ihn hat's gegrillt«, sagte Narona, »und jetzt ist Ramm Kommandant. Anweisung von Lord K persönlich.«

»Rost.« Bayne schüttelte den Kopf.

»Wenn du dich Ramm gewachsen fühlst, kannst du seine Eignung ja infrage stellen«, sagte Narona bedachtsam, ihr Gesicht war vollkommen ausdruckslos. »Aber Bayne, es hat ja auch was Gutes. Vincha wird sich einen neuen Troll zum Flachlegen suchen müssen – vielleicht kannst du ja bei ihr landen. Ich sehe doch, wie du sie anguckst.«

»Scheiße, Narona, das ist echt geschmacklos«, knurrte Bayne.

Der Leutnant antwortete nicht. Schweigend gingen sie weiter, bis sie eine große Kreuzung erreichten, auf der es nicht weiterging – Steinwände und verbogene Metallpfeiler blockierten den Weg, und links und rechts stand je ein zusammengezimmerter Wachturm, bemannt mit bis an die Zähne bewaffneten Trollen. Die Keenans blieben stehen und gaben sich zu erkennen, und erst als ihre Identität bestätigt worden war, durften sie durchs Tor und betraten den Außenposten im Tarakan-Tal, den alle altgedienten Salutisten den Bienenstock nannten.

Der Außenposten maß von einem Ende zum anderen gut achthundert Meter, die hohen Wälle aus aufgehäuftem Metallschrott boten halbwegs passablen Schutz vor den Staubwolken, die durchs Tal wehten. Drinnen war allerhand los, überall fuhren oder parkten Sandflitzer, Trupps brachen auf oder kehrten zurück, Trolle und Mechaniker gingen unterschiedlichsten Beschäftigungen nach. Die Gebäude hier drinnen ragten nicht so hoch auf wie draußen in der Stadt, aus der Rafik gerade kam, waren aber ebenfalls beeindruckend. Bei zweien zählte Rafik um die fünfzehn Stockwerke, einige andere Gebäude waren sogar noch höher. Rafik erschrak, als mehrere Fahrzeuge dicht an ihnen vorüberröhrten und der Straße folgten, die ein Stück weiter unter die Erde führte.

»Warte nur, bis du siehst, was hier unter unseren Füßen liegt.« Bayne klopfte mit der Stiefelspitze auf den Boden. »Da unten befinden sich so viele Ebenen, dass für uns alle genug Platz wäre. Aber wenn man zu lange dort unten ist, wird man irre, da rosten einem mit der Zeit die Sicherungen durch.«

Bayne tippte sich an den Kopf und versuchte sich an einem aufmunternden Lächeln, aber selbst in Rafiks Augen sah es sehr bemüht aus. »Bald lernst du Brain kennen. Er kümmert sich hier um alles, damit wir uns nicht wegen Wachdiensten und Beuteanteilen gegenseitig die Köpfe einschlagen. Und danach führ ich dich ein bisschen rum. Wirst staunen, was es hier so alles gibt. Funktionierende Duschen zum Beispiel, mit fließendem Wasser – die wirst du schnell zu schätzen lernen. Und sogar eine Bar, die *Futtergrube*. Das ist … tja … ich würde mal sagen, wenn du alt genug bist, um hier zu sein, dann bist du wohl auch alt genug, dort mal was zu trinken … jedenfalls wenn Kommandant Doro es … Rost!« Er verstummte.

Rafik nickte wortlos. Er versuchte, alles ringsum in sich aufzunehmen, aber es war so ein wildes Durcheinander, dass er sich schon anstrengen musste, um Schritt mit dem Keenan-Trupp zu halten. Er steckte die Hand in die Tasche, umklammerte den Griff von Fahids Messer und versuchte, sich mit der Nachricht von Kommandant Doros Tod abzufinden. Er erinnerte sich gut an ihr Gespräch und daran, wie Kommandant Doro ihm Mut gemacht hatte – er hatte ihm das Gefühl gegeben, dass ihn eine glanzvolle Bestimmung erwartete. Viele Menschen waren in Rafiks erst kurzes Leben getreten und hatten es wieder verlassen, aber Kommandant Doros Tod erschütterte ihn bis ins Mark und erfüllte ihn mit tiefem Grauen.

Doch Rafik blieb nicht viel Zeit, um darüber nachzudenken, denn während sie quer durch den Bienenstock marschierten, sah er in der Ferne zum allerersten Mal die Stadt im Berg, und mit einem Schlag war alles andere vergessen, sogar Kommandant Doro. Nördlich von ihnen ragte sie auf, diese Stadt, so hoch, dass sie näher wirkte, als sie war: unzählige Türme, die sich aus dem Berg so hoch hinaufschraubten, dass sie den Himmel zu berühren schienen. Der Anblick dieser ehrfurchtgebietenden Architektur stellte alles in den Schatten, was Rafik je zuvor gesehen hatte. Aber er empfand nicht nur Ehrfurcht. In ihm stieg eine unerklärliche, aber drängende Sehnsucht auf. Er wollte dorthin, und zwar auf der Stelle.

Er war so tief in den Anblick versunken, dass er nicht bemerkte, dass ein Troll die Gruppe aufgehalten hatte und sich ein Gespräch entspann. Erst als ein Schatten auf ihn fiel, wandte Rafik den Kopf. Unwillkürlich wich er einen Schritt zurück und hätte fast erschrocken aufgekeucht. Vor ihm stand der gewaltigste Trollkrieger, den er je gesehen hatte, er überragte die größte Keenan-Wache um gut anderthalb Köpfe und schleppte ein Waffenarsenal mit sich herum, mit dem man locker einen ganzen Trupp hätte ausrüsten können. Die Augen waren hinter dem heruntergeklappten Visier seines Kampfhelms verborgen, Nase und Mund steckten unter einer gelben Gesichtsmaske. Seine Kieferpartie war der einzige für Rafik sichtbare Körperteil, der nicht aus Metall bestand.

»Ich bin Ramm, der Kommandant des Keenan-Trupps«, sagte der Troll zu Rafik, seine Stimme war ein tiefes Grollen. »Tu einfach, was ich dir sage, dann sehe ich davon ab, dir die Eingeweide durch den Hals aus dem Leib zu reißen.«

»Woah.« Bayne schob sich zwischen den Jungen und den riesenhaften Troll. »Das ist nicht nötig, Ramm. Er ist als Keenan ausgebildet worden.«

Trotz seiner massigen Gestalt bewegte sich Ramm so geschmeidig und schnell, dass keine wahrnehmbare Pause zwischen Baynes letztem Wort und dem dumpfen Krachen lag, mit dem er rücklings gegen die nächste Wand flog. Schwer stürzte Bayne zu Boden.

»*Dein* Kommandant bin ich auch.« Ramm trat einen Schritt auf den ächzenden Bayne zu. »Und mein Wort ist dein Gesetz.«

Die Keenans sahen schweigend zu, wie sich Bayne zittrig wieder auf die Füße kämpfte. Ramm legte den Kopf schief und beobachtete ihn dabei, seine Hände schwebten über einem Energiehammer und einer doppelläufigen Pistole.

Narona baute sich neben ihm auf. »Find dich damit ab, Bayne«, sagte sie ruhig, »und gewöhn dich dran. Oder willst du lieber vertragsbrüchig werden und meutern?«

Bayne nickte langsam und klopfte sich Sand von den Armen. Ohne Ramm ins Gesicht zu sehen, sagte er, wobei er jede Silbe deutlich betonte: »Es tut mir leid, Kommandant. Es war nicht meine Absicht, dir zu widersprechen.«

Obwohl Ramms Gesicht vermummt war, hatte Rafik den Eindruck, dass der Troll fast enttäuscht war, weil Bayne ihm keine Schwierigkeiten machte.

»Dann mal los«, sagte er.

Als die Keenans Ramm folgten, sah Rafik Vincha. Sie stand zwischen zwei anderen Trollfrauen, eine redete auf sie ein, die andere klopfte ihr auf den Rücken. Vincha barg das Gesicht in den Händen und stand fast bewegungslos da, nur das leichte Beben ihrer Schultern verriet ihre Trauer. Als Rafik sich kurz darauf nach ihr umsah, war sie bereits in der Menge verschwunden.

Kapitel 41

»Dis tut jetz woll 'n biss weh.«

Rafik hörte Brains Gezischel, aber ehe er interpretieren konnte, was er wohl gesagt haben mochte, setzte sich der stählerne Arm des Med-Sessels, auf dem er saß, in Bewegung. Eine scharfe Nadel durchstieß den Tragus seines linken Ohrs, und er schrie auf. Instinktiv wollte er den Kopf wegdrehen, aber Narona legte die Hand fest über seine Stirn und drückte seinen Kopf gegen die Lehne. Seine Hände, Beine und der Oberkörper wurden ebenfalls festgehalten, von einer unsichtbaren, aber unentrinnbaren Kraft. Er fühlte sich ausgeliefert und schrecklich allein.

»Hör auf zu zappeln«, empfahl ihm Narona mit ruhiger Stimme, ohne ihren Griff zu lockern. »Ist gleich vorbei.«

»Es tut weh«, wimmerte Rafik, aber da ließ der Schmerz bereits nach. Er versuchte, sich zu entspannen. Dass der stählerne Arm des Med-Sessels sich wieder einklappte und sein vor Schmerz pochendes Ohr in Ruhe ließ, half dabei ganz erheblich.

Narona ließ ihn los und trat einen Schritt zurück. Vorsichtig wandte Rafik den Kopf. In der gegenüberliegenden Ecke des fensterlosen Kontrollraums saß der deformierte Kommunikationsspezialist namens Brain. Im Zimmer war es so dunkel, dass er kaum mehr als eine Silhouette sah – was ehrlich gesagt ein Segen war. Der Troll bot alles andere als einen angenehmen Anblick, besonders eben, als er sich über Rafik gebeugt und den stählernen Arm programmiert hatte.

Brains Kopf war dreimal so groß wie der eines normalen Menschen und wurde von einer Metallklammer gestützt. Rafik vermochte nicht zu sagen, ob dieses Gestell zu dem Sessel des Trolls gehörte, der frei über dem Boden schwebte, oder an seinem Körper befestigt war. Brains Hände hingegen waren winzig, und er hatte sie bisher nicht bewegt, dafür aber zuckten und krampften sie ständig. Ein Auge war gesund und heil, das andere verschwand halb unter einer Hautfalte. Aus dem lippenlosen Mund ragten mehrere schiefe Zähne. Der übergroße tätowierte Schädel war von einem dichten Schopf aus lauter Kabeln und Drähten bedeckt, manche so dick wie Rafiks Unterarm. Viele dieser Kabel führten von Brains Kopf direkt in den Sessel, andere verbanden ihn mit den zahlreichen Geräten überall im Raum. Wenn Brain mit seinem Sessel herumschwebte, musste Narona sich unter den ganzen Kabeln hinwegducken oder darübersteigen.

»Init'ierun' leuf.« Brains Stimme klang wie ein Ächzen. »Könn'ne Weie daue'n.« Er starrte auf einen der vielen Bildschirme. Rafik wusste nicht, was die darüberhuschenden Zahlen und Symbole zu bedeuten hatten, trotzdem faszinierte ihn der Anblick. Plötzlich ertönte eine klare und überraschend angenehme Männerstimme in seinem Ohr. »Hörst du mich, Rafik? Sag laut: ›Ja, Brain‹.«

»Ja«, sagte Rafik erschrocken und fügte hastig hinzu: »Brain.«

»Gut.« Brains schwebender Sessel schwebte langsam zu einem anderen Bildschirm hinüber. »Jetzt, da wir uns vernünftig unterhalten können, heiße ich dich im Bienenstock herzlich willkommen.«

»Danke«, murmelte Rafik.

»Ich bin Brain. Ich kümmere mich nicht nur um die Kommunikation hier im Stock, sondern auch um die Beuteverteilung, den Wachdienst, die Quartierzuteilung und alles Mögliche andere, was eben so tagtäglich anfällt. So. Drück mal bitte mit zwei Fingern ganz leicht dein linkes Ohr und denke die Wörter ›Ja‹ und ›Brain‹.«

Mit einem Mal waren Rafiks Arme und Beine frei. Zögerlich berührte er mit den Fingerspitzen sein Ohr und spürte einen kleinen runden Knopf, der tief im Knorpel steckte.

»Ein bisschen fester, Rafik, dann wieder loslassen – es tut nicht weh. Gut. Jetzt denke die Wörter, wie ich es dir gesagt habe.«

Rafik tat wie geheißen und dachte die Wörter *ja* und *Brain*.

»Sehr schön. Wenn du dein Ohr auf die Weise berührst und dazu die Worte ›Rafik mit Brain verbinden‹ denkst, kannst du mich von nahezu jedem beliebigen Punkt im Tal aus erreichen. Warte, ich richte dir noch ein paar weitere Kanäle ein.«

Brain bat Rafik, noch mehr Wörter laut auszusprechen und zu denken, so etwas wie *Keenan, Ramm, Notfall* und etliche weitere. Im Training im Keenan-Gildenhaus hatte Rafik bereits mit Kom-Geräten geübt, die allerdings waren abnehmbar gewesen. Brain erklärte ihm, dass er eine ganze Reihe Leute erreichen konnte, indem er den Knopf drückte und die entsprechenden Wörter sagte, selbst aus weiter Entfernung, und ebenso konnten diese Leute ihn erreichen. Rafik kam der Gedanke, dass er auf diesem Wege womöglich auch Eithan in seinem Dorf erreichen könnte, und wäre *das* nicht eine Riesenüberraschung, wenn sein Freund plötzlich seine Stimme im Ohr hören könnte, aber Brain sagte, das sei unmöglich. Rafiks Begeisterung erhielt einen weiteren großen Dämpfer, als Brain ihm mitteilte, dass sowohl Brain als auch Ramm dank des Kom-Knopfs jederzeit genau wussten, wo sich Rafik aufhielt.

»Du kannst dich hier also niemals verirren, und falls doch, finden wir dich.«

Rafik gefiel das überhaupt nicht, aber es würde ihm wohl wenig helfen, dagegen zu protestieren. Stattdessen fragte er: »Kann ich auch mit Vincha reden?«

Narona schnaubte verächtlich. »Mit diesem verrückten Miststück? Das ist nicht nötig.«

Brain sagte deutlich geduldiger: »Die Entscheidung über die Einrichtung weiterer Kanäle obliegt deinem Truppkommandanten und ist auch eine Kostenfrage. Du könntest versuchen, Vincha über die öffentliche Frequenz des Bienenstocks zu finden, aber ich würde vorschlagen, sie einfach zu suchen und direkt mit ihr zu reden. Ich glaube«, fügte er hinzu, und es klang, als würde der Troll in sich hineinlächeln, »meistens findet man sie in der *Futtergrube*. So, du kannst jetzt aufstehen.«

Der Sessel schwenkte ein Stück herum, dann hob sich die Lehne. Beim Aufstehen achtete Rafik sorgsam darauf, nicht im Zwielicht auf irgendwelche Kabel zu treten. Dann stand er da und wusste nicht, was er tun sollte.

»Als Nächstes, Puzzler, siehst du dir den Knotenpunkt unten mal an«, hörte er Brains Stimme im Ohr. »Dein Keenan-Trupp bringt dich hin. Ich weiß, das Schloss ist nicht weiter kompliziert, aber trotzdem wünsche ich dir viel Erfolg. Wir sehen uns bald wieder, Puzzler. *Brain Ende*.«

Draußen im Flur wartete Bayne.

»Na?« Er sah auf Rafik hinunter, während die dicken Stahltüren der Kommandozentrale sich wieder schlossen. »Bist du drin?«

Rafik nickte und erntete ein gutmütiges Schulterklopfen. »Willkommen im Bienenstock, Junge. Du wirst sehen, du gewöhnst dich im Handumdrehen ein, und dann ist das hier dein Zuhause. Ich könnte dir ein nettes Plätz…«

»Wir haben keine Zeit für Plaudereien oder Besichtigungstouren.« Narona blickte auf die Zeitanzeige an dem Apparat, der um ihr Handgelenk geschnallt war. »Wir müssen nach unten zum Knoten. Ramm wartet schon, und du weißt ja, wie er ist …« Sie warf ihm einen bedeutungsvollen Blick zu.

»Ja«, stimmte Bayne hastig zu. »Für alles andere ist ja auch später noch Zeit.«

Brains Kontrollraum lag nur knapp unter der Erde, und um zum Knoten zu gelangen, mussten sie mehrere Gänge entlanglaufen bis zu einem großen Aufzug. Eine Weile sanken sie schweigend in die Tiefe, dann sagte Bayne: »Mach dir keine Sorgen. Soweit ich weiß, ist das Puzzle echt leicht.«

»Ja, das hat Brain auch schon gesagt«, antwortete Rafik, aber sein Herz fing trotzdem an zu rasen. Er hatte sich noch nie am Schloss eines echten Knotens versucht, und wie sollte ein Nichtpuzzler beurteilen, ob ein Puzzle einfach war oder nicht?

Die Türen öffneten sich, und die drei traten in einen großen runden Raum, in dem es fünf weitere Aufzugtüren gab sowie ein Treppenhaus. Aus einem der Aufzüge kamen gerade drei bewaffnete Trolle. Sie musterten Rafik, und einer von ihnen sagte: »Das ist also der Neue, was, Narona? Tja, da muss man den Keenans wohl gratulieren. Zu schade um Doro allerdings.«

Narona legte Rafik wie beiläufig eine Hand auf die Schulter und nickte dem Troll zu, sagte aber nichts. Der Troll wandte sich an Bayne.

»Ich hoffe mal, euer Schlüssel funktioniert. Ich hab fast

keine Pillen mehr, und dieser Eintopffraß aus der Grube löst mir die Eingeweide auf.«

»Er macht den Knoten auf, Hall, nur keine Bange«, antwortete Bayne, »aber vielleicht solltest du damit aufhören, ständig deine Pillen auf ein schlechtes Blatt zu setzen, hm?«

Der Troll lachte, und sie gingen gemeinsam einige Gänge entlang, bis sie den Eingang des Knotens erreichten. Fast war Rafik enttäuscht, wie klein er wirkte, aber das lag vielleicht auch an den mindestens vierzig Trollen, die in Grüppchen davor herumlungerten. Als sie Rafik bemerkten, machten sie ihm Platz, und er konnte geradewegs zu der Doppeltür aus dunklem Stahl durchgehen. Auf dem Weg sah sich Rafik nach Vincha um, konnte sie aber nirgends entdecken.

Neben der Tür warteten Ramm und ein anderer Keenan-Troll namens Maridas. Und ein schwebender Bildschirm, auf dem Brains Gesicht zu sehen war. Aber Rafiks Aufmerksamkeit wurde voll und ganz von dem dunklen Panel des Puzzles in Anspruch genommen, das neben der Tür in die Wand eingelassen war.

Er hörte, wie Brain etwas sagte, irgendwas über *»Zuteilung … Liste … diszipliniertes Verhalten …«*, aber er achtete nicht darauf. Ohne dass ihn jemand dazu aufgefordert hätte, lief er auf das Schloss zu, seine Beine bewegten sich wie von selbst. Er betrachtete die drei Löcher, eins oben, zwei unten. Dann sah er wie in einem Traum, wie sich seine Hand ganz von allein hob und die Finger in die wartenden Vertiefungen glitten. Blaue Linien flammten auf und verbanden die Löcher zu einem kleinen Dreieck. Rafik schloss geblendet die Augen. Im nächsten Augenblick befand er sich auch schon mitten im Puzzle.

Es war lächerlich einfach. Sechs große Symbole, die sich träge über eine zweiteilige Wand bewegten. Sobald Rafik das Muster gefunden hatte, ertönte ein Summen, und er stand wieder im selben Raum wie zuvor. Die Türen glitten auf. Hinter ihm brandeten Jubel und Applaus auf, aber er war seltsam enttäuscht.

»Gut gemacht, Puzzler«, sagte Brain, als Maridas und Bayne den Knoten betraten. »Ich wünsche dir weiterhin viel Erfolg.«

Rafik trat zu der offen stehenden Doppeltür und spähte hinein. Ein großer Raum lag dahinter, mit langen Reihen von Schränken, die alle weit offen standen. Er machte einen weiteren Schritt vorwärts, aber da packte ihn Narona an der Schulter.

»Puzzler dürfen die Knoten niemals betreten, haben sie dir das etwa im Gildenhaus nicht beigebracht?«, rügte sie ihn. »Wenn sich die Türen plötzlich wieder schließen sollten, brauchen wir den Puzzler hier draußen.« Der Leutnant zeigte auf den Boden. »Es haben schon viele Trolle versucht, im Knoten zu bleiben, wenn sich die Türen schließen. Um herauszufinden, wie das Ganze eigentlich funktioniert, oder auch, um sich bessere Beute zu sichern. Das Ergebnis war immer dasselbe: Wer drinbleibt, stirbt. Und wir werden nicht riskieren, dass unseren gerade frisch erworbenen Puzzler dieses Schicksal ereilt. Na komm, wir gehen zum Kommandanten.«

Sie stellten sich zu Ramm, und Rafik sah Bayne und Maridas entgegen, die gerade aus dem Knoten kamen, beladen mit ganzen Stapeln von Kleidung. Sie ließen sie neben Ramm auf den Boden fallen und gingen wieder hinein, während die anderen Trolle zusahen. Bald darauf kehrten die beiden zurück, diesmal trugen sie zwei prall gefüllte Säcke, die sie fein säuberlich neben den Stapeln mit Kleidung platzierten. In den Säcken befanden sich Nahrungspillen, kleine Metallhaken und Draht, Blechkanister, die Rafik nicht zuordnen konnte, zwei Zeitzähler fürs Handgelenk und ein ganzer Haufen Schutzbrillen. Ramm verhandelte bereits mit dem Kommandanten des Trupps Grüne Hand und dem Vertreter einer Mannschaft aus freien Söldnern.

Bayne und Maridas kehrten nicht wieder in den Knoten zurück, stattdessen verkündete Brain: »Als Nächstes ist Sabarra an der Reihe; drei Trolle, drei Durchgänge, einer für den Freien Trupp Rasende Flitzer, so wie vereinbart.« Drei Sabarra-Trolle gingen hinein, einen kannte Rafik: Es war der junge Troll, der sich im Zug mit Vincha angelegt hatte. Brain fuhr fort: »Nach Sabarra sind die Metalljäger dran, zwei Durchgänge. Danach die Ostturmgilde, ein Durchgang …«

Als die Sabarras wieder herauskamen, hatte Ramm bereits die Hälfte der Keenan-Rationen eingetauscht – für zwei Beutel Skint, einen Beutel Münzen und einen in Aussicht gestellten Krug mit fermentiertem verfluchten Wasser. Rafik sah zu, wie die Vertreter der Gilden nacheinander den Knoten leerräumten und untereinander und mit einigen Freien verhandelten, bis plötzlich ein Alarmsignal ertönte. Gleich darauf glitten die Stahltüren zu. Zwei Trolle huschten gerade noch rechtzeitig heraus.

»Wir sind fertig für heute«, verkündete Brain. »Vielen Dank für diese planmäßige und *friedliche* Knotenplünderung. Ich gratuliere dem Bienenstock zu unserem neuen jungen Puzzler. Der nächste Termin ist in zwei Wochen. Bitte denkt daran, mir alle Absprachen rechtzeitig vorher mitzuteilen, damit während der Plünderung keine Missverständnisse entstehen. *Brain Ende.*«

Der Bildschirm wurde schwarz und schwebte quer durch den Raum an die gegenüberliegende Wand, wo er sich selbstständig aufhängte.

Nachdem Ramm Anweisung erteilt hatte, dass Bayne

und Maridas die verbleibende Beute ins Keenan-Quartier bringen sollten, gingen er, Narona und Rafik gemeinsam mit zahlreichen anderen Trollen zu den Aufzügen. Viele gratulierten Ramm zu seiner Beförderung und dem neuen Puzzler, nur die Sabarra-Trolle hielten sorgsam Abstand. Einige der Gratulanten bekundeten vorsichtig ihr Interesse daran, den Jungen mit auf Expedition zu nehmen, und boten im Gegenzug dafür einen Anteil ihrer Beute.

Ramm schien darüber durchaus erfreut, aber Narona grätschte dazwischen und sagte, Rafik müsse sich erst einmal beim Keenan-Trupp eingewöhnen, ehe man ihn vermieten könne.

Als sie das sagte, spannte sich Ramms Kiefer, und Rafik befürchtete, er würde Narona auf dieselbe Weise zur Räson bringen, wie er es mit Bayne getan hatte. Aber er tat es nicht, und auf dem ganzen Weg zurück zum Keenan-Quartier sagte der Kommandant kein Wort mehr.

Das Quartier lag im siebenstöckigen Turm ganz im Südwesten des Stocks. Rafik erhielt eine Nahrungspille und die Anweisung, sich in sein Zimmer zurückzuziehen und auszuruhen. Das Zimmer erwies sich als kleine, fensterlose Kammer im vierten Stock, leer bis auf eine dünne Matratze, ein paar kratzige Decken und einen Eimer mit lauwarmem Wasser. Die Wände strahlten beständig ein schwaches Licht ab, das den Raum tagsüber kaum erhellte, Rafik dafür aber nachts stundenlang nicht einschlafen ließ. Bayne erklärte Rafik, dass dieses nicht ausschaltbare Licht im ganzen Gebäude ein Problem war – die Keenans hatten kein Losglück gehabt, als der Bienenstock erbaut und die Unterkünfte verteilt worden waren. »Du lernst noch, trotz des Lichts zu schlafen, ansonsten verbinde dir einfach mit einem Stück Stoff die Augen«, empfahl Bayne, ehe er den Jungen sich selbst überließ.

Rafik spritzte sich etwas Wasser ins Gesicht, zog sich aus und betete. Mit einem Mal war er müde und fühlte sich so schmutzig, dass er sich nach einem Bad sehnte. Selbst die schmerzhaft kalten Bäder im Zuber der Dorfscheune wären ihm jetzt recht gewesen. Narona hatte ihm versprochen, ihm die Duschen im Bunker zu zeigen, wo, wie sie sagte, warmes Wasser aus den Hähnen kam wie in der Stadt der Türme. Aber bisher hatte sie dieses Versprechen nicht eingelöst, und Rafik wagte es nicht, sie danach zu fragen.

Während er noch zum Wiedergeborenen Propheten betete, kamen zwei Keenan-Trolle an seiner Tür vorbei.

»Wir beeilen uns besser«, sagte einer von ihnen. Rafik kannte die Stimme nicht. »Ramm verteilt gerade das Skint. Hab keine Lust, meinen Anteil ganz unten aus dem Beutel zu kratzen, wenn du verstehst.«

»Ganz unten hin oder her«, sagte der andere, als sie gerade direkt an Rafiks Tür vorbeistampften. »Wenn wir zu spät kommen, zieht sich Ramm unsere Rationen selbst rein, wetten? Der hat Nasenlöcher, so groß wie die Mündung von 'nem Raketenwerfer.«

Das Lachen der beiden verklang im Flur.

Rafik lag auf der Matratze und zog sämtliche Decken über sich. Rollte sich zusammen und schloss die Augen, lauschte dem Ächzen und Knirschen des Gebäudes, das sich gegen den Wind stemmte. Er hoffte, dass er von der Symbolwand träumen würde. Doch als er endlich einschlief, kam wie so oft der Mann mit dem schmelzenden Gesicht zu Besuch.

Kapitel 42

Er war schon seit einer Woche hier, und sie hatten den Bienenstock noch immer nicht verlassen. Brain hatte am Verteilungsschlüssel gedreht, damit die Keenans mehr Zeit hatten, sich unter dem neuen Kommandanten und mit dem Puzzler einzufinden, aber bis auf ein paar Ausflüge zum Schießstand, einen unterhaltsamen Ausflug mit Bayne im Sandflitzer und das Lösen zweier Puzzle-Kästen hatte Rafik nicht viel zu tun. Einen Großteil des Tages musste er in seinem Zimmer verbringen und drehte vor Langeweile fast durch. Gronn, der Kom-Troll der Keenans, konfigurierte ihm die Funkeinstellungen so, dass er dem Geplapper auf der öffentlichen Frequenz lauschen konnte, aber nachdem Rafik einen halben Tag lang derben Späßen und Lästereien gelauscht hatte, zog er Stille entschieden vor. Bayne ging Ramm aus dem Weg, wo er nur konnte, und die restlichen Keenans schienen sich in Rafiks Gegenwart unwohl zu fühlen oder waren schlicht zu sehr damit beschäftigt, Waffen zu reinigen, Skint zu schnupfen oder lautstark miteinander zu kopulieren. Zum Glück erteilte Ramm in einem der seltenen Augenblicke, da er nicht aus einer grünen Rauchwolke heraus ins Nichts starrte, Rafik die Erlaubnis, duschen zu gehen. Vermutlich vor allem, um Narona eins auszuwischen und ihr zu zeigen, wer hier das Sagen hatte.

Auf dem Rückweg von den Duschräumen beschloss

Rafik spontan, der *Futtergrube* einen Besuch abzustatten, der Bar zwei Stockwerke unter der Erde, und nachzusehen, ob er Vincha dort traf. Er hatte gehört, wie Maridas Bayne erzählte, dass die Kom-Spezialistin gerade wieder zurück war – sie war gleich am Tag ihrer Ankunft zu einer Expedition zum äußersten Rand des Tals aufgebrochen. Maridas hatte außerdem erzählt, dass Vincha es Gerüchten zufolge mit jedem männlichen Mitglied ihres Trupps getrieben hatte und jetzt in der *Futtergrube* herumhing und Ausschau nach weiteren Männern hielt, die ihr Gesellschaft leisteten. Das schien Bayne so sehr zu ärgern, dass er Maridas eine ganze Reihe Beleidigungen an den Kopf knallte und wütend davonstampfte.

Rafik wusste nicht, was er von Maridas Bemerkungen halten sollte, aber Vincha war freundlich und lustig und eine angenehme Gesellschaft, und sie war Kommandant Doros Freundin gewesen, was bedeutete, dass sie sicher auch traurig war und vielleicht einen Freund gebrauchen konnte.

Die *Futtergrube* erinnerte Rafik an Dominiques Bar, allerdings war es deutlich dunkler hier, es gab nur ein paar kleine tragbare Lampen und eine Unzahl Kerzen. Ein winziger Kom-Troll stand auf einem kleinen Podium und spielte laute Musik. Am Bartresen scharten sich mehrere männliche Trolle um zwei Söldnerinnen. Alle bewegten sich sehr eigenartig, schwangen hin und her und zuckten im Takt der Musik, viele hatten die Augen geschlossen.

Rafik wollte nichts kaufen und hätte auch gar nicht die Münzen dafür gehabt, deshalb schlug er einen weiten Bogen um die Bar, drang tiefer in die *Futtergrube* vor und hielt Ausschau nach Vincha. Ein Stück hinter dem Tresen standen mehrere Dutzend Tische samt Stühlen, ein wirres stilistisches Durcheinander aus Holz und Metall. Die Gäste blieben unter sich, streng nach Gilden sortiert. Zwischen den Tischen flogen grobe Witze und Beleidigungen hin und her, aber die meisten waren offenbar guter Stimmung. Jedenfalls schien niemand vorzuhaben, wegen irgendwelcher gildenpolitischen Fragen eine Prügelei anzufangen.

Vincha war nirgendwo zu sehen, und Rafik spürte, dass ihm zusehends mehr Blicke folgten. Gerade wollte er sich zum Gehen wenden, da entdeckte er einen ziemlich zerfleddert aussehenden Mann, der ganz allein an einem Ecktisch saß. Er hatte keinerlei sichtbare Modifikationen, was ihn zu einer außergewöhnlichen Erscheinung in diesem mit lauter Trollkriegern vollgestopften Etablissement machte. Er saß vornübergebeugt, und sein Gesicht, das fast die Tischplatte berührte, war hinter einem Vorhang aus fettigen, dünnen Haarsträhnen verborgen. Der Junge zögerte, aber seine Füße setzten sich wie von allein in Bewegung, und ehe er sich fragen konnte, ob das eine besonders kluge Idee war, war er schon ein gutes Stück auf den seltsamen Typen zugelaufen. Plötzlich drang das schrille Kreischen von Metall auf Metall an seine Ohren, und er bekam eine Gänsehaut.

Ehe er etwas sagen konnte, stand am Nebentisch ein massiger Troll auf, baute sich neben dem Mann auf, beugte sich hinunter und schloss die gepanzerte Hand um das Handgelenk des anderen.

»Wenn ich dir noch einmal sagen muss, dass du mit diesem Krach aufhören sollst, du Rostbirne«, brüllte er über die laute Musik hinweg, »dann schneid ich dir den Arm ab und geb ihn dir zu fressen.«

Der Mann sackte noch mehr in sich zusammen und sagte nichts. Mit dem freien Arm schützte er seinen Kopf, als hätte er Angst, der andere würde ihn schlagen. Zufrieden ließ der Troll ihn los und stiefelte zurück zu seinem Drink.

Sobald er ihm den Rücken zuwandte, entblößte der Mann hinter ihm gelbe und braune Zähne zu einem stummen Knurren. Kurz dachte Rafik, er würde sich von hinten auf den Troll stürzen, aber die Wut war nur ein Strohfeuer – im nächsten Moment ließ er sich seufzend gegen die Wand sacken und schloss die Augen.

Rafik blieb neben dem Stuhl auf der anderen Seite des Tisches stehen. Die Augen des Mannes waren noch immer geschlossen, aber er runzelte die Stirn. Seine Klamotten waren völlig verdreckt, und er stank nach Schweiß und eingetrocknetem Urin. Rafik verzog das Gesicht.

Widerstrebend fragte er: »Ist hier noch frei?« Diesen Satz hatte er während der Arbeit für Dominique tausendmal gehört.

Langsam öffnete der Mann die Augen und betrachtete den Jungen, ohne den Kopf zu bewegen. Seine Pupillen waren so winzig, dass die Augen blind wirkten, wie die der alten Mama Gaudu in Rafiks Dorf.

Langsam setzte sich der seltsame Mann auf. Deutete wortlos mit dem Kinn auf den Stuhl und sah zu, wie sich Rafik setzte.

»Ich bin …« Rafik zögerte. »… neu hier.«

Der Mann blinzelte ein paar Mal, dann deutete er auf sich selbst – mit einer Hand, in der er, wie Rafik jetzt erst bemerkte, einen rostigen Nagel hielt. »Pikok.«

Die Hand mit dem Nagel kehrte wieder zum Tisch zurück und folgte langsam den bereits in die Oberfläche geritzten Rillen. Rafik sah zu. Als ihm klar wurde, was er da sah, spürte er mit einem Mal seinen eigenen Herzschlag in der Kehle hämmern.

Die gesamte Tischplatte war vollgekritzelt mit den Symbolen, die Rafik aus seinen Träumen kannte. Er streckte eine zitternde Hand aus und wollte sie berühren, aber Pikok beugte sich ruckartig vor, packte Rafiks ausgestreckte Hand und hielt sie sich vors Gesicht.

»Hey!«, japste Rafik und ballte die Hand instinktiv zur Faust. »Lass mich sofort los.« Mit einem heftigen Ruck befreite er sich und sprang auf, aber was Pikok an Kraft fehlte, machte er durch Geschwindigkeit wett. Rafik wollte fliehen, aber der dünne Mann versperrte ihm blitzschnell den Weg. Dann packte er Rafik mit der Linken an der Schulter und hielt ihm die Rechte mit weit gespreizten Fingern vors Gesicht.

»Pi… *Pi*… Pikok«, stammelte er begeistert. »*P*… *P*… Puzzler.«

Rafik starrte auf die Hand des Mannes, und die Welt ringsum verschwamm. Die Hand vor seinem Gesicht war bis zu den Handgelenken mit Zeichen bedeckt. Aber bis auf die Größe glichen die Symbole auf Pikos Fingern seinen eigenen aufs Haar.

Kapitel 43

»Wo gehen wir denn hin?«

Pikok antwortete nicht. Er hatte Rafik bedeutet, ihm zu folgen, beantwortete aber keine seiner Fragen. Sie durchquerten ein wahres Labyrinth unterirdischer Gänge. Immer wenn Rafik zögerte, blieb der dünne Mann stehen und forderte ihn mit hektisch fuchtelnden Händen auf, ihm zu folgen, bis der Junge schließlich nachgab.

Erst im hellen Licht der Tarakanischen Lampen, die den Gang erhellten, war Rafik aufgefallen, wie ungepflegt und unnatürlich dünn Pikok wirklich war. Er sah krank aus und halb verhungert, und er hinkte, aber es war nicht zu übersehen, dass er über ihre Begegnung ebenso aufgeregt war wie Rafik selbst. Er schritt zügig und lebhaft voran, und alle paar Schritte brummte oder stöhnte er leise vor sich hin. Schon bald befanden sie sich tief unter der Erde. Rafik fiel ein, dass er sein Badehandtuch in der *Futtergrube* vergessen hatte, aber jetzt war es zu spät, um zurückzulaufen und es zu holen.

Die Wände bestanden hier unten nicht mehr aus Metall, sondern aus Stein, und je weiter nach unten sie kamen, desto sporadischer erleuchteten schwache Lampen den Korridor, und zwischen diesen Lichtinseln herrschte tiefe Dunkelheit. Rafik folgte Pikok, aber ihm wurde immer beklommener zumute. Der Mann hatte etwas Verstörendes, ja sogar Abstoßendes an sich. Er befürchtete, dass Ramm oder Narona sich fragen mochten, wo er steckte, aber das Kom blieb stumm, und seine Neugier siegte über die Angst.

Über eine schmale Treppe stiegen sie noch tiefer hinab, und dann standen sie plötzlich vor einer Tür, die mit einem Puzzle verschlossen war. Ohne zu zögern, schob Pikok seine Finger hinein. Stieß ein leises Seufzen aus, und seine Augen wurden glasig. Falls Meister Goran Puzzle-Kästen benutzte, tat er es zumindest nicht in Rafiks Gegenwart, und so war es das erste Mal, dass Rafik einen Eindruck davon gewann, wie er selbst wohl dabei aussehen mochte. Er wedelte mit einer Hand vor Pikoks Gesicht herum. Keine Reaktion.

Plötzlich glitt die Tür summend auf. Keuchend zog Pikok die Hand zurück und versuchte, sich an der Wand abzustützen. Mit wild rudernden Armen verlor er das Gleichgewicht, und Rafik fing ihn im letzten Augenblick auf, sonst wäre er gestürzt. Fast hätte er gewürgt, als ihm der Gestank des Mannes in die Nase drang. Pikoks Arm war so dünn, dass Rafik fürchtete, ihn aus Versehen zu brechen. Auf einmal hatte er keine Angst mehr vor ihm.

Pikok fand sein Gleichgewicht wieder, lächelte Rafik zu – wobei er eine ganze Reihe verrottender Zähne entblößte – und zeigte auf das Schloss.

»*Ha… ha…* harte Nuss«, stammelte er, aber in seiner klagenden Stimme schwang eindeutig Stolz mit.

Plötzlich spürte Rafik, wie ihn etwas von hinten streifte. Erschrocken keuchte er auf und wirbelte herum, aber da war nichts. Verwirrt versuchte er, Pikok davon zu erzählen, aber der Mann hörte nicht zu, sondern schubste ihn aufgeregt durch die Tür, die gerade ganz langsam wieder zuglitt.

Sie standen in einem großen, dunklen Raum; die einzige Lichtquelle war das schwache Licht aus dem Gang, aus dem sie gerade gekommen waren. Pikok trat an ein kleines Loch in der Wand und fuhrwerkte mit ein paar Drähten herum. Gerade als sich die Tür hinter ihnen endgültig schloss, glomm über ihren Köpfen ein schwaches Licht auf. Pikok stieß ein leises, aber triumphierendes Kichern aus und klatschte ein paar Mal in die Hände.

»Komm …« Er winkte Rafik heran. »*Ssssss*… sieh dort.«

Der Raum erwies sich als großer unterirdischer Saal. Die Decke wurde von zahllosen Säulen getragen, die den Saal mit Schatten erfüllten. Pikok rannte aufgeregt los. Rafik versuchte Schritt zu halten, aber der Mann schien vor lauter Begeisterung sein Hinken ganz vergessen zu haben, er schoss einfach durch die Schatten davon und verschwand zwischen den Säulen. Mit einem Mal war Rafik ganz allein. Mühsam rang er seine Panik nieder und wurde langsamer – zum Glück, denn im nächsten Augenblick wäre er fast gegen eine Wand gelaufen. Er strich darüber, sie fühlte sich rissig und ungleichmäßig an unter seinen Fingerspitzen.

»Hallo?«, sagte er. »Pikok?«

Als keine Antwort kam, tastete er sich an der Wand entlang, aber dann wurde ihm bewusst, dass die Unregelmäßigkeiten unter seinen Fingerspitzen gar keine Risse waren. Er beugte sich vor, blinzelte, und als sich seine Augen an das schwache Licht gewöhnt hatten, blieb ihm vor Staunen der Mund offen stehen.

Die ganze Wand war vom Boden bis zur Decke mit Symbolen bedeckt. Es war ein Puzzle, Hunderte von Reihen lang und breit. Sogar eine zweite und dritte Schicht war in den Stein geritzt worden. Rafik trat einen Schritt zurück und entdeckte, dass sich die Symbole sogar über den Boden und die Säulen fortsetzten.

Ein leises Kratzgeräusch zu seiner Linken. Vorsichtig lief er darauf zu, bis er eine Leiter entdeckte, die an der Wand lehnte. Ganz oben stand Pikok. In einer Hand hielt er eine kleine Laterne, mit der anderen bearbeitete er eifrig die Wand.

»Pikok.«

Der Mann wandte ihm das Gesicht zu. Ihm hing die Zunge aus dem Mundwinkel wie bei einem Hund.

»Was ist das?« Rafik umfasste mit einer großen Geste den gesamten Saal.

Über Pikoks Gesicht huschte ein Ausdruck aufrichtiger Verwirrung.

»*P… P…* Puzzle«, stammelte er und zuckte mit den Schultern, als wollte er sagen, das sei doch offensichtlich.

»Nein, ich meine …« Rafik zögerte. »Wo hast du all diese Symbole gesehen? Es sieht genauso aus wie die Symbolwand, von der ich träume, aber die Symbole … wie hast du …«

Pikok kratzte sich am Kopf. »Ich sehe sie. Ich erinnere mich an sie.«

»Was? An alle?«

Pikok nickte. »*D…* du *n…* nicht?« Er wirkte ehrlich verblüfft.

Rafik schüttelte den Kopf.

Pikok kletterte die Leiter hinunter. »Das ist das *Gr… Gr…* Große Puzzle, das wir alle *s…* sehen …«

Ohne Rafiks Antwort abzuwarten, nahm Pikok den Jungen beim Arm und zog ihn hinter sich her. Halb gehend, halb rennend eilten sie zwischen den Säulen entlang zu einer anderen Wand, die über und über mit lauter winzigen Symbolen bedeckt war. Rafik versuchte, Anfang und Ende dieses riesigen Puzzles auszumachen, aber er scheiterte daran. Tatsächlich schien es ihm nicht einmal wirklich ein Puzzle zu sein; es gab keine klaren Reihen, und die Symbole ergaben für ihn keinen Sinn.

»Das verstehe ich nicht.«

Pikok zeigte auf eins der Symbole. »Dies hier«, stieß er hervor und zeigte auf ein weiteres Symbol, »und *d…* dieses *zu…* zusammen, und dieses *u… u…* und dieses.« Er zeigte auf ein weiteres Symbolpaar und dann ein weiteres, zeigte ihm etwas, das der Junge nur vom Bauchgefühl her begriff, nicht aber mit dem Verstand.

»Ja, aber warte doch mal kurz. Was ist das?«, fragte Rafik laut genug, dass ein Echo durch den Saal hallte.

Pikok hielt inne und drehte sich um.

»Ist das ein Puzzle?«, fragte Rafik. »Denn ich begreife es nicht. Ich begreife überhaupt nichts.«

Pikok wedelte mit den tätowierten Fingern durch die Luft. »Das sind wir«, murmelte er, diesmal ohne zu stottern.

Rafik betrachtete die Wand. »Versteh ich immer noch nicht. Du meinst, das hier ist unsere eigentliche Aufgabe?«

»Nein, das ist das, was wir sind«, sagte Pikok ungeduldig, als wäre es ganz offensichtlich. »Es ist *P…* Puzzler. Es ist Pikok. Es ist Raf…«

Eine spöttische Männerstimme hallte quer durch die riesige Säulenhalle.

»Pi-pi-pi-piiiiii-kok.«

Aufwimmernd legte Pikok die Arme über den Kopf.

»Du weißt doch, du kannst dich nicht vor mir verstecken. Ich finde dich immer.«

Pikok schüttelte wild den Kopf, als wollte er nachdrücklich seinen Protest zum Ausdruck bringen, und im nächsten Augenblick rannten sie beide los.

Sie kamen nicht weit. Wie aus dem Nichts tauchte plötzlich eine schlanke Gestalt vor ihnen auf und packte Pikok am Kragen, so kräftig, dass sie ihn fast von den Füßen riss. Der Mann war vollständig schwarz gekleidet, zumindest dachte Rafik das im ersten Augenblick, aber bei näherem

Hinsehen entpuppte er sich als nahezu nackt. Während Rafik noch hinsah, veränderte sich die Farbe seiner Haut. Den zappelnden Pikok hielt er ohne sichtliche Mühe fest.

»Ach, ach, Pikok«, flötete er spöttisch, »jetzt hast du mich schon wieder dazu gezwungen, dir nach hier unten zu folgen, dabei weißt du doch, wie ich es verabscheue, so hinter dir herzujagen.«

Pikok hörte auf, sich zu wehren. »Hallo, *Ch*... *Ch*... Chamäleon.« Er lächelte angespannt.

»So ist es schon besser, Pikok. Und wer ist dein Freund?« Der Mann ließ ihn los. »Ach, seht doch nur mal, wen wir da haben – wenn das nicht der neue Keenan-Schlüssel ist, der junge Puzzler.«

Unter Chamäleons Blick wurde Rafik unbehaglich zumute.

»Du solltest hier nicht so ganz allein rumrennen. Ich wette, dein neuer Kommandant wäre ganz schon sauer, wenn er wüsste, in welchen dunklen Winkeln du dich hier gerade rumtreibst.« Chamäleon deutete auf sich selbst. »Wer ich bin? Ich gehöre zum Trupp der Beutefreunde und habe nichts gegen die Keenans, Doro war ein anständiger Kerl, aber ein Sabarra würde dich jetzt über den Wall des Bienenstocks nach draußen werfen. Einfach nur so zum Spaß.«

Rafik wusste nicht, was er antworten sollte, aber der Fremde hatte recht. Plötzlich wurde ihm klar, dass er womöglich in ernsthaften Schwierigkeiten steckte.

»Wie heißt du denn eigentlich, Junge?«

»Rafik.«

»Gut, Rafik. Ich hoffe, du hast deinen Verstand besser beisammen als dieser alte rostige Schlüssel hier.« Er zeigte auf Pikok. »Zu schade, dass die Keenans dich ersteigert haben, wir könnten einen zweiten Puzzler gut gebrauchen bei der Menge Expeditionen, die wir inzwischen machen. Übrigens, meine Freunde nennen mich Cham.« Er streckte die Hand aus, und Rafik ergriff sie zaghaft und sah, wie sich bei der Berührung die Haut des anderen verfärbte.

»Du warst das also, der vor der Tür an mir vorbeigegangen ist.«

Chamäleon lächelte flüchtig, dann schien ihm wieder einzufallen, weshalb er eigentlich hier war, und er wandte sich an Pikok. »Na komm, es wird Zeit. Ich wusste doch, dass du die geplante Tiefenexpedition vergessen würdest.«

Als er das hörte, fing Pikok an zu zittern und stieß unwillkürlich einen langen Klagelaut aus.

»Halt den Mund«, sagte Chamäleon schroff. Sein Verhalten änderte sich offenbar ebenso schnell wie seine Hautfarbe. »Ruhe jetzt, oder ich schnür dich zusammen, wie beim letzten Mal.«

Die Drohung schien zu wirken, Pikok hörte auf zu wimmern. Aber er zitterte immer noch, als sie Chamäleon zur Tür folgten.

»Warum hat er solche Angst?«, fragte Rafik.

Chamäleon lachte bellend auf. »Er ist nicht mehr ganz richtig im Kopf, das ist alles, und nein, wir nehmen diesen rostigen Idioten nicht mit in die Tiefe. Ich wollte ihm nur ein bisschen die Kabel verknoten. Mein Kommandant will ihn sehen.« Er zeigte auf den älteren Puzzler. »Dieser Bursche hat die Eidechsen ein bisschen zu gern. Nicht wahr, Piiikok?«, spottete er. »Wird wirklich s… s… sauer, wenn wir die Biester ab… ab… abknallen.«

»Es sind keine *Ei… Ei…* Eidechsen!« Trotz seiner Angst blitzte Zorn in Pikoks Gesicht auf.

»Natürlich sind das Eidechsen – und darum knallen wir sie ja auch ab«, sagte Chamäleon so sanft und langsam, als spräche er mit einem Kind. »Und eines Tages werden sie dir dein rosthässliches Gesicht vom Schädel fressen.«

»Ihr dürft sie nicht *er … er …* erschießen. Eidechsen *t …* tun *P … P …* Puzzlern *n …* nichts!«

Sie hatten die verschlossene Tür erreicht, und Chamäleon drehte sich ungeduldig zu Pikok um. »Ich sag dir mal was, Pikok. Das nächste Mal, wenn ich sehe, wie eine Eidechse auf dich losgeht, dann schieße ich nicht, und dann hast du alle Zeit der Welt, mal ein bisschen mit den Biestern zu plaudern. Was sagst du dazu, hm? So, und jetzt mach die Tür auf.«

Pikok folgte mit dem Blick Chamäleons ausgestrecktem Finger. Dann richtete er sich ein wenig auf und sagte: »Nein.«

»Was meinst du mit Nein?«

»Nein. Ich *m … m …* mach die *T … T … T …*« Pikok holte tief Luft. »… Tür nicht auf.«

Blitzschnell packte Chamäleon ihn wieder am Kragen und zog ihn dicht an sich heran. »Ich habe keine Zeit für den Blödsinn, du Schrottschädel«, schnauzte er ihn an, »du machst jetzt sofort diese rostige alte Tür auf.«

»Nein.« Pikok schüttelte den Kopf und erntete sofort eine kräftige Ohrfeige. Er stürzte zu Boden und überschlug sich zweimal, ehe er liegen blieb und sich dann mit blutigen Lippen langsam erhob.

Chamäleon zerrte ihn erneut am Kragen zu sich heran. »Schluss mit lustig. Los, Schlüssel, Tür aufmachen.«

Pikok schüttelte den Kopf und zuckte zusammen, als Chamäleon ausholte, diesmal mit der Faust. Aber ehe er zuschlagen konnte, schrie Rafik: »Aufhören!«

Der wütende Salutist hielt inne.

»Schlag ihn nicht«, flehte Rafik ihn an, Tränen in den Augen.

»Ich höre sofort damit auf, ihn zu schlagen, wenn er die rostige Tür aufmacht, wie es seine Aufgabe ist. Pikok braucht nur manchmal eine kleine Extraaufforderung.« Plötzlich wandte Chamäleon den Kopf und sah Rafik berechnend an. »Aber wenn er dir so viel bedeutet, warum machst du es dann nicht für ihn? Du bist schließlich auch ein Puzzler.«

»Nein«, brachte Pikok mühsam heraus. Aus seinem Mund strömte Blut übers Kinn. »Ich *m… m…* mach das. Zu schwer.«

Doch Chamäleon schlenderte bereits auf Rafik zu, der zurückwich, bis er die Wand im Rücken spürte. Er sah zu Chamäleon hoch. »Ich will nicht.«

»Was du willst oder nicht, ist mir völlig egal, Puzzler-Junge«, erwiderte Chamäleon. »Egal wie, aber wir gehen gleich durch diese Tür nach draußen, und ihn da«, er deutete mit dem Daumen auf Pikok, »ihn brauche ich. Dich nicht. Also warum steckst du nicht deine süße kleine Hand da rein und zeigst mir, was du draufhast, hm?«

Und wenige Lidschläge später schob Rafik seine Finger ins Schloss.

Es war vollkommen anders als je zuvor. Normalerweise schwebte er über dem Puzzle, aber diesmal war er mitten darin, von allen Seiten umgaben ihn bewegliche Wände aus Symbolen. Er versuchte sich zu bewegen, aber sobald er eine der Wände berührte, durchzuckte ihn ein schmerzhafter Blitz, und es schleuderte ihn zurück in die Mitte. Vor so etwas hatte Meister Goran ihn gewarnt. Dies war die Sorte Puzzle, die einem wehtun oder einen sogar umbringen konnte. Er kämpfte gegen die aufsteigende Panik an und versuchte, erst einmal nur eine Seite zu lösen. Aber sobald er das Muster mit seinem Verstand festhielt und sich zur nächsten Wand drehte, kehrten die Symbole in ihren Ursprungszustand zurück.

Plötzlich schoss Schmerz durch seinen Arm, und er schrie laut auf. In der Ferne flüsterten Stimmen.

»G… *g*… geht nicht, er *sss*… steckt fest.«

»Tu was, oder ich hacke seine Hand ab, ich schwör's dir.«

Schweigen. Dann hörte Rafik wie aus weiter Ferne Pikoks Flüstern.

»Such nach Gruppen, nicht nach ganzen Mustern. Blau, drei Kreise, rot, fünf Sterne.« Pikok stotterte nicht.

Rafik sah sich um. Überall schwebten Symbole. Es waren Hunderte, wenn nicht Tausende. Er sah von einer Seite zur nächsten.

»Langsam«, ermahnte ihn Pikok.

Wieder ein schmerzhafter Blitz. Er schrie auf.

»Langsam. Atme.«

Und plötzlich sah er es aus dem Augenwinkel. Kreise, Sterne … sobald er eine Gruppe hatte, wurde das Puzzle ein wenig langsamer. Die Gruppen festzuhalten kostete ihn kaum Mühe. Pikok flüsterte ihm einige weitere Paarungen zu. »Gelbe Sterne, fünf Schlangen, drei Eimer«, und mit jedem Erfolg wurde es leichter. Anfangs verwirrten ihn die seltsamen Beschreibungen; die Symbole entsprachen nicht wirklich Pikoks Bezeichnungen. Es gab eindeutig keine Schlangen, aber Rafik entdeckte ein paar Wellenlinien, die man vielleicht so nennen konnte, und wurde gleich darauf für seinen Versuch belohnt. Danach musste er nur noch herausfinden, was Pikok sich wohl unter »Monster«, »Gewehr«, »Stuhl« oder »Küssende Trolle« vorstellte.

Rafik hörte das Summen der sich öffnenden Tür, und im nächsten Moment fand er sich in der normalen Welt wieder. Diesmal war er es, der um sein Gleichgewicht kämpfte.

»Wird auch Zeit.« Chamäleon marschierte los und zerrte Pikok hinter sich her.

Rafik stolperte ihnen auf zittrigen Beinen ein paar Schritte hinterher. Sah zu, wie sie die Treppe hinaufstiegen, aber er war zu schwach, um ihnen zu folgen. Hinter ihm glitten langsam die Türen zu, und er setzte sich auf den Boden und lehnte sich mit dem Rücken gegen die kalte Wand. Pikok warf ihm einen letzten verzweifelten Blick zu. Dann war er verschwunden, und Rafik war allein.

Kapitel 44

Rafik umklammerte mit beiden Händen seine Pistole und spähte nervös über die Schulter des Trolls, der vor ihm kauerte, die Waffe im Anschlag. Die drückende Hitze war nicht der einzige Grund dafür, dass ihm Schweiß von der Stirn tropfte. Im Vergleich zum Waffenarsenal ringsum kam ihm seine eigene Pistole recht kümmerlich vor, und die zurechtimprovisierte Energierüstung passte eher schlecht als recht. Die drei Trolle, die ihn zu allen Richtungen absicherten, waren eigentlich ein beruhigender Anblick, aber sie waren sehr angespannt. Er wusste nicht, ob es daran lag, dass Ramm ihnen Entsetzliches angedroht hatte, sollte dem Puzzler etwas passieren, oder ob ihnen jede Sekunde ein Eidechsenangriff bevorstand.

Er lehnte sich gegen die überraschend kühle Wand, aber der Schatten verschaffte ihm nur kurz Erleichterung. Die drei gepanzerten Sandflitzer, in denen sie zum Knoten gefahren waren, manövrierten sich bereits für den raschen Rückzug zurecht. In all den Wochen seit seiner Ankunft war dies erst sein dritter Ausflug nach draußen, und bisher waren sie noch nie auf Eidechsen gestoßen, obwohl die Patrouillen fast täglich über Nester stolperten. Das machte alle fast noch nervöser.

Rafik hatte die Kadaver gesehen, wenn die Trupps johlend von ihren Patrouillen zurückkehrten. Manche nahmen wegen der Bezahlung nur die Köpfe als Beweis mit, aber auch die Körper waren etwas wert. Die Biester waren normalerweise etwas kleiner als ein ausgewachsener Mensch, mit langen Schnauzen und scharfen Zähnen und Klauen. Ihr Blut war dickflüssig; eine grüne Schmiere, die unvorstellbar stank. Es wurde in heißen Eimern transportiert und aufbewahrt, damit es nicht gerann, ehe man es zu dem grünen Pulver verarbeiten konnte.

Selbst tot sahen die Eidechsen gefährlich aus. Trotz Pikoks Behauptung, dass sie einem Puzzler nichts taten, behagte Rafik die Vorstellung gar nicht, einer solchen Kreatur gegenüberzustehen.

Er sah sich noch einmal um, aber alles war ruhig. Dies hier war ihr zweiter Halt. Am Vormittag hatten sie einen Bunker geplündert. Ein außerplanmäßiges Ziel, aber niemand stellte Ramms Befehle infrage, nicht einmal Bayne.

Die Keenans waren angespannt, aber guter Dinge. Vor Rafiks Ankunft waren sie kaum mehr gewesen als ein besonders gut ausgerüsteter Söldnertrupp, der für kleinere Summen verschiedene Aufträge erledigten oder als Unterstützung die Tiefenexpeditionen anderer Gilden begleitete, aber jetzt ging es mit ihnen bergauf. Ihre beiden letzten Beutezüge waren erfolgreich gewesen. Die Schlösser hatte Rafik mit Leichtigkeit geknackt, und Eidechsen waren ihnen nicht begegnet. Heute allerdings war das Risiko deutlich höher; sie hatten sich viel weiter von der Basis entfernt als vorher, eine gute Stunde lang waren sie Richtung Osten gefahren, und in der vergangenen Woche hatten Sandstürme getobt, sodass niemand hatte hinausfahren können. Aber Ramm schien der Ansicht zu sein, dass es das Risiko wert war.

Der Kommandant war kampfbereit und unruhig, jedenfalls soweit Rafik es beurteilen konnte; sein dunkles Helmvisier verbarg die letzten sichtbaren Körperteile, die noch aus Fleisch und Blut bestanden. Seine Bewegungen wirkten allerdings befremdlich ruckartig, seine Befehle prasselten im Stakkato auf den Trupp nieder – ein sicheres Anzeichen für Skint-Entzug. Rafik sah, wie Bayne Narona einen vielsagenden Blick zuwarf, aber sie zuckte nur mit den Schultern und drehte sich weg. Kurz darauf befahl Ramm Bayne, den Weg zum Knoten freizumachen.

Rafik hörte Baynes Stimme übers Kom: »Gebäude bis zum dritten Stock gesichert.«

»Gut. Sichert noch fünf Stockwerke mehr, nur zur Sicherheit«, dröhnte Ramms Stimme durchs Kom. »Narona, der Puzzle-Junge und ich gehen rein. Fravik, du sicherst uns draußen ab. Legt im Südwesten ein paar Minen.«

Fravik, trotz seiner untersetzten Statur ein nicht zu unterschätzender Trollkrieger, an dessen Arm ein schweres Maschinengewehr festgeschnallt war, nickte und gab über einen Subkanal Anweisungen an seine Leute.

Ramm winkte dem Trupp zu, ihm zu folgen. Mit erhobener Kanone überquerte er langsam die Straße. Rafik und die drei Trolle standen auf und folgten ihm, Narona stieß in der Mitte der Straße ebenfalls zu ihnen.

»Eben kam eine Warnung rein; acht Kilometer westlich gibt es einen Sandsturm«, teilte sie ihnen mit. Ihre Stimme war vollkommen ausdruckslos, und falls sie mit Ramms Entscheidung für diesen außerplanmäßigen Halt nicht einverstanden war, ließ sie es sich nicht anmerken.

Ramm löste eine kleine Metallscheibe von seinem Gürtel. »Dann beeilen wir uns wohl besser«, sagte er und warf die Scheibe himmelwärts. Sie blieb oben, schwebte hoch über ihren Köpfen in der Luft. »So wissen wir Bescheid, falls wir Gesellschaft bekommen«, erklärte er.

»Ist das nicht Kommandant Doros Radar?«, platzte einer der Trolle heraus, bereute es aber sofort, als Ramm zu ihm herumfuhr und die Kanone auf sein Gesicht richtete.

»Ich glaube, da wo Doro jetzt ist, braucht er sie nicht mehr«, stieß er hervor. »Willst du ihn fragen gehen?«

Narona war die Einzige, die ein wenig Einfluss auf Ramm hatte. Sie legte ihm eine Hand auf den Arm. »Holen wir uns die Beute«, sagte sie, und irgendwie drang sie damit zu ihm durch. Ramm senkte die Waffe, und sie liefen auf das hohe Gebäude zu. Der Kommandant wies die drei Trolle an, draußen Wache zu stehen, und er, Narona und Rafik gingen hinein.

Aus der Ferne sah das Gebäude intakt aus, aber aus der Nähe sah man überall Rußspuren, Steintrümmer und geborstene Metallstreben. Der Korridor war voller dicker Kabel, die sich früher einmal in den Wänden befunden hatten, sie lagen auf dem Boden wie riesige Schlangen aus einer Kindergeschichte. Ramm schritt ohne Zögern voran und trat beiseite, was ihm im Weg lag, oder stieg kurzerhand darüber hinweg.

Die Treppe war breit, aber mit Trümmern übersät, und es war stockfinster. Narona hängte ihr Scharfschützengewehr über die Schulter und nahm stattdessen eine kurzläufige Strahlenkanone in die eine, eine Fackel in die andere Hand. Langsam machten sie sich an den Aufstieg; Ramm sicherte sie nach vorn ab, Narona nach hinten. Im sechsten Stock wurde ihnen der Weg von einer massiven, aber nicht mehr intakten Doppeltür versperrt. Rafik hätte sich ohne Weiteres hindurchquetschen können, Ramm hingegen passte auf keinen Fall durch. Aus dem Augenwinkel sah Rafik den Kommandanten grinsen, ehe er die Kanone auf das Hindernis richtete und den Abzug durchzog. Keine drei Sekunden später waren von der Tür nur noch rauchende Metalltrümmer übrig. Ramm lachte laut und bellend auf und steckte eine neue Energiezelle in seine Waffe.

Sie liefen durch den Korridor, nur das Echo ihrer Schritte war zu hören, ansonsten war alles still. Sie erreichten einen großen Raum. In die Mitte der gegenüberliegenden Wand war ein großes, schimmerndes Rechteck aus Tarakanischem Metall eingelassen. Ramm gab einen Schuss darauf ab. Es war echt.

»Gut«, brummte Ramm. »Da muss was wirklich Wertvolles drin sein.«

Argwöhnisch sah Narona sich um, ehe sie die Waffe wegsteckte. »Woher weißt du von dem Knoten? Er ist nirgendwo verzeichnet.«

»Oh, da war so ein kleiner blinkender Punkt auf dem Radar, da hab ich mir so was gedacht«, sagte Ramm selbstzufrieden.

Narona zuckte mit den Schultern. »Dann machen wir das Ding mal auf. Es wird bald dunkel.«

Ramm zeigte auf die Öffnungen des Puzzles, das sich mitten in der Metallwand befand, auf der richtigen Höhe für einen Erwachsenen. Aber als sich Rafiks Finger den drei Löchern näherten, glitt es hinunter, bis es sich auf Höhe seiner Schulter befand, und die drei machten erschrocken einen Satz zurück.

»Rost, so was habe ich ja noch nie erlebt«, sagte Ramm. »Habt ihr das gesehen? Es hat sich einfach verschoben, quer durch die verdammte Wand!«

Narona hatte sich abgerollt, als sich das Schloss bewegte, und kauerte in einer Ecke des Zimmers. Jetzt kam sie wieder zurück, allerdings mit gezogener Waffe. Misstrauisch starrte sie die Tür an. »Das gefällt mir nicht, Ramm. Das hier ist kein Bunker.«

Ramm antwortete nicht, sondern stieß Rafik vorwärts. »Mach schon, Junge.«

Gehorsam hob Rafik die Hand, zögerte dann aber.

»Was ist, Schlüssel?«, blaffte Ramm ihn ungeduldig an.

Den drei klaffenden Öffnungen haftete etwas Hypnotisierendes an. »Ich habe Kopfschmerzen«, sagte Rafik, »und ich bin müde.« Es war die Wahrheit. Rafiks Kopf pochte dumpf, und das Puzzle des ersten Bunkers war zwar nicht besonders schwierig gewesen, aber er war trotzdem erschöpft, nachdem er es gelöst hatte. Und dass er Nacht für Nacht schreiend aus dem immergleichen Albtraum hochschreckte, war auch nicht gerade hilfreich. Er hatte mitbekommen, dass zwei Trolle seinetwegen sogar in ein anderes Stockwerk umgezogen waren, um mehr Abstand zwischen sich und ihn zu bringen, obwohl sie dafür kleinere Zimmer in Kauf nehmen mussten.

»Ist mir scheißegal, wie du dich fühlst, Schlüssel. Mach dieses verdammte Schloss auf. Ich sag's dir nicht zweimal.«

Rafik blinzelte seine Tränen fort und schob die Finger in den Kasten. Der Übergang war niemals angenehm, aber diesmal war es besonders schlimm. Ruckartig zog es ihn ins Puzzle, aber statt über den Symbolen zu schweben, fand er sich in einer Art Käfig wieder, so wie bei seinem Ausflug mit Pikok. Ringsum wirbelten die Symbole mit atemberaubender Geschwindigkeit vorüber. Rafik drehte sich ein paar Mal im Kreis, in ihm stieg Panik auf. Das Puzzle ergab für ihn überhaupt keinen Sinn.

Vor lauter Angst konnte er nicht mehr klar denken. Aus weiter Ferne hörte er, wie Narona irgendetwas schrie, aber er verstand die Worte nicht. Die Wände rückten näher. Jetzt waren sie nur noch eine knappe Armlänge von ihm entfernt. Um sich zu beruhigen, wendete Rafik eine Atemtechnik an, die Meister Goran ihm beigebracht hatte.

Er hörte die Stimme seines Mentors: *Vergiss nicht: Angst bringt einen um. Wenn du dich ihr ergibst, hast du keine Chance mehr, dann wirst du nicht überleben.*

Sein Atem wurde langsamer, und Rafik sah sich um und hoffte, dass er ein paar kleinere Paarungen entdeckte und die Symbole dann etwas langsamer wurden, sodass er nach komplexeren Mustern Ausschau halten konnte. Aber dann rückten die Wände noch ein Stück näher, und helles Entsetzen schlug über ihm zusammen. Ringsum war nicht mal mehr eine Armlänge Platz. Geisterhaft flüsterte Pikoks Stimme in seinem Verstand: »*D… d…* das da, *b… b…* blaue Punkte mit gelben *B… B…* Bändern. Ist doch offensichtlich.«

Für Rafik war es überhaupt nicht offensichtlich. Pikok würde nicht fassen können, dass Rafik nicht sah, was für ihn klar auf der Hand lag. In Gorans Labor hatte sich Rafik unzählige Muster eingeprägt, aber es war das eine, sich eine Reihe Symbole einzuprägen, und etwas völlig anderes, unter solchen Bedingungen diese Muster wiederzufinden. Rafik hatte den Verdacht, dass sich Pikok, anders als er selbst, die Symbole nicht mühsam einprägen musste.

Er sah sich noch immer ratlos um, da huschte mit einem Mal ein vertrautes Symbol über seinen Kopf hinweg. Rasch hielt er es an, und dann entdeckte er zu seiner Linken ein weiteres. Auch das brachte er zum Stehen. Kurze Zeit später hielt er mehrere Symbolstränge fest, aber die Wände rückten noch immer auf ihn zu. Jetzt hätte kein Haar mehr zwischen seinen Körper und die Wände gepasst. Hektisch griff er nach weiteren Symbolen.

Die Wände schlossen sich um ihn.

Rafik schrie. Als die Symbole in ihn hineinströmten, war es, als würde ihn reine Energie durchfluten. Für einen

Sekundenbruchteil schwebte er über seinem eigenen Körper und sah, wie durch alle Körperöffnungen Symbole in ihn eindrangen. Und als die Dunkelheit über ihm zusammenschlug, verstand er endlich.

Kapitel 45

Erst war Dunkelheit, und dann kam das Licht, gefolgt von entsetzlichen Schmerzen. Er wand sich in Todesqualen. Die Zeichen umkreisten ihn gemächlich; eine Spirale aus Symbolen, die schlangengleich an ihm emporkroch. Die Muster ordneten sich in einem langen Strang an, vervielfachten sich und wurden zu einem Arm, einem Bein, einem Rumpf, einem Gesicht, einem Körper, der ganz aus winzigen wirbelnden Symbolen bestand. Er begriff alles, und dann gab es plötzlich keinen Schmerz mehr. Ein Gesicht aus lauter Symbolen senkte sich auf ihn herab und öffnete den Mund, und es strömte etwas heraus, keine Laute, sondern Muster, und sie formten ein Wort: *Rafik*.

Das Antlitz wandelte sich, die Symbole wurden zu Fleisch, und Rafik sah das geschmolzene Gesicht, das ihn in seinen Träumen verfolgte.

»Rafik«, stöhnte es wieder, dann wurde die Stimme weiblich: »Ich glaube, er kommt zu sich.«

Das Gesicht spaltete sich zu zweien: Narona und Bayne.

Bayne half Rafik, sich aufzusetzen. »Alles in Ordnung?«

Rafik öffnete den Mund, wollte antworten, aber er fand seine Stimme nicht, also schüttelte er stumm den Kopf.

Bayne stützte ihn, damit er aufstehen konnte, und im Hintergrund hörte Rafik, wie Narona Ramm Vorwürfe machte.

»Du hättest ihn fast umgebracht. Unseren einzigen Puzzler!«

»Aber er lebt noch. Er hat die verdammte Tür aufgemacht, so wie es seine Aufgabe ist. Wozu bräuchte man einen rostigen Puzzler denn sonst?«

Rafik wandte den Kopf. Die Welt zersplitterte in lauter Muster und Symbole, dann fügte sie sich wieder zusammen, und er sah Ramm, der ein Objekt aus Metall in der Hand hielt. Mit hochgeklapptem Visier und selbstzufriedener Miene inspizierte er das Objekt. »Ein Energieball! Heiliges Metall noch mal, dieses Baby wird genug einbringen, um uns völlig neu auszurüsten, und für 'ne Party bleibt auch noch was übrig.«

Narona schüttelte den Kopf. »Ich finde trotzdem, dass es das Risiko nicht wert war. Wir hätten ihn verlieren können.«

»Du hast hier nicht das Kommando, also misch dich nicht in meine Angelegenheiten«, schnauzte Ramm sie an.

Narona wollte gerade etwas sagen, da drang eine Stimme aus dem Kom. »Eidechsen. Drei Kilometer entfernt in nördlicher Richtung, kommen in unsere Richtung.« Eine kurze Pause. »Rost. Das sind verdammt viele.«

Sie traten an die transparente Außenwand und sahen hinaus. Alles sah ruhig und friedlich aus – bis auf die Keenan-Krieger, die sich für einen Kampf formierten.

Rafik wusste, dass Ramm, Narona und Bayne mit zahlreichen Sensoren ausgestattet waren. Kommandant Doro hatte keine Ausgaben gescheut, um seinen Trupp bestmöglich auszurüsten. Die heranrückenden Gegner wurden auf der Innenseite ihrer Visiere als rote Punkte angezeigt, Verbündete hingegen waren in Blau dargestellt. Aber Rafik war nicht mit diesem System verbunden. Er sah nicht, was draußen vor sich ging, und fühlte sich hilflos und verängstigt.

»Rost, das ist ein ganzer Schwarm«, flüsterte Bayne.

Ramm bellte Kommandos ins Kom, und Rafik sah, wie die Fahrzeuge losfuhren, um als Straßensperre zu dienen.

»Da kommen sie!«, hörte Rafik übers Kom jemanden brüllen, und alle eröffneten gleichzeitig das Feuer. Im ersten Moment sah er nichts bis auf gleißende Lichtstrahlen, die quer über die Straße zischten. Dann tauchten auf einmal drei Eidechsen mitten auf der Straße auf; sie wurden in einer riesigen grünen Blutwolke förmlich in Stücke gerissen.

»Raus hier!«, brüllte Bayne und stieß Rafik vorwärts. »Wir müssen hier weg.«

Diesmal lief Narona voran, während Ramm, der immer noch Kommandos ins Kom bellte, das Schlusslicht bildete. Sie nahmen einen anderen Weg als den, über den sie gekommen waren, und einmal mussten sie einer zusammengestürzten Treppe ausweichen. In diesem Moment sahen die drei Krieger über ihre Visiere, was ihnen zugleich auch jemand brüllend über Kom mitteilte: »Sie teilen sich auf! Ein paar kommen zum nordöstlichen Teil des Gebäudes!«

»Was ist das für ein verrosteter Scheiß?«, schrie Ramm und blieb an einer gläsernen Wand stehen. Auf der anderen Seite kletterten vier Eidechsen am Gebäude empor, und sie konnten sehen, wie sich ihre Klauen tief in die durchsichtige Wand bohrten. Es war das erste Mal, dass Rafik sie aus der Nähe erblickte, und es schüttelte ihn vor Grauen. Von ihren deformierten Gesichtern, den Klauen und der grünen Haut abgesehen, sahen die Eidechsen fast menschlich aus, und das lag nicht nur an ihrer Größe. Eine der Eidechsen hörte auf zu klettern und musterte sie, ihr Blick wirkte verstörend schlau. Sie entblößte die rasiermesserscharfen Zähne zu einem stummen Fauchen, löste eine Klaue und schlug damit mehrmals gegen die Wand.

Ramm antwortete darauf mit einem Schuss, aber die Energiestrahlen verpufften ohne sichtbare Wirkung. »Scheiß drauf«, fluchte er und hob die Kanone.

Gerade noch rechtzeitig riss Narona an seinem Arm, ehe er den Abzug drücken konnte. »Schieß ihnen keinen Eingang in die Wand!«

Die Eidechsen kletterten weiter nach oben. Noch mehr Eidechsen folgten, viele, viele Eidechsen. Bayne legte dem zitternden Rafik eine Hand auf die Schulter, aber nicht, um ihn zu trösten, stattdessen stieß er ihn voran – sie mussten hier weg. Gerade als sie das Treppenhaus erreichten, schrie ihr Kom-Troll: »Sie sind durch unsere Verteidigungslinie gebrochen! Sie sind einfach überall!«

Panische Schreie ertönten, als sich das Gefecht unten am Boden in einen Nahkampf verwandelte.

»Was? Wie ist das möglich?«, brüllte Ramm.

Jemand anders antwortete über Kom. »Sind von unten gekommen. Tunnelsystem. Muss ein riesiges Nest sein.« Übers Kom drang das Krachen von Explosionen, als mehrere Minen zugleich hochgingen. Das Gebäude schien zu wanken.

Ramm gab Befehl, den Rückzug einzuleiten. Bayne und Narona starrten einander ungläubig an.

Plötzlich gellte ein entsetzlicher Schrei, und das Kom verstummte. Kurz standen sie alle reglos da, dann wandte sich Ramm an Bayne. »Bring ihn hier raus. Wenn ihr es schafft, weißt du, wohin.« Seine Stimme war ganz ruhig, fast ausdruckslos.

Bayne nickte und sah im Treppenhaus nach oben. Über ihren Köpfen ertönte ein vielstimmiges Zischen.

»Wir beschäftigen sie hier eine Weile«, sagte Ramm, »dann kommen wir nach.«

Bayne hob Rafik hoch und rannte mit ihm die Treppen

hinunter. Drei Eidechsen folgten ihnen, und ihre schiere Geschwindigkeit verschlug Rafik den Atem. Kiefer und Klauen sahen tödlich aus. Nur Ramm war es zu verdanken, dass die Eidechsen sie nicht erwischten, er schoss sie von den Wänden. Grünes Blut und rote Fleischfetzen regneten auf sie herab, und Bayne wäre um ein Haar ausgerutscht. Ramm und Narona schossen sich auf das über ihnen liegende Stockwerk ein, und Bayne setzte Rafik ab und zerrte ihn mit sich die Treppen hinunter, in der anderen Hand hielt er seine Waffe.

Rafik verlor den Überblick, wie viele Stockwerke sie schon treppabwärts gerannt waren, als sie sich plötzlich mehreren Eidechsen gegenübersahen, die offenbar von unten gekommen waren. Bayne ließ Rafiks Hand los und zog, während er bereits feuerte, mit der frei gewordenen Hand eine zweite Pistole. Rafik strauchelte, rollte sich ab und schlug sich den Ellbogen an einer Stufe an, aber dann kam er wieder hoch, seine eigene Pistole in der Hand, und eröffnete ebenfalls das Feuer auf die heranrasenden Eidechsen. Es war entsetzlich knapp, aber sie schafften es, zu zweit töteten sie sämtliche Angreifer.

Unter ihnen ertönten Zischen und Kratzlaute – da kamen noch mehr von den Biestern. Bayne fluchte, das Gesicht schweißüberströmt. Grob stieß er Rafik zur Seite, riss zwei Energiegranaten von seinem Gürtel und warf sie die Treppe hinunter, dann wirbelte er herum und klatschte Sprengstoff an die Wand, ohne auf das Blutvergießen zu achten, das seine Granaten unter ihnen anrichteten. Haut- und Gewebefetzen spritzten zu ihnen hoch und färbten die Wände grün und rot.

Bayne packte Rafik und zog ihn hastig um die nächste Ecke. Dort drückte er ihn zu Boden und warf sich über ihn, hielt dem Jungen mit seinen Panzerhandschuhen die

Ohren zu. Im nächsten Augenblick erschütterte eine gewaltige Explosion das Gebäude. Sie kamen wieder auf die Füße und warfen einen Blick um die Ecke. In der Wand klaffte ein riesiges Loch. Ohne zu zögern, drückte Bayne ein paar Knöpfe an seiner Energierüstung, hob Rafik hoch und legte die Arme fest um ihn. Und dann rannte er los und sprang durch das klaffende Loch in die Tiefe.

Der Wind riss Rafik den Schrei von den Lippen. Der Boden raste auf sie zu. Bayne drehte sich in der Luft, sodass sein Körper Rafik vor dem Aufprall schützte, und sie brachen durch das Dach eines kleineren Gebäudes.

Rafik musste wohl kurz das Bewusstsein verloren haben, denn er erinnerte sich nicht, dass sie durch weitere Stockwerke gebrochen wären, aber als er wieder zu sich kam, lag er ganz unten im Erdgeschoss eines dreistöckigen Gebäudes. Jeder Knochen im Leib tat ihm weh. Als er versuchte, sich zu bewegen, zuckte stechender Schmerz durch seine Rippengegend, und er keuchte auf. Bei dem Sturz hatte er sich eindeutig etwas gebrochen. Er brauchte drei weitere Anläufe, ehe er sich endlich aufrichten und sich umsehen konnte.

Bayne lag ein Stück von ihm entfernt bäuchlings in einem flachen Krater. Er rührte sich nicht. Unter ihm breitete sich ganz langsam eine Blutpfütze aus. Rafik taumelte auf ihn zu. Baynes Kiefer war gebrochen, ebenso wie die Nase, und Rafik sah Blut, viel Blut, aber er hörte flache Atemzüge.

Rafik versuchte, Bayne umzudrehen, schaffte es aber nicht. Als er sich hilfesuchend umsah, löste sich die Welt wieder in lauter Symbole auf, nichts als Muster überall: Farben und Licht, Formen, in der Luft tanzender Staub und die Einschlaglöcher von Gewehrkugeln in der gegenüberliegenden Wand. Angst und Schmerz und Verzweiflung wichen von ihm. Nichts hatte mehr Bedeutung außer der

Schönheit und dem inneren Zusammenhang all dieser Formen, die ihn umgaben. War es das, was Pikok sah?

Ein stechender säuerlicher Geschmack brachte ihn wieder in die Wirklichkeit zurück.

Die Muster lösten sich auf, und der Raum verwandelte sich wieder in das, was er vorher gewesen war. Statt schwebender Symbole sah Rafik eine Eidechse. Sie kam durch einen offenen Durchgang herein und entdeckte ihn sofort.

Rafiks Hand zuckte zu seinem Gürtel, aber die Pistole war nicht mehr da. Nicht weit entfernt von ihm lag Baynes Waffe. In dem Augenblick, als Rafik loshastete, wusste er mit einem Mal, dass er neun Schritte brauchen würde; er musste sich bücken, die Pistole aufheben, entsichern, zielen und feuern, und dabei musste er zum Wiedergeborenen Propheten beten, dass die Waffe den Aufprall heil überstanden hatte. Auch die Eidechse rannte los, hielt direkt auf Rafik zu.

Als er mit erhobener Waffe herumwirbelte, war es bereits zu spät. Etwas packte ihn und riss ihm die Pistole aus der Hand. Als die Eidechse ihn auf den Boden schmetterte, wusste Rafik, dass er gleich sterben würde. Das Gewicht der Eidechse drückte ihn nach unten. Seine Augen waren geschlossen, aber er wusste trotzdem, dass sie mit einem muskulösen Arm ausholte und ihm im nächsten Augenblick das Gesicht zerfetzen würde. Instinktiv riss er den Arm hoch, aber der Schlag hätte seinen kümmerlichen dünnen Arm eigentlich zerfetzen und ihm den Schädel zerschmettern müssen.

Nichts geschah. Rafik öffnete die Augen.

Noch immer kauerte die Eidechse über ihm und drückte ihn mit ihrem Gewicht zu Boden, aber statt ihn in Stücke zu reißen, starrte sie die Hand des Jungen an. Die hellgrünen Pupillen waren direkt auf seine gespreizten Finger gerichtet.

Der erste Schuss traf die Eidechse mitten in den Leib und schleuderte sie halb zur Seite. Glühend heißer Glibber spritzte Rafik auf den Oberkörper. Der zweite Schuss erwischte sie an der Schulter. Rafik drehte den Kopf und sah Bayne, der sich halb aufgesetzt hatte, seine zweite Pistole in der Hand. Die Eidechse schoss auf den Krieger zu, und Bayne zog erneut den Abzug durch, aber diesmal hatte die Pistole eine Ladehemmung. Der dritte Schuss kam aus einer anderen Richtung und ließ den Kopf der Eidechse explodieren.

Für einen Augenblick war Rafik zu nichts anderem imstande, als dazuliegen und nach Luft zu ringen, die Hände auf die Ohren gepresst.

Narona kam herein und senkte ihr Scharfschützengewehr. Im nächsten Augenblick war sie an Rafiks Seite und untersuchte ihn auf Verletzungen. Hinter ihr kamen die anderen Keenans herein. Bayne brach zusammen. Plötzlich wich sämtliche Kraft aus Rafik. Reglos lag er auf dem kalten Boden, bis ihn ein Keenan-Troll hochhob. Und dann wurde ihm schwarz vor Augen.

Kapitel 46

»Ich *h*… *h*… hab dir doch gesagt, die tun dir *n*… *n*… nichts.« Pikoks Augen strahlten vor Stolz.

Rafik schüttelte den Kopf. »Ich weiß nicht. Es ging alles so schnell, ich bin nicht ganz sicher …«

»Eidechsen tun Puzzlern nichts«, sagte der dünne Mann und rieb sich hochzufrieden die Hände. Sein Stottern schien immer besser zu werden, je öfter er sich mit Rafik unterhielt.

»Und warum tun sie den anderen was?«

»Eidechsen tun Puzzlern nichts«, wiederholte Pikok, als wäre damit alles Wichtige gesagt. Dann beugte er sich vor und ritzte weiter Symbole in die Wand.

Pikok hatte Rafik jeden Tag in der Krankenstation besucht, aber er weigerte sich, ihm irgendwelche neuen Puzzletechniken zu verraten. Als man Rafik zurück in den Bienenstock brachte, hatte Pikok nur einen kurzen Blick in das verstörte Gesicht des Jungen geworfen und vor lauter Freude in die Hände geklatscht, trotz der zerfetzten Leichen mehrerer Eidechsen, die gerade von den beiden verbliebenen Flitzern abgeladen wurden.

»Jetzt bist du ein echter Puzzler«, hatte er immer wieder gerufen, bis die Keenans ihn schließlich fortscheuchten.

»Du brauchst Pikok nicht«, sagte er, als sie sich ein paar Tage später wiedersahen.

»Natürlich brauche ich dich. Dieses Puzzle …« Rafik schauderte. »Es hat irgendwas mit mir gemacht. Ich dachte, ich würde sterben.«

»Aber bist du nicht«, stellte Pikok sachlich fest, »und jetzt bist du ein echter Puzzler.«

»Sind die Puzzles in der Stadt im Berg genauso gefährlich?«, fragte Rafik.

Aber Pikok antwortete ihm nie zu seiner Zufriedenheit, und so war es auch diesmal. »Manche sind schwieriger, manche leichter. Du bist jetzt ein Puzzler« – mehr bekam er nicht aus ihm heraus.

Ursprünglich hatte Pikok Sabarra gehört, er war der erste Puzzler des Außenpostens gewesen. Inzwischen lebte er seit fast zehn Jahren im Bienenstock. Er war kaum imstande, für sich selbst zu sorgen, und galt als vollkommen verrückt. Rafik kam zu Ohren, dass der alte Sabarra-Kommandant ihn zwei Jahre lang im Käfig gehalten und ihn von Knoten zu Knoten geschleppt hatte, und als dann die Gilde einen zweiten Puzzler kaufte, ließen sie ihn einfach gehen. In die Tiefe nahmen sie ihn nicht mehr mit, und irgendwann hatten sie auch damit aufgehört, ihn an Freie zu vermieten. Vermutlich unter anderem deshalb, weil er bei Eidechsenbegegnungen gern auf die Angreifer zurannte, wild mit den Armen fuchtelte und schrie: »Nehmt mich mit! Nehmt mich mit!«

Pikoks einzige Aufgabe war es inzwischen, den Hauptknoten unter dem Stock zu öffnen, hin und wieder auch mal einen Puzzle-Kasten, den die Trupps als Beute mit zurückbrachten. Die anderen Puzzler, drei Männer und eine Frau, waren normalerweise auf Expedition oder mussten sich erholen. Rafik wusste nicht, weshalb, aber sie hielten sich von ihm fern, also blieb ihm nur Pikok, wenn er sich unterhalten wollte. Und auch das klappte nur selten, denn meistens war der ältere Puzzler vollauf damit beschäftigt, irgendwo in der Dunkelheit Symbole in die Wände zu ritzen.

Eines Tages war er mit Pikok in der unterirdischen Halle und war irgendwann so frustriert davon, dass der Mann nicht auf seine Fragen reagierte, dass er allein zwischen den Säulen entlang zur Tür ging und das Puzzle löste, um hinauszugelangen. Es fiel ihm viel leichter als beim ersten Mal, und bei dieser Feststellung verspürte er einen Anflug von Stolz.

Er machte sich an den langen Aufstieg. Ganz langsam und mit vielen Pausen. Seit ihrer Rückkehr war er eigenartig bedrückt. Tagsüber wälzte er finstere Gedanken, und nachts lag er ständig wach, weil die Erinnerungen an den gewalttätigen Zusammenstoß ihm keine Ruhe ließen. Wenn er dann endlich doch in den Schlaf fand, stand er vor dem Großen Puzzle, das sich gleich darauf in ein Gefängnis verwandelte. Was auch immer er tat, die Wände rückten unaufhaltsam auf ihn zu. Und wenn nur noch Sekundenbruchteile zwischen ihm und dem Tod standen, tauchte auf einmal der Mann mit dem geschmolzenen Gesicht vor ihm auf. Und dann schreckte Rafik jede Nacht schreiend aus dem Schlaf.

Am Tag nach der Rückkehr der Keenans hatten Eidechsen den Bienenstock angegriffen, und seitdem kamen sie fast jeden Tag. Normalerweise war es nicht weiter schwierig, Eidechsen zu töten, vor allem für erfahrene Trolle, die mit ausgezeichneten Waffen eine Festung verteidigten. Aber die schiere Wildheit und große Zahl der Eidechsen und die Unberechenbarkeit, mit der sie aus allen Richtungen angriffen, forderten bald ihren Tribut. Sechs Trolle waren bereits im Kampf gestorben, mehrere Dutzend verwundet, und die Truppenmoral litt spürbar. Ein ganzer

Trupp aus Neulingen, der kurz nach dem ersten Angriff auf Eidechsenhatz gegangen war, blieb verschwunden. Die toten Eidechsen gingen schon bald in die Hunderte, überall vor den Wällen des Stocks lagen ihre Kadaver. Zwar witzelten die Trolle, dass ihnen zumindest das Skint fürs Erste nicht mehr ausgehen würde, aber die allgemeine Anspannung war fast mit Händen zu greifen.

Die Keenans hatten Gronn verloren, ihren Kom-Troll, und Irdina; weitere drei Truppmitglieder waren verwundet. Eines Morgens gerieten sich zwei Keenans wegen einer Energiezelle in die Haare, und nur Naronas Eingreifen verhinderte, dass Ramm sie beide erschoss.

Bayne war noch immer nicht wieder auf dem Damm. Rafik war nach ihrer Rückkehr ebenfalls eine Weile im Lazarett gewesen und hatte auf der Nachbarpritsche gelegen, während man seine angeknacksten Rippen mit Tarakanischen Salben und irgendwelchen heilkräftigen Artefakten versorgte. Ramm hatte dafür gesorgt, dass der Junge zuerst behandelt wurde, und war dafür ordentlich zur Kasse gebeten worden, aber Bayne war viel schlimmer verletzt als Rafik. Obwohl es beim Flickschneider nach frisch gebrautem Skint stank, sah Rafik nach seiner Entlassung jeden Tag bei Bayne vorbei, aber der Troll schlief entweder oder war ausnehmend schlechter Laune.

Als Rafik eines Morgens im Näherkommen Vinchas Stimme hörte, versteckte er sich hinter einer Ecke und lauschte. Und bald wurde ihm klar, dass Ramms Bericht über die Vorfälle mit den tatsächlichen Geschehnissen wenig gemein hatte.

»Dieser Haufen Blechschrott.« Baynes Stimme troff vor Bitterkeit. »Er hat doch tatsächlich Irdina und Gronn als die Schuldigen hingestellt. Angeblich hätten sie die Eidechsen nicht rechtzeitig gemeldet. Und da sie praktischerweise beide tot sind, wird niemand diese Darstellung anzweifeln.«

»Niemand außer dir.« Vincha senkte die Stimme. »Aber die Gerüchteküche kocht. Deshalb habe ich überhaupt erst etwas davon mitbekommen.«

Bayne schüttelte den Kopf. »Dieser Idiot wird uns noch alle umbringen. Die Hälfte der Zeit knallt er sich die Sicherungen mit Skint raus – und das ist dann leider seine Bestform, ansonsten ist es noch schlimmer.«

»Trotzdem hättest du ihn nicht so angehen sollen, als er nach dir gesehen hat.« Vincha sah sich argwöhnisch um, entdeckte Rafik in seinem dunklen Winkel jedoch nicht. »Er hätte dich töten können. Wird er wahrscheinlich früher oder später auch versuchen.«

Bayne seufzte. »Ich weiß, ich weiß. Als er mir vorgeworfen hat, ich würde nur krank spielen, um mich vor meinen Verpflichtungen zu drücken, ist mein Temperament mit mir durchgegangen. Das war ziemlich dämlich von mir.«

»Nicht so dämlich wie dein Sprung aus dem fünften Stock, mit dem Kind auf dem Rücken. Scheiße, Bayne«, sie kicherte, »auf die Aktion werden noch in vielen Jahren Trolle einen heben. Ganz zu schweigen von den Frischlingen, die versuchen werden, es dir nachzumachen. Ich habe gehört, sie haben sogar schon einen Namen dafür – sie nennen es: *den Bayne machen.*«

»Ich hatte kaum noch Munition, und sie hatten uns schon fast erreicht.« Von seinem Beobachtungsposten aus sah Rafik, wie Bayne langsam den Kopf schüttelte, eine Hand an seinem heilenden Kiefer. Allerdings lag ein kaum merkliches Lächeln auf seinem Gesicht. »Du hättest ihn sehen sollen, Vincha. Fast tot vor Angst wie ein verschrecktes Kaninchen, aber trotzdem war er noch handlungsfähig. Er hat mich an meinen kleinen Bruder Kane erinnert, damals,

als wir noch Kinder waren … na, egal, jedenfalls wusste ich, dass Narona uns finden würde. Was denn? Sieh mich nicht so an. Ich weiß, dass sie ein Miststück sein kann, aber im Kampf kann man sich auf sie verlassen. Sie würde eine gute Kommandantin abgeben …« Bayne holte tief Luft und seufzte. »Spielt ja keine Rolle. Wenn Ramm so weitermacht, sind wir bald sowieso alle Eidechsenfutter.« Er zögerte kurz, dann sah er zu Vincha hoch. »Dieser ganze Scheißdreck … ich denke wirklich ernsthaft drüber nach.«

»Und worüber genau?«

»Darüber, mich freizukaufen. Von meinem Vertrag, meine ich. Sobald ich wieder auf den Beinen bin, verlasse ich den Trupp.«

Vincha schnaubte. »Du hast noch sechzehn Monate.«

»Vielleicht will ich mich ja vorher freikaufen.«

»Dafür hast du gar nicht das Metall, vor allem nicht, wenn du den Flickschneider bezahlt hast.«

»Und wenn ich mich nicht freikaufe? Was, wenn ich einfach fortgehe?«

»Was, einfach so? Rost, Bayne, niemand heuert dich mehr an, wenn du deinen Vertrag brichst, und selbst wenn du als Söldner arbeiten würdest … Ramm lässt bestimmt nicht zu, dass du hier auf dem Außenposten bleibst. Er ist viel gerissener, als du glaubst. Ich begreife immer noch nicht, wie er es geschafft hat, Doro in die Fal…« Vincha verstummte.

»Wir könnten uns jemand anderes suchen …«

Vincha sah sich nervös um, und Rafik drückte sich eng an die Wand. Kurz war er sicher, dass sie ihn gesehen hatte, aber dann redete sie hastig weiter. »Ich weiß, dass du wütend bist, aber ich sehe keine andere Möglichkeit, als dass du dich in Geduld übst und wartest.«

Als Rafik es wagte, wieder um die Ecke zu spähen, hatte Bayne die Hand der Kom-Spezialistin ergriffen.

»Vincha, es war nicht das erste und sicher auch nicht das letzte Mal, dass ich im Kampf verletzt werde, aber trotzdem … ich habe eine Menge nachgedacht. Ich weiß, ich bin nicht … Doro … aber …« Er zögerte nur kurz, ehe er fortfuhr: »Er ist tot, und ich bin noch hier. Du musst mir vertrauen. Ich habe einen Plan, wie ich aus Ramms Schusslinie rauskomme, und für dich würden sich auch andere Möglichkeiten eröffnen.«

Vincha zog ihre Hand nicht weg, aber sie holte tief Luft und schüttelte den Kopf. »Ich weiß nicht, was das für eine andere Möglichkeit sein sollte.«

»Nakamura«, sagte Bayne leise. Jetzt zog sie ihre Hand doch weg, aber Bayne beugte sich ein Stück vor und sagte eindringlich: »Er ist nicht nur ein Gerücht. Diesen Typen gibt es wirklich. Ich habe Erkundigungen über ihn eingezogen. Es gibt Dutzende Berichte, mehrere erfahrene Trupps haben ihn gesehen. Meistens im Südwesten, hinter der Brücke.«

»Bei deinem Sturz sind dir wohl ein paar Kabel gerissen, Bayne.«

»Drei Jahre dort draußen, ohne Festung, Wachen oder irgendeinen anderen Schutz, und doch kommt niemand aus dem Bienenstock an ihn heran. Und dann war da dieser Trupp, die Macheten, erinnerst du dich? Sie sind einfach verschwunden – im Südwesten …«

»Das waren höchstwahrscheinlich Eidechsen, Bayne …«

»Sie sind spurlos verschwunden, Vincha. Kein Notruf, keine Leichen, man hat keine zurückgelassene Ausrüstung gefunden, einfach nichts. Ich sage dir, dieser Nakamura ist seit drei Jahren da draußen mit seinen Leuten unterwegs und führt zweihundert bewaffnete Trolle und wer weiß wie viele Eidechsen an der Nase herum.«

Vincha kam aus dem Kopfschütteln gar nicht mehr heraus. »Erstens«, sagte sie und zählte es an den Fingern ab, »gibt es inzwischen fast täglich einen Angriff, und wer weiß, wie viele tausend Eidechsen noch dort draußen sein mögen? Zweitens: Selbst wenn wir den Weg nach Südwesten überleben, wie sollen wir diesen Burschen finden und ihn davon überzeugen, uns nicht zu erschießen, sobald er uns zu Gesicht bekommt?«

»Ich bin sicher, dass Nakamura zwei fähige Leute mit Kusshand aufnehmen wird, vor allem, wenn wir ihm ein Geschenk mitbringen.«

»Was für ein … das ist nicht dein rostiger Ernst.«

»Warum denn nicht? Ist es etwa besser, den Jungen hier zu lassen, wo ihn dieser elende Skintjunkie früher oder später umbringt? Hör zu, ich habe alles durchgeplant.« Bayne schob eine Hand in seine Tasche und zog etwas heraus, das Rafik nicht sehen konnte. Er reichte es Vincha. »Das ist ein …«

»Ich weiß, was das ist«, fauchte Vincha.

»Halt den Mund, Vincha. Wir haben nicht mehr viel Zeit, der Flickschneider kommt gleich zurück. Gronn hat ihn mir gegeben – er hat auch darüber nachgedacht, einfach abzuhauen. Er ist durch Zufall darangekommen. Das Ding war gut versteckt, und es hat Ewigkeiten gedauert, bis er wusste, wie er funktioniert, aber er hat mir gesagt, dass dieser Transmitter auf keinen Fall einfach irgendeinem Troll aus der Tasche gefallen ist. Gronn war sicher, dass es irgendwo ein Gegenstück gibt, und zwar im Südwesten. Und dass irgendwer aus dem Stock diesen hier versteckt hat.«

»Wer?«

»Ich weiß es nicht. Könnte jeder sein. Aber es ist nur logisch anzunehmen, dass Nakamura den einen oder anderen Spion im Bienenstock haben dürfte. Ich könnte das Ding natürlich zu Brain bringen, aber ich habe einen besseren

Plan. Wir müssen uns nur den Puzzler schnappen, zur Brücke gehen und uns eine Weile versteckt halten. Wenn du den Code zerlegen kannst oder was auch immer Gronn gesagt hat, was man machen muss, dann könnten wir das Signal des anderen Transmitters zu seinem Ursprung zurückverfolgen, und …«

»Hör auf, Bayne, das wäre der reinste Selbstmord. Und außerdem – wie kommst du überhaupt auf die Idee, dass ich hier wegwill?«

Rafik sah die Augen des Kriegers nicht, aber seine Stimme klang mit einem Mal sehr sanft. »Hast du mal darauf geachtet, wie viel Skint du dir in letzter Zeit so reinziehst? Einen Großteil der Zeit bist du völlig weggeschossen …«

»Ich wüsste nicht, welche Rolle das spielt«, protestierte Vincha.

Bayne stützte sich auf die Ellbogen. »Und ich bin wohl der einzige Troll im ganzen Außenposten, den du seit Doros Tod noch nicht flachgelegt hast.«

Vincha ballte die Fäuste.

Man musste Bayne zugutehalten, dass er sich sofort entschuldigte. »Tut mir leid. Das war unter der Gürtellinie. Es geht mich nichts an, was du tust und mit wem du es treibst.« Er seufzte und ließ sich wieder aufs Bett zurückfallen. »Aber ich glaube, du bist hier nicht wirklich glücklich. Denk drüber nach. Überstehst du noch eine weitere Saison hier im Stock? Ich jedenfalls weiß, dass ich Ramm nicht mehr lange überleben werde. Das könnte die beste Chance sein, die wir kriegen.«

Vincha setzte gerade zu einer Antwort an, da gellte plötzlich die Alarmsirene. Rafik blieb nicht mehr da, um ihrem Abschied zu lauschen. Seine Anweisungen waren sehr deutlich: Sobald die Sirene ertönte, musste er sich augenblicklich beim Quartier einfinden, und er hatte nicht vor, diese Anordnung zu missachten – Ramm hatte ihm angedroht, ihn die ganze Zeit in seinen Raum zu sperren, wenn er nicht pünktlich war.

Als er ankam, machten sich die Keenans gerade kampfbereit und warteten auf ihre Befehle. Ein paar von ihnen winkten oder nickten ihm zu, als er hereinkam. Ramm lief unruhig auf und ab, und als er Rafik erblickte, ließ er ihn in den Sicherheitsraum bringen. Diesmal leistete ihm keine Wache Gesellschaft, Rafik war ganz allein in dem kleinen Zimmer. Das schwache Licht vermochte die Dunkelheit kaum zu durchdringen.

Er legte sich auf den kalten Fußboden und lauschte den Schüssen und Explosionen draußen. Über die Notfallfrequenz des Koms gellten Befehle, Gebrüll, Flüche, Explosionen und hin und wieder entsetzliche Schreie, bei denen ihm das Blut in den Adern gefror. Irgendwann schafften es ein paar Eidechsen, über die Nordwand zu klettern und aufs Gelände vorzudringen, und Brain musste einen Unterstützungstrupp hinschicken, damit sie mit ihnen fertigwurden. Rafik saß da, die Knie an die Brust gezogen und die Arme um die Beine geschlungen, und versuchte, nicht über die Möglichkeit nachzudenken, dass die Eidechsen die Oberhand gewannen. Würden sie ihn verschonen oder ihn mit Zähnen und Klauen in Stücke reißen? Auf einmal stand ihm die Eidechse vor Augen, die ihn angegriffen hatte. Stimmte es, was Pikok sagte? Rafik unterdrückte einen Schauder. Ja, vielleicht hatte die Eidechse gezögert, aber Rafik hätte nicht darauf gewettet, dass sie sich nach diesem Zögern wirklich dafür entschieden hätte, ihn unversehrt davonkommen zu lassen.

Endlich wurde der Angriff zurückgeschlagen. Später erfuhr Rafik, dass Bayne das Lazarett verlassen und sich mit in den Kampf gestürzt hatte. Am nächsten Tag wurde er ins

Keenan-Hauptquartier zurückbeordert und kehrte nicht mehr zurück. Der Zug, in dem er saß, wurde von Eidechsen angegriffen – der schlimmste Angriff, den es je auf die Langbahn gegeben hatte. Sieben Trolle wurden getötet, etliche verwundet, aber Bayne hatte es nicht erwischt.

Die Keenans schickten Ersatz für die Gefallenen. Jhan, den Rafik aus dem Gildenhaus kannte, wurde der neue Kom-Troll. Er war kaum älter als Rafik und ebenso verängstigt. Die anderen drei Neuzugänge waren Krieger, die bis vor Kurzem noch Wachdienst auf den Höfen geschoben hatten und es kaum erwarten konnten, endlich richtig loszulegen.

Einer von ihnen war Kurk. Leute umzubringen hatte aus dem grausamen, boshaften Jungen von einst einen jener Trolle gemacht, dem andere tunlichst aus dem Weg gingen. Ständig prahlte er damit, was er und seine Kumpane aufsässigen Bauern und ihren Familien angetan hatten. Rafik wunderte sich nicht im Geringsten darüber, dass Kurk von Ramm schwer begeistert war und sofort damit anfing, ihn zu imitieren. Ramm hingegen nahm Kurk schon bald unter seine Fittiche. Er bekam weit bessere Ausrüstung, als ihm eigentlich zustand, und seine Pulverrationen fielen außergewöhnlich großzügig aus.

Wenn Kurk nicht gerade damit beschäftigt war, sich mit Ramm zu verbrüdern oder im Skint-Rausch dahinzudämmern, setzte er alles daran, Rafik das Leben zur Hölle zu machen. Er nutzte seinen neuen Status als Einsatzleiter, um den Jungen mit sinnlosen Aufträgen loszuschicken, und machte sich vor allen anderen über ihn lustig. Da Ramm ihm den Code von Rafiks Kom-Knopf gegeben hatte, gab es kein Entrinnen, Kurk wusste immer genau, wo er gerade war. Besonderes Vergnügen fand er daran, Pikok zu quälen. Bei jeder sich bietenden Gelegenheit imitierte er den exzentrischen Puzzler und deckte ihn mit Beleidigungen ein. Daraufhin fing Pikok an, Rafik zu meiden, und zog sich in sein Kellergewölbe zurück. Nur selten schaffte Rafik es, Pikok allein zu erwischen, aber diese raren Momente waren zu kurz, um irgendetwas Neues über Puzzles oder Pikoks Eidechsentheorien in Erfahrung zu bringen.

Im Lauf der nächsten Tage wurden die Angriffe seltener, bis sie schließlich ganz aufhörten. Eine Woche verstrich ganz ohne Zwischenfälle, dann noch eine. Es sah aus, als hätten sich die Eidechsen zurückgezogen oder so große Verluste erlitten, dass sie aufgeben mussten. Wochenlang ließ sich kein einziges dieser Biester sehen.

Massenhaft tote Eidechsen bedeuteten auch massenhaft grünes Pulver, und das hatte zur Folge, dass die Streitereien um die gerechte Verteilung des Skints fürs Erste zum Erliegen kamen. Nach den Angriffen waren die Trolle ungewohnt leise und zahm – Kurk allerdings bildete eine Ausnahme.

Für eine kurze Zeit war es im Bienenstock fast friedlich; so friedlich jedenfalls, wie es an einem Ort, an dem sich Hunderte Trollkrieger tummelten, überhaupt nur sein konnte.

Kapitel 47

»Wer war dieser Nakamura?« Ich wäre fast weggedöst, aber Galinaks Frage ließ mich hochschrecken. Ich richtete mich auf und unterdrückte ein Gähnen, verwünschte mich selbst und fragte mich, ob ich etwas von Vinchas Geschichte verpasst hatte.

»Es wundert mich, dass du nichts über ihn weißt«, sagte mein Lehrmeister.

Ich sah mich nach ihm um. Während Vincha erzählte, hatte er sich am anderen Ende des Raums in eine dunkle Ecke gesetzt, seine Stimme kam aus dem Schatten.

»Ich gehöre zum ganz alten Eisen, Lehrmeister.« Ich konnte Galinaks Lächeln in der Dunkelheit fast *hören*. »Als das alles passiert ist, war der Großteil meines Trupps längst tot, und ich hatte das Tal verlassen, um den Fremdenführer für irgendwelche Turmfurzer zu geben, die runter ins Loch wollten, um sich mal zünftig zu prügeln.«

Lehrmeister Harim nickte. »Nakamura war eine Legende«, sagte er, »ein Außenseiter. Ein Gezeichneter, der, wenn man den Geschichten über ihn Glauben schenkt, seherische Fähigkeiten besaß. Er streifte durchs Tarakan-Tal, ohne irgendwelche Bündnisse einzugehen, ohne jemals Schutz bei den Außenposten oder den Gilden zu suchen. Nur wenige haben die Begegnung mit ihm überlebt. Tatsächlich streitet man in meiner Gilde darüber …« Er hielt inne und seufzte. »Man *stritt* in meiner Gilde darüber, ob er wirklich existiert hat oder eher eine Art Schreckgespenst war, mit dem man die Neuzugänge erschreckte und dafür sorgte, dass niemand zu weit herumstreunte.«

»Oh, Nakamura gab es wirklich.« Vincha nickte, ohne jemanden anzusehen. »Es gab ihn wirklich«, wiederholte sie, ihre Stimme klang ausdruckslos und brüchig. »Und er war genau wie in den Geschichten über ihn: ein Freak, halb Mann und halb Monster. Mit seinem kleinen Trupp hat er jahrelang da draußen überlebt, und was immer sich ihm in den Weg stellte, brachte er um. Übrigens, Galinak, war sein Name auch hier im Loch nicht unbekannt.«

Galinak scharrte mit den Füßen über den Boden und streckte sich. »Verzeihung. Offenbar habe ich mich nicht mit gebührender Aufmerksamkeit über den neuesten Klatsch und Tratsch auf dem Laufenden gehalten. Damals war nicht gerade meine ruhmreichste Zeit, ich war ziemlich hinüber. Dann erzähl doch mal, Vincha – hattest du mal was mit diesem Nakamura?«

Einige der Männer lachten leise, verstummten aber rasch, als mein Meister ins Licht trat. Er sah zu Vincha hinunter. »Ich wüsste gern, wie Ihr es angestellt habt, dass Bayne wieder zurück in die Stadt der Türme berufen wurde. Und weshalb.«

In dem darauf folgenden Schweigen hörte ich nichts bis auf meinen eigenen Herzschlag. Für eine augenscheinlich so profane Frage hatte in der Stimme meines Meisters eine unangemessene Dringlichkeit gelegen.

»Das wisst Ihr doch auch schon längst.« Vincha schüttelte langsam den Kopf.

Der Lehrmeister nickte. »Ich versuche schon lange, die Stationen Eures komplizierten Lebens sinnvoll miteinander zu verknüpfen. Aber diese Sache mit Bayne zeigt besonders deutlich, wie tief Ihr in die dramatischen Ereignisse verstrickt wart, die dann folgten.«

»Ich hatte keine andere Wahl. Dieser rostige Troll wäre sonst dort draußen gestorben.«

»Wollte Ramm ihn töten?«

»Früher oder später wäre er auf jeden Fall draufgegangen. Selbst wenn er auf eigene Faust draußen im Tal überlebt und Nakamura gefunden hätte …« Kurz hielt sie inne und zuckte mit den Schultern. »Das hätte er nicht überlebt. Nakamura hat jeden umgebracht, der ihm nicht nützlich war, und Bayne hatte ihm überhaupt nichts anzubieten.«

Mir kam ein Gedanke, und noch bevor ich genau wusste, worauf ich hinauswollte, öffnete ich den Mund. »Woher weißt du denn, was Nakamura …«

Aber mein Lehrmeister fiel mir ins Wort. »Nein, nicht jetzt«, sagte er. »Jetzt will ich erst einmal wissen, wie Ihr das mit Bayne geschafft habt.«

Im Zwielicht sah ich Vincha erneut mit den Schultern zucken. »Ich habe mich in den Keenan-Channel gehackt, mit algorithmischen Protokollen, die ich von Gronn geklaut habe, lange ehe er … ach, auch egal. Jedenfalls habe ich mich reingehackt und eine verschlüsselte Gildennachricht an Bayne ins System geschleust.«

Galinak stieß ein leises, anerkennendes Pfeifen aus. »Das ist beeindruckend. Die Hälfte der Wörter, die du gerade gesagt hast, hab ich nicht mal verstanden.«

»Ramm war derart durchgeknallt, dass er gar nicht mitbekommen hat, was ich da mache, und der neue Kom-Troll der Keenans war eine völlige Katastrophe. Ich wusste, dass Bayne längst in der Stadt sein würde, wenn sie merkten, was los war, und dann würden die Keenans die Angelegenheit untersuchen. Bis sie herausfanden, dass er nichts mit der Sache zu tun hatte, würde er sicher schon mit irgendjemandem gesprochen und um eine Versetzung oder sogar die vorzeitige Entlassung gebeten haben … Ich wusste, dass ihm noch ein paar Leute Gefallen schuldeten, er war nur zu stolz dafür, sie einzufordern.«

»Weshalb dieser ganze Aufwand, nur um ihn aus dem Außenposten wegzuschaffen?«

»Spielt das eine Rolle? Ich habe getan, was getan werden musste.«

»Also war es aus Liebe.«

Mit einem geschmeidigen Sprung war Vincha auf den Füßen. »Das geht Euch einen rostigen Scheiß an, Historiker. Ich bin weder ein Propaganda-Flugblatt noch eine lebende Wichsvorlage.«

Die Heftigkeit ihrer Reaktion war ein eindeutiges Zeichen dafür, dass mein Lehrmeister mit seiner Vermutung richtiglag.

»Wusstet Ihr, was Ihr da getan habt? Welche Entwicklungen Ihr anstoßen würdet?«, fragte er.

Bei der Frage sackte sie mit einem Mal in sich zusammen. Tat einen halben Schritt zurück und drückte sich mit dem Rücken gegen die hölzerne Wand. »Nein, das wusste ich nicht.«

Ich stand auf, als mein Lehrmeister erbarmungslos drängte: »Die plötzliche Eidechsenschwemme, die Zerstörung des Außenpostens und seine Rückeroberung, der erneute Fall der Menschheit, die immer erfolgloseren Expeditionen, die einen weiteren Gildenkrieg auslösten, die Aufstände – all die armen, unzureichend ausgebildeten Rekruten, die ins Tal entsandt und dort abgeschlachtet wurden …« Seine Worte hingen in der Luft.

Vincha schüttelte wild den Kopf. »Nein, nein, davon habe ich nichts geahnt. Ich wusste es nicht. Ich schwöre es, ich hätte nicht gedacht … Ich wollte nur dort weg. Bayne hatte recht. Ich war ein Wrack … wegen dem Skint … wegen Doro … weil ich einfach vollkommen fertig war. Und es gab keinen Ausweg …«

Ich sah, wie sie vor unseren Augen förmlich zerbrach. Weder Drohungen noch Bestechungen waren nötig gewesen. Meister Harim musste einfach nur die richtigen Fragen stellen, um ihre gesamte Verteidigung zum Einsturz zu bringen. Rost, was immer sie auch getan hatte, es war wie eine offene Wunde, die tief in ihr schwärte. Ich war nicht imstande, das große Ganze zu sehen, aber mein Lehrmeister schon, und es war offensichtlich, dass Vincha gewusst hatte, welche Folgen ihre Entscheidungen haben würden. Das Wissen darum und die Angst davor, was die Gilden mit ihr machen würden, wenn sie es herausfanden … deshalb also führte sie ein so sprunghaftes, gefährliches Leben, immer die Angst im Nacken, dass jemand in den Schatten lauern mochte, und die panische Flucht beim kleinsten Anzeichen von Schwierigkeiten. Und doch drängte ihr Geheimnis, so wie es allen Geheimnissen zu eigen ist, an die Oberfläche. Es war erstaunlich schmerzlich für mich, sie so zu sehen. Diese Frau, die mit einer solch mühelosen Präzision tötete, verwandelte sich vor meinen Augen in ein hilfloses Bündel Elend und plapperte mit zitterndem Kinn vor sich hin.

Ich war nicht allein mit meinem Unbehagen. Plötzlich war Galinak da, schob sich zwischen Vincha und Lehrmeister Harim. »Jetzt mal ganz ruhig, alter Mann«, brummte er. »Wir haben heute alle einen langen, schweren Tag hinter uns, und ich versteh zwar nicht viel von Geschichte, aber ich bin ganz sicher: Was auch immer Vincha getan hat, sie kann unmöglich für all das verantwortlich sein, was Ihr ihr gerade vorwerft.«

»Ihr missversteht mich.« Die Stimme meines Lehrmeisters war ruhig und leise, kaum mehr als ein Flüstern. »Ich bin nicht auf Genugtuung aus oder gar Rache. Ich will nur die Wahrheit wissen.«

»Warum?« Vinchas Frage klang fast wie ein Aufschrei.

»Weil wir an einem Wendepunkt stehen. Es geht nicht mehr nur darum, aus der Geschichte zu lernen, es geht darum, Geschichte zu schreiben«, antwortete Lehrmeister Harim.

»Ich wusste es nicht«, wiederholte Vincha mit zitternder Stimme.

»Aber Ihr wusstet, dass Ihr den Jungen verraten würdet.«

Vincha antwortete nicht.

»Und um Rafik zu verraten, musstet Ihr zunächst einmal sein Vertrauen gewinnen.«

Kapitel 48

»Lass ihn los.«

Beim Klang ihrer Stimme erstarrte der Troll in der Bewegung, aber er hielt den zappelnden Rafik noch immer fest, die Füße ein gutes Stück über dem Boden.

Kurk wandte langsam den Kopf und starrte Vincha an, ohne darauf zu achten, dass Rafik mit den Fäusten gegen seinen Arm trommelte. Bei ihrem Anblick entspannte er sich und lächelte. »Das hier geht dich nichts an, Weib. Das ist eine Sache unter Keenans.«

»Du lässt ihn jetzt los.« Ihre Stimme war ruhig. Und ebenso ruhig stand sie da, die Hände in die Hüften gestemmt, aber ihr rotes Haar bewegte sich, zuckte ihr schlangengleich um den Kopf – ein sicheres Zeichen dafür, dass ihr Tarakanisches Kom-Gerät aktiv und Vincha kampfbereit war.

Kurk ließ Rafik zu Boden plumpsen. »Du legst dich gerade mit dem falschen Troll an, Schlampe«, stieß er hervor.

»Ich denke, du legst dich mit der falschen Schlampe an, Troll.« Vincha kam näher. »Vielleicht verwechselst du mich ja mit einem dieser armen Bauernmädchen, die du vergewaltigen kannst, wie es dir gerade passt? So wie in den Geschichten, mit denen du in der *Grube* immer vor deinen Freunden prahlst? Mir ist nicht entgangen, wie du mich angesehen hast.« Sie neigte leicht den Kopf, nahm eine verführerische Pose ein und gurrte: »Gefällt dir, was du siehst, mein Großer? Warum kommst du nicht her und probierst deinen Charme mal an mir aus, hm?« Sie warf ihm eine Kusshand zu, aber ihr Blick war eiskalt und verhieß nichts Gutes.

Kurk schien es zu spüren, denn er zögerte. Selbst hier unter dieser Horde Trollkrieger, die sich den halben Tag Skint reinzogen, hatte Vincha einen gewissen Ruf. Er versuchte es mit einer anderen Taktik. »Wenn du dich mit mir anlegst, dann legst du dich mit den Keenans an, Vincha. Du bist nur eine Söldnerin, weiter nichts.«

Vincha sah sich um. »Tja … mein *Junge*, hier ist gerade niemand außer uns, also wäre es ein Leichtes, dich zu töten und später zu behaupten, es sei Notwehr gewesen. Ich wette, der einzige Zeuge würde zu meinen Gunsten aussagen.« Lächelnd fuhr sie sich mit der Zunge über die Lippen. »Und übrigens: Nenn mich noch einmal Schlampe, und ich schlag dir sämtliche Zähne aus und ramm dir die Faust in den Hals, und dann zwing ich dich, deine eigene Kotze vom Boden aufzulecken.«

Kurk erbleichte. Sein Blick huschte von Vincha zu Rafik, der noch immer neben ihm auf dem Boden saß und sich die schmerzenden Handgelenke massierte.

»Verlass dich drauf, Ramm wird davon erfahren«, knurrte er, wich aber langsam zurück.

Vinchas Blick folgte ihm. Als er fast schon um die Ecke war, rief sie ihm hinterher: »Richte diesem übergroßen Blechhaufen schöne Grüße von mir aus, ich komm demnächst mal auf einen kleinen Plausch vorbei. Er wird sich schon denken können, worum es geht.«

Als sie sicher war, dass Kurk nicht zurückkommen würde, stiefelte sie zu Rafik hinüber und half ihm auf die Füße. »Alles in Ordnung?« Sie lächelte ihn an, warm und herzlich.

Rafik nickte, zu beschämt, um etwas zu sagen.

»Er hätte nicht so mit dir umspringen sollen. Ich hasse solche Schlägertypen.«

Rafik zuckte mit den Schultern. »Ist meine eigene Schuld. Ich hätte nicht versuchen sollen, mich vor ihm zu verstecken.«

»Diese elende Blechbirne«, murmelte Vincha.

Ein Lächeln huschte über Rafiks Gesicht, war aber gleich darauf schon wieder verschwunden. »Ramm wird ganz schön sauer auf dich sein.«

»Mit dem verdammten Ramm komm ich schon klar. Dieser Blechklotz schuldet mir noch so einiges, da wird er sich nicht groß drum scheren, wenn ich einen seiner schwachsinnigen kleinen Trollsoldaten ein bisschen rumschubse.«

»Du fluchst viel«, befand Rafik und errötete, ohne genau zu wissen, weshalb.

Die Kom-Spezialistin lachte. »Tu ich, wie alle anderen auch, aber vermutlich ist es trotzdem nicht … besonders nett.« Sie blickte auf seine Hand hinunter. »Hey, spinne ich, oder sind deine Tätowierungen seit unserer Fahrt in der Langbahn gewachsen?«

Rafik hob die Hand vors Gesicht und drehte sie hin und her. »Japp. Als sie in meinem Heimatdorf zum ersten Mal aufgetaucht sind, waren es nur winzige Pünktchen, aber jetzt sind sie fast so groß wie die von Pikok.«

»Ach ja, Pikok. Ihr seid befreundet, oder? Hab diesen verrückten kleinen Puzzler eine ganze Weile nicht mehr gesehen.«

Traurig schüttelte Rafik den Kopf. »Ich kann ihn nicht mehr besuchen. Er hat während der Eidechsenangriffe versucht zu fliehen, und da hat der Kommandant der Beutefreunde ihn eingesperrt.«

»Tja, er muss *wirklich* durchgeknallt sein, wenn er einfach so den Eidechsen in die Arme rennt.« Vincha zuckte mit den Schultern. »Nur aus Neugier – was machst du eigentlich in diesem Winkel des Außenpostens?«

»Ich bin hergekommen, um …« Der Junge zögerte, aber dann seufzte er. »Ich bin hergekommen, um zu beten.«

Ungläubig starrte sie ihn an. »Bist du etwa religiös? Ich meine … nach allem, was sie dir bestimmt angetan haben?«

»Ich war … ich meine, ich *bin* gläubig«, verbesserte er sich, »aber ich weiß nicht, weshalb der Wiedergeborene … weshalb ich …« Frustriert stieß er die Luft aus. »Ich habe nichts Falsches getan. Ich habe jeden Tag gebetet und war ein guter Schüler, und deshalb verstehe ich nicht, weshalb der Wiedergeborene Prophet mich verflucht … gezeichnet … mich zu … zu einem von euch gemacht hat.«

»Aber du betest noch immer zu diesem Propheten.«

Rafik sah zu Boden und zog mit der Schuhspitze Kreise in den Staub. »Ja, ich bete. Manchmal.«

Vincha legte dem Jungen eine Hand auf die Schulter. »Ich komme auch hin und wieder hierher«, sagte sie leise und sah sich um. »Es ist fast ein wenig abgeschieden, man kann ganz für sich sein, und ich bete gewissermaßen auch.«

Rafik sah zu ihr hoch. »Du betest zum Wiedergeborenen Propheten?« Weder Vinchas Kleidung noch irgendetwas sonst an ihrem Aussehen oder gar ihr Benehmen erinnerten an die Frauen, die dem Propheten folgten. Eher ähnelte sie Dominique.

Vincha lachte. »Nein, an deinen Gott glaube ich nicht, und auch an keinen anderen, aber ich bin ab und zu mal gern allein. Dann kann ich besser zuhören.«

»Zuhören? Wem denn?«

Ein fast unmerkliches Zögern, dann bedeutete sie ihm, er solle ihr folgen. In einem dunklen Winkel zwischen drei hohen Gebäuden setzten sie sich auf einen Steinhaufen.

Nach kurzem Wühlen in ihren Taschen zog sie ein kurzes Kabel hervor.

»Setz dich ganz dicht neben mich. Wir nehmen einen direkteren Weg als über dein Kom. Hier, steck dir das ins Ohr.« Sie wühlte unter ihrem Haar herum und steckte sich ein Kabel in den Kopf. Schüchtern nahm Rafik das andere Kabelende entgegen.

»Na los.« Vincha lächelte ihm ermutigend zu. »Schließ es einfach an deinen Kom-Knopf an. Hier.« Sie zeigte es ihm, und Rafik tat wie geheißen und lauschte.

»Ich höre nur Rauschen«, sagte er.

»Geduld«, antwortete sie. »Ich muss es erst mal finden. Ist ziemlich winzig.« Sie kramte in ihrer Tasche, bis sie eine kleine ovale Scheibe fand, etwa so lang wie ihr kleiner Finger. Dann wühlte sie in ihrem Haar herum, bis sie die richtige Stelle fand, um die Scheibe hineinzustecken. »Dieses Baby habe ich vor fünf Jahren ganz zufällig gefunden – auf einer Tal-Expedition, kannst du dir das vorstellen? Hätte es fast übersehen. Ist nicht mehr ganz heil, aber ich hab's so halbwegs wieder hinbekommen.«

Vincha schloss die Augen, und das Geräusch veränderte sich. Eine gefühlte Ewigkeit lang hörte er nur ein fürchterliches Rauschen und ein eigenartiges Scharren, bei dem er zusammenzuckte, aber dann erfüllten plötzlich satte, wunderbare Laute seinen Kopf. Es war etwas vollkommen anderes als die Musik in Dominiques Bar. Etwas Vergleichbares hatte er noch niemals gehört. Diese Musik war vielstimmig, und jedes Instrument sang etwas anderes, aber auf geheimnisvolle Weise verwoben sie sich miteinander. Kitzelnde Schauder rannen ihm über den Rücken. Lange saßen sie schweigend nebeneinander und lauschten der Musik, bis die herrlichen Klänge schließlich mit einem letzten leisen Rauschen verstummten.

Vinchas Stimme drang an sein Ohr. »Das ist Tarakanische Musik aus der Stadt im Berg. Die Dateien waren beschädigt, aber nach allem, was ich mir zusammenreimen konnte, heißt diese Musik *Bit of En*.«

»Spiel es noch mal.«

Sie lachte. »Es gibt mehrere dieser *Bit-of-En*-Stücke. Wunderschön, oder?«

»Es ist …« Er suchte nach den richtigen Worten. »Es ist wie das Große Puzzle.«

Sie hob eine Braue. »Das was?«

»In meinen Träumen sehe ich eine Wand aus lauter Symbolen. Pikok nennt es das Große Puzzle.« Rafiks Blick ging in weite Ferne, er sah etwas ganz anderes als ihre unmittelbare Umgebung. »All die Muster in diesen Stimmen – kannst du sie hören? Und darunter liegt ein weiteres Muster verborgen, das spüre ich.«

»Ich verstehe nicht, was du meinst.« Sie schüttelte den Kopf. »Ist das irgendeine Puzzler-Geheimsprache? Verwandelst du dich etwa auch in eine Art Pikok?« Sie lachte.

»Du kannst es nicht verstehen. Du bist kein Puzzler.« Ein Anflug von Stolz lag in der Stimme des Jungen.

»Warum erklärst du es mir nicht einfach?«

Er wandte den Kopf ab. »Willst du es denn wirklich wissen?«

Sie zuckte mit den Schultern. »Na klar. Erzähl du mir doch einfach, wie es ist, Dinge zu sehen, die andere nicht sehen können, und ich erzähle dir, wie es ist, Dinge zu hören, die andere nicht hören.«

»Es interessiert eigentlich niemanden.« Seine Stimme war leise und ein wenig bitter. »Sie wollen nur, dass ich Schlösser für sie öffne, mehr nicht. Die meisten nennen mich einfach nur ›Schlüssel‹. Sie kennen nicht mal meinen Namen.«

Vincha musterte ihn eine ganze Weile. »Du bist Rafik«, sagte sie dann leise und streckte ihm die Hand entgegen. »Und ich bin Vincha.«

Er betrachtete ihre Hand. »Ich weiß. Wir haben uns im Zug kennengelernt, weißt du nicht mehr?«

»Doch, natürlich weiß ich das noch, aber jetzt möchte ich, dass wir Freunde werden. Natürlich nur, wenn du möchtest.«

Mit einem schüchternen Lächeln ergriff er ihre Hand. Sie war rau und schwielig, aber auch warm. Es war ein schönes Gefühl.

Vincha lehnte sich gegen die Wand. »So, Rafik, erzähl mir alles, was es über dich zu wissen gibt. Woher kommst du? Wie bist du an die Keenans geraten? Ich wette, das ist eine interessante Geschichte.«

Rafik zuckte mit den Schultern. »In Wirklichkeit ist es eine lange, langweilige Geschichte.«

»Ich habe Zeit.« Vincha zog einen Beutel Skint aus ihrer Tasche. »Und ich bin sicher, du hältst die Sehnsucht nach Ramm noch eine Weile aus.«

Beide kicherten leise.

»Na komm schon, Kleiner.« Spielerisch stieß sie ihn gegen die Schulter. »Erzähl mir deine langweilige Geschichte.«

Und er erzählte.

Kapitel 49

Rafik erwachte in einem Schlafsaal voller leerer Pritschen. Vor Kurzem war er in ein anderes Zimmer umgezogen, und durch den löchrigen Stofffetzen vor dem Fenster drang heller Sonnenschein. Es war fast schon Mittag, aber er war immer noch müde. Gestern Abend waren er und die anderen Keenans mit Waffen, Munition und einer Menge Energieröhren von einem Beutezug ins Tal heimgekehrt. Narona hatte die Expedition geleitet, und es war alles glattgelaufen, aber nach solchen Ausflügen brauchte Rafik immer lange, um in den Schlaf zu finden – der Keenan-Trupp war stolz auf sein inoffizielles Motto, das besagte, dass die Keenans wild kämpften und noch wilder feierten, und der Lärm hatte ihn lange wachgehalten.

Langsam erhob sich Rafik und betete, zum ersten Mal seit einer ganzen Weile.

Als er auf den Flur hinaustrat, stellte er fest, dass er hier oben ganz allein war, also ging er nach unten und hoffte darauf, sich in Ruhe waschen und frühstücken zu können, ohne Kurk über den Weg zu laufen. Rafik bekam im Vergleich zu den Trollen nur ein winziges Taschengeld, aber es reichte, um sich in der *Futtergrube* richtiges Essen zu kaufen. Und außerdem war Vincha sehr großzügig, sie lud ihn ständig ein und hatte ihm sogar einen Satz neuer Kleidung gekauft, die, wie sie es ausdrückte, dem ›Körper eines jungen Mannes‹ besser zu Gesicht standen. Er wurde immer noch rot, wenn er daran dachte.

Doch als er an der Haupthalle vorüberkam, hörte er Vinchas Stimme, und sein Herz setzte einen Schlag aus. Die Tür war nur angelehnt, und durch den Spalt drangen Gesprächsfetzen und grüner Rauch. Normalerweise vermied er es, Ramm zu nah zu kommen, vor allem, wenn er und Kurk Skint genommen hatten, aber Vinchas Anwesenheit war höchst ungewöhnlich. Er verbrachte gern Zeit mit der Kom-Spezialistin. Ihm gefielen ihre Gespräche und die Art, wie ihr rotes Haar wogte und zuckte, wenn sie ihr Kom aktivierte. Sie war knallhart, fluchte die ganze Zeit und schniefte zu viel Skint, aber sie war auch freundlich und herzlich und, ja, sie war auch schön. Und vor allem war Vincha die Quelle der wunderbaren Tarakanischen Musik, der sie manchmal stundenlang gemeinsam lauschten. Wenn Vincha dabei einschlief, hörte er weiter zu, stellte sich aber zugleich vor, er würde über sie wachen.

Rafik hatte ihr von seinem Leben im Dorf erzählt und schließlich sein ganzes Abenteuer, von Anfang bis Ende. Tatsächlich redete er richtig viel, und Vincha hörte zu. Es war, als hätte er endlich wieder einen Freund, so wie Eithan, aber diesmal war es irgendwie noch viel besser.

Rafik schlich näher zur Tür.

»Du bist mir was schuldig, Ramm. Rost, du hättest auf mich warten sollen«, sagte Vincha.

Ramms Stimme klang undeutlich. »Keiner wusste, wo du warst.«

»Rost …«

»Und wir hatten unseren eigenen Kom-Troll dabei. Wir haben dich nicht gebraucht.«

»Ja, ich hab's schon gehört. Der Bengel ist in Panik geraten, sobald die erste Eidechse aufgetaucht ist, und ihr habt wie viele Trolle verloren … drei? Ihr hättet auf mich warten sollen.«

»Du warst gerade im grünen Paradies unterwegs.«

»Verroste doch, Ramm.«

Narona mischte sich ein und versuchte, sie zu beschwichtigen. »Jetzt lässt es sich nicht mehr ändern. Du sagtest, du hättest ein Angebot für uns, Vincha, lass uns darüber reden.«

Rafik drückte sich eng an den Türspalt und spähte hindurch, bis er Vincha entdeckte, die vor Ramm und den Leutnants des Keenan-Trupps stand. Das Haar wirbelte ihr um den Kopf, als flatterte es im Wind. Er wusste, dass es an den Tarakanischen Modifikationen in ihrem Kopf lag, aber es wirkte dennoch gespenstisch.

»Es geht um einen Bunker, unberührt, er liegt tief im südöstlichen Sektor. Der Knoten kann nur zweimal im Jahr geöffnet werden.«

»Woher weißt du davon?«, fragte Ramm misstrauisch.

»Ich habe Visionen, wenn ich schlafe. Du weißt, dass meine Informationen verlässlich sind, Ramm, mehr musst du nicht wissen.«

»Von dem Eidechsennest mit mindestens hundert von diesen Biestern hattest du uns neulich aber nichts gesagt.«

»Wenn ihr mich mitgenommen hättet, dann hättet ihr mit denen auch gar nicht erst zu tun bekommen, Ramm, aber du liebst ja deine Trolljungs, die gerade erst frisch vom Hof …«

Kurk knurrte: »Halt's Maul, Schlampe, du hast doch …«

»Okay, das reicht jetzt«, würgte Narona ihn gereizt ab. Es wurde still. »Wo genau im südöstlichen Sektor, sagtest du, liegt dieser Bunker?«

»O nein, vergiss es … den Fehler hab ich schon mal gemacht, und ihr seid ohne mich los. Diesmal halte ich die Klappe, bis wir da sind.«

»Wann ist der verdammte Knoten so weit?« Ramms Stimme klang eigenartig gedämpft, und Rafik begriff, dass der Kommandant das Visier seines Helms nach unten geklappt hatte.

»In drei Tagen.«

»Und warum verschwendest du dann meine Zeit? Wir können sowieso nicht hin. Brain hat wegen der Sandstürme die Tore verschlossen, und wir können frühestens in einer Woche wieder nach draußen. Alles verrammelt, da kommt keiner raus, nicht mal für eine Privatexpedition.«

»Ich weiß, wie wir rauskommen«, sagte Vincha. »Und auch wieder rein.«

»Wie?«

»Die unterirdischen Tunnel.«

»Fick dich, Vincha.«

»Ich kenne einen Weg nach draußen«, beharrte sie.

»Ich habe gesagt, fick dich.« Ramm verlor die Geduld.

Wieder ergriff Narona das Wort. »Niemand weiß, wie man rauskommt«, sagte sie. »Nicht mal Brain. Diese Tunnel sind viele Kilometer lang, und die Hälfte von ihnen ist längst eingestürzt. Wir haben dort unten viele gute Trolle verloren.«

»Ich kenne den Weg nach draußen, und ich sorge dafür, dass Fahrzeuge auf uns warten. Wenn wir draußen sind, sage ich euch, wo wir langfahren müssen, und euer Puzzler kann das Schloss knacken.«

»Das könnte auch eine Falle sein.« Rafik erkannte Kurks behäbige Stimme. »Ich habe mich mit ein paar Leuten unterhalten, gibt da so ein paar Gerüchte. Im Sektor zwei sind letzten Monat zwei Trupps verschwunden. Alle sagen, es war Nakamura. Er soll Brain über Funk gedroht haben, dass alle Trupps ausgelöscht werden, die sich dort sehen lassen. Deshalb sind auch die Patrouillen in Sektor zwei gestrichen worden.«

Vincha lachte. »Ramm, bist du in letzter Zeit etwa weich geworden? Du hältst dir jetzt ein Haustier? Dann schaff dir aber doch mal irgendwas Schlaueres an, vielleicht eine Ratte oder so, der kannst du wenigstens ein paar Tricks beibringen.«

Ein Stuhl krachte zu Boden, und als Kurk wieder sprach, klang es, als wäre er aufgesprungen. »Diese Schlampe könnte für ihn arbeiten. Und uns in die Falle locken.«

Wieder lachte Vincha auf. »Echt jetzt? Was tut dieser Bengel überhaupt hier?«

»Er ist hier, weil ich es so will«, antwortete Ramm.

»Ich sag dir jetzt mal was. Ich bin hergekommen, um dich darüber zu informieren, dass ich weiß, wie du an eine ganze Menge leicht verdiente Beute kommst. In diesem Sektor gibt es nur deshalb keine regelmäßigen Patrouillen mehr, weil er weitab vom Schuss liegt und es dort nicht genug bekannte Knoten gibt, um den weiten Weg zu rechtfertigen. Er liegt weit von der Stadt im Berg entfernt, also ist die Wahrscheinlichkeit, dort auf Eidechsen zu stoßen, sehr gering. Ich präsentier dir die Beute auf dem Silbertablett, aber du lässt dich lieber von Geschichten über irgendein Schreckgespenst ins Bockshorn jagen? Ramm, dieser Knoten ist eine Gelegenheit, ganz locker an ein Vermögen zu kommen.«

»Locker, ja?« Ramm lachte.

»So locker wie die Kabel in deinem Hirn«, entgegnete Vincha.

Da hörte er schlagartig auf zu lachen, aber ehe er antworten konnte, sagte Vincha: »Wir brauchen euren Puzzler, mich und maximal vier Keenans. Mehr würden zu viel

Platz wegnehmen, den wir auf dem Rückweg für den Transport der Beute brauchen. Halbe-halbe, und ich suche einen meiner Anteile als Erste aus.«

»Vergiss es, Vincha. Siebzig zu dreißig, und wir suchen zuerst aus.«

»Ich könnte auch zu einer anderen Gilde gehen oder es allein durchziehen.«

Ramm lachte. »Hältst du mich für einen Idioten? Die anderen Gilden trauen sich nicht, auf Brains Ausgangssperre zu scheißen, und du brauchst unseren Puzzler. Ohne ihn stehst du mit dem Finger im Arsch vor dem Bunker rum. Und du brauchst uns auch als Schutz, mir völlig egal, was du über den Sektor sagst. Wenn die Eidechsen kommen, oder auch Nakamura …« Er imitierte das Klicken einer Waffe, die durchgeladen wurde.

»Sechzig zu vierzig, ich suche zwei Anteile zuerst aus.«

»Siebzig dreißig, du suchst einen Anteil als Erste aus, und das ist mein letztes Angebot.«

»Fick dich, Ramm.«

»Stell dich hinten an, wenn du willst, aber ich steh nicht auf Rothaarige.«

»Das ist der reinste Diebstahl.«

»Nein, das nennt sich Geschäftemachen. Deal?«

»Ich könnte zu einer anderen …«

»Nein, kannst du nicht. Sabarra wird nicht mehr mit dir zusammenarbeiten, nachdem du sie beim letzten Mal so in die Scheiße geritten hast. Und wie viele andere Trupps kennst du, die ihren eigenen Puzzler haben und sich nicht um Brains Ausgangssperre scheren? Ich meine, klar, wenn du es richtig billig magst … die Beutefreunde leihen dir sicher gern ihren Pi-Pi-Pikok aus.«

Im Hintergrund kicherte Kurk leise.

»Außerdem«, fuhr Ramm verschlagen fort, »weiß ich

von deinen Schulden. Du ballerst dir in letzter Zeit ganz schön viel Grün rein. Du bist eine verzweifelte kleine Kom-Schlampe, Vincha, und das bedeutet, du bist *meine* Kom-Schlampe. Siebzig dreißig, und die beiden ersten Anteile suche ich aus, einfach nur weil ich es dir lang und breit erklären musste. Deal?«

Vincha hielt lange den Atem an, ehe sie schnaubend ausatmete. »Ich hoffe, du verrostest ganz langsam, Ramm. Ja, Deal. Sorg dafür, dass du bereit bist, wenn ich Bescheid gebe. Und kein Wort darüber zu absolut niemandem.«

Als Vincha herumfuhr und auf die Tür zumarschierte, ging Rafik hastig hinter einer kaputten Kiste in Deckung. Eigentlich hätte sie ihn sehen müssen, aber sie rauschte so wütend an ihm vorbei, dass sie ihn nicht bemerkte. Die Tür zum Hauptraum blieb offen.

»Es könnte eine Falle sein«, wiederholte Kurk. »Ich trau der Schlampe nicht.«

»Sie hat sich gerade auf einen echt schlechten Deal eingelassen«, sagte Narona. »Wenn es stimmt, was sie sagt, dann hätte sie eigentlich auf ihre fünfzig Prozent und mehrere erste Anteile bestehen müssen.«

»Sie ist verzweifelt«, sagte Ramm. »Sie hat eine Menge Schulden, das weiß ich, und es gibt da ein paar Trolle, die eine Menge Druck auf sie ausüben. Hast du gesehen, wie sie meine Vorräte angeglotzt hat? Ihr ist das Skint ausgegangen, trotz der guten Preise gerade. Ich hab ihr einen miesen Deal angeboten, und sie hat's geschluckt.«

»Das ist wirklich wahr, Kommandant«, sagte Kurk.

»Trotzdem, nur zur Sicherheit: Blast ihr beim kleinsten Anzeichen von Ärger den Schädel weg.«

Kapitel 50

Rafik nahm sich vor, Vincha von dem belauschten Gespräch zu erzählen und sie zu warnen, aber dazu bekam er keine Gelegenheit mehr. Wie vor jeder Mission verbot ihm Ramm, das Hauptquartier zu verlassen. Schlimmer noch: Er wies Kurk an, ihn im Auge zu behalten.

Die Zeit verstrich quälend langsam. Rafik träumte mit offenen Augen vom Großen Puzzle und machte sich Sorgen um Vincha. Er wusste, dass sie ein Skint-Problem hatte, aber sie sagte immer, sie nähme es nur gegen die Kopfschmerzen, die sie von den Implantaten bekam. Er hoffte, dass Ramm sich irrte und sie in Wirklichkeit keine Schulden hatte. Und aus irgendeinem Grund, über den er lieber nicht zu genau nachdachte, hoffte er, dass sie nicht wirklich mit jedem ins Bett ging.

Wenn er mit der Symbolwand herumspielte, ging es ihm ein bisschen besser. Seit er im Puzzle-Gefängnis beinahe gestorben war, war er in der Lage, eine ganz neue Bewusstseinsebene zu betreten; und dann stand er direkt vor der Wand und manipulierte Hunderte Symbole zugleich. Inzwischen funktionierte das ganz intuitiv, es kostete ihn weder Konzentration noch Mühe, so wie Laufen oder Atmen, und er konnte währenddessen sogar über etwas anderes nachdenken. Über Vincha zum Beispiel. Allerdings hatte er danach manchmal Kopfschmerzen.

Es schien eine Ewigkeit zu dauern, bis man Rafik schließlich zur *Futtergrube* brachte, wo sie mit Vincha verabredet waren. Narona und zwei andere Trolle, die Brüder Deesha und Goll, saßen bereits am Tisch, und Rafik musste sich zwischen die gewaltigen Leiber von Ramm und Kurk quetschen.

»Sie ist spät dran«, sagte Narona.

»Ich sag euch, die kommt nicht«, zischte Kurk. »Vielleicht legt sie gerade irgendwen für 'ne Unze Skint flach. Nie im Leben hat sie die Wahrheit gesagt wegen diesem geheimen …«

»Halt dein verdammtes Maul«, blaffte Ramm. Weil niemand den Außenposten verlassen durfte, war die Bar gestopft voll, der Lärm ohrenbetäubend. Trotzdem wandten sich ein paar Trolle zu ihnen um. Ramm starrte sie finster an, bis sie sich wieder um ihre eigenen Angelegenheiten kümmerten.

»Versucht, keine Aufmerksamkeit auf uns zu lenken«, warnte Narona. »Das Letzte, was wir gebrauchen können, wäre Brain, der …«

»Sag mir nicht, was ich zu tun habe.« Ramms gewaltige metallene Hand lag auf dem Tisch, jetzt ballte er sie zur Faust. Narona verzog das Gesicht, verstummte aber und nippte an ihrem Drink.

Eins der Schankmädchen kam zu ihnen, in einer Hand ein großes Tablett mit Drinks. Jetzt war es Narona, die lospolterte: »Wir brauchen nichts. Zisch ab.«

Statt zu gehen, stellte das Schankmädchen vorsichtig einen kleinen Metallkasten auf den Tisch. »Das schickt euch Vincha.«

»Was? Soll das ein Witz sein?« Kurk runzelte die Stirn, aber das Mädchen war schon wieder fort.

Ramm griff nach dem Kästchen. In seiner riesigen Hand sah es kleiner aus, als es war.

»Das ist eine Falle, ich sag's euch«, fing Kurk wieder an.

»Jetzt reiß dich mal zusammen, Kurk. Es ist keine Falle«, erwiderte Narona.

Ramm versuchte den Kasten zu öffnen, aber so stark er auch war, es tat sich rein gar nichts.

»Das ist ein Puzzle-Kasten«, sagte Rafik. »Da sind Löcher für die Finger, siehst du?«

Ramm knallte das Kästchen vor ihm auf den Tisch. »Dann mach's auf, los.«

Rafik zog das Kästchen zu sich heran. Es war überraschend leicht. Er inspizierte es genauer. Die drei Löcher waren geschickt verborgen, aber er hatte sie trotzdem sofort bemerkt. Als er sie untersuchte, wurden sie größer. Sie schienen ihn regelrecht anzuziehen. Schon bald füllten sie sein gesamtes Sichtfeld aus. Er sah zu, wie sich seine winzigen Finger den mittlerweile riesigen Löchern entgegenstreckten, und dann fiel er ins Bodenlose.

Das Puzzle wartete bereits auf ihn. Es war so leicht, dass er richtig enttäuscht war – es gab nur einen einzigen kurzen Symbolstrang, den es zu ordnen galt, und er war im Handumdrehen fertig. Das Schloss öffnete sich mit einem Klicken, und er wollte gerade die Finger wieder herausziehen, da sah er aus dem Augenwinkel ein seltsames Symbol aufblitzen, das er noch nie zuvor gesehen hatte. Er wandte den Kopf und streckte sich danach, und es sprang von der Wand und landete direkt vor ihm. Ohne nachzudenken, trat er darauf, und die Symbolwand veränderte sich. Plötzlich gewann sie Tiefe. Hinter der ursprünglichen Wand tauchten kaum sichtbar weitere Lagen auf. Rasch fand er das erste Muster, und einige Symbole verwandelten sich in kompakt wirkende Blöcke. Er schritt über sie hinweg, erst einen, dann den nächsten, schließlich durch die Symbolwand hindurch auf die andere Seite, wo er eine Tür fand.

Rafik öffnete sie und trat in einen Raum mit soliden grünen Wänden. Und sobald er die Tür hinter sich geschlossen hatte, erschien mitten im Raum ein Bild.

»Vincha …«

»Wir haben nicht viel Zeit.« Sie sah Rafik nicht an. »Ich bin froh, dass du mich gefunden hast. Das hier war der sicherste Weg, dir eine Nachricht zukommen zu lassen.«

Am liebsten hätte Rafik gefragt, wie sie es geschafft hatte, in das Puzzle hineinzukommen, um ihre Nachricht dahinter zu verstecken, aber ihm war klar, dass er nur ein Bild vor sich sah, eine gespeicherte Nachricht, nicht die echte Vincha. Was auch bedeutete, dass er sie nicht vor Ramm warnen konnte.

»Ich weiß, dass du hier nicht glücklich bist«, sagte Vinchas Abbild. »Du leidest darunter, dass man dich nur als nützliches Objekt sieht. Ich weiß, dass du in der Falle steckst, für die anderen ein Sklave bist, nichts weiter als ein Schlüssel …« Sie schüttelte den Kopf. »Es gibt einen Weg hier raus. Für uns beide. Ich bitte dich nur darum, mir zu vertrauen. Ich will für uns beide das Beste, und das werde ich dir mithilfe dieser Nachricht zeigen. Nimm das, was du in dem Kästchen findest, verlass die Bar, geh dreimal nach links und dann zwei Ebenen nach unten. Folge dem rechten Korridor bis zur fünften Abzweigung auf der linken Seite. Direkt davor befindet sich ein großer Fleck an der Wand, halte danach Ausschau. Geh die Treppen hoch, und wenn du ganz oben bist, dann leg das, was du in dem Kästchen gefunden hast, auf den Boden. Und du musst dich beeilen, lauf sofort los.«

Sobald das letzte Wort verklang, verschwand der Raum, und Rafik saß wieder am Tisch.

»Hast dir ganz schön Zeit gelassen. Ich dachte schon, ich roste hier fest«, sagte Kurk.

»Schwieriges Schloss«, sagte Rafik und hoffte, dass seine Stimme ganz normal klang, aber er sah Kurk dabei nicht an.

»Oder vielleicht bist du doch kein so guter Schlüssel.«

Ramm schnappte sich das Kästchen und öffnete es. »Was hat die Schlampe vor?« Er nahm einen rosa Gummiball heraus. »Wenn die uns verarscht, blas ich ihr den Kopf weg.«

»Ich weiß, was das ist. Wir müssen los«, sagte Rafik.

»Wie jetzt? Was soll das denn heißen?« Misstrauisch starrte Ramm mit seinem organischen Auge auf den Jungen herab.

Rafik zögerte. Ein Teil von ihm wollte Ramm warnen, um dem Keenan-Kommandanten seine Loyalität zu beweisen, zu zeigen, dass er zum Team gehörte, und sich sein Vertrauen und seinen Respekt zu verdienen. Dann würde Ramm Vincha ganz sicher töten, aber Rafik war klar, dass er gerade im Begriff war, die Keenans in etwas hineinzulocken, das sie nicht erwarteten. Kurk hatte recht – es war wirklich eine Falle.

»Das Puzzle hat es mir gesagt. Wir müssen sofort los, sonst wird alles abgeblasen.«

»Wir haben noch nicht mal unsere ganze Ausrüstung dabei«, protestierte Kurk. »Wir sollten wenigstens kurz ins Hauptquartier zurückgehen und sie holen.«

Ramm wirkte unentschlossen.

»Ihr habt eure Waffen, oder?« Rafik deutete mit einem Nicken auf Kurks Strahlengewehr, dann zeigte er auf sich selbst. »Und ihr habt euren Puzzler. Wir müssen uns beeilen. Wir müssen jetzt los.« Er stand auf. »Folgt mir«, sagte er und ging los, ohne einen Blick zurückzuwerfen.

Im nächsten Moment hörte er, wie sie sich ebenfalls erhoben und sich hinter ihm durch die Menge drängten. Er bekam eine Gänsehaut bei der Vorstellung, dass Ramm ihn jede Sekunde an der Schulter packen würde, aber nichts geschah. Schweigend folgten sie Rafik. Den ganzen Weg entlang.

»Was jetzt?«, fragte Narona, als Rafik stehen blieb.

»Gib mir den Ball.« Rafik streckte die Hand aus, und Ramm legte den Gummiball hinein. Er war überraschend schwer und kühl.

Rafik legte den Ball auf den Boden. Eine Weile geschah nichts, aber dann leuchtete er auf und rollte los. Langsam zuerst, aber er wurde rasch schneller.

Sie folgten ihm. »Rost«, fluchte Kurk. Der Ball rollte auf eine Treppe zu und hüpfte hinunter, bei jeder Stufe prallte er deutlich vernehmbar auf.

Als sie gerade am Fuß der Treppe angelangt waren, schrillte eine Alarmsirene.

Sie erstarrten und sahen einander an. Aber der Ball rollte weiter.

»Eidechsen«, sagte Narona.

»Der Ball«, sagte Rafik. »Wir müssen hinterher.«

»Wir sollten zurückgehen und uns verteidigen.« Kurk drehte um und wollte die Treppe wieder hinauflaufen.

»Wir gehen weiter«, befahl Ramm.

»Brain wird uns suchen«, stammelte Kurk.

Ramm versetzte ihm einen Schlag gegen den Hinterkopf, so hart, dass der jüngere Troll gegen die Wand krachte. »Scheiß auf Brain. Hier sind genug Trolle, um ein paar verdammte Eidechsen abzuknallen. Halt den Mund und tu, was ich dir sage.«

Danach sagte keiner mehr ein Wort.

Sie folgten dem Ball, und zuerst wirkten die Korridore, durch die er sie führte, vertraut, dann ein wenig seltsam und schließlich vollkommen fremdartig. Es war dunkel. Die einzigen Lichtquellen weit und breit waren der Lichtkegel von Naronas Lampe und der leuchtende Ball. Die Luft roch muffig und abgestanden und erschwerte ihnen das Atmen, und ringsum herrschte tiefe Stille. Die Trolle hielten die schussbereiten Waffen in den Händen und sahen sich wachsam um, aber es stellte sich ihnen nichts in den Weg.

Sie liefen lange durch die Dunkelheit, ehe sich endlich der Gang zu einer Halle verbreiterte. Ein Dutzend Tarakanischer Türen säumte die Wände. Sie waren alle verschlossen, bis auf eine, durch die der Ball hindurchrollte. Die Trolle wechselten bedeutungsvolle Blicke. Rafik begriff, dass sie vorhatten, später noch einmal zurückzukommen und sich alles genauer anzusehen.

Noch mehr Gänge. Dann prallte der Ball gegen eine verschlossene Tür, es wirkte fast ungeduldig. Sie traten näher, und die Tür schob sich in die Wand. Dahinter lag eine kleine Kammer, so hell erleuchtet, dass sie geblendet die Augen schlossen. Zufrieden rollte der Ball hinein. Sie folgten ihm, und sobald sie alle hineingegangen waren, glitt die Tür hinter ihnen wieder zu und schloss sie ein.

»Rost«, fluchte Kurk.

»Reg dich ab. Bei Bukras Eiern, was bist du nervös.« Narona entdeckte eine längliche Energieröhre auf dem Boden und hob sie auf. »Vollgeladen«, stellte sie fest.

»Da ist eine Buchse dafür, sieh mal.« Rafik deutete auf die runde Aussparung in einem Wandpanel.

Sobald Narona die Energieröhre in die Wand geschoben hatte, setzte sich der Raum in Bewegung. Seitwärts, so wie die Langbahn. Er beschleunigte so sachte, dass sie problemlos das Gleichgewicht halten konnten, aber Rafiks Herzschlag wurde spürbar schneller.

»Ich bring diese Kom-Schlampe um«, knurrte Ramm, während sie Fahrt aufnahmen.

Nach einer Weile wurde der Raum wieder langsamer.

»Macht euch bereit, Keenans.« Ramm hob die schwere

Kanone. Die Trolle schoben Rafik hinter sich, und ein bemerkenswertes Waffenarsenal richtete sich auf die Tür. Sie glitt auf, und dahinter stand Vincha und lächelte sie an.

»Ist ein herzlicher Empfang nicht was Schönes?«, fragte sie und breitete die Arme aus. »Zieht die Energieröhre wieder raus, sonst wird es ein langer Rückweg.«

Sie traten hinaus in einen dunklen, deutlich größeren Raum. »Rost, Vincha, du kannst froh sein, dass ich dich nicht erschossen habe«, brummte Ramm, aber er wirkte erleichtert.

»Entspann dich«, sagte Vincha. »Du brauchst mich immer noch, um an die Beute zu kommen.« Sie streckte die Hand aus und sah Rafik an. »Kann ich jetzt meinen Ball wiederhaben?«

In ihren Augen stand eine ganz andere Frage. Rafik händigte ihr den Ball aus und nickte unmerklich. Ihr Lächeln wurde breiter.

»Ein nettes kleines leuchtendes Ei hast du da«, sagte Kurk giftig. Er hielt als Einziger noch immer die Pistole auf Vincha gerichtet. »Ich frag mich, wo du es wohl herhast.«

»Ich hab zwei davon. Ich hab sie einem echt nervigen Troll abgeschnitten. Aber keine Sorge – deine sind zu klein, mit denen könnte ich eh nichts anfangen.«

Alle bis auf Kurk lachten. Der junge Troll sah aus, als würde er jede Sekunde den Abzug durchziehen.

»Ruf dein Haustier zur Ordnung und kommt alle mit«, sagte Vincha zu Ramm. Sie marschierte los, und sie folgten ihr.

Kapitel 51

Vincha bewegte sich mit einer Sicherheit durch die Tunnel, die den anderen nicht entging.

»Warst schon oft hier, richtig?«, merkte Kurk an, während sie gerade eine weitere Treppe emporstiegen.

»Ich bin eben immer auf der Suche nach abgelegenen Orten, an denen man deinen Gestank nicht riecht«, sagte Vincha.

»Du Sch…«

»Schluss jetzt, ihr zwei«, brüllte Narona.

»Ist aber schon was dran an dem, was er da sagt«, murmelte Goll, der größere der beiden Brüder.

Vincha sah ihn an. »Das Gute daran, eine Freie zu sein, ist, dass ich nicht jedem rostigen Troll Rechenschaft darüber ablegen muss, wo ich hingehe und was ich mache.«

»Ich wette, Brain würde nur allzu gern erfahren, dass es einen geheimen Weg nach draußen gibt.« Ramm machte sich nicht die Mühe, seine Drohung zu verschleiern.

Rafik sah, wie Vincha schmunzelte. »Was meinst du denn, wer mir den Weg gezeigt hat? Darüber denk mal scharf nach, Ramm.«

Sie gelangten in eine große Halle, die an einer Seite offen stand. Die Sonne gleißte hell herein. Im Schatten parkte ein sechsrädriger offener Sandflitzer, daneben stand eine große Holzkiste.

Goll keuchte auf. »Wie zum Teufel hast du denn den Flitzer hierhergeschafft?«

»Ich habe ihn hergefahren.« Vincha öffnete die Kiste und holte Ausrüstung heraus. »Und das hier habe ich auch hergebracht – Scheinwerfer, Energiezellen, Koms, Ladegeräte …«

»Die hier sind ja wie neu.« Deesha hatte zwei Blaster entdeckt und wog sie prüfend in den Händen. Seine Stimme klang ehrfürchtig.

»Nur damit keine Missverständnisse aufkommen: Die Ausrüstung will ich danach wieder zurückhaben.« Vincha beugte sich zu Rafik hinunter. »Das hier ist für dich«, sagte sie und legte ihm einen Metallreif um den Kopf. »Damit kannst du …«

Ramm packte sie am Arm und schleuderte sie mit solcher Gewalt beiseite, dass sie durch die Luft flog und krachend auf dem Rücken landete. Sofort sprang sie wieder auf, die Pistole in der Hand. »Was ist dein verdammtes …«

Ramm hatte seine Kanone lässig in der Hand. »Du fasst den Puzzler nicht an«, sagte er. »Und du redest auch nicht mit ihm. Rost, lass dich nicht mal von mir dabei erwischen, wie du auch nur in seine Richtung glotzt. Nächstes Mal breche ich deine Hand in drei Teile und nehme eins davon als Souvenir mit.«

Angespanntes Schweigen. Vincha musste sich sichtlich dazu zwingen, ruhig zu bleiben. »Na schön«, sagte sie schließlich und steckte die Pistole weg. »Aber nächstes Mal könntest du mich auch einfach nett darum bitten, statt mir gleich den Arm abzureißen.«

»Ich bitte nicht. Und ich bin der Einzige, der mit meinem Schlüssel redet.« Ramm zerrte ein anderes Kom-Headset aus seinem Rucksack und drückte Rafik den Stecker so fest ins Ohr, dass der Junge vor Schmerz aufjaulte.

»Sei kein Baby«, sagte Ramm und starrte ihn wütend an. »Als ich so alt war wie du, bin ich schon dreimal angeschossen worden. Werde erwachsen.«

Kurk war der Einzige, der lachte.

»Macht euch fertig und steigt ein«, sagte Ramm. »O nein, das tust du nicht«, blaffte er dann Vincha an, die auf der Fahrerseite einsteigen wollte. »Goll fährt.«

Vincha hob die Hände. »Mir egal, Ramm. Solange wir heil dort ankommen.«

Ramm zog ein bisschen Skint durch die Nase, dann ließ er den Beutel rumgehen. Vincha lehnte ab, aber Ramm bestand darauf. »Los jetzt«, sagte er. »Ich will, dass du auf unserem Ausflug schön locker und entspannt bist.«

Sie nahm etwas Pulver aus dem Beutel und sog es tief in beide Nasenlöcher. Ihre Augen wurden ein wenig glasig, dann wirkte sie wieder ganz normal. Sie sprang hinten auf den Flitzer, und Rafik wurde auf den Rücksitz gescheucht.

Sie fuhren los. Vincha saß neben Goll. Kurk stand hinten und hielt die Waffe im Anschlag, schwenkte sie hin und her und feuerte sogar gelegentlich auf irgendwelche Gebäude, an denen sie vorbeikamen, bis Ramm ihm befahl, damit aufzuhören.

Sie alle trugen Schutzbrillen, die Luft war voll Staub und Sand.

»Mach ein bisschen Musik an«, schrie Rafik gegen den Fahrtwind an.

»Jepp, am besten diese Trommelscheiße, da steh ich drauf!« Auch Goll musste brüllen, damit man ihn über dem Motorenlärm verstand.

Vincha nickte, und ihr rotes Haar zuckte und wogte. Musik erfüllte Rafiks Ohren. Nicht solche, wie er sie gemeinsam mit Vincha hörte, sondern die Sorte, wie sie in der *Grube* gespielt wurde, sehr viel schlichter mit ihren sich ständig wiederholenden Mustern, aber trotzdem kraftvoll. Sie weckte in ihm den Drang, sich zu ihrem Rhythmus zu wiegen, so wie er es bei den Trollen in der *Grube* gesehen hatte. Die anderen nickten im Takt und klopften auf ihre Waffen. Nicht zum ersten Mal dachte er, dass die Tarkanier wirklich eigenartige Geschöpfe gewesen sein mussten.

Es war eine lange Fahrt. Bis auf gelegentliche kleine Wirbelstürme, die Sand umherschleuderten, rührte sich weit und breit nichts. Die Gebäude ringsum waren hoch und breit, um die zehn Stockwerke hoch, aus Tarakanischem Stahl und weitestgehend intakt. Sie standen weiter voneinander entfernt als in den Teilen des Tals, die Rafik bisher gesehen hatte. Vielleicht hatten sich in den Zwischenräumen früher Gärten oder Parks befunden, so wie Rafik es in der Stadt der Türme gesehen hatte, aber auch hier gab es wie im gesamten restlichen Teil weder Bäume noch andere Pflanzen, und gelblicher pudriger Sand bedeckte den Boden. Rafik versuchte sich vorzustellen, dass in diesen riesigen Gebäuden Menschen lebten und ihren alltäglichen Verrichtungen nachgingen. Seine Gedanken wanderten zu seinem Heimatdorf. Er sah seine Mutter und seinen Vater, Fahid, seine Schwestern und Eithan vor sich. Es kam ihm vor, als wäre es lange her, dass er zuletzt an sie gedacht hatte. Er fragte sich, ob er sie je wiedersehen würde, und schloss Frieden mit dem Gedanken, dass die Antwort vermutlich Nein lautete.

Ihm geriet Staub unter die Schutzbrille. Er drehte sich um und begegnete Vinchas Blick. Sie nickte ihm ganz leicht zu. Rafik fragte sich, was sie vorhaben mochte. Auch Kurk starrte ihn an, sein Blick war hasserfüllt. Es würde nicht mehr lange dauern, bis Blut floss, und Rafik wusste, dass er sich für eine Seite entscheiden musste. Sich auf Vinchas Seite zu schlagen würde bedeuten, sein Leben zu riskieren.

Aber bei den Keenans zu bleiben hieß, den Rest seines Lebens als Bauer auf einem Schachbrett zuzubringen. Niemals mehr zu sein als ein Schlüssel. Er dachte an Pikok, der in fieberhaftem Wahn Symbole in jede Oberfläche ritzte, die ihm unterkam. Würde er ebenfalls so enden?

Die Musik dröhnte ihm in den Ohren, während sie auf die immer tiefer sinkende Sonne zuhielten. Alle saßen zurückgelehnt in ihren Sitzen. Schon bald würde die Nacht hereinbrechen, die Scheinwerfer des Flitzers waren bereits eingeschaltet.

Auf einem großen, leeren Platz gab Vincha das Zeichen zum Halt. Sie sprang aus dem Flitzer, warf einen Blick auf etwas, das sie ums Handgelenk geschnallt hatte, und ging los. Goll richtete einen Scheinwerfer auf ihren Rücken, und Rafik sah, wie Kurk sich anders hinsetzte, sodass er der davongehenden Kom-Spezialistin bequem in den Rücken schießen konnte.

Vincha blieb stehen, hakte einen kleinen tragbaren Bildschirm von ihrem Gürtel und tippte darauf herum.

Kurk stand auf und richtete das Strahlengewehr auf sie. »Was macht …«

»Halt dein Rostmaul und setz dich hin«, wies Narona ihn scharf zurecht, »und rede nicht, ehe dich jemand etwas fr…« Verblüfft verstummte sie, als unvermittelt überall ringsum weiße und grüne Lichtstrahlen zum Himmel emporschossen.

Vincha machte kehrt und kam lächelnd wieder zum Sandflitzer zurückgeschlendert. Hinter ihr geriet der Erdboden in Bewegung.

»Das ist …« Goll schüttelte den Kopf.

»… verdammt beeindruckend«, vollendete Vincha seinen Satz und sprang wieder in den Flitzer »Seht euch nur dieses Tarakanische Metall an – kein einziger Kratzer, keine Spur von Rost. Da fragt man sich doch, wie es sein kann, dass sie den Krieg verloren haben, hm?«

Als der Bunker schließlich zum Stillstand kam, ragte er fünf Stockwerke hoch über dem Flitzer auf. Vor ihnen befand sich die größte Doppeltür, die Rafik je gesehen hatte.

Ramm sah Rafik an. »An die Arbeit mit dir, Schlüssel.«

»Oh, das ist nicht das Schloss«, sagte Vincha, und im selben Augenblick glitten die Doppeltüren in die Wand. »Das ist nur der Eingang. Stellt euch nur vor, was erst da drinnen auf uns wartet.«

Die Keenans johlten vor Begeisterung. Vincha schaltete die Musik aus und sagte Goll, er solle in den Bunker fahren. Plötzlich war die Welt ganz still.

Sobald der Flitzer in den Bunker rollte, wurde es drinnen taghell. »Seht nur«, sagte Deesha. »Das sieht aus wie eine Ladestation für Fahrzeuge. Bei Bukras Eiern, das ist ja unglaublich hier.«

»Würde mich nicht wundern, wenn wir hier einen Supertruck finden«, sagte Goll.

Die breite Straße im Innern des Bunkers führte in einer weiten Spirale abwärts, und sie durchquerten drei große, aber leere Stockwerke, ehe Vincha Goll anwies anzuhalten. Ehrfürchtig und zugleich misstrauisch sahen sie sich um. Nur Vincha wirkte ganz gelassen. Sie ging voran zu einer breiten Treppe. Wo sie entlangliefen, flammten Lampen auf, und wenn sie vorbeigegangen waren, wurde es wieder dunkel.

Gleich darauf erreichten sie die erste Tür mit einem Puzzle-Schloss. Es überraschte Rafik, wie leicht er das Muster fand – es dauerte nur wenige Sekunden –, aber hinter der Tür lagen weitere Gänge und Schlösser. Das zweite war schon anspruchsvoller. Gerade als Rafik den letzten Symbolstrang gefunden hatte, beschlich ihn ein eigenartiges Gefühl, und er sah sich um. Kurz war ihm zumute, als würden die Symbole nicht eine Wand vor ihm bilden, sondern ihn umzingeln. Rasch vollendete er das Muster mit dem letzten Strang und kehrte zurück, so plötzlich, dass die anderen erschraken.

»Was ist los, Schlüsseljunge?«, wollte Kurk wissen.

»Nichts.«

Kurk schnaubte verächtlich. »Schwächling.«

Vincha sah ihn an, ihr Blick wirkte fast flehend, aber er tat nichts, um sie zu beruhigen.

Das dritte Schloss war wieder ganz leicht, und die Türen öffneten sich in eine große, dunkle und eigenartig vertraut wirkende Höhle. Die Keenans schalteten die Lampen an ihren Helmen ein und entsicherten die Waffen. Boden und Wände der Höhle waren natürlichen Ursprungs und ungleichmäßig, ein auffälliger Kontrast zu der Perfektion der Tarakanischen Korridore, durch die sie gekommen waren. Mitten in der Höhle schimmerte ein großer See.

»Wo sind wir hier?« Goll spähte über den Lauf seines Blasters ins Dunkel.

»Keine Ahnung. Ich weiß nur, wie man reinkommt.« Vincha zeigte auf die letzte Tür. »Da drüben ist das Herz des Knotens.«

Rafik sah, wie Ramm Kurk hinter Vinchas Rücken zunickte. Lächelnd erwiderte der junge Troll das Nicken und hob das Gewehr. Dann passierte alles auf einmal. Rafik öffnete den Mund, um Vincha zu warnen. Kurk richtete das Gewehr geradewegs auf Vinchas Rücken. Der restliche Trupp erstarrte und sah Ramm unsicher an. Narona öffnete den Mund, als wollte sie etwas sagen, aber dann riss sie die Augen weit auf und warf sich zur Seite. Etwas rollte mitten zwischen sie und explodierte in einem gleißenden Lichtblitz, gerade als Kurk den Abzug durchzog. Der Gestank von brennendem Fleisch. Ein Schrei. Die Ereignisse danach prägten sich Rafik als Abfolge von lauter Einzelbildern ins Gedächtnis. Golls Kopf, der in einer roten Wolke explodierte. Deesha, der herumwirbelte und schießen wollte, aber seine Waffen reagierten nicht. Er warf sie weg und griff nach seinem Blaster, da tauchte hinter ihm plötzlich eine vermummte Gestalt auf, die ein leuchtendes Schwert schwang. Zwei kräftige Hiebe von einer Seite zur anderen; der Erste schlitzte den Troll auf, der Zweite trennte ihm den Kopf ab. Deeshas Leiche krachte zu Boden. Ramm feuerte mit dem Blaster in die Dunkelheit und schwang die Kanone hin und her, auf der Suche nach einem Ziel. Kurk hob erneut sein Gewehr, aber auf einmal stand er lichterloh in Flammen. Seine Schreie gellten durch die Höhle und hallten von den Wänden wider. Dann ertönte eine weitere ohrenbetäubende Explosion. Rafik sah, wie Narona durch die Luft geschleudert wurde und mit einem lauten Platschen im Wasser landete. Irgendwer stieß ihn zu Boden, und er würgte an dem überwältigenden Gestank verbrannten Fleisches. Er wollte schreien, aber eine Hand legte sich fest über seinen Mund. Ramm feuerte seine Kanone ab, der Strahl aus tödlichem weißem Licht zuckte so dicht über Rafiks Kopf hinweg, dass er die Hitze spürte. Im nächsten Augenblick hoben ihn starke Arme in die Höhe. Er trat wild um sich, aber wer immer ihn trug, störte sich nicht daran und wurde nicht einmal langsamer. Dann wurde es dunkel um ihn.

Als er wieder zu sich kam, befand er sich auf der anderen Seite der Höhle, noch immer im Griff derselben starken Arme. Er erblickte Vincha, sie wurde von einem sehr großen Mann in schwarzer Energierüstung im Schwitzkasten gehalten. Ihre Waffen waren fort, und sie kämpfte vergeblich darum freizukommen. Da tauchte eine vermummte

Gestalt aus der Dunkelheit auf, einen gut mannslangen Stab in den Händen. Er hob ihn, und auf einer Seite sprang eine Klinge heraus. Mit einem kraftvollen Schwinger riss der Vermummte Vincha Panzerung und die darunterliegende Kleidung vom Oberkörper. Rafik sah ihre entblößte Mitte und den unteren Ansatz ihrer Brüste.

Sie versuchte ihn zu treten, aber der Vermummte trat geschmeidig einen Schritt zur Seite, und sie verfehlte ihn. Er beugte sich vor und berührte mit einer klauenartigen Hand ihren Bauch. Zappelnd spie Vincha Flüche aus, aber dann musste der Mann irgendetwas gesagt oder getan haben, denn plötzlich hörte sie auf, sich zu wehren.

Der Vermummte wandte sich von ihr ab und kam auf Rafik zu. Sein Gesicht lag im Schatten einer Kapuze. Der Junge hörte den Stab über den Höhlenboden klopfen, und bei jedem Schritt, den er näher kam, wurde Rafik panischer. Als sich die Gestalt über den Jungen beugte, drang der Gestank nach verrottendem Fleisch in Rafiks Nase, und unter der Kapuze ertönte ein fremdartiges Gurgeln.

»Puzzler …« hörte Rafik ihn zischen.

Mit einem Mal wusste Rafik, was geschehen würde. Sein Mund wurde trocken, und sein Herz setzte einen Schlag aus.

Knorrige, klauenartige Hände griffen nach dem Saum der Kapuze. Und dann enthüllte die Gestalt ein Gesicht, das Rafik bereits aus seinen Albträumen kannte.

Er erkannte den entstellten Mann, aber in seinen Träumen hatte er nur seine zerstörte Haut gesehen. Nie hatte er diesen fauligen Gestank nach verwesendem Fleisch gerochen oder die verformten Augenhöhlen gesehen, und nie war ihm Speichel aus den Mundwinkeln des Mannes ins Gesicht gespritzt.

»Auf diesen Tag habe ich sehr lange gewartet«, stieß das

Monster mit scharrender Stimme hervor, streckte eine Hand aus und berührte Rafiks Gesicht.

»Nein!«, hörte Rafik Vincha aufschreien, aber wenn sie noch etwas sagte, dann ging es unter im lauten Dröhnen seines eigenen Herzschlags. Ihm wurde klar, dass sie ebenso in der Falle saß wie er selbst. Diese Erkenntnis war der letzte bewusste Gedanke, den er noch hatte, ehe ihn das Grauen überwältigte und er das Bewusstsein verlor.

Kapitel 52

»Versuch stillzuhalten, Vincha.«

»Ich halte still.« Vinchas Stimme klang gereizt. »Du hast meinen Kopf mit einer verdammten Klammer fixiert.«

»Na schön … dann halt jetzt mal eine Weile die Luft an. Das ist gerade ein kritischer Moment.«

»Du fummelst da gerade an meinen Anschlüssen rum – in der Tat ist das ein kritischer Moment.«

Den Löwenanteil der Operation erledigten die Metallarme des Med-Sessels, aber Sci bestand darauf, die Anschlüsse manuell zu reinigen. Soweit Vincha wusste, hatte Sci keinerlei Tätowierungen, also konnte er kein ehemaliger Flickschneider oder Technikus sein. Trotzdem verfügte er auf beiden Gebieten über beeindruckende Kenntnisse; eine Mischung aus Heiler und Tüftler.

»Ich fummle nicht an deinen Anschlüssen herum.« Scis Maske ließ seine Stimme dumpf klingen. »Ich hole den Mist raus, der in deinem Schädel steckt. Wäre einfacher gewesen, wenn ich dich richtig sediert hätte.«

Vincha klammerte sich mit beiden Händen am Krankenbett fest, als sie Scis Instrumente im Innern ihres Schädels spürte. »Keine Sedierung«, brachte sie mit zusammengebissenen Zähnen heraus.

»Dann hilf mir, indem du stillhältst, ich hab hier gerade einen losen Draht … so, jetzt … nicht … bewegen.«

Vincha verzog das Gesicht und unterdrückte einen Aufschrei.

Nach einer Weile tauchte Sci in ihrem Sichtfeld auf, in den Händen seine Instrumente und ein Kabel, alles mit Blut und Schleim überzogen. Er war ein kleiner, dünner Kerl, und trotz seines recht jungen Aussehens hatte er eine Glatze. Seine Augen verrieten seine Vorfahren.

Er drehte das abgeschnittene Kabel zwischen Daumen und Zeigefinger. »Für heute sind wir fertig, aber in ein, zwei Tagen sollten wir noch mal ran. Es ist unbeschreiblich, was für üble Entzündungen deine Implantate verursacht haben … Sieh mich mal an.«

Er beugte sich über sie, um ihre Pupillen zu überprüfen. Normalerweise wäre Vincha in einer so wehrlosen Position sehr nervös geworden, mal ganz davon abgesehen, dass sie Fremde ungern so dicht an sich heranließ. Aber Sci hatte etwas seltsam Beruhigendes an sich.

»Ich habe so viel rausgeholt wie möglich, aber um die tiefer liegenden Implantate rauszunehmen fehlt uns die Zeit«, erklärte er. »Würde zu lange dauern, bis es richtig abheilt, und Nakamura-san hat gesagt, dass wir das Risiko nicht eingehen.«

Vorsichtig strich Vincha über ihren rasierten Schädel und spürte getrocknetes Blut unter den Fingerspitzen. »Tja. *Ich* hätte meine Implantate ja sowieso lieber behalten, also würde ich mal sagen, wir sind quitt. Hast du auch nur die leiseste Ahnung, was mich das ganze Zeug gekostet hat? Du passt besser gut darauf auf, bis ich wieder zurück bin …«

Es war eher scherzhaft gemeint. In Scis Werkstatt gab es ausreichend Hardware, um ein ganzes Gildenhaus voller Trolle damit auszustatten. In Wirklichkeit ging es ihr auch gar nicht um die Münzen. Aber ohne ihre Implantate fühlte sich Vincha ausgeliefert, taub und blind, fast nackt.

Sie verabscheute jede Sekunde ohne ihre Implantate, aber es gehörte zu der Abmachung mit Nakamura: keine Tarakanischen Implantate jedweder Art. Dass Nakamuras gesamter Trupp ohne Mods auskam, war nur ein schwacher Trost. In der Theorie hätten sie jedem Troll aus dem Außenposten deutlich unterlegen sein müssen, aber ihr erster Zusammenstoß hatte Vincha nachdrücklich vor Augen geführt, was für ein tödlicher Haufen das war. Sie wurde das Bild nicht los, wie Deeshas abgeschlagener Kopf über den Höhlenboden rollte.

»Ohne deine Implantate bist du viel besser dran.« Sci nahm die Maske ab und zerrte sich die blutbespritzten Handschuhe von den Fingern.

»Tja, von irgendwas muss ein Mädchen nun mal leben, und bis auf Kommunikation gibt es nicht viel, was ich wirklich gut kann …« Sie unterstrich die Anzüglichkeit ihrer Bemerkung durch ein kokettes Lächeln und beobachtete seine Reaktion, um herauszufinden, ob er darauf ansprang. Immerhin könnte das in Zukunft vielleicht noch mal nützlich werden.

Aber Sci antwortete ganz ernsthaft: »Glaub mir, deinen Modifikationen verdankst du nichts weiter als Schmerz und Leid.« Er warf seine Instrumente in einen Behälter mit klarer Flüssigkeit. »Und das, was du in Münzen dafür bezahlt hast, waren noch die geringsten Kosten.«

»Mit den Schmerzen komme ich klar«, entgegnete sie gereizt. »Und ein Beutel Skint kostet heutzutage nicht mehr viel.«

Wieder schüttelte Sci nur den Kopf. »Wann hast du dir die erste Modifikation einbauen lassen?«

Vincha zögerte. »Mit … vierzehn.« Sie wusste selbst nicht genau, weshalb sie log – in Wirklichkeit war sie sogar noch jünger gewesen, als ein übler Typ namens Slice, ebenfalls

Kom-Spezialist, ihr ein billiges Implantat und ihre ersten Operationsnarben verpasst hatte. Er war es auch gewesen, von dem sie ihr erstes Skint bekommen hatte, zusammen mit dem Versprechen, es würde die fürchterlichen Kopfschmerzen lindern. Danach hatte er mit ihr geschlafen. Bei der Erinnerung wurde Vincha ganz starr.

Scis Stimme holte sie in die Gegenwart zurück. »Also läufst du schon dein ganzes Erwachsenenleben lang mit Tarakanischen Apparaten im Körper rum?« Er wandte sich ab, und Vincha sah ihn erschauern, als würde ihn der bloße Gedanke schon anwidern.

Sie zuckte mit den Schultern. »Dank der Mods bin ich echt nützlich.«

Sci ließ ein paar getrocknete Blätter in einen großen Plastikbecher rieseln. »Ich glaube, früher oder später wirst du merken, dass dir die Tarakanischen Apparate mehr geschadet haben als genützt. Die Menschheit sollte damit aufhören, sich Tarakanische Technologie einzubauen. So, wie du es benutzt, war es nie gedacht.« Er drückte auf einen Knopf, und Vinchas Liege bewegte sich, klappte sich zu einem Stuhl hoch.

Vincha zuckte zusammen. »Was meinst du damit? Natürlich ist das Zeug für uns gedacht. Weshalb sonst hätten die Tarkanier das alles in ihren Städten zurücklassen sollen?«

Sci goss heiße Flüssigkeit in den Becher und rührte die Blätter bedächtig um. »Ich habe mich mein Leben lang mit Tarakanischer Technologie beschäftigt – ich habe sie studiert, eingebaut, Leute von ihrer Abhängigkeit geheilt –, und ich weiß eins mit absoluter Sicherheit: Diese Artefakte waren nie dafür gedacht, so benutzt zu werden, wie du und die anderen Salutisten sie benutzen.«

Er setzte sich neben Vincha. »Denk mal drüber nach. In allen anderen Belangen funktioniert die Tarakanische

Technologie perfekt, von den Highways über die Puzzles bis hin zu den Knotenpunkten. Wenn die Tarkanier wollten, hätten sie die Modifikationen problemlos so herstellen können, dass man sie ohne jede Nebenwirkung einbauen kann. Ganz sicher hätten sie nicht auf etwas so Primitives und Suchterzeugendes wie Skint zurückgegriffen. Vergiss nicht, dass wir Menschen es sind, die aus Haut und Blut toter Eidechsen grünes Pulver machen. Was mich daran erinnert …« Sci drückte auf einen weiteren Knopf, und die Klammer um Vinchas Kopf löste sich. Er reichte ihr den Becher. »Trink das hier. Nicht ausspucken, ganz egal, wie sehr es sticht und brennt.«

Vincha rümpfte die Nase. »Was ist das?«

»Das soll deine Entzugserscheinungen lindern und deine Willenskraft stärken. Du wirst es lange Zeit dreimal täglich trinken müssen, also gewöhnst du dich besser schnell daran.«

Misstrauisch beäugte Vincha den Becher. »Ich dachte, wenn du die Apparate rausnimmst …«

»… sind damit auch die Symptome verschwunden?« Er schüttelte den Kopf. »Ich fürchte, das ist ein Mythos. Die Sucht hält noch lange darüber hinaus an, genau wie die Schmerzen. Jetzt trink.« Seine Stimme klang ernst.

Vorsichtig nippte Vincha von dem Gebräu, zog eine Grimasse und behielt es nur mit Mühe bei sich. »Rost, Scheiße, das schmeckt ja widerlich.«

Scis Lachen hallte durch den großen Krankensaal. »Mein eigenes Hausrezept. Und zwar die abgeschwächte Version. Ich musste es verdünnen, angesichts deiner … Verfassung.«

»Du weißt es?«

»Ja, Nakamura-san hat es mir gesagt, und ich habe gesehen, was in der Höhle passiert ist. Man sieht es noch nicht, aber ich sollte wohl nicht so dumm sein zu fragen, woher *er* es wusste.« Sci kicherte, wurde dann aber wieder ernst. »Die Frage ist, ob du es behalten willst. Denn wenn nicht: Je schneller …«

»Rost, ich behalte das Baby.« Vincha klang aggressiver, als sie eigentlich wollte. Halb erwartete sie, dass Sci als Nächstes fragen würde, wer der Vater war, so wie Nakamura in der Höhle, als er mit seiner Klaue nach ihrem entblößten Bauch gegriffen hatte, aber Sci nickte nur. »Ich habe ein paar Kräuter, die dir gegen die Übelkeit und Müdigkeit helfen könnten, aber am wichtigsten ist es, dass du das Skint aus dem System kriegst. Du weißt, dass die Babys von Skint-Junkies oft …«

»Ja, ich weiß.« Vincha stand auf, oder zumindest versuchte sie es. Plötzlich verschwamm ihr alles vor Augen, und sie stürzte nur deshalb nicht, weil Sci gedankenschnell zupackte und sie stützte. Den Becher allerdings konnte er nicht retten, er fiel Vincha aus der Hand, und der Rest des Gebräus spritzte über den Boden.

»Tut mir leid«, murmelte sie, während er ihr behutsam half, sich wieder hinzusetzen. Sie schämte sich ihrer Schwäche.

Sci hob den Becher auf. »Schon in Ordnung. Deshalb mag ich diese alten Sachen so – sind einfach nicht kaputtzukriegen. Bleib genau hier sitzen, ich mache dir einen neuen Becher fertig. Und diesmal trink ihn aus.«

Seufzend lehnte sich Vincha zurück. Sci kehrte mit zwei Bechern zurück, sich selbst hatte er auch einen aufgebrüht. »Ich habe es diesmal ein bisschen süßer gemacht, vielleicht bekommst du es so besser runter.«

Eine Weile saßen sie schweigend da und nippten an ihren Getränken. Als Vincha sich ein bisschen erholt hatte, sagte sie: »Erzähl mir von dem anderen Puzzler. Was ist mit ihm passiert?«

Sie pokerte, es war nur eine Vermutung. Ganz kurz zuckte etwas über Scis Gesicht, ehe er sich wieder fasste.

»Welcher Puzzler?«

»Du hast mir nur die Hardware rausgenommen, Sci, nicht das Hirn. Die Knoten hier im Areal waren immer geplündert. In deiner Werkstatt hortest du genug Apparate und Hardware, um die gesamte Schildgarde auszurüsten. Versuch mich nicht für dumm zu verkaufen. Wenn wir ab jetzt zum selben Trupp gehören sollen, dann rede mit mir.«

Langsam nickte Sci. »Ich habe nur das Mädchen gekannt.«

»Aber da waren noch andere …«

»Ich habe nur das Mädchen gekannt«, wiederholte er und nahm rasch einen Schluck aus seinem Becher. »Eigentlich eine junge Frau, aber nur vom Alter her, nicht vom Verhalten. Ich vermute, dass sie der Grund war, weshalb Nakamura-san Daeon geschickt hat, um mich zu rekrutieren. Er wollte, dass ich ihr helfe.«

»Ihr helfen? Inwiefern?«

»Es war wirklich richtig tragisch. Sie war sehr kränklich, also körperlich, aber auch … nicht ganz klar bei Verstand.«

Vincha dachte an Pikok und daran, wie er seine seltsamen Symbole in Tische und Wände ritzte.

»Ich habe mein Bestes gegeben, um ihr zu helfen, aber …« Sci beendete den Satz nicht.

»Wie ist sie gestorben? Wenn er dem Jungen was antut, dann …«

»Er hat sie nicht umgebracht, Vincha.«

»Dann sag mir, wie es passiert ist. Ein Beutezug, der in die Hose gegangen ist? Haben die Eidechsen sie erwischt?«

»Nein.«

»Rost, Sci …« Wäre sie nicht so geschwächt gewesen, hätte sie die Antworten mit Gewalt aus ihm herausgeholt.

Ihre Wut schien ihn nicht allzu sehr zu beeindrucken. Ruhig sagte er: »Sie hat sich selbst getötet, Vincha, das ist die traurige Wahrheit. Ich habe sie nachts immer sediert, aber sie hat es geschafft, mich auszutricksen. Uns alle auszutricksen. Herev hat sie dann am Morgen gefunden. Wir konnten nichts mehr für sie tun.«

»Und vor ihr gab es andere Puzzler.«

»Ich habe nur Nimora gekannt. Du kannst die anderen ausfragen, wenn du willst, aber ich an deiner Stelle würde es gut sein lassen.«

»Ich will Rafik sehen.«

Sci zuckte mit den Schultern. »Das liegt nicht in meiner Hand, und das weißt du. Aber Nakamura-san hat keinen Grund, ihm etwas anzutun.«

»Nein, das nicht. Er wird ihn nur benutzen, und dann …«

Offenbar verlor Sci die Geduld mit ihr, denn er sagte: »Mit Verlaub, aber hast du nicht genau dasselbe getan?«

»Das ist was anderes«, entgegnete Vincha hitzig. »Du hast keine Ahnung, wie sie ihn im Außenposten behandelt haben. Nakamura hat mir versprochen, den Jungen zu befreien, und ich bestehe darauf, dass er dieses Versprechen hält.«

Sci starrte in seinen Becher, als würde er über seine nächsten Worte nachdenken. Schließlich sagte er jedoch nur: »Ich würde vorschlagen, dass du dich erst einmal ausruhst und wieder zu Kräften kommst. Ich bin sicher, dass du den Puzzler bald sehen kannst.«

Vincha erhob sich mühsam, diesmal blieb sie auf den Beinen. »Er heißt Rafik.«

»Ja, Rafik. Natürlich. Soll ich dich zu deinem Zimmer begleiten?«

So schnell sie es wagte, durchquerte Vincha die Krankenstation. »Nein danke, ich erinnere mich an den Weg.« Die

Tür glitt auf, und sie drehte sich noch einmal um. »Sag Nakamura, dass ich *verlange*, den Jungen zu sehen.«

»Es wäre besser, wenn du dich erst mal abregst, ehe du mit ihm redest«, bemerkte Sci, aber er hatte es noch nicht ganz ausgesprochen, da hatte sich die Tür bereits wieder hinter ihr geschlossen.

Kapitel 53

Vincha trottete durch einen breiten Korridor. In ihrer Wut hatte sie Scis Angebot, sie zu ihrem Zimmer zu begleiten, abgelehnt, und jetzt wusste sie nicht mehr, wo sie war. Sie hatte fast alle Türen ausprobiert, an denen sie vorbeikam, aber die Anlage war riesig, möglicherweise ebenso groß wie der Außenposten. Inzwischen musste sie zwei, drei Kilometer weit durch die endlosen Gänge geirrt sein, und man hatte ihr gesagt, dass unter ihren Füßen noch mehrere weitere Ebenen lagen.

Trotz der Weitläufigkeit des unterirdischen Bunkers war Vincha so beklommen zumute, als säße sie in der Falle. Mit dem Reif, den man ihr ums Handgelenk gelegt hatte – nur mit Mühe widerstand sie dem Drang, ihn sich vom Arm zu reißen oder es zumindest zu versuchen –, konnte sie die Türen zu ihrer Unterkunft, der Kantine und der Krankenstation öffnen. Die restliche Anlage war Sperrgebiet für sie. Und selbst wenn sie einen Weg hinaus gefunden hätte und zu fliehen versuchte … vermutlich würde der Armreif ihre Position verraten oder sie sogar ausschalten.

Und wo hätte sie schon hingehen sollen, wenn sie floh und es schaffte, ihren Verfolgern zu entkommen? Wie sollte sie allein und ohne Waffen und sonstige Ausrüstung im Tal überleben?

Vincha probierte es mit einer weiteren Tür. Schwenkte

die Hand vor der glatten Oberfläche hin und her und hörte das vertraute Piepen, mit dem ihr der Zugang verwehrt wurde. Es waren keine Puzzles, sondern nur ganz normale Schlösser, wie man sie überall im Tal fand. Vor nur wenigen Tagen hätte sie diese Türen einfach hacken und hindurchspazieren können. Jetzt aber war sie verletzlich, schwach, nutzlos. Sie war keine Kom-Spezialistin mehr, sondern nur noch irgendeine Frau.

Sie lehnte die Stirn gegen das glänzende Metall und hämmerte frustriert mit den Fäusten gegen die Wand. Als sie den Kopf hob, hatte der Tarakanische Stahl den Schweißfleck, den ihre Stirn darauf hinterlassen hatte, fast schon wieder absorbiert. Die Wand war so makellos sauber, dass sie ihr Spiegelbild darin sah. Betroffen begutachtete sie sich und seufzte tief. Sie hätte es niemals offen zugegeben, aber ohne ihr dichtes rotes Haar fühlte sie sich nicht mehr wirklich weiblich. Es hatte ihre Tätowierungen und die implantierten Tarakanischen Artefakte verborgen. Ihr wurde oft gesagt, sie sei schön, aber jetzt sah sie fürchterlich aus … übersät mit hässlichen Narben, dazu die klaffenden Löcher, in denen einmal ihre Mods gesteckt hatten, und die blutroten Tätowierungen. Sie dachte an den Tag, als ihr zum ersten Mal ein Loch in den Kopf gebohrt worden war. Wie der Bohrer sich an ihrer Haut angefühlt und wie sie geschrien hatte. Ihr wurde schwindelig, und sie lehnte sich gegen die kalte Stahlwand, barg das Gesicht in den Händen und fing an zu zittern.

Erinnerungen an die Zeit mit Slice fluteten über sie hinweg und vermischten sich mit Gestank, Bildern und widerhallenden Lauten: das Massaker an den Keenans in der Höhle. Sie sah vor sich, wie sie sich an Ramm angeschlichen und ihm in den Hinterkopf geschossen hatte. Vorher hatte sie geglaubt, ihn zu töten würde ihr Befriedigung verschaffen; sie war ganz sicher, dass der brutale Scheißtroll ihren Doro umgebracht hatte. Aber seit dem Kampf in der Höhle verspürte sie nur noch Leere und Traurigkeit. Dann stand ihr auf einmal Nakamuras Gesicht vor Augen, und sein kehliges Flüstern klang in ihren Ohren nach. Bei der Erinnerung, wie er ihren Bauch berührt hatte, erschauerte sie. Die Hände immer noch vors Gesicht geschlagen, rutschte sie an der Wand hinunter und sank auf den Boden.

Allmählich dämmerte ihr, in was sie sich da eigentlich reingeritten hatte.

In ihrer Verzweiflung hatte sie einen Deal mit Nakamura abgeschlossen, aber jetzt war sie ihm auf Gedeih und Verderb ausgeliefert. Hatte ihre Implantate verloren und war, auch wenn niemand sie so bezeichnete, seine Gefangene. Noch schlimmer: Leutnant Naronas Leiche war bisher nicht gefunden worden, was bedeutete, dass sie womöglich entkommen war. Vincha traute Narona durchaus zu, dass sie allein im Tal überlebte und sich bis zum Bienenstock durchschlug. Die Keenans waren vernichtend getroffen, hatten ihren Kommandanten, einen wichtigen Teil ihres Trupps und ihren einzigen Puzzler verloren – aber Narona war eine herausragende Kriegerin und die geborene Anführerin. Gut möglich, dass sich die auf Rache sinnenden Keenans neu um sie formieren würden …

Nein. Vincha wischte sich die Tränen von den Wangen. Sie hatte ihre Entscheidung getroffen. Es gab kein Zurück. Ihr Notfallplan war ohnehin völlig verrückt. Sie lächelte bitter. Wie dumm sie in ihrer Angst gewesen war, nachdem sie von Doros Tod erfahren hatte! Sie wusste, was die meisten Trolle, die sie mit zusammengebissenen Zähnen gevögelt hatte, sagen würden, wenn sie behauptete, sie wäre von einem von ihnen schwanger. Die meisten würden nur schulterzuckend darauf bestehen, dass Doro der

Vater sein müsse und sie nichts damit zu schaffen hatten. Ein oder zwei der Verantwortungsbewussteren würden ihr eine Handvoll Münzen anbieten, damit sie es in der Krankenstation wieder loswurde. Sie legte eine Hand auf den Bauch und fragte sich, wann man es ihr wohl ansehen würde. Nakamura hatte ihr gesagt, es sei ein Mädchen. Wieder erschauerte sie, und dann fasste sie einen Entschluss. Sie würde darauf bestehen, dass Nakamura seinen Teil der Vereinbarung einhielt. Sie würde das Baby zur Welt bringen, und dann würde sie verschwinden. Irgendwo auf der Welt musste es doch einen Ort geben, an dem jemand wie sie willkommen war. Dort wollte sie hin.

Vincha schob alle Gedanken beiseite und versuchte, sich auf ihre unmittelbare Umgebung einzustimmen. Sie hatte einen Großteil ihrer Implantate verloren, aber ihre Gabe war noch da. Sie hörte die unsichtbare Welt nicht mehr, die sie umgab, aber sie konnte sie spüren: die Stimmen, die Musik, die elektrische Spannung in der Luft. Es war wie ein unablässiges Flüstern am Rande ihrer Wahrnehmung, aber sie konnte es nicht mehr verstehen, geschweige denn manipulieren, ganz gleich, wie sehr sie sich konzentrierte. Im nächsten Augenblick kamen auch schon die Kopfschmerzen, damit hatte sie gerechnet. Dass sie so schlimm sein würden, hatte sie allerdings nicht erwartet. Vincha atmete tief durch und massierte sich die Schläfen. Scis Warnung vor plötzlichen Übelkeitsattacken klang ihr im Ohr. »Bloß nicht das auch noch«, murmelte sie.

Der Schrei hinter ihr gellte so plötzlich durch die Tür, dass sie aufsprang, herumwirbelte und das Gleichgewicht verlor. Er war langgezogen und endete in einem erstickten Wimmern, aber gleich darauf folgte schon der nächste Aufschrei, roh und aus voller Kehle. Trotz der dicken Wände war er klar und laut zu hören. Wer auch immer da so schrie, hatte Todesangst oder litt entsetzliche Schmerzen, vielleicht auch beides. War es Rafik? Folterten sie ihn? Sie machte sich wieder an der Tür zu schaffen, erst mit ihrer geschwächten Gabe, dann mit den Händen.

Es war ein vergeblicher Versuch, und idiotisch obendrein. Wenn Nakamura den Jungen foltern wollte, konnte sie nichts dagegen tun. Das war ihr klar, und doch schlug sie verzweifelt auf die Tür ein.

Die fürchterlichen Laute brachten sie völlig durcheinander, und so bemerkte sie nicht, dass sie nicht mehr allein war, bis sich eine Hand schwer auf ihre Schulter senkte. Ihr Kampfinstinkt übernahm das Ruder. Vincha wirbelte herum, schlug zu und setzte einen Tritt auf Rumpfhöhe hinterher. Daeon schaffte es noch, ihre Faust abzufangen und ihren Tritt mit dem eigenen Bein zu blocken, aber dann krachte ihr Knie mit Wucht gegen sein Suspensorium, und er ächzte auf. Vincha ließ sich nicht beirren. Die ersten zwei Attacken waren reine Instinkthandlungen gewesen, aber sobald sie sah, wen sie da vor sich hatte, griff sie in voller Absicht an. Ein Rückhandschlag mit der Linken, eine Kopfnuss, ein Kniestoß in die Rippen. Er wehrte ihre Angriffe ab und brüllte ihr etwas zu, aber Vincha hörte nicht hin, sondern schlug immer weiter auf ihn ein wie ein in die Enge getriebenes Tier. Erst als sich die Welt um sie drehte und sie hart auf den Boden knallte, von seinem Gewicht niedergedrückt, drang Daeons Stimme zu ihr durch.

»Ich habe gesagt, entspann dich, verdammt noch mal.«

Sie hörte auf, sich zu wehren, schoss dann aber plötzlich hoch. Trotz der Überraschungsattacke brachte er sie erneut zu Boden, diesmal deutlich grober, an ihrer Wange spürte sie den kalten Boden und im Rücken Daeons Knie.

Dann lag sie einfach nur da, vollkommen erschöpft, besiegt und allein. Er hätte sie ohne Schwierigkeiten vergewaltigen können, das wusste sie. In der Höhle war sie kampfbereit und in voller Montur gewesen, und trotzdem war er mit ihr fertiggeworden; jetzt war sie hilflos und schwach. Halb erwartete sie, seine Hände an ihrem Körper zu spüren, so wie in der Höhle, aber dann ließ er sie los und trat einen Schritt zurück.

Langsam setzte sich Vincha auf und lehnte sich wieder gegen die Wand. Noch immer drangen Schreie und Stöhnen durch den Tarakanischen Stahl.

Daeon sagte etwas zu ihr, aber sie war nicht imstande, die Worte zu einem sinnvollen Ganzen zusammenzufügen. Sie sah, wie er ihr eine Hand entgegenstreckte, ein Friedensangebot, aber als sie aufsah, wurde ihr klar, dass er mit einem neuerlichen Angriff rechnete: Er beobachtete sie aufmerksam, und den anderen Arm hatte er erhoben, um Kinn und Rippen zu schützen. Selbst wenn sie in der Verfassung dafür gewesen wäre, hätte sie ihn nicht noch mal überrumpeln können. Vincha tat, als sähe sie seine ausgestreckte Hand nicht.

Daeon hockte sich vor ihr hin, wobei er darauf achtete, außer Trittreichweite zu bleiben. Diesmal verstand sie, was er sagte. »Hör zu, es tut mir leid, was ich in der Höhle mit dir gemacht habe. Nakamura wollte dich entwaffnet und kampfunfähig … und du hast nicht aufgehört, auf diesen großen toten Troll zu schießen. Ich habe getan, was ich tun musste, aber ich wusste nicht, dass dir Nakamura mit der Stabklinge die Kleidung aufschlitzen und wie er mit dir umspringen würde. Ich meine, er hat hier das Sagen, aber ich war … nicht gerade glücklich darüber, okay?«

Vincha nickte langsam, da gellte ein weiterer Schrei durch den Gang.

»Was macht ihr da drinnen mit ihm?« Sie verabscheute sich für das Beben ihrer Stimme. »Er ist doch nur ein Kind.«

Die Verblüffung in Daeons Gesicht schien echt zu sein. »Du glaubst, der Puzzler wird dort drinnen gefoltert?«, fragte er ungläubig. »Ich versichere dir, der Junge liegt friedlich in seinem Bett und schläft. Wenn du möchtest, bringe ich dich hin, dann kannst du dich mit eigenen Augen davon überzeugen.«

»Und wer ist es dann, der da drinnen so schreit?«

Daeon starrte eine Weile an die Wand, ehe er antwortete. »Nakamura.«

Vincha betrachtete die Tür. »Was macht er denn, tut er sich irgendwas an?« Sie stand auf, und Daeon wich vorsichtshalber einen Schritt zurück, ehe er flüsternd ihre Frage beantwortete.

»Er schläft, Vincha. Nakamura träumt.«

Kapitel 54

»Geschafft.« Rafik richtete sich auf und zog die Finger aus dem Metallkasten heraus.

»So schnell? Du wirst allmählich wirklich gut.« Herev nahm den Kasten in die Hand, drehte ihn um und zeigte auf eine Markierung an der Seite. »Siehst du die fünf Sterne hier? Die bezeichnen den Schwierigkeitsgrad. Das hier ist das komplexeste Puzzle, das ich habe. Ich habe eigentlich damit gerechnet, dass du dafür den halben Tag brauchen würdest. Na, dann können wir ja jetzt ein paar Schießübungen machen oder ein Spiel spielen. Oder«, er wackelte mit den dichten Brauen, »ich bring dir Fechten bei.«

Rafik schüttelte den Kopf. »Nein, ich will noch ein Puzzle machen. Such mir was Schwierigeres.«

Herev drehte den Kasten in der Hand und kratzte sich am Kopf.

»Ich habe gesagt, du sollst mir noch ein Puzzle bringen!«, brüllte Rafik ihn an und schlug mit der Faust auf den Tisch.

Herev wich einen Schritt zurück. »Okay, Kleiner, entspann dich mal.« Er lachte leise. »Ganz schön aufbrausend bist du, das steht mal fest. Ich sehe mal nach, was ich in Scis Labor finde.«

Mit einem leisen Glockenton glitt die Tür auf, und Daeon und Vincha kamen herein, Teller in den Händen.

Rafik brauchte einen Augenblick, bis er Vincha auch ohne ihr rotes Haar erkannte. Lächelnd zwinkerte sie ihm zu.

»Sieh mal, was ich hier habe«, sagte sie. »Echtes Essen. Keine rostigen Pillen mehr. Das hier habe ich selbst gekocht.«

Daeon reichte Herev einen Teller, und der jauchzte vor Freude. »Mann, sieht das gut aus. Scis Fraß schmeckt immer irgendwie nach Medizin.«

Rafik starrte die anderen ausdruckslos an, bis ihre Fröhlichkeit erstarb.

Nach einer sehr eigenartigen Pause stellte Vincha vorsichtig einen Teller auf den Tisch, mitten zwischen die Metallkästen. Rafik wusste nicht, wann er zuletzt echte Nahrung zu sich genommen hatte, aber allein der Geruch beschwor Erinnerungen an sein Zuhause herauf und an Menschen, die er niemals wiedersehen würde.

Wütend wischte er den Teller vom Tisch, er landete krachend auf dem Boden. Vincha war aschfahl.

»Rafik, ich …«

»Schlampe.«

Hinter ihrem Rücken wechselten Daeon und Herev einen raschen Blick.

»Du verstehst nicht …«, versuchte sie es erneut.

»Und jetzt bist du auch noch eine *hässliche* Schlampe.«

»Lass es mich bitte erklären, ich …«

»Du musst mir nichts erklären. Goll und Deesha hätten nicht sterben müssen.« Er starrte Herev an. »Deesha hatte es nicht verdient, dass man ihn aufschlitzt.«

Herev zuckte nur mit den Schultern und widmete sich seinem Teller.

Daeon fing an, Essen vom Boden aufzusammeln und es zurück auf den Teller zu schaufeln.

»Du hast es missverstanden«, setzte Vincha noch einmal an. »Es war unser einziger Ausweg.«

»Nein«, brüllte Rafik mit zitternder Unterlippe. »Es war *dein* einziger Ausweg. Du hast mich einfach nur an einen anderen Trupp verkauft.«

Jetzt sahen ihn alle an.

»Glaubst du etwa, ich hätte nur Rost im Kopf?«, schrie er. »Du bist genau wie die anderen Trolle. Du brauchtest Metall, also hast du mich den Keenans gestohlen.«

»Das hier wird uns die Freiheit zurückgeben. Du wirst wieder frei sein.«

»Lügnerin!« Rafik war aufgesprungen und brüllte sie aus voller Kehle an. »Lüg mich nicht an. Dich lassen sie danach vielleicht gehen, aber ich bin ein Puzzler.« Er hob seine gezeichneten Finger. »Jetzt bin ich ihr Schlüssel. Die lassen mich niemals frei. Im Bienenstock hatte ich wenigstens noch jemanden zum Reden. Ich hatte Pikok. Ich konnte mich frei bewegen. Aber hier sitze ich unter der Erde fest, bis Nakamura beschließt, dass wir in die Tiefe gehen.«

Wie auf ein Stichwort hin glitt die Tür auf, und Nakamura kam herein. Alle drehten sich zu ihm um, und Rafik verstummte. Selbst hier, in seinem eigenen Unterschlupf, verbarg Nakamura sein Gesicht. Man sah nur ein wenig Kinn und Hals, aber das reichte, damit Rafik an den Wiedergeborenen Propheten dachte. Seine alte Furcht erwachte. In einer verkrüppelten Hand hielt Nakamura seinen schwarzen Stab, der fast so lang war wie er selbst. Langsam ließ er den Blick durch den Raum wandern. »Probleme?«

»Nur eine kleine Auseinandersetzung. Kein Grund zur Sorge«, sagte Vincha.

Nakamura ging auf Rafik zu, und Vincha machte ihm Platz. Mit der freien Hand nahm Nakamura ihr einen Teller aus der Hand und trat noch einen Schritt näher an Rafik heran. »Du solltest etwas essen«, flüsterte er.

Rafik sah aus, als wollte er Nakamura den Teller aus der

Hand schlagen, aber als würde Nakamura genau das voraussehen, ließ er den Stab los und packte Rafik so hart am Arm, dass der Junge vor Schmerz aufwimmerte. Statt zu Boden zu fallen, schwebte der Stab leise summend in der Luft.

»Iss«, befahl Nakamura. Er ließ den Jungen los und stellte den Teller auf dem Tisch ab.

Trotzig presste Rafik die Lippen aufeinander, dann ließ er sich langsam auf seinen Stuhl sinken. Nakamura zog sich einen Stuhl heran und setzte sich neben ihn. Rafik sah ihn nicht an, sondern richtete den Blick starr auf den Teller.

»Iss.«

»Ich habe keinen Hunger.«

Vincha spannte die Muskeln. Falls Nakamura ausholte, um Rafik zu schlagen, würde sie sich einmischen, ganz gleich, was danach passierte. Daeon kam vorsichtshalber einen Schritt näher und flehte sie mit einem stummen Blick an, sich zusammenzureißen. Aber Nakamura schlug nicht zu. Stattdessen stellte er Rafik zur Überraschung aller Anwesenden eine Frage.

»Fürchtest du dich vor mir?«

Rafik dachte eine Weile nach, dann schüttelte er den Kopf. »Du bist nur anders.«

»Dann sieh mich an.«

Langsam wandte der Junge den Kopf und richtete den Blick geradewegs auf Nakamuras von Schatten verhülltes Gesicht. Ein sichtlicher Schauder überlief ihn.

»Findest du mich hässlich?« Aus der Dunkelheit unter der Kapuze tropfte ein Speichelfaden auf Nakamuras Brust.

»Dein Gesicht hat ein seltsames Muster.« Rafik senkte den Blick.

Nakamura kicherte heiser. »Da ist wohl was dran. Was würdest du sagen, wenn ich dir verrate, dass ich Angst vor dir habe?«

»Ich würde sagen, du hast Rost im Kopf. Ich bin nur ein Puzzler. Ich kriege es ja gerade mal hin, eine Blasterpistole abzufeuern.«

»Schon, aber du bist ein ganz besonderer Puzzler. Und glaub mir, ich hab schon viele von euch kennengelernt.«

Rafik drückte den Rücken durch und musterte Nakamura mit neu erwachtem Interesse. »Warum sieht dein Gesicht so aus? Hat dich jemand zusammengeschlagen?«

»Oh, es haben schon viele versucht, mich … zusammenzuschlagen.« Nakamura sagte es, als würde er die Worte beim Sprechen auf den Lippen schmecken. »Und als ich in deinem Alter war, haben es auch viele geschafft. Ich kam schon entstellt auf die Welt. Weißt du, Rafik, manche Menschen werden mit Tätowierungen auf der Haut geboren. Ich aber trage die Male schon mein ganzes Leben lang in meiner Seele. Es war ein Wunder, dass ich überhaupt überlebt habe. Mein eigener Vater wollte mich töten, und nach ihm haben es noch viele andere versucht. Und als ich älter wurde und begriff, wie sehr ich mich von anderen Menschen unterscheide, da habe ich mir selbst den Tod gewünscht. Aber irgendwie wusste ich immer, dass ich nicht grundlos auf dieser Welt bin, dass mein Leben nicht bedeutungslos ist und meine Gabe gebraucht wird. Ich weiß, dass es dir ebenso geht, Rafik. Ich weiß, dass du es verabscheust, ein Puzzler zu sein, aber das ist nun mal dein wahres Wesen. Deine Bestimmung.«

Rafik nickte langsam. »Und was ist deine Gabe?«

Nakamuras Stimme klang müde. »Als ich noch jünger war als du, hat mich eine Frau in den Wäldern aufgelesen, wo ich umherirrte; allein, halb verhungert und praktisch nackt. Sie war eine Einsiedlerin und nicht ganz bei Verstand, aber sie hat mich bei sich aufgenommen und mir das Leben gerettet – allein hätte ich es nicht mehr lange geschafft. Ich blieb mehrere Jahre bei ihr, und eine Zeitlang war sie mir die Mutter, die ich nie hatte. Dann irgendwann fing ich an, von ihrem Tod zu träumen. Und ganz gleich, wie ich mich selbst am nächsten Morgen auch zu beschwichtigen suchte, ich wusste, dass sie sterben würde. Schon bald. In manchen Visionen war es ein Unfall, in anderen hat jemand sie überfallen, aber in den schlimmsten Visionen habe ich gesehen, wie sie durch meine Hand starb. Ich begriff nicht, weshalb ich den einzigen Menschen töten sollte, der mir je Freundlichkeit erwiesen hatte, und schwor mir, ihr niemals wehzutun. Doch am Ende wurde sie sehr krank und litt große Qualen, und es dauerte lange, bis ich mich endlich dazu durchringen konnte, das einzig Richtige zu tun. Verstehst du, Rafik? Ich sehe die Zukunft, beziehungsweise mögliche Entwicklungen der Zukunft, das ist meine Gabe. Und manchmal kann ich dazu beitragen, dass die beste aller möglichen Zukunftsvisionen wahr wird, auch wenn das, was ich dafür tun muss, manch einem seltsam oder sogar grausam erscheint.«

»Du sagst, du bist wie der Wiedergeborene Prophet?«, fragte Rafik.

Nakamura nickte. »Vielleicht bin ich das.«

Aber Rafik schüttelte abwehrend den Kopf. »Das kann nicht sein. Jeder weiß, dass der Wiedergeborene Prophet makellos war und sein wird, in Geist und Leib …« Mitten in seinem Zitat brach er ab, als ihm klar wurde, wie kränkend seine Worte waren, aber Nakamura lehnte sich in seinem Stuhl zurück, und auf seinem deformierten Gesicht lag ein Ausdruck, der wohl der Versuch eines Lächelns sein musste.

»Ich weiß, ich bin kein erfreulicher Anblick, aber das ist nur eine Begleiterscheinung meines Fluchs. Ich sehe Ereignisse voraus, die ihrerseits wieder zu anderen Ereignissen führen mögen, und solange ich denken kann, weiß ich, dass wir beide uns begegnen müssen, du und ich. Das ist der Weg zur besten Zukunft, die ich vorhergesehen habe.«

»Ich habe auch von dir geträumt. Davon, dass wir uns begegnet sind.« Plötzlich wirkte Rafik besorgt. »Bedeutet das, dass ich auch in die Zukunft sehen kann?«

In der Dunkelheit unter seiner Kapuze schüttelte Nakamura den Kopf. »Nein, Rafik. Oft kommen die Visionen im Traum zu mir, und wenn ich schlafe, dann übertragen sie sich manchmal auf andere, vor allem dann, wenn es sehr eindringliche Visionen sind. Es ist gut möglich, dass du, wenn wir beide zur gleichen Zeit geschlafen haben, gespürt hast, dass ich nach dir suche. Und manchmal hast du dann meine Vision ebenfalls gesehen.«

Rafik dachte kurz darüber nach. »Du hast wirklich schlimme Träume.«

Nakamuras leises Lachen klang wie das Röcheln eines Sterbenden. »Genau dasselbe hat die Einsiedlerin zu mir gesagt, ehe ich ihr ein Kissen aufs Gesicht gedrückt habe. Fürchtest du dich immer noch vor mir, Rafik?«

»Ein bisschen«, gab Rafik zu.

»Das musst du nicht. Hier bist du in Sicherheit.«

»Alle sagen mir ständig, ich wäre bei ihnen sicher, aber am Ende kämpfen wir doch wieder gegen Eidechsen und gehen beinahe dabei drauf.«

»Manchmal ist es unumgänglich, für unser aller Wohl zu kämpfen.«

»Jetzt klingst du *wirklich* wie der Wiedergeborene Prophet.«

Nakamura legte den Kopf schief. »Vielleicht bin ich nicht *der* Prophet, Rafik, sondern nur *dein* Prophet.«

Er zog einen Puzzle-Kasten aus einer verborgenen Tasche und stellte ihn behutsam auf den Tisch. »Dieses Puzzle hat den Schwierigkeitsgrad dreißig. Ich habe nur einen einzigen solchen Kasten, und mir ist nie ein komplizierteres Schloss begegnet.«

Rafik riss die Augen auf. »Gehen wir in die Tiefe?«

»Ja. Sobald du dieses Puzzle gemeistert hast, gehen wir mitten in das Herz der Stadt im Berg, das seit der Katastrophe niemand mehr betreten hat.«

»Warum?«

»Weil ich alle möglichen Zukunftsvisionen gesehen habe, und dass wir beide einander begegnet sind, bringt uns dem bestmöglichen Ausgang ein Stück näher. Wir gehen so tief wie noch niemals jemand vor uns, und es geht um die größte Beute aller Zeiten.«

»Und dann?«

»Dann werden wir alle so reich und frei sein, wie wir es nicht einmal zu träumen gewagt hätten.«

Hinter ihm lächelten die anderen beifällig und nickten einander zu.

Rafik schüttelte den Kopf. »Du wirst alles ausgeben, und dann willst du noch mal hinein.«

Nakamura beugte sich vor und berührte ihn leicht an der Schulter. »Nein. Darauf gebe ich dir mein Wort, Rafik. Nach dieser einen Expedition ist es vorbei.« Er warf Vincha einen kurzen Blick zu. »Dann bist du frei.«

Eine Weile blieb Rafik stumm, dann sah er Nakamura geradewegs ins Gesicht. »Tut es weh?«

»Mein Gesicht?«

Scheu nickte Rafik.

»Die ganze Zeit. Aber ich habe gelernt, damit zu leben.«

»Bist du wütend auf den Wiedergeborenen Propheten, weil er dich so erschaffen hat?« Ehe Nakamura darauf antworten konnte, fuhr Rafik fort: »Ich bin wütend auf ihn. Ich habe jeden Tag gebetet. Ich habe niemandem etwas getan.

Warum hat er mich verflucht? Ich habe alles verloren, was ich hatte. Alles und jeden …« Er verstummte, und sie saßen in unbehaglichem Schweigen da.

Als Nakamura endlich antwortete, klang seine Stimme zum ersten Mal fast sanft. »Ja, ich war wütend, Rafik. In den seltenen Momenten, in denen mich gerade niemand schlug oder verfluchte, habe ich mir dieselben Fragen gestellt und mir selbst sehr leidgetan.« Er legte Rafik eine entstellte Hand auf die Schulter. »Aber irgendwann habe ich begriffen, dass wir alle aus einem bestimmten Grund hier sind. Dass wir aus der Asche der Menschheit wiederauferstanden sind, anders als zuvor, aber keinen Deut besser. Und jene unter uns, die bestimmte Gaben geerbt haben, müssen sie dafür einsetzen, die Menschheit oder das, was von ihr übrig ist, wieder zu ihrer einstigen Größe zurückzubringen. Deshalb sind wir, wie wir sind.«

»Aber meine Fähigkeiten sind nutzlos«, rief Rafik.

Mit einem Mal wurde Vincha schmerzlich bewusst, wie jung er noch war.

»Ich kann nur Puzzle-Schlösser öffnen, sonst gar nichts.«

»Im Gegenteil, Rafik, du bist nützlicher als wir alle zusammen. Vielleicht sogar der Einzige mit einer wirklich nützlichen Gabe. Weißt du, mein Junge, wir alle«, er deutete auf die anderen, »sind Freaks.« Er zeigte auf sich selbst und fügte hinzu: »Manche von uns mehr als andere. Aber du, Rafik – deine Gabe ist etwas Reines. Diese Trolle im Außenposten, mit ihren Tarakanischen Modifikationen und riesigen Kanonen, haben dich ›Schlüssel‹ genannt. Sie haben alles darangesetzt, damit du dich wertlos fühlst – aber glaub mir, manchmal kommt es auf nichts so sehr an wie darauf, die richtige Tür zu öffnen.« Nakamura beugte sich vor. »Du weißt, was du wirklich willst, oder? Wovon träumst du, wenn du friedlich schläfst?«

Rafik zögerte keine Sekunde. »Ich will die Symbolwand sehen. Ich will das Große Puzzle lösen.« Seine Augen leuchteten auf, als er das sagte.

In diesem Moment entdeckte Vincha, dass Rafiks Tätowierungen inzwischen seinen ganzen Arm hinaufreichten, am Ellbogen verjüngten sie sich zu dünnen Linien. Aus irgendeinem Grund jagte ihr diese Entdeckung Angst ein.

Nakamura schob Rafik den Metallkasten zu. »Wenn du dieses Puzzle gemeistert hast, gehen wir in das Herz der Stadt im Berg, und dort dürftest du finden, was du suchst.«

Vincha beobachtete Rafik und sah, wie sich seine Miene veränderte, als er den Kasten betrachtete. Es war, als würde er sich davon mit jeder Faser seines Leibs magisch angezogen fühlen. Langsam streckte er die Hand aus, seine gezeichneten Finger näherten sich den Vertiefungen. Aber Nakamura hielt seine Hand fest und schob den Kasten wieder ein Stück fort.

»Nicht jetzt. Noch nicht«, sagte er, aber Vincha hörte die Aufregung in seiner Stimme.

»Warum nicht?«

Nakamura schob ihm den Teller vor die Nase. »Zuerst«, sagte er, »wird gegessen.«

Kapitel 55

Vincha war keine gute Erzählerin. Ihre Stimme blieb durchgehend gleichmäßig, fast unbeteiligt. Es hörte sich an, als würde sie einem Truppkommandanten Bericht erstatten. Sie lieferte Fakten, gab Dialoge wieder und beschrieb, was geschehen war, ließ aber die Gefühlsebene nach Möglichkeit aus. Ich erwischte mich dabei, wie ich selbst hinzudichtete, wie sie oder Rafik empfunden haben mochten. Eine brauchbare Technik, die ich entwickelt hatte, um mich besser in die Leute einzufühlen, die ich verhörte. Ich lauschte Vinchas Geschichte mit geschlossenen Augen und stellte mir das, was sie berichtete, bildlich vor, und irgendwann lullten mich Vinchas monotone Stimme, meine Erschöpfung und die Dunkelheit ein, und ich döste immer wieder kurz weg und driftete in eine Traumwelt davon. Zum Glück veränderte sich Vinchas Stimme irgendwann, klang angespannter, als hätte sie mit ihren Gefühlen zu kämpfen, und ich schreckte hoch, ehe mich jemand beim Dösen ertappte.

»Ich dachte«, sagte Vincha und hob die Schultern, »dass er das nur sagt, um den Jungen an den Haken zu kriegen. Ihr wisst schon … um ihm zu schmeicheln, damit er tut, was er will. Ich meine, was sollte dieses ganze Gerede über die bestmögliche Zukunft und das Öffnen der richtigen Tür, und dass Rafiks Gabe so einzigartig sei? Ein Haufen wirres Zeug, um den Jungen gefügig zu machen, das habe ich damals jedenfalls gedacht. Daeon hat mir ein paar ihrer gesammelten Informationen gezeigt. Von den beiden obersten Ebenen hatten sie recht gute Karten, aber sie wollten ja tiefer, ins Herz der Stadt, also auf ganz fremdes Territorium. Er sagte, dass Nakamura die Zukunft sehen könne und sie so reich und mächtig machen würde, dass sie, tja …« Vincha lächelte. »Eigentlich sagte er ›wir‹ – dass *wir* unser eigenes kleines Imperium erschaffen würden. Über diese Zukunftsvisionen wusste ich nichts – kann sein, dass Nakamura wirklich diese Sorte Freak war. Aber ich wollte einfach nur genug Metall, um mich zur Ruhe zu setzen und für den Rest meines Lebens nie wieder eine rostige Eidechse sehen zu müssen.

Rafik brauchte drei Tage, um Nakamura davon zu überzeugen, dass er für den Puzzle-Kasten bereit war. Aber es wurde eine Katastrophe. Sobald er die Finger hineingesteckt hatte, verdrehten sich seine Augen so sehr, dass seine Pupillen nicht mehr zu sehen waren, und er hat angefangen zu krampfen. Wir haben ihn auf eine Pritsche gelegt und versucht, ihn zu beruhigen, aber er hat immer weitergezuckt, während ihm der Speichel aus dem Mund floss. Ein wirklich schlimmer Anblick. Ich wollte seine Finger aus dem Kasten ziehen, aber Nakamura verbot mir, ihn anzufassen, und auch Sci durfte ihm weder Medizin verabreichen noch eine Infusion legen, damit er wenigstens genug Flüssigkeit bekommt. Ich konnte nichts weiter tun, als neben ihm zu sitzen.

Acht Tage lang steckte Rafik in diesem Puzzle. Nach den anfänglichen Krämpfen war er schlaff geworden, sein Atem ging flach und langsam. Er aß nicht und schluckte nur, wenn wir ihm Wasser in den Mund zwangen. Seine Augen standen offen, aber er hat nichts gesehen, und er hat auch auf nichts reagiert, was im Zimmer geschah. Ich habe so oft wie möglich an seiner Seite gewacht und darauf gehofft, dass sie mich mit ihm allein lassen, damit ich seine Finger aus diesem verflixten Puzzle ziehen kann, aber Nakamura war ja kein Idiot. Es war immer irgendwer da und passte auf. Um ehrlich zu sein, war ich auch sehr beschäftigt damit, Scis Gebräu und meine Mahlzeiten drinzubehalten, mir war ständig übel.

Rafik war vollkommen weggetreten, und auf gewisse Weise war ich das ebenfalls. Ich hatte ja nichts weiter zu tun und dachte die ganze Zeit nur nach, und mir kamen immer mehr Zweifel an Nakamuras Plänen. Weshalb sollten wir unser Leben für irgendeinen geheimnisvollen Schatz in der Stadt im Berg riskieren, wenn allein schon die Hardware in diesem Versteck ein Vermögen wert war? Würde ein mörderischer Freak wie Nakamura sein Versprechen halten, Rafik und mich gehen zu lassen? Und warum sollte er?

Mir dämmerte, dass ich Rafik in eine üble Situation gebracht hatte, aber ich hatte keine andere Wahl, als das Beste daraus zu machen. Also versuchte ich, den Trupp besser kennenzulernen. Ich habe gehofft, dass ich sie irgendwie gegen Nakamura aufstacheln oder wenigstens einen von ihnen auf meine Seite ziehen könnte. Nur für den Fall, dass Nakamura irgendwann befand, dass ich entbehrlich war.

Daeon war anscheinend so etwas wie Nakamuras rechte Hand, und die anderen haben auf ihn gehört. Ich wusste zwar nichts über seine Motive, aber mein Bauchgefühl sagte mir, dass seine Loyalität zu Nakamura über jeden Zweifel erhaben war. Herev hingegen war ein klassischer Söldner, zäh und gefährlich. Ich habe ihn beim Training gesehen, in seiner Hand verwandelte sich ein Energieschwert in den reinsten Blitzschlag. Ich dachte, dass ich Herev womöglich umdrehen konnte, so wie er mich angesehen hat …« Selbst im Zwielicht sah ich, wie Vincha errötete. Sie seufzte. »In so einer Situation nimmt man, was man kriegen kann. Diese Jungs hatten schon ewig keine Frau mehr gesehen, nicht mal eine mit Glatze und in meinem Zustand. Mir war klar, dass Daeon und Herev mich beide wollten, aber Daeon war zu loyal, und bei Herev war die Leidenschaft für Reichtum stärker ausgeprägt als jeder andere Trieb. Er würde an Nakamuras Seite bleiben, solange er glaubte, dass dessen Plan Erfolgsaussichten hatte. Sci war stets höflich, sanft, sogar fürsorglich, aber er hat nie Interesse an mir gezeigt.

Rafik siechte vor unseren Augen dahin. Es hat mich fast wahnsinnig gemacht, aber ich konnte nichts für ihn tun. Falls die anderen Rafiks Zustand als Zeichen dafür betrachteten, dass auf Nakamuras seherische Fähigkeiten kein Verlass war, ließen sie es sich nicht anmerken. Wann immer ich versuchte, mit jemandem darüber zu reden, biss ich auf Stahl. Daeon und Sci wechselten einfach das Thema. Herev sagte zu mir, ich solle mein ›rostiges Maul halten‹.

Ich war sicher, Rafik würde sterben. Einfach so. Niemand konnte überleben, wenn er nur so wenig Flüssigkeit und überhaupt keine Nahrung zu sich nahm. Ich sah, wie er dahinschwand, wie er immer dünner und blasser wurde und sein Atem sich so sehr verlangsamte, dass wir irgendwann alle ständig überprüften, ob er überhaupt noch einen Puls hatte.

Am achten Tag wachte er auf. Herev hat erzählt, dass der Puzzle-Kasten auf einmal piepte, und im nächsten Augenblick öffnete Rafik die Augen. Ich war nicht da, aber er fragte nach mir, kaum dass er wach war.

Ja, ich habe mich sehr gefreut, ihn zu sehen. Als ich ankam, war schon fast der ganze Trupp versammelt, und er hatte sich umgezogen und versuchte gerade, eine Schüssel Suppe herunterzubekommen, die Sci ihm gebracht hatte. Aber er war noch immer totenbleich, und …« Sie zögerte.

»Und was?«, fragte Galinak. Inzwischen waren wir alle hellwach und angespannt.

»Er hatte sich verändert. Man sah es in seinen Augen. Ich habe ihn umarmt, und als ich ihn losließ, betrachtete er mich, als würde er mich auseinandernehmen, analysieren und wieder zusammensetzen. Dann sagte er ›Vincha‹, ganz leise, und als ich antwortete, sagte er nur meinen Namen, immer wieder, vielleicht fünf-, sechsmal, als wollte er ihn sich einprägen.

Dann fragte er mich: ›Wusstest du, dass dein Name von Vishiya kommt, einer Gottheit, die von kriegerischen Seefahrern verehrt wurde – mehr als dreitausend Jahre vor der Katastrophe?‹

›Nein, das wusste ich nicht‹, sagte ich. ›Woher weißt du das?‹

›Ich weiß nicht, woher.‹ Er runzelte die Stirn. ›Aber ich bin sicher, dass es stimmt.‹

Nakamuras Eintreffen unterbrach unser Gespräch. Sobald er hereinkam, verkündete Rafik, dass er das Puzzle gelöst habe, aber in seiner Stimme lag keine Genugtuung. Es war einfach nur eine Feststellung.

Nakamura stützte sich auf seinen Stab und seufzte leise. ›Ich wusste, dass du es lösen würdest‹, sagte er. ›Ich habe keinen Moment lang daran gezweifelt …‹

›Und doch bist du erleichtert.‹ Rafiks Stimme war ganz ruhig, aber distanziert.

Zum ersten Mal hörte ich ein Zaudern in Nakamuras Stimme, nur eine Spur. ›Meine Vorhersagen treffen oft zu, aber manchmal … manchmal begreife ich nicht, was genau ich vorhergesehen habe, ehe es zu spät ist. Wie ich bereits sagte – unsere Begegnung bringt uns der bestmöglichen

Zukunft ein ganzes Stück näher, aber da war auch ein Risiko. Eine mögliche Zukunft, in der du gestorben bist.‹

›Ich werde sterben‹, sagte Rafik plötzlich mit abwesendem Blick. ›Wir alle werden sterben.‹

›Würdet ihr vielleicht mal damit aufhören, dauernd vom Sterben zu faseln?‹, versuchte Herev die Stimmung aufzulockern.

Rafik beachtete ihn nicht, er war ganz auf Nakamura konzentriert. ›Wir müssen zur Stadt im Berg.‹

›Du solltest dich erst noch ein paar Tage lang erholen‹, sagte Nakamura.

Aber Rafik schüttelte den Kopf. ›Nein, ich will los, sobald der Tag anbricht. Ich habe es gesehen, und es ist eine unvorstellbare Pracht.‹

Die Truppmitglieder wechselten Blicke.

›Was hast du gesehen, Kleiner? Unseren Schatz?‹ Herev grinste.

›Das Große Puzzle. Ich habe es gesehen, nicht nur in meinen Träumen, sondern in Wirklichkeit. Es ist …‹

›Vergiss das rostige Puzzle‹, schnaubte Herev. ›Was ist mit den verdammten Reichtümern? Den guten alten Tarakanischen Artefakten? Den am Mann tragbaren Wärmesuchraketen? Den Maschinen, die alles rekalibrieren, was man ihnen vorwirft? Was ist mit …‹

›Es reicht‹, knurrte Nakamura unter seiner Kapuze.

Aber Rafik antwortete trotzdem. ›All das hat mit dem Großen Puzzle nichts zu tun, und dort wartet weit Größeres auf uns als das, wonach du mich gerade gefragt hast.‹

›Ich wüsste nicht, was besser sein sollte als eine tragbare Wärmesuchrakete‹, witzelte Herev, aber niemand war dafür in der richtigen Stimmung.

Rafik wandte nur den Kopf und musterte den Söldner, und er reagierte auf den unverwandten Blick des Jungen genau wie ich: Er spannte sich an, als spürte er eine drohende Gefahr.

Rafiks Stimme klang, als würde er träumen. ›Hinter dem Großen Puzzle verbergen sich all das verlorene Wissen und die vergessene Technologie der Menschheit.‹

Nakamura stand so lange einfach nur reglos da, dass sich Unruhe im Trupp ausbreitete. Dann klopfte er zweimal mit dem Stab auf den Boden. ›Macht euch bereit. Wir brechen morgen auf.‹«

Kapitel 56

Ein leises Klopfen an der Tür unterbrach Vinchas Erzählung. Trotz unseres Zustands waren wir alle überraschend schnell auf den Beinen. Waffen wurden gezogen und entsichert. Mein Meister nickte mir zu, und ich ging langsam zur Tür. Sah mithilfe meiner Spezialsicht hindurch und erblickte einen der Männer, die uns im Keenan-Gildenhaus zu Hilfe gekommen waren. Sein Gesicht versprach keine guten Nachrichten.

Ich öffnete die Tür. Er war Profi, zuckte nicht mit der Wimper, als er all die auf ihn gerichteten Waffen sah. Stattdessen sah er über meine Schulter hinweg Lehrmeister Harim an.

»Es geht das Gerücht, dass man nach Euch sucht. Und nach Euch«, er sah Vincha an, dann zeigte er auf mich: »Und nach dir auch.«

»Nach mir?«, fragten Vincha und ich gleichzeitig. Meine Stimme klang vor Erschöpfung ganz brüchig: »Lehrmeister, weshalb jagt man uns? Ich meine, warum jetzt?«

»Wir wurden kompromittiert.« Lehrmeister Harims Stimme klang zutiefst bedauernd.

»Von wem?«

Er seufzte tief. »Von mir.«

Ich wartete. Wir alle warteten.

»Ich war schlauer, als gut für mich war, ein dummer alter

Mann. Meine Theorie über das, was in der Stadt im Berg geschehen ist, entwickelte sich während meiner sorgfältigen und umfangreichen Recherchen. Unglücklicherweise fertige ich beim Nachdenken …«

»… Notizen an«, vollendete ich seinen Satz.

Ein trauriges Lächeln. »Eine schlechte Angewohnheit. Vor allem diesmal, denn meine Notizen landeten am Ende beim Leiter des Sicherheitsrats, der zufälligerweise von Sabarra ernannt worden ist. Ich musste mich vor einer ganzen Reihe von Leuten erklären, und möglicherweise habe ich das, was uns alle in der Stadt im Berg erwarten könnte, ein wenig zu nachdrücklich geschildert.«

Ich stellte mir vor, wie mein Lehrmeister vor dem Sicherheitsstab stand, und ganz langsam dämmerte mir meine eigene Rolle in diesem Desaster. Lehrmeister Harim hatte seine Theorie offenlegen müssen, und dann hatte der Rat ihn angewiesen, jemanden zu entsenden, der genauere Nachforschungen anstellte – aber natürlich nicht ihn selbst. Sie mussten darauf bestanden haben, dass er in ihrer Reichweite blieb, also war er gezwungen gewesen, jemand anderen zu schicken. Jemanden, der weitaus weniger qualifiziert war als er selbst, der nicht recht begriff, worum es eigentlich ging, und der für seine Recherche sehr, sehr lange brauchte. Denn dann würde der Rat mit der Zeit meinen Meister nicht mehr so scharf im Blick behalten, und er konnte nachdenken, wie er dem lauernden Wolfsrudel, das ihn umzingelte, entkommen konnte. Deshalb also hatte mein Lehrmeister keinen Trupp fähiger Ex-Salutisten angeheuert, um eine gefährliche Söldnerin auf der Flucht aufzuspüren, sondern stattdessen einen kleinen Schreiber losgeschickt, der zu viele Salutisten-Romane las. Es war ein dermaßen logischer und nachvollziehbarer Schritt, dass es mich überraschte, wie weh es trotzdem tat.

Als hätte Lehrmeister Harim meine Gedanken gelesen, sah er mich an, und unsere Blicke verhakten sich ineinander. Kaum merklich nickte er mir zu, und ich antwortete mit einem bitteren Lächeln. Welch eine Ironie, dass ich Vincha tatsächlich gefunden hatte und dass ausgerechnet mein Erfolg es war, der die ganze Arbeit meines Lehrmeisters zunichtegemacht hatte.

Und warum lehnt sich der Rat nicht einfach zurück und lässt mich meine Arbeit fertigmachen?, fragte ich mich stumm, ehe mir aufging, dass auch diese Antwort offensichtlich war. Der Rat handelte nicht als geschlossene Einheit, wie der Unkundige vielleicht glauben mochte. Er bestand aus mehreren Fraktionen, die sich aus den verbliebenen Gilden zusammensetzten, mächtige Gestalten zogen im Hintergrund die Fäden und strebten tagein, tagaus danach, ihren Einfluss zu vergrößern. Zugang zur Stadt im Berg samt ihren Geheimnissen war für jede dieser Fraktionen unglaublich verlockend, versprach genau jenen Vorteil, den sie suchten. Manche würden vom Erfolg des Vorhabens profitieren, manche von seinem Scheitern. Sobald sie erfuhren, dass ich Vincha gefunden hatte, ging es nur noch darum, wer ihrer zuerst habhaft wurde.

Die Wache an der Tür wusste nichts von meinen Überlegungen. Er sagte nur: »Es haben zu viele Leute eure Landung im Loch beobachtet. Auf euren Kopf steht ein so hoher Preis, dass sie alle bereitwillig reden.«

»Wie viel?«, grunzte Galinak. Wir alle starrten ihn an, und er meinte: »Was denn? Ich bin doch nur neugierig.«

Die Wache nannte uns die Summe, und mir wurde klar, dass wir besser so rasch wie möglich hier verschwanden.

Seufzend wandte sich mein Lehrmeister an Vincha. »Tja, meine Liebe, dann hören wir uns den Rest Eurer faszinierenden Geschichte wohl besser anderswo an.«

Vincha war zu müde, um ihm zu widersprechen. Galinak streckte sich und fragte gähnend: »Und wo gehen wir hin?«

»Wir schließen die Verbindung zu einem weiteren Teil der Geschehnisse.«

»Und wo soll das sein, alter Mann?«

Ächzend bückte sich Lehrmeister Harim und tastete auf dem Boden herum, bis er fand, wonach er suchte. Er zog eine Abdeckung beiseite, unter der eine schwarz beschichtete Platte zum Vorschein kam. Von meinem Platz aus sah ich nicht genau, was er da tat, aber kurz darauf glitt neben ihm lautlos eine Falltür auf. Ein übler Geruch wallte daraus auf, und alle verzogen die Gesichter.

»Bei Bukras Eiern.« Galinak hielt sich die Nase zu. »Bei dem Gestank rostet mir ja glatt der Schwanz weg.«

Mein Lehrmeister war bereits dabei, sich ein Stück Stoff vor den Mund zu binden. »Allen, die keine Atemmaske dabeihaben, würde ich sehr empfehlen, es mir gleichzutun. Ich bitte um Verzeihung für diese Unannehmlichkeiten, aber um unser Ziel zu erreichen, bleibt uns leider kein anderer Weg als der durch die Abwasserkanäle.«

Kapitel 57

Selbst beim Abstieg durch einen engen Schacht des Abwassersystems fiel mir auf, wie vorausschauend und wohlüberlegt die Tarkanier gebaut hatten. Sobald Lehrmeister Harim hinunterstieg, wurde es hell. Die Leiter war aus Metall, fühlte sich aber überraschend warm und angenehm an, fast weich, als würde sie sich an meine Hände und Füße schmiegen. Es beeindruckte mich auf ganz eigene Weise ebenso sehr wie der Ausblick von den höchsten Türmen der Stadt, aber gegen eines waren auch die Tarkanier offenbar machtlos gewesen: den Gestank. Als wir unten ankamen, liefen wir hintereinander auf einem schmalen Weg, und durch den Kanal direkt neben uns wälzte sich langsam ein steter Strom aus verflüssigten Ausscheidungen. Ich betrachtete den braunen Schlamm und wusste ohne jeden Zweifel: Wenn ich dort hineinfiel, würde ich es nicht überleben. Der Gestank war unerträglich. Ich würgte, und hin und wieder übergab sich jemand. Galinak war besonders übel dran; er war bleich und schwankte beim Gehen hin und her.

Wir drangen tiefer ins Tunnelsystem vor. Mein Gewand, das vor Dreck und Blut nur so starrte, war inzwischen schweißdurchtränkt, ich hatte einen widerlichen Geschmack im Mund und wünschte mir nichts dringlicher als eine heiße Dusche und Seife und danach ein schönes warmes Bett, um unter eine saubere Decke zu schlüpfen.

Vincha ergriff als Erste wieder das Wort. »Wo gehen wir hin?«

»Dorthin, wo wir in Sicherheit sind«, hörte ich meinen Lehrmeister mit schwacher Stimme antworten. Ihm ging es bestimmt noch viel schlechter als mir. »Wir brauchen Proviant und Verstärkung.«

»Und frische Kleidung«, brummte Galinak. »Hier unten stinkt es schlimmer als in einem Eidechsenarsch.« Da immerhin waren wir uns mal ganz einig.

Vier weitere Wachen erwarteten uns. Sie trugen volle Kampfmontur, komplett in Schwarz, und mir fiel auf, dass ihre Waffen zwar eher klein, aber in ausgezeichnetem Zustand waren. Mein Überlebensinstinkt flüsterte mir zu, dass hier irgendwas ganz und gar nicht stimmte. Rasch blickte ich zu den anderen hinüber, um zu sehen, ob sie es auch spürten, aber sie waren zu mitgenommen und geschwächt von unserem Marsch durch die Abwasserkanäle.

Die Historikergilde war weit mehr, als ihr Name erahnen ließ. Im ersten Moment dachte man an langweilige alte Männer mit langen Pfeifen und noch längeren Reden, und das war gar nicht ganz unwahr. Aber diese Männer zogen auch durch das verwüstete und gefährliche Land und sammelten Zeugnisse und Artefakte einer zerstörten Zivilisation ein. Hatten sie alles gründlich untersucht und katalogisiert, verkauften sie ihre Fundstücke schließlich für verblüffend hohe Summen, meist an leidenschaftliche Sammler aus gehobener Gesellschaftsschicht. Trotzdem konnte ich mir nicht recht vorstellen, dass der Unterhalt einer voll ausgerüsteten Söldnertruppe, die es sogar mit der rostigen Schildgarde aufnehmen konnte, in unserem Budget lag. Wer waren diese Typen?

Wir kamen zu einer Wartungsluke in der Decke. Zwei Wachen kletterten voran, alle anderen folgten in ordentlicher Reihe.

Wir kamen mitten in einem riesigen Raum heraus, halb vollgestellt mit Holzkisten. Es gab nur eine kleine Lampe, deren Licht nicht bis in die Ecken reichte. Ich spürte, dass sich hier noch mehr Wachen aufhielten. War es eine Falle? Ich drehte mich nach Galinak und Vincha um, aber sie wirkten desorientiert. Zwischen uns befanden sich jeweils mindestens zwei Wachen, außerhalb des Lichtscheins waren noch mehr.

Ich wollte Galinak und Vincha warnen, aber ehe mir einfiel, wie ich das anstellen sollte, war es bereits zu spät. Langsam trat ein Mann ins Licht. Als mir klar wurde, wen ich da vor mir sah, fing mein Herz an zu rasen. Sein halbes Gesicht und ein Arm bestanden aus Metall. Ich kannte ihn nur aus Erzählungen, aber trotzdem war mir sofort klar, dass ich Jakov vor mir sah. Wie gewöhnlich reagierte Vincha als Erste.

»Rostiger Wichser.« Sie bewegte sich schnell, aber der Mann neben ihr war vorbereitet, umklammerte sie von hinten und hob sie von den Füßen. Trotz seines geschwächten Zustands schlug Galinak zwei Wachen nieder, ehe sie ihn durch schiere Überzahl überwältigten und er sich in einem Haltegriff wiederfand. Ich selbst landete auf den Knien, eine Waffe an der Schläfe, so wie der Rest des Trupps. Mit einer bemerkenswerten Ausnahme: meinem Lehrmeister.

Jakov schritt bedächtig zu Vincha hinüber, die immer noch heftige Gegenwehr leistete. Diesen Mann leibhaftig an mir vorbeigehen zu sehen jagte mir Schauder über den Rücken. Der Händler beugte sich zu Vincha hinunter, so dicht, dass sein Metallgesicht fast ihre Lippen berührte.

»Du bist also Vincha.« Seine Stimme war kaum mehr

als ein Flüstern. »Viele, viele Leute suchen nach dir, meine Liebe. Bitte verrate mir doch eins – wir beide hatten noch nie das Vergnügen miteinander, warum also diese Feindseligkeit?«

»Verroste.« Sie spuckte aus und traf die metallene Hälfte seines Gesichts.

»Das tu ich manchmal tatsächlich. Dagegen gibt es eine Salbe. Ich trage sie jeden Abend auf. Solltest du auch mal ausprobieren.« Mit der Metallhand berührte er sie am Kopf, es wirkte beinahe wie eine Liebkosung. Vincha zuckte zurück. »Wie gut, dass wir uns endlich mal kennenlernen, Vincha. Ich glaube, du schuldest mir einen ganzen Haufen Metall.«

Mir wurde übel.

Auf Jakovs Zeichen durchsuchten uns die Wachen nach Waffen, und sie taten es gründlich. Galinak ächzte, als sie ihn auf die Füße stellten. »Ich würde gern kurz anmerken, dass diese Frau mich *nicht* als Geleitschutz angeheuert hat …«

»Um ihre Schulden habe ich mich gekümmert«, unterbrach ihn Jakov und wandte sich an meinen Lehrmeister. »Als dieser werte Herr hier mich ansprach und mir seine interessante Theorie erzählte, habe ich mich bereiterklärt, in die Stadt zurückzukehren und so gut auszuhelfen, wie ich nur kann. Also habe ich ihre gesamten Schulden aufgekauft und ihre Gläubiger ausgezahlt. Was immer sie irgendwem schuldete, schuldet sie nun mir. Allerdings …« Er warf der zappelnden Vincha einen kurzen Blick zu, »… würde ich mich an deiner Stelle trotzdem nicht mehr im *Nest* blicken lassen.«

Jakov ging auf meinen Lehrmeister zu. »Also, Harim? Hat sich deine kleine Theorie als richtig erwiesen?«

Mir wurde klar, dass Lehrmeister Harim keine andere

Wahl gehabt hatte. Der Rat war zu tief gespalten und zu korrupt, also war es nur logisch, dass er sich an einen Waffenhändler gewandt und ihn um Schutz ersucht hatte. Die Antigrav-Anzüge, die erstklassigen Waffen – jetzt ergab alles einen Sinn.

Der Lehrmeister nickte. »Ich habe heute einige interessante neue Details erfahren.« Möglicherweise hörte ich ihm als Einziger an, wie viel Mühe es ihn kostete, so ruhig zu klingen. »Das meiste hat mir aber nur bestätigt, was ich ohnehin schon wusste. Jetzt fehlt nur noch das Ende der Geschichte. Ich will wissen, was mit Rafik und Nakamuras Trupp geschehen ist.«

»Ja.« Jakov lehnte sich gegen eine Kiste, in der, wie mir meine Spezialsicht verriet, drei Energiegewehre und ein bisschen Sprengstoff lagerten. »Erzähl uns, was passiert ist. Wie du sie verraten hast und entkommen bist. Und wenn ich deine Geschichte gehört habe, werde ich entscheiden.«

»Was entscheiden?«, fragte ich und überraschte sogar mich selbst damit.

Ich hörte ein leises Sirren, als er das metallene Auge auf mich richtete. Der Blick seines menschlichen Auges war nicht weniger kalt und berechnend. »Ob ich euch am Leben lasse natürlich.«

Kapitel 58

»Wo gehen wir hin?«

»Das siehst du, wenn es so weit ist.«

»Gehen wir durch die ewig verschlossenen Tore?«

»Wart's ab.«

»Weil sie nämlich verschlossen sind, weißt du?«

»Weiß ich.«

»Und wir nehmen den unterirdischen Weg? Denn das wäre ziemlich schlau. Außer wenn wir über ein Eidechsennest stolpern«

»Das siehst du …«

»… wenn es so weit ist. Rost, warum bist du denn so geheimnistuerisch?«

Diesmal machte sich Daeon nicht die Mühe, ihr zu antworten.

»Noch mehr Treppen. Rost. Wie viele Ebenen gibt es hier eigentlich?«

»Zu viele.« Daeon stieg die breiten Stufen hinab.

»Weshalb nehmen wir mit dem ganzen Gepäck die Treppen? Wir sind an mindestens drei Aufzügen vorbeigekommen, also …«

Daeon blieb stehen und sah zu Vincha hoch, die einen Treppenabsatz höher war als er. »Im Moment trage ich die ganze Ausrüstung allein, du hast also überhaupt keinen Grund zur Klage.«

Das stimmte. Zusätzlich zu seiner schwarzen Energierüstung und einem ganzen Sortiment unterschiedlicher Waffen trug Daeon einen großen Rucksack, vollgestopft mit Ausrüstung. Vincha hingegen hatte nicht mal eine Waffe bekommen, ein Umstand, mit dem sie noch immer sehr haderte.

Daeon wandte sich ab und ging weiter. Hinter seinem Rücken verdrehte Vincha die Augen. »Ich frage ja nur, weil es unlogisch ist …«

»Wir benutzen nicht die Aufzüge, weil Nakamura gesagt hat, wir sollen sie nicht benutzen.«

»Ah … der große Nakamura. Hat er gesagt, weshalb wir die Aufzüge nicht benutzen sollen?«

»Nein, Vincha, hat er nicht.«

»Gehorchst du ihm eigentlich blind? Tust du *alles*, was er sagt?«

Daeon hatte den nächsten Absatz erreicht und wandte sich der nächsten Treppe zu, sodass Vincha sein Gesicht sah. Ihm war deutlich anzusehen, dass er um Beherrschung kämpfte, und Vincha konnte es ihm nicht verdenken. Er war sicher ebenso angespannt wie sie, denn schließlich hatten sie vor, bis ins Herz der Stadt im Berg vorzustoßen. So weit hatte sich noch nie zuvor jemand in die Tiefe gewagt. Ihre eigene Stimmung und ihr kindisches Benehmen rührten vermutlich daher, dass sie letzte Nacht kaum geschlafen hatte; wachgehalten von Furcht und Implantatfieber und der unerträglichen Stille, die jetzt in ihrem Kopf herrschte.

Leichtfüßig überholte sie Daeon und versperrte ihm den Weg. Er versuchte, sich an ihr vorbeizudrängen, doch sie schob sich spielerisch wieder vor den schwerbewaffneten Krieger.

»Ich hab dich was gefragt, Troll.«

»Vincha, ich bin dafür nicht in Stimmung.«
»Antworte mir doch einfach.«
»Was willst du wissen?«
»Tust du *alles*, was Nakamura dir befiehlt?«
Daeon erwiderte ihren Blick. »Natürlich befolge ich seine Befehle, und das solltest du auch tun.«
»Warum?«
»Warum was?«
»Warum bist du ihm so bedingungslos ergeben? Ich meine …« Demonstrativ musterte sie Daeon von Kopf bis Fuß. »… du wirkst eigentlich recht tüchtig. Es gibt eine Menge ungefährlichere Arten, sich seine Münzen zu verdienen, als sich von diesem Freak herumkommandieren zu lassen.«
Sein Blick wurde dunkel, und sie wusste, dass sie einen wunden Punkt erwischt hatte, aber er ließ sich nichts anmerken.
»Ich befolge all seine Befehle, und du solltest das auch tun. Wer seine Befehle nicht befolgt hat, ist jetzt tot.«
»Durch seine Hand oder durch deine?«
Vincha sah seinen Kiefer zweimal zucken und fügte rasch hinzu: »Ihr habt mir nicht mal eine Waffe gegeben. Was nütze ich denn in der Tiefe, wenn ich mich nicht mal selbst verteidigen kann?«
»Nakamuras Befehl lautet, dich nach unten zu bringen, und zwar *jetzt*«, sagte Daeon ausdruckslos, »und wenn du Widerstand leistest oder mich aufhältst, soll ich dich niederschlagen und über die Schulter werfen. So langsam ziehe ich diese Option ernstlich in Erwägung.«
Vincha hielt seinem Blick stand, trat aber betont langsam zur Seite und breitete die Arme aus. »Nach dir, Troll.«
Wortlos ging Daeon an ihr vorbei, und sie stiegen zwei weitere Ebenen hinab und kamen in eine große unterirdi-

sche Halle, die Vincha an die Stadt-der-Türme-Stationen der Langbahn erinnerte. Es gab insgesamt vier lange Tunnel, je zwei an gegenüberliegenden Seiten der Halle. Sie bestanden offenbar aus demselben Material wie der Tarakanische Highway.

Nakamura, Sci, Herev und Rafik standen bereits auf der mittleren Plattform. Herev hatte sogar noch mehr Waffen dabei als Daeon, unter anderem seine beiden Energieschwerter, die er auf den Rücken geschnallt hatte. Neben Sci schwebten zwei große Metalltruhen. Rafik stand reglos da, in eine verkleinerte Version der Kampfmontur gekleidet, an seinem Gürtel hing eine Energiepistole. Er reagierte nicht auf Vinchas und Daeons Ankunft, sondern starrte mit abwesendem Blick ins Leere.

»Wird auch mal Zeit«, bemerkte Herev und sah ihnen entgegen.

»Wir hatten uns ein bisschen verirrt«, antwortete Daeon. Er reichte Nakamura einen etwa handtellergroßen Bildschirm. »Hier. Alles fertig eingerichtet, so wie du es haben wolltest.«

Nakamura nickte wortlos und tippte auf dem Apparat herum. Daeon trat zu Sci und gab ihm ein paar Energieröhren, ehe er seinen Rucksack in eine der schwebenden Truhen stopfte und sich an Rafik wandte.

»Das hier habe ich in deinem Zimmer gefunden – hast du wohl dort vergessen.« Er reichte ihm Fahids Messer. Rafik nahm es schweigend entgegen, und dann sah er auf seine Hand hinunter und ließ es ein paar Mal auf und nieder springen, wie um sein Gewicht zu spüren. Vincha sah sein erleichtertes Lächeln, und ganz kurz war Rafik wieder einfach nur ein Junge.

»Danke«, sagte er leise und steckte das Messer weg, und Daeon strich ihm über den Kopf.

Nakamura sah auf. »Dann wollen wir mal.«

Sci kletterte in eine der Tunnelvertiefungen hinunter und lief ein Stück hinein, nur einen kleinen Rucksack auf dem Rücken. Sie warteten eine Weile, dann ertönte ein Rumpeln. Eine Langbahn kam aus dem Tunnel und hielt neben ihnen. Lautlos öffneten sich die Türen.

»Stellt euch mal vor, wie wir dieses Baby mit Beute aus der Stadt im Berg vollladen«, sagte Herev grinsend, als Sci aus dem Zug stieg.

»Damit kommen wir fast bis ans Ziel, aber nicht in die Stadt im Berg hinein«, drang Nakamuras Stimme unter seiner Kapuze hervor. Er wandte sich an Rafik. »Bist du bereit?«

Rafik nickte wortlos und setzte sich. Sci ging zum vorderen Ende der Langbahn und machte sich an der Steuerung zu schaffen. Der Zug setzte sich in Bewegung, und schon bald waren sie mit einer solchen Geschwindigkeit unterwegs, dass nur ein Supertruck sie noch hätte einholen können. Sie fuhren durch zahllose Tunnel, manche breit, andere ganz schmal.

»Bereithalten«, sagte Sci plötzlich, und der Zug wurde langsamer.

Sci reichte Vincha eine Stirnlampe.

»Wie wäre es mit einer Waffe oder so?«, fragte sie Nakamura.

»Ich denke eher nicht«, antwortete er. Der Zug kam zum Stehen.

»Wir gehen in die *Tiefe*«, protestierte Vincha, aber er tat, als hätte er nichts gehört.

Die Türen öffneten sich. Dahinter lag tiefste Dunkelheit.

Nakamura stieg als Erster aus, und gleich darauf leuchtete die Spitze seines Stabs auf, und Lichtstrahlen aus den Stirnlampen, Handleuchten und Waffen seiner Leute durchschnitten die Dunkelheit. Es war so kalt, dass Vincha unwillkürlich erschauerte.

»Hier entlang«, befahl Nakamura.

»Sind wir schon in der Tiefe?«, wollte Herev wissen.

»Nein«, sagte Daeon. »Aber ich würde sagen, es ist nicht mehr weit.«

Sie erreichten das andere Ende der riesigen Station und sahen sich zwanzig großen Türen aus Tarakanischem Stahl gegenüber.

»Das ist der Eingang zur ersten Ebene der Stadt im Berg«, sagte Nakamura. »Angesichts der Stationsgröße und der vielen Türen vermute ich, dass hier früher ordentlich Betrieb geherrscht haben muss.« Er sah Rafik an. »Such dir einfach irgendeine Tür aus.«

Rafik antwortete nicht. Er ging einfach zu einer der Türen, und der Trupp folgte ihm.

»Ich sehe kein Puzzle-Schloss«, sagte Sci.

Rafik ging weiter, bis er auf Armlänge von der Wand neben der Tür entfernt war, und streckte die Hand aus.

Nichts passierte.

Er trat noch ein Stück dichter heran und berührte die Wand. Einen Herzschlag lang passierte immer noch nichts, doch dann leuchtete die Wand rings um Rafiks Hand auf. Ehrfürchtig beobachtete Vincha, wie das Metall sich verformte und sich drei Vertiefungen bildeten. Ohne zu zögern, schloss Rafik die Augen und schob die Finger hinein.

Er wurde ganz starr.

»Haltet euch bereit«, sagte Nakamura und setzte sich in Bewegung. »Sobald die Tür offen ist, müssen wir uns beeilen.«

»Das musst du mir nicht zweimal sagen.« Herev sprang von einem Bein aufs andere. »Wenn wir hier noch ein paar Minuten länger rumstehen, erfrieren wir.«

Rafik stieß ein leises Seufzen aus, und die Tür glitt auf. Dahinter erblickte Vincha eine große Halle, das genaue Spiegelbild der Station, in der sie standen.

»Rein da, schnell«, befahl Nakamura.

Daeon und Herev gingen zuerst, die Energiegewehre im Anschlag. Hinter ihnen kam Sci, dicht gefolgt von den beiden schwebenden Kisten. Nakamura packte Rafik am Arm und nickte Vincha zu. Sie ging durch die Tür, sich schmerzlich der Tatsache bewusst, dass sie unbewaffnet und hilflos war. Kaum auf der anderen Seite angekommen, duckte sie sich rasch hinter eine der schwebenden Kisten.

Als sie über die Schulter blickte, sah sie Rafik ganz gelassen hereinspazieren, ein abwesendes Lächeln im Gesicht. Plötzlich drehte er sich um, als ginge ihm plötzlich auf, dass er etwas vergessen hatte. Er zog etwas aus der Tasche und warf es durch die offene Tür. Das Etwas schlug ein paar Mal klirrend auf, ehe es auf dem kalten Boden liegen blieb, und Rafik drehte sich um und folgte Nakamura. Ohne nachzudenken, richtete Vincha den Lichtstrahl ihrer Armschiene auf das Etwas. Gerade als die Türen zuglitten, erkannte sie, was Rafik dort zurückgelassen hatte, und aus irgendeinem Grund setzte ihr Herz einen Schlag aus.

Es war das Messer seines Bruders.

Kapitel 59

»Vincha, wach auf.«

Sie hatte schon immer einen leichten Schlaf gehabt, und sobald Daeon ihren Namen sagte, öffnete sie die Augen. Rücken und Nacken taten weh von ihrer unbequemen Schlafposition.

Daeon hockte vor ihr, knapp außerhalb ihrer Reichweite. Lächelnd winkte er ihr zu. Vincha sah sich nach Rafik um. Er saß mit dem Rücken an die Wand gelehnt. Sein Gesicht war ausdruckslos, er starrte ins Leere.

»Hallo«, sagte sie zu dem Jungen und setzte sich auf.

Rafik wandte den Kopf, und Vincha überlief ein Schauder. Es fühlte sich nicht an, als würde er sie ansehen oder auch durch sie hindurchblicken, sondern so, als blicke er geradewegs in ihr Innerstes.

»Alles in Ordnung, Rafik?« Sie widerstand dem Drang, ihn zu berühren.

»Es ist nicht mehr weit«, antwortete er ruhig.

»Das freut mich zu hören, und du …«

»Es ist nicht mehr weit«, wiederholte er und wandte den Blick ab.

Daeon kam auf sie zu und streckte ihr die Hand entgegen. Sie ergriff sie und ließ sich von ihm aufhelfen.

»Wie lange hab ich geschlafen?«, fragte sie.

Daeon warf einen Blick auf sein Handgelenk. Vincha

hatte sich immer noch nicht an diese alten Zeitmesser gewöhnt, die Nakamuras Leute benutzten.

»Ein bisschen mehr als zwei Stunden. Hier.« Er hielt ihr eine große rote Tablette hin. »Sci sagt, das sollst du nehmen.«

»Was ist das?«

»Eine Art Nährpille.«

Als sie zögerte, zuckte er mit den Schultern. »Wenn Nakamura dich umbringen wollte, würde er sich sicher nicht extra die Mühe machen, dich zu vergiften.«

»So eine Tablette habe ich noch nie gesehen.«

Daeon lächelte ihr aufmunternd zu. »Er sagt, sie stammt aus seinem begrenzten Spezialvorrat. Schwer runterzubekommen, aber sehr wirksam.«

Vincha nahm die Tablette, steckte sie sich in den Mund und ruckte mit dem Kopf nach hinten, während sie schluckte. Dann riss sie die Augen auf.

Daeon lächelte. »Nett, was?«

Sie nickte und hustete. »Nicht übel.« Sie schlenderten ein Stück zu den anderen hinüber, die sich um Scis schwebende Kisten geschart hatten.

»Und, wie sieht es aus?«, fragte sie.

Daeon zuckte mit den Schultern. »Genau wie vor ein paar Stunden auch schon. Wir stecken fest.« Man sah ihnen allen von Weitem an, dass sie nicht sonderlich begeistert von ihrer Lage waren. »Ich denke, wir müssen wohl wieder ein Stück zurück und einen anderen Weg suchen.«

»Dann geraten wir vermutlich erst wirklich in die Scheiße.« Vincha sah sich nach Rafik um, der immer noch ins Nichts starrte. »Wie geht es ihm?«

»Unverändert. Er erledigt seine Arbeit und bleibt ganz für sich.« Daeon zog die Schultern hoch. »Irre ich mich, oder wird er allmählich ein bisschen eigenartig?«

Vincha versteifte sich, beschloss aber, ihre Gedanken für sich zu behalten. Sie zählte längst nicht mehr mit, wie viele Puzzles Rafik unterwegs knackte. Zum Glück waren sie bisher noch keiner Eidechse begegnet, aber meist, wenn Rafik mit einem Schloss beschäftigt war, bekamen sie es mit automatischen Geschützen zu tun, die sich plötzlich aus der Wand schoben, oder es schwärmte eine ganze Armada Kampfdrohnen auf sie zu. Nur Rafiks zusammengepresste Lippen und die auffallende Blässe verrieten seine Anspannung, ansonsten war ihm nichts anzumerken, während er eine Tür nach der anderen öffnete und Tarakanische Sicherheitsvorkehrungen umging. Doch mit jedem geknackten Puzzle zog sich Rafik tiefer zurück. Inzwischen wanderten sie seit drei Tagen durch die endlosen Gänge der Stadt im Berg, aber Vincha konnte sich nicht entsinnen, Rafik auch nur einmal schlafend gesehen zu haben. Er saß nur mit offenen Augen da und schien vor sich hin zu träumen. Er war ruhig, gehorsam und still. Der perfekte Puzzler.

Vincha hingegen wurde immer nervöser, je tiefer sie vordrangen. Die langen Korridore und nahtlos glatten Wände schienen eine dunkle Vorahnung auszudünsten. Daeon, Sci und Herev schienen ihre Anspannung zu teilen. Sie waren schon an ein paar vielversprechenden Knoten vorbeigekommen, aber Nakamura hatte sie weitergescheucht. Beim dritten oder vierten Mal hätte Herev um ein Haar die Nerven verloren. »Wir latschen hier einfach an einem ganzen Haufen lupenreinem Metall vorbei«, hatte er gesagt und auf die Tür gezeigt.

Selbst Vincha hätte nicht mit Nakamuras Reaktion gerechnet. Im nächsten Augenblick fand sich Herev rücklings an die Wand gepresst wieder, das Ende von Nakamuras Stab an der Kehle.

»Tu, was ich dir sage, und halt den Mund«, befahl Nakamura mit schnarrender Stimme. »Sonst trennen sich unsere Wege, und zwar genau *hier und jetzt*.«

Herev muckte nicht mehr auf.

Nakamuras aggressive Reaktion schien Rafik nichts auszumachen, und auch der Rest des Trupps schien sich nicht weiter daran zu stören.

Die Ausrüstung aus Scis schwebenden Kisten erwies sich oft als nützlich, aber bei einer Reise zur Stadt im Berg konnte sich niemand auf alle Eventualitäten vorbereiten. Und jetzt steckten sie hier fest. Direkt um die Ecke befand sich ein kurzer Gang, der zu einer mit Puzzle-Schloss gesicherten Tür führte, aber in ebendiesem Gang befand sich ein strategisch äußerst geschickt platziertes automatisches Geschütz, das alles pulverisierte, was sich zu nah heranwagte. Es war in einem so geschickt gewählten Winkel angebracht, dass sie keine freie Schusslinie hatten. Sprengstoff zu benutzen hatte Nakamura kategorisch abgelehnt – eine Explosion hätte das Puzzle-Schloss beschädigen können. »Dieses Hindernis wird uns nicht aufhalten«, behauptete er mit seiner rauen Stimme. »Es dauert nur ein bisschen.«

Sci gingen jedoch so langsam nicht nur die Ideen aus, sondern auch die kleinen Metallapparate, die er *Crawler* nannte. Es war Sci gelungen, ein Loch in die Wand zu bohren, und als sich Vincha jetzt den anderen näherte, sah sie, wie Sci die letzten Kabel hindurchsteckte und befestigte. Schweiß strömte ihm übers Gesicht. Er musste rasch arbeiten, denn immer, wenn er den Bohrer absetzte, fing das Loch in der Wand an, sich wieder zu schließen. »Okay, das könnte klappen«, sagte er schließlich, eher zu sich selbst als zu den anderen, die um ihn herumstanden. »Ich glaube, ich habe die Reaktionszeit des Geschützes verlangsamt. Aber wir haben nur noch einen Crawler, um es zu testen. Also,

Leute, hoffen wir mal, dass es funktioniert, ansonsten müssen wir zurück.«

Sci zog eine längliche Metallscheibe mit mehreren Armen und Beinen aus der neben ihm schwebenden Kiste, dazu eine Fernsteuerung. Kurz darauf krabbelte die mechanische Krabbe um die Ecke. Diesmal schaffte sie es den halben Gang entlang, ehe sie hörten, wie sich die Waffe rührte, dann ertönte das charakteristische Sirren, mit dem sie sich auflud.

»Rost.« Sci versuchte noch, den Crawler zurückzuholen, aber es war zu spät. Im nächsten Augenblick flogen seine Einzelteile in alle Richtungen.

Sci sah Nakamura an. »Bringt nix. Wir kommen einfach nicht vorbei.«

»Wir müssen«, sagte Nakamura.

»Ich schaffe es nicht.«

»Du musst!« Nakamura ließ das Ende seines Stabs auf den Boden knallen. »Wir müssen weiter! Ich habe es vorausgesehen.«

Frustriert riss Sci die Arme hoch. »Tja, dann hättest du mal besser auch gleich mit vorausgesehen, *wie* wir an diesem Geschütz vorbeikommen, mir fällt nämlich nichts mehr ein.« Der Trupp schwieg und wartete Nakamuras Reaktion ab. Herev wirkte unschlüssig.

Könnte meine Gelegenheit sein, sie auf meine Seite zu bringen, dachte Vincha. *Jetzt wäre die richtige Zeit, um einfach zu einem der Knoten zurückzugehen, an denen wir vorbeigekommen sind, ihn zu plündern und aus der Stadt im Berg zu verschwinden, stinkreich und, noch wichtiger, lebendig.*

Vincha suchte Daeons Blick, aber er schüttelte kaum merklich den Kopf. Er hielt immer noch zu Nakamura. Trotzdem holte sie Luft und öffnete gerade den Mund, um etwas zu sagen, da brüllte Nakamura auf einmal: »Rafik, nein!« Im nächsten Augenblick rannte er an Vincha vorbei.

Sie sah, wie Rafik um die Ecke verschwand und geradewegs in den Korridor marschierte. Einen Sekundenbruchteil lang verstand sie nicht, was hier gerade geschah, doch dann hörte sie das unverwechselbare Sirren des Geschützes, das sich auf ein bewegliches Ziel einstellte, und ihr war zumute, als würde ihr in Zeitlupe das Herz aus der Brust explodieren. Im letzten Augenblick bekam Daeon sie zu packen, sonst wäre sie hinterhergelaufen. Sie erhaschte nur einen ganz kurzen Blick auf Rafik, der seelenruhig auf die Tür zulief, verfolgt von der Gewehrmündung, dann zerrte Daeon sie zurück.

Sie wandte den Kopf. »Das Geschütz hat nicht auf ihn geschossen. Lass mich los.«

Er löste seinen Griff, und Vincha beugte sich wieder vor und spähte um die Ecke. Plötzlich schwenkte das Geschütz zu ihr herum. Im letzten Augenblick riss Daeon sie wieder zurück, aber die Hitze des Energiestrahls versengte ihr die Wange. Nach Luft ringend, lag sie auf dem Rücken, ihre Augen füllten sich mit Tränen. War er tot? Feuerte das Geschütz gleich noch mal?

Sie hob den Kopf. Der Energiestoß, der ihr um ein Haar den Kopf pulverisiert hätte, hatte die gegenüberliegende Wand getroffen und sich in alle Richtungen zerstreut. Die Wand war vollkommen unversehrt.

Herev ging an ihr vorbei und versuchte, ebenfalls einen Blick um die Ecke zu werfen, aber als das Geschütz erneut losging, zog er rasch den Kopf wieder zurück. »Bei Bukras Eiern, er ist noch am Leben«, sagte er zutiefst verblüfft. »Dieser Bengel ist einfach zum Puzzle marschiert und hat die Finger reingesteckt.«

»Das Geschütz hat nicht auf ihn gefeuert«, murmelte Sci ungläubig.

»Nein.« Sie alle hörten den Stolz und die Erleichterung, die Nakamuras Stimme durchdrangen. »Die Stadt erkennt Rafik endlich als einen der Ihren.«

»Hättest du mir ruhig früher sagen können.« Sci kratzte sich gereizt am Kopf. »Ich habe meine ganzen Crawler verschwendet.«

Zu ihrer aller Überraschung nickte Nakamura. »Ich hätte es klarer sehen sollen.«

Einen Augenblick lang standen sie stumm da, dann unterbrachen das leise Klingeln der sich öffnenden Tür und das Summen, mit dem das Geschütz herunterfuhr, die eigenartige Pause. Rafik stand neben dem Schloss und sah zum ersten Mal, seit sie die Stadt im Berg betreten hatten, direkt in ihre Gesichter.

»Wir müssen sofort gehen«, sagte er. »Wir sind ganz nah.«

Hinter der Tür befand sich eine Aufzugkabine, so klein, dass sie sich nur mühsam alle hineinquetschen konnten. »Lass die Schwebkisten hier«, sagte Nakamura. »Die brauchen wir nicht mehr.«

Sci sah aus, als wollte er protestieren, aber er überlegte es sich noch mal. Die Tür glitt zu, und fast sofort setzte sich die Kabine in Bewegung.

»Aufwärts?«, fragte Daeon. »Ich dachte, wir wollen nach unten.«

Nakamura antwortete nicht, aber Rafik wiederholte: »Wir sind ganz nah«, als würde das irgendetwas erklären. Danach fiel kein weiteres Wort mehr, und als der Aufzug endlich zum Halten kam und sich die Türen öffneten, lag vor ihnen ein langer Gang, der so breit war, dass sie alle bequem mit ausgebreiteten Armen hätten nebeneinanderher gehen können. Wände und Decke bestanden aus schimmerndem Metall, dessen Farbe sich, während sie hindurchgingen, ständig veränderte, was eine eigenartig beruhigende Wirkung hatte.

Gut anderthalb Kilometer weit folgten sie diesem Korridor, ohne dass etwas geschah, dann kamen sie in einen Saal, der so riesig war, dass sich Vincha kurz unter freiem Himmel wähnte. Sie sah weder die Decke noch die gegenüberliegende Wand; die einzigen Hinweise darauf, dass sie sich in einem geschlossenen Raum befanden, waren die Säulen und der spiegelnde Boden. Nur die Mitte des Saals war erleuchtet, und zwar durchgehend von der linken Seite, wo sie sechs gewaltige Metalltüren ausmachte, bis hin zur Wand zu ihrer Rechten – an die achthundert Meter voneinander entfernt. Ansonsten lagen der Saal und das, was sich hinter den Säulen verbergen mochte, in tiefer Dunkelheit.

»Diese Türen kenne ich doch«, rief Vincha. »Das ist das Stadttor! Ich habe es von der anderen Seite aus gesehen. Die ewig verschlossenen Tore. Rost, wir sind drinnen!«

»Und am anderen Ende dieses Saals befindet sich das Tor zum Allerheiligsten der Stadt.« Nakamuras Stimme klang überraschend sanft. »Ich habe es vorhergesehen.«

»Bei Bukras Eiern«, flüsterte Sci ehrfürchtig und starrte die Podeste in der Mitte der Halle an. Sowohl die Podeste als auch die Treppen, die hinaufführten, ruhten auf Hunderten steinerner Arme. Über dem Mittelpodest schwebte mitten in der Luft ein riesenhafter Arm, die Hand zu einer mächtigen Faust geballt.

Wortlos setzte sich Rafik in Bewegung und steuerte auf das Podest zu. Daeon wollte ihn aufhalten, aber Nakamura sagte: »Lass ihn nur, Daeon. Unsere Reise ist fast zu Ende. Schon bald gehört der Sieg uns.«

Herev johlte vor Freude auf, seine Stimme hallte aus allen Richtungen wider. Sci und Daeon folgten Rafik, und Herev drehte sich zu Nakamura um und klopfte ihm auf die Schulter. »Ich hab nie an dir gezweifelt, Boss, keine Sekunde lang.«

Nakamura nickte gemessen und stützte sich schwer auf seinen Stab. »Begleite die anderen«, schnarrte er. »Seid auf alles vorbereitet, nur für den Fall, dass ich irgendetwas nicht vorhergesehen habe.«

Vincha beobachtete, wie Herev sich abwandte und sich in Bewegung setzte. Und genau in diesem Augenblick richtete sich Nakamura auf und hob den schwarzen Stab. Aus der Spitze sprang lautlos eine scharfe Klinge, und ohne zu zögern, stieß Nakamura zu, trieb sie Herev von hinten durch den Hals. In einem Blutschwall trat sie auf der anderen Seite wieder aus. Lautlos brach Herev blutüberströmt in die Knie. Dann fiel er zu Boden, und Nakamura ließ den Stab los und riss mit verblüffender Geschwindigkeit das Energiegewehr aus Herevs leblosen Händen.

Daeon spürte offenbar, dass etwas nicht stimmte, er wirbelte herum, aber er richtete instinktiv das Gewehr auf Vincha, in der Annahme, dass sie es war, die sie verraten hatte. Als ihm sein Irrtum dämmerte, war es bereits zu spät. Nakamura schoss ihm zweimal in die Brust. Daeons Panzerung fing das meiste ab, aber die Schockwelle warf ihn trotzdem hintenüber, und sein Gewehr schlitterte in die Dunkelheit davon. Ohne die Spur eines Zögerns trat Nakamura näher, setzte Daeon das Gewehr auf die Brust und gab zwei weitere Schüsse ab, und diesmal konnte auch die Energierüstung Daeon nicht mehr retten.

Als Nakamura über Daeons schwelende Leiche hinwegstieg, übernahmen Vinchas Reflexe das Kommando. Ohne ein Wort rannte sie in die Dunkelheit, hielt Ausschau nach dem davongeschlitterten Gewehr. Irgendwo hinter ihr flehte Sci: »Nakamura-san, nein, im Namen …« – doch ein weiterer Schuss setzte seinem Satz ein Ende. Vincha entdeckte das Gewehr, hechtete hin, bekam es am Schaft zu packen und rollte ab. Ihrer Schätzung zufolge hätte Nakamura mindestens dreißig Schritte hinter ihr sein müssen, aber als sie wieder auf die Beine kam, ragte er bereits über ihr auf, und noch ehe sie sicher stand, versetzte er ihr schon einen solchen Tritt gegen die Brust, dass sie rücklings über den spiegelnden Boden schlitterte.

Flach auf dem Rücken liegend, versuchte sie verzweifelt, das Gewehr in Anschlag zu bringen, aber Nakamura stellte einen Fuß auf ihren Arm und nagelte ihn mit seinem vollen Gewicht auf dem Boden fest. Sie hätte aufgeschrien, aber der Tritt hatte ihr sämtliche Luft aus der Lunge getrieben. Vincha krümmte sich vor Schmerz, und dann sah sie den glühend roten Punkt des Ziellasers und begriff, dass er auf ihre Stirn gerichtet war. Sie starrte Nakamura über den Lauf der Waffe hinweg in das entstellte Gesicht unter der Kapuze an. Heute also kam der Tod, um sie zu holen, und Vincha hatte keine Kraft mehr, um dagegen anzukämpfen. Sie roch Daeons verbranntes Fleisch und hörte Herevs gurgelnden letzten Atemzug. Dann schloss sie die Augen, ließ den Kopf auf den Boden sinken und spürte, wie ihr Tränen übers Gesicht strömten. Dort lag sie und wartete darauf, dass ihr Leben endete, und mit ihrem auch das Leben, das sie in sich trug.

»Sie muss leben.«

Sie öffnete die Augen und wandte den Kopf. Da stand Rafik, ganz in der Nähe von Scis reglosem Körper. Ruhig betrachtete er sie und Nakamura, das Blutvergießen schien ihn überhaupt nicht zu berühren. Die Stimme des Jungen klang monoton, fast abwesend, als er wiederholte: »Sie muss leben – das hast du selbst gesagt.«

Nakamura zögerte. »Das ist nur eine mögliche Zukunft.«

»Sie muss leben.«

Vincha richtete den Blick wieder auf Nakamura und versuchte verzweifelt, aus seiner Miene schlau zu werden, aber sie konnte an nichts anderes denken als an die Mündung des auf ihre Stirn gerichteten Gewehrs.

Wie aus weiter Ferne hörte sie Nakamuras Stimme. »Nimm die Waffe mit und geh den Weg zurück, den wir gekommen sind.« Er nahm den Fuß von ihrem Arm und trat einen Schritt zurück.

Langsam setzte sie sich auf. Ihr Arm schmerzte, das Gewehr hielt sie noch immer fest umklammert. Rafik ging bereits weiter, ohne zu der Kom-Spezialistin zurückzublicken.

Nakamura hielt noch immer das Gewehr auf sie gerichtet. »Wenn du hier raus bist, bieg in den sechsten Tunnel links ein und geh ganz bis zum Ende. Sobald du die Oberfläche erreichst, halte dich nordöstlich, bis du eine zerstörte Brücke siehst. Dann geh nach Osten. Bis zur Talwand.«

Vincha sah Rafik hinterher. Der Junge stieg die Stufen zum Podium hinauf. Der schwebende Arm drehte sich und senkte sich sachte herab. Die schwarze Faust öffnete sich. Darin befand sich ein schwarzer Puzzle-Kasten.

»In der Talwand gibt es eine kleine Höhle. Halte danach Ausschau, dort findest du einen Sandflitzer und ein bisschen Ausrüstung und Proviant. Geh nicht zum Bunker zurück. Ich habe ihn vor unserem Aufbruch mit mehreren Zeitbomben versehen, es ist nichts mehr davon übrig.«

Sie wandte ihm wieder das Gesicht zu. Nakamura hatte inzwischen ein wenig Sicherheitsabstand zwischen sich und Vincha gebracht. Sie gab ihr Bestes, die Leichen ringsum nicht anzusehen, aber der Anblick von Nakamuras Stab, der noch immer in Herevs Hals steckte, brannte sich ihr förmlich in die Netzhaut. Sie versuchte, sich auf Nakamura zu konzentrieren, aber im Hintergrund hörte sie den Stab leise summen.

»Warum?«, krächzte sie. »Warum?«

Nakamura nickte. »Weil ich ihnen diese Gnade schuldig bin. Die Welt wird sich ändern, und das, was jetzt kommen wird, haben sie nicht verdient. Alles andere ist zu kompliziert zu erklären, aber alles, was ich tue, ist notwendig. Ich habe es vorhergesehen.«

Sprachlos starrte Vincha ihn an. Wieder nickte er, akzeptierte, dass sie ihm nicht glaubte. »Du kannst es nicht verstehen, aber dieser Weg ist für die Menschheit der beste.«

»Was hast du mit Rafik vor?« Sie blickte zum Podium hinüber, und wenn Nakamura ebenfalls zu dem Jungen hinübergesehen hätte, dann hätte sie versucht, ihn zu erschießen, scheiß drauf, was dann geschehen mochte. Aber er ließ sich nicht ablenken.

»Was auch immer geschehen wird, es muss so sein.«

»Er ist nur ein Junge …«

»Ich habe es gesehen. Wir alle haben ein Schicksal, eine Bestimmung. Rafiks Bestimmung ist es, ein Puzzler zu sein. Meine ist es, heute zu sterben. Die einzige offene Frage ist, was mit dir geschehen wird.« Nakamura machte eine kurze Pause, dann sagte er: »Ich zähle bis eins.«

Vincha wandte sich ab und rannte los.

Kapitel 60

»Das ist doch nichts weiter als eine einzige rostige Lügengeschichte.« Jakov kam auf Vincha zu, und kurz war ich sicher, er würde sie schlagen. Aber sie zuckte nicht mit der Wimper.

»Das ist die Wahrheit. Nakamura hat mich gehen lassen.«

»Du hast es doch selbst gesagt – er hat nie irgendwen gehen lassen.«

»Rafik hat ihm gesagt …«

»Scheißdreck. Nakamura hatte gerade seinen eigenen Trupp abgeschlachtet, Leute, die ihm jahrelang treu gedient haben, und dann lässt er dich einfach gehen? Ich glaub dir kein Wort.«

»Glaub doch, was du willst, Rostfresse …«

Sein Faustschlag hätte sie zu Boden geschickt, wären da nicht die Wachen gewesen, die sie festhielten. Als sie Jakov wieder anblickte, rann ihr Blut über Lippen und Kinn bis zum Hals hinunter. Niemand rührte sich. Jetzt war nicht die richtige Zeit für idiotische Heldentaten oder auch nur eine unbedachte Bewegung.

»Schlag mich, so viel du willst. Ich weiß nicht, weshalb dieser Freak seinen eigenen Trupp ermordet und mich verschont hat. Glaub mir, dasselbe frage ich mich seitdem jede verdammte Nacht. Ich kann es mir nur so erklären, dass Nakamura ein Freak war, der wirklich in die Zukunft sehen konnte, oder er war einfach vollkommen verrückt. Vielleicht hatte ihm Rafik gesagt, er solle mich am Leben lassen, und er hat ihm gehorcht. Vielleicht hat er aber auch etwas *vorhergesehen* …« Das letzte Wort sagte sie mit kratzender Stimme, anscheinend imitierte sie Nakamura. »Aber jedenfalls hat er mich gehen lassen.«

»Und warum hast du dich nicht einfach umgedreht und ihn erschossen?«, spie ihr Jakov vor die Füße.

Vincha rang um Selbstbeherrschung. »Weil ich Angst hatte. Weil ich weiterleben wollte. Weil ich einen Ausweg gesehen habe, für mich …«

… *und für mein Baby*, beendete ich in Gedanken stumm ihren Satz. Hätte ich es riskiert, mich mit Nakamura anzulegen, um den Jungen zu retten? Ich beschloss, mich nicht selbst mit einer Antwort zu beschämen.

Jakov jedoch war mit Vinchas Erklärung immer noch nicht zufrieden. »Apropos Ausweg – wie bist du an den ganzen Türen und Puzzle-Schlössern und Fallen vorbeigekommen?«

Vincha senkte den Kopf. »Ich weiß es nicht.«

»Rost …«

»Ich weiß es wirklich nicht. Ich bin weggerannt, während Rafik noch dort auf dem Podest stand, die Finger in dieser Maschine. Ich kann dir nicht sagen, was er da getan hat; vielleicht hatte er in diesem Moment die Kontrolle über die ganze rostige Stadt.« Vincha schüttelte den Kopf. »Ich war nicht mehr verdrahtet, aber ein Teil der Implantate war noch drin, oder vielleicht konnte Nakamura anderen Menschen wirklich seine Gefühle in den Schädel pflanzen, ich weiß es nicht. Aber während ich um mein Leben gerannt bin, sah ich Bilder von den beiden vor mir aufzucken. Ich sah sie durch die Augen von Rafik, der gerade die riesige Hand mit dem Puzzle-Kasten erreicht hatte. Vielleicht trügt mich nach all der Zeit meine Erinnerung, aber ich erinnere mich sogar daran, wie ich unter Nakamuras Kapuze heraus Rafiks Rücken betrachtete. Diese Bilder kamen und gingen so schnell, dass ich manchmal nicht mehr wusste, wo links war und wo rechts, und anhalten musste, um mich zu orientieren.«

Vincha schloss die Augen und sprach weiter. »Ich erinnere mich daran, dass ich auf der Wand, die den Stadttoren gegenüberlag, das Große Puzzle gesehen habe. Rafik hatte es mir beschrieben, aber so habe ich es mir niemals vorgestellt … es müssen Tausende unterschiedlicher Formen gewesen sein, die sich auf und ab und seitlich bewegten, und er hat sie so unglaublich schnell verschoben und neu arrangiert … Und Nakamura stand nur da und sah zu.« Vincha erschauerte.

»Ich weiß nicht, wie, aber ich habe mich an den Rückweg erinnert, und wenn ich auf eine Tür zurannte, hat sie sich für mich geöffnet, die Fallen haben mich nicht getötet, und Puzzle-Schlösser habe ich überhaupt nicht zu Gesicht bekommen. Es war, als würde Rafik mir helfen – anders kann ich es mir nicht erklären.

Das Nächste, woran ich mich erinnere, ist, wie ich mich dem Eingang näherte, durch den wir die Stadt im Berg betreten hatten. Und das muss der Moment gewesen sein, in dem Rafik das Puzzle gelöst hat.

Diesmal war das Bild so eindrücklich, dass ich nichts anderes mehr gesehen habe und mich gegen die Wand lehnen musste. Ich sah es vor mir, als wäre ich dort. Das Muster, das Rafik freigelegt hatte … ich weiß nicht, wie es möglich ist, dass ich es begriffen habe, aber irgendwie … irgendwie fiel alles an seinen Platz. Das Puzzle hatte sich in zwei ineinander verschlungene Linien verwandelt, es erinnerte mich an eine Zeichnung, die ich mal in einem medizinischen Handbuch gesehen habe, irgendetwas darüber, woraus wir alle bestehen, aber ich kann es nicht mit Sicherheit sagen. Die Türen am anderen Ende des Saals, die zum Allerheiligsten, schwangen ganz langsam auf, und zur gleichen Zeit öffneten sich hinter Nakamura in derselben Geschwindigkeit auch die ewig geschlossenen Tore. Sonnenlicht flutete herein und fiel auf Nakamuras Rücken.«

Vincha fing an zu zittern. »Ein Geräusch stieg auf wie Donnergrollen, und Rafik fing an zu schreien. Es war … Todesqual. Als würde mich der Schuss aus einem Blaster mitten in den Kopf treffen. Ich weiß nicht, ob ich ihn über meine Implantate gehört habe oder ob seine Stimme aus der Halle bis an meine Ohren drang, aber fast hätte ich nicht weiterlaufen können. Aber dann bin ich doch gerannt, irgendwie.

Und während ich durch diese Gänge rannte, kamen noch mehr Bilder. Ich sah Tausende Eidechsen, die durch das offene Tor des Allerheiligsten herausströmten. Das Donnergrollen, das ich gehört hatte, waren ihre klauenbewehrten Krallen gewesen, die über den Boden trommelten. Rafik oben auf dem Podest krümmte sich vor Schmerzen, und sie brandeten über ihn hinweg wie eine Woge aus grünem Schlamm. Nakamura wandte sich ab und ging auf die offenen Stadttore zu, im Rücken die Eidechsen, den Blick auf die aufgehende Sonne gerichtet. In einer Hand hielt er eine kleine Scheibe. Ehe sie ihn in Stücke rissen, drückte er ein paar Knöpfe, das war das Letzte, was er tat. Dann ließ er die Scheibe fallen, breitete beide Arme aus und schloss die Augen. Ich glaube, dass er gelächelt hat, als die erste Eidechse ihn erreichte.«

Vincha seufzte tief. »Danach habe ich einfach alles abgeblockt und bin gerannt. Ich habe drei Tage gebraucht, um aus dem Tal rauszukommen, und in diesen drei Tagen habe ich weder angehalten noch geschlafen noch einen Blick zurückgeworfen.«

Eine Weile war es ganz still, bis mein Lehrmeister wieder das Wort ergriff. »So kam es also zu dem Blutbad im Tal. Diese Eidechsen haben den Bienenstock angegriffen, der Außenposten wurde überrannt, und ehe die Gilden in der Stadt der Türme reagieren konnten, war auch schon alles verloren. Jetzt wimmelt es im Tal nur so von Eidechsen, es sind so viele, dass Missionen fast ausnahmslos kläglich scheitern. Auch die drei Versuche, einen neuen Außenposten zu errichten, sind fehlgeschlagen. Es ist kein Herankommen an die reicheren Knoten, und jene, die wir hier haben, reichen kaum aus. Die Stadt der Türme ist auf dem absteigenden Ast. Ihre Bevölkerung schrumpft zusehends, und ihr Einfluss schwindet dahin.«

Lehrmeister Harim ging auf Vincha zu. »Aber das ist nur eine Geschichtsstunde, nicht wahr? Ihr habt etwas in Bewegung gesetzt und hattet keine Ahnung, was geschehen würde.«

»Ich habe nichts in Bewegung gesetzt«, erwiderte Vincha mit verzweifeltem Trotz in der Stimme.

»Sagt mir, Vincha, woher wusstet Ihr, wie Ihr Nakamura erreicht? Auf welchem Wege habt Ihr mit ihm wegen des Jungen verhandelt? Wie habt Ihr es geschafft, Rafik in jenem Puzzle eine Nachricht zu hinterlassen? Wie habt Ihr es fertiggebracht, einen Flitzer bereitzustellen, inklusive Waffen, die ausgerechnet in dem Moment den Geist aufgaben, als Nakamuras Trupp die Keenans überfiel? War es wirklich Brain, der Euch die Tunnel unter dem Außenposten gezeigt hat?«

Vincha zuckte bei jeder Frage zusammen, als würde er sie schlagen.

Mein Lehrmeister rückte so dicht an sie heran, dass sie ihm eine Kopfnuss hätte verpassen können.

»Ihr habt uns von Baynes Verdacht erzählt, dass irgendwer im Außenposten für Nakamura arbeitet. Ihr habt seine Spekulationen als Unsinn abgetan, und dann habt Ihr ihn in die Stadt der Türme geschickt und am Ende mit genau diesem Mann zusammengearbeitet. Ihr wart es, die Nakamuras Apparate platziert hat; Ihr wart es, die für ihn gearbeitet hat.«

Vincha biss sich auf die blutige Unterlippe. Ich spürte, dass sie instinktiv nach losen Kabeln greifen, dass sie lügen wollte, aber vermutlich war sie inzwischen am Ende, eine gebrochene Frau, oder sie wusste, dass wir ohnehin nur noch einen Schritt davon entfernt waren, alles zu begreifen, und dass es an der Zeit war, reinen Tisch zu machen.

»Ich war seit zwei Jahren bei Slice, in sehr übler Verfassung und noch sehr jung, da tauchte Nakamura auf und heuerte uns als Geleitschutz an, für eine Mission ganz in der Nähe des Tals. Damals kannte ihn noch niemand, Slice jedenfalls nicht, aber er zahlte ordentlich. Ich nehme an, dass Slice vorhatte, den Freak umzulegen, falls wir irgendwas Brauchbares fanden. Am Ende aber tötete Nakamura Slice und seinen Trupp – und bei Slice hat er sich viel Zeit gelassen. Mich jedoch brachte er nicht um. Stattdessen hat er meine Wunden versorgt und mich wieder zusammengeflickt, mir ein Kom-Implantat und einiges an Münzen gegeben und mir gesagt, ich solle in die Stadt der Türme gehen und Salutistin werden. ›Finde einen jungen Puzzler für mich‹, hat er gesagt, und am nächsten Tag war er fort. Ich habe niemals jemandem davon erzählt, denn später, als er mich wieder kontaktierte, war ich eine gut verdienende Freie, eine Kom-Spezialistin, und er war Nakamura, ihr wisst schon, das Monster, das Trolle zum Frühstück fraß, also hab ich den Mund gehalten.«

»Was wollte Nakamura von dir?« Die Frage kam von Jakov, aber Vincha blickte weiterhin unverwandt meinen Lehrmeister an.

»Vor allem Informationen. Wer tat was. Wann war Wachwechsel. Welcher Trupp wollte in die Tiefe, und ...« Vincha zögerte kurz. »... Puzzler. Er wollte alles über die Puzzler des Außenpostens wissen. Nachdem ein Trupp in der Tiefe verschwunden ist, von dem ich ihm erzählt hatte, dachte ich, dass er ihnen vielleicht aufgelauert hatte, wegen ihres Puzzlers, aber andererseits – sie waren in der Tiefe, und da kann auch dem erfahrensten Trupp alles Mögliche zustoßen. Ich hatte nie gedacht, dass der Puzzler, den er suchte, ein kleiner Junge sein würde. Ich dachte, er würde wie Pikok sein oder einer der anderen.« Sie sah sich um, als hoffte sie auf Mitgefühl und Verständnis, aber ihre Hoffnung wurde enttäuscht.

»Wann hast du beschlossen, Rafik zu Nakamura zu bringen?« Wieder Jakov.

Diesmal sah Vincha ihn an. »Du unterschätzt ihn. Schon ein Jahr, ehe ich Rafik zum ersten Mal getroffen habe, hat sich Nakamura für die Keenans interessiert. Er hat mich um einen umfangreichen Bericht über den ganzen Trupp gebeten. Das war nicht weiter schwer, weil Doro und ich uns sowieso schon nähergekommen waren. Von Doro habe ich auch erfahren, dass die Keenans ihre gesamten Rücklagen in einen sehr vielversprechenden Puzzler investiert hatten, der momentan noch im Gildenhaus ausgebildet wurde.«

»Und das habt Ihr Nakamura berichtet.« Lehrmeister Harim nickte.

»Ich habe es erwähnt, ja. Als Doro zurückkam, nachdem er Rafik drüben im Gildenhaus kennengelernt hatte, da sagte mir Nakamura, ich solle zurück in die Stadt der Türme gehen, alles über den Jungen herausfinden und versuchen, ihn kennenzulernen. An dem Tag, als Doro starb, hat Nakamura mich kontaktiert und mir ein Angebot gemacht. Einen Ausweg … wenn ich ihm Rafik brachte. Nie hätte ich geglaubt …« Sie verstummte.

»Was, glaubt Ihr, ist Kommandant Doro wirklich zugestoßen?« Ich dachte die Frage im selben Augenblick, als Lehrmeister Harim sie laut aussprach.

Zum ersten Mal stiegen Vincha Tränen in die Augen, aber sie riss sich zusammen.

»Ich weiß es nicht«, gab sie zu. »Als ich davon hörte, dachte ich zuerst, es sei einfach nur Pech gewesen, aber dann erfuhr ich von den eigenartigen Umständen. Lange war ich davon überzeugt, dass es Ramm gewesen war, und sann auf Rache. Die Vorstellung, ihm in den Hinterkopf zu schießen, klang für mich nach Gerechtigkeit.« Vincha schloss die Augen und atmete ganz langsam aus, ehe sie sagte: »Aber das ist Jahre her, und ich hatte viel Zeit, um darüber nachzudenken. Es kam einfach zu viel zusammen, als dass jemand wie Ramm das Ganze hätte planen und durchziehen können. Ein Plan, um den eigenen Kommandanten zu ermorden, nachdem der Notruf eines Geistertrupps eingegangen war und die Rettungsmannschaft in einen Sandsturm geraten war, der die Kommunikation lahmgelegt hat – entweder hätte es ein gewaltiger Zufall sein müssen oder eine sehr spontane Entscheidung seitens Ramm. Tja, und dieser Troll war zwar ein rostiger Scheißhaufen, aber er hat Doro respektiert, und einen Truppkommandanten zu ermorden hätte bedeutet, alles zu riskieren. Nakamura hingegen hatte eine Menge Gründe, Doro zu töten. Doro war ein äußerst fähiger Kommandant, vielleicht der beste im gesamten Außenposten. Alle hatten Achtung vor ihm, sogar die Sabarras. Für mich wäre es äußerst schwierig gewesen, Rafik fortzubringen, wenn Doro noch da gewesen wäre, und das nicht nur deshalb, weil er wusste, was er tat. Rafik mochte Doro, und ich war seine …« Vincha unterbrach sich mitten im Satz, zuckte mit den Schultern und sagte wie zu sich selbst: »Das werden wir wohl nie genau wissen.«

»Eine letzte Frage«, sagte Lehrmeister Harim. »Nakamura hat Euch gebeten, ihm über alles Bericht zu erstatten, aber er bat Euch auch darum, bestimmte Apparate auf dem Gelände des Außenpostens zu vergraben.«

Vincha schwieg eine lange Zeit.

»Ich frage mich, was Ihr glaubt, was Nakamura wohl kurz vor seinem Tod getan hat? Was war das für eine Scheibe in seiner Hand?«

Erbleichend presste Vincha die Lippen aufeinander.

»Antworte dem Mann«, sagte Jakov, »oder du und *die deinen* werden es bereuen.«

»Ich dachte, es wären einfach nur Sender«, sagte Vincha. »Kom-Geräte, mit denen er die Frequenzen des Außenpostens oder auch die Gilden belauschen konnte. Ich habe sie dort vergraben, wo er es mir gesagt hat, und nicht mehr daran gedacht. Niemals hätte ich gedacht … erst als Sci mir in seiner Werkstatt solche Apparate gezeigt hat und mir sagte, dass man damit Eidechsen anlocken kann …« Sie schluckte. »Diese ganzen Attacken auf den Außenposten müssen zum Ziel gehabt haben, uns beschäftigt zu halten. Damit Brain immer genug Leute vor Ort behalten musste, sodass Nakamura und seine Leute Zeit hatten, die Knoten zu leeren und zu planen, was auch immer sie vorhatten, ohne dabei gestört zu werden, und uns aus bestimmten Bereichen fernzuhalten. Wenn Nakamura es geschafft hat, diese Eidechsenhorden auf den Außenposten zu hetzen …« Sie ließ den Satz unvollendet.

»Na dann.« Jakov breitete die Arme aus. »Das Rätsel

ist gelöst. Vincha war Nakamuras kleines Haushündchen, und ihr alle seid ihre treudoofen Anhänger.« Er wandte sich wieder an meinen Lehrmeister. »So. Und wo sind all die Tarakanischen Artefakte, die du mir versprochen hast?«

Lehrmeister Harim nickte. »Ich habe dich für deine Dienste ausgezeichnet bezahlt, Jakov, und ich werde dir erklären, wie wir alle an unbezahlbare Artefakte herankommen können. Aber bitte lass jetzt zuerst meine Verbündeten frei. Du willst, dass sie aus freien Stücken mit dir kooperieren.«

Jakov schüttelte den Kopf. »Das beurteile ich lieber selbst.«

Lehrmeister Harim ging auf ihn zu, und ich spannte mich an. Die Wache hinter mir schien es zu spüren, denn die Waffe an meinem Hinterkopf drückte sich mit einem Mal fester gegen meinen Schädel. Aber mein Lehrmeister legte Jakov einfach nur die Hände auf die Schultern, und zu meiner Überraschung schien der Händler ein wenig besänftigt.

»Jakov, mein Bruder, wir beide haben gemeinsam so viel durchgestanden«, sagte Lehrmeister Harim. »Und jetzt bitte ich dich darum, mir zu vertrauen. Lass sie frei, und ich werde dir alles erklären.«

Jakov atmete tief durch. Dann zuckte er mit den Schultern und befahl seinen Leuten: »Zurücktreten, meine Herren.« Er richtete den Blick geradewegs auf Vincha. »Aber die kleinste unvorsichtige Heldentat, und meine Leute eröffnen das Feuer.«

Sobald der Mann hinter mir die Waffe fortnahm, rieb ich mir den schmerzenden Schädel. Galinak stand auf und klopfte sich Dreck und Staub ab. Er sah aus, als hätte er für sein Leben gern den einen oder anderen Mord begangen, aber er riss sich zusammen. Der Mann, der Vincha von hinten festgehalten hatte, pflanzte sich vor ihr hin, die entsicherte Pistole auf sie gerichtet.

»Okay«, sagte Jakov. »Dann erzähl mir doch jetzt bitte, warum wir uns alle hier versammelt haben.«

Kapitel 61

»Ich war noch ein Kleinkind, als meine Eltern ihre Siebensachen zusammenschnürten und sich auf die gefährliche Reise zur Stadt der Türme begaben«, begann mein Lehrmeister.

Ich suchte mir eine stabil aussehende Kiste und setzte mich.

»Wie alle anderen, die in die Stadt kamen, waren wir in einer verzweifelten Lage, aber wir schafften es, eine Gemeinschaft zu gründen, die die Wunder der Stadt erkundete. Und dabei stießen wir auf einen Schatz, und zwar, zumindest damals, den größten, der seit der Katastrophe je gefunden worden war.

Meine Eltern starben in ihrem vierzigsten Winter. Ich hingegen habe jetzt fast sechzigmal gesehen, wie der Frühling anbricht, und habe vor, es noch oft mitzuerleben. Überall im Land sterben die Menschen vor ihrem sechzigsten Lebensjahr, aber die Stadt der Türme schützte uns vor dem rauen Wetter, und die Knoten lieferten uns Medizin und Waffen. Die Stadt wurde immer mächtiger, und mithilfe der Technikusse entwickelten auch wir Menschen uns weiter.«

Mein Lehrmeister seufzte tief. »Wie wir alle nur zu gut wissen, war es damit jedoch eines Tages vorbei. Mehrere der Knoten öffneten sich einfach nicht mehr, die meisten

Tarakanischen Laternen auf dem Zentralplateau erloschen, die Aufzüge hatten immer häufiger Fehlfunktionen, und es gab Unfälle. Die Stadt ist nur noch ein Schatten ihrer selbst, und es ist unübersehbar, dass es mit ihr abwärtsgeht, ebenso wie mit ihren Bewohnern.

Bald darauf verloren wir den Kontakt zum Außenposten im Tarakan-Tal, und später erfuhren wir, dass er zerstört wurde. Um genau zu sein, glaube ich, dass beides zur selben Zeit stattfand, genau am gleichen Tag. Irgendwas ist dort in der Stadt im Berg geschehen, und die Auswirkungen spüren wir bis heute. Wir wissen nun, dass Nakamura Rafik in die Stadt im Berg brachte, im festen Glauben, dass dies zur ›bestmöglichen Zukunft‹ führen würde. Ob er nun wirklich eine Art lebendes Orakel war oder einfach nur ein durchgedrehter Troll: Was Nakamura getan hat, setzte eine Reihe von Ereignissen in Gang, die uns ein gutes Stück weiter in die Barbarei zurückgeworfen haben.«

Lehrmeister Harim wandte sich an Vincha. »Eure Geschichte bestätigt meine Theorie, dass zwischen Rafik und unserer augenblicklichen Situation irgendeine Verbindung besteht. Aber es gibt noch einen zweiten Grund, weshalb wir nach Euch gesucht haben, und dieser Grund ist sehr viel wichtiger als eine bloße Geschichtsstunde. Vor einigen Jahren hörte ich das Gespräch zweier Händler aus den oberen Ebenen mit an, die sich über eine der alten Maschinen in ihren Turm unterhielten, die plötzlich wieder angesprungen ist. Diese Maschine war immer noch nutzlos, jedenfalls wussten sie nichts damit anzufangen und konnten sich keinen möglichen Verwendungszweck denken. Auf dem Bildschirm stand nur eine einzige Zeile. Zuerst habe ich nicht weiter darüber nachgedacht. Es schien mir ein Rätsel zu sein, das vor allem für einen Technikus von Interesse sein dürfte. Aber dann haben sie weitergeredet, und irgendwann wurde ich neugierig. Ich habe den beiden Herren ein paar Runden ausgegeben, und später nahmen sie mich dann mit und zeigten mir die Maschine. Der Bildschirm war vollkommen leer, abgesehen von dieser einen Zeile. Ich bot ihnen an, dass sich mein Freund die Sache einmal ansieht«, er nickte River zu, der das Nicken erwiderte, »doch bedauerlicherweise endete unser Experiment damit, dass die Maschine am Ende überhaupt nicht mehr funktionierte. Aber trotzdem … diese eine Zeile ging mir nicht mehr aus dem Kopf, und als ich meine Aufzeichnungen durchforschte, wusste ich auch, weshalb.«

Er zog einen kleinen ledernen Zylinder aus seinem Gürtel, nahm eine winzige Schriftrolle heraus, rollte sie auf und zeigte sie Vincha. »Die Nachricht war sehr schlicht. Euer Name, drei Ziffern und drei Buchstaben, und am Ende ein zweiter Name: Rafik.«

Vincha blieb der Mund offen stehen.

»Zum Glück sind wir uns, wie Ihr ja auch schon erwähntet, auf meiner Reise ins Tal begegnet. Es ist lange her, aber Ihr wart eine junge Dame, die man so schnell nicht vergisst. Rivers Theorie zufolge war diese Nachricht möglicherweise nur ein Echo der Vergangenheit, eine verlorene Zeile, die es irgendwie ins Kommunikationsnetz der Stadt geschafft hatte, aber ich beschloss, nach weiteren derartigen Vorfällen zu forschen. River ist ein fähiger Tüftler, und wir hatten in den oberen Ebenen und darunter eine Menge Kunden. In den letzten drei Jahren stieß er auf zweiundvierzig …«

»Siebenundvierzig«, korrigierte ihn River.

»Verzeihung. Auf siebenundvierzig ähnliche Vorkommnisse. Nachdem ich noch ein paar weitere solche Ereignisse untersucht und einen tätowierten Technikus angeheuert hatte, bin ich mittlerweile sicher, dass diese Nachrichten neueren Datums sind.« Mein Lehrmeister machte eine

Pause, vermutlich vor allem um des dramatischen Effekts willen. »Der Rest war reine Fleißarbeit. Ich versuchte herauszufinden, wer Ihr wart und wer Rafik war, und irgendwann stieß ich darauf, dass er jener Puzzler war, dessen Tod für die Keenan-Gilde den Ruin bedeutet hat, und irgendwann wurde mir klar, dass es auch jener Puzzler war, der jetzt versuchte, Euch Nachrichten zu senden.«

»Die Ziffern und Buchstaben zwischen unseren Namen«, sagte Vincha mit schwacher Stimme. »Das ist eine Frequenz. Eine ganz bestimmte.«

Der Lehrmeister nickte. »Ich weiß. Und mir wurde gesagt, dass sie nur äußerst selten benutzt wird. Ich habe drei verschiedene Kom-Trolle angeheuert, aber sie hörten nichts als statisches Rauschen. Der dritte teilte mir schließlich mit, dass diese Frequenz mit einem ganz spezifischen Hirnwellenmuster gekoppelt sei. Was bedeutet, dass diese Nachricht womöglich einzig und allein für Eure Ohren bestimmt sein mag, Vincha.«

»Ich bin jetzt seit Jahren nicht mehr verkabelt«, sagte Vincha abwehrend. »Meine alten Implantate gibt es schon lange nicht mehr …«

»Aber die Verbindungen stecken noch in deinem Schädel«, sagte Jakov rasch, beinahe zu rasch. »Also müssen wir dich einfach nur wieder verkabeln …«

»Auf gar keinen rostigen Fall.« Vinchas Reaktion war so wütend, dass mehrere Wachen unwillkürlich die Waffen auf sie richteten.

»Vincha …«, begann mein Lehrmeister, aber sie war nicht mehr in der Stimmung, mit sich reden zu lassen.

»Das alles ist doch nichts weiter als ein riesiger Haufen rostiger Scheiße. Diese Frequenz könnte einfach nur …«

Mein Lehrmeister baute sich vor ihr auf. »Glaubt mir, ich habe es mehrfach gründlich geprüft. Diese Nachricht wiederholt sich immer wieder, und es ist die einzige derartige Nachricht, die wir gefunden haben. River hat mir versichert …«

»Ist mir doch egal, was Euer rostiger alter Haus- und Hoftüftler Euch versichert hat.«

»Vincha, Rafik versucht, mit Euch Kontakt aufzunehmen …«

»Ich lasse mich nicht wieder verkabeln«, brüllte sie. »Es hat Jahre gedauert, bis ich vom Skint weg war, bis die Träume aufgehört haben … Es kann unmöglich Rafik sein. Er wurde von Tausenden Eidechsen in Stücke gerissen.«

»Und doch macht diese Nachricht Hoffnung«, versuchte Lehrmeister Harim zu argumentieren, aber ich sah klar und deutlich, dass er mit Logik und bloßen Worten bei ihr nicht weit kommen würde. Und ich war nicht der Einzige, der zu diesem Schluss kam. Ohne jede Vorwarnung feuerte Jakov mit einer Schockwaffe auf Vincha, und es war nur den beeindruckenden Reflexen der Wache neben ihr zu verdanken, dass sie nicht zu Boden stürzte.

Im nächsten Augenblick richtete sich die Mündung der Schockwaffe auf Galinak. »Irgendwelche tapferen Pläne?« Jakov wartete, bis Galinak den Kopf schüttelte, dann senkte er die Waffe. Ich musterte Galinaks von Kämpfen gezeichnetes Gesicht und fragte mich, wann genau er eigentlich damit aufgehört hatte, sich als Vinchas Beschützer und heimlicher Verehrer zu fühlen. War ihre Geschichte ihm zu düster, handelte sie zu oft davon, wie sie jemanden verraten hatte? Waren die Konsequenzen ihrer Entscheidungen selbst für diesen zähen alten Salutisten zu schwerwiegend?

»Gut.« Ein halbes Lächeln zuckte über Jakovs Gesicht, und er steckte die Waffe wieder weg.

»Das war unnötig«, sagte mein Lehrmeister leise.

»Oh, es war nötig, Harim, das war es wirklich. Wir haben viel zu tun und nur sehr wenig Zeit. Ich habe einen Med-Sessel vorbereiten lassen. Die Umstände sind nicht optimal, aber dein River ist doch Tüftler, richtig?«

River sah Lehrmeister Harim an, ehe er nickte.

»Gut, dann sollte am besten er sie wieder verdrahten.« Jakov sah eine seiner Wachen an. »Schnall sie am Stuhl fest.«

»Vincha wird nicht mitspielen.« Ich hatte meine Stimme wiedergefunden. »Selbst wenn Ihr sie wieder ans Kom-Netz anschließt … ohne ihre freiwillige Kooperation geht es nicht.«

Jakov musterte mich, und kurz konnte ich mir gut vorstellen, wie sich Rafik gefühlt haben musste, damals als Kind, unter dem aufmerksamen Blick dieses nur zur Hälfte menschlichen Mannes. All meine Muskeln spannten sich.

»Oh, aber sie wird kooperieren«, sagte er. »So oder so, wir werden auf jeden Fall herausfinden, woher diese Nachricht kommt.«

Kapitel 62

Jakov hatte nicht gelogen. Die Abwasserkanäle waren nicht gerade ein Ort, an dem man sich am Kopf operieren lassen wollte. Der Med-Sessel sah abgenutzt aus und wies zahllose alte Blutflecken auf, aber immerhin war er, wie River feststellte, gut ausgestattet.

Als Vinchas Körper ihr wieder gehorchte, war sie längst auf dem zur Liege zurückgeklappten Sessel festgeschnallt, ihr Kopf steckte fest und unverrückbar in einer Metallklammer. Trotzdem kämpfte sie wie wild und sparte auch nicht mit Unflätigkeiten.

River versuchte, ihr den Kopf zu rasieren, aber selbst in Fesseln wehrte sich Vincha so heftig, dass es zu einer anspruchsvollen und blutigen Aufgabe geriet.

Jakov bedeutete River, es bleiben zu lassen, und beugte sich über Vincha. Seine Metallhand schwebte so dicht über ihrem Gesicht, dass sie aufhörte zu zappeln.

»Ich mach das nicht, du Rostfresse«, zischte sie mit schweißüberströmtem Gesicht.

»O doch, das tust du«, entgegnete Jakov kalt. »Und ich verrate dir auch, warum. Unser guter Lehrmeister Harim wird versuchen, dich davon zu überzeugen, es um der Menschheit willen zu tun, oder aus Gewissensgründen oder sogar für Rafik, genau jenen Jungen also, den du verraten hast – aber du und ich, wir sind uns sehr ähnlich, wir sind nicht gerade von der ehrenwerten Sorte. Was du aber bist, Vincha: ein Überlebenstyp. Du lügst, betrügst, tötest, stiehlst, steigst mit Fremden in die Kiste, verrätst alles und jeden, stehst den Skint-Entzug durch und bekommst irgendwo in einem verdreckten Schuppen ein Kind, das du weggibst, damit andere es großziehen. Du tust, was du tun musst, um zu überleben, stimmt's?«

Vincha antwortete nicht.

»Ich erspar dir die ganze Palette an Drohungen. Du wirst mit mir kooperieren, Vincha. Das ist die einzige Überlebenschance für dich und die deinen, und ich sehe in deinem Blick, dass du mich verstanden hast. Also hör auf, dich zu wehren, und lass diesen Mann hier arbeiten.«

Vincha erschlaffte.

Mit einem kaum wahrnehmbaren Nicken bedeutete Jakov River, dass er weitermachen sollte.

»Halte vollkommen still«, warnte River. »Ich muss hier und da ein bisschen bohren und alles saubermachen, ehe ich dich wieder anschließe.« Er schaltete den Handbohrer ein.

Ich wandte mich ab. Für dieses Leben hatte ich genug Blut und Elend gesehen.

Galinak stopfte gerade eine Pfeife mit ein paar Blättern. Als ich mich seufzend hinsetzte, warf er mir einen kurzen Blick zu. »Nicht gerade die obere Turmebene hier, was, Funkelauge?«

»Sehr viel weiter abwärts geht es wohl nicht mehr.«

»O doch, mein Sohn.« Galinak entzündete die Pfeife mit einem kleinen Feuerzeug. »Wir können immer noch tiefer sinken, das glaub mir mal.«

»Ich wusste gar nicht, dass du rauchst«, sagte ich. Drüben bei Vincha hörte das Sirren des Bohrers auf, dafür dröhnten Hammerschläge oder so.

»Was soll ich sagen? Ich neige zu schlechten Angewohnheiten.«

»Es ist ja nur, weil wir hier gerade auf Kisten voller Sprengstoff sitzen. Ich dachte, das sollte ich vielleicht erwähnen.«

Er stieß einen langen grauen Rauchfaden aus. »Nicht die schlechteste Art abzutreten.«

Schweigend saßen wir da und sahen zu, wie River das Kom-Gerät vorbereitete und es dann in Vinchas Schädel einführte. Ihr Bein fing so kräftig an zu zucken, dass eine der maskierten Wachen es festhalten musste.

»Mehr als das, was du von mir schon bekommen hast, kann ich dir nicht zahlen«, sagte ich, sobald klar war, dass Vincha noch lebte. »Und was ich dir gezahlt habe, scheint mir inzwischen keine angemessene Summe mehr zu sein.«

Galinak zog sehr lange und gründlich an seiner Pfeife. »Jepp. Das mit der angemessenen Summe hatte sich ungefähr zu dem Zeitpunkt erledigt, als wir vom Gildenplateau runtergehüpft sind.«

»Ich würde es verstehen, wenn du jetzt einfach gehst.«

Galinak lachte leise in sich hinein. »Funkelauge, für so blöd habe ich dich gar nicht gehalten.« Schwungvoll deutete er mit der Pfeife in die Runde. »Keiner von uns wird hier einfach so wieder rausspazieren. Du wirst es mir wohl einfach schuldig bleiben müssen.«

»Ich hasse es, jemandem etwas schuldig zu sein.«

»Und ich kann sehr unangenehm werden, wenn ich Schulden eintreibe.« Wieder zog Galinak an der Pfeife.

»Es ist ja nur, dass ich nicht weiß, ob ich in nächster Zeit überhaupt über irgendwelche Mittel verfügen werde.«

Der alte Söldner sah mich unverwandt an. »Das sehen wir dann, wenn die Zeit dafür gekommen ist.«

»Wenn ich eine romantische Ader hätte, würde ich fast glauben, dass du das alles hier aus reiner Lust am Abenteuer tust.«

Er schnaubte vor Lachen. »Wenn du das wirklich glaubst, bist du jedenfalls weniger schlau, als ich dachte.« Dann aber musterte er mich von der Seite. »Am Kartentisch bin ich kein verrostetes Stück Blech wert, aber *das* hier kann ich ganz gut. Und wenn ich in all den Jahren eins gelernt habe, dann das: Manchmal ist abzuhauen nicht die beste Lösung.« Er klopfte die Pfeife aus und schüttete ihren Inhalt auf den Boden. »Wenn man zu viele lose Fäden hinterlässt, kann es manchmal passieren, dass sie zurückgekrochen kommen und einem in den Hintern beißen, wenn man gerade am wenigsten damit rechnet.«

»Versuche ich mir zu merken«, sagte ich.

»Und wo wir gerade davon reden – der alte Zauberer will irgendwas von dir.«

Als ich aufstand, sagte Galinak: »Sag ihm von mir Auf Wiedersehen, Funkelauge.«

Meine Beine bewegten sich, ehe ich verstanden hatte, was er da gerade gesagt hatte, und fast hätte ich wieder umgedreht, um Galinak zu sagen, er solle aufhören, solchen Unsinn zu reden. Aber mit jedem Schritt, den ich mich meinem Lehrmeister näherte, wurde offensichtlicher, dass tatsächlich irgendwas im Busch war. Er stand hoch aufgerichtet da, die Robe ordentlich zurechtgezupft, den Rucksack auf dem Rücken, und hinter ihm sammelten sich seine Wachen.

»Ihr geht fort?« Voller Abscheu hörte ich die Überraschung in meiner eigenen Stimme.

Mein Lehrmeister klopfte mir auf die Schulter. »Wenn ich aus unserem Sprung vom Hochplateau eines gelernt habe, dann, dass ich ein alter Mann mit kaputten Knien bin. Was auch immer als Nächstes geschieht, ich kann nicht mithalten. Woanders bin ich viel nützlicher.«

»Aber Jakov wird … er könnte …«

»Jakov ist mein Blutsverwandter und ein … schwieriger Mann, sagen wir es so. Er ist ein besserer Mensch als früher, und er ist besser, als er es sich anmerken lässt. Vertrau ihm …« Lehrmeister Harim hielt inne und schien über seine eigenen Worte nachzudenken, dann fügte er hinzu: »… bis zu einem gewissen Grad. Er hat mir sein Wort gegeben, und du würdest staunen, wie sehr man sich darauf verlassen kann. Er wird dich nicht töten, wenn du keine große Dummheit begehst, also sieh zu, das nach Möglichkeit zu vermeiden.«

»Aber wo wollt Ihr denn hin? Der Rat und die Gilden suchen nach Euch.«

»Ich weiß, wie man sich versteckt. Und selbst wenn sie mich erwischen sollten, ich verfüge in dieser Stadt noch immer über einen gewissen Einfluss.« Er legte mir die Hand auf die Schulter und lächelte. »Sie werden mich nicht foltern – jedenfalls nicht sofort –, und ich werde mein Bestes geben, sie auf eine falsche Fährte zu setzen. Und genau deshalb muss ich auch gehen. Es gibt ein paar Dinge, von denen ich besser nichts erfahre.« Er ließ seine Worte wirken, dann fügte er hinzu: »Was auch immer geschehen mag, ich sähe es am liebsten, wenn du bei Jakov bleibst. Ich weiß, das ist viel verlangt, aber irgendjemand muss das alles für die Historikergilde aufzeichnen. Finde heraus, was mit Rafik geschehen ist, und versuch, die Menschheit wieder auf einen besseren Pfad zu bringen.«

»Ich werde es versuchen, Lehrmeister.«

Er drückte meine Schulter. »Ich schulde dir eine wirklich große Entschuldigung.«

Ich senkte den Kopf. »Das ist nicht nötig, Lehrmeister«, murmelte ich.

»O doch. Ich habe dich so sehr unterschätzt. Als ich dich auf die Suche nach Vincha geschickt habe, sah ich nur einen jungen, naiven Mann vor mir, der seine Nase tiefer in Salu-Romane steckt, als gut für ihn ist. Ich hätte nicht gedacht, dass du Erfolg haben würdest. Als ich deine Nachricht bekommen und begriffen habe, dass du kurz davor stehst, Vincha zu finden – und zwar ausgerechnet in dieser Stadt –, bin ich in Panik geraten und habe ein Söldnerteam entsandt, das euch schnappen sollte. Sie haben vor *Margats Nest* gewartet, euch aber im Durcheinander aus den Augen verloren. Danach haben sie euch dann in Vinchas Verschlag aufgespürt.«

Mir war, als hätte er mir in den Magen geschlagen. »Der Trupp, der uns angegriffen hat, kam von Euch?«

»Ja. Sie hatten den Auftrag, Vincha mitzunehmen, dich aber zurückzulassen …«

»… damit es für alle, auch für mich, so aussieht, als ob irgendeine andere Partei sie sich geschnappt hat.«

»Ganz genau.« Lehrmeister Harim deutete mit einem Nicken auf Galinak. »Aber mit deinem Geleitschutz hast du eine kluge Wahl getroffen. Ich war so sicher, dass du der Aufgabe nicht gewachsen bist, dass ich überhaupt nicht darüber nachgedacht habe, was passiert, wenn mein angeheuerter Trupp scheitert. Der Vorfall brachte den Rat und die Sabarra-Gilde auf den Plan, und das war vermutlich der Grund für den Überfall auf unser Gildenhaus.«

Besorgt schüttelte er den Kopf. »Meine Unfähigkeit, dein wahres Potenzial zu erkennen, mein Stolz, ist der Grund für den Untergang der Historikergilde. Der Tod meiner Kollegen wird bis zu meinem letzten Atemzug auf meiner Seele lasten.«

Er griff nach meiner Hand, und ich spürte, wie sich ein kleines ledernes Schriftrollenetui gegen meine Handfläche drückte. »Deine Mission allerdings *muss* erfolgreich sein. Tu für die Menschheit, was du nur kannst, und bau die Historikergilde wieder auf. Wenn du zurückkommst, dann klappere die von mir geschaffenen sicheren Zufluchtsorte auf dieser Liste ab. Dort findest du einige Gegenstände, die dir beim Wiederaufbau der Gilde helfen werden. Ich bin nicht Nakamura – ob er je ein echtes Orakel war, vermag ich nicht zu sagen, ich jedenfalls bin keines –, aber wenn die Stadt der Türme, diese Oase in einer Wüste aus lauter Ignoranz, weiter austrocknet und irgendwann fällt, dann steht die Menschheit nie wieder auf.«

Legte er gerade ernsthaft die Verantwortung für die Wiedergeburt der Menschheit in meine Hände?

»Ich bin … ich bin nur ein kleiner Schreiber, Lehrmeister«, protestierte ich.

Zum ersten Mal in dieser Unterhaltung lächelte er. Vielleicht missverstand er, was ich meinte. »O ja, stimmt, das müssen wir ja noch korrigieren. Du hast dich mehr als würdig erwiesen.«

Und auf einmal kniete ich vor meinem Lehrmeister, ohne recht zu wissen, wie es dazu gekommen war oder was er eigentlich gesagt hatte, und unter den amüsierten Blicken von Jakov und seinem Schlägertrupp ernannte er mich zum Zweiten Lehrmeister der Historikergilde.

In meinem ganzen Leben war ich noch nie so stolz gewesen. Und noch nie so traurig.

Kapitel 63

»Sie kommt wieder zu sich.« Wir drängten uns um den Med-Sessel und warteten schweigend. River hatte uns versichert, dass er alles erfolgreich angeschlossen hatte und Vincha nicht schwer verletzt war, aber ich fand sie sehr blass. Und es war viel Blut geflossen. Ihr flacher Atem ging schnell.

Endlich öffnete sie die Augen. »Wasser«, war ihr erstes Wort, und River reichte ihr einen Becher.

Während sie vorsichtig trank, sagte er: »Du bist fertig verdrahtet. Das Kom selbst ist gute Ware, fast neu. Aber deine alten Verbindungen …« Er schüttelte den Kopf. »Die taugen nicht mehr viel, und ich bin kein Flickschneider, deshalb habe ich nicht gewagt, sie in Ordnung zu bringen. Du wirst Schmerzen haben. Es tut mir leid.«

»Gegen die Schmerzen kann ich was machen«, sagte Jakov, während River die Klammer um Vinchas Stirn löste.

»Kein Skint.« Sie schüttelte den Kopf.

»Du änderst sicher bald deine Meinung …«

»Kein Skint.«

Ich glaubte Anerkennung in Jakovs Augen aufblitzen zu sehen, aber er sagte nur: »Wie du willst«, dann betrachtete er das dicke Kabel, das Vinchas Schädel mit einer Maschine verband. »Ist sie so weit?«

»Etwas Geduld, wenn ich bitten darf …« River war zu

beschäftigt, um Rücksicht auf irgendein Ego zu nehmen, und Jakov schien zu beschließen, ihm die Respektlosigkeit diesmal durchgehen zu lassen. »Okay, Vincha«, sagte River schließlich. »Ich schalte das Kom jetzt ein und lasse ein paar Tests durchlaufen. Du erinnerst dich sicher noch, wie das geht …«

Vincha nickte und verzog das Gesicht, sagte aber nichts.

»Übrigens«, warf Jakov ein, »ich habe darauf geachtet, dass dein Kom keine Offensivfunktionen hat, also verschwende gar nicht erst unnötig Energie auf den Versuch, dich in die Systeme anderer Leute zu hacken.«

Ein schwaches Lächeln huschte über Vinchas Lippen, aber dann, ganz plötzlich, verkrampfte sie sich und schrie vor Schmerz.

Zum Glück schien es so rasch wieder vorbei zu sein, wie es gekommen war. River änderte einige Einstellungen, und Vincha sackte in sich zusammen.

»Rost, tut mir leid«, entschuldigte sich River. »Damit habe ich nicht gerechnet. Passiert nicht noch mal. Geht es jetzt? Dann wähle ich dich erst mal manuell in ein paar Kanäle ein, und du sagst mir, ob du etwas hörst und ob du noch Feinabstimmung brauchst. Danach gehen wir dann Stück für Stück deine ganze Bandbreite durch.«

Das Ganze zog sich ewig, es war ein furchtbar ermüdendes und ödes Prozedere. Ein paar Leute suchten sich ein ruhiges Plätzchen und ruhten sich ein wenig aus, zwei Wachen dösten sogar ein. Jakov und sein stämmiger Leibwächter aber blieben die ganze Zeit an Vinchas Seite, deshalb blieb ich ebenfalls – wegzugehen hätte sich angefühlt wie Verrat, vor allem wegen meines neuen Rangs als Zweiter Lehrmeister.

»So, Vincha, fast fertig.« Mit schweißnassem Gesicht arbeitete River an den Instrumenten. »Jetzt versuch bitte, dich selbst einzuwählen. Wir hören dasselbe wie du, ich habe dich mit den Lautsprechern verbunden.«

Mit zitternder Hand berührte Vincha ihre Schläfe. »Mir platzt fast der Schädel«, murmelte sie. »Bin nicht sicher …«

»Wir fangen mit was Einfachem an.« River fing an, laut Abfolgen aus Ziffern und Buchstaben abzulesen.

Vincha schloss die Augen. Wieder versammelten sich alle um sie. Die Lautsprecher pfiffen und knackten.

Die meisten Kanäle waren entweder tot oder voller grauenhafter, unnatürlicher Geräusche. Einmal gerieten wir in eine Unterhaltung zwischen zwei lästernden Wachen, aber ansonsten war es ganz schön langweilig.

»Okay, Vincha. Lass uns versuchen, unseren Kanal zu finden.«

River fing an, die Ziffern und Nummern vorzulesen, aber Vincha flüsterte: »Vielleicht später, ich sollte mich erst mal ausruhen, mein Kopf … tut weh.«

Unvermittelt beugte sich Jakov vor und packte mit seiner menschlichen Hand ihr Kinn. Sie riss die Augen auf, und die Gurte quietschten, als sie versuchte, ihm zu entkommen. Jakov ließ einen kleinen Beutel vor ihrem Gesicht hin und her schwingen.

»Wir haben keine Zeit für Schönheitsschlaf. Wenn es sein muss, stopfe ich dir das Skint eigenhändig in die Nase.«

»Nein«, flüsterte Vincha. »Kein Skint, bitte, ich schaffe es schon.«

Der Beutel verschwand, und Jakov richtete sich auf. »Gut.« Er nickte River zu, und der las noch mal seinen Code vor.

Vincha schloss wieder die Augen, aber ihre Anspannung war unübersehbar. Aus dem linken Nasenloch rann ein Blutstropfen und lief langsam über ihr Kinn.

»Du hast die Frequenz knapp verfehlt.« River gab sein

Bestes. »Die Bandbreite ist verdammt schmal, versuch es mal über …«

Von einem Augenblick auf den anderen war die Halle von Musik erfüllt, wie ich sie noch nie gehört hatte. Sie war wundervoll und hypnotisch. Alle lauschten, niemand sagte ein Wort.

Mit einem rasselnden Atemzug zwischen jeder Silbe brachte Vincha heraus: »Bit … of … En.« Es war die Musik, die sie damals im Außenposten gemeinsam mit Rafik gehört hatte. River beugte sich vor und wischte das Blut ab, das inzwischen reichlich aus ihrer Nase strömte. Ich versuchte, die Muster herauszuhören, von denen Rafik gesprochen hatte, als er diese Musik zum ersten Mal hörte, aber ich war zu hingerissen, um mich richtig darauf zu konzentrieren. Diese wunderbare Musik bedeutete: Wir hatten die bloße Theorie hinter uns gelassen. Das hier geschah gerade wirklich.

Die Musik verklang, wurde abgelöst von einer Stimme. Einer Kinderstimme. »Vincha.«

Sie wandte den Kopf zum Lautsprecher. »Rafik.« Eine Träne rann über ihre Wange.

»Sechs«, sagte er, »zwei sieben Ost. Vier sechs neun Nord. Ich wiederhole …«

»Aufschreiben«, befahl Jakov. Ich fischte eine Schriftrolle und einen Stift heraus und murmelte die Zahlen vor mich hin, bis ich sie notiert hatte. Es mussten Koordinaten sein. Jakov entfaltete eine große Landkarte, die noch aus der Zeit vor der Salutisten-Ära stammte, und breitete sie auf den Waffenkisten aus.

Die Nachricht und die Musik wiederholten sich noch fünfmal, ehe Vincha das Bewusstsein verlor.

»Hier«, sagte Galinak und zeigte auf die Karte. »Fast am entgegengesetzten Ende des Tals. Ich meine, seht mal«, er bewegte den Finger, »hier war der Außenposten … die defekte Stelle, wo die Langbahn hält, ist hier … das ist ein weiter Weg.«

»Tja.« Jakov richtete sich auf. »Dann ist es eben so. Finden wir heraus, ob es wirklich eine Einladung ist.«

»Das war die Stimme eines Jungen«, sagte ich. »Vincha hat sie als Rafiks Stimme erkannt, aber sie hat ihn zuletzt vor fünfzehn Jahren gesehen, und inzwischen ist er kein Junge mehr. Wenn er noch lebt, dann war das nicht seine Stimme.«

Jakov wandte mir das entstellte Gesicht zu und legte den Kopf schief. »Jepp, aber wir gehen trotzdem. Ich habe Harim versprochen, dass du mitkommen darfst. Er hat mir versichert, dass du auf dich aufpassen und den Mund halten kannst. Dass er sich bei Letzterem geirrt hat, sehe ich. Um deinetwillen hoffe ich, dass er bei Ersterem richtiglag.«

Es war womöglich meine einzige Chance, mich bei Jakov beliebt zu machen, aber ich konnte es nicht lassen. »Möglicherweise wäre ich entspannter, wenn du mir sagen würdest, wozu das alles. Die Wachen, die Waffen, die Antigrav-Anzüge …« Ich zeigte auf Vincha. »Überhaupt das alles. Und jetzt willst du ausgerechnet ins Tarakan-Tal, wo Trolle nichts weiter sind als Eidechsenfutter? Ich habe gehört, dass du für den Puzzler-Jungen eine ordentliche Summe kassiert hast. Warum also …«

Drohend kam Jakov auf mich zu. »Das geht dich einen rostigen Scheiß an. Ich habe versprochen, dich nicht umzulegen, aber es spricht nichts dagegen, dir ein paar Knochen zu brechen.« Ein weiterer Schritt. Und mit einem Mal stand Galinak zwischen uns.

»Ich bitte um Verzeihung, Sir.« Sein ausgesucht höflicher Tonfall verblüffte mich. »Selbstverständlich verstehen wir, dass Ihr Eure geschäftlichen Belange als Privatangelegenheit betrachtet – das tun wir wirklich –, aber unser Funkelauge hier ist mein direkter Vorgesetzter, und ich kann im Augenblick keinesfalls dulden, dass ihm irgendetwas zustößt. Das wäre unprofessionell.«

Angesichts des guten Dutzends Wachen, die rings um uns Aufstellung genommen hatten, war das fast eine kleine humoristische Einlage. Jakov machte eine kleine Geste, und die Wachen entspannten sich.

»Funkelauge«, wiederholte er. »Hübscher kleiner Spitzname. Wie heißt du eigentlich wirklich?«

»Funkelauge ist schon okay.« Meine Stimme zitterte fast gar nicht. »Ich habe mich schon richtig dran gewöhnt.«

»Na schön, Funkelauge. Ich lasse es dir noch mal durchgehen, dieses eine Mal. Ja, ich habe eine ordentliche Summe für den Puzzler erzielt, aber in meiner Sparte gibt es eine Menge Unkosten. Und sagen wir es mal so: Ich habe ein paar nicht besonders weise, *teure* geschäftliche Entscheidungen getroffen. Nach mehr als zehn Jahren als Erster die Stadt im Berg zu betreten und vielleicht sogar eine Verbindung herzustellen könnte sich als sehr profitabel erweisen. Den Rest musst du selbst rausfinden. Bist du dabei?«

Hatte ich denn eine Wahl? Hätte er mich gehen lassen? Ich habe es nie herausgefunden. Schon als sie Vincha festgeschnallt hatten, war mir klar gewesen, dass ich diese Sache durchziehen würde.

Jakov wandte sich an River. »Du verstehst dein Handwerk«, sagte er, »und das ist etwas, das ich zu schätzen weiß. Wenn du dich uns anschließt, suchst du dir an sechster und zehnter Stelle was von der Beute aus und bekommst vom Rest einen fairen Anteil.«

River neigte den Kopf. »Vierte und sechste Auswahl.«

Sie einigten sich auf fünf und acht. So wie ich River kannte, wäre er auch gratis mitgekommen.

»Ich kann nicht mitkommen«, flüsterte Vincha im Med-Sessel.

»Meine Liebe, du hast doch schon einmal Geschichte geschrieben.« Jakov schlenderte zu ihr hinüber. »Sei auch diesmal wieder dabei. Und außerdem habe ich hier einen gemeinsamen Freund mitgebracht, damit er uns Gesellschaft leistet – ihr könntet die Zeit nutzen, um euch wieder miteinander vertraut zu machen.«

Auf Jakovs Zeichen hin trat der stämmige maskierte Leibwächter vor und nahm seine Maske ab.

Vincha keuchte überrascht auf. »Bayne.«

»Hallo Vincha.« Bayne fuhr sich mit einer Hand durchs weiße Haar. »Ich habe lange nach dir gesucht. Würde mal sagen, du schuldest mir eine Erklärung.«

Kapitel 64

Sie ketteten Vincha hinten im Flitzer fest, gaben mir ein Energiegewehr und eine Decke und übertrugen mir die Aufgabe, Vincha zu bewachen, vermutlich vor allem, damit ich aus dem Weg war. Dann zog der Trupp ab und kundschaftete die Gegend aus.

Es war eiskalt in den Bergen, und Jakovs selbstwärmende Anzüge reichten nur für ihn und seine Leute. Ich lehnte das Energiegewehr gegen den Vordersitz und ging nach hinten, um nach Vincha zu sehen. Sie zitterte vor Kälte. Ohne nachzudenken, warf ich ihr meine Decke zu, was ich schon im selben Moment bitter bereute, als sich die Eiseskälte in meinen ungeschützten Leib krallte. Meine Galanterie dankte mir die Ex-Salutistin nur mit einem kurzen Nicken. Mit der freien Hand stopfte sie die Decke um sich fest.

Den größten Teil der Reise schwieg Vincha. Wann immer ich Mitleid für sie empfand, erinnerte ich mich an unsere erste Begegnung und die Kälte ihres Kampfmessers an meiner Haut. Mit Sicherheit wartete Vincha nur darauf, dass sich ihr eine Fluchtmöglichkeit bot, und ich hatte nicht vor, das schwache Glied in der Kette zu sein. Mehrmals hatte ich gehört, wie sie und Bayne miteinander redeten – hitzige Wortgefechte. Die Art, wie der kräftig gebaute Troll Vincha ansah, ließ keinen Raum für Zweifel; er war immer noch verletzt, und das bedeutete, er empfand noch immer etwas für sie. Ich nahm an, dass sie ihn auf ihre Seite ziehen könnte, wenn sie ihn davon überzeugen konnte, dass sie ihn damals im Außenposten nur zu seiner eigenen Sicherheit fortgeschickt hatte. Aber diese Vermutung behielt ich für mich. Ich wollte nicht ohne jede Not in ein Wespennest stechen.

Jakov hatte uns durch die Kanalisation aus der Stadt gebracht. Danach wanderten wir zwei Tage lang und warteten in einer sicheren Zone, bis vier Sandflitzer kamen, sämtlich bestückt mit einer schwenkbaren Kanone auf dem Dach. Inzwischen hatten wir schon eine lange, bisher zum Glück ereignislose Reise hinter uns, aber angespannte Momente gab es zur Genüge. Es hätte vollkommen gereicht, wenn uns eine Patrouille entdeckte, und wir stießen immer wieder auf Hinweise, die deutlich belegten, wie weit der Rat sein Netz ausgeworfen hatte. Je länger ich darüber nachdachte, desto wahnwitziger kam mir die ganze Unternehmung vor.

Es gab so viele Unbekannte in der Gleichung, dass es fast widersinnig schien, dieses Risiko einzugehen. Ja, natürlich, es bestand die Möglichkeit – die sehr unwahrscheinliche Möglichkeit –, dass wir es schafften, das Tarakan-Tal unversehrt zu durchqueren, die Stadt erreichten, ohne Puzzler zum Allerheiligsten vordrangen, den Jungen fanden, der inzwischen höchstwahrscheinlich eher ein Mann war, und auf ein neues Lager voller Tarakanischer Artefakte stießen. Aber das ganze Unterfangen war ungeheuer gefährlich. Jakovs Motivation war ganz offensichtlich – er hatte es auf die möglichen Reichtümer abgesehen –, aber weshalb ich selbst so dringend mitkommen wollte, vermochte ich nicht so genau zu sagen.

Als Antwort fiel mir nur das ein, was die Salu-Romane, die ich in meiner Jugend verschlungen hatte, so reizvoll für mich machten. Es ging nicht um die freizügigen Sexszenen und die Gewalt – obwohl ich zugeben musste, dass mir das in manch einsamer Nacht als Inspiration gedient hatte –, sondern es ging darum, eine Tür zu öffnen und herauszufinden, was sich dahinter verbarg. Wir lesen Bücher, um einem Geheimnis auf die Spur zu kommen, und je mehr ich über Rafik hörte, desto mehr steigerte sich meine Faszination bis zur Besessenheit. Ich war fest entschlossen herauszufinden, was geschehen war und warum. Und da war ich nun, unterwegs auf vollkommen selbstmörderischer Mission, nur weil sich eine Gelegenheit bieten mochte, den Schleier der Tarakanischen Mysterien zu lüften.

Meine Gedanken wanderten zu Lehrmeister Harim. Unsere Wege hatten sich getrennt, vielleicht für immer. Ich stand neben dem Flitzer und erschauerte. Ob sie ihn inzwischen erwischt hatten? Glaubte er noch immer, dass diese Angelegenheit alles wert war, was er dafür geopfert hatte? Ich fragte mich, ob die Menschheit an sich es überhaupt wert war, und in diesem Moment war ich mir dessen gar nicht so ganz sicher.

In der Kälte war es schwierig, Tagträumen und philosophischen Überlegungen nachzuhängen, und ich rückte ein wenig dichter an Vincha heran, die hinten im Flitzer kauerte, eine Hand an eine Metallstange gekettet. Ich warf einen Blick auf ihren Arm und wusste: Wenn die anderen nicht bald zurückkamen, dann würde sie sich üble Erfrierungen zuziehen. Sie sah mich an wie ein Tier in der Falle. Ich achtete auf ausreichenden Sicherheitsabstand.

»Wie geht es dir?«, fragte ich, ohne eine Antwort zu erwarten, aber anscheinend drangen meine guten Manieren irgendwie zu ihr durch.

»Ich muss pinkeln«, brachte sie mit zusammengebissenen Zähnen heraus.

So natürlich dieses Bedürfnis auch war, darauf war ich nicht vorbereitet gewesen. »Tut mir leid, da kann ich dir nicht helfen.«

»Ich glaube nicht, dass ich es noch lange aufhalten kann.«

»Ich mach dich nicht los, falls es das ist, was du von mir willst.«

»Na komm schon, Funkelauge, tu doch einer Lady diesen kleinen Gefallen. Du hast gesehen, wie Bayne mit mir ein Stück rausgegangen ist, und wir sind ganz artig und friedlich wieder zurückgekommen.«

»Ich kann nicht.«

»Du meinst, du willst nicht.« Sie seufzte. »Und wenn ich deine Frage beantworte?«

»Welche Frage denn?«

»Die, die dir schon die ganze Zeit auf der Zunge brennt. Ach, komm … du siehst mich schon seit Tagen so an mit deinen funkelnden Äuglein. Wie wär's: Du fragst mich, ich antworte, und danach bringst du mich zu einer netten kleinen Schneewehe dort draußen, wo ich in Ruhe pinkeln kann?«

Mir war klar, dass es womöglich eine Falle war, aber immerhin verhandelten wir wieder miteinander, und ich hatte einen Vorteil. Es war einfach zu verlockend.

»Wie wäre es, wenn ich dir helfe, deine Hose runterzuziehen, und du beantwortest mir meine Frage später?«

Sie schnitt mir eine wütende Grimasse, aber ich hatte ihr meine Hilfe angeboten, ohne Bedingungen zu stellen, was ihr die Gelegenheit verschaffte, aus dem angebotenen Deal wieder rauszukommen. Und mir verschaffte es immerhin moralische Überlegenheit.

»Einverstanden«, sagte sie, »Aber wenn deine Hände mich irgendwo berühren, wo ich sie nicht haben will, dann beiß ich dir die Nase ab.«

»Ich versichere dir, Vincha, dass ich nicht die Absicht …«

»Jaja, kleiner Funkelritter, schon gut. Die Gürtelschnalle ist hier. Du musst daran drehen, ungefähr so … nein, andere Richtung … nein … mit beiden Händen, Rosthirn … genau so … und jetzt hier ziehen …«

Es geschah blitzschnell. Mit der freien Hand packte sie mich und wirbelte mich herum, ihr Arm glitt schlangengleich unter mein Kinn, presste sich an meinen Hals, und sie umklammerte mich mit beiden Beinen. Ich versuchte mich aufzurichten, aber sie zerrte mich zurück und drückte mich mit den Beinen fest an sich.

»Vincha, nein …«, keuchte ich, aber sie drückte erbarmungslos zu und drohte mich zu erwürgen. Hätte sie beide Arme zur Verfügung gehabt, wäre ich längst nicht mehr bei Bewusstsein gewesen.

Sie zog mich höher, in Richtung ihrer gefesselten Hand. Ich war kein Experte in solchen Dingen, aber ich wusste doch genug, um zu begreifen, dass es aus war, wenn sie die Hände zusammenbekam.

»Vincha«, japste ich, »es nützt dir nichts … ich habe keinen Schlüssel …«

Sie hörte mir gar nicht zu. Vielleicht wollte sie das lieber selbst überprüfen. Ich biss ihr in den Arm, so fest ich nur konnte, meine Zähne drangen durch den Stoff, und sie zuckte zusammen. Ihr Griff lockerte sich um eine Winzigkeit, aber es reichte mir, um voller Verzweiflung und Wucht den Kopf nach hinten zu werfen. Ich musste ihren Wangenknochen getroffen haben oder so, denn mit einem Mal umklammerten mich ihre Beine nicht mehr ganz so fest, und ich schaffte es, mich herumzudrehen. Plötzlich steckte mein Gesicht zwischen ihren Brüsten. Mit einer Hand drückte sie mich nach unten und schlang wieder die Beine um mich, diesmal um den Hals, aber da erwachte etwas in mir. Irgendein kreatürlicher Instinkt. Mit beiden Händen stieß ich ihre Beine weg, und plötzlich war ich frei und über ihr. Ich hätte abhauen können, aber diesmal stand ich nicht auf. Vielleicht war es ihr jüngster Verrat, der mich überschnappen ließ. Ich schlug zu und erwischte sie am Kinn, einmal, dann noch ein paar Mal, und während ich sie mit Faustschlägen eindeckte, brüllte ich Beleidigungen. Der dritte Schlag richtete am meisten Schaden an, obwohl sie den Kopf wegdrehte. Als sie ihr Gesicht mit der freien Hand zu schützen versuchte, hielt ich inne und ließ mich zurücksinken, kroch von ihr weg.

Sie lag halb unter dem Sandflitzer, ihr Atem ging schwer. Langsam setzte sie sich auf. Ihr Gesicht war blutig. Dann brach sie plötzlich in Gelächter aus, und ich sah ihre Zähne rot aufblitzen. »Sieh mal an, Funkelauge, da steckt ja doch ein bisschen Stahl in dir. Wer hätte das gedacht?«

»Ich wollte dir nur helfen.« Ich hörte selbst, wie kindisch das klang.

Ich rappelte mich auf. Sie beobachtete mich mit der Berechnung einer Kriegerin. Aber ich hatte nicht vor, mich wieder auf sie zu stürzen. Auch wenn sie zuerst angegriffen hatte, schämte ich mich dafür, eine gefesselte Frau geschlagen zu haben. Außerdem hegte ich den Verdacht, dass ich mir womöglich die rechte Hand gebrochen hatte.

Sie sah mich an. »Okay. Ich würde sagen, du hast dir deine Antwort verdient. Schieß los.«

»Nakamura …«, sagte ich nach einigem Zögern. »Glaubst du, dass er wirklich in die Zukunft sehen konnte?«

Vincha seufzte und verdrehte die Augen. »Ich hatte genug mit ihm zu tun, um zu wissen, dass er verrückt war. Ich habe gesehen, wie er ohne den geringsten Anlass Leute umgebracht hat, und ich weiß, dass er selbst fest davon überzeugt war, die Zukunft zu sehen. Tja, wenn das Freilassen

Tausender Eidechsen und der eigene Tod zwischen ihren Zähnen bedeutet, dass man irgendeine Art Orakel ist und die Menschheit rettet, dann meinetwegen. Ich bin einfach nur froh, dass er tot ist.«

»Warum hat er dich am Leben gelassen? Er hat alle anderen getötet.«

»Hast du nicht gehört, was ich sage? Er war verrückt. Ein Freak.«

»Aber er folgte immerhin seiner eigenen Logik. Seinen Trupp hat er umgebracht, weil er wusste, dass ein schneller Tod gnädiger ist, als von Eidechsen in Stücke gerissen zu werden. Bei deiner Geschichte fehlt noch etwas.«

Diesmal klang ihr Lachen echt. »Du passt wirklich gut auf, wenn du jemanden befragst, was, Funkelauge? Ja, seine Abschiedsrede in der Stadt im Berg war noch ein bisschen länger, nur weiß ich nicht, wozu ich sein lächerliches Gefasel wiederholen soll. Aber na schön, wenn du es so gern wissen willst, erzähle ich es dir. Er hielt einen idiotischen kleinen Vortrag darüber, wie er schon von Kindesbeinen an gewusst hätte, dass ihm ein Leben voller Leid und Schmerz bevorstand, dass aber sein Tod den Beginn unserer aller Rettung markieren würde. Dass das Tarakanische Imperium wiedererweckt werden müsse und die Puzzler der Schlüssel dazu seien. Ein Riesenhaufen Rost. Er sagte, ich solle meine Tochter zur Welt bringen, aber dann sollte ich zur Stadt im Berg zurückkehren und sie mitbringen – denn wenn ich das nicht täte, würde ihr Schicksal eine zweite Katastrophe auslösen. Das war es im Wesentlichen auch schon. Er hat mich am Leben gelassen, und ich bin gerannt und habe niemals zurückgeblickt. Jeder Tag, an dem ich mich von Tarakan-Tal ferngehalten habe, war ein Beweis dafür, dass er nichts weiter war als ein durchgeknallter, verblendeter Freak, der sich selbst vorgemacht hat, sein Leid hätte irgendeine tiefere Bedeutung. Ja, ich habe eine Tochter geboren, und sie ist nicht hier, und ich werde sie nicht in die Stadt im Berg bringen. Daran wird sich nichts ändern, und wenn du mich umbringst. Außerdem würde sie sowieso niemandem etwas nützen.«

»Deine Tochter ist nicht gezeichnet?«

Vincha sah mir direkt ins Gesicht. »Ja. Seltsam, hm? Das passiert nur sehr selten, wenn beide Eltern Tätowierungen tragen, aber für sie ist es besser so. Ich habe sie bei freundlichen Menschen zurückgelassen.«

Sie war gut, das musste ich ihr lassen. Hätte ich nicht die Wahrheit gekannt, dann hätte ich es ihr abgekauft. »Als ich deinem Schatten hinterhergejagt bin, war ich auch in dem Dorf, in dem du deine Tochter zur Welt gebracht hast«, sagte ich. »Ich weiß, dass sie von Geburt an gezeichnet war. Das kommt nur selten vor, und ihre Pflegeeltern haben sich deshalb geweigert, sie zu sich zu nehmen. Sie haben mir erzählt, dass sie nicht nur Tätowierungen an den Fingern hatte, sondern auch am Kopf.«

Vincha fluchte eine Weile vor sich hin und beschimpfte mich erst als Lügner, dann als naiven Idioten, und dann wurde es wirklich einfallsreich. Ich reagierte nicht darauf.

Glaubte ich wirklich, dass Nakamura die Zukunft hatte vorhersehen können? Nein. Und seine Taten hatten verheerende Folgen gehabt. Aber es war verblüffend, wie er es geschafft hatte, allen anderen stets einen Schritt voraus zu sein. Als Nakamura Vincha zum Außenposten geschickt hatte, um »einen jungen Puzzler« zu suchen, lange bevor Rafik überhaupt zu den Keenans gehörte – war es einfach nur ein Glückstreffer gewesen oder doch eine Vorahnung?

Galinak kam als Erster zurück. Kurz musterte er mich, dann Vincha, und stieß einen anerkennenden Pfiff aus. »Du bist aus einem doppelten Klapperschlangen-Würgegriff entwischt.«

»Aus einem einfachen.« Vincha ließ mit der gefesselten Hand die Kette klirren. »Darum steht er auch noch, du Idiot.«

»Du verblüffst mich immer wieder, Funkelauge.« Galinak sah sich um, als auch die anderen eintrafen. »Der Außenposten ist sauber. Wer auch immer dort war, scheint sehr eilig aufgebrochen zu sein.«

Unwillkürlich dachte ich an meinen Lehrmeister. Hatte er irgendwie dafür gesorgt? Welcher Preis würde wohl für sein Täuschungsmanöver zu zahlen sein …? Oder hatten wir einfach endlich mal Glück gehabt?

Galinak befreite Vincha und ging mit ihr ein Stück raus, damit sie dem Ruf der Natur nachkommen konnte. Als sie an mir vorüberkam, hielt sie kurz an. »Du solltest darum beten, dass Nakamura nur ein durchgeknallter Troll war«, flüsterte sie mir zu. »Denn ganz am Schluss, bevor ich losgerannt bin, sagte er zu mir: Alle, die ich mitnehme in die Stadt im Berg, werden sterben.«

Kapitel 65

Der Außenposten in den Bergen war verlassen, aber es gab Hinweise darauf, dass das noch nicht lange so war. In der Vorratskammer fanden wir etwas Dörrfleisch. Ich freute mich darüber, zur Abwechslung mal echte Nahrung zu mir zu nehmen, obwohl man manchmal Magenkrämpfe bekam, wenn man Nährpillen und richtige Nahrung mischte. Wir stellten Wachen auf und drängten uns unter der Erde zusammen. Der Stützpunkt war klein, aber gut zu verteidigen, und es gab sogar einen eigenen Bereich, um die Flitzer zu parken.

In der Sicherheit dieses Unterschlupfes verschlechterte sich Vinchas Zustand sichtlich. Sie hatte starke Kopfschmerzen, aber Skint verweigerte sie noch immer beharrlich. Ich war für die Wache eingeteilt und ging hinaus, und als ich zurückkam, war sie bewusstlos und hatte hohes Fieber.

»Sind die Implantate«, sagte River. »Der Körper versucht sie abzustoßen.«

»Einfach rein damit in die Nase.« Jakov warf ihm den Beutel mit Skint zu, und River fing ihn auf.

»Sie wird stinksauer sein, wenn sie aufwacht.«

»Sie kann mir mal meinen Metallarsch küssen«, sagte Jakov.

Es dauerte eine Weile, das Skint aufzubereiten. River injizierte es Vincha direkt ins Blut, und die Wirkung trat sofort ein: Ihr Fieber war wie weggeblasen, und sie fiel in tiefen Schlaf.

Ich selbst schlief in dieser Nacht kaum. Als der Morgen dämmerte, sah ich Jakov, der sich über die Karte beugte.

»Mir ist aufgefallen, dass du keinen Puzzler dabeihast«, sagte ich so leise, dass mich niemand außer ihm hören würde. Sein künstliches Auge drehte sich in meine Richtung und musterte mich, erst dann wandte er mir das Gesicht zu.

»Puzzler sind heutzutage schwer zu bekommen«, sagte er.

»Aber unmöglich ist es nicht, und du scheinst mir ein Mann zu sein, der sich gern auf alle Eventualitäten vorbereitet.«

Sein Blick veränderte sich. »Der alte Bücherwurm sagte mir, dass an dir mehr dran ist, als man auf den ersten Blick denkt.«

»Witzig, über dich hat er mir dasselbe gesagt.«

Er nickte. »Ich habe für genug Feuerkraft gesorgt, dass wir uns notfalls quer durchs Tal prügeln können. Und die Kom-Spezialistin haben wir auch dabei. Ich setze ungern alles auf eine Karte. Wenn das hier schiefgeht, dann komme ich vielleicht noch mal mit meinem Puzzler zurück und versuche es auf einem anderen Weg.«

»Geht es dir wirklich nur um den Gewinn?«, fragte ich und hoffte, dass der Themenwechsel ihn kalt erwischen würde, aber Jakov schüttelte nur den Kopf.

»Lass stecken, Funkelauge, meine Gründe gehen nur mich etwas an. Jetzt ruh dich noch ein bisschen aus – wir bleiben nicht mehr lange hier.«

Das war nicht geschwindelt. Kurz nach unserer kleinen Unterhaltung wurde zum Aufbruch geblasen, und wir arbeiteten uns über eine gefährliche, gewundene kleine Bergstraße ins Tal hinunter. Vincha war bei Bewusstsein. Mir kam sie weniger blass vor, aber als ich sie fragte, wie es ihr ginge, bekam ich keine Antwort. Nach einer Weile gab ich es auf.

Schon beim Abstieg drehte es mir den Magen um, aber als ich dann tatsächlich zum allerersten Mal das Tal sah, wäre mir fast das Herz stehen geblieben. Die Geschichten darüber zu hören war das eine, aber als ich es mit eigenen Augen sah, stieg eine seltsame Mischung aus Ehrfurcht und Grauen in mir auf. Obwohl in einem großen Teil des Tals Sandstürme tobten, konnte ich deutlich sehen, wie riesig es war. Die schiere Größe und die Architektur der Stadt der Türme waren schon beeindruckend, aber das hier war einfach *unermesslich*. Wie viele hatten hier gelebt und waren hier gestorben? Ich konnte es nicht mal ansatzweise schätzen.

Mithilfe meiner Spezialsicht entdeckte ich die schwebenden Metallstäbe, die den Weg der Nördlichen Langbahn markierten, und folgte ihnen mit dem Blick, bis sie sich in einem gelblichen Nebel verloren. Was für ein Wunder das Tal einst gewesen sein musste! Doch jetzt war es eine Einöde, nichts wuchs in dem feinen Pulversand. Ein Ort, an den junge, enthusiastische Trolle geschickt wurden, um hier zu sterben. Welche fürchterliche Waffe hatte diese staunenswerte Zivilisation ausgelöscht? Ich erschauerte, aber nicht wegen der Kälte. Die Katastrophe musste das gewesen sein, wovor manch alte religiöse Schrift gewarnt hatte.

Klugerweise entschied Jakov, dass wir weiter oben das Nachtlager aufschlugen, statt bei Anbruch der Dunkelheit ins Eidechsenterritorium vorzustoßen. Wir stellten doppelte Wachen auf, aber ich war ziemlich sicher, dass heute Nacht ohnehin niemand schlafen würde, mit Ausnahme von Galinak natürlich. Wir anderen waren nachdenklich und still, und es war so rostverdammt kalt, dass ich sogar darüber nachdachte, mich an Galinak zu kuscheln. Stattdessen starrte ich mit meiner Spezialsicht ins Tal hinunter. Der Mond stand am Himmel, und nicht nur einmal glaubte ich, dort unten Bewegung wahrzunehmen. Ob es meiner Einbildung entsprang oder nicht, bei dem Anblick bekam ich Gänsehaut. Als der Morgen dämmerte, war ich sehr erleichtert.

Am frühen Vormittag erreichten wir das Tal, und das Wetter änderte sich auffallend. Auf einmal war es heiß und trocken, und mir war, als würde mir sämtliche Feuchtigkeit aus dem Leib gesaugt. Alle bedeckten Augen und Gesichter, und die Flitzer fuhren mit weitem Abstand hintereinanderher, um nicht in die Staubwolke des Vordermanns zu geraten.

Unser Plan war einfach: Wenn wir irgendetwas sahen, dann versuchten wir, schneller zu sein, oder wir schossen es nieder. Alle hielten die Waffen bereit, selbst ich hatte ein Gewehr in den Händen. In jedem Sandflitzer saßen sechs Leute, einschließlich des Kanoniers am Bordgeschütz und des Fahrers.

Jakovs Flitzer führte die Kolonne an, mit Bayne am Geschütz. River saß am Geschütz des zweiten Flitzers, in Gesellschaft von Jakovs Söldnern. Für das Geschütz des dritten Flitzers schließlich war Galinak eingeteilt worden, und ich saß im selben Fahrzeug neben dem Fahrer. Vincha, immer noch gefesselt und unbewaffnet, kauerte hinten.

»Eidechsen«, brüllte plötzlich jemand übers Kom. »Rechts von uns.«

Ich wandte den Kopf und sah sie hinter einem der Gebäude hervorströmen. Es mussten an die zwei Dutzend sein, und sie liefen auf den Hinterbeinen. Sie wandten uns die Köpfe zu. Unzählige Male hatte sie mir jemand beschrieben, ich hatte die Salu-Romane gelesen und Veteranen zugehört, die ihre Kampfberichte zum Besten gaben, und ich hatte oft versucht, mir vorzustellen, wie es sein mochte, sich diesen Kreaturen wirklich und wahrhaftig gegenüberzusehen. Aber ich kann nicht beschreiben, welches Entsetzen mich erfasste, als mir klar wurde, dass sie uns entdeckt hatten.

Als Erstes schoss mir nur durch den Kopf, wie menschlich sie wirkten. Ihre Echsenhaut war weniger grün, als ich sie mir vorgestellt hatte, sie wirkte eher bräunlich. Ihre Oberkörper erinnerten an den eines kräftigen Mannes, auch wenn sie geradezu absurd muskulös waren. Selbst die Schnauzen entstellten ihre Gesichter nicht ausreichend, um sie wirklich reptilisch wirken zu lassen. Sobald die Eidechsen uns entdeckt hatten, ließen sie sich auf alle viere fallen und rasten los. Zum Glück waren sie etwas langsamer als unsere Flitzer, aber trotzdem erheblich schneller, als je ein Mensch hätte laufen können. Noch unheimlicher war jedoch, dass sich vier Eidechsen aus der Meute lösten und versuchten, uns den Weg abzuschneiden. Raffiniert, vielleicht sogar intelligent. Ich zitterte am ganzen Leib, und obwohl ich angeschnallt war, klammerte ich mich an der Stange über meinem Kopf fest, als ginge es um mein Leben.

Die Eidechsen, die uns den Weg abschneiden wollten, gerieten in die Reichweite von Jakovs Kanonier, und die beiden ganz vorn explodierten in einer grünen und roten Wolke. Der Rest des Trupps war klug genug, Munition und Energiezellen zu schonen. Ich selbst hatte solche Angst, dass mir nicht einmal der Gedanke daran kam, mein Gewehr zu benutzen.

Wir ließen sie hinter uns zurück, aber von jetzt an begegneten wir ständig welchen, und bald kam mir unsere Fahrt vor wie eine nie endende Schlacht. Von mir und eventuell auch River abgesehen, bestand unser Trupp aus hartgesottenen, kampferfahrenen Trollen, die glücklicherweise eine ruhigere Hand hatten als ich. Auf unserem Weg durchs Tal töteten wir Hunderte Eidechsen, aber vermutlich jagten inzwischen Tausende hinter uns her.

Obwohl die Biester versuchten, den Schüssen auszuweichen, waren sie anscheinend zu blutrünstig, um sich um ihre Sicherheit zu scheren. Sie rannten geradewegs auf die Flitzer zu, und wir hatten schon mehrere Dutzend von ihnen einfach überfahren.

Gegen Mittag verließ uns das Glück. Als wir gerade mitten durch ein Eidechsenrudel heizten, verlor der Fahrer des hintersten Flitzers die Kontrolle über sein Fahrzeug. Es überschlug sich mehrfach, ehe es durch die Wand eines hohen Gebäudes krachte. Die Eidechsen schwenkten sofort um und strömten durch das Loch, das der Flitzer geschlagen hatte. Die verletzten Truppmitglieder eröffneten das Feuer, wurden aber rasch überrannt. Zu meiner Überraschung befahl Jakov, umzukehren und die Truppmitglieder zu retten, obwohl wir über Kom ihre Todesschreie hörten. Als wir, wild um uns schießend, auf die Unfallstelle zurasten, überschlug ich rasch in Gedanken, wer dort drinnen war, und stellte mit schamloser Erleichterung fest, dass keiner von denen dabei war, die ich kannte und mochte.

Die Trolle in Jakovs und Galinaks Flitzer konzentrierten sich ganz darauf, Eidechsen vom Gebäude fortzulocken und abzuknallen, während der Trupp aus Rivers Flitzer einen heldenhaften Rettungsversuch unternahm. Doch als sie ankamen, fanden sie drinnen nur noch einen einzigen Überlebenden, Brook. Beide Beine waren gebrochen, und sobald wir ihn in unseren Flitzer gezogen hatten, verlor er das Bewusstsein. Wir bargen an Ausrüstung, was möglich war, dann sahen wir zu, dass wir fortkamen. Ich sah, wie sich River übergab, und war froh, dass ich nicht zu sehen bekommen hatte, was von dem Trupp übrig geblieben war.

Aber wir hatten nicht viel Zeit für Grübeleien, denn bald darauf kam schon der nächste Angriff. Diesmal benutzte ich sogar mein Gewehr … nicht dass ich irgendwas getroffen hätte. Als ich gerade das Magazin wechselte, blickte ich nach hinten und entdeckte, dass sich die Klauenhand einer Eidechse hinten an den Flitzer gekrallt hatte. Galinak war gerade vollauf damit beschäftigt, die Bordkanone zur anderen Seite leerzufeuern, und bemerkte die Gefahr nicht. Ich sah, wie die Eidechse die zweite Klaue in den Rand des Fahrzeugs krallte. Ohne nachzudenken, schnallte ich mich ab und schlängelte mich nach hinten durch, sprang über Vincha, streifte Galinaks Bein und machte einen Schritt über Brook hinweg.

Als ich am Heck ankam, zog sich die Eidechse nach oben. Sie war schon halb im Flitzer, als sich unsere Blicke trafen, und für einen Augenblick schien die Welt stillzustehen. Wenn es in diesem Wesen irgendetwas Menschliches gab, dann konnte ich es in diesen Augen nicht entdecken. Mit gefletschten Zähnen schoss die Eidechse auf mich zu, und ich drückte den Abzug durch. Es war ein Kopfschuss aus allernächster Nähe, kaum zu verfehlen, und sie flog rücklings davon und wurde in der Luft von Galinak noch mal gründlich durchsiebt. Ich schleppte mich zurück und ließ mich schwer auf meinen Platz plumpsen, wobei ich mir schwor, dass ich, wenn ich je aus dieser Scheiße hier rauskam, Tag und Nacht trainieren würde, um ein Meisterschütze zu werden.

Eine gefühlte Ewigkeit lang fuhren und töteten wir. Irgendwann hörte ich Vincha etwas brüllen, aber ich hatte keine Zeit, genauer hinzuhören. Vermutlich schrie sie nach einer Waffe, aber ich hatte genau wie der restliche Trupp gerade ganz andere Sorgen. Nach einer Weile verstummte sie, und ich konzentrierte mich darauf, nicht versehentlich einen unserer eigenen Leute zu erschießen. Als ich sie plötzlich direkt in meinem Kopf hörte, wäre ich vor lauter Schreck fast aus dem Flitzer gesprungen.

Östlich halten, verdammt noch mal, nach Osten, er hat es mir gerade gesagt. Rafik sagt, wir müssen nach Osten.

Sie war in ihrem Sitz zusammengesackt und sah aus, als würde sie sich mit aller Kraft auf irgendetwas konzentrieren. Ich sah, wie sich Jakov im vordersten Flitzer nach uns umsah. Unsere Blicke trafen sich, und ich nickte ihm zu. Genau in diesem Augenblick explodierte Vinchas Stimme erneut in unseren Köpfen.

Rost, wendet sofort und fahrt anderthalb Kilometer lang geradewegs nach Osten; wenn wir in diese Richtung weiterfahren, stoßen wir auf Tausende von ihnen.

Diesmal schienen alle sie gehört zu haben. Wenn man bedachte, dass die Sendekapazitäten und Offensivfunktionen von Vinchas Kom stark beschnitten worden waren, musste sie gewaltige Mühe auf diese Aktion verwandt haben.

Ich sah, wie Jakov seinem Fahrer ein Zeichen gab. Der Konvoi schwenkte scharf Richtung Osten. Die Straße stieg an, und nach einer Weile fanden wir uns auf der gewaltigsten Brücke wieder, die ich je gesehen hatte. Sie war stark vom Zahn der Zeit benagt worden, hier und da klafften riesige Löcher, aber sie schien noch stabil zu sein. Als wir sie fast überquert hatten, meldete sich Vincha erneut zu Wort und bat darum, dass wir anhielten, und Jakov leistete ihrer Bitte Folge. Die Flitzer kamen neben einem der Löcher zum Halten. Wir alle sahen hinunter. Unter uns befand sich ein Gebiet voll hoher Gebäude, und dazwischen wimmelten Tausende Eidechsen. Wenn wir versucht hätten, dort hindurchzukommen, wäre das unser sicherer Tod gewesen.

Überrascht sah ich, wie Jakov aus seinem Flitzer sprang und auf unseren zurannte.

»Rafik hat dich kontaktiert?« Der menschliche Teil seines Gesichts war schweißüberströmt; ob das an der Hitze oder an seiner Aufregung lag, vermochte ich nicht zu sagen.

Vincha nickte und schloss die Augen. »Er hat mir neue Koordinaten durchgegeben, ich darf sie nicht vergessen …« Mit halb geschlossenen Augen fing sie an, die Zahlenfolge vor sich hin zu murmeln, immer und immer wieder.

»Ich nehme mal an, du wirst nicht versuchen abzuhauen.« Jakov öffnete ihre Fesseln. Ich sah zu, wie sie ihm auf wackligen Beinen zu seinem Flitzer folgte. Dort angekommen, ließ sie sich erschöpft auf einen Sitz plumpsen.

Auf dem gesamten restlichen Weg ließ sich keine weitere Eidechse mehr blicken.

Unser neues Ziel war eine Ansammlung verfallender ein- und zweistöckiger Gebäude ganz am Rand des Tals. Die Sonne sank bereits dem Horizont entgegen, und nachdem wir den ganzen Tag gefahren waren und gekämpft hatten, sehnte ich mich verzweifelt nach einem sicheren Hafen. Wir stellten die Flitzer im Kreis auf und wechselten ihre Energieröhren, nur zur Sicherheit.

Jakov wandte sich an Vincha. »Irgendwas Neues?«

Sie lehnte sich an den Flitzer und schüttelte langsam den Kopf. »Ich glaube, beim Senden sind mir ein paar Kabel durchgeschmort«, sagte sie. »Seitdem kriege ich nichts weiter rein als statisches Rauschen.« Sie zögerte. »Ich spüre, dass etwas oder jemand mich zu erreichen versucht, aber es ist, als hätte ich eine Decke über dem Kopf.«

»Na schön. Wir sehen uns hier mal um, aber wenn wir binnen einer Stunde nichts Brauchbares finden, dann nehmen wir wieder Kurs auf die ursprünglichen Koordinaten.

Ich habe nicht vor, im Dunkeln zu reisen.« Jakov gab ein paar Befehle, und mehrere Gruppen schwärmten aus.

Galinak, Vincha und ich blieben beim Sandflitzer, und Brook lag bewusstlos unter dem Geschütz.

Beiläufig lehnte ich mich ein Stück zu Vincha hinüber, achtete aber darauf, außerhalb ihrer Reichweite zu bleiben. Sie massierte sich die Schläfen und machte sich nicht mal die Mühe, die Augen zu öffnen. »Was willst du, Funkelauge? Sprich leise – in meinem Kopf bohrt sich gerade irgendwas seinen Weg von innen nach außen.«

Ganz leise fragte ich: »War er es wirklich?«

Sogar den Kopf zu schütteln war für Vincha eine solche Anstrengung, dass sie eine Grimasse schnitt. »Rost. Ich kann's nicht erklären. Es war nicht so, als ob er in Worten zu mir spricht. Die Informationen waren auf einmal in meinem Kopf. Anders kann ich's nicht beschreiben.«

»Woher weißt du denn dann, dass es Rafik war?«

»Das ist das Einzige, dessen ich mir wirklich sicher bin.« Sie öffnete die blutunterlaufenen Augen und sah mich an. »Ich weiß selbst, dass es nicht sein kann. Ich habe Rafiks Schreie gehört. Er ist gestorben. Niemand, der so schreit, ist danach noch am Leben, und selbst wenn er doch irgendwie überlebt hätte, wäre er heute ein erwachsener Mann und hätte auch die Stimme eines Erwachsenen. Also muss es wohl irgendeine Art Falle sein, hm, Funkelauge?«

Ich zuckte mit den Schultern. »Kann sein.«

»Und warum sind wir dann immer noch hier? Im ganzen Tal wimmelt es nur so vor rostigen Eidechsen.« Mit dem Daumen deutete Vincha auf den Flitzer, an dem sie lehnte. »Lasst uns hier verschwinden.«

»Und wenn es doch wahr ist? Was, wenn Rafik noch lebt?«

Gereizt funkelte sie mich an. »Glaubst du etwa, dass wir

hier sämtliche Rätsel der Welt lösen werden? Oder dass wirklich ein neues Zeitalter heraufdämmert? Ich versichere dir: Selbst wenn das hier nicht einfach nur eine unglaublich dämliche Art zu sterben ist, wird es nichts weiter sein als ein neues Kapitel einer alten Geschichte. Sieh dich um. Sieh uns an.« Sie vollführte mit beiden Händen eine weiträumige Geste. »Wir sind wie Fliegen, die sich um das Blut eines Hundekadavers streiten. Wozu das alles? Die Tarkanier haben alles und jeden zerstört, und trotzdem wollen wir nichts lieber, als uns ihre Artefakte einzubauen und so zu sein wie sie? Wozu das alles, verdammt noch mal?«

Sie machte eine Pause. »Ja, ich habe ein schlechtes Gewissen wegen des Jungen. Er war ein liebes Kind, aber er war nun mal ein armer Kerl mit einem echt beschissenen Schicksal. Da kann er sich direkt mit vielen anderen in die Reihe stellen. Wenn ich könnte, würde ich hier abhauen, ich würde die Stadt der Türme und euch Freaks hinter mir lassen und nie wieder zurückkommen. Irgendwo muss es doch ein Eckchen geben in dieser Welt, wo ich einfach in Frieden leben kann. Das würde mir besser gefallen, als auf der Jagd nach Träumen und Märchen draufzugehen.«

Gerade als Vincha ausgesprochen hatte, sagte River übers Kom: »Wir haben hier was gefunden.« Vincha verdrehte die Augen, aber ich spürte, dass auch sie die Ironie zu würdigen wusste.

River kam aus einem der Gebäude und verkündete, dass er Treppen gefunden hatte, die in einen Keller hinunterführten. Und dort unten war er auf eine Geheimtür zu einem unterirdischen Tunnel gestoßen.

Bukras Eier. Neue Energie durchströmte mich. *Kann das wirklich sein?*

Der Trupp kehrte zu den Flitzern zurück, und kurz darauf entdeckten wir, dass Brook unbemerkt gestorben war.

Wir beerdigten ihn rasch auf Salutisten-Art, was bedeutete, dass wir ihn um sämtliche Wertsachen, Waffen und seine Kleidung erleichterten und ihn anschließend mit langen Schüssen aus mehreren Energiewaffen zugleich zu Asche verbrannten.

In der Zwischenzeit machte River Bestandsaufnahme. Wir waren jetzt seit einem Tag im Tal und hatten sechs Trolle und einen Flitzer verloren, die Energieröhren in den verbliebenen drei Flitzern ausgetauscht und noch etwa fünfundsechzig Prozent unserer Munition übrig. Sechzehn von uns waren noch am Leben.

Wir nahmen die Energieröhren aus den Flitzern und deckten die Geschütze mit Segeltuch zu, um sie gegen den Sand zu schützen. Dann liefen wir zu dem Gebäude, das River uns zeigte, und stiegen die Treppe hinunter. Der Raum am Fuß der Treppe war so klein, dass wir uns zusammendrängen mussten, damit alle hineinpassten. Jakov schickte einen seiner Männer vor, um den Tunnel hinter der Geheimtür zu erkunden, und wir warteten.

Er kehrte bald darauf zurück und berichtete, dass er eine kleine, mit einem Puzzle-Schloss gesicherte Tür gefunden hatte.

Also ist es wahr. Mein Herz setzte einen Schlag aus. Dem Ausdruck seines halb metallischen Gesichts zufolge dachte Jakov in etwa dasselbe.

Der unterirdische Tunnel war stockfinster, aber so breit, dass Galinak und ich bequem nebeneinanderher laufen konnten. An manchen Stellen war er teilweise eingestürzt, und wir mussten über Erdhaufen, verbogenes Metall und Beton hinwegklettern oder darunter hindurch. Meine Spezialsicht einzusetzen war schwierig, weil die anderen wild im Gang herumleuchteten. Also lief ich inmitten tanzender Schatten und versuchte, die düstere Vorahnung von mir zu schieben, dass wir alle in unser eigenes Grab unterwegs waren, aber das beklemmende Gefühl wuchs mit jedem Schritt.

Wir erreichten einen kleinen Raum, nicht größer als der, aus dem wir gekommen waren, und die Tür war sehr schmal, kaum breit genug für die Schultern eines Trolls. Der Tarakanische Stahl war wie üblich in untadeligem Zustand, unberührt von Zeit und Elementen. Das Puzzle-Schloss mit seinen drei gähnenden Löchern befand sich etwa auf Brusthöhe.

»Und was jetzt?«, nörgelte jemand.

»Wir haben Sprengstoff dabei«, schlug Jakov vor.

River schüttelte den Kopf. »Dann bricht uns hier alles zusammen.«

Er untersuchte die Tür, in der Hoffnung, irgendwo eine Ritze zu entdecken, in der man einen Hebel ansetzen könnte, aber sie war perfekt in den Rahmen eingepasst.

»Vincha? Was Neues?«, fragte Jakov.

»Nichts«, antwortete sie.

Jakov fluchte. »Versuch noch mal, ihn zu erreichen.«

»So funktioniert das nicht, schon vergessen? Ihr habt mir die Fähigkeit zu senden genommen, und was ich da vorhin gemacht habe, das versichere ich dir, klappt nicht noch mal.«

Eine Weile standen wir schweigend da, und ich spürte, wie sich allgemeine Frustration ausbreitete. Da sagte Vincha auf einmal: »Rost, ihr zwingt mich ja sowieso dazu.« Sie ging zur Tür und zögerte nur ganz kurz, ehe sie ihre zitternden Finger in die Löcher schob. Keuchte auf, ihre Augen verdrehten sich. Im nächsten Moment schrie sie vor Schmerz und zog die Hand so hastig zurück, dass sie das Gleichgewicht verlor und mir direkt in die Arme taumelte. Als wir ihr aufhalfen, war ihr Gesicht schmerzverzerrt.

»Das war rostverdammt schmerzhaft. Hat sich angefühlt, als ob mir die Finger abgesägt werden.«

»So viel also zu unserem Plan«, sagte Galinak und presste seine Hand gegen den glatten Stahl. »Was machen wir jetzt?«

Die Tür glitt auf.

Kapitel 66

Wie soll ich jemandem die Stadt im Berg beschreiben, der ihre Pracht und Herrlichkeit nicht mit eigenen Augen gesehen hat? Ich hatte unzählige ehemalige Salutisten befragt, und die meisten waren in der Tiefe gewesen, aber sie alle gerieten in Schwierigkeiten, wenn sie versuchten, es mir zu beschreiben. Ich hatte immer geglaubt, es läge daran, dass so viele von ihnen ihre Zeit im Tal damit verbracht hatten, sich zu besaufen oder Skint einzuwerfen. Jetzt aber wusste ich: Ein Besuch der Stadt im Berg veränderte die eigene Perspektive für immer. Selbst die Stadt der Türme kam mir im direkten Vergleich vor wie ein gewöhnlicher Ameisenhaufen. Durch diese Tür zu gehen war, als würde ich durch ein Tor in eine andere Welt eintreten, und schon bei den ersten Schritten in die Stadt hinein dachte ich: Dies hier war alles wert, was ich in den letzten Jahren durchgemacht hatte. Ich bedauerte nur, dass Lehrmeister Harim nicht bei uns war.

Die Architektur war fantastisch, fremdartig und einladend zugleich und in unablässiger Veränderung begriffen. Sogar der Gang wurde breiter, sodass unsere ganze Gruppe bequem hindurchlaufen konnte. Wenn wir vorbeikamen, veränderten die Wände die Farbe. Und es wirkte tatsächlich so beruhigend, wie Vincha erzählt hatte. Wir atmeten frische Luft, und mir war behaglich und *leicht* zumute. Ich könnte noch ein Dutzend weitere Beispiele auflisten, aber Worte wurden dieser Umgebung einfach nicht gerecht.

Vincha ging voran. Anfangs hatten alle ihre schussbereiten Waffen in der Hand, aber als sich eine Tür nach der anderen für uns öffnete, wurde uns klar, dass wir hier willkommen waren. Wir waren umgeben von einer immerwährenden Demonstration der unglaublichen Macht, die die Tarakanische Zivilisation einst besessen hatte. Die Tarakanischen Highways, die Supertrucks, die Militärmacht, die Knoten und weitläufigen unterirdischen Anlagen; wie sie durch den Himmel gereist waren, die Sterne erkundet und die Menschheit für immer verändert hatten – all das hatte hier begonnen. Dies hier war das Zentrum ihrer Welt gewesen ... und zugleich der Ursprung der Katastrophe. Milliarden waren gestorben, und viele derer, die von uns übrig geblieben waren, lebten wieder in Höhlen und auf Bäumen. Wir waren in ein primitives Dasein zurückgeworfen worden, schlugen uns ohne Technologie durch, versuchten zu überleben, während unsere kollektive Erinnerung dahinschwand und uns nur noch eine Handvoll Tarakanischer Artefakte daran erinnerte, wie es früher einmal gewesen sein musste. Ich konnte nicht anders, als darüber nachzudenken, wie tief wir gefallen waren und wie lange wir brauchen würden, um wieder zu solchem Glanz zurückzufinden. Wenn das überhaupt möglich war.

Ich wusste nicht, wie dieser Tag enden würde, und war fast vollkommen sicher, dass Nakamuras Vorhersagen nichts weiter waren als die Visionen eines Wahnsinnigen, aber trotzdem war ich froh darüber, all das hier noch zu sehen, bevor ich starb.

Wir kamen in eine Sackgasse. Am Ende des Korridors gab es nichts bis auf eine Reihe bequem aussehender Sessel, für jeden von uns einen. Wir sahen einander schweigend an und warteten auf eine Anweisung, die nicht kam. Jakov zuckte stumm mit den Schultern, aber zu diesem Zeitpunkt waren wir alle nicht mehr in der Stimmung, lange zu zögern. Ich setzte mich als Erster und spürte, wie sich der Sessel augenblicklich meinem Körper anpasste. Es war so angenehm, dass ich nicht mal mit der Wimper zuckte, als mein Sessel aufwärtsschwebte, ebenso wie die anderen. Die Wand am Ende des Korridors verschwand, als hätte es sie nie gegeben, und wir flogen.

Es mochte das Allerheiligste sein oder einfach nur ein anderer Teil dieser wundersamen Stadt, ich vermochte es nicht zu sagen. Es gab Gebäude und andere Bauwerke in jeder nur erdenklichen Form und Farbe. Einige Türme, denen wir auf unserem Flug auswichen, ragten so hoch auf, dass die Spitzen in der Dunkelheit verschwanden. Unter und über vielen Brücken flogen wir entlang, großen und kleinen, tauchten durch breite Tunnel und schwebten so dicht über einem See entlang, dass wir fast seine Oberfläche berührten. Wo immer wir entlangflogen, schalteten sich Tarakanische Lampen ein, wir waren stets von ihrem warmen Licht umgeben. Ich sah, wie einige meiner Reisegefährten vor Freude lachten. Vincha entdeckte ich nirgends, aber River, der ganz offen weinte, und ich spürte, dass er sich dafür kein bisschen schämte. Natürlich war es immer noch möglich, dass uns der Tod erwartete, aber aus irgendeinem Grund waren wir alle ganz ruhig und froh.

Wir flogen auf eine hohe Glaskuppel zu und dann unerklärlicherweise mitten hindurch. Instinktiv hob ich einen Arm vors Gesicht, aber wie auch immer es möglich war, wir flogen einfach hindurch, ohne das Glas zu zerstören. Als ich den Arm wieder sinken ließ, stellte ich fest, dass wir uns draußen befanden. Doch nichts hier erinnerte an das Tal. Statt gelbem Sand und Ruinen erstreckte sich eine grasbewachsene Ebene unter uns. Als ich das Gesicht zum Licht hob, erblickte ich einen mit Wolken betupften blauen Himmel. Sonnenlicht liebkoste mein Gesicht, Vögel flogen an uns vorbei, und ich schmeckte das Meer salzig auf den Lippen.

Ein grüner eichenbestandener Hügel kam in Sicht, ganz oben in der Mitte war eine Lichtung. In trägen Kreisen sanken unsere Sessel hinunter, und mitten auf der Lichtung entdeckten wir eine einsame Gestalt. Mithilfe meiner besonderen Sehfähigkeiten stellte ich fest, dass es sich um einen halbwüchsigen Jungen handelte, weiß gekleidet und mit kurzem braunen Haar und olivfarbener Haut.

Wir alle errieten, wer das war, aber nur eine wusste es mit Sicherheit. Sobald unsere Sessel aufsetzten, sprang Vincha auf und rannte auf den Jungen zu.

»Rafik!«, schrie sie beglückt.

Er winkte ihr lächelnd zu, und dann, als ganz klar wurde, dass sie ihn in die Arme schließen wollte, signalisierte er, sie solle auf Abstand bleiben. Vincha tat, als hätte sie nichts gesehen, aber ihre Hände glitten einfach durch seinen Körper. Mit einem verblüfften Japsen wich sie zurück.

»Bitte entschuldige, Vincha.« Wir alle hörten seine Stimme, als stünde er direkt neben uns. »Ich hätte mich transparenter machen sollen, aber ich wollte, dass ihr mich schon von Weitem seht, damit ihr nicht so nervös seid.« Während er sprach, wurde sein Abbild schwächer, und wir konnten durch ihn hindurchsehen.

Jakovs Trupp war eigentlich nicht so leicht aus der Ruhe zu bringen, aber Rafiks transparente Erscheinung erinnerte uns allzu deutlich daran, dass hier nichts war, wie es zu sein schien. Das Lächeln schwand von den Gesichtern, und nicht nur ein Troll überprüfte seine Waffe und sah sich argwöhnisch um. Ich bückte mich und berührte den Boden.

Er fühlte sich echt an. Die Erde war ein wenig feucht, als hätte es vor ein, zwei Tagen geregnet. Als ich mich wieder aufrichtete, blieb etwas Erde an meinen Fingern kleben.

»Wer bist du?« Vincha war sichtlich aufgebracht.

»Ich bin Rafik.«

»Nein, bist du nicht. Du bist nur ein Bild. Du bist nicht echt.«

»Natürlich bin ich echt.« Rafik lächelte ihr geduldig zu. »Ich habe mich nur dazu entschieden, mich nicht in körperlicher Form zu manifestieren. Aber ich versichere dir, Vincha, dass ich der Rafik bin, den du gekannt hast. Ich erinnere mich an jeden Augenblick meines Lebens, an jeden Moment eines jeden Tages, und ich versichere dir, dass ich mir immer noch sehr gern ›Bit of En‹ anhöre, wie du es nennst. Sein Name war in Wirklichkeit Beethoven, er war ein Musiker, der fünfhundert Jahre vor der Katastrophe lebte. Mein Lieblingsstück ist die 6. Sinfonie.«

»Du bist also nicht gestorben? Ich habe dich schreien hören …« Langsam schüttelte Vincha den Kopf und versuchte genau wie wir anderen, aus alldem schlau zu werden.

»Es war keine angenehme Erfahrung«, antwortete Rafik, »aber als die Eidechsen in den großen Saal geströmt sind, war ich schon woanders und in Sicherheit. Es war nur mein Körper, der gestorben ist.«

Ich hatte so viele Fragen und versuchte, sie nach Wichtigkeit zu sortieren. Jakov war weniger verkopft. »Schön, dich wiederzusehen, Kleiner. Freut mich, dass du was aus dir gemacht hast«, sagte er vorsichtig und legte den Kopf schief. »Aber ich gehe mal davon aus, hier geht es nicht um reine Wiedersehensfreude. Warum also sind wir hier?«

Rafik sah ihn an. »Ihr seid hier, weil wir eure Hilfe brauchen«, sagte er leise.

»›Wir‹?«

Alle sahen sich verstohlen um.

»Wir, die Tarkanier. Die Überlebenden der Katastrophe. Wir sind alle hier, und wir brauchen eure Hilfe.« Er wandte sich an Vincha, die ihn noch immer sprachlos anstarrte. »Die Hoffnung, dass du wirklich kommen würdest, war ein Schuss ins Blaue, wie ihr Salutisten wohl sagen würdet. Damals im Bunker hat Nakamura mir versichert, dass du am Leben bleibst und dass ich dich irgendwann wiedersehen würde, selbst wenn sich unsere Wege erst einmal trennen sollten. Ich weiß nicht, ob es nur eine Möglichkeit war oder eine selbsterfüllende Prophezeiung oder ob Nakamura wirklich die einzigartige Fähigkeit besaß, potenzielle zukünftige Entwicklungen vorauszusehen. Aber ich habe weitergesendet und gehofft, dass du mich hören würdest. Und jetzt bist du hier.«

Vincha wurde blass. Fast glaubte ich ihre Gedanken lesen zu können. Hatte sie mich angelogen, als sie mir sagte, dass Nakamura unser aller Tod prophezeit hatte?

»Wir haben viel zu besprechen, und ich muss euch eine Menge erklären«, sagte Rafik. »Ich werde es versuchen, so gut ich kann, aber wahrscheinlich sollten wir uns erst mal setzen.«

Aus dem Nichts tauchte auf einmal eine lange Tafel neben uns auf, darauf standen Wasser, Brot und Obst. Die Sessel, in denen wir hergeflogen waren, schwebten auf den Tisch zu und arrangierten sich drumherum.

Rafik bedeutete uns, wir sollten uns setzen, und einer nach dem anderen folgte seiner Einladung.

Kapitel 67

Rafik wartete, bis er unser aller Aufmerksamkeit hatte. Auf seinen transparenten Lippen lag ein schwaches ironisches Lächeln. *Denkt er gerade an seinen Unterricht bei Meister Issak zu Hause in seinem Dorf?*, fragte ich mich.

»Es ist unmöglich, alles zu erklären, deshalb versuche ich es gar nicht erst«, begann Rafik. »Aber nur einen Teil zu erklären ist fast ebenso schwierig. Das Wichtigste zuerst: Die Tarkanier waren Menschen. Wir sind Menschen«, korrigierte er sich rasch.

»Ihr wart eine Gilde, ein Unternehmen«, sagte ich und ermahnte mich im Stillen selbst. *Hör zu, und du lernst etwas über die anderen,* sagte Lehrmeister Harim in meinem Kopf, *ergreif selbst das Wort, und die anderen lernen etwas über dich.*

Aber Rafik nickte mir zu, und das war ein schönes Gefühl.

»Das waren wir tatsächlich. Anfangs war Tarakan eine Art Gilde, spezialisiert auf den Rohstoffabbau unter schwierigsten Bedingungen, zum Beispiel tief unter Wasser, später dann sogar auf anderen Planeten. Ohne jetzt auf die Details einzugehen: Ein Glücksfund auf einer dieser Expeditionen verschaffte Tarakan einen ganz neuen Einblick in den Bereich technologischer Innovationen, und der Lauf der Geschichte nahm eine unerwartete Wendung.«

Ihr habt etwas erfunden, das euch den anderen gegenüber einen erheblichen Vorteil verschaffte: Speere mit Stahlspitzen, Streitwagen, Langbögen, ein Wagen, der ohne Pferde fahren kann, und schon lag euch die Welt zu Füßen. Lehrmeister Harims Worte hallten in meinem Verstand wider und übertönten kurz Rafiks Stimme.

»Mithilfe dieses technologischen Wissens wurde das Unternehmen Tarakan rasch reicher und mächtiger, feierte auf fast jedem Gebiet, an dem es sich versuchte, große Erfolge. Aber den acht Männern und Frauen, die Tarakan gegründet hatten, ging es nicht vornehmlich darum, sich persönlich zu bereichern. Sie beschlossen, das gewonnene Wissen und ihre Möglichkeiten dazu zu nutzen, der Menschheit auf eine höhere Daseinsebene zu verhelfen.

Tarakans Motto war es, ›die Menschheit zu verbessern‹, und ein großer Teil der verfügbaren Mittel – also das, was ihr heute ›Metall‹ nennt – floss in die Errichtung von Straßen wie dem Tarakanischen Highway und den Bau besserer Städte. Man trug Sorge, den ansteigenden Meeresspiegel in den Griff zu bekommen, neue Schulen wurden gegründet, und vor allem versammelte man die klügsten Köpfe der ganzen Welt unter einem Dach. Tarakan war es egal, woher man kam, welches Geschlecht man hatte, welcher Ethnie oder welchem Glauben man angehörte. Nur Wissen und Begabung zählten, ganz gleich, auf welchem Gebiet, von der Wissenschaft bis zur Kunst. Jedes Jahr gab es eine große Veranstaltung, die weltweit viel Beachtung fand, auf der Tarakan die neuen Entwicklungen auf unterschiedlichsten Gebieten vorstellte.«

»Muss ein sehr einträgliches Geschäft gewesen sein«, merkte Jakov trocken an.

»Tatsächlich stellte Tarakan seine Entwicklungen häufig kostenlos zur Verfügung.« Rafik sah den Händler an, der am anderen Ende der Tafel saß. Jakovs halbem Gesicht war die Skepsis deutlich anzusehen. »Allerdings«, fügte Rafik hinzu, »haben natürlich manche der Errungenschaften doch etwas gekostet, denn so funktioniert die Welt nun einmal. Andere Entwicklungen hingegen befand man als zu fortschrittlich oder auch zu gefährlich, um sie der Öffentlichkeit zur Verfügung zu stellen, auch nicht gegen Bezahlung.«

Jakov nickte; das verstand er. Tarakan hatte die besten und wertvollsten Geheimnisse für sich behalten.

Ich wagte es, wieder das Wort zu ergreifen. »Ich habe gehört, dass sich Tarakan von einer Gilde zu einem Staat entwickelt hat«, gab ich wieder, was mein Lehrmeister mir erklärt hatte.

Rafik richtete seine Aufmerksamkeit wieder auf mich – was womöglich der eigentliche Grund dafür war, dass ich etwas gesagt hatte. In mir stieg ein fast kindliches Entzücken auf.

»Ja, das stimmt, auch wenn ich mich nicht erinnern kann, dass ich das schon wusste oder irgendwo davon gehört habe, als ich noch in einem Körper gelebt habe.« Rafik ließ die Bedeutung seiner Worte eine Weile wirken.

Ist er denn jetzt wirklich am Leben?

»Als Tarakan sich für unabhängig erklärte, lebten im Tal und in der Stadt im Berg bereits Millionen. Anfangs regierte ein Ältestenrat, aber schon bald überließ man die Regelung des Alltags einer künstlichen Intelligenz. Der ersten Maschine, die einen wirklich freien Willen und einen vollkommen unabhängigen Geist besaß. Die erste ihrer Art, eine der wirklich wichtigen technologischen Errungenschaften Tarakans. Sie nannten diese Maschine Adam.

Im Lauf der Jahre wurde es technisch möglich, dass einige unserer Leute ihre körperliche Existenz hinter sich ließen und sich Adam anschlossen, um einen gemeinsamen kollektiven Verstand zu bilden. In Adams Kollektivbewusstsein winkte ein ewiges Leben ohne jede Beschränkung. Man konnte forschen, experimentieren und erschaffen, ohne je schlafen oder essen zu müssen. Man konnte sogar beschließen, in seinem eigenen kleinen Universum ein Gott zu werden und sich einen hedonistischen Himmel ganz nach den eigenen Vorstellungen zu schaffen. Alles war möglich.«

Wieder machte Rafik eine Pause, und ich nahm mir einen Apfel vom Tisch, roch daran und biss hinein. Süßer Geschmack füllte meinen Mund und bewies, dass die Frucht keine Illusion war.

»Leider konnten nicht alle Tarkanier unsterblich werden.« Rafik seufzte. »Es war ein Geschenk, das nur den Verdienstvollsten unter uns zuteilwurde. Die Tarkanier lebten im Tal und anderen Zentren rund um die Welt, und wenn jemand für würdig befunden wurde, lud man ihn ins Allerheiligste der Stadt im Berg ein. Adams Kollektivbewusstsein vereinte nicht nur die klügsten Wissenschaftler in sich, sondern auch Poeten, Schriftsteller, Schauspieler, Philosophen, Musiker und alles Mögliche andere – sie hatten alle Freiheiten, um zu arbeiten, miteinander und mit der Außenwelt zu interagieren und schöpferisch tätig zu sein, ohne jemals alt, hungrig oder krank zu werden.«

»Wo muss ich unterschreiben?«, brach Galinak das Schweigen, das auf Rafiks Worte folgte. Ringsum stieg nervöses Gelächter auf und erstarb wieder.

Rafik breitete die Hände aus. »Ja, eine Weile war es die perfekte Utopie. Tarakan brachte mehr Erfindungen, wissenschaftliche Durchbrüche und Kunst hervor als die gesamte restliche Welt zusammen. Aber sobald die Sache mit der Unsterblichkeit bekannt wurde, fluteten auf einmal Zehntausende Bewerbungen herein, und zwar täglich. Obwohl nur eine von mehreren tausend Bewerbungen erfolgreich war, mussten wir der Verwaltung dieser Bewerbungen und all der neuen Bürger irgendwann eine ganze Stadt widmen: die Stadt der Türme.

Jede Aktion führt zu einer Gegenreaktion. Andere Nationen fingen an, Tarakan als Bedrohung zu betrachten. Manche fürchteten unseren wachsenden Einfluss, andere neideten uns den Erfolg und waren zornig, weil sie ihre klügsten und besten Köpfe an uns verloren hatten, und was die Erschaffung von Maschinen mit einem freien Willen betraf – oder auch die Unsterblichkeit an sich –, wurden immer mehr religiöse oder moralische Bedenken laut.

Zu dem Zeitpunkt oblag die Kommunikation mit anderen Nationen noch immer dem menschlichen Tarakanischen Rat, und anfangs missachtete man die Alarmsignale. Bis eines Tages klar wurde, dass sich mehrere Weltmächte insgeheim gegen uns verbündet hatten und planten, uns zu schwächen, möglicherweise sogar zu vernichten. Diese Staaten legten ihren Bürgern nah, sich von Tarakan fernzuhalten, und irgendwann verboten sie ihnen sogar, sich uns anzuschließen oder Tarakan auch nur zu besuchen. In vielen dieser Staaten waren Tarkanier nicht mehr willkommen. Schlimme Gerüchte wurden verbreitet, man machte uns für alle nur denkbaren Katastrophen verantwortlich, ob nun natürlichen oder menschlichen Ursprungs, und schon bald schenkten die Menschen diesen Lügen Glauben. Tarakan wurde immer gründlicher isoliert und irgendwann sogar das Ziel böswilliger Sabotageakte.

Bald darauf beschloss der Ältestenrat, sich ganz ins Allerheiligste zurückzuziehen, und zum ersten Mal in der Geschichte überließ man die Außenpolitik einer künstlichen Intelligenz. Adams erster Beschluss war es, Tarakans Neutralität aufzukündigen, eine Armee aufzubauen und unsere

Interessen und Investitionen auf der ganzen Welt zu schützen.«

»Die Schutzengel«, sagte ich.

»Richtig.« Rafik nickte. »Zuerst war es nur eine normale Streitkraft aus gewöhnlichen Tarkaniern, aber bald wurde Adam klar, dass es nicht nötig war, das Potenzial unserer Leute aufs Spiel zu setzen, wenn man stattdessen die körperlich optimierten Schutzengel einsetzen konnte.«

»Und recht hatte er damit!« Galinak schlug mit der Faust in seine Handfläche. »Man darf nicht zulassen, dass andere über einen wegtrampeln, sonst endet man als Dreck unter ihren Stiefelsohlen. Was denn?«, fragte er, als alle ihn anstarrten. »Ist ein altes Sprichwort.«

»Was du sagst, klingt richtig und wahr«, sagte Rafik, »aber unsere Feinde reagierten darauf, indem sie all ihre Kräfte gegen uns vereinigten. Jede direkte Konfrontation hätte den Planeten zerstört, und deshalb brach ein erbarmungsloser Krieg voller hinterhältiger Intrigen an. Tarakan war viel mächtiger und technologisch den anderen Staaten weit überlegen, aber wir waren viel weniger, zunehmend isoliert, man verachtete und fürchtete uns, und alle anderen Mächte hatten sich gegen uns vereint. Trotzdem sah es zunächst so aus, als würden wir gewinnen. Adams Berechnungen zufolge hätten wir zwei Jahrzehnte durchhalten müssen, bis die Bedrohung wieder abflaute.«

»Lass mich raten.« Jakov klopfte mit der Metallhand auf den Tisch. »Adam hat sich geirrt.«

Rafik nickte langsam. »Wir wissen nicht genau, wie sie es geschafft haben, aber unsere Feinde fanden einen Schwachpunkt, und in ihrer Verzweiflung haben sie einen vernichtenden Angriff gestartet. Adam wurde mit einer Krankheit infiziert, einem Virus, und in ihm bildete sich eine weitere Persönlichkeit heran. Nennen wir diese andere Persönlichkeit Cain. Cain hatte nur ein einziges Ziel: Er wollte Adam von innen heraus zerstören und Tarakan so sehr schwächen, dass es besiegt und schlussendlich vernichtet werden konnte. Cain infizierte den Verstand der Schutzengel, und sobald die Tarkanier von genau jenen Wesen ermordet wurden, die sie eigentlich beschützen sollten, sandten die anderen Nationen Truppen aus, um sämtliche Tarakanischen Außenposten auf der ganzen Welt zu erobern oder zu zerstören. Fast hätte es geklappt, aber unsere Feinde waren zu gierig. Sie wollten Tarakan nicht nur zerstören, sie wollten zugleich auch die Früchte unserer technologischen Errungenschaften ernten, unsere Kunst, unsere Medizin, unsere saubere und effiziente Energiegewinnung. Das verschaffte Adam genug Zeit. Geschwächt, wie die Maschine war, führte sie den einzig möglichen Plan durch.«

»Rost, und wie lautete dieser einzig mögliche Plan? Ihr habt die Welt *zerstört*«, rief Vincha dazwischen. »Ihr habt wie viele Menschen ermordet, Milliarden? Nur damit ihr weiter in eurer Maschine leben könnt?«

Rafik sah sie an, seine Stimme wurde schärfer. »Während Millionen Tarakanischer Bürger abgeschlachtet wurden, riss Cain Tausende unserer hellsten Köpfe einfach aus Adams Kollektivbewusstsein heraus. Die wenigen, die wir retten konnten, dämmern ohne Bewusstsein dahin. Ich verstehe deinen Zorn, ich verstehe ihn wirklich, aber es würde zu lange dauern, Adams Beweggründe für seinen Vergeltungsschlag bis ins Detail zu erklären. In aller Kürze: Wenn unser Wissen in die Hände unserer Feinde gefallen wäre, hätte das den Planeten vollständig zerstört. Wir mussten dafür sorgen, dass niemand, nicht einmal die Überlebenden, jemals freien Zugang zu den im Allerheiligsten gespeicherten Informationen bekamen.«

Vincha sah nicht sonderlich überzeugt aus, und ich

konnte es ihr nicht verdenken. Man sagt, dass die Sieger die Geschichte schreiben, aber in diesem Fall sah es so aus, als gäbe es nur Verlierer.

»Was geschah dann?«, fragte ich.

Zögernd kam Rafik einen Schritt auf den Tisch zu. »Ehe Adam die Vergeltung Tarakans entfesselte, ließ er die Essenz der Tarkanier frei.« Rafik hob die Arme und streckte die geöffneten Hände Richtung Himmel. »Und dann versiegelte Adam Teile seiner selbst so gründlich, dass niemand, wirklich *niemand*, nicht einmal Adam selbst, an das darin gespeicherte Wissen herankam.«

»Er hat sich absichtlich selbst verkrüppelt«, murmelte Bayne.

Rafik nickte. »So wichtig war es, unsere Errungenschaften zu bewahren.«

Oder auch das Schlachtfeld leerzufegen, um den Krieg zu gewinnen, scheiß auf die Konsequenzen, dachte ich.

»Adams Berechnungen zufolge würden die wütendsten Angriffe dem Tal gelten. Früher einmal war hier alles voller Parks und Bäume, jetzt wächst auf der verbrannten Erde nichts mehr. Aber während der restliche Planet langsam zu heilen begann, gelangte die von Adam freigesetzte Essenz in die ganze Welt. Pflanzen wuchsen heran, die die Tarakanische Essenz in sich trugen, Tiere aßen diese Pflanzen, und die überlebenden Menschen tranken das Wasser, ernteten die Pflanzen und jagten die Tiere. Ganz nach Plan dauerte es nicht lange, bis sich die Essenz manifestierte – in Form von Tätowierungen und einer Sehnsucht, einem tiefempfundenen Drang, ins Allerheiligste zurückzukehren.«

Wenn man unten im Tal ist, will man um jeden Preis dort weg, erklang das Echo von Vinchas Stimme in meinen Gedanken. *Aber sobald man woanders ist, vermisst man diese verdammte Sandkiste so sehr, dass man sich schließlich da-*

bei erwischt, wie man jeden Abend in die nächste Salutisten-Kneipe latscht und sein ganzes Metall versäuft, nur um eine Ausrede zu haben, wieder hierher zurückzukommen.

Fast hätte ich mich in meinen Gedanken verloren, aber da ergriff Rafik erneut das Wort. »Die Öffnung der Stadt der Türme war der erste Schritt der Vorbereitungen, um die Tarakanische Zivilisation wiederzuerwecken. Als Nächstes folgten die Langbahnen, die euch ins Tal gebracht haben. Jedes Mal, wenn sich ein Puzzler mit Adam verbindet, wird ein weiterer Teil des Codes vervollständigt, und Adam wird wieder stärker. Wenn wir genug von dem Code wiederherstellen, können wir uns wieder manifestieren. Dann würde Tarakan wiederauferstehen.«

»Moment mal«, sagte ich, beugte mich vor und richtete den Zeigefinger auf Rafik. »Willst du damit sagen, dass das alles, dass wir alle«, ich schwenkte den Finger über die versammelte Runde, »also die Kampftrolle, die Technikusse, Vincha, Galinak, ich selbst … wir sind alle nur dafür da, Tarakan ein bisschen verlorenen Code wiederzubeschaffen?«

»Im Prinzip ja, aber es ist noch ein wenig anders.« Rafik betrachtete mich mit schiefgelegtem Kopf. »Diese Methode, dieser Plan, wurde zuvor nicht getestet. Um unter den schwierigen Bedingungen einen Erfolg zu gewährleisten, war die Tarakanische Essenz nicht subtil, sondern so wirkungsvoll wie möglich, aber der Mensch ist so komplex, dass nicht einmal Adam sämtliche Eventualitäten berechnen konnte. Die von uns freigesetzte Essenz veränderte sich, mutierte auf unvorhersehbare Weise, und es entstanden viele unterschiedliche Arten jener Menschen, die man heute ›gezeichnet‹ nennt, und sie alle haben ihre spezifischen Fähigkeiten.«

Rafik deutete auf die am Tisch Versammelten. »Manche

wurden stärker oder schneller, andere konnten besser sehen oder hörten Schallwellen, die dem menschlichen Ohr normalerweise verborgen bleiben.« Er sah erst mich an, dann Vincha. »Manch einer hat sogar ein instinktives Verständnis für Tarakanische Technologie.«

»Lief also nicht ganz wie geplant, was?« Wir alle blickten überrascht auf, als River zum ersten Mal seit unserer Landung auf der Lichtung das Wort ergriff.

»Wir mussten natürlich gewisse Anpassungen vornehmen, sogar improvisieren, sobald klar wurde, dass die Essenz alle möglichen Trolle hervorbrachte, nicht nur Puzzler. Wir hatten vorausgesehen, dass ihr versuchen würdet, die Tarakanische Technologie für eure Zwecke zu nutzen und die Implantate der Schutzengel in eure menschlichen Körper einzubauen, aber wir waren sicher, dass die natürliche Abstoßungsreaktion und das Fieber verhindern würden, dass Implantate allzu große Verbreitung fanden. Aber dann habt ihr das Skint erfunden.« Rafik lachte leise, es klang überhaupt nicht nach einem Kind. »Nun, das war wirklich menschlicher Erfindungsreichtum im besten und im schlechtesten Sinne zugleich. Wie auch immer: Nur eine Art der Tätowierten trug einen Teil des korrekten Codes in sich – die Puzzler. Und auch von ihnen haben viele nicht den richtigen Code. Ihr anderen seid …« er suchte sichtlich nach einer Formulierung, die nicht beleidigend wirkte, »… für uns nicht direkt von Nutzen.«

»Rost«, fluchte Galinak leise in sich hinein.

»Bringen wir es mal auf den Punkt«, sagte ich und klopfte angespannt mit den Fingerspitzen auf den Tisch. »Die Knoten, die Artefakte, die Nährpillen, die Apparate …«

»Nichts weiter als eine Hilfestellung für die Puzzler, um uns zu erreichen. Natürlich freuen wir uns, dass die Knoten euch dabei geholfen haben, in der Stadt der Türme und der unmittelbaren Umgebung eine stabile Gesellschaft aufzubauen, aber vorausgesehen haben wir das so nicht.«

»Na gut«, sagte Jakov unvermittelt. »Du bist also ein Puzzler, und du bist hergekommen und ein Teil von Adam geworden. Alles schön und gut. Aber was ist mit den Eidechsen? Und warum huldigen wir nicht alle längst den Herren von Tarakan?«

»Cain wurde nicht zerstört«, antwortete Rafik, »und er arbeitet noch immer unermüdlich daran, Tarakan endgültig zu vernichten. Adams und Cains Kampf ist noch nicht vorüber. Wann immer Adam vorankommt, ergreift Cain Gegenmaßnahmen, und umgekehrt gilt dasselbe. Ich habe euch in einen der sichersten Bereiche der Stadt gebracht, aber leider ist Cain ungeheuer mächtig und beherrscht einen Großteil des Allerheiligsten und der restlichen Stadt, einschließlich mehrerer Labore, in denen früher Engel und Schutzengel herangezüchtet wurden. Zum Glück ist Cain nicht imstande, die volle Bandbreite der Möglichkeiten zu nutzen, also produziert er das Einzige, was er kann: Eidechsen.«

»Das klingt unlogisch«, sagte ich. »Was hat denn die Erschaffung von Eidechsen mit alldem zu tun?«

Zum ersten Mal dachte Rafik eine ganze Weile nach, ehe er antwortete. »Die Intelligenz Adams und Cains übersteigt die menschlichen Kapazitäten um ein Vielfaches. Seit vielen Generationen sind sie in ihren unaufhörlichen Kampf verstrickt, und sie beide lernen, entwickeln sich weiter, verändern sich. Die einzige Konstante in diesem Kampf ist Cains unauslöschlicher Drang, Tarakan zu zerstören. Ich verstehe Cains Strategie nicht vollumfänglich und kann sie deshalb auch nicht erklären. Aber als ich mit Nakamura ins Allerheiligste kam und mich Tarakan anschloss, hat Cain diesen Augenblick genutzt, um einen Angriff zu starten und die Kontrolle über die Haupttore an sich zu reißen. Dann hat er das Tal mit Eidechsen geflutet, und sie haben den Außenposten zerstört. Und seitdem produziert er sie ohne Unterlass, was zweierlei zum Ziel hat: Erstens ist es für die Puzzler nahezu unmöglich, ohne die Hilfe von Salutisten nach Tarakan vorzudringen. Zweitens beziehen Cain und Adam ihre Energie aus derselben Quelle, und deshalb schwächt uns diese unablässige Eidechsenproduktion so sehr, dass wir ums nackte Überleben kämpfen.«

Ich versuchte mir vorzustellen, was wohl mein Lehrmeister sagen würde, wenn ich ihm irgendwann alles erzählte, was ich erfahren hatte. Es war schier überwältigend, die Antworten auf die Fragen zu hören, die wir uns schon so lange stellten.

»Wenn wir so verzichtbar sind«, meldete sich Jakov zu Wort, und seine Stimme klang eindeutig bitter, »warum sind wir dann hier?«

»Ihr seid nicht verzichtbar«, sagte Rafik. »Aber ehe ich deine Frage beantworte, Jakov, möchte ich gern noch anmerken: Den Mann zu sehen, der mich wie eine Handelsware verkauft hat, als ich noch ein kleiner Junge war … mir ist, als könnte ich jetzt endlich mit dieser Angelegenheit abschließen.«

Jakov verzog das Gesicht, sagte aber nichts.

»Es geht mir nicht um Rache«, fügte Rafik freundlich hinzu, »aber vielleicht kann ich dir jetzt eine Gelegenheit verschaffen, es wiedergutzumachen.«

Plötzlich wurde mir bewusst, dass dieses Abbild, wenn es denn überhaupt wirklich der junge Puzzler war, uns alle emotional manipulierte. Ich spürte, dass er etwas von uns wollte, dass es etwas gab, für das er oder Adam uns brauchten, und zwar so dringend, dass sie uns in ihrer Verzweiflung hier hereinließen, in einen Teil der Stadt, den nie zuvor ein Troll betreten hatte. Zum ersten Mal, seit wir die Stadt unterm Berg betreten hatten, war mir zumute, als würde sich ganz langsam eine Falle um uns schließen.

Als hätte er meine Gedanken gelesen, sah Rafik mich an. »Im Augenblick gewinnt Cain langsam die Oberhand«, sagte er, wie um meine Bedenken zu zerstreuen. »Wir müssen etwas tun, um das Kräfteverhältnis wieder zu unseren Gunsten zu drehen, ehe alles verloren ist. Adam hat einen Plan entwickelt, um ein wichtiges Schutzengel-Labor zurückzuerobern, aber wir brauchen eure Hilfe, um hineinzugelangen und die Übernahme manuell einzuleiten. Wenn es gelingt, könnten wir die Produktion von Eidechsen verlangsamen, vielleicht sogar ganz beenden. Ihre Lebensspanne ist kurz, und wenn die Salutisten wieder zurückkehren, wovon wir ausgehen, könnte das Tal vollständig von ihnen befreit werden.«

So fühlt es sich also an, wenn eine Falle zuschnappt. Ich sah Vincha erbleichen.

»Rost. Warte mal eben.« Jakov erhob sich, und einige andere Trolle folgten seinem Beispiel. »Du verlangst von uns, in ein Territorium einzudringen, das von so einer Art Superhirn kontrolliert wird und Tausende Eidechsen hervorbringt, und dir dabei zu helfen, es zu übernehmen? In meinen Ohren klingt das wie der reinste Selbstmord.«

Rafik antwortete zu schnell, was mir verriet, dass er diese Reaktion vorausgesehen hatte. »Wir würden euer Leben nicht einfach wegwerfen. Der Erfolg dieser Mission ist für uns überlebenswichtig, und so liegt es auf der Hand, dass wir euch nicht losschicken würden, wenn ihr nicht eine solide Chance hättet. Eins unserer Hauptprobleme ist, dass Cain manchmal Adams Kommunikation belauscht, aber mit Vinchas Hilfe könnten wir diese Schwierigkeit umgehen, und er würde nichts mitbekommen. Sobald ihr in

Cains Territorium vordringt, werden wir an anderer Stelle angreifen und ihn ablenken. Es ist gut möglich, dass ihr keinen einzigen Schuss abgeben müsst.«

Rafik wandte sich an die anderen Trolle. »Wir werden eure Schutzengel-Apparate durch richtige Tarakanische Modifikationen ersetzen. Niemand unter euresgleichen wird euch das Wasser reichen können.«

An Vincha gewandt, fuhr Rafik fort: »Diese Modifikationen werden biologisch exakt auf euch zugeschnitten sein. Ihr könnt alles tun, was ihr auch vorher konntet, und noch mehr. Ohne Schmerzen, Abstoßungsreaktionen, Fieber oder Skint.«

Rafik richtete den Blick wieder auf Jakov. »Wir können deinen Körper vollständig wiederherstellen, als wäre nie etwas gewesen. Denkt darüber nach – es ist nichts anderes als eine Tiefenexpedition, nur dass ihr diesmal wisst, was euch erwartet. Ich verspreche euch, dass ihr die Modifikationen nach Abschluss der Mission behalten dürft, und ihr bekommt jede Menge Vorräte, Ausrüstung und Münzen. Es ist ein sehr lohnendes Unternehmen. Wir hoffen, dass ihr gemeinsam mit anderen Puzzlern zurückkehrt, sobald das Tal von Eidechsen gereinigt ist. Falls ihr das tut, werden wir euch reich dafür entlohnen.«

Jakov blieb stumm.

Rafiks Angebot und sein Vergleich mit einer Tiefenexpedition waren sehr geschickt, das mit der Heilung ein wahres Glanzstück. Aber Jakov war ein gewiefter Händler, und er wusste ebenso gut wie ich: Je verlockender ein Deal klingt, desto übler wird es. Kurz gesagt, wir alle steckten über beide Ohren im Rost.

Wie ich mir gedacht hatte, bedrängte Rafik Jakov nicht weiter, sondern ließ seine Worte erst einmal wirken. Stattdessen wandte er sich an Vincha. »Je jünger der Puzzler, desto leichter fällt der Übergang. Ich hoffe, ich lerne deinen Nachwuchs bald kennen.«

Vincha sah aus, als wäre sie gerade von einer Kugel getroffen worden. »Wie …«

»Als wir über das Kabel verbunden waren und gemeinsam Beethovens Musik gelauscht haben, da haben wir zugleich auch einen kleinen Teil unserer Essenz miteinander ausgetauscht.« Vincha errötete, aber Rafik fuhr fort: »Als ich ein Teil Adams geworden bin, wurden all meine Erinnerungen erneuert und bis ins kleinste Detail überprüft. Wir kamen zu dem Schluss, dass dein Nachwuchs mit hoher Wahrscheinlichkeit ein Puzzler sein wird, und deine Reaktion zeigt mir, dass unsere Annahme korrekt war. Das ist ein weiterer Grund dafür, dass ich versucht habe, dich zu erreichen.«

Vincha hielt ganz still, nur ihre Hände ballten sich zu Fäusten. »Wenn du denkst, ich lasse es zu, dass du meine Tochter umbringst, damit du ein bisschen Code aus ihr extrahieren kannst, dann bist du schiefgewickelt. Wer auch immer du bist, du bist nicht halb so schlau, wie du glaubst.«

»Sie wird nicht sterben …«

»Rost.«

Und plötzlich war Rafik kein Junge mehr, sondern ein erwachsener Mann in der Blüte seiner Jahre. »Sie wird nicht sterben. Sie wird wachsen, so wie ich«, versicherte er ihr leise und nachdrücklich.

»Ich glaube dir nicht.«

»Es ist deine Entscheidung, Vincha. Aber wie wir beide wissen, führen Puzzler kein leichtes Leben. Du hast es selbst gesagt: Die meisten Gezeichneten zieht es nach Tarakan. Selbst wenn du es schaffst, deine Tochter eine Zeitlang sicher unterzubringen und zu behüten – das Große Puzzle ruft nach ihr, und diesem Ruf kann man nicht für immer widerstehen. Früher oder später wird sie sich ins Tal aufmachen, so wie alle anderen Puzzler auch. Du könntest dafür Sorge tragen, dass deine Tochter sicher dorthin reist, wo sie hingehört, ohne das unnötige Leid und die Misshandlung, die ich erfahren habe.«

In den Jahren, die ich mit der Jagd auf Vinchas Schatten verbracht hatte und damit, Geschichten und Gerüchte über sie zu sammeln, bis ich sie am Ende persönlich traf, hatte ich den Eindruck gewonnen, dass sie ein unberechenbarer, irrationaler, skrupelloser Skint-Junkie war. Doch als ich sie jetzt sah, wie sie Rafik gegenüberstand, wurde mir klar, dass ihr Verhalten einen guten Grund hatte. Deshalb brauchte sie das Metall, deshalb hatte sie sich so tief verschuldet, obwohl sie selbst lebte wie ein Bettler, und deshalb reiste sie so unstet umher und hatte sich geweigert, mit mir oder meinem Lehrmeister zu kooperieren: Sie wollte ihre Tochter, die ein Puzzler war, davor beschützen, dasselbe Schicksal zu erleiden wie Rafik.

»Und wenn wir Nein sagen?«, fragte Jakov. »Was, wenn wir einfach gehen wollen?«

»Mich hat auch niemand gefragt, ob ich auf einer Auktion verkauft werden und Knoten öffnen und gegen Eidechsen kämpfen will. Ich fürchte, das Blatt hat sich gewendet. Ihr sagt nicht Nein.« Rafiks Stimme klang freundlich, aber wir alle erkannten eine Drohung, wenn wir eine hörten.

Jakov zögerte keine Sekunde. Plötzlich hielt er eine Energiepistole in der Hand und richtete sie geradewegs auf Vincha. Zwei seiner Leute zogen ebenfalls ihre Waffen – eine Trollfrau zielte als Nächstes auf Vincha, und ihr Kollege hinderte Bayne daran, sich einzumischen. »So wie ich das sehe«, sagte der Händler langsam, »verliert ihr ohne Vincha euren Vorteil gegen Cain und auch euren kostbaren zukünftigen Puzzler. Also lasst ihr uns wohl besser gehen, sonst …«

Rafik rührte sich nicht, aber im nächsten Augenblick zuckten unversehens drei Blitze aus dem Himmel herab, und die drei fielen zuckend zu Boden. Eine von Jakovs Wachen griff ebenfalls nach der Waffe, und ein erneuter Blitz streckte auch ihn nieder.

Wir anderen standen vollkommen reglos da und sahen zu, wie Rafik in aller Seelenruhe zu dem immer noch zuckenden, bewusstlosen Jakov hinüberging. »Ihr sagt nicht Nein«, wiederholte er leise.

Kapitel 68

Ich bin nie Krieger oder Salutist gewesen. Meine Nahtoderfahrungen waren normalerweise von der eher plötzlichen Sorte. Noch nie hatte ich tagelang Zeit gehabt, über mein mögliches Ende nachzugrübeln.

Inmitten all der uns umgebenden Großartigkeit bekam ich keine Sekunde lang aus dem Kopf, dass wir von der bevorstehenden Mission höchstwahrscheinlich nicht mehr zurückkehren würden. Trotz neuer Ausrüstung, verbesserten Modifikationen und Rafiks unablässigen Aufmunterungsversuchen glaubte ich nicht, dass der Vorstoß in Cains Territorium ein Spaziergang sein würde. Im Gegenteil – je mehr Rafik uns ermutigte, desto unwohler wurde mir.

So klischeehaft es auch klingt, aber ich dachte viel über mein Leben nach und ließ so manches Erlebnis vor meinem geistigen Auge Revue passieren. Und ich kam eindeutig zu dem Schluss: Ich hätte mehr Frauen flachlegen sollen. Ich schwor mir, genau das zu tun, sobald ich nur konnte, und vielleicht würde ich sogar irgendwann eine Frau finden, die mit mir schlief, weil sie mich wirklich mochte und nicht nur, weil ich sie dafür bezahlte. Vielleicht würden wir dann auch Kinder zusammen haben, und mit meiner neuen, verbesserten Sicht konnte ich ihr nach einem kurzen Blick auf ihren Bauch sagen, ob sie einen Jungen oder ein Mädchen erwartete.

Ich sah aus dem Fenster und versuchte abzuschätzen, wie lange wir schon hier waren, aber inzwischen floss in meiner Wahrnehmung alles ineinander. Vielleicht waren es zwei Wochen, vielleicht schon ein voller Monat, ich wusste es nicht. Die Sonne sank langsam herab, und aus meinem Zimmer hatte ich einen fantastischen Ausblick direkt aufs Meer. Natürlich war alles nur eine Lüge. Auf gar keinen Fall sah ich hier in der Stadt im Berg wirklich aufs Meer hinaus. Aber schön war es trotzdem.

Die Schlafzimmer der anderen kannte ich nicht, aber dies hier schien genau auf meine Vorlieben zugeschnitten zu sein – jede Menge Bücher und ein Kamin, genau wie in meinem Elternhaus. Viel Zeit hatte ich allerdings nicht, um vor dem Kaminfeuer zu lesen. Die Operationen, das Training und das, was Rafik ›Simulationen‹ nannte, nahmen den Großteil unserer Zeit in Anspruch, und die Nächte gehörten der Erschöpfung und den dumpfen Grübeleien. Die anderen, das wusste ich, reagierten anders auf unsere Situation als ich. Vincha und Bayne hatten sich dafür entschieden, ein gemeinsames Quartier zu beziehen, und auch River hatte unter den anderen Truppmitgliedern eine verwandte Seele gefunden. Ich hingegen blieb vorerst lieber für mich.

Es klopfte leise an der Tür.

»Komm rein«, sagte ich in der Erwartung, dass es Galinak war, der mich anscheinend liebgewonnen hatte – ungefähr so, wie man ein seltsames kleines Haustier liebgewinnt.

Die Eichentür öffnete sich, und Rafik kam herein, oder zumindest sein Abbild. Ich hatte mich noch immer nicht entschieden, ob er es nun wirklich war oder nicht. Trotz meiner Überraschung dachte ich daran, dass er sich auch einfach vor mir hätte materialisieren können, statt durch die Tür zu kommen. Vielleicht wollte er mir den trügerischen Eindruck einer gewissen Privatsphäre nicht nehmen.

»Hallo Rafik«, sagte ich.

Er verneigte sich leicht, sah sich um und deutete mit einer kurzen Geste an, dass er sich gern setzen würde.

»Bitte, gern.« Ich wartete, bis er sich für einen Platz entschieden hatte, dann setzte ich mich ihm gegenüber und nahm mir eine exotische Frucht aus der Schale, die zwischen uns auf dem Tisch stand.

Ganz offensichtlich hatte er irgendein Anliegen, und spontan beschloss ich, dass er nichts von mir bekommen würde, wenn er mir nicht im Gegenzug ein paar Antworten gab.

»Ich würde dir auch etwas anbieten. Aber ich bin nicht sicher, ob du überhaupt essen kannst.« Ich biss in die süße Frucht.

»Natürlich kann ich essen.« Rafik lächelte. »Nur nicht in derselben physikalischen Realität, in der du dich befindest.«

Ich wechselte zu meiner Spezialsicht und betrachtete ihn genauer. Für jeden anderen mochte er ebenso echt aussehen wie ich, aber ich wusste, dass er nicht aus Fleisch und Blut bestand. Sein Abbild bestand aus Lichtstrahlen in allen nur erdenklichen Farben, und über seinen ganzen Körper flossen eigenartige winzige Symbole.

Ich wechselte zur Normalsicht zurück. »Bist du es wirklich, Rafik?«

Er legte den Kopf auf die Seite. »Du siehst mich an und redest mit mir, als würdest du mich kennen, aber wir sind uns noch nie begegnet.«

»Ich habe von Vincha und anderen viel über dich gehört. Für mich fühlt es sich an, als würde ich Rafik kennen. Was dich betrifft, bin ich mir nicht ganz so sicher.«

»Würdest du mir denn glauben, wenn ich dir sage, dass ich wirklich Rafik bin?«

Ich dachte darüber nach, aber er wartete meine Antwort nicht ab. »Ein Teil von mir ist mit Adam verschmolzen, während der andere Teil unabhängig geblieben ist. Ich kann mich mit Adam verbinden, mich mit ihm unterhalten, auf einige seiner gespeicherten Informationen zugreifen, aber ich bin nicht *er.*«

»Und du hast all die Jahre im Innern einer Maschine verbracht?« Ungläubig schüttelte ich den Kopf.

»Innerhalb Adams kann ich alles erleben, was du auch in der echten Welt erlebst, und noch so viel mehr. Ich kann fliegen, Berge versetzen, Erkenntnissuche betreiben oder zu einem Meerestier werden und unter Wasser leben. Und ja«, Rafik lächelte mir zu, »auch körperliche Leidenschaft zu erfahren ist mir möglich.«

»Darf ich dich um einen Gefallen bitten?« Ich wartete, bis Rafik nickte. »Würdest du dich in einen Erwachsenen verwandeln? Es ist mir unangenehm, wenn ein Junge mir was über körperliche Leidenschaft erzählt.«

Außerdem bin ich leichter manipulierbar, wenn du mit dem Gesicht eines Kinds vor mir sitzt, das du nicht mehr bist.

Rafik nickte, und im nächsten Moment saß ein junger Mann vor mir.

»Besser?« Auch seine Stimme hatte sich verändert, aber das kurze braune Haar, die olivfarbene Haut und die großen grünen Augen ließen keinen Zweifel daran zu, dass es immer noch Rafik war. Jede Wette, dass sich viele Frauen nach ihm umgedreht hätten.

»Viel besser, danke.« Ich trank einen Schluck erlesenen Wein aus einem ebenso herrlichen Glas.

»Deine Leistungen beim Schießen haben sich verbessert«, merkte Rafik an, während ich dem Wein nachschmeckte.

Das stimmte, aber natürlich war Rafik nicht hier, um mich zu meinen Fortschritten zu beglückwünschen. »Die neue Zielvorrichtung in meiner Netzhaut ist sehr hilfreich.« Ich gab mich bescheiden und versuchte, den köstlichen Wein nicht allzu schnell herunterzukippen. Um ehrlich zu sein, war ich jetzt, da ich mit millimetergenauer Präzision traf, ein bisschen *zu* begeistert dabei, den Abzug durchzudrücken.

»Und wie geht es dir?«

»Ganz gut, glaub ich«, antwortete ich vorsichtig, »angesichts dessen, was uns bevorsteht.«

Rafik beugte sich vor und verschränkte die Hände ineinander. »Es ist bald so weit, und dir kommt in der Angriffsstrategie eine sehr wichtige Rolle zu.«

Ich trank noch einen Schluck Wein. »Liegt auf der Hand, dass es mich trifft. Trotz meiner Zielvorrichtung taugen die anderen im Kampf sehr viel mehr als ich.«

»Und was würdest du sagen, wie es den anderen geht?«

Ah. Ich lächelte in mich hinein. Für ein allwissendes Wesen legte er ein ganz schön durchschaubares Verhalten an den Tag.

»Vermutlich besser als mir. Dein Vergleich mit einer Tiefenexpedition war wirklich gelungen, und ich glaube, die meisten von uns haben sich mit der Vorstellung angefreundet. Am Ende sind sie nun mal Salutisten. Dem Tod ins Gesicht zu blicken ist für sie Alltag, ebenso wie der Kampf gegen Eidechsen.«

»Und Vincha?«

Ich lehnte mich zurück und betrachtete sein Gesicht, aber es verriet mir nichts.

»Ich würde sagen, es gibt mehr als einen Grund, weshalb sie nicht mit uns in Cains Territorium vordringen wird.«

»Vincha ist eine ausgezeichnete Kämpferin, aber sie ist

nun mal Kom-Spezialistin, und mit ihrer neuen Ausrüstung gibt es keinen Grund mehr für sie, euch auch physikalisch zu begleiten.«

»Und wie auch immer es ausgehen wird, du hoffst, dass Vincha eines Tages ihre Tochter zu euch bringen wird.«

Statt meinen Vorwurf von sich zu weisen, fragte Rafik nur: »Glaubst du, dass sie es tun würde?«

Auf gar keinen rostigen Fall.

»Kann schon sein«, sagte ich so neutral, wie ich nur konnte, und schenkte mir noch ein wenig Wein nach. »Sie ist schwierig einzuschätzen, und sie verbringt schon eine Ewigkeit damit, ihre Tochter zu schützen. Die Argumente dafür, sie herzubringen, müssten schon verdammt gut sein.«

»Sie scheint viel von dir zu halten.«

»Das überrascht mich zu hören«, erwiderte ich und dachte daran, wie ich sie aus lauter Zorn geschlagen hatte, als sie an den Flitzer gefesselt war. Ja, die Umstände mochten es zum Teil rechtfertigen, aber ich hatte noch immer ein schlechtes Gewissen.

»Sie hat es nicht genauso ausgedrückt wie ich, aber sie ist auch keine besonders zartfühlende Frau.«

Ich lachte in mich hinein. Und da beschloss Rafik, sein tatsächliches Anliegen etwas nachdrücklicher voranzutreiben.

»Vielleicht könntest du wegen ihrer Tochter mal mit ihr reden.«

Ich trank mein Weinglas leer, um mir ein bisschen mehr Zeit zum Nachdenken zu verschaffen. »Warum sollte ich mich einmischen? Das ist doch ihre ganz persönliche Entscheidung.«

»Du bist ein hochrangiges Mitglied der Historikergilde, oder etwa nicht?«

»Ich befürchte, ich *bin* die Historikergilde …«

Rafik beachtete meinen düsteren Einwurf nicht. »Du solltest besser als die meisten anderen darüber Bescheid wissen, wie tief die Menschheit fallen kann. Tarakan muss wiedererweckt werden, um die Menschheit zu retten.«

Ihr wart es doch, die sie überhaupt erst zerstört habt. Ich beschloss, den Gedanken für mich zu behalten, und sagte stattdessen: »Kann schon sein, aber ehe ich Leib und Leben riskiere und mit Vincha darüber rede, dass sie ihre Tochter herbringen soll, hätte ich ein paar Fragen.«

Rafik lehnte sich zurück und breitete einladend die Hände aus.

»Du hast diese Nachricht immer wieder geschickt, über viele Jahre. Woher wusstest du, dass sie Vincha irgendwann erreichen würde? Und dass sie dann auch tatsächlich herkommt?«

»Ich wusste es nicht.« Rafik verlagerte das Gewicht und setzte sich anders hin, eine sehr menschliche Bewegung, der wahrscheinlich keinerlei physikalische Notwendigkeit zugrunde lag. »Aber Adam hat die Wahrscheinlichkeit berechnet, dass die Nachricht sie eines Tages erreichen würde, und es sah gut aus. Was ihre Gründe betrifft hierherzukommen: Auch wenn Vincha mich bei der Angelegenheit mit Nakamura verraten hat ... ich glaube, dass sie überzeugt war, mir damit einen Gefallen zu tun. Ihr ursprünglicher Grund dafür, sich mit mir anzufreunden, mag unredlich gewesen sein. Aber ich spüre, dass Vincha auf ihre Weise etwas für mich empfindet.«

»Schuldgefühle«, sagte ich.

»Liebe«, erwiderte er. »Und wenn sie kommen würde, dann war es nur folgerichtig anzunehmen, dass sie nicht allein reist.«

Irgendwo in meinem Hirn verbanden sich mehrere Punkte zu einem schattenhaften Ganzen. Es war ein finsteres Bild, das sich da abzuzeichnen begann. Ich griff aus einer anderen Richtung an.

»Wie ist es zur Katastrophe gekommen?«

»Wie ich schon erklärt habe …«

»Nein, wie ist es *wirklich* passiert? Wie ist Cain passiert?«

Rafik schüttelte langsam den Kopf. »Ich wünschte wirklich, ich könnte dir das sagen. Aber wir wissen es nicht. Es waren auf jeden Fall mehrere Leute aus unseren eigenen Reihen daran beteiligt, und ihre möglichen Gründe sind vielfältig. Korruption, Manipulation, vielleicht sogar Idealismus.«

»Und seit diesem Tag befinden sich Adam und Cain im Krieg miteinander …«

Rafik wartete darauf, dass ich meine eigentliche Frage ausformulierte.

»Ich habe darüber nachgedacht, auf welche Arten Adam Cain bekämpft hat.« Ich sah Rafik unverwandt an. »Und über eure Möglichkeiten, Cain abzulenken, wenn wir in sein Territorium eindringen.« Ich beugte mich vor und stellte mein leeres Glas auf den Tisch. »Möglicherweise ist Adam das klügste Wesen, das es gibt, aber auch der klügste General braucht Truppen. Ich habe über all diese Salutisten-Trupps nachgedacht, die von ihren Expeditionen in die Tiefe nicht zurückgekehrt sind.«

Habe ich gerade wirklich Rafik blinzeln sehen?

»Diese Expeditionen hierher waren natürlich auch sehr gefährlich«, fuhr ich fort, »und wie dein Meister Goran gern zitierte: ›Je größer die Beute, desto komplizierter das Schloss.‹ Ich bin kein Salutist, aber ich habe vielen Berichten über das Leben im Tal gelauscht, und ich habe gehört, dass oft sehr erfahrene Trupps spurlos in der Stadt im Berg verschwanden, während andere, häufig weniger erfahrene und schlagkräftige Leute mit reicher Beute zurückkehrten.

Sie hatten im Bienenstock sogar einen Namen für dieses Phänomen: Bergroulette.«

Rafiks Gesicht war vollkommen ausdruckslos. »Ich verstehe immer noch nicht, was du eigentlich wissen möchtest.«

»Wir sind nicht der erste Trupp hier«, antwortete ich und achtete sorgsam darauf, dass es nicht wie eine Frage klang. »Es muss vor uns schon andere gegeben haben – vielleicht sind sie sogar immer noch da, vielleicht sind *sie* die von Adam versprochene Ablenkung.«

Hat er gerade gezögert? Hätte er fast etwas Wichtiges preisgegeben und hat sich gerade noch zurückgehalten? Es ist an der Zeit für den letzten Schubser.

»Eine Sache habe ich mich schon immer gefragt«, fuhr ich fort. »Im Haus der Historikergilde, mitten in dieser Stadt voller Tarakanischer Denkmaschinen und Bildschirme, habe ich oft gewisse Bemerkungen meiner Kollegen gehört. Darüber, wie schwierig es ist, verlässliche Berichte über die Katastrophe und ihre Ursachen zu finden. Man kommt deutlich leichter an Daten über Ereignisse, die vierhundert Jahre zurückliegen. Als ob … irgendjemand die Informationen rund um die Katastrophe gezielt versteckt hätte.«

»Es war mir eine Freude, mich mit dir zu unterhalten.« Rafik stand auf. »Ich hoffe, wir führen unser Gespräch bald fort, diesmal ausführlicher, *nachdem* die Mission vollbracht ist.«

»Das wäre schön.« Ich neigte leicht den Kopf.

Diesmal hielt sich Rafik nicht groß mit der Tür auf. Im nächsten Augenblick war er verschwunden.

Kapitel 69

Galinak stieß mich mit dem Ellbogen an, als es so weit war, und weckte mich damit aus meinen Tagträumereien. »Los geht's, Funkelauge.«

Ich sah mich um und betrachtete den schwerbewaffneten Trupp, dann setzte ich mich in Bewegung. Fast wortlos stiegen wir in einen Aufzug ein. Ich war einer der Ersten, die die Kabine betraten, und stand neben einer halb durchsichtigen Wand. Wir waren von Natur umgeben. Bäume und Seen und friedliches Grün verschmolzen mit Gebäuden unterschiedlicher Größe und Gestalt. Nicht zum ersten Mal fragte ich mich, ob das alles womöglich nur eine Illusion war, und ich hätte nicht zu sagen vermocht, ob mich die Antwort darauf überhaupt noch interessierte.

Ich drehte mich um und sah, dass inzwischen der ganze Trupp im Aufzug war. Und mir fiel auf, dass alle viel jünger und frischer wirkten. Vincha stand direkt vor der Aufzugtür. Ihr Haar war wieder da, dicht und leuchtend rot. Ihre neuen Modifikationen waren ausnahmslos von echter Tarakanischer Bauart. Ich fragte mich, ob sie sich ebenso gut fühlte wie ich. Meine Sehfähigkeiten hatten sich sogar noch verbessert. Die Operation, wenn man es überhaupt so nennen konnte, war schnell und schmerzlos gewesen, vor allem, weil bei mir, anders als bei den meisten anderen, keine stümperhaft eingebauten Mods oder Anschlüsse hatten ausgebaut werden müssen. Als ich nach dem Eingriff aufgestanden war, hatte ich mich gefühlt wie ein Blinder, der zum ersten Mal sieht. Die einzige Nebenwirkung des Ganzen war meine neue Neigung, manchmal urplötzlich mit dem, was ich gerade tat, aufzuhören, um mich staunend umzusehen.

Das allerdings taten wir alle auf die eine oder andere Art. Bayne sah ständig nach, ob sein verletztes Bein wirklich vollständig ausgeheilt war. River konnte die Augen nicht von seinem eigenen Spiegelbild lassen. Die einzige Ausnahme war Jakov. Er hatte das Angebot, sich verjüngen zu lassen, ausgeschlagen, weil er, wie er sagte, seinen Körper so mochte, wie er war. Auch seinen Metallarm hatte er behalten. Der Anblick seines wieder ganz menschlichen Gesichts allerdings war immer noch merkwürdig. Er sah ganz anders aus, als ich erwartet hatte.

Vincha lächelte und winkte. Ich erwiderte ihr Lächeln, dann errötete ich, als mir verspätet klar wurde, dass sie eigentlich Bayne gemeint hatte, nicht mich. Sie hatte versucht, Rafik zu überreden, Bayne hierzubehalten, aber natürlich hatte sie damit keinen Erfolg gehabt. Und ich wusste, dass sich hinter ihrem Lächeln fürchterliche Angst verbarg. Mir ging es ja genauso.

Wir alle warteten und sahen Vincha an, bis die transparenten Aufzugtüren vor unseren Augen undurchsichtig wurden. Wir waren wieder uns selbst überlassen. Genau in dem Augenblick, als der Aufzug seine Abwärtsfahrt begann, furzte Galinak lautstark und stieß ein zutiefst erleichtertes Seufzen aus, und aus irgendeinem Grund fingen wir alle an zu lachen. Er stand direkt neben mir und überragte mich um ein gutes Stück. Das nachgewachsene Haar war violett und zu einem Iro frisiert. Es stand ihm. Ich lächelte ihn an, und er klopfte mir auf die Schulter.

»Jetzt, wo wir zusammen in die Schlacht ziehen, Funkelauge, muss ich dir was Wichtiges sagen«, flüsterte er.

»Ja?«

»Du schuldest mir noch immer Geld für den Geleitschutz.«

Ehe mir darauf eine schlagfertige Antwort einfiel, hörte ich Vinchas Stimme in meinem Ohr. Sie überprüfte gerade die Trupp-Frequenz und die privaten Kanäle. Viele von uns hatten sich noch nicht daran gewöhnt, dass wir nicht mehr laut aussprechen mussten, was wir sagen wollten. Bei dem Test antworteten, das hatte ich nebenher mitgehört, die meisten wie gewohnt verbal.

»Wie geht es dir, Vincha?«, dachte ich, als die Reihe an mir war, und schaffte es, meine Zunge im Zaum zu halten.

»Funkelauge«, erwiderte sie betont munter, *»versuch bitte, keinen Schweinkram zu denken. Das stört meine Frequenzen.«*

Diesmal lachte ich laut auf.

Ein letztes Mal sah ich auf die Gärten hinaus, dann sank der Aufzug unter die Erde. Das Licht in der Kabine passte sich entsprechend an, und die durchsichtigen Wände wurden dunkel. Ich erhaschte einen Blick auf mein Spiegelbild. Ich war einer der jüngsten in unserem Trupp, also war kaum Verjüngung notwendig gewesen, dennoch sah ich aus wie jemand ganz anderes. Ich änderte meine Augenfarbe ein paar Mal, einfach nur, weil ich es konnte, und lächelte dabei. Am Ende beließ ich es bei Gelbgrün, was mir eindeutig am besten stand.

Die kleine scheibenförmige Kom-Einheit an meiner rechten Schläfe passte sich wie angekündigt bereits meiner Hautfarbe an. Ich konnte nicht widerstehen und zog ein paar Grimassen, um zu beobachten, wie sich das Metall dehnte. Der einzige andere externe Tarakan-Apparat war ein kleiner runder Metallknopf hinter meinem rechten

Ohrläppchen, der mein Gehör verbesserte. Auch er verschmolz zusehends mit meinem Körper.

Langsam breitete sich düsteres Schweigen aus. Die Trolle überprüften Waffen, Panzerung und Ausrüstung und verdrehten implantierte Gliedmaßen in eigenartig anmutende Positionen, als wollten sie noch mal ihre Tauglichkeit überprüfen.

Wir spürten, wie der Aufzug die Richtung änderte. Jetzt glitt er nicht mehr nur abwärts, sondern schräg zur Seite. Mein Herz schien kurz den Takt zu verlieren, und mir drehte sich der Magen um.

Galinak zwinkerte mir zu. »Keine Sorge, Funkelchen. Ich pass auf dich auf.«

Ich nickte und schluckte schwer, als der Aufzug wieder nach oben fuhr.

»Dann mal los«, sagte Jakov, und überall in der Kabine überprüften Trolle erneut Waffen und Ausrüstung. Zwar wussten wir, dass wir uns immer noch in einem sicheren Bereich befanden, aber aus irgendeinem Grund war das keine Beruhigung.

Die Aufzugtüren verschwanden, und vor uns lag ein breiter, hell erleuchteter Korridor. Nicht weit entfernt sahen wir gewaltige Tore. Wir traten auf den Gang hinaus, und kaum hatte der Letzte von uns den Aufzug verlassen, tauchten die Türen wieder auf. Ich sah zurück, gerade als die Kabine wieder davonraste und eine klaffende Lücke hinterließ. Ich ging ein paar Schritte zurück und blickte hinunter, aber dort war nichts außer Dunkelheit. Es gab keinen Grund, es sich näher anzusehen, und ich hatte auch keine Zeit, also wandte ich mich wieder ab und folgte den anderen.

Mehrere Dutzend riesige Kanonen waren auf die Tore gerichtet, dazu mehr Energiemaschinenpistolen, als ich zählen konnte. Trotz Rafiks Zusicherung, dass unser Eindringen in Cains Territorium ganz glatt vonstattengehen würde, fragte ich mich unwillkürlich: Wie würde ich reagieren, wenn uns jenseits dieser Tore eine Horde Eidechsen erwarten würde? Ich konnte mich der Frage nicht erwehren, wie wir, die wir nichts weiter waren als Menschen, gegen einen Feind bestehen sollten, der eine solche Verteidigung auffahren konnte.

Als wir die Tore erreichten, sichtete ich das Tor und sagte River, wo sich das Eingabefeld für die manuelle Kontrolle verbarg. Rasch machte er sich an die Arbeit. Rafik hatte uns gesagt, dass wir eine geringfügig größere Chance hatten, unentdeckt durchzukommen, wenn nicht Adam uns die Tore öffnete. Ich versuchte, nicht zu viel über das Wort *geringfügig* nachzugrübeln, und hoffte, dass Rafik oder Adam den Gegner so lange wie nur möglich von unserem Trupp ablenkten, wie auch immer sie es anstellten. Ich legte die Hände auf die Griffe der beiden Pistolen, die in meinem Gürtel steckten. Es waren mit Abstand die am wenigsten beeindruckenden Waffen, die wir dabeihatten, und falls wir auf Metall-Bots trafen, würde ich mich auf die Feuerkraft der anderen verlassen müssen. Aber die Pistolen entschädigten mit ihrer Handlichkeit für die mangelnde Durchschlagskraft, und außerdem waren sie mit einer Zielvorrichtung ausgestattet, die sich direkt mit meiner Netzhaut verbinden ließ. Ich hätte mit einer Hand aus achthundert Metern Entfernung einen Apfel vom Baum schießen können, während ich mit der zweiten Waffe auf eine Drohne feuerte. Das wusste ich, weil ich es ausprobiert hatte.

Galinak schulterte seinen schweren Energiehammer und grinste mich an. »Bereit, Funkelauge? Bleib in meiner Nähe, nur nicht *zu* nah, hm?« Er ruckte mit der Schulter, auf der sein gewaltiger Energiehammer ruhte, und zwinkerte mir zu.

Mir blieb keine Zeit für eine Antwort, denn in diesem Augenblick öffneten sich lautlos die Tore. Dahinter lauerte keine Eidechsenhorde, sondern Schwärze.

Auf Baynes Zeichen hin bildeten wir Zweierteams, immer ein Troll mit einer Fernkampfwaffe und ein anderer, der für den Nahkampf gerüstet war, und bildeten eine rautenförmige Formation. Ohne dass ein Wort gesprochen wurde, setzten wir uns zeitgleich in Bewegung und traten in die Dunkelheit hinaus.

Als der Letzte von uns die Schwelle überquert hatte, schlossen sich die Tore lautlos wieder hinter uns.

Kapitel 70

Auf einmal war es stockfinster. Wenige Herzschläge später taten unsere Retina-Implantate, was sie tun sollten. Taghell wurde es nicht, das verstärkte Restlicht erinnerte eher an einen düsteren Nachmittag, aus dem der Regen fast sämtliche Farbe gewaschen hatte, aber ich gewöhnte mich erstaunlich schnell daran. Bayne setzte sich als Erster in Bewegung, und wir anderen folgten ihm.

Zu Beginn des Trainings hatten wir vor der gar nicht ganz einfachen Entscheidung gestanden, wer Truppkommandant werden sollte. Der Großteil unserer Streitkraft bestand aus Jakovs Söldnern, aber er war Händler, kein Kampftroll, also hatte er klugerweise Bayne zum taktischen Befehlshaber ernannt. Falls diese Entscheidung Galinaks Gefühle verletzte, ließ er es sich nicht anmerken, und Bayne ordnete zu meiner Erleichterung an, dass Galinak und ich ein Team bilden sollten.

Irgendwie hatte ich mir vorgestellt, dass man den von Cain beherrschten Teilen der Stadt die Verderbnis ansähe. Ich rechnete mit Ruinen oder Dreck oder zumindest mit irgendeiner anderen sichtbar manifestierten Hässlichkeit. Perfektion hingegen hatte ich nicht erwartet. Zwar regte sich nichts, es gab keine Farben, alles war tot, aber ansonsten lag vor uns genau dieselbe ehrfurchtgebietende, atemberaubende Stadt mit breiten Straßen und Gebäuden in jeder nur erdenklichen Form. Falls die Eidechsenhorden sie irgendwie beschädigt hatten, so war davon nichts zu sehen, und genau wie in den Teilen der Stadt, die in Adams Hand waren, schienen wir uns unter freiem Himmel zu befinden, obwohl ich wusste, dass wir im Innern einer Bergkette waren.

Aus naheliegenden Gründen vermieden wir es, über Kom miteinander zu kommunizieren, überwiegend redeten wir nicht einmal miteinander, und so kam es, dass wir lange Zeit schweigend durch die Stadt liefen – so lange, dass irgendwann meine Anspannung ein wenig schwand. Als vier Eidechsen hinter einem seltsamen Gebilde auftauchten – zwei miteinander verschlungene Reihen steinerner Würfel –, reagierte ich beschämend langsam. Tatsächlich kam ich nicht einmal dazu, auch nur einen Schuss abzugeben, da hatte der Trupp die Biester bereits in ihre Einzelteile zerlegt. Alles in Grautönen zu sehen machte den Anblick der überall verstreuten Eidechsen-Innereien ein wenig erträglicher, aber es kam mir trotzdem wie ein Sakrileg vor. Als hätten wir gerade einen Tempel entweiht.

So glimpflich diese erste Begegnung auch verlaufen war, sie war dennoch ein unheilvoller Vorbote, und das war uns allen klar. Bayne befahl ein strafferes Marschtempo.

Rafik hatte uns erklärt, dass der korrumpierte Verstand Cains seinen Schöpfungen keine komplexen Anweisungen geben konnte. Auf bestimmte Funkwellen reagierten sie sehr empfindlich, aber normalerweise schickte er sie nur durch unterirdische Tunnelsysteme ins Tal, wo sie ausschwärmten und alles töteten, was sie fanden. Innerhalb der Stadt im Berg konnte Adam Cains Signale jedoch so effektiv stören, dass dieses System nicht mehr richtig funktionierte. Deshalb war Cain darauf angewiesen, seine Eidechsen mittels bestimmter Chemikalien zu lenken, die er über das Luftversorgungssystem und Drohnen freisetzte. Eine reichlich primitive Methode. Wenn Cain einen Einbruch bemerkte, konnte er nicht viel mehr tun, als das betreffende Areal mit einer Unzahl Eidechsen zu fluten und darauf zu hoffen, dass sie die Eindringlinge fanden und zur Strecke brachten. Sobald wir also entdeckt wurden, war es nur noch eine Frage der Zeit, bis die gesamte Eidechsenpopulation der Stadt geradewegs hierhergelockt wurde.

Kurz nach der ersten Begegnung griff uns ein großer Trupp Eidechsen aus drei Richtungen zugleich an. Diese Biester schlugen sich schon ein bisschen besser, jedenfalls kamen sie weiter als ihre Artgenossen bei unserer ersten Begegnung. Wie im Training eingeübt, drehten wir uns so, dass jeder seinen zugewiesenen Winkel abdeckte. Ich stand in einer halbwegs sicheren Ecke, brachte es irgendwie fertig, meine zitternden Hände zur Ruhe zu zwingen, und schoss aus großer Distanz auf vier Eidechsen, die in meinem zugeteilten Schusswinkel auftauchten. Zwei von ihnen erwischte ich mit Kopfschüssen, die beiden anderen verlangsamte ich immerhin so sehr, dass andere sie erledigten. Doch trotz meiner Zielfertigkeit schafften drei Eidechsen es nahe heran. Galinak und sein Energiehammer kümmerten sich um die beiden ersten, und der dritten verpasste er einen wuchtigen Tritt gegen die Schnauze. Als es vorbei war, wandelte sich mein Grauen in eine fast kindische Freude über meine neuen Fähigkeiten. Laut lachend, schwenkte ich meine Pistole durch die Luft und erntete dafür den einen oder anderen strengen Veteranenblick. Bisher hatten wir keine Verluste zu verzeichnen, aber wir hatten auch eindeutig keine Muße, die Architektur zu bestaunen oder Sinnfragen des Lebens nachzuhängen. Wir nahmen die Beine in die Hand.

Beim nächsten Zusammenstoß kämpften wir ums nackte Überleben, und mein Hochgefühl hatte sich längst verabschiedet. Ich musste die Energiezelle gegen eine neue auswechseln, und meine Hände zitterten so sehr, dass mir eine Zelle runterfiel. Dämlich, wie ich war, schoss ich nicht einfach mit der anderen Waffe, sondern suchte nach dem verdammten Ding und wäre dabei fast von Galinaks wild wirbelndem Energiehammer enthauptet worden.

»Mann, Funkelauge, bleib auf Position«, brüllte er mich an, das blutbespritzte Gesicht schweißnass.

Gerade wollte ich mich umdrehen und meinen Platz wieder einnehmen, da schoss eine Eidechse auf mich zu. Sie war rasend schnell, ich sah nur ihr weit aufgesperrtes Maul, das nach meinem Hals schnappte. Im gleichen Augenblick trat mir Galinak die Beine unter dem Leib weg und zimmerte der Eidechse seinen Hammer unters Kinn. Ich riss den Arm vors Gesicht. Der Kopf der Eidechse explodierte, ihr Körper wurde davongeschleudert.

In einer fließenden Bewegung bückte sich Galinak, packte mich an der Schulter und stellte mich wieder auf die Füße.

»Zurück auf Position, Funkelauge«, befahl er und wandte sich ab. Die Schlacht tobte heftig, aber kurz, und als es vorbei war, kassierte ich auch von Bayne eine Rüge.

»Bayne«, hörten wir Vincha über Kom, »seht lieber zu, dass ihr da wegkommt. Cain schickt alles zu euch, was er hat.«

Mehr musste ich nicht hören.

Beim nächsten Kampf machte ich alles wieder gut, sah als Erster die nahenden Drohnen und schoss drei davon ab, ehe sie ihre chemische Ladung versprühen konnten. River holte zwei weitere mit Granaten vom Himmel, aber die letzte wich gerade noch aus. Jakov erledigte sie, aber leider erst *nachdem* sie eine scharfe Wendung hingelegt und eine Rakete abgefeuert hatte, die direkt auf uns zuraste.

»Rakete«, hörte ich gleich mehrere Trolle über Kom brüllen. Wie im Training warf ich mich zu Boden und drückte den Knopf, der die Energierüstung auf volle Leistung schaltete. Auf einen Schlag verstummte der Kampflärm, alles war still. Die Rakete schlug irgendwo hinter mir ein, aber die Explosion war dennoch so hell, dass sie mich für einen Augenblick vollständig blendete. Trotz der voll aktivierten Energierüstung spürte ich, wie unerträgliche Hitze über mich hinwegstrich. Im nächsten Moment war ich wieder auf den Beinen und schloss gemeinsam mit mehreren anderen Trollen die Lücke, die die Druckwelle in unsere Formation gerissen hatte. Erst nach der Schlacht wurde mir klar, dass die Rakete jemanden erwischt hatte: Eine Trollfrau namens Enja war in der Explosion einfach verdampft.

»Vincha«, sagte Bayne über Kom, »wir haben gerade Enja verloren, es wird hier zu heiß. Wir brauchen eine Alternativroute zum Labor.«

Es war Rafik, der antwortete. »Das ist nicht ratsam, Bayne, das hier ist die sicherste Route zum Ziel.«

»Von hier aus betrachtet, sieht es nicht besonders sicher aus.«

»Es ist nicht mehr weit. Bleibt auf Kurs«, antwortete Rafik bestimmt.

Ich ließ den Blick über das blutige Chaos schweifen, und Panik krallte sich in meine Eingeweide.

»Ganz ruhig, Funkelauge.« Beruhigend legte mir Galinak den Arm um die Schultern. »Du schlägst dich wacker.«

River legte ein paar Eidechsenköder aus, und ab diesem

Moment spielte sich für mich alles in einem einzigen wilden Rauschen ab. Wir waren die ganze Zeit in Bewegung, rannten, gingen in Deckung, schossen um uns, bis wir endlich das Labor erreichten.

Wie erwartet waren die Türen verschlossen. River machte sich an die Arbeit, und Bayne wies uns an, Verteidigungsposition zu beziehen.

Zwei Korridore führten zu den Laboren, und Bayne beschloss, einen davon zu verminen, den anderen aber nicht, sodass wir auf dem Rückweg nicht aufgehalten wurden. Gerade als der Trupp mit den Minen fertig war, knackte River das Schloss. Die Türen glitten auf, und wir waren drin.

Ich wusste aus den Simulationen, wie es in den Schutzengel-Laboren aussah, aber es mit eigenen Augen zu sehen verschlug mir den Atem. Das Labor war ein runder Raum, der sich weit zu allen Seiten und in unfassbare Höhe erstreckte; die Wände waren in unzählige tränenförmige Segmente unterteilt, die eine milchige Flüssigkeit enthielten. Ich zoomte zu den obersten Reihen, die die Engel-Essenzen enthielten. Je weiter ich den Blick nach unten schweifen ließ, desto deutlicher formten sich Gestalten in den Tränen, wurden zusehends menschlich, aber etwa ab Mitte abwärts trübte sich die Flüssigkeit. Mit jeder Reihe wurde das Milchweiß ein wenig grünlicher, und die menschlichen Gestalten verformten sich: aus Händen wurden Klauen, aus Nasen Schnauzen; ihnen wuchsen scharfe Zähne und eine dicke Schuppenhaut. Die untersten Reihen enthielten voll entwickelte Eidechsen. Als wir hereinkamen, machten drei von ihnen gerade ihre ersten Schritte – die auch ihre letzten sein sollten. Sie starben rasch, ihr grünes Blut vermischte sich mit der gleichfarbigen Flüssigkeit aus den geöffneten Tränen, die im Boden versickerte oder irgendwie von ihm absorbiert wurde.

In der Raummitte wölbte sich eine fast durchsichtige Kuppel. Darin befand sich eine Tür mit Puzzle-Schloss, das wir keinesfalls würden knacken können. Wie geplant rückten River, Galinak und ich über den einzigen Gang vor, der tiefer ins Labor hineinführte. Über Kom hörte ich Baynes Befehl, die beiden untersten Reihen komplett zu zerstören und auf Position zu gehen. Gleich darauf ratterten hinter uns kurze Salven los. Zu dritt liefen wir durch den Gang, vorbei an mehreren Puzzle-Schlössern, auf die wir es jedoch nicht abgesehen hatten. Etwa auf der Hälfte des Korridors blieben wir stehen, und River machte sich daran, seine Apparate auszupacken. »Finde raus, wo ich ansetzen kann«, sagte er zu mir.

Galinak vergewisserte sich, dass wir allein waren. »Keine gute Stelle hier«, brummte er in sich hinein, ganz leise, aber über Kom hörten wir ihn deutlich. »Zwei Wege, keine Deckung, schlechte Sicht.«

Ich versuchte, nicht weiter auf ihn zu achten, und konzentrierte mich ganz auf meine Aufgabe. Mein Blick durchdrang die Wände – dahinter lagen lauter Kabel, Metallrohre und Blitzableiter.

Plötzlich hörten wir Vinchas Stimme übers Kom. »Sie kommen«, warnte sie uns. »Oh, Rost … da kommen sie, die ganze Horde auf einmal.«

Bayne brüllte Befehle, und ich hob unwillkürlich den Kopf. River packte mich im Genick. »Hör auf zu trödeln, finde endlich die verdammte Stelle.«

Ich blinzelte, und die Wände verloren ihre Transparenz. Mehrere aufeinanderfolgende Explosionen verrieten, dass die Eidechsen durch den verminten Korridor kamen. »Verriegelt die Türen«, hörte ich Bayne bellen. »Das verschafft uns ein bisschen mehr Zeit.«

»Rost, bereit machen.«

»Jetzt finde die verdammte Stelle!«, brüllte River mich wieder an.

Ich brauchte das Kom nicht, um das Kreischen der Eidechsen zu hören, die gegen die verriegelten Labortüren brandeten. Leider explodierten gleich darauf mehrere Raketen und machten ihnen den Weg frei.

Mit lautem Geschrei strömten die Eidechsen herein. Der Trupp hatte auf Baynes Befehl hin in einem großzügigen Halbkreis vor den Türen Position bezogen, um eine Todeszone zu schaffen. Als ich den Kopf drehte, sah ich die Rücken von Bayne und den anderen, sie feuerten auf die heranstürmenden Gegner. Galinak packte und schüttelte mich, damit ich wieder zur Besinnung kam. »Funkelauge«, blaffte er, »an die Arbeit.«

Ich überprüfte Wände und Boden. In der Simulation war es einfacher gewesen, das nahe Kampfgetümmel lenkte mich sehr ab.

»Rouch hat's erwischt«, brüllte jemand und fluchte. Schüsse, noch mehr Schüsse, dann eine alles erschütternde Explosion.

»Drohnen!«, brüllte Bayne. »Passt auf, die kommen von oben, er schickt sie uns alle auf den Hals!« Das war in den Simulationen nie passiert. Fast hätten meine zitternden Knie unter mir nachgegeben. Ich rang nach Luft.

Einen Moment lang war es, als liefe alles in Zeitlupe. River und Galinak brüllten auf mich ein, zeigten auf die Wand, und übers Kom hörte ich Leute sterben. Ich weiß nicht, was mich letztlich dazu brachte, mich wieder auf die Wand zu konzentrieren, aber auf einmal wurde sie erneut transparent, und endlich sah ich die Stelle, an der die Stangen, Rohre und Kabel einen engen Tunnel bildeten, gerade breit genug, dass ein Mensch hindurchpasste. »Da.« Ich zeigte auf die Stelle, etwa auf Höhe meiner Taille.

»Bist du sicher?«

Ich nickte.

»Du musst mir zeigen, wo die Selbstreparaturmechanismen sitzen.«

Es kostete mich mehrere kostbare Sekunden, ehe ich wieder auf die Wand zeigte und sagte: »Hier, hier und … hier.«

»Okay.« River hatte bereits den Tarakanischen Stahlschneider in der Hand. Er reichte Galinak und mir kleine sternförmige Scheiben. »Kannst du zwei Punkte gleichzeitig erreichen?«

Ich schätzte es rasch ab. »Ja, wenn ich die Arme ganz weit strecke.«

»Gut. Platziert über jedem Knoten einen Stern. Die Wand wird versuchen, sie abzustoßen, haltet also gut fest und lasst auf keinen Fall los, sonst repariert sich die Wand selbst, während ich schneide, und dann dauert es zu lange. So. Energierüstung einschalten und Blick abwenden.«

Ich tat wie geheißen und schmiegte mich mit ausgebreiteten Armen an die Wand, je eine Scheibe über den Reparaturknoten. Wie zuvor blockte die voll aktivierte Energierüstung den Kampflärm ab, bis ich dankenswerterweise nichts mehr davon hörte. Ich versuchte, mir nicht vorzustellen, wie die Eidechsen unsere Verteidigung durchbrachen, durch den Gang rannten und mir auf den Rücken sprangen. Für einen Augenblick würde meine Panzerung ihnen Widerstand leisten, aber ganz sicher nicht lange, und wenn sie durchkamen, würde ich … Ich fing so sehr an zu zittern, dass mir fast die Scheiben entglitten wären.

Jemand packte mich und zog mich von der Wand weg. River und Galinak redeten gleichzeitig auf mich ein, aber ich konnte sie nicht hören und war zu verwirrt, um zu begreifen, was sie wollten. Einer von ihnen drückte auf einen Knopf an meinem Gürtel, und die Welt erwachte wieder zum Leben.

Über Kom hörte ich, wie Galinak und River zu den anderen gerufen wurden. Das entsprach nicht dem Plan. Es bedeutete, dass irgendwas schrecklich schiefgelaufen sein musste. Ich hörte, wie Vincha Baynes Namen schrie, ihre Stimme voller Angst und Schmerz. Ich hörte, wie sich die Waffen entluden und sterbende Eidechsen hoch und schrill aufkreischten.

River perlte Schweiß übers Gesicht. Er drehte mich zur Wand um. Wie lange hatten wir gebraucht? Ich hatte keine Ahnung. Er zeigte auf das Loch, das er in die Wand geschnitten hatte. Es kam mir zu klein vor.

»Da pass ich nicht durch«, sagte ich.

Er stieß mich kopfüber hindurch, und ich landete zwischen Kabeln und Rohren. Eigentlich sah der Plan vor, dass sie auf mich warteten und mir wieder hinaushalfen, wenn ich fertig war, aber stattdessen warf mir River den Stahlschneider und die sternförmigen Scheiben hinterher. Das Loch begann sich bereits wieder zu schließen.

»Viel Glück«, sagte er.

Galinak hinter ihm winkte mir zu, grinste und aktivierte seinen Energiehammer. »Erledige deinen Job, Funkelauge. Ich bin bald wieder da und hol dich da raus.« Und dann waren sie weg, rannten durch den Gang und warfen sich mit in die Schlacht.

Ich sah mich um. Das Loch war schon um die Hälfte geschrumpft. Sehr bald würde ich ganz allein in einer Tarakanischen Wand festsitzen. Bei dem Gedanken kroch ich rasch los, hielt auf die Kuppel in der Mitte des Labors zu.

Jenseits der Wand und in meinem Ohr tobte die Schlacht. Im Hintergrund hörte ich Vincha weinen, was nur bedeuten konnte, dass es Bayne erwischt hatte. Erinnerungen an verlorene Simulationen prasselten auf mich ein. So schnell ich nur konnte, kroch ich weiter, verlor jedes Zeitgefühl, kämpfte gegen die aufsteigende Panik an. Dann fand ich einen Durchgang zum Tunnelsystem unterhalb des Bodens, glitt hindurch und kroch weiter. Über mir starben Menschen und Eidechsen. Unter der Kuppel angekommen, sah ich mich nach Reparaturknoten um. Rafik hatte uns zugesichert, dass es höchstens einen geben würde, aber wenn er zu weit weg war, würde ich es nicht schaffen, gleichzeitig die Scheibe anzudrücken und mich mit der anderen Hand durch den Stahl zu schneiden. Zum Glück stellte sich heraus, dass ich sie mit dem Bein fest genug gegen die Wand … *dort* kann ich schneiden, *genau dort*.

Ich drehte das Gesicht weg, schwächte meine Sicht ab, so gut es eben ging, achtete darauf, dass die Energierüstung voll aktiviert war, was dankenswerterweise den Schlachtlärm wieder verstummen ließ, und schnitt direkt über meinem Kopf in die Decke, um mich zur Kuppel durchzuarbeiten. Nie hätte ich gedacht, dass meine Arme und Schultern derart schmerzen könnten. Dreimal hielt ich inne, aber jedes Mal wurde mir klar: Ich hatte keine Wahl, es gab keinen Weg zurück und keinen hinaus. Also schnitt ich weiter und versuchte, den Schmerz auszublenden.

Ich weiß nicht mehr, wie ich ins Innere der Kuppel gelangt bin, aber ich weiß noch, wie bei meinem Eintreffen alles darin zum Leben erwachte, eine ganze Batterie fremdartiger Apparaturen. Lauter durchsichtige Bildschirme und eine Menge Gerätschaften, denen ich keine Funktion zuordnen konnte, materialisierten sich wie aus dem Nichts und schwebten etwa auf Höhe meiner Brust. Ich achtete nicht darauf. Stattdessen blickte ich durch die gläsernen Wände hinaus und sah direkt vor mir das reinste Massaker.

Das Herz wurde mir schwer, als ich dastand und begriff, dass wir hier auf keinen Fall lebend wieder rauskommen würden. Von unserem ganzen Trupp stand nur noch eine Handvoll Trolle aufrecht. Galinak war einer von ihnen, sein Energiehammer schwang hin und her und verwandelte alles in seiner Nähe in eine Todeszone. Aber River konnte ich nirgends entdecken, ebenso wenig wie Jakov. Sie kämpften gegen Dutzende, nein, gegen Hunderte Eidechsen, und unablässig rückten welche nach, strömten durch die Labortüren herein. Es würde nicht mehr lange dauern, bis auch der verbliebene Rest unseres Trupps niedergemacht wurde. Mehrere Dutzend Eidechsen hatten bereits von ihnen abgelassen und warfen sich immer und immer wieder gegen die Kuppel.

Über Kom schrie Rafik meinen Namen und sagte, dass Cain irgendetwas mit der Kuppel anstellte, damit die Eidechsen durchbrechen konnten. Aber ich hörte nicht hin.

Ich schaltete das Kom aus und ließ den Kopf hängen. Sogar die Augen schloss ich, um nicht mit ansehen zu müssen, was dort draußen geschah. Wie lange ich so dastand? Ich weiß es nicht, aber als ich den Kopf wieder hob, krochen überall Eidechsen über die Kuppel, dicht an dicht, versuchten die Zähne hineinzuschlagen und hämmerten mit allen Gliedmaßen gegen die durchsichtige Wand. Den Trupp sah ich nicht mehr vor lauter Eidechsen, aber eins der Biester hatte Jakovs mechanischen Arm und hieb ihn immer wieder gegen die Kuppel. Im Glas waren schon Hunderte feiner Risse. Nicht mehr lange, dann brachen sie durch.

Ohne den Blick von den Eidechsen abzuwenden, schaltete ich das Kom wieder ein. »Vincha«, sagte ich, dann wiederholte ich ihren Namen mehrmals.

»Ja.« Ihre Stimme bebte, aber immerhin hatte sie sich wieder so weit im Griff, dass sie antworten konnte.

»Ich bin drin. Ich brauche Anweisungen.«

»Ich verbinde dich mit Rafik.«

Gleich darauf hörte ich Rafiks Stimme. »Links neben dem leuchtenden Halbmond ist ein Bedienfeld. Du musst …«

»Vincha«, sagte ich, als hätte ich ihn gar nicht gehört.

»Ja?«

»Du musst die anderen Frequenzen rausnehmen. Ich kann … ich kann das nicht mit anhören …«

Und urplötzlich war es ganz still. Das Gemetzel dort draußen war wie ein weit entfernter Sturm, der mich gar nichts anging.

»Vincha, ich brauche Musik. Irgendwas, das mir hilft, mich zu konzentrieren, dieser Beethoven, spiel ihn mir vor.«

»Wir haben dafür keine Zeit, du musst …«

»Rost, tu es einfach, Vincha.« Ich schlug mit aller Kraft auf die durchsichtige Tischplatte vor mir.

Im nächsten Moment erfüllte herrliche Musik meine Ohren. Direkt vor meinen Augen wirbelten die starken Arme und Beine der Eidechsen durch die Luft und droschen mit aller Kraft auf die durchsichtige Wand ein, die mich vor ihnen schützte, aber ich achtete nicht mehr auf sie. Langsam ließ ich mich auf einen Sessel nieder, der hinter mir schwebte. Schloss kurz die Augen, lauschte der Musik, die vor fast fünfhundert Jahren komponiert worden war. Es war ein bittersüßer Augenblick.

Rafik brach den Bann. »Wir müssen weitermachen. Du musst die Laborcodes übertragen, und zwar *sofort*.«

Es war nicht weiter kompliziert. Das hier war auch im Training der leichteste Teil gewesen. Nur eine Abfolge einfacher kleiner Handgriffe, um manuellen Zugriff auf die Maschinen zu erhalten. Dann machte ich alles genau so, wie ich es in den Simulationen einstudiert hatte. Das Ergebnis war genau wie erwartet, und ich beruhigte mich noch ein wenig mehr. Als ich fertig war, hatten meine Hände aufgehört zu zittern.

Dann gab es nur noch eine Sache zu tun, nur noch einen Knopf, den ich drücken musste … Ich hob wieder den Blick. Die Eidechsen waren überall. Würde es wehtun, wenn sie mich in Stücke rissen? Oder ging es dafür zu schnell? Ich lächelte. Beobachtete Rafik mich? Konnte Adam alles sehen? Ich vermutete, dass die Antwort Ja lautete.

»Vincha, gibt es Überlebende?«, fragte ich. Die Musik erstarb.

Sie zögerte. »Galinak, River, Massau und Terra haben sich in einem Labor verbarrikadiert. Terra ist verwundet, kann aber noch kämpfen, allerdings ist der Korridor vor dem Labor gestopft voll mit Eidechsen. River hat eine Energiebarriere hochgefahren. Noch hält sie, aber er hat seinen Stahlschneider verloren, also stecken sie dort fest. Du könntest versuchen, dich zu ihnen durchzuschneiden und …«

»Dafür bleibt uns keine Zeit«, unterbrach Rafik sie angespannt. »Du musst die Mission zu Ende bringen, dann können wir dich und deine Freunde retten. Das ist das Allerwichtigste. Du musst mit deinen Codes die Sicherheit ausschalten und dein Programm direkt in den Hauptrechner des Labors einspeisen, damit wir Zugriff darauf bekommen. Sonst hört Cains korrumpierter Verstand nicht damit auf, eine Eidechse nach der anderen zu produzieren.«

Ich lehnte mich zurück, verschränkte die Finger im Nacken und betrachtete die Eidechsen über mir. Durch meinen Verstand wehte noch immer das Echo der letzten Beethoven-Klänge, ich summte sogar leise die Melodie mit. Ein Krieger war ich nicht, und auch kein Kampftroll oder furchtloser Salutist. Aber es gab da etwas, das ich ganz ausgezeichnet konnte.

»Im Gegenteil, Rafik, wir haben Zeit. Jedenfalls ist jetzt genau der richtige Zeitpunkt für eine kleine Unterhaltung«, sagte ich ganz ruhig, während ringsum und über meinem Kopf die Eidechsen tobten und herrliche Musik in meinem Verstand widerhallte. »Jetzt werden wir verhandeln.«

Kapitel 71

Mein Tod wird weder schnell sein noch schmerzlos. Das weiß ich ganz sicher. Qualvoll wird er sein, denn die Umstände sind alles andere als ideal.

Leider kann alles Mögliche schiefgehen. Vielleicht erinnere ich mich nicht mehr an alles, wenn ich in Adam wieder erwache. Vielleicht bin ich dann nicht einmal mehr ich selbst. Aus diesem Grund habe ich mir die Zeit genommen, alles zu erzählen. Weil andere darüber Bescheid wissen müssen. Weil hier Geschichte geschrieben wird. Und ich wäre wirklich ein ganz miserabler Zweiter Lehrmeister der Historikergilde, wenn ich zuließe, dass ein solches geschichtliches Großereignis der Menschheit verlorengeht. Während ich diese Geschichte erzählt habe, wurden Galinak, River und Massau über Vinchas Kom-System in Adams Kollektivbewusstsein transferiert. Ich gehe davon aus, dass die Energiebarriere mittlerweile deaktiviert ist und ihre Körper in Stücke gerissen wurden. Rafik hat mir versichert, dass der Transfer erfolgreich verlaufen ist, es aber eine Weile dauert, bis ihre Rekonstruktion innerhalb Adams vollendet ist. Terra haben wir verloren, ebenso wie Bayne, Jakov und die anderen. Ein weiterer Grund, weshalb ich das alles erzähle: Zu viele Menschen sind hierfür gestorben, und es ist mir ein Bedürfnis, ihren Tod zu würdigen.

Ich habe keine Ahnung, ob die Tarkanier ihren Teil der

Abmachung einhalten werden, sobald ich den letzten Teil der Übertragung vollendet habe, aber ich war mein Leben lang Optimist. Oder Idiot. Das müssen andere beurteilen. Außerdem wollen sich die Tarkanier mit Vincha gutstellen und sie davon überzeugen, ihre Tochter herzubringen, damit sie ebenfalls ein Teil von Adam wird. Also ist es möglich, dass ich wirklich unsterblich werde, auch wenn ich nicht die geringste Ahnung habe, mit was zum Geier ich das verdient haben sollte.

Ich bin kein Held. Wenn ich gewusst hätte, was dabei herauskommt, hätte ich nie im Leben einen Fuß ins Tal gesetzt und wäre auf gar keinen Fall hierhergekommen. Aber wenn meine Meinung irgendeine Rolle spielt: Ich glaube, dass die Menschheit es verdient, gerettet zu werden, sogar vor sich selbst.

Mir ist schwindelig, und ich schinde Zeit. Ja, ich weiß, es liegt an der Luft …

Es ist seltsam … ich weiß noch immer nicht, was ich von Nakamura und seinen Prophezeiungen halten soll.

Leb wohl, Vincha, und viel Glück. Es ist mir eine Ehre, dich gekannt zu haben, und ich freue mich schon darauf, mich in deinen Körper zu transferieren …

Jaja, ich weiß. Nicht witzig.

Rost. Dann mal los jetzt.

Danksagungen

Man hat also eine Idee, schreibt einen Roman, schickt ihn an einen Verlag, und er wird veröffentlicht, Ende gut, alles gut? Ja, genau …

Manchmal braucht es nur einen einzigen Menschen, der an einen glaubt, um den entscheidenden Ausschlag zu geben. Nach einer recht ordentlichen Anzahl magenumstülpender Absagen meldete sich schließlich Rena Rossner von der Deborah Harris Agency bei mir und war ganz unglaublich begeistert von meinem Manuskript. Ohne Renas Hilfe und Unterstützung, ihre Superheldenfähigkeiten als Lektorin und *haufenweise* Geduld wäre *Das schwarze Mal* niemals erschienen. So einfach ist das. Und das alles hat sie getan, während sie sich zugleich um all ihre anderen pflegeintensiven Autoren und ihre fünf Kinder gekümmert und außerdem ihr eigenes Kochbuch und einen Fantasyroman veröffentlicht hat. Mir fällt als Erklärung für dieses Phänomen nur ein, dass Rena wohl imstande sein muss, irgendwas Eigenartiges mit der Zeit anzustellen …

David Pomerico und Jack Renninson von Harper Voyager US und UK und ihr unglaubliches Team, Priyanka Krishnan, Caro Perny, Pam Jaffee, Angela Craft, Lex Maudlin und Dominic Forbes haben das Buch von Grund auf poliert. Mit ihnen zu arbeiten war, als würde ich einen regelrechten Schreibkurs absolvieren, und ich bin sicher (und hoffe), dass ich von ihnen auch in Zukunft noch viel lernen werde.

Die oben genannten Leute sind Profis durch und durch. Autoren und Manuskripte zu finden und ihnen dabei zu helfen, noch besser zu werden, ist ihr täglich Brot. Aber dann gibt es da noch jene, die sich mit dem Rohmaterial herumschlagen mussten, Jahre bevor ich überhaupt davon zu träumen wagte, *Das schwarze Mal* eines Tages zu veröffentlichen. Sie haben sich tapfer durch literarische Dornenhecken gekämpft, sich an den rasiermesserscharfen Ecken und Kanten absurder Wendungen blutige Schnitte zugezogen, sich mit der Axt durch ganze Wälder endloser Beschreibungen gehackt, mussten das Bombardement ständig wiederholter Formulierungen ertragen … okay, es dürfte klar geworden sein: Diese Menschen haben sich Anerkennung redlich verdient!

Mein besonderer Dank gilt Nick Brunt, dessen Anmerkungen und Einblicke diesen Roman und auch die Fortsetzung sehr bereichert haben.

Ohne Dina Roth und ihre Begeisterung wäre dieses Buch immer noch, tja … nichts weiter als eine Datei auf meinem Computer. Nur dank ihrer Hartnäckigkeit habe ich es ausgebuddelt und es ihr kapitelweise zugeschickt, wobei ich alles noch mal überarbeitet und das Buch *endlich* beendet habe.

Auch Ziv und Carmit Hershman danke ich sehr, für ihre Unterstützung, ihre Vorschläge, Alkohol und ihre hochgeschätzte Freundschaft. Danke, Amit Zohar, für punktgenaue Kritik und hilfreiche Vorschläge, und Nisim Cohen für den tiefen Glauben an meine Arbeit.